POCHES THRILLER
ODILE JACOB

A Françoise CLUZET

je suis fier de dédicacer.

RÉGIME MORTEL

Une infiltration qui irait

Eric NATAF

0660685513

e-nataf@orange.fr

DU MÊME AUTEUR
CHEZ ODILE JACOB

Autobiographie d'un virus, 2004 ; « Poches thriller » 2008.
Le Mal par le mal, 2006 ; « Poches thriller » 2008.

ÉRIC NATAF

RÉGIME MORTEL

Odile Jacob
thriller

15, rue Soufflot, 75005 Paris

www.odilejacob.fr

ISBN : 978-2-7381-2296-4
ISSN : 1959-3643

À Léo

CANON SCIÉ

Falaise, juillet 1944, dernières heures de l'occupation allemande.

Je suis épuisé. Mon uniforme est maculé de boue. Tant de camarades sont morts. J'avance sur la voie principale, titubant, hagard, zigzaguant entre les sifflements de balles tirées on ne sait d'où, pour tuer je ne sais qui, au petit bonheur la malchance. Que reste-t-il de notre vigoureux pas de l'oie, à présent qu'on nous canarde à tous les coins de rue ? Je n'ai même plus la force de lever le pied pour enjamber les cadavres, les décombres. Mais tant bien que mal, j'avance, je progresse vers la maison de mon ami. Je ne reconnais plus ce gros bourg. Lorsque nous nous sommes installés ici, il y a quatre ans, c'était une petite agglomération pimpante, avec ses géraniums aux fenêtres, ses vaches grasses qui allaient brouter aux champs. À présent, j'erre parmi les bâtisses éventrées, les cuisines ouvertes sur le ciel et les chambres à coucher gisant dans les caves.

Tout ce gâchis est notre faute, nous l'avons suivi comme un seul homme, et chacun de nous porte sa part du fardeau. Nous sommes tous des confettis de responsabilité. Heureusement, les hommes sont sans mémoire, seule l'Histoire se souviendra. Demain, nous serrerons des mains que nous aurions coupées la veille, nous passerons affectueusement les doigts dans les cheveux d'enfants qu'hier nous aurions débusqués, arrêtés, envoyés à l'Est, en masse, par convois. « Réveillez-vous, les petits, ce n'était qu'un mauvais rêve. »

5, Grand-Rue : seule une porte est restée debout, avec sa peinture verte, un seuil ouvrant sur le néant. Ici vivait un homme. Nous avons torturé sa femme, elle est morte dans le silence. Lui, nous ne l'avons jamais retrouvé. Nous savions pourtant, par un bavardage d'un voisin indélicat, qu'il était à l'origine de l'explosion de notre premier panzer. Au 9, la maison est intacte. Un rideau bouge, tremblant. Je reconnais la main potelée de Mme Ferrand, qui nous approvisionnait en œufs frais. Je sens passer son regard sur ma nuque, qui frissonne.

Où est donc passée l'Allemagne de mon enfance ? C'est celle de mon adolescence qui a commis tout ça, violente, hormonale, en mal de *Lebensraum,* hypnotisée par son destin, par la force du verbe. Je perçois un choc sur mon casque, un autre sur ma vareuse. Je me retourne, trois gamins me suivent, tenant entre leurs doigts rageurs et noircis par la crasse des cailloux, sans doute des fragments de maisons en miettes. Je ne sens pas la douleur, je la mérite. Je pourrais tourner ma mitraillette vers eux, leur briser les jambes, en faire des infirmes à vie, j'ai déjà fait ça. À quoi bon à présent ? La messe est dite, et leur courage me semble bien dérisoire, comme cette population hypocrite et lâche dont ils sont issus. Je me mets seulement à couvert.

La canonnade se rapproche. Je continue de progresser. Notre VIIe armée a cessé de se battre. Le sol vibre déjà des blindés de Montgomery ou de Patton. Dans mon sillage, à une cinquantaine de mètres, je sais que mon aide de camp me suit. C'est un brave garçon, qui lui aussi essaie de sauver sa peau. Sa fiancée l'attend dans Berlin en ruine. Peut-être est-elle mourante, la cuisse coincée sous le mur de quelque immeuble construit sous Bismarck, perdant son sang. Bientôt, si nous échappons à cette traque, nous serons faits prisonniers de guerre. Et nous serons protégés par la IIIe Convention de Genève que nous avons signée pour la bafouer, la fouler aux pieds. Elle ne s'applique pas aux populations civiles. Rien ne protège les populations civiles.

Au fond du village, il y a une grosse bâtisse, une ferme cossue dont les épais murs tiennent encore debout. C'est l'endroit où je vais. Voilà plusieurs semaines que je ne les ai pas vus. Depuis que nous avons été acheminés vers les plages du Cotentin pour contenir le déferlement allié, j'ai perdu la notion des jours. Mon ami Jean m'attend. Je sais que lui me protégera, il me livrera aux Anglo-Américains sans me faire de mal. Je suis le parrain de son gamin, et je suis aussi l'amant de sa femme Émilie. Belle et douce Émilie, mariée de force, sacrifiée contre son gré aux intérêts de deux familles de rentiers. L'amour ne s'achète pas, il se donne.

Je cogne à la porte.

– Qui va là ?

Je reconnais Marthe, la gouvernante, sa voix puissante.

– C'est Karl.

La lourde porte en chêne pivote. Prospérité. Mystère. Je me retrouve dans la cour, un bel espace rectangulaire où se déplacent librement poules, canards, oies. Un brusque trou dans les nuages qui s'effilochent et les rayons obliques de l'astre solaire me frappent le visage, comme des rideaux de théâtre qui s'ouvrent. Avancent à ma rencontre, à contre-jour, Jean, Émilie et puis mon filleul, le petit Marcel, qu'elle tient solidement par la main. C'est fou ce que ce gosse m'est sympathique. De ces trois formes qui font bloc, la plus imposante est sans conteste la silhouette de Jean, qui doit peser plus de cent kilos. C'est bien le seul habitant du bourg qui s'est engraissé pendant cette période. Nous avions quelques gros à Düsseldorf, ma ville natale. Mon père m'a toujours enseigné que leur graisse était le fruit de leur abandon, qu'ils étaient pour cette raison des êtres méprisables. Mon grand-oncle faisait partie des membres fondateurs du club des gymnastes. Dans notre famille, les gros ont toujours été considérés comme des *Untermenschen*. Depuis, j'ai appris que la graisse pouvait parfois être la manifestation visible d'un formidable appétit de puissance.

Je fais un signe fraternel, j'ouvre les bras à l'attention du petit Marcel, qui s'élance à ma rencontre sitôt qu'il m'a remis. En tenue de combat, j'ai sans doute de quoi faire peur, mes hardes de soldat défait doivent me rendre méconnaissable. Soudain, je comprends qu'il se passe quelque chose d'anormal. Émilie retient son marmot avec une sorte d'effroi dans le geste. Avec ce satané soleil dans les yeux, je ne peux distinguer l'expression de leur visage. Tout ce que je discerne, c'est l'arme que Jean brandit dans ma direction, un cadeau que je lui ai fait jadis, aux premiers temps de notre amitié. Je savais que cela lui ferait plaisir, qu'il s'en servirait pour chasser le sanglier. J'avais déjà les bras en l'air, je pose ma mitraillette au sol, par réflexe. Aujourd'hui, le canon me paraît plus court que jadis.

– Jean, Émilie, que vous arrive-t-il ? C'est moi, Karl, votre ami.

Première partie

RENÉE

Lorsque Bérénice a débarqué dans ma vie, j'avais un gros découvert bancaire. Dépenser trop, accumuler les kilos : tout part d'une espèce de boulimie. Dans un cas on brûle, dans l'autre on stocke ; dans les deux, on a du mal à se retenir.

Bérénice arriva un lundi, en fin d'après-midi, par une de ces journées hésitantes de début novembre, à cheval entre la rentrée qui déjà s'éloigne et les fêtes de fin d'année dont l'aura n'est pas encore perceptible. Un *no man's time*. Le ciel était sale, mais qui donc le regarde, en ville, dans l'hémisphère Nord, lorsque l'automne a déplumé les arbres et que la nuit tombe à 17 heures ?

Bérénice Lenoir était la dernière patiente inscrite sur la liste de mes consultations. Son nom avait été griffonné à la diable par une secrétaire. Elle était en retard, elle avait dû se perdre dans les couloirs ou bien, comme c'était souvent le cas pour une première consultation, elle avait renoncé. Admettre qu'on fait partie de la catégorie des plus de cent kilos, barrière fatidique, n'est pas chose si simple. Et puis, les demandes de prise en charge s'allongeaient dangereusement, proportionnelles au poids de la population, mais les budgets restaient au régime sec. Nous étions quatre chefs de clinique à tenir la boutique ; il en aurait fallu une dizaine. Les listes d'attente dissuadaient les plus hésitants.

La patiente précédente, une sorte de pachyderme essoufflé dont les genoux disloqués avaient renoncé depuis des lustres à la porter, s'était éclipsée depuis longtemps déjà. Enfin, je ne sais pas si le mot est bien choisi. Le grincement caractéristique de son déambulateur associé au claquement sec de l'oxygène s'engouffrant dans ses fosses nasales trop déshydratées avait fini par s'éteindre. Je me remémorai son histoire, un scénario qui faisait hélas partie de mon quotidien.

La biographie de Renée Michaud, 70 ans au compteur, avait de quoi faire pleurer dans les chaumières. Un vrai mélodrame : la graisse comme équivalent adipeux de la souffrance. Et le poids de la vie. Elle avait été mannequin au Bon Marché dans les années soixante, mais il était difficile de croire qu'elle avait eu jadis la taille d'une guêpe. Fraîchement arrivée de province pour tenter sa chance à Paris, elle est recrutée sans difficulté au département haute couture du grand magasin de la Rive gauche. Le prêt-à-porter était encore balbutiant et les icônes en silicone qui nous singent dans les vitrines venaient à peine d'éclore. Afin de remédier à la carence, on payait de toutes jeunes filles pour défiler devant de grandes bourgeoises. Renée est de celles-là.

Elle tombe follement amoureuse de son directeur comme on peut l'être à 17 ans, est une première fois enceinte, mais se fait plaquer. Issue d'une famille rigoriste, affectivement isolée, elle ne peut partager sa peine. Elle sombre dans la dépression, même si le mot est alors tabou. Renée Michaud envisage de se suicider, enjambe un jour le balcon de son hôtel sans étoile de la rue Montmartre, mais renonce et finit par échouer chez une faiseuse d'ange. L'épisode lui coûte ses dix premiers kilos : les hormones et un comportement alimentaire qu'on hésite alors à nommer boulimie lui font prendre deux centimètres de tour de taille. Finies les mensurations de rêve. Renée retrouve cependant un emploi au Bon Marché, comme vendeuse au rayon lingerie. Plus question pour elle de faire valoir ses formes pour le compte de Nina, Pierre ou Christian. Elle croise parfois son bel assassin, mais ce dernier semble avoir jeté son dévolu, et sans doute sa semence, sur un nouveau corps de rêve.

Elle rencontre alors Martin, magasinier au rayon alimentation. Ils se retrouvent en fin de service à se goinfrer en cachette derrière les comptoirs déserts. Malgré encore quelques kilos supplémentaires, mais qui ont cette fois le parfum de l'érotisme, Martin étant très porté sur la chose, Renée finit par convoler. Seconde grossesse, cette fois menée à terme, mais l'enfant souffre d'une grave malformation cardiaque. Il décède peu après la naissance. Renée sombre, son couple chavire. Martin tente de la consoler, mais il se fait moins tendre, et dévoile un certain penchant pour l'alcoolisme, le tabac... et la violence. Son teint prend des tonalités jaunâtres avec des reflets verts, infâme décoction de gitane maïs et de pastis. Le Bon Marché reste toutefois fidèle à Renée, mais à son retour de maternité – à 23 ans, elle en paraît plus de 30 –, elle se retrouve au rayon literie. Ses bourrelets évoquent les matelas qu'elle est chargée de vendre. Son visage est infiltré de gras, et son corps commence à ressembler à un cube, figure géométrique qui ne la quittera plus. À cette date, elle pèse déjà plus de soixante-dix kilos. Lorsque la journée a été mauvaise, que le pastis est trop concentré ou qu'elle a ses règles, son mari passe à l'occasion ses nerfs sur elle, maniant la ceinture avec dextérité.

C'est alors, très tôt dans sa vie d'obèse, que les médecins entrent dans la danse. Ce sont peut-être eux les vrais coupables de son état au moment où débute cette histoire. Mais avec soixante-quinze kilos pour un mètre soixante-sept, Renée ne souffre que d'un surpoids modéré. Elle se rabat alors vers un célèbre docteur qui expérimente les premiers régimes amincissants, tout droit venus d'Amérique, où l'obésité est déjà plus développée que dans nos contrées. Soumise à un régime hypocalorique drastique, avec suppression des sucres rapides et des graisses animales, Renée franchit dans l'autre sens la barre des soixante-dix kilos, avant de tutoyer celle des soixante, le tout en l'espace de trois mois. Cela aurait pu être le nirvana, le début de la reconquête, sauf que les carences sont si brutales que la jeune femme en vient à perdre ses cheveux. Des tonnes de substances à effet oxydant se déversent en l'espace de quelques mois dans sa circulation générale. Un carnage. Mal accompagné psychologiquement, le régime de Renée Michaud, appliqué comme une sorte de recette de cuisine, la fragilise psychologiquement, d'autant que le célèbre docteur n'a organisé aucun service après-vente.

La jeune femme replonge, taraudée par un appétit d'ogre qui n'est rien d'autre que la vitrine honorable de la production massive d'insuline par un pancréas totalement dépassé par les événements. L'insuline agit sur son cerveau comme un flash d'héroïne, un orgasme. Elle reprend trente kilos, son mari la quitte, définitivement, non sans l'avoir copieusement trompée avec une maigrelette qui travaille à l'étage au-dessous. Le pire est peut-être que Renée, qui ne roule pas sur l'or, se tourne logiquement vers des aliments bon marché : le sucre et le gras sont les deux mamelles de ces produits à forte marge et piètre valeur. Arrive ensuite le troisième larron : l'inactivité physique. De plus en plus pesante, elle finit par souffrir d'arthrose et se déplace de moins en moins. Elle en devient encore plus lourde. Se succèdent alors des périodes de régimes hypocaloriques et des phases de reprise de poids, la frustration emmagasinée l'entraînant sans cesse vers de nouveaux excès. Renée est telle une camée qui a besoin de doses de plus en plus fortes pour atteindre une extase qui sans cesse se dérobe.

Et là, aux environs de la cinquantaine, alors que l'ex-mannequin, qui vit seule, cherche à déposer un peu de pain sur son balcon pour attirer les moineaux, elle glisse, tombe et se fracasse le col du fémur. L'intervention est un succès relatif, la remise en charge, sans doute prématurée, entraîne une torsion du matériel chirurgical et un retard de consolidation. On tente pourtant à nouveau de la faire maigrir, mais de nombreuses années de yo-yo l'ont rendue résistante. Elle garde un poids dantesque malgré la sévérité des privations. Paradoxalement, elle est grosse, mais dénutrie. Car ses régimes en rafale, inefficaces sur la cellulite, ont en revanche fait fondre ses muscles, digéré ses protéines. Son obésité, c'est de la frime. Il n'y a plus rien derrière, rien qu'un squelette poreux et des biceps de poulet. Elle semble en permanence rassasiée, mais en vrai, elle crève de faim. Comme si sa graisse s'était roulée en boule, rendue méfiante, jalouse de son sanctuaire, son saindoux. Car entre-temps, Renée a fusillé son pancréas, elle est devenue diabétique. Son sang dégouline de sucre et de gras, son cholestérol est au ciel. C'est donc de cette épave dont nous avons hérité dans le service.

Son cas m'a inquiété, mis mal à l'aise, car, parallèlement à cette déchéance physique, Renée puait, comme beaucoup d'obèses. Elle déplaçait avec elle un nuage putride, une odeur de SDF. J'ai demandé un jour à un ami infectiologue d'où venait ce fumet caractéristique. « Ce sont les champignons, des *Candida* qui pullulent à la surface des replis de peau noirâtres », m'a-t-il répondu. Je n'ai jamais été moi-même particulièrement menacé par l'obésité, j'aurais même plutôt un tempérament d'anorexique – l'aliment est pour moi un danger. Mais j'ai toujours eu très peur moi aussi de sombrer, de me retrouver sur le bord d'un trottoir, sans métier, sans argent, dépecé par les huissiers, avec ma petite maisonnette qui tient dans un caddie. À force d'être débiteur, on peut finir débile. C'est cette hantise de la déchéance que Renée a réveillée ce jour-là, avant l'arrivée de Bérénice. Tout vient si vite.

BÉRÉNICE

Les volutes microbiennes de Renée Michaud venaient à peine de se dissiper qu'une jeune femme poussa la porte de mon bureau, dans l'aile ouest du bâtiment. J'avais éteint le néon. Seule la lampe de bureau était restée allumée, une lumière orange, plus humaine. C'était la fin de l'après-midi, mais il aurait tout aussi bien pu être 22 heures ou minuit, et j'aurais tout aussi bien pu me trouver dans ma chambre. Je travaillais sur un topo que je devais présenter aux internes le surlendemain : le paradoxe des récepteurs à la leptine chez les adipocytes.

– Vous êtes le docteur Man ?

– Lui-même.

Les lettres de mon nom se détachaient pourtant clairement sur la plaque de plastique rouge épinglée sur ma blouse en coton. Je m'appelle Man, Hugo Man.

– Bonjour, je suis Bérénice Lenoir. Je suis en retard, désolée. Je me suis égarée dans les couloirs, il n'y avait plus personne pour me renseigner. Je suis allée payer la consultation, et puis je ne trouvais plus le bureau.

– Je ne vous attendais plus. Vous voyez, j'avais même refermé votre dossier, dis-je en désignant la chemise cartonnée bleue réglementaire de l'Assistance publique.

J'aurais pu refuser de la voir, je l'avais déjà fait avec d'autres patients, malpolis, agressifs – je ne suis pas payé à l'acte, et quand bien même. Mais quelque chose m'a retenu, peut-être l'éclat de ses yeux, ironique, insolent, ou son allure générale, nonchalante et sûre d'elle. Une fumeuse, peut-être.

– Asseyez-vous, vous êtes ma dernière cliente, ajoutai-je en ouvrant à nouveau son dossier.

Pas de chance, c'était une première visite. Avec elle, tout serait à écrire. Je me levai pour rallumer le néon. Le bureau reprit ses airs de consultation, avec sa lumière blanche, clinique, sans concession. 30 ans, célibataire, jamais de grossesse menée à terme, une IVG à 29 ans (loupé ? blessure ?), un mètre soixante-dix, quatre-vingts kilos. La pilule, mais arrêtée depuis trois mois. Pour le tabac, c'était confirmé. Pas de diabète, ni d'hypertension artérielle connue. Pendant que je prenais en note ses réponses à mes questions, je détaillai son accoutrement. Astucieux escamotage de l'obésité : jupe à volant brune en coton un zeste vintage, traces de dentelles, blouson en jean et tee-shirt blanc pour le haut. Touche de maquillage, surtout les lèvres, charnues et précises. Des boucles d'oreilles longues et ouvragées détournaient le regard d'un double menton naissant.

– Vous venez pour quoi ?

Je n'avais pas l'habitude de prendre en charge les obésités modérées, habituellement gérées par les nutritionnistes et endocrinos de ville. Le cadre plus feutré de leur cabinet était sans doute plus adapté à une clientèle qui ne s'estimait pas malade. Mon créneau à moi, c'était le lourd, le très lourd, l'ultra.

– Excusez-moi, j'aurais dû commencer par le commencement.

La visiteuse me tendit une enveloppe. Je décachetai le rectangle blanc. Mon sourire flottant, sans doute un signe d'énergie, s'élargit en reconnaissant le style de mon ami Stan, batteur de jazz.

Cher Hugo, grand sachem des kilos, pacha de la cellulite, empereur des graisses,

Je te remercie de t'occuper de ma sympathique amie Bérénice Lenoir, qui a brutalement grossi suite à une sale histoire – elle t'expliquera. Elle se produit parfois avec nous, elle skate bien et, si tu veux mon avis, elle chante encore mieux depuis que le gras baigne un peu plus son larynx. Mais, que veux-tu, elle doit se trouver moche telle qu'elle est... Alors, merci de ce que tu feras pour elle.

Stan

PS : je te glisse deux invites pour notre prochaine exhibition... au cas où tu te serais rabiboché avec Grace.

Mes doigts froissèrent involontairement les places de concert. Grace m'avait jeté, c'était tout frais. J'avais fini par l'insupporter, avec mes doutes. Et puis, lorsqu'elle en avait eu assez, à son tour elle avait pris ses distances, comprenant le danger, anticipant la perte. Alors je m'étais accroché, j'avais tenté de lui montrer à quel point je tenais à elle. Trop tard. Espoir, dépit, rancune, le schéma classique. Pendant que je lisais, Bérénice répondit à ma question.

– Des kilos en trop, de la mauvaise graisse. En fait, j'ai déjà entamé un régime, mais je viens vous consulter pour une sorte de fignolage. Stan dit que vous êtes un pro.

– Depuis quand vous souffrez de ce surpoids ?

Ses joues se teintèrent de rose, un voile de buée envahit ses yeux. Elle avait le visage ovale.

– Il y a un an, j'ai perdu mon petit ami, nous devions emménager ensemble. Il s'est fait faucher par un camion alors qu'il déchargeait un fauteuil, dans une petite rue à sens unique du XXe arrondissement. Le jour de la remise des clefs.

Un silence se glissa entre le médecin et sa patiente. Les bruits de freins, le choc et le sang de l'ami prirent place entre nous. Bérénice continua.

– Je me suis mise à manger sans pouvoir me retenir. Les clopes, l'alcool, les gâteaux, quand je sombrais, tout y passait. Nous nous connaissions depuis l'adolescence, nous nous étions retrouvés par hasard.

– Moi aussi, je déteste les déménagements, dis-je.

J'ignore encore pourquoi j'ai balancé ça. Peut-être me suis-je revu, enfant, avec mon père militaire et ses changements d'affectation tous les deux ou trois ans, parfois plus. Les caisses brunes transportées d'une caserne à l'autre, des caisses que l'on n'ouvrait même plus, au point qu'on finissait par oublier ce qu'il y avait dedans.

Et là, Bérénice sourit, me sourit, un sourire radieux qui laissa apparaître de magnifiques dents blanches. Je baissai les yeux, charmé malgré moi, fis mine de griffonner quelque chose dans son dossier. Elle avait touché quelque chose en moi, elle m'avait pris au dépourvu, malgré les filtres du métier.

– Et avant le décès de votre ami, vous pesiez combien ?

– Oh, j'ai toujours eu une légère tendance à l'embonpoint, continua-t-elle. Disons que j'étais ce que l'on appelle « bien en chair ». Mon adolescence fut une période assez boulimique. Trop de chocolat, trop de beurre sur les tartines.

– Vous travaillez dans quel domaine ?

– Je suis monteuse de cinéma.

Pas un métier à risque pour l'obésité...

– Vous grignotez entre les repas ?

– Je n'en ai pas conscience, en tout cas. Et je ne passe pas mon temps à noter tout ce que j'engloutis. En ce moment, par exemple, nous sommes en train de monter un documentaire, cinquante heures de prise de vue pour un produit fini qui ne doit pas excéder cinquante-six minutes. Il y a de quoi être stressée, vous savez, on a peur de faire les mauvais choix, de trahir l'esprit du metteur en scène, surtout que celui-ci nous laisse assez la bride sur le cou. Alors, oui, peut-être qu'il m'arrive de grignoter, sans que je m'en rende vraiment compte.

– Des cafés ?

– Oui, et sucrés, du vrai sucre, pas de l'aspartame. Plusieurs par jour, même. Ça m'aide à me concentrer, et puis c'est convivial...

Elle accompagna sa sortie d'un direct du regard qui me prit à l'improviste, comme si elle m'invitait à en boire un.

– Le café est un aliment très gras, vous savez. Et il fait sécréter de l'insuline, la principale hormone impliquée dans la prise de poids.

– Je l'ignorais, répondit-elle decrescendo, comme si elle me signifiait que je la barbais dans le rôle du professeur rabat-joie.

Mais il fallait remplir le questionnaire alimentation que nous avions concocté dans le service : goûts, aliments préférés, rythme alimentaire, etc.

– Combien consommez-vous de fruits par jour ?

– Assez peu, en fait, mais j'essaie de me rattraper, avec des jus de fruits et puis des cocktails multivitaminés. L'équivalent de plusieurs kilos de fruits par jour d'après l'étiquette. Enfin, vous savez ça mieux que moi.

L'arnaque des jus de fruits 100 % ! Tous les patients tombaient dedans. Le jus n'est pas le « meilleur » du fruit. C'est plutôt un souvenir de fruit, le sang sans le muscle. Cela dispense de l'épluchage, mais, sans son architecture de fibres, le fruit devient une formidable bombe à grossir, une mixture de sucres et de vitamines. Et puis, pensai-je en laissant courir mon regard sur le corps de la jeune femme, tentant d'appréhender son volume, le pire, peut-être, à quoi on ne songe pas, c'est au vrai motif de la pression publicitaire : vendre l'emballage, voire le brevet d'emballage. On croit boire du fruit, filière agricole, et on entretient plusieurs lobbies sans rapport apparent : on achète aussi du pétrole si le contenant est en plastique, de la silice et de la chaux s'il est en verre, on abat des arbres si c'est du carton, sans oublier la petite pièce de métal ou de plastique du bouchon, et bien sûr, comme une petite cerise sur ce gâteau composite, le papier de l'étiquette. Le fruit ne présente bien sûr pas le même intérêt industriel !

– L'époque valorise le liquide, on dirait, dis-je. Cela date peut-être du fameux « Buvez éliminez » des années quatre-vingt. On laisse à penser que l'élément liquide va partout, qu'il nettoie tout, qu'il purifie le corps et l'esprit, puis file dans l'urine une fois achevée sa tournée. Mais le liquide est un mythe. En ce qui concerne le fruit, par exemple, la plupart des vitamines sont intimement liées à la pulpe.

– Il y a juste un problème, docteur. Quand je sortirai de votre bureau, tous les aliments seront devenus suspects. Que faites-vous du plaisir ?

Elle avait dit ça de manière presque voluptueuse. Son regard était noir et tragique, humide et obscur : je pensai à une chauve-souris.

– C'est le problème des régimes, ils réglementent le plaisir, mais aussi peut-être le stigmatisent. De la frustration naît parfois la jouissance.

Le son de ma voix sembla légèrement s'attarder dans l'hôpital désert, faisant vibrer la multitude de particules de poussière en suspension qui me séparaient de la patiente. Je sentais notre rencontre verser insensiblement dans l'ambiguïté. Une précision : cela ne m'était jamais arrivé. Dans notre métier, on peut se sentir attiré par certains êtres, mais le plus souvent, on garde ça pour soi, on ne craque pas. On se frustre pour continuer à pouvoir travailler sereinement. Et puis, physiquement, il faut bien le dire, les grands obèses dont nous nous occupions dans le service avaient rarement, à mon goût, un quelconque intérêt esthétique. Même si, à petite dose, la graisse peut constituer une donnée voluptueuse, voire érotique, elle était pour moi l'ennemie publique numéro un. Avec Bérénice, toutefois, ce fut d'emblée différent. Le gras la mettait presque en valeur, lui conférait une sorte de spiritualité, un peu de la sérénité d'un bouddha. Dorénavant, que je le veuille ou non, toutes mes questions prendraient un caractère inquisiteur, ou plus exactement indiscret.

– Qu'avez-vous mangé hier ?

– Je ne me souviens pas de tout… mais c'était dimanche, je me suis donc levée tard, j'étais invitée à un brunch chez une copine libraire. C'était un buffet…

– Le problème dans les buffets, c'est qu'on n'a jamais tout ce que l'on va consommer sous les yeux.

– Oui, c'est vrai, c'est piégeant. Je crois que j'ai pris un croissant, puis un jus d'orange, puis un café, puis une brioche. Ensuite, en discutant, j'ai dû me faire une tartine de tarama sans y penser. Il y avait aussi du melon, introuvable à cette époque de l'année, alors j'en ai pris une ou deux tranches en me disant que je n'allais pas rater ça. À un moment, je me suis retrouvée seule, des groupes s'étaient formés, alors j'ai continué à grignoter, pour me donner une contenance.

– C'est le cas de le dire.

– Ne vous moquez pas, docteur, dit-elle en me redonnant à siroter une lampée de son regard.

– Vous aviez faim ?

– Un peu au début. Mais après les deux premières viennoiseries, on ignore ce qui réellement vous motive, un reste d'appétit, l'envie de profiter de toute cette nourriture offerte, l'ancestral besoin de faire des réserves, allez savoir. Il n'y a pas si longtemps, l'homme luttait pour se procurer sa nourriture...

– Intéressant, ponctuai-je, mais revenez à votre brunch. L'analyse des motivations est capitale pour mettre en place un régime. Nous pourrons ainsi l'affiner, le faire coller au mieux à votre personnalité. Quels sont vos autres mobiles ? Réfléchissez.

– OK, j'avoue. J'ai dévoré ce buffet parce qu'il faut bien faire quelque chose pour tuer le temps. Malgré les amis, les connaissances, les rencontres potentielles, dans le fond, je m'ennuyais. C'est au cours de tels moments que l'envie de manger me submerge.

Je comprenais parfaitement. Il y a en nous comme un être caché qui prend le masque du plaisir, mais qui se trouve être la Grande Faucheuse, celle qui se terre dans le moindre recoin de nos cellules, qui habite au cœur de notre ADN, qui sait que notre temps est compté, qui le compte même, et qui nous pousse à nous autodétruire. C'est cette force implacable, dont les suppôts ont pour nom insuline, cortisol ou encore leptine, cette hormone qui régit l'appétit, qui poussait le bras de Bérénice à se tendre vers l'assiette de chips, à en prendre, à en reprendre.

Le temps de l'examen clinique était venu. J'étais un peu gêné. Peut-être était-ce de la voir bientôt nue, dans cet hôpital désert, elle, une amie de Stan, dont la grâce me troublait. Oui, j'avoue, je la trouvais attirante malgré tout. Notre société livre par principe une bataille aux gros qu'elle produit pourtant en grand nombre. On pourrait même dire à l'extrême que plus elle en fabrique, plus elle les hait. Elle les discrimine à l'embauche, dans les magasins. Elle en fait de véritables citoyens de seconde zone. Elle impose un modèle illusoire expurgé de son gras, qui s'étale partout comme la nouvelle norme et qui rend malheureux des millions de gens. L'exclusion par la forme. En un autre siècle, sans doute, quand les femmes arboraient leurs kilos comme autant de signes extérieurs de richesse, Bérénice aurait été classée parmi les créatures désirables. Elle n'aurait jamais consulté un nutritionniste, le métier n'existait même pas. La famine était le principal fléau, le mot même de régime était à inventer. Tout au plus, chez les bourgeois, connaissait-on la diète ou la cure.

– Déshabillez-vous.

Bérénice sembla interdite. Ses yeux m'interrogeaient : « Où ? »

– Vous avez un paravent, là, derrière vous.

Je pensais qu'elle l'avait remarqué. Mais non.

L'enquête allait commencer. Et ça, je l'ignorais.

CLINIQUE

Bérénice émergea de derrière le paravent, pas si à l'aise que ça, jeune femme qui hésite avant de s'immerger dans une piscine d'eau glacée, chevilles en extension et orteils repliés.

Sa carnation était très blanche, presque réfléchissante. L'œil était attiré d'emblée par la toilette résiduelle, affaire de contraste. La lingerie était sage, du coton mauve avec une petite frise en dentelle pour le slip. Un balconnet surélevait et rapprochait légèrement les seins, que l'on devinait massifs. Privée de ses chaussures, Bérénice restait une femme grande, sans doute de solide charpente, qui encaissait assez bien la graisse, un peu comme d'autres tiennent l'alcool. Je dis ça peut-être aussi à cause de sa manière de se tenir, de son port de tête altier et un tantinet moqueur, nonchalant. Une sorte de Peule blanche. Au jugé, elle devait avoir quinze à vingt kilos de trop, autour des hanches, sous le nombril, les fesses, en haut des cuisses. Obésité gynoïde, classique, apanage du beau sexe. Du stock pour les grossesses futures, de la nourriture pour fœtus. Sédentarité, centre de gravité abaissé. Normal.

Un examen plus attentif révélait une accumulation située plus haut, comme une dissonance, la note androïde, le mâle qui sommeille. Le gras formait une discrète nappe au-dessus des seins ; il infiltrait imperceptiblement le cou jusqu'au menton, qu'elle avait légèrement doublé, empâtant quelque peu le bas de son visage. Tout cela indiquait une attraction pour les aliments à fort potentiel protéique. Le sport, la viande, le gibier. Une chasseuse. Elle avait gardé ses boucles d'oreilles, ce qui atténuait nettement sa nudité ou plutôt, de manière assez paradoxale, la soulignait.

– Vous avez un médecin traitant ?

– Non, j'ai zappé la procédure. Je n'aime pas trop la paperasse.

Zut ! J'allais devoir me coltiner un examen physique approfondi.

J'attrapai mon mètre de couturière, pris ses tours de hanches et de poitrine, mesurai le diamètre de ses cuisses. Quatre-vingt-seize centimètres de tour de taille. Modérée l'obésité, mais déjà Bérénice appartenait à la cohorte des patientes à risque cardio-vasculaire, ce diamètre fatidique étant le reflet de l'intérieur des artères. C'était comme un écho graisseux, le superficiel augurant des profondeurs. Je devais calculer aussi son indice de masse corporelle, sa formule de Lorentz, et toute une série de petits indices que nous testions au département de nutrition. Nous étions un service de pointe. Je mesurai sa fréquence respiratoire, notai l'absence de signes d'essoufflement – au cas où les adipocytes auraient eu la bonne idée d'infiltrer le diaphragme et d'enrayer son fonctionnement. Je palpai ses muscles qui souvent s'amenuisaient sous la graisse, même chez les plus sportifs. Puis je pris sa pression artérielle – l'hypertension est fréquente dans l'obésité.

– Allongez-vous.

Vint alors le tour du bas-ventre : les ovaires étaient sensibles. Je n'avais nulle envie de me livrer à un examen gynécologique approfondi – pas vraiment dans mes prérogatives. Je me contenterais donc d'un simple interrogatoire. Le médecin et le flic ont plus de points communs qu'il n'y paraît.

– Avez-vous des cycles irréguliers ?

– Oui, depuis quelques mois, longs et irréguliers, trente à quarante jours, le bazar. Et douloureux, en plus. Ça va peut-être un peu mieux depuis que j'ai perdu mes premiers kilos.

Classique. L'insuline était un des facteurs de croissance du tissu ovarien, et il y avait de drôles de connexions entre obésité, hyperproduction d'hormones mâles et perturbation du fonctionnement de l'hypophyse, cette petite glande située à la base du cerveau, véritable chef d'orchestre des sécrétions hormonales.

– Vous en avez parlé à votre gynécologue ?

– Non, je n'ai pas encore consulté. C'est venu progressivement.

Par réflexe, je braquai les yeux sur son pubis : quelques poils dépassaient effectivement du bord de sa culotte. On devinait un fin duvet qui s'acharnait jusqu'au nombril. La preuve par neuf. Il vient un moment dans un examen médical où le patient se transforme en une sorte d'animal, un sujet à étudier en dehors de toute préoccupation sentimentale. L'affectif reflue alors pour laisser place à un froid détachement. J'en étais arrivé là. Bérénice n'était plus qu'un corps, rien qu'un corps qui abritait des indices, des signes à décrypter. Un corps habité par la graisse, hanté par des orages hormonaux, des lames de fond qui modelaient le paysage, imperceptiblement, jour après jour.

– Vous vous épilez souvent ?

Elle marqua un temps d'arrêt, surprise, comme on peut l'être en présence d'un devin.

– Oui, c'est vrai, un peu plus ces temps-ci.

Je regardai plus haut, ses bras, ses épaules. Là aussi, la graisse commençait à s'accumuler. Bérénice présentait donc de petits signes d'imprégnation par des hormones d'une autre nature, des molécules mâles, une note d'obésité androïde. Grâce à ces signes pourtant discrets, je savais qu'elle risquait le diabète, qu'elle souffrait déjà sans doute d'une mauvaise tolérance aux sucres.

Pendant que j'examinais ses jambes, à la recherche de signes de varices, de troubles de la circulation sanguine, si fréquemment associés au surpoids, je remarquai une cicatrice, longue, qui barrait son mollet. Je n'y aurais sans doute pas porté attention si elle n'avait été légèrement pigmentée : elle se détachait ainsi nettement, brune sur fond blanc.

– C'est quoi, cette marque ?

– Rien à voir, docteur, un souvenir, répliqua Bérénice, en se relevant légèrement du lit d'examen, en alerte. « Attention je vais griffer », disait son corps.

– C'était il y a longtemps, concéda-t-elle en suivant la trace de son doigt, effleurant le mien.

– Retirez votre soutien-gorge.

Il fallait encore palper ses seins, à la recherche d'une tuméfaction, le cancer du sein étant plus fréquent en cas d'obésité. Ses seins apparurent donc, massifs et blancs, avec des aréoles larges et pâles. J'étais indéniablement troublé par l'exposition, d'autant qu'elle avait gardé son buste redressé, me narguant de ses bonnets C. Appuyée sur le coude, elle semblait anormalement à l'aise compte tenu des circonstances. Une sorte d'impudeur contrôlée.

Je commençai la palpation, quadrant par quadrant, d'un air faussement concentré. Je vérifiai au passage l'absence de signe de mycose au niveau des sillons sous-mammaires, si coutumiers des plis des obèses : les champignons font leur lit dans les espaces propices à la macération. Sa peau était saine. Il ne me restait plus qu'à rechercher des ganglions au niveau des aisselles. Et c'est là, à cet endroit où perlaient quelques gouttes de sueur chargées d'œstrogènes et où pointaient des têtes de poils fraîchement épilés, qu'embarqué dans mon trouble, je laissai passer un détail. Ou plutôt, je détectai un élément insolite, mais sans lui accorder sa juste valeur. Il y avait là une quantité de graisse anormalement importante. Ça ne collait pas avec le reste. Et puis, la peau était étrangement brunâtre, comme si Bérénice avait pris le soleil justement là. Or nous étions en novembre, et les aisselles sont un lieu abrité. Mais je ne percutai pas. D'autant qu'elle ajouta d'un air ingénu, constatant peut-être que je m'attardais un peu trop dans le secteur.

– Je peux me rhabiller ?

Elle repassa derrière le paravent, et ses vêtements, qu'elle avait laissés à cheval sur la tranche, disparurent les uns après les autres. Son regard dense affleurait par moments au-dessus de la palissade. Je compris alors, à mesure que nous échangions ainsi des messages chimiques à destination de nos cerveaux affectifs, que j'allais m'occuper personnellement de son dossier. J'allais mener à bien son régime, et plus si affinités. Et le cas Bérénice semblait facile pour le spécialiste des grandes tailles que j'étais. Vingt kilos à perdre, une graisse accumulée dans des circonstances dramatiques, mais en quelques mois, donc rapidement réversible. Du gâteau. Théoriquement. La théorie…

SÉDUCTION

Quand elle s'est rassise en face de moi, la manière que j'avais de la regarder n'était plus tout à fait la même. Je revoyais la cellulite naissante en haut de ses cuisses et ses amas d'adipocytes, comme autant de couches concentriques autour de sa taille. Mais je trouvais ce corps attirant. C'était bien la première fois que cela m'arrivait au cours de ma vie professionnelle. Là, en présence de Bérénice, belle brune au regard intense, presque fiévreux, j'étais prêt à revoir ma copie. Ce n'était pas, comme on dit souvent, qu'elle aurait été mieux avec quelques kilos en moins. Non. Bérénice était belle telle qu'elle était, malgré son obésité naissante ou plutôt grâce à elle. La grâce de la graisse. Comme on disait au siècle dernier et même jusque dans les années soixante-dix, elle était « bien portante ». À présent, la vapeur s'était inversée, et Bérénice avait pris place parmi les malades en puissance, les surtaxés des polices d'assurance. Elle était atteinte par une maladie invisible qui étranglait son espérance de vie, attaquait son cœur, son foie, ses articulations, et retentissait même sans doute sur sa fécondité. Mais j'allais la débarrasser de ça, puisque tel était mon métier.

– Je vais vous prescrire quelques examens sanguins qui font partie du bilan, dis-je.

Je saisis mon ordonnancier, et je me mis à tracer sur le papier des noms barbares, la routine : bilan lipidique, glycémie, hyperglycémie provoquée, hémoglobine glyquée, etc.

Derrière l'évidente modernité de l'ordonnance se dissimule toujours l'ombre portée de l'antique guérisseur. Voilà ce à quoi je songeais pendant que je griffonnais ainsi de ma sale écriture de médecin. À mon pouvoir sur Bérénice, à mon influence sur elle. Puis je lui donnai quelques recommandations préalables à l'élaboration de sa prise en charge nutritionnelle : noter ce qu'elle ingurgitait, heure après heure, sans contrôle ni restriction, histoire de détecter ce par quoi elle était attirée, afin de définir si elle était plutôt hyperphage, boulimique ou grignoteuse.

– C'est afin de mieux vous connaître, bafouillai-je un peu, je veux dire pour savoir comment vous réagissez face à l'aliment. De toute façon, nous allons être amenés à nous revoir une fois que vous aurez fait votre bilan. Je vous promets un régime sur mesure en fonction de vos goûts, de vos inclinations.

J'écrivis une lettre à l'attention du cardiologue et lui prescrivis une échographie de l'utérus et des ovaires, pour faire le point sur ses problèmes de cycle menstruel. En fait, je traînassais, tournais autour du pot, je laissais la consultation s'enliser. Je n'avais pas envie de rentrer chez moi. Et le spectacle de la belle brune m'était préférable à la solitude. Elle aussi semblait attendre quelque chose. Un bref silence s'installa, insolite dans le cadre d'une consultation médicale. C'est là que son regard tomba sur les invitations que j'avais laissées sur le bureau.

– Vous viendrez ? demanda-t-elle.

Je regardai machinalement le carton : le groupe était dessiné à la plume, en rouge et noir sur fond orange. Une silhouette féminine, le micro comme tuteur, se dressait au premier plan.

– C'est vous ?

– Oui, enfin, c'est censé être moi et ma collègue. On se relaie. Elle, c'est une maigre !

Rires.

– Bientôt, vous lui ressemblerez…

Elle me jeta un regard moqueur. Elle avait une manière bien à elle de secouer la tête, je l'avais déjà remarquée, avant qu'elle ne se dévête. Ses cheveux noirs suivirent impeccablement le mouvement. Maudit coiffeur ! Je me sentais approcher du précipice.

– Cela commence dans une heure et demie.

Il me fallait me lancer…

– Alors, allons boire un verre.

La médecine, c'est comme la bagnole, une minute d'inattention, et tu vas dans le décor.

ORIGINES

Et voilà comment nous nous sommes retrouvés, ma patiente et moi, dans un café de la Rive gauche, à nous raconter notre vie.

– Je ne sais pas ce qui m'a pris, ce n'est pas dans mes habitudes d'inviter mes patientes à boire un verre après le travail.

– Ne vous excusez pas, vous n'êtes pas le premier médecin à qui ça arrive. Vous êtes tous les mêmes, dit-elle avec une moue équivoque.

– Vous savez, ça ne va pas très bien en ce moment pour moi, me justifiai-je, j'attends ma nomination en tant que praticien hospitalier, et je risque d'être muté dans un hôpital de périphérie… Adieu la Seine.

J'avalai une gorgée de chocolat et me brûlai le bout de la langue.

– Pour tout vous dire, mes parents sont allés vivre en Floride ; ils sont partis il y a deux mois. Ma petite amie m'a quitté… Enfin, je ne sais pas ce qui me prend de vous raconter tout ça.

Elle me regardait d'un air sérieux, le visage reposant sur ses paumes ouvertes. J'avais l'impression de lui paraître sympathique.

– Ça va aller, répondit-elle d'un air doux.

Lorsqu'un amour s'achève, on peut se sentir déprimé, penser à l'autre en permanence, ne rien vouloir d'autre que l'être aimé. On peut aussi souffrir d'un gros découvert affectif, d'un vide énorme qui ne demande qu'à être comblé. J'étais plus sensible au discours du découvert qu'à celui de la déprime. Et j'ai toujours eu un cœur d'artichaut.

– Et vous ?

– Oh, fit-elle d'une voix qui aurait dû être cristalline, mais qui prit un timbre un peu rauque, depuis que Julien est mort, ça ne va pas très fort non plus. Heureusement, j'ai un long-métrage en vue, du travail pour six mois. Je suis en train de me faire un nom dans la profession.

– Métrage, dis-je, c'est drôle, ce mot.

– Des kilomètres de bobine. Et moi dans le rôle de la couturière. Je coupe, je monte, j'assemble, je fais croire à la continuité alors que je transforme le travail initial en une sorte d'immense chandail troué.

– C'est la magie du cinéma.

– Magie ou manipulation, appelez ça comme vous voulez. Tout comme moi qui m'acharne à paraître moins grosse que je ne suis au travers de mes vêtements de camouflage. Enfin, à vous, maintenant, je ne peux plus rien cacher ; vous savez.

– Mais vous n'êtes pas mal du tout.

– Vous dites ça pour me faire plaisir, vous n'y croyez pas.

– Mais si, m'embourbai-je.

– Il y a donc un homme derrière le médecin.

– Jamais il ne dort ni ne sommeille…

Bérénice se mit à chantonner en souriant, tapotant des doigts sur la table, un air aux consonances slaves.

– Qu'est-ce que c'est ?

– Un vieil air juif russe, un truc klezmer. Ce sont vos dernières paroles, le texte exact. En entier, ça donne : « Jamais il ne dort ni ne sommeille le gardien d'Israël. » Vous connaissiez ?

– Non, c'est un hasard.

– C'est une mélopée entraînante, obsédante, le genre de truc que vous avez dans la tête et qui ne vous lâche plus de la journée. Les vieux juifs hassidiques devaient chanter ça pour atteindre l'extase.

– Pour oublier la souffrance, dis-je. *Sister morphine* version Isaac Bashevis Singer…

Elle rit, et je sentis une bouffée libératrice comme je n'en avais peut-être jamais connu avec Grace. Grace et ses côtés coincés, Grace et ses pincements de lèvres réprobateurs, Grace qui m'aimait tout en me condamnant.

– Un peu comme pour les bluesmen du Mississippi. Nous avons repris *Jamais il ne dort ni ne sommeille* dans notre groupe.

– C'est vous qui avez adapté les paroles ?

Bérénice alluma une cigarette, inondant ses bronches de gaz toxique. La scène a eu lieu peu avant l'interdiction faite aux petites usines humaines de venir consumer leur tabac dans les cafés.

– C'était moi la plus qualifiée, en effet. Mes grands-parents étaient des juifs hongrois. Ils ont été déportés peu de temps avant la fin de la guerre en même temps que toute la communauté magyare, jusque-là épargnée. Ils s'en sont tirés, mais chacun a perdu les membres de sa famille.

Notre conversation avait pris un tour inédit. Je détournai machinalement le regard vers Notre-Dame, dont les flèches se perdaient dans la nuit et la brume de novembre. Bérénice s'interrompit.

– Je vous ennuie sans doute avec mes histoires de famille.

Je gobais sa saga comme un crapaud les mouches au bord d'un marigot, au contraire.

– C'est drôle, vous parlez de vos grands-parents, mais à propos de vos parents eux-mêmes, rien.

– C'est vrai. Je n'en suis pas particulièrement fière. Côté maternel, mes grands-parents viennent du Berry. La campagne française, rien de très excitant. Ma mère est une petite bonne femme plus intéressée par les légumes qui poussent dans son potager de banlieue que par le destin du monde. Quant à mon père, il a tout refoulé de son judaïsme : ses racines à lui semblent se limiter aux oignons de sa femme. Il faut dire que mes grands-parents l'y ont bien poussé. Négation de tout signe d'appartenance, éducation archi laïque, militantisme du côté des jeunesses communistes, je ne sais même pas s'ils l'ont circoncis, c'est un sujet tabou. Et même le nom a changé.

– Votre père n'a pas dû sortir parfaitement intact de ce lavage de cerveau, dis-je.

– Sans doute. D'ailleurs, à tout prendre, je le trouve bien plus intéressant que maman.

Bérénice s'arrêta, perplexe, comme si elle était en panne d'explication. Un peu de crème chocolatée affleurait au coin de ses lèvres. Je lui tendis une serviette, machinalement.

– Papa est obèse, lâcha-t-elle. Il doit approcher les cent vingt kilos.

Je me souviens très bien de cet instant ; j'avais le sentiment d'être un archéologue grattant une mosaïque. On découvre d'abord un personnage que l'on croit unique, puis par contiguïté, d'autres silhouettes peu à peu apparaissent, et le personnage initial prend progressivement place au sein d'une réalité plus complexe. Des liens de parenté se dévoilent, des relations fortes sont mises en lumière, la fille ressemble au père, et le père à l'aïeul.

– La graisse est un excellent bouclier, dis-je, ce que le corps fait de mieux en matière d'amortisseur affectif.

– Oui, bien sûr, cela fait bien longtemps que je ne suis plus dupe. Derrière toute sa graisse, papa n'est pas un homme tranquille. Tous les ans, à l'approche des fêtes juives, vers le mois de septembre, il fait une poussée de psoriasis. Le soir de Kippour, il s'approche de la synagogue, mais n'y pénètre jamais. Je l'ai accompagné plusieurs fois, quand j'étais petite. C'était très curieux. Il tournait autour du bâtiment, on a même dû pénétrer une ou deux fois dans la cour. Je me souviens de tous ces hommes à chaussures de toile affairés comme s'ils se rendaient à un rendez-vous urgent. Mais il n'entrait pas.

– Le sage en hésitant tourne autour du tombeau, dis-je, citant un vers tiré d'une chanson de Brassens.

– Il y a un peu de ça, même si, en ce qui concerne mon père, le sage y a déjà une fois séjourné. Il me fait l'effet d'un être qui ne veut pas affronter les fantômes du passé familial et qui en même temps est fasciné par eux. Vous avez lu *La Muraille de Chine* ?

– Non, je me suis limité au *Château*.

– Peu importe, tous les romans de Kafka racontent la même histoire : des gens qui s'acharnent à pénétrer dans des espaces dont ils sont exclus. De même, mon père évite d'aborder les sujets qui lui tiennent le plus à cœur, si bien que l'on ne sait rien de lui. Ses remarques les plus anodines recouvrent comme des couvercles ses conflits les plus grands. Il a par exemple une manière caractéristique de cligner des yeux, comme s'il était ébloui de l'intérieur. Je comprends alors que c'est important pour lui. Il est l'héritier unique d'une lignée morte, ou plutôt éteinte, puisque je ne suis pas juive, pas plus d'ailleurs que ma sœur.

– Votre père a toujours été gros ?

– Je ne sais pas bien, mais je me souviens d'un déclic.

– Une cassure dans sa courbe de poids ? dis-je.

– C'était lorsque ma sœur nous a quittés. C'est là qu'il s'est mis à manger, je veux dire à manger vraiment. J'étais encore une petite fille, je devais avoir une dizaine d'années, mais je revois encore ces énormes bouchées de pain trempées dans des ragoûts plus gras les uns que les autres que mon père engloutissait. C'était devenu un ogre de conte de fées, un puits sans fond. Je crois que c'est là qu'il s'est véritablement mis à déraper.

– Ça ne vous rappelle rien ?

– Ça alors, je n'y avais pas pensé ! s'exclama Bérénice. L'ogre qui mange ses filles… Bonjour, Poucet ! ajouta-t-elle d'une voix de basse.

J'ai dû avoir l'air bête, soudain ; je ne savais plus quoi ajouter.

– Qu'est-il arrivé à votre sœur ? demandai-je finalement.

– Agnès a toujours été une personnalité fantasque. Elle avait huit ans de plus que moi, c'était comme si elle était née d'un autre lit, d'une autre époque de la vie de mes parents. Je la revois, allongée dans le salon, provocatrice avec ses pieds posés sur la table basse, ses longues jambes moulées dans un jean cigarette. Quand elle a eu 18 ans, quasiment le jour de son anniversaire, elle s'est enfuie. Je crois qu'elle n'en pouvait plus de l'ambiance à la maison, de ma mère et de son potager, de mon père et de ses silences. Au départ, elle est revenue nous voir de temps en temps. Elle créchait dans un studio du XXe arrondissement, rue des Pyrénées. Je m'en souviens, parce que papa disait à l'époque avoir perdu sa « pire aînée ». Je ne sais pas comment elle se débrouillait. Et puis elle n'était pas du genre à me faire ses confidences, je crois qu'elle me considérait un peu comme le suppôt de mes parents ou plutôt leur âme damnée. Les petits copains ont dû défiler, Agnès a toujours eu beaucoup de coups de fil, des marginaux, des motards.

– J'ai une moto, merci.

– Ce n'étaient pas des motards dans votre genre, répondit Bérénice en me regardant comme on considère un enfant sage et propre sur lui, plutôt des types à blouson clouté et tatoués, beaucoup plus âgés qu'elle. Cela rendait papa dingue, et encore plus mon grand-père. Quand Agnès est partie, cela faisait déjà longtemps qu'elle vivait en marge de la famille.

Bérénice recracha une nouvelle bouffée de fumée bleue.

– Et après, qu'est-ce qu'elle a fait ?

– Elle a dérivé. Elle a commencé par quitter Paris, la petite couronne, puis la province. Actuellement, elle vit en Bretagne, pas très loin de Perros-Guirec, je ne sais pas où exactement. Elle est antiquaire. Je crois qu'elle s'en est sortie, finalement. Elle vit seule, aux dernières nouvelles. Ça fait bien quatre ans que je ne l'ai pas revue. Parfois, elle me paraît si différente de nous que j'ai l'impression qu'elle est tombée dans notre famille par hasard. Elle était destinée à un autre couple, mais au dernier moment il y a eu maldonne. Ma grand-mère, dont j'ai longtemps admiré le détachement vis-à-vis des frasques d'Agnès, m'a révélé un jour, peu avant de disparaître, qu'elle avait eu jadis elle aussi une sœur non conformiste. Dans les années trente, Ida était tombée amoureuse d'une sorte de cosaque mal dégrossi, un jeune paysan du village voisin. Elle avait quitté la maison en claquant la porte, renonçant dans le même coup d'éclat à ses origines juives. À l'époque, ce fut un véritable scandale, une déchirure dans la petite communauté que vous pouvez imaginer très repliée sur elle-même. De même, après l'épisode, sa famille a complètement perdu sa trace. Comme si elle n'existait plus. Peut-être même a-t-elle, grâce à sa fuite, réchappé à la Shoah.

– Vous croyez en la réincarnation ?

– En tout cas, je crois en l'existence de thèmes familiaux, à la manière des rythmes de basse dans le blues. Ida n'est pas Agnès, bien sûr. Mais notre lignée engendre sans doute des personnages au tempérament extrême, en révolte contre leur milieu, comme tombés du ciel. Ils entrent en connivence, leurs histoires s'imbriquent.

– Je vous comprends, j'ai parfois l'impression d'être le double de mon grand-père. Nous ne sommes peut-être que des plagiats de gens disparus.

Les gens qui consommaient autour de nous me parurent soudain être des fantômes de personnages ayant vécu à d'autres moments, de simples représentants de biotypes qui échappaient à leurs principaux utilisateurs. Des répliquants. Autant de modèles d'ADN qui avaient déjà servi et qui se comportaient de manière prévisible, stéréotypée.

– Bérénice, c'est bien vous, tout de même ? dis-je.

– Oui, enfin, je suppose, dit-elle en plongeant à l'improviste ses yeux dans les miens. C'est un délire de mes parents. Bérénice était une princesse juive palestinienne dont Titus tomba amoureux. La passion fut sacrifiée sur l'autel de la raison d'État, le mariage n'eut jamais lieu. Et l'empereur renvoya la princesse régner sur les siens, selon Racine. Bérénice est une sorte d'Esther inachevée.

– Une tragédie sans mort, répondis-je.

– Et moi qui croyais que ça n'existait pas, clôtura Bérénice, avec une sorte de sourire extatique.

PRÉMICES

Le cœur humain est un muscle étrange. Le mien s'était mis à battre à un rythme de gavotte, cette danse de l'époque médiévale qui poussait ses cadences jusqu'à la Renaissance. J'avais encore sur les lèvres le goût de la dernière étreinte de Grace, je ne pensais pas être si vite attiré par quelqu'un d'autre.

– Vous pleurez ? demandai-je.

– Ce doit être l'émotion. Vous m'avez fait du bien, dit-elle. Merci. Vous ne vous rendez pas compte de ce que nous pouvons endurer, nous, les obèses.

– Ce n'est tout de même pas un syndicat !

– Non, mais nous pensons tous, et en particulier toutes, la même chose.

Un sourire illumina ses larmes, qui scintillèrent, croisées par un éclat de néon. Bérénice sembla prendre un bol d'air avant de se lancer.

– Depuis que j'ai grossi, je ne m'aime plus. Je me regarde, nue devant le miroir en pied que j'ai dans ma chambre. J'ai l'impression d'être comme une glace italienne qui dégouline. Comme si mon corps ne m'appartenait plus. Je le vois se transformer, impuissante et angoissée. Alors, que vous trouviez mon corps désirable, ce même corps dont j'aimerais parfois me débarrasser, dit-elle avec un zeste de coquinerie dans le maintien du buste, ça m'a fait plaisir.

Je confirmai d'un regard plongeant sur son décolleté. Elle croisa les bras comme sous le coup d'un accès de pudeur.

– Socialement, continua-t-elle, j'ai l'impression d'être devenue une sorte de paria. Dans un magasin de vêtements, la vendeuse semble me scanner de haut en bas. Ce que je pourrais éventuellement acheter se trouve au fond, bien sûr. Du loin-à-porter, en quelque sorte. Quand j'étais petite, j'étais un peu boulotte. On m'appelait « l'hippopotame ». J'ai lu une fois dans une revue que le petit gros est mésestimé par ses camarades : il est considéré comme lent, paresseux, moins intelligent que les autres. C'est faux. Et pourtant, continuait la revue, les enfants plus gros ont des résultats scolaires moins bons. Leurs complexes les paralysent, les font douter d'eux-mêmes, et peut-être leurs professeurs doutent-ils d'eux aussi. Tout cela sans doute en toute innocence, sans même s'en rendre compte. Enfin, moi j'étais plutôt une élève douée. Et l'adolescence est passée sur mon petit corps poupin. Balles neuves. Je suis devenue grande, et j'ai rejoint pendant plusieurs années le gang des minces.

Bérénice inclina la tête vers le bas, comme quand on abaisse un borsalino.

– Quand vous croisez une obèse dans la rue, vous ne pensez plus comme le croyait jadis maman : voilà une personne bien en chair, en bonne santé. Vous vous dites plutôt : en voilà une qui a un problème, qui doit même être un peu dépressive, mal dans sa peau.

– Je vous sortirai de là, dis-je, comme on fait un serment, certain de la toute-puissance de mon art. J'ai fait maigrir des corps bien plus désespérants que le vôtre.

– J'espère séjourner longtemps dans le camp des modérées. J'ai une copine à qui on a refusé une place de secrétaire parce que la distance entre son hypothétique bureau et le mur était de un mètre cinquante. Son patron ne pouvait pas se glisser derrière elle pour lui dicter du courrier. Parfois, j'ai l'impression de porter une étoile grasse.

– Vous ne trouvez pas que vous exagérez, Bérénice ?

– Oui, c'est vrai que j'en rajoute un peu. Mais lorsque vous êtes mince, vous vous sentez désirable, intéressante. Les femmes, même les femmes, vous regardent avec envie, vous ressentez comme une once de leur jalousie qui monte depuis la pointe de leurs seins. Et dès que vous grossissez, vous vous percevez comme une personne déchue de son vivant, inutile, rejetée. Alors, vous vous faites du mal sciemment, vous vous enfoncez comme si vous preniez plaisir à vous détruire, à jeter à la poubelle l'image de belle plante que vous aviez jadis.

– Il y a bien eu un début à tout ça, dis-je doucement, de peur qu'elle ne se renferme.

– C'était peu après la mort de Julien. Je me suis retrouvée seule, dans cet appartement dans lequel nous étions censés vivre à deux. Ça a coïncidé avec une période de chômage technique. Je venais de terminer le montage d'une série policière en trois parties, un gros budget, et mon prochain contrat ne commençait que trois mois après. Nous étions début août. Le club de jazz faisait relâche. Paris s'était vidé de ses habitants et de la plupart de mes amis. Bref, une vie au point mort, c'est le cas de le dire. Seule Mathilde, la « meilleure copine » de Julien, était restée. Je ne l'avais jamais particulièrement appréciée, elle était pour moi une sorte de rivale. C'était la vieille copine qui avait pensé jusqu'au bout qu'elle pourrait avoir Julien en claquant des doigts, sauf que ledit Julien avait fini par aller voir ailleurs. Lorsqu'il est mort, naturellement, nous avons formé le chœur des pleureuses. Et, entre deux sanglots, Mathilde m'a appris deux ou trois trucs sur lui, sur eux. Pendant un temps, il était sorti avec nous deux à la fois, puis il m'avait choisie. Mathilde avait des tendances mythomanes, mais ce qu'elle racontait sonnait juste. Elle me dynamitait mon histoire d'amour perdu.

– Et votre surpoids ?

– Justement, ça vient d'elle, quand j'y pense. Une image me revient : un pot de Nutella, tout neuf, mais oublié, avec sa capsule intacte, et une fine couche de poussière sur le gros bouchon immaculé. J'avais mis *Ascenseur pour l'échafaud*, l'enregistrement de Miles Davis, une improvisation intégrale sur les images du film de Louis Malle. Nous avons fait griller du pain, des toasts blancs pleins de mie, nous avons tartiné la crème épaisse. Nous sommes allées jusqu'au fond du verre, jusqu'à ce que le couteau ait fait quasiment disparaître toute trace de brun. Je me suis enfoncée dans le chocolat comme on pénètre dans un sable mouvant, comme on sombre dans l'alcool. J'ignore si ma compagne de beuverie était consciente de ce qu'elle faisait, mais Dieu que c'était bon, jouissif, et calmant, cette pâte à tartiner les blessures. Je suis redevenue la petite fille complexée que je croyais enfouie à jamais. Cette petite garce a repris les commandes sur moi. Je ne sais pas ce qui me prend, je ne sais pas pourquoi je vous raconte tout ça. Je vous ennuie.

MATHILDE

Bérénice avait les yeux brillants, gorgés des larmes accumulées dans les culs-de-sac de ses paupières, de l'eau bourrée de sel et de stress qui n'attendait qu'un clignement de cils pour se répandre.

– Et après le Nutella ? demandai-je doucement.

– Nous avons cherché d'autres sources de carburant, dit-elle en imbibant le mouchoir, nous nous sommes attaquées aux biscuits à apéritif enfermés dans un autre placard.

– Pas vraiment un biocarburant, remarquai-je.

– Nous les avons picorés les uns après les autres, nous promettant chaque fois que ce serait le dernier. Mais le salé donne soif, c'est bien connu. L'épicier du coin, par malheur, était ouvert en août. Mathilde est remontée avec deux fois six canettes de Coca, pas du light, ni du zéro, du rouge, du vrai. Le Coca, c'est jouissif. Nous l'avons descendu en un rien de temps.

– Savez-vous pourquoi la pub conseille de boire les sodas glacés, ma chère Bérénice ?

– Non, grand maître de la nutrition, répondit Bérénice en inclinant la tête.

– En réalité, seul le chaud calme vraiment la soif. Les Touaregs le savent bien. Sur le coup, effectivement, la sensation de glacé désaltère, mais elle ne resserre les papilles gustatives que pour mieux les dilater ensuite. Résultat : immanquablement, on a envie de se resservir. Les ingénieurs en agroalimentaire le savent bien, ils en usent. Et qu'est-ce qu'on consomme d'autre à l'apéritif ? Du sel. Biscuits, petites charcuteries, fromage, tout se conjugue pour alimenter cette satanée sensation de soif. Qui investit massivement dans l'industrie des crackers et autres cacahuètes ?

– Les mêmes que ceux qui vendent les sodas, j'imagine.

– Gagné !

– Vous avez trouvé ça tout seul ?

– Disons que mon activité m'amène à procéder à certains recoupements, dis-je en me redressant.

– Cher maître, il faut bien mourir de quelque chose. Mourir à l'apéro, entouré d'amis diabétiques et d'hypertendus, ce n'est finalement pas si triste. C'est toujours mieux que de mourir de faim.

– Peut-être, concédai-je. Enfin, moi, je préférerais mourir en bonne santé. Mourir, d'accord, mais souffrir, pourquoi ? Parce qu'il faut bien garder à l'esprit que tous ces gens, debout avec leur verre à la main, souffriront tôt ou tard. Ils finissent par devenir aveugles, font des infarctus qui les amoindrissent, investissent dans des prothèses de hanche, se bourrent de médicaments.

– Vous êtes pessimiste pour un médecin, dit-elle en retirant une poussière sur le haut de ma veste. Passer une bonne soirée, ça a un effet euphorisant, et peut-être que c'est ça finalement qui rallonge la vie, qui maintient en forme, malgré les biscuits et les canettes. Alors il vaut mieux ne pas savoir, peut-être, à quelle sauce la mort va nous déguster.

Bérénice s'interrompit, regarda le plafond, le luminaire Art déco, peut-être.

– Vous en étiez à ce mois d'août, à Mathilde…

– Ah oui, dit-elle. C'était vraiment une sale période, quand j'y pense. Nous nous sommes empiffrées ainsi jusqu'au début du mois de septembre. Et puis, la vie est revenue, le travail a repris, des proches sont rentrés. Mais je faisais déjà cinq kilos de plus. Et ma grossesse était lancée.

Bérénice avait retourné sa tasse, posé sa cuillère dessus.

– J'étais bien enceinte de Julien. Sauf qu'au lieu de me faire vomir tripes et boyaux, la petite vie qui creusait en moi me poussait vers des aliments poisons. Et, avec Mathilde, je me suis enfermée dans une sorte de relation malsaine. Je le sentais bien, mais elle exerçait sur moi une sorte de force d'attraction, une influence morbide. Je suis devenue son objet, sa poupée sanglante, elle faisait de moi ce qu'elle voulait. De toute façon, j'étais en état de choc.

– Elle était le seul lien qui vous unissait encore au défunt.

– Sauf qu'elle, elle n'a jamais vraiment grossi. Je ne sais pas si elle se faisait vomir ou quoi, mais son corps est resté svelte. Elle voulait m'enlaidir.

– Elle n'a pas tout à fait réussi.

– C'est gentil, mais à présent je me sens si lourde.

– À votre âge, les choses sont réversibles.

– Nous verrons, répondit-elle avec une moue dubitative, en m'attrapant le bras d'une pression de doigts confiante.

– Julien n'avait pas d'autres amis ?

– Si, mais personne de très proche. Nous étions très amoureux lorsqu'il a disparu, et nous avions pas mal fait le vide autour de nous. Ça avait éloigné les gens. Et je n'étais pas à l'aise avec ses amis. Je me sentais comme une gêneuse à leurs yeux. Yoko au pays des Beatles. Il me semblait qu'ils se demandaient ce qu'il faisait avec moi, pourquoi il m'avait choisie. Seule Mathilde paraissait m'apprécier.

– Et l'enfant ?

– C'est elle qui m'a accompagnée à la clinique, encore elle.

– Il n'y avait personne d'autre pour vous assister, je ne sais pas, vos parents, votre sœur ?

– Je ne pouvais pas, j'étais trop mal. Mes parents ignoraient que j'étais enceinte, je ne voulais pas leur causer de peine supplémentaire. Agnès était au diable, elle n'était même pas venue à l'enterrement de Julien. Mathilde a tenu à assister à tout, à m'assister en tout. Elle était là aussi quand la sage-femme m'a tendu le comprimé létal qui m'a fait perdre tout mon sang. Le sac s'est décroché, l'embryon a été balayé. Je me suis dégonflée. Pendant que mon utérus se mouchait, j'étais devenue tellement dingue que je croyais entendre Julien hurler.

Je crois que je me suis gratté l'oreille, j'ai regardé la rue. Je me sentais incapable de la consoler.

AFFRONTEMENT

– Qu'y a-t-il ? me demanda-t-elle.

En musique de fond, le bar avait laissé filer des rythmes cubains. Je reconnus les voix de vieillards agrippés à des guitares précastristes qui racontaient des histoires grivoises. *Hora feliz !*

– Ma mère a perdu un enfant à cinq mois de grossesse. J'avais 4 ans. Elle a dû faire une sorte de dépression. J'ai appris par la suite, beaucoup plus tard, qu'ils avaient été obligés de lui retirer l'utérus en urgence. Quand mon père est venu démonter le petit lit supplémentaire qu'il avait installé dans ma chambre, j'ai compris qu'il s'était passé quelque chose d'irréversible. Sur le coup, je me suis senti rassuré, et un peu coupable aussi. La période a été difficile. Je me levais en pleine nuit, réveillé par d'étranges cauchemars que je m'empressais d'oublier. Et j'ai recommencé à faire pipi au lit. Mes parents ont essayé à peu près tout pour me tirer de là, le pédopsychiatre, le réveil préventif en pleine nuit, la conduite aux toilettes à 3 heures du matin, en somnambule.

Bérénice avait ouvert les cataractes de mes souvenirs.

– Mais j'imagine que vous êtes propre, à présent ? lança-t-elle, espiègle.

J'ai ri, un éclat de fin de crise.

Nous sommes restés ainsi un instant, à ruminer nos histoires parallèles.

– Avec Mathilde, vous vous voyez encore ?

– Je n'ai pas eu de ses nouvelles depuis plus d'un an. Je lui avais piqué son mec, elle m'avait dynamité mon embryon. D'une certaine manière, nous étions quittes, je l'ai sortie de ma vie. J'en ai eu marre de l'avoir à mes côtés, elle me maintenait la tête sous l'eau. La dernière fois fut une sorte de grand soir. C'était en octobre dernier. J'avais déjà commencé à prendre mes distances, mais Mathilde avait trouvé un prétexte pour venir me voir, elle voulait me rendre un CD de Carole King, le fameux *Tapestry*. Cela faisait plusieurs semaines que je la tannais avec ce disque, j'y étais très attachée. *Will You Still Love Me Tomorrow* était notre chanson emblématique, à Julien et moi. Nous avions même graffité la pochette, ensemble, un soir, peu avant sa mort. J'étais tellement heureuse de récupérer ma relique que je lui ai proposé de rester dîner. Nous n'habitions pas très loin l'une de l'autre, près de la Nation. Je pouvais même apercevoir ses fenêtres de mon balcon. J'avais fait une marmite de pâtes, des spaghettis à l'arrabiata. J'accusais déjà dix kilos de trop à l'époque. Après le dîner, nous avons commencé à boire, vautrées comme deux poivrotes sur le canapé. Je lui ai vomi dessus, ça a commencé comme ça.

J'ai dû rouler des yeux exorbités.

– C'était une pure indigestion. J'avais trop mangé, trop bu de chianti. Lorsque Mathilde s'est retrouvée avec tout ce vomi sur les cuisses, elle est devenue comme folle. Une femelle guerrière. Tout son fiel s'est déversé sur moi, sa jalousie accumulée, ses frustrations. J'ai découvert à quel point j'étais une source de souffrance pour elle.

Bérénice s'est crispée. Comme si son corps avait retrouvé une posture d'attaque.

– Glissant dans les pâtes à peine attaquées par l'acide, Mathilde s'est levée, en titubant, il faut dire qu'elle était bien avinée, elle a ouvert le frigo, a sorti les tomates et s'est mise à me les lancer. La scène aurait pu paraître cocasse, sans son regard de démente. Je me suis levée, cherchant à éviter les projectiles. Je me suis abritée derrière le canapé, mais elle m'a débusquée en me renversant le contenu des bouteilles de lait sur la tête. Soudain dégrisée, j'ai pris peur, j'ai tenté de lui faire entendre raison, mais elle fonctionnait comme le cœur d'une bombe atomique après le début de la réaction en chaîne. Après le lait, elle s'est jetée sur moi. Nous avons roulé au sol, chacune imbibée de liquides divers. Le lait, le vomi, la tomate écrasée. L'odeur n'avait plus vraiment d'importance. J'ai commencé à comprendre que je luttais pour sauver ma peau. Ses doigts ont arraché mon chemisier, ils ont cherché ma gorge. Je les ai écartés tant bien que mal. Je me suis dégagée, j'ai couru vers la porte en glissant. Mais elle était fermée à clef et Mathilde tenait le trousseau avec un rire mauvais. J'étais face à une tueuse avec un regard de chien fou. Alors j'ai éteint la lumière, pour me soustraire à ses yeux devenus déments, pour que la pénombre me vienne en aide. Les lumières de la rue permettaient de percevoir les formes. Et Mathilde, comme une masse, postée devant la porte. Nous sommes restées ainsi un moment, en silence. Avec juste le bruit de nos respirations.

Bérénice s'arrêta, inquiète, je la voyais debout dans son appartement, prête à revivre la suite.

– Sortons, si cela ne vous dérange pas, me dit-elle, j'ai besoin de marcher. Et puis, c'est bientôt l'heure du concert. Nous avons passé notre temps à parler. Cela m'a fait sauter un repas.

– Le début du traitement, dis-je, affichant une mine presque victorieuse, mais frustré qu'elle me laisse ainsi sur ma faim.

SANG

Il était 21 h 30 environ. Nous nous sommes retrouvés à marcher sur les quais en direction de Saint-Germain, Notre-Dame dans le dos avec sa mise en lumière orange. Bérénice à côté de moi, je pris conscience de sa prestance. Un bel animal, un spécimen de ce que l'espèce humaine avait su fabriquer de mieux grâce à des millions d'années d'évolution, une *Homo sapiens sapiens* en manteau d'hiver. Elle était un peu plus grande que moi. J'ai toujours apprécié les longues femmes. Je les trouve encore plus impressionnantes allongées, peut-être à cause du nombre de centimètres carrés singulièrement important à explorer, des organes plus vastes, je ne sais pas, une géométrie différente des petites. Elle reprit spontanément le fil de son histoire.

– Mathilde, comprenant que l'obscurité la désavantageait, a ouvert le réfrigérateur. C'était la seule source électrique à proximité. Il y avait là, sur la seconde étagère, la plus à portée de main, un poulet rôti entamé, une carcasse. Elle l'a saisi et me l'a balancé. Et les crèmes dessert aussi, qui sont allées éclater sur les murs. Elle a vidé le frigo de son contenu, méthodiquement, improvisant des projectiles que j'esquivais au fur et à mesure. Au bout d'un moment, comprenant que l'obscurité ne résolvait rien, j'ai rallumé la lumière, je me suis rapprochée d'elle malgré les impacts, me protégeant de mes avant-bras. Je voulais l'arrêter, la sortir de chez moi, la pousser dans l'escalier. J'avançais pas à pas, les fringues dégueulasses, couverte d'égratignures, prête à griffer, à mordre. C'est à ce moment qu'elle s'est tournée vers le plan de travail, elle avait épuisé ses munitions. La machine qu'elle semblait être devenue ne pouvait décidément pas fonctionner à vide. Son regard a croisé une bouteille de vin, elle l'a saisie par le goulot, elle l'a frappée contre le rebord. Le vin s'est répandu sur le sol en glougloutant.

Un bateau-mouche passa, surexposant provisoirement les immeubles plantés sur le quai d'en face.

– Qu'est-ce qu'elle a fait ?

– J'ai crié : « Arrête ! », mais elle a avancé sur moi comme une forcenée. J'ai reculé jusqu'à la fenêtre, je me suis trouvée acculée sans pouvoir fuir, je n'ai qu'un petit deux pièces. Mathilde m'a fait une sorte de balayage, je suis tombée, l'entraînant dans ma chute. Nous avons à nouveau roulé au sol. Mathilde était armée et elle voulait vraiment me faire du mal, me tenant à la gorge. Je voyais le verre à vif s'approcher de mon visage, je lui ai enfoncé les doigts dans les yeux. Elle a lâché prise et, dans le mouvement, la bouteille s'est enfoncée dans mon mollet. Le sang a jailli, une vraie cascade de sang rouge.

– Les muscles sont des organes très vascularisés, observai-je, cherchant à me raccrocher à un fait intangible.

Je cherchais surtout à cacher mon inquiétude rétrospective, me rendant compte que je tenais peut-être déjà à elle.

– Ne faites pas le prof, réagit-elle. Je vous signale que j'aurais pu y passer. C'est ce sang qui m'a sauvé la vie. Soudain, elle s'est redressée, comme une épileptique qui reprend conscience. Moi j'étais au sol, appliquant mon poing sur ma plaie. Elle a fini par ouvrir la porte et par s'enfuir. J'entends encore la dégringolade de ses pas sur le bois de l'escalier. Je ne l'ai jamais revue.

JAZZ

Quand Bérénice chantait, son corps disparaissait. C'était comme si un autre être enfermé en elle demandait à sortir. Alors, elle entrouvrait les portes de son larynx, ses cordes vocales s'écartaient et le son se frayait un passage au travers de ces rideaux rouge opéra. L'air expulsé par Bérénice se colorait d'harmonies inattendues, vent d'est qui prenait son origine dans les plaines de Sibérie et s'amplifiait en se déversant sur l'Europe occidentale. Le chant, c'est très technique, mais la voix, c'est l'âme, le génie de la lampe frottée. Et les airs viennent parfois de loin, d'endroits que l'on n'imagine pas. Pourtant, Bérénice ne faisait que reprendre les standards de jazz des années cinquante-soixante, mais elle leur insufflait un je-ne-sais-quoi de réminiscences klezmer, et sa voix se tortillait comme ces personnages déséquilibrés des tableaux de Chagall. Gershwin visité par des fantômes.

J'étais assis dans cette cave de Saint-Germain à siroter un bloody mary. Mon ami Stan effleurait les cymbales de sa batterie d'un air songeur dans les espaces vides laissés par Bérénice lorsqu'elle reprenait son souffle. Contretemps, contre-air. Sans doute stimulé par les syncopes, je laissai mon regard caresser le corps ondulant de ma patiente.

À l'entracte, elle vint s'asseoir à côté de moi. Stan nous rejoignit, tandis que le sax et le piano allaient boire un verre avec leurs groupies.

– Hugo Man *himself* ! Les médecins ont donc une vie nocturne ?

– Demain, je marcherai au radar, mais peu importe…

– Je t'avais avertie que c'était un bon médecin, lança-t-il à son amie avec un sourire qui dévoila ses dents de consommateur chronique de chewing-gum.

J'étais un peu mal à l'aise, je les sentais complices à mes dépens, comme s'il y avait eu un plan prémédité entre eux. En même temps, il semblait heureux que sa vieille partenaire cesse d'avoir le blues.

– Bérénice est une patiente de rêve, dis-je. Ça fait longtemps que vous jouez ensemble ? ajoutai-je pour détourner de mon nombril un esprit que je savais caustique.

– Trois ou quatre ans déjà, répondit Stan. On a même fait des tournées ensemble. Ne me la fais pas trop maigrir. Depuis qu'elle s'est arrondie, son timbre est plus velouté. Elle a même gagné en puissance.

A-t-on déjà vu un nutritionniste respecter la graisse ?

– Dites donc, je ne suis pas seulement une voix, je suis aussi une personne, intervint Bérénice.

Stan piqua quelques olives vertes dans le ravier déposé devant nous.

– J'aurai encore quelqu'un à t'adresser, persifla-t-il, une copine.

– C'est la loi des séries ?

– Ces temps-ci, répliqua Stan, on dirait que c'est une véritable épidémie. Regarde autour de nous.

Mes yeux se posèrent sur le barman. Cas typique d'obésité masculine : ventre proéminent s'étalant au-dessus du nombril, épaules infiltrées de graisse. Membres assez grêles. Alcool et viande. À côté de nous, trois amies elles aussi atteintes, surtout celle du milieu. Je l'avais observée lorsqu'elle était allée aux toilettes. Un peu plus loin, deux ados attardés, en cours d'alcoolisation, plantaient dans leur guacamole des chips mexicaines, mauvais remake de tortillas nachos, charmant alliage de maïs d'ascendance aztèque certes, mais génétiquement modifié, d'huile saturée, de sel et d'extraits chimiques censés mimer le goût du piment, travail d'orfèvre d'un expert en flaveurs. L'ersatz plus vrai que le vrai, trente calories la bouchée, au jugé. Les deux corps, déjà fortement boudinés par des années d'excès, étaient assis sur des sièges trop étroits pour eux, des sièges conçus dans les années cinquante, juste après les années de guerre et leurs tickets de rationnement. Peut-être faudrait-il redimensionner tout ce mobilier pour l'adapter à la nouvelle société, les sièges d'avion, les autos, les matelas et les sommiers, les poubelles, les chiottes. Plus lourde, l'espèce humaine devenait encore plus polluante, elle consommait plus d'énergie pour se déplacer, inventait des Airbus obèses à son image. Comme elle mangeait plus, elle avait sans cesse besoin de plus de terres pour se nourrir, abattait plus d'arbres, augmentait sa consommation de pesticides, donc de pétrole. Les vêtements toujours plus larges poussaient l'humanité dans le même sens, le nouveau standard XXL surdimensionnait les champs de coton. Ainsi, de manière pernicieuse, à sa manière, l'obésité influait sur l'effet de serre, sur le réchauffement climatique, elle mettait un peu de son poids dans la balance. La graisse humaine avait créé un écosystème diabolique, enclenché une réaction en chaîne. Mais Stan m'avait demandé mon opinion.

Je repris le fil de la conversation.

– Il y a une semaine, j'ai fait une communication sur l'obésité des adolescents. C'est vraiment un truc récent, dont on n'imagine pas encore toutes les conséquences à long terme.

Bérénice me lança un regard équivoque. La musique avait repris, un trio brésilien, accords de samba sur guitare sèche, parasités par le bruit des doigts écartelés par les accords en treizième glissant sur les cordes. Je recentrai sur le péril jeune. J'avais probablement bu plus que de raison ; je me lançai dans une sorte de conférence improvisée.

– L'enfant obèse, c'est un concept gênant, la fin du « mange, mon fils », asséné par nos parents de peur d'avoir des enfants trop malingres. Cette angoisse de l'enfant qui ne mangeait pas assez était sous-tendue par l'importante surmortalité infantile. Jusqu'à la première moitié du XXe siècle, l'enfant était une sorte d'être en sursis, devant faire la preuve de son acceptation sur Terre, une demi-portion assise sur le strapontin de la vie.

– J'étais un gosse des rues, embraya Stan. Je me reconnais.

– Tu serais né quinze ans plus tard, répliquai-je, tu étais cuit. Parce que, tu vois, l'obésité infantile, personne ne l'a vue arriver, peu de nutritionnistes ont perçu son caractère d'emblée explosif, épidémique. Les choses commencent dès avant la naissance, une mère, souvent issue d'un milieu défavorisé, qui ne fait pas attention, indulgente vis-à-vis d'elle-même, s'abat sans discernement sur toute cette nourriture bon marché qui coule à profusion. Imagine ses mâchoires d'ogresse qui s'ouvrent et se referment, articulées par la frustration affective et sociale, largement arrosée par des millions d'unités d'hormones de grossesse.

Ils me regardaient avec des yeux ronds. Parler de la graisse m'a toujours rendu lyrique. Et puis, *in vodka veritas*, c'est bien connu.

– Le bébé naît déjà trop dodu, trop potelé pour être honnête. C'est difficile à admettre, mais il y a de plus en plus de nourrissons obèses. Avec son poids de naissance, l'enfant est plus vorace, plus goulu. Pour avoir la paix – plus il est lourd, plus il fait ses nuits tôt, il est plus placide, dort davantage – ou parce que ça les valorise d'avoir un bébé qui mange bien, les parents lui servent des biberons trop chargés. Lorsque les dents pointent, elles sont déjà cariées, un peu comme les GI en Normandie, déjà morts dans les barges, criblés de balles avant même d'avoir débarqué.

– Il faut sauver le bébé Ryan ! rebondit Stan.

– Difficile, car le bébé Ryan est une cible idéale pour les publicitaires. Ce qu'il veut, c'est du sucre, du sucre, du sucre… Et ses prunelles voraces sont attirées par les couleurs vives des paquets de céréales sursucrées du petit déjeuner. La communication des fabricants est fondée sur les prétendus bienfaits nutritionnels de ces produits, plus de fibres, plus de vitamines, plus de tout, mais ils passent sous silence les habitudes qu'ils façonnent. L'addition au berceau, ou plutôt au saut du lit. Mais ce n'est pas tout…

– D'ici cinq minutes, je remonte sur scène… allez, dis-moi tout, docteur ! ironisa Stan.

– Aux États-Unis, il y a eu une forte poussée d'obésité infantile au cours des années quatre-vingt-trois à quatre-vingt-cinq. Vous savez pourquoi ?

Les réponses fusèrent.

– La multiplication des fast-foods ?

– Non.

– L'achat de plusieurs automobiles par famille ?

– Nenni.

– La création de nouvelles variétés de corn-flakes ?

– Pas plus.

– Langue au chat, lança Bérénice.

– En fait, ce sont des causes possibles, dis-je. Mais le fait majeur, à cette époque, en tout cas c'est comme ça que les nutritionnistes expliquent les courbes, c'est l'apparition de l'ordinateur personnel dans les foyers. Fascinés par leurs écrans domestiques, par cette nouvelle interactivité, les enfants se sont mis à passer des heures devant leurs nouveaux amis. Happés par les programmes et les jeux comme par autant de trous noirs, puis par le développement d'Internet et du *chat*, ils se sont mis nécessairement à moins bouger, troquant le sport contre la chaise, passant de plus en plus de temps à la maison, au désespoir de leurs parents qui ont dû lutter, quand ils en avaient les ressources ou la force, contre beaucoup plus fort qu'eux.

– Oui, c'est ça, reprit Stan, quand ma sœur a divorcé de son escogriffe de mari, une espèce de coureur de jupons à trois balles, mes neveux avaient dans les 6-8 ans. Un garçon, une fille. Ils jouaient déjà à des proto-jeux informatiques sur leurs PC de troisième génération. Mais ma sœur est une personne très sophistiquée. Voulant leur offrir une source de distraction supplémentaire, et peut-être aussi pour masquer son flip, elle les a abonnés au câble ou au satellite, je ne sais plus exactement. En tout cas, ça a mis les gosses sur orbite. Déjà qu'ils étaient pas mal accros… J'étais attaché à ces gosses, mais, au bout d'un moment, ils ne voulaient même plus sortir de chez eux. C'est à ce moment qu'ils ont commencé à s'empâter.

– Les Américains appellent ça la *TV coach potatoes*, résumai-je. La télévision s'avère encore plus dangereuse que la console de jeux car, devant l'écran de télévision, l'enfant est encore plus inactif. Devant l'ordinateur, au moins, il réfléchit pour jouer et il a les mains occupées, donc il grignote moins.

Stan profita de mon interruption pour avaler deux ou trois cacahuètes. Ses mouvements de mastication, brefs et coupants, faisaient encore plus ressortir la maigreur de son visage. Sa peau fine, faiblement éclairée par les lumières du caveau, semblait tendue sur son squelette : un cuir de chameau sur une darbouka. Drôle de bonhomme, pensai-je, comme si je le découvrais pour la première fois.

– C'est ma nièce qui a posé le plus de problèmes. Au moment de son adolescence, elle est devenue agressive vis-à-vis de ma sœur et s'est rapprochée de son père, qui pourtant payait sa pension alimentaire au lance-pierre.

– Ça faisait moins à manger, intervint Bérénice, sarcastique.

– Vers l'âge de 12 ans, la petite, qui était plutôt du genre boulotte, a brutalement cessé de s'alimenter normalement. Personne, pas même ma sœur, qui vivait avec, n'a compris ce qui se passait. Au départ, ma sœur s'est réjouie de voir enfin sa fille obéir aux canons d'apparence physique de l'époque. Très vite, elle s'est aperçue que quelque chose clochait. C'était un aller sans retour, un régime ultra, intégriste, un régime à mort. Le but avéré de la petite n'était pas de venir à bout de sa graisse, mais d'elle-même. Non contente de fondre, Prunelle, c'est son nom, devenait plus méchante et agressive à mesure de son voyage au bout de la graisse. Je la revois encore, vociférant contre sa mère qui la sommait de s'alimenter, repoussant dégoûtée du dos de sa fourchette un morceau de légume, découpant sa viande en de petits bouts ridicules qui finissaient dans la poubelle.

– Pour l'anorexique, l'aliment est suspect, expliquai-je à l'attention de Bérénice. Et puis, l'anorexie est presque toujours le symptôme d'un problème avec la mère. Inquiète, possessive, voire battue. Pas une fille ne saurait vouloir ressembler à un modèle pareil.

– Ce que l'anorexique hait en elle, c'est la femme, si je comprends bien, fit Bérénice, aspirant une gorgée de Coca-Cola rouge.

– Ma sœur a commencé à réagir lorsque la courbe de croissance de Prunelle s'est cassée, reprit Stan. Elle a compris que la vie de sa fille était menacée. Curieusement, plus la petite maigrissait, et plus son frère grossissait, comme si la famille était posée sur une même balance et que ce que perdait l'un devait être récupéré par l'autre.

– Le cas de tes neveux est fréquent. Je reçois douze patients par jour dont l'obésité a commencé à l'adolescence. Et l'anorexie et la boulimie ne sont dans le fond que deux faces d'un même Janus.

– Un peu comme le communisme et le fascisme, éclaira Bérénice.

– Exact, dis-je. L'adolescence est un âge critique du point de vue du poids, car même lorsqu'elle se déroule normalement, le corps se déforme. C'est comme un reste de métamorphose invertébrée, la larve qui se change en chrysalide. À cette époque de la vie où les hormones modèlent leurs territoires, où l'on se trouve moche, les dérapages alimentaires sont fréquents. Restrictions en tout genre souvent délirantes, grignotages incessants, sentiment d'écœurement ou de dégoût de soi après avoir trop mangé. Les questionnaires hospitaliers que l'on fait remplir aux anorexiques et aux boulimiques sont remplis d'exemples de troubles du comportement alimentaire.

– Quand le docteur Man aura fini de ramener sa science, intervint Bérénice, on pourra enfin savoir ce qui est arrivé à Prunelle.

– En un peu plus d'un an, elle est devenue une espèce de squelette ambulant. Elle a fini dans un service spécialisé dans les cas d'anorexie rebelle, avec interdiction totale des contacts avec le milieu familial. Une sorte de quartier de haute sécurité pour délinquants alimentaires.

– Elle est… décédée ? demanda Bérénice sur la pointe des pieds.

Même les Brésiliens semblaient avoir stoppé leur bossa.

– Eh non ! s'exclama Stan d'un air presque joyeux, avec le sourire retroussé du Joker dans *Batman*. Lorsqu'elle a touché le fond, une sorte de fée s'est penchée sur elle et l'a fait redécoller. Personne ne sait ce qui s'est passé à l'époque. D'après ma sœur, sa fille aurait fini par lui pardonner.

– Qu'avait-elle donc fait ?

– Je ne sais pas, dit Stan. J'ai lu que les anorexiques étaient des gens bizarres. À 12 ans, Prunelle ne voulait pas ressembler à sa mère. Il ne fallait pas que cela advienne. Elle s'est battue bec et ongles pour faire machine arrière, pour ravaler ses hormones au fur et à mesure qu'elle les produisait.

– L'anorexie version Peter Pan, si j'ai bien compris, intervint Bérénice en recrachant la fumée de sa Marlboro light.

– En tout cas, les deux femmes ont enfin appris à se supporter. Aujourd'hui, Prunelle est redevenue obèse. Mieux vaut reporter sa mort de quelques années que de quelques mois, puisque, de toute manière, il faut mourir.

De tout ça, la fille d'Ipanema s'en balançait. Et Bérénice, Stan et les autres se levèrent pour enchaîner.

CHE

Nous sommes sortis de la boîte de jazz vers 1 heure du matin. Il faisait froid. Bérénice s'est rapprochée de moi. Nos vêtements sentaient le tabac froid et nos souffles nous précédaient dans l'air devenu sec. Par moments, dégrisé le temps d'une taffe d'air, je me disais que tout cela n'était pas très raisonnable. Que diraient mes collègues, autant à l'affût de nouvelles découvertes en matière d'obésité que de potins sur la vie des autres ? L'hôpital est un petit milieu où l'on persifle et où l'on juge. Mais cette fille me fascinait. À sa manière, elle me donnait l'impression d'avoir emmagasiné du mystère. Une belle plante, séduisante, peut-être vénéneuse.

Je l'ai raccompagnée chez elle. Elle habitait un immeuble dont les fenêtres donnaient sur la rue Saint-Jacques. J'ai fait mine d'hésiter sur le bord du trottoir. Elle a tourné le visage vers le mien et m'a embrassé en me serrant les joues entre les paumes. C'était à mi-chemin entre un baiser d'adieu et une invitation à aller plus loin.

– Je suis censé faire quoi, moi ? ai-je dit.

Son regard était rendu brillant par le froid. Mais, même à l'heure du bonheur, traînait dans les yeux de Bérénice un soupçon de tragique. C'était un regard partagé, une moitié pour moi, le reste pour elle.

– Vous êtes libre, Hugo Man.

J'ai grimpé l'escalier à sa suite. Le chêne grinçait sous son poids, et mes yeux étaient rivés sur son postérieur généreux, un postérieur que j'allais devoir faire fondre, hélas. Je faisais vraiment un sale boulot. Où donc s'en irait toute cette graisse ?

– Je suis désolée, c'est un peu le bazar. J'avais peur d'être en retard à mon rendez-vous.

Le petit appartement qu'occupait Bérénice semblait presque disproportionné. On avait l'impression qu'elle avait paramétré les meubles, les volumes, les espaces au temps de sa minceur, et qu'elle y avait grossi ensuite. Qu'est-ce qu'un appartement de poids normal ? Je ne sais pas. Chez ma nouvelle patiente, les fauteuils semblaient petits, les chaises unijambistes, le canapé rigide. Les logettes de la bibliothèque, aussi étroites que des cellules carcérales, étaient farcies de livres qui paraissaient vouloir s'échapper, comme autant de bourrelets de bouquins qui débordaient. La cuisine américaine, invitation au fast-fooding, était constituée d'éléments tout en hauteur dans lesquels les assiettes s'empilaient comme les étages des gratte-ciel new-yorkais. L'espace entre le coin cuisine et le salon, sans doute conçu par un cuisiniste nordique, était mince, tout au plus quarante petits centimètres. Bérénice ne pouvait manifestement s'y engager que de profil, à moins d'en faire le tour. J'ignore si elle était consciente de tout ça, mais cet appartement était conçu pour une obésité transitoire. Seule une photo plus noire que blanche du Che cassait les proportions : le guérillero en treillis était allongé dans l'herbe, Jésus moderne contemplant l'univers anorexique de mon obèse.

– C'est étonnant, dis-je en désignant le bonhomme lascif, habituellement on le voit debout, en héros romantique des temps modernes.

– J'aime bien ce portrait. C'est une des dernières photos dont on dispose, elle a été prise quelques jours avant sa mort. Lâché par Castro, Ernesto Guevara est cerné par la CIA. Il sait sa fin inéluctable et profite de sa dernière bouffée d'adolescence. Il pense peut-être à son Argentine natale, à ses études de médecine abandonnées.

Bérénice me prit par la main, m'entraînant dans la seconde pièce.

– Je vous fais faire le tour de la propriétaire.

Je ne savais pas si je devais rire. Elle avait l'air très à l'aise. On sentait bien qu'elle savait qu'elle avait fière allure.

La chambre était minuscule, le lit en occupait les deux tiers. Bérénice retira son pull-over, reproduisant les gestes qu'elle avait eus quelques heures auparavant derrière le paravent. Mais là, je n'étais plus dans l'empathie d'une consultation médicale. Je voulais revoir ce corps, je voulais en profiter de manière privée, je voulais retrouver ses seins pour un autre type de palpation.

Bérénice s'était allongée sur le lit, presque dans la posture de celle du Che. Je délaçai mes chaussures et allai la rejoindre.

Plus tard, au décours d'un essoufflement, elle me posa une sorte de devinette.

– Quelle est, selon toi, la différence entre l'amour et la pornographie ?

– L'émotion, répondis-je, faisant mine de réfléchir.

– Tu n'y es pas, dit-elle. Pour nous cinéastes, c'est uniquement la position de la caméra. Prends notre exemple, continua-t-elle. Un mince et une obèse. Certains obsédés, malades de la souris en ligne, en redemanderaient. Le surpoids est considéré comme une sorte de déviance, et le sexe chez les gros comme une curiosité. Nous ne faisons plus partie de l'humanité, nous habitons une sorte de zoo, et on vient contempler nos ébats en se demandant avec un regard lubrique : « Comment font-ils ? »

– Tais-toi, dis-je en collant un baiser sur ses lèvres.

Nous avons basculé dans une nouvelle étreinte, ma chair entrant dans la sienne, la sienne se moulant sur la mienne. La nature a horreur du vide, c'est bien connu. J'avais toujours fréquenté des minces et des maigres. Grace, la dernière en date, avait ce qu'on appelle des proportions. À présent, je faisais l'expérience de ce que je combattais. Le combat de Jacob avec l'ange de la graisse. Qui aurait gagné lorsque le matin nous départagerait ? Au matin, dans une poignée d'heures, au staff hebdomadaire, nous évoquerions les cas pris en charge dans le service comme autant d'ennemis. Dissimulés derrière l'alibi altruiste de l'amélioration de leur santé, nombreux parmi nous étaient ceux qui détestaient les gros, cette indifférence si particulière à leur état, leurs jérémiades permanentes sur leur mal-être, et leur apparente gentillesse qui n'était au fond qu'un manque d'agressivité, l'autre nom de la dépression. Mais, cette nuit, je collaborais avec l'ennemi, je palpais, je malaxais la graisse, j'en tirais même du plaisir. Il ne fallait pas que ça se sache. Fugacement, j'eus honte : je m'étais fait une grosse, j'étais passé de l'autre côté, j'avais trahi la Cause. Le voyeur était devenu consommateur. J'embrassai Bérénice pour fuir ces troubles pensées, séparer le corps de l'esprit.

Après l'amour, alors que je lui caressais les jambes, mes doigts s'arrêtèrent sur la cicatrice que j'avais déjà remarquée quelques heures auparavant et qui avait été à l'origine d'un instant de gêne et de silence.

– Mathilde ? demandai-je.

– C'est elle, oui, répondit Bérénice en grimaçant. Des dizaines de petits bouts de verre sous la peau. Une trace violacée qui sent encore le bourgogne. Des mois de cicatrisation.

– Tu as encore mal ?

– Toute mon histoire récente est là : Julien, le fœtus, Mathilde, et même mon apparence actuelle. Un fossile vivant.

Bérénice s'est assise sur le lit, a plié les genoux et lové la tête entre eux, recroquevillée.

– Tu crois qu'on va y arriver, toi ?

Je ne savais pas au juste de quoi elle parlait.

– Nous n'en sommes qu'au début, Bérénice, dis-je prudemment.

Elle secoua la tête. Ses cheveux brillants caressèrent la nudité de son cou. Elle plongea ses yeux noirs dans les miens, très fort, comme si elle voulait me boire.

– Je ne parlais pas de nous. Je voulais simplement ton avis de professionnel. J'ai une chance de retrouver ma taille, mon poids d'antan ?

– Ma foi, répondis-je, tu ne fais pas partie des cas désespérés. Comparativement aux autres patients dont j'ai à m'occuper, tu es même un poids plume. Et maintenant, tu es pistonnée.

Mais Bérénice, décidément, paraissait inquiète. Elle fit justement celle qui n'avait pas entendu.

– Je ne t'ai pas demandé de me comparer aux autres gens dont tu t'occupes. Je te parle de moi, je ne suis pas comme eux. Quelles sont mes chances ?

« Tu parles comme une mince, faillis-je répliquer, ne te crois pas au-dessus du lot, l'insuline est la même pour tout le monde. Pour qui te prends-tu ? » Mais le peu que je connaissais de Bérénice ne m'indiquait pas une personnalité prétentieuse.

– Avec de la discipline, de l'obstination, et une bonne prise en charge, répondis-je prudemment, je crois que je peux te faire perdre vingt kilos en six mois.

Sourire pâle sur visage triste.

– C'est assez récent, repris-je, encourageant, ce qui me rend assez optimiste.

– J'aimerais te croire.

– Mais c'est mon métier, tu devrais me faire confiance.

Je ressentis en elle comme un espace vide. Un détail caché, un pressentiment. Elle rabattit la couette sur sa nudité, cachant ses seins, et le reste.

– Depuis quelques semaines, commença-t-elle, c'est comme s'il se passait quelque chose de curieux en moi. J'ai du mal à le définir, c'est une sorte de mal-être physique. J'aurais sans doute dû t'en parler en consultation, mais bizarrement, je n'ai pas pu, c'était trop délicat, trop intime. J'ai l'impression de continuer à grossir, alors que je mange objectivement beaucoup moins, que mes accès de boulimie ont régressé. Je ne sais plus où j'en suis, Hugo. J'ai l'impression que mon corps m'échappe, que je ne le contrôle plus. En fait, c'est pour ça que je suis venue à toi.

– Tu as vérifié sur une balance ? Les premiers kilos qu'on perd passent souvent inaperçus.

– Je n'ai pas de balance, je trouve ça déprimant. Monter dessus, c'est entériner le poids qu'on a pris.

– Tu te fais certainement des idées. Tu manges moins, tu maigris. Mais continuer à prendre des kilos alors qu'on réduit ses apports, je n'ai jamais vu ça.

Je me levai et m'approchai de la fenêtre. La rue était déserte, nous étions au cœur de la nuit. Une scène me revint en mémoire. J'avais déjà rencontré un cas similaire : j'étais jeune interne, on avait placé dans mes lits une femme qui faisait dans les cent quatre-vingts kilos. Mise à la diète, elle continuait malgré tout de prendre du poids, la balance accusant tous les jours un ou deux kilos supplémentaires. Ses apports étaient étroitement surveillés, huit cents calories par jour. Mais elle n'en finissait pas de grossir, et elle était de plus en plus essoufflée. Un casse-tête, un défi lancé chaque jour à la science du fond d'un lit. Le chef du service, un classique, s'obstinait dans le maintien de la diète. Il y a un moment où la tête s'arrête de penser, continue d'appliquer des principes appris des dizaines d'années auparavant, la fidélité aux maîtres envers et contre tout. L'incapacité à concevoir du neuf, à admettre qu'il est des cas qui sortent des préceptes que l'on a appris. Mais le prix à payer était sans doute trop élevé pour le vieux. Il s'arc-boutait sur ses principes, et la patiente se dégradait de jour en jour, outrage à l'intelligence, aux livres, aux publications, au savoir. La pratique contredisait la théorie, mais personne ne voulait inventer une nouvelle théorie. Les flagorneurs du service avaient tranché. Le plus important était de conserver les faveurs du vieux. La vieille, elle, n'avait qu'à crever. La solution est venue de la chef de clinique, Anne Fourtout, une Ivoirienne à qui le mandarin venait de refuser un poste de praticien hospitalier. « C'est l'eau, monsieur, a-t-elle dit. Présentement, cette patiente n'est pas à considérer comme une obèse, mais comme un enfant du tiers-monde atteint de malnutrition. Vous l'avez dénutrie de l'intérieur. Elle a perdu un peu de graisse, mais surtout beaucoup de muscle, car elle ne fait aucun exercice physique. Regardez-la, elle ne tient même pas debout. » Le franc-parler d'Anne l'avait grillée. Mais elle avait sauvé la patiente. Le vieux avait donné sa bénédiction du bout des lèvres pour qu'elle mette en route une réanimation intraveineuse à base de macromolécules. L'eau avait réintégré ses appartements, filé dans l'urine. Et dégonflée comme une outre qui se vide, l'obèse avait enfin fondu.

Je revins vers Bérénice, qui attendait toujours une sorte de réponse, de réconfort. Je m'assis près d'elle, lui pris la main. Mais je me sentis incapable de la rassurer.

– À moins de mentir, de dissimuler, dis-je.

– C'est-à-dire ?

Imperceptiblement, le ton était monté.

– Eh bien, quand les patients continuent de grossir malgré le régime, le plus souvent, c'est qu'ils ne disent pas toute la vérité. Ils dissimulent le fait qu'ils ont des instants d'égarement, de boulimie.

– Je ne suis pas du genre à mentir, monsieur Man, se récria-t-elle. Si je vous dis que je continue à grossir, c'est qu'il y a un problème.

Bérénice s'était redressée. La posture était presque agressive.

– Parfois, on est de bonne foi, on ne se rend pas vraiment compte de ce que l'on ingurgite, ni de quand. Par exemple, un bon repas pris le soir pèse nettement plus lourd que le même englouti le matin. La nuit, on stocke plus, le métabolisme est au repos.

– Je ne suis pas de mauvaise foi. Ce que je dis, c'est réel. Je mange moins, et je grossis quand même !

Son visage s'était crispé, surtout les muscles autour de la bouche et ceux du front. J'aurais juré qu'elle mentait. J'avais appris ça en neurobiologie. Lorsqu'on ne dit pas la vérité, même lorsque la maîtrise est parfaite, on laisse toujours transparaître une part de son effort pour dissimuler. Seuls les grands pervers, persuadés de dire la vérité alors qu'ils mentent effrontément, et les grands joueurs de poker, pour qui le bluff est une seconde nature, parviennent à se dominer. Là, c'était comme si Bérénice défendait un univers intérieur dans lequel elle m'interdisait d'entrer. Comme si elle avait peur de quelque chose. En tout cas, l'amour avait viré au pugilat. Je remis mon caleçon.

– Achète-toi une balance, et nous en reparlerons, dis-je. Je crois plus aux données objectives qu'aux intuitions, aux impressions.

Je l'avoue, mes dernières paroles avaient été prononcées avec un soupçon de dédain. Bérénice le capta tout à fait.

– Je crois qu'il vaudrait mieux que tu t'en ailles, dit-elle avec froideur. Et ce n'est pas la peine de revenir. Notre affaire commence mal. J'ai déjà assez souffert.

Je rassemblai mes affaires, me rhabillai. Nos regards se croisèrent une dernière fois. Ils disaient l'inverse de nos gestes. Je sortis sans dire un mot.

IMPRÉGNATION

Le lendemain, j'arrivai en retard au staff.

J'avais quitté Bérénice vers 5 heures et j'avais marché jusqu'au musée d'Orsay, captant l'air frais du matin encore nocturne. À présent, tout ce que j'avais vécu me paraissait irréel, un songe d'une nuit d'hiver qui avait débuté à la fin de ma consultation, la veille, et s'était prolongé dans un café, une boîte de jazz, un lit, pour finir par un réveil brutal. Allongé sur mon canapé, les yeux grands ouverts, scrutant l'obscurité finissante, je me remémorai le corps de Bérénice, m'accrochant à son odeur intime sur mes doigts comme à une preuve. Les femmes fortes dégagent souvent une senteur de musc, car le surpoids s'accompagne d'une production accrue d'œstrogènes, stockés par les graisses et fabriquées non seulement par les ovaires, mais également par les cellules graisseuses elles-mêmes. La graisse est une véritable glande hormonale à part entière. Et les œstrogènes ont une action sur le psychisme, la libido. On les appelait jadis « hormones des amoureuses ».

Je ne trouvai le sommeil que peu de temps avant l'heure de me lever. Le téléphone me réveilla en sursaut. C'était Grace. Il y avait douze heures encore, un tel coup de fil m'aurait fait bondir. Mais je pris la mesure de la transformation qu'avait opérée en moi Bérénice à la déception que je ressentis. Grace voulait me voir. Elle m'avoua qu'elle n'arrivait pas à dormir sans moi, qu'elle s'était emportée, que peut-être il fallait envisager la relation différemment avec un zozo de mon espèce. Bien sûr que j'étais sensible à de tels arguments. Grace faisait partie de ma vie. Elle me proposait de passer dîner chez elle, le soir même. Mais je n'étais pas emballé. Je m'entendis répondre : « Écoute, Grace, j'ai besoin de réfléchir… Non, tu ne comprends pas, il m'est arrivé un truc étrange, très fort… Je ne peux pas t'en parler… Rien à voir avec le boulot, enfin, si, quand même un peu… » À mesure que je lâchais des bribes de mon aventure nocturne, je ressentais l'inquiétude monter à l'autre bout du fil, la perplexité, le flip. Grace pensait sans doute, et à juste raison jusqu'à très récemment, que j'étais pour elle une proie facile, un cœur tendre et que j'étais très attaché à elle. Mais voilà, Bérénice m'avait entrouvert les yeux. L'homme est une machine à comparer, notamment dans le registre de l'amour. En l'entendant parler, empêtré dans mon demi-sommeil matinal, je revoyais sa nudité, disponible mais sans plus. Grace faisait l'amour avec parcimonie, offrant son corps, mais gardant l'essentiel. Je pressentais Bérénice plus généreuse, plus altruiste. Lorsque je raccrochai, je compris que je ne pourrais jamais plus revenir vers Grace. Je ne reverrais plus sa famille ni son frère, avec qui j'étais devenu presque ami. Grace vue à l'aune de Bérénice me paraissait un personnage sec, tout aussi dénué de sentiments que de rondeurs.

J'arrivai donc au staff triste, fatigué, avec une gueule de bois affective, presque en deuil. Ça tombait bien, pendant la nuit, il y avait eu un mort.

UN MORT

La mort est un événement exceptionnel dans un service de nutrition. L'obésité diminue l'espérance de vie, mais les décès surviennent rarement dans les lieux qui sont dédiés à son éradication. Aussi, quand je m'assis à ma place, à la table de réunion autour de laquelle avait pris place l'ensemble du personnel soignant, je ne pouvais imaginer, malgré les visages graves, ce qui s'était produit. D'un regard panoramique, j'appréciai la configuration des principales planètes du service : elles ne m'étaient pas favorables. Amis en Verseau, adversaires en Capricorne. La dynamique d'un staff, c'est comme la réussite d'une soirée : tout dépend de la manière dont sont placés les gens. Les meilleurs partenaires, dès lors qu'ils sont répartis de manière inadéquate, peuvent engendrer la pire des réunions. La topographie donne une indication sur la circulation des énergies. Par exemple, si un adepte des conversations en aparté occupe la place centrale, vous pouvez être sûr qu'aucune construction collective ne franchira ce mur du son, ou plutôt du silence. Idem si deux meneurs se retrouvent en vis-à-vis : annulation des karmas, mauvaise synergie, opposition frontale, appelez ça comme vous voudrez.

Ce matin-là, mon arrivée tardive m'empêcha de choisir. Je me retrouvai assis à la droite du docteur Marie-France Targette, attachée à vie dans le service, une vieille fille acariâtre et précise qui m'avait toujours trouvé désinvolte. Sa passion avouée était l'escrime. À ma gauche, Anita Rambaud, une copine, spécialiste de l'adipocyte, brillante, mais peu à l'aise en public. En face de moi, Marius Nadar, praticien hospitalier à la moustache verticale, qui s'occupait plus particulièrement des problèmes cardio-vasculaires des obèses.

– Eh bien, Hugo, on peut dire que vous tombez à pic, déclara en me voyant m'asseoir le patron, le professeur André Scob.

Le boss avait pris l'habitude de nous appeler par nos prénoms, un truc qu'il avait ramené des États-Unis. Cette coutume avait l'avantage de créer entre nous une sorte de climat de confraternité sympathique, de confiance. Mais les prénoms avaient leurs limites. Ils n'empêchaient ni les inimitiés ni l'affrontement des ego.

– Que se passe-t-il ? demandai-je en relevant le col de ma blouse en coton, dont le contact était décidément le seul élément rassurant de cette assemblée matinale.

– M. Urien est mort, annonça la surveillante, Rachida Faouzi, qui avait pris place à la droite du patron, blouse blanche impeccable et insignes du pouvoir épinglés dessus. Sa présence à cette place stratégique était à elle seule un indice du fonctionnement bicéphale du service.

Stupeur. Geoffroy Urien était un obèse bien connu dans le service, une espèce de mascotte réputée pour sa bonne humeur et sa gentillesse avec le personnel soignant. Nous le suivions depuis plusieurs années. Nous venions de lui poser un anneau gastrique.

– Incroyable, dis-je. Il était encore en pleine forme, hier, à la contre-visite. Nous commencions enfin à obtenir des résultats. Il avait perdu trois kilos en une semaine. Comment est-ce arrivé ? Son anneau a lâché ?

L'infection était la principale complication à court terme pour les anneaux gastriques, traitement que nous réservions aux gros obèses incapables de se plier aux règles contraignantes des régimes. La technique avait mis du temps à s'imposer, mais elle avait depuis quelques années le vent en poupe suite à l'ampleur prise par les cas d'obésité majeure. L'estomac, resserré par l'anneau, devenait étroit, et le patient réduisait de ce fait « mathématiquement » ses apports. Urien avait donc brièvement rejoint la cohorte des deux cent mille porteurs d'anneaux gastriques de par le vaste monde du gras. Un nouveau modèle, importé de Suède, plus petit, plus adaptable, était testé depuis peu dans le service. Le mort faisait partie des cobayes.

– Aucun signe d'infection, répondit l'interne de garde. Pas de fièvre, l'abdomen était souple. On l'a retrouvé mort dans son lit, ce matin, presque serein.

– Vous auriez pu m'avertir, dis-je, peut-être un peu plus vindicatif que je ne l'aurais voulu.

– Vous pensez bien qu'on a essayé, Hugo, s'impliqua Marie-France Targette. Mais votre portable était sur messagerie, votre domicile sur répondeur. Alors…

Claire Fontaine, ma collègue spécialisée dans l'obésité infantile, m'adressa un clin d'œil de soutien. Targette ne m'aimait pas, c'était de notoriété publique. Elle m'avait décoché un carreau d'arbalète là où ça faisait mal. Certes, je n'étais pas de garde ce soir-là, mais il y avait quelque chose d'indécent d'apprendre après tout le monde la mort d'un de ses patients. Et puis, si je n'avais pas eu cette aventure, sans doute aurais-je été celui par qui la nouvelle leur serait parvenue. J'effectue toujours une brève visite avant de me rendre en salle de staff. Vue sous cet angle, mon aventure avec Bérénice m'apparut presque comme une faute professionnelle.

Grégoire Foster, le chef de clinique de l'aile B, détenteur d'un DEA de neurosciences, intervint.

– Peut-être a-t-il été victime d'un épisode d'apnée du sommeil ?

L'apnée du sommeil était un fléau qui fauchait tous les ans des milliers d'obèses dans leur sommeil, comme son nom l'indiquait. Pendant l'inspiration, au lieu de s'ouvrir comme c'est le cas habituellement, les voies aériennes se fermaient. De cause assez mystérieuse, on pensait qu'elle était liée à une mauvaise oxygénation des centres nerveux commandant la respiration. La faute à des muscles respiratoires infiltrés de graisse, peu mobiles, qui transmettaient mal les informations aux centres nerveux.

– Impossible, coupai-je, considérant la remarque comme l'agression qu'elle était, et répliquant de fait également à Targette. Urien était sous surveillance. Il avait déjà eu quelques alertes dans le passé ; c'était un grand ronfleur.

– En tout état de cause, répliqua Foster qui tenait à avoir le dernier mot, il est mort pendant son sommeil, et le monitoring n'a rien détecté. Il a bien dû se passer quelque chose. Une déficience de l'appareillage, peut-être ?

C'est là que Rachida intervint, visiblement gênée.

– M. Urien était sous surveillance depuis plusieurs jours. Ses enregistrements nocturnes étaient quasi normaux. Nous avons installé le matériel sur Mme Michaud, et je peux vous dire que ce n'est pas du luxe.

Je crus que j'allais m'étrangler.

– Vous auriez pu m'avertir que le somnographe réservé à Urien avait été branché sur Michaud, m'écriai-je, hors de moi. Vous n'avez pas à changer les prescriptions médicales en fonction de vos humeurs.

– Hugo, répliqua la sussu, vous savez très bien que Renée Michaud est en beaucoup plus mauvais état que Geoffroy Urien. Nous avons trois systèmes en tout pour le service, dont un pour lequel la moitié des électrodes est HS et un autre dont le masque à oxygène est fissuré. Je dois gérer la pénurie de matériel orchestrée par l'Assistance publique.

Rachida Faouzi avait habilement botté en touche sur la décadence et le manque de moyens de l'hôpital public. Le professeur Scob aurait dû me soutenir dans ce combat larvé entre la médecine et l'administration. Ce qu'il ne fit pas, affaiblissant ma position, minant la sienne.

– Hugo, vous auriez pu vous soucier de ce qui se passait dans vos lits, crut-il même bon de préciser.

« Fayots », faillis-je répliquer.

Les médecins autour de la table adoptèrent des mines outragées, mais aucun ne prit ouvertement ma défense. La coupe se remplissait peu à peu. Je ne pouvais pas ne pas réagir. Urien était mon patient, ils essayaient de me faire porter le chapeau.

– Je ne peux imaginer que vous laissiez ainsi modifier nos prescriptions, André, répliquai-je, à la limite de l'impertinence. Le cas Urien n'est qu'un exemple, mais il y en a eu d'autres. Si vous ne dites rien, ça va continuer.

On entendait les mouches voler.

– En ce qui me concerne, continuai-je, ce qui se passe la nuit dans les lits dont j'ai la charge ne peut m'être imputé si on change mes instructions.

– En tout cas, réagit Rachida Faouzi, première de l'assemblée à recouvrer ses esprits, la famille est très remontée. Je leur ai annoncé la nouvelle par téléphone. Ils arrivent. Le fils n'a pas l'air commode. Ils ne comprennent pas ce qui s'est passé. Ils veulent des explications.

– Je suis son médecin, j'assurerai.

– Il va vous falloir jouer serré, m'encouragea-t-elle. Le service n'a pas besoin d'un procès sur les bras.

Elle accompagna sa sortie d'un sourire de Joconde. Je ne sus quoi en penser. Désirait-elle ma disgrâce, ou voulait-elle que je récupère le coup ? Ou les deux ? Elle était intelligente, et l'opinion communément admise dans le service était que c'était elle le véritable chef.

– Avant votre arrivée, Hugo, reprit André Scob, soucieux d'embrayer sur un sujet médical, nous avons repris l'observation médicale consignée par l'externe, un petit bijou de concision, soit dit en passant.

Les regards convergèrent vers l'externe, une étudiante de quatrième année assise en bout de table dont c'était le premier stage. Dans la bouche du patron, la saillie pouvait correspondre à un compliment ou à une moquerie. Les joues couleur cerise de l'externe indiquaient plutôt qu'elle avait opté pour le sarcasme.

– Sur les notes prises le 05/11, soit l'avant-veille de sa mort, continua Scob, vous avez noté l'existence de taches bleuâtres sur l'abdomen. Pouvez-vous nous en dire plus... Annabelle, je crois.

L'externe sembla prendre son envol, avec l'air de celle qui ignore s'il y a de l'eau dans la piscine ou si elle a bien des ailes cousues dans le dos. Se souvenait-elle seulement d'avoir écrit de telles lignes ?

– C'était comme des nénuphars. Je me souviens parfaitement, dit-elle, avec un étonnant aplomb. Il y en avait quelques-unes, au maximum une dizaine, elles étaient regroupées autour du nombril, et sur les flancs. Deux à trois centimètres de rayon chacune. Un centre jaune orangé, une périphérie dans les bleus.

À vrai dire, je n'avais pas examiné Urien depuis le jour de son entrée. En cours d'hospitalisation, nous nous contentions de prescrire aux patients des examens complémentaires et de vérifier leur poids, leur tour de taille et différents paramètres biologiques, renseignements consignés la plupart du temps par l'infirmière et l'externe. En ce qui concernait Urien, personne ne m'avait fait remonter la moindre information. Il n'empêche que je me sentais comme pris en flagrant délit de méconnaissance de mes propres dossiers.

– Geoffroy Urien était diabétique insulinodépendant, expliquai-je, un peu trop sûr de moi, rabaissant de fait Annabelle comme pour la renvoyer à ses chères études. Il se piquait un peu partout. L'abdomen est un lieu classique d'injection. Ces ecchymoses sont monnaie courante dans de tels cas.

– C'est la première chose que je lui ai demandée, s'acharna l'externe, dont la langue s'avérait décidément trop bien pendue à mon goût. Il se piquait trois fois par jour au niveau de l'abdomen et du haut des cuisses, mais pas autour du nombril. Il me l'a certifié. D'ailleurs, j'ai pris des photos des lésions. Je les ai rangées dans le rabat de son dossier, au cas où.

Je crus que j'allais m'étrangler. Cette externe était un vrai cauchemar. Blondasse, les yeux bleus globuleux, parfaitement dépourvue de mimiques. Cela faisait à peine une ou deux semaines que son stage avait commencé, et j'étais passé à côté de ce caractère teigneux. Je la prenais pour quelqu'un d'incolore. Je crois même que c'était la première fois que je l'entendais s'exprimer.

– Comment se fait-il que vous ayez eu l'idée de prendre des photos ? s'étonna Scob, c'est assez… insolite.

– Maman est dermato, expliqua Annabelle. J'ai fait mon stage de troisième année en médecine interne. Quand je lui décrivais des lésions cutanées, elle me disait chaque fois : « Ce serait mieux si je les voyais. » Alors, quand pour mon anniversaire, elle m'a offert un téléphone portable avec appareil de photo incorporé, j'ai su quoi en faire.

– Et comme ça, continua Scob, somme toute amusé malgré la gravité de l'instant, vous avez une banque de lésions dermatologiques dans la mémoire de votre mobile ?

– La plupart des lésions courantes, monsieur, plus quelques raretés. Trois millions de pixels.

– On peut voir les photos d'Urien ? demandai-je, pressé d'en finir.

Scob sortit la petite liasse du rabat du dossier, regarda, fit circuler. Dans cette affaire, tous les systèmes de sécurité hospitaliers avaient buggé. L'externe avait rédigé une observation que je n'avais parcourue qu'en diagonale ; l'interne, Rémy Lantier, que je devinais un peu penaud en bout de table, n'avait manifestement pas tilté non plus ni examiné son patient. La surveillante avait pris sur elle de transférer le monitorage sur une autre malade, sans en informer l'équipe soignante. C'était elle la véritable responsable. Et pourtant, Scob évitait de se prononcer contre elle, comme s'il en avait peur.

Les photos étaient remarquablement bien prises. Incidences rasantes, cadrages impeccables. Du travail de pro. Presque des œuvres abstraites si on les extrayait de leur contexte.

Effectivement, les lésions n'étaient pas typiques de traces d'injection d'insuline. Elles n'en avaient ni la couleur ni la topographie. Il s'agissait de tâches ou plutôt de plaques, dont les contours dessinaient des sortes de cartes de géographie, des golfes, des estuaires, des à-pics. La peau avait l'air légèrement déprimée au cœur des lésions, comme si la graisse avait fondu dessous. Cet aspect était particulièrement marqué sur les prises de vue obliques.

– Cela fait presque penser à ces secteurs de lipodystrophie que l'on rencontre chez les malades du sida, remarqua Rémy Lantier.

– Peut-être, acquiesçai-je, mais, dans mes souvenirs, on retrouve alors plutôt les secteurs de fonte de graisse au niveau des membres, et ce sont plutôt des bandes de dépression que des plages circulaires… Et Urien n'était pas séropositif.

– En tout cas, reprit Scob, cette mort est tout aussi inattendue que suspecte. Il faudra se débrouiller pour obtenir une autopsie.

– Si la famille nous y autorise, nuança Faouzi.

FAMILLE

Je me retrouvai dans le couloir, marchant en direction de mon bureau de consultation. Je ne m'étais même pas rasé, je rasais plutôt les murs. Je me trouvais comme pris en faute avec mon mort sur les bras et sur la conscience, même si rien ne m'était véritablement reproché – ne pas être joignable quand on n'est même pas de garde n'est pas un crime, tout de même ! Georges Cantrel, l'interne chargé de la biblio pour le semestre, m'apostropha.

– Avant que tu reçoives la famille, il faut que je te dise un ou deux trucs, en tête à tête.

Cantrel était un personnage fantasque. Descendant d'une grosse pointure de la littérature dont il taisait l'identité avec une certaine élégance – les noms de Flaubert ou Mauriac circulaient –, ses lunettes rondes en écaille lui conféraient un look très début du XXe siècle, un croisement entre Jean-Paul Sartre et Marcel Proust. Il venait à l'hôpital dans une vieille traction avant, avait un chauffeur et portait des guêtres. Le passé égaré dans le futur.

– Viens dans mon bureau.

Nous nous assîmes, face à face.

– Alors ?

Georges semblait toujours réagir avec retard quand on s'adressait à lui, comme s'il devait traduire le français d'aujourd'hui dans sa langue personnelle. De même, sa parole semblait empruntée à un autre temps, compréhensible, mais pas vraiment adaptée.

– Geoffroy Urien n'est pas le premier obèse à être mort dans des circonstances ressemblantes. J'ai recherché, j'ai trouvé. Henri m'a déposé sur le coup de 7 heures ce matin, j'ai eu l'idée d'interroger la medline. Le numéro d'*Heavy* d'octobre rapporte trois cas de morts inexpliquées survenus chez des obèses en phase initiale d'amaigrissement. Il s'agit de patients anglais, deux femmes et un homme ; les trois habitaient Birmingham. Les deux premières victimes étaient porteuses, comme dans le cas d'Urien, d'un anneau gastrique, la troisième suivait un régime dissocié. Dans les trois cas, les décès ont eu lieu dans les deux mois ayant suivi la mise en route du régime. Les patients avaient perdu respectivement quinze, onze et dix kilos. Pour chacun d'entre eux, la cause de la mort est inconnue. Elle est arrivée dans des circonstances mystérieuses, deux fois au cours du sommeil, comme pour Urien, une fois en sortant de table, après le dîner, l'article est assez précis sur ce point. Voilà. Je pense qu'il fallait que tu saches ça avant de recevoir la famille. Je t'en dirai plus tantôt. Ce n'est pas bien de faire attendre une famille qui se morfond dans l'affliction.

– Accompagne-moi jusqu'à la morgue, je te prie, Georges. J'ai besoin d'en savoir plus.

Nous prîmes le chemin du funérarium, où la dépouille d'Urien venait d'être transférée – il fallait libérer un lit au plus vite pour une urgence à caser –, nous frayant un chemin dans les sous-sols nauséabonds de la vieille bâtisse dont certaines pierres avaient été assemblées sous Louis XI.

– Des stigmates sur la peau des victimes ?

– Pas de dermatologie là-dedans. Ils n'en parlent même pas. Les observations sont succinctes, peut-être n'ont-ils même pas fait attention. En revanche, un des patients a été autopsié. Le rapport signale une bizarrerie. Une accumulation anormale de graisse entre les omoplates. De la graisse brune.

Dernier tournant avant le funérarium. Devant nous, un landau macabre transportait sa sinistre cargaison, tracté par un agent hospitalier équipé d'un i-pod.

– Je croyais que cette graisse était l'apanage du fœtus, qu'elle disparaissait au cours de la première année de vie.

– Exact, c'est également ce dont il est question dans la discussion de l'article dont je t'ai parlé. Ils se demandent si la graisse retrouvée sur le cadavre est d'apparition récente, auquel cas elle s'apparenterait à une prolifération de type tumoral, ou s'il s'agit d'une persistance insolite datant de l'ère utérine. Dans ce cas, ce serait une curiosité, rien de plus.

Nous étions parvenus au funérarium, le hall d'entrée était désert. Une lumière rouge au-dessus de la porte de gauche indiquait qu'une famille attendait derrière.

– Bon courage, me lança Georges, le corps oblique, déjà sur le chemin du retour. Ah ! une chose encore, s'interrompit-il. J'allais oublier la conclusion : l'article relate d'autres cas similaires dans le monde, survenus dans les pays les plus riches, des morts brutales suite à des régimes. Mais je n'ai pas encore eu le temps de dépiauter toute la bibliographie citée en référence. Je le ferai après ma visite et la rédaction de mes comptes rendus d'hospitalisation en retard. Je suis impatient, tu penses bien. Il y a même un ou deux papiers hexagonaux.

Lorsque je poussai la porte de la chambre où l'on recevait les familles, j'avais le cerveau en ébullition. Et si Geoffroy Urien était un de ces cas de « décès par amaigrissement trop rapide » ? Ce serait bien pire qu'une mort par apnée du sommeil, somme toute prévisible. Mes souvenirs sur la graisse brune me revenaient par à-coups. Un tissu impliqué essentiellement dans la production de chaleur, beaucoup plus développée chez les animaux hibernants, tels que la marmotte ou l'ours brun, une prodigieuse réserve d'énergie. Les adipocytes bruns en étaient les principaux constituants, véritables usines thermiques, contenant de très nombreuses mitochondries, petits moteurs fabriquant un carburant acide. Or l'obésité standard n'était constituée que de graisse blanche, de bons adipocytes qui fondaient tranquillement lors de l'amaigrissement. Et cette fonte n'avait à ma connaissance jamais tué personne.

Derrière la porte, il y avait la famille, un bloc soudé, prostré, choqué, pas encore endeuillé. Urien laissait un fils de 20 ans et deux adolescentes qui devaient avoir dans les 12 et 15 printemps. Tous avaient l'air « bien portants », mais je pressentais en eux une obésité rampante, des tours de taille que j'estimai à la limite supérieure de la normale. Seule la femme paraissait fluette. Ce fut elle qui s'adressa à moi en premier, au travers de ses larmes.

– Que s'est-il passé, docteur ?

Les trois enfants tournèrent leurs visages vers moi, sphériques et hostiles. Des personnages à la Botero, sans la bonne humeur.

– Eh bien, dis-je, tout d'abord, je voulais vous présenter au nom du service nos sincères condoléances. Ici, votre mari était plus qu'un simple patient. Nous l'aimions beaucoup, et on ne peut pas dire ça de tous nos malades. Pour ce qui est de votre question, j'avoue mon ignorance. La mort de votre mari est un mystère. Nous ne savons pas au juste ce qui s'est passé. Le décès est survenu pendant la nuit.

– Vous n'avez pas fait votre travail, répliqua le fils. Il était sous votre surveillance. Il y a bien des tours de garde d'infirmière, la nuit ?

Le fiston avait parlé, il s'était détaché du groupe, redressant le torse. Il me fixait comme un joueur qui enfile le brassard du capitaine d'une équipe de football frappé d'un carton rouge. À vrai dire, sa question était bonne. Mais comment lui expliquer que nous n'étions pas un service d'urgence ou de soins intensifs, et que les patients étaient laissés tranquilles pendant la nuit ? Bien sûr, il était hors de question de leur avouer que l'on avait débranché le monitoring respiratoire pour l'installer à Mme Michaud.

– Bien sûr, ai-je répondu, avec l'impression de marcher sur des œufs, mentant à moitié, mais votre père était en bonne santé. Il n'avait pas besoin d'un suivi particulier.

– Un des motifs de l'hospitalisation de mon époux, embraya la femme, requinquée par l'agressivité filiale, était tout de même l'exploration de ses arrêts respiratoires nocturnes.

Que dire ? Comment dévier la trajectoire de cette balle ?

– C'est ce que nous avons fait pendant les premiers jours d'hospitalisation, madame. Mais il allait beaucoup mieux, sa perte de poids diminuait les accès d'apnée. Il n'est pas mort de ça.

Il fallait entamer l'enquête. Je ne pouvais pas leur en dire plus. Je pouvais draper mes questions des couleurs de l'empathie.

– D'ailleurs, demandai-je, vous n'avez pas noté, au cours de ces derniers jours ou de ces dernières semaines, une modification dans les habitudes de vie de votre mari ? Bien sûr, vous pouvez ne pas répondre. Je comprendrai.

– À quoi pensez-vous ?

Je l'ignorais moi-même.

– Je ne sais pas, n'importe quoi, un changement de travail, la manipulation de substances toxiques, l'achat d'un nouveau meuble, d'un nouvel habit. Quelque chose qui aurait attiré votre attention.

– Il y a bien quelque chose, mais je ne vois pas le rapport.

– Dites toujours.

– Eh bien, nous avons acheté un fauteuil de style Régence, revêtu d'une laque horrible. Geoffroy tenait absolument à le décaper, avec l'aide de notre fils. Je me souviens de leur avoir demandé de porter un masque, surtout à Geoffroy, avec ses problèmes de respiration. Ça puait les vapeurs d'essence dans le garage.

J'avais lu quelque part que les produits pétroliers avaient une affinité élective pour les tissus graisseux : c'était un début.

– Madame, demandai-je, un peu théâtral, désirant jouer une sorte de « tout pour le tout », puis-je vous parler en aparté ?

– Yvan est adulte, je n'ai rien à lui cacher en ce qui concerne son père.

– Soit.

Le fils et sa mère s'avancèrent, lui la soutenant. Il y avait une table et trois chaises dans un des coins de la pièce. Je les fis s'asseoir.

– Voilà, dis-je, ce que j'ai à vous demander pourra vous paraître cruel, vu les circonstances du décès brutal de votre mari, mais nous devons agir vite. J'ai besoin de votre autorisation pour pratiquer une autopsie.

Yvan Urien réagit au quart de tour. Je crus qu'il allait m'agripper le cou et serrer très fort.

– Déjà que vous l'avez tué, vous voulez le dépecer ?

– Calmez-vous, monsieur. Je comprends parfaitement votre réaction. Nous ne l'avons pas tué, votre papa serait mort n'importe où, à l'hôpital ou ailleurs. Il y a bien une cause à son décès, et nous l'ignorons. Si vous autorisez l'autopsie, nous saurons, et nous pourrons peut-être empêcher qu'un tel événement ne se reproduise.

Mme Urien prit la parole, et ce qu'elle m'annonça tint plus de l'immense lassitude que de la réelle conviction, avec une dose de colère sourde.

– Faites ce que vous avez à faire avec le corps de mon mari, docteur. Nous ne sommes pas en état de nous opposer à vous. Pas pour le moment.

BRUNE

Je retournai à mon bureau, épuisé par l'entretien. J'avais conscience d'avoir joué une sorte de partie de poker menteur avec cette pauvre famille. J'étais parvenu à soigneusement escamoter la faute professionnelle de la surveillante. En d'autres termes, j'avais fait passer l'intérêt du service avant celui du droit. En même temps, j'étais convaincu que Geoffroy Urien serait mort de toute façon, avec ou sans ses électrodes. Cette mort était curieuse. Et les photos de ces taches sur la peau prises par l'externe étaient comme un début de piste. L'association était peut-être fortuite, et on m'avait souvent reproché de foncer tête baissée, de me fier plus à mon inspiration du moment qu'à une analyse objective des symptômes et des faits. Mais j'avais toujours eu confiance dans mon intuition, cette petite musique qui, sans raisons particulières, vous murmure que vous avez raison.

Il était 11 heures. Le programme de la matinée avait été fortement bouleversé par cet événement inattendu.

J'avais deux entrants à consulter, une femme qui venait pour une énième cure d'amaigrissement et à qui il fallait de plus équilibrer le cholestérol, et un nouveau cas, un gabarit d'au moins cent quatre-vingts kilos, d'après l'infirmière qui avait fait l'admission. Cela pouvait attendre cinq minutes, les patients n'allaient pas s'envoler. Je me connectai à la medline, tapai « régime » et « mort brutale » en mots clefs, et attendis. J'identifiai sans problème, en troisième position, l'article dont m'avait parlé Cantrel, cliquai, imprimai. La conclusion faisait bien état d'autres cas similaires, six pour la seule ville de Chicago, deux à Seattle, quatre à Madrid, deux à Turin, plus quatre cas en France : Strasbourg, Montpellier, plus encore deux cas parisiens, un à l'hôpital Bichat et l'autre à Cochin. Bien que spécialiste en nutrition, je n'avais jamais eu connaissance de ces dossiers. Ces cas étaient infiniment minoritaires par rapport aux milliers de papiers publiés sur l'obésité et ses conséquences, sur les décès par diabète, infarctus et autres maladies cardio-vasculaires. Pourtant, bien qu'isolées, ces publications étaient inquiétantes.

Je cliquai machinalement sur la référence strasbourgeoise. J'avais passé un semestre d'internat dans la capitale alsacienne et j'y avais gardé quelques contacts. Lecture en diagonale, recherchant si le cas relaté était similaire au nôtre et à ceux des trois patients anglais. Je remarquai d'emblée que la troisième signataire de l'article était une collègue de fac, avec laquelle j'avais une ou deux fois travaillé pendant que nous préparions l'internat. Le malade en question avait trouvé la mort dans le tramway, près de la place de l'Homme-de-Fer – l'article était curieusement très précis du point de vue topographique, une vraie invitation au voyage. Âgé de 50 ans, l'homme était également porteur depuis peu d'un anneau gastrique et avait déjà perdu une dizaine de kilos. Il s'était écroulé sur le sol. L'homme de fer avait fait place à un corps chewing-gum en quelque sorte. Les pompiers, arrivés sur les lieux dans les trois minutes, n'avaient rien pu faire pour le réanimer. Ils avaient noté dans leur bon d'évacuation qu'ils avaient été surpris par la température anormalement basse du corps, curieuse pour un décès très récent. L'autopsie concluait à la mort par arrêt cardiaque. Toutefois, le rapport d'anatomie pathologique signalait, comme pour le patient anglais, une accumulation anormale de graisse brune entre les omoplates et également autour des gros vaisseaux abdominaux et du nombril, mais sans nette tumeur identifiable. Il s'agissait plutôt de travées d'adipocytes bruns, identiques à celles que l'on retrouvait chez le fœtus et les mammifères hibernant. L'article faisait ensuite un rappel sur la graisse brune, évoquant la possibilité d'une mutation chromosomique expliquant cette persistance. Devant l'étrangeté du cas, une enquête familiale avait été décidée. Les résultats avaient été fructueux. Le patient était porteur d'une modification de la région q11 du chromosome 13. Coïncidence troublante : cette anomalie était retrouvée avec une fréquence particulière chez les patients porteurs d'hibernomes, des tumeurs bénignes exceptionnelles de la graisse brune.

Je décrochai le téléphone, composai le numéro du service inscrit en bas de l'article. Mon amie ne travaillait plus dans le service. Elle s'était installée à Molsheim, une petite ville à proximité de Strasbourg. Je retrouvai son nom dans les Pages jaunes. Ce fut elle qui décrocha, sans doute n'avait-elle pas encore les moyens de se payer une secrétaire.

– Élodie ? Bonjour, c'est Hugo, Hugo Man. Je ne te dérange pas ?

– Hugo ! Un revenant. Que deviens-tu ?

– Je suis chef de clinique à l'Hôtel-Dieu, à Paris. Et toi ? Je te dérange, peut-être ?

– Non, j'attends le client comme on dit, je me suis installée il y a trois mois. Qu'est-ce qui me vaut l'honneur ?

– Écoute, Élodie, ici, c'est un peu tendu, j'ai eu un mort dans mes lits cette nuit. Peut-être tu pourras m'aider. Il y a quelques mois, vous avez sorti un papier sur un obèse mort brutalement dans le tramway à Strasbourg. Il y a des ressemblances. Et je crois bien qu'il existe d'autres cas dans le monde…

Un blanc.

– Élodie ?

– Tu tombes bien, répondit finalement ma collègue, mais avec une voix que j'aurais jurée différente, un poil plus grave. J'ai assisté à l'autopsie.

– Et alors ?

– C'est un cas étrange, très troublant. L'anapath' qui a opéré a retrouvé, comme nous l'avons écrit, des travées de graisse brune dans le dos et autour des gros vaisseaux de l'abdomen. Entre deux coups de scalpel, il disait qu'il avait l'impression de disséquer un fœtus, en plus grand. Le plus curieux, c'est que, par endroits, la graisse avait fondu comme de la cire de bougie. Autour du nombril, en particulier, il y avait des sortes de poches de graisse semi-liquide, de la même consistance que de l'huile ou plutôt du beurre fondu. C'était la première fois dans sa carrière qu'il rencontrait un truc pareil. Je me souviens de son étonnement. Habituellement, dans les régimes, ce sont comme tu le sais les adipocytes qui réduisent de volume, pas la graisse qui fond. De nombreux prélèvements tissulaires ont été pratiqués sur le cadavre.

Je pris quelques notes. Un jour, je le pressentais, viendraient les recoupements. Comment ne pas penser au cas Urien et à ses curieuses plaques ?

– Rien sur la cause du décès ? demandai-je.

– Au départ, le pathologiste a pensé à une sorte d'embolie graisseuse. Toute cette graisse fondue pouvait avoir migré sous la forme de grosses gouttelettes dans la circulation sanguine et de là boucher les vaisseaux du cerveau ou les coronaires. Mais ces derniers étaient intacts à l'examen, juste un discret dépôt de cholestérol, rien d'extraordinaire compte tenu du poids de la victime.

La surveillante pointa le bout de son nez dans l'embrasure de la porte, venant sans doute aux nouvelles, pour savoir si j'avais pu protéger le service d'une éventuelle action judiciaire.

– Attends, je ne t'ai pas tout dit, s'écria Élodie depuis l'autre bout de la France, pressentant sans doute que je risquais de raccrocher. Nous n'avons pas tout écrit dans l'article. C'était trop curieux. Le chef de service s'y est opposé. Il ne voulait pas que la publication paraisse farfelue, tu sais, il y a le filtre des comités de lecture, la réputation de sérieux de l'équipe à préserver.

Je fis signe à Rachida Faouzi de s'asseoir.

– Quoi ?

– Eh bien, les muscles de notre homme étaient tout mous, comme s'il y avait eu une baisse généralisée du tonus avant la mort. Les préparations en microscopie électronique ont révélé que les sarcomères du mort, tu sais, ces unités fondamentales des fibres musculaires que l'on étudie en deuxième année, étaient allongés. Le chevauchement était quasi inexistant entre les brins d'actine et de myosine. Tu penses bien que nous ne pouvions publier des étrangetés pareilles !

– Et qu'en a pensé le pathologiste, enfin, celui qui réalisait l'autopsie ?

Devant moi, Rachida semblait s'impatienter, mais peu importait, elle n'avait qu'à attendre. Après tout, j'avais fait le sale boulot à sa place, je l'avais couverte. En même temps, je compris que je me la mettais un peu plus à dos en la faisant poireauter.

– Il a dit que ça lui faisait penser à une curarisation, me répondit-elle. Seuls le curare et les drogues apparentées étaient capables d'entraîner un blocage en décontraction aussi intense des muscles. Le pathologiste était un type assez drôle, du genre pince-sans-rire. Il a insinué que c'était comme si l'obèse avait été empoisonné par une fléchette. Sauf que la mort est survenue en plein Strasbourg.

La surveillante était partie en claquant la porte. J'allongeai les jambes en signe de délassement.

– Attends la suite. Cette thèse de l'empoisonnement a été poussée assez loin. Nous sommes même allés jusqu'à envisager que le type avait été assassiné. Tu penses bien que tout ce délire n'était pas publiable. Les prélèvements ont été confiés à un médecin légiste. Une instruction a même été ouverte, classée sans suite. Il n'avait pas d'ennemis. Mais la recherche de curare dans le sang a effectivement été positive.

Curare, blocage respiratoire, apnée du sommeil. Comment ne pas penser à Urien ? Lui aussi avait maigri rapidement après la mise en place de son anneau gastrique. Élodie continuait à me déverser son poison par l'intermédiaire du combiné.

– Lorsqu'il a fallu rédiger l'article, c'est moi qui ai été chargée des recherches sur le curare. Comme tu as pu le constater, j'ai été censurée. Nulle trace de curare dans la publication. Si tu veux, je peux t'envoyer ma recherche biblio par e-mail.

– Je prends, mais je préfère la tradition orale.

– Mon prochain patient est dans une demi-heure, répondit Élodie, j'ai le temps de parler. Cette histoire de mort dans le tram me turlupine. Le curare que l'on a retrouvé dans le sang et dans la graisse brune n'est pas celui que les Indiens d'Amazonie extraient de certaines lianes pour en enduire leurs flèches. C'est une molécule synthétique, un stéroïde qui présente un cousinage biochimique avec les hormones sexuelles. Sa forte affinité pour les lipides est sans doute responsable de sa fixation sur les graisses brunes et sans doute blanches. Nous sommes allés assez loin dans la caractérisation de cette molécule. Il s'agit du vécuronium.

– Le produit utilisé en anesthésie ?

– Lui-même.

André Scob, le patron en personne, ouvrit à ce moment la porte de mon bureau, échevelé, livide.

– Élodie, pardon, je suis obligé de raccrocher. J'essaie de te rappeler plus tard.

SCANDALE

– Hugo, m'interpella André, désolé de vous interrompre, il faut que vous veniez tout de suite. Le fils Urien est en train de péter les plombs. Il est entré dans la chambre où était hospitalisé son père, une chambre de quatre, comme vous savez. Il a commencé à interroger les autres patients sur ce qui s'est réellement passé. Il sait maintenant qu'on a débranché son père il y a deux nuits.

– Vous auriez pu lui interdire l'accès, trouver un prétexte, dis-je en lui emboîtant le pas.

– Il nous a pris de vitesse. Difficile de s'opposer à lui. Il y a des moments, dans la vie…

Nous étions arrivés au seuil de la chambre. Dans le couloir, l'air hébété, les compagnons de chambre de feu Urien, ralentis par leur charge, faisaient les trente pas. Rachida Faouzi, les yeux injectés par la fureur, semblait ausculter la porte close. Deux agents hospitaliers scrutaient, inquiets, le visage de la surveillante, attendant les ordres.

– Qu'est-ce que vous leur avez raconté ? m'agressa-t-elle.

– Le fils était déjà pas mal remonté quand je suis arrivé. Je leur ai arraché une autorisation d'autopsie. Je ne sais pas ce qui s'est passé après.

Des bruits de métal et de verre brisé nous parvenaient de derrière la cloison. Le fils Urien était en train de mettre la chambre en miettes.

– Il faut calmer ce fou furieux. Alfred, dit-elle à un des deux agents qui hésitaient devant le seuil, allez me chercher la sécurité.

Alfred, longues jambes et tête ovale, s'éloigna rapidement.

– Jolie prestation, continua Rachida, tournant à nouveau le visage vers moi.

– Vous n'aviez qu'à y aller vous-même, répondis-je, hors de moi. Après tout, c'est vous la responsable. Si seulement vous aviez fait respecter nos prescriptions.

– Taisez-vous, m'intima Scob, les dents serrées de manière à faire passer le minimum de décibels, on pourrait nous entendre.

C'était vrai, les compagnons de chambre n'étaient pas loin ; je m'approchai d'eux. La plupart de ces hospitalisés étaient des chroniques, les tauliers du service. Je me sentais à l'aise avec eux, ils avaient confiance en moi.

– Qu'est-il arrivé, au juste ? Que lui avez-vous dit ?

M. Zaïr s'éclaircit la voix. Lui aussi portait un anneau, qu'il avait fallu resserrer car il avait repris du poids.

– Il a débarqué il y a environ un quart d'heure, expliqua-t-il. Il avait l'air très triste. Il nous a dit qu'il venait chercher les affaires de son père. Les services funéraires avaient peut-être oublié quelque chose.

– Et ensuite ?

Les trois pensionnaires avaient l'air gênés. M. Germain, journaliste de son état, porteur d'une obésité de type mondain, graisses riches imbibées d'alcools fins, demanda à me parler à l'écart. Scob me donna le feu vert d'un clignement de paupières. Nous nous éloignâmes dans le couloir, mettant quelque distance entre nous et le vacarme de la chambre 22.

– Le fiston a commencé à nous questionner sur les circonstances du décès de son père, commença-t-il. Si personne n'avait rien vu, rien remarqué. Vers 4 heures du matin, lui ai-je appris, je ne dormais pas. Je me suis levé pour aller aux toilettes, mes ennuis de prostate, vous savez. Au passage, j'ai entendu Urien bouger dans son lit.

– C'est donc qu'il était vivant.

– Oui, sauf que, rétrospectivement, je me demande s'il n'était pas en train de mourir. Et je n'ai rien fait. Je savais qu'il était hospitalisé pour ses apnées du sommeil. Toute la chambre, tout le service était au courant. Urien était un bavard. Je le revois discuter, à la cafétéria, dans les couloirs, les salles d'attente. Mais, ce soir-là, il tremblait, comme s'il avait froid. Des mouvements en cadence, comme des contractions. J'ai même cru qu'il... se masturbait.

– Vous avez dit tout ça à son fils ?

– Oui, enfin pas ce que je vous ai confié en dernier.

– Comment a-t-il réagi ?

– Il a démarré au quart de tour. C'est à la suite de ça qu'il est devenu furax. Il a dit que c'était sans doute un épisode d'apnée du sommeil, qu'il en faisait souvent à la maison, que l'hôpital avait failli dans la surveillance. Ensuite, il s'est dirigé vers la place occupée par son père et a commencé à vouloir tout casser. Nous avons essayé de le raisonner, mais il a tenté de s'en prendre physiquement à Zaïr. Nous avons évacué la chambre et donné l'alerte.

Le service de sécurité arriva peu après. Trois malabars vêtus en bleu sombre, des policiers défroqués à qui il ne manquait que les dobermans. La femme d'Urien, qui était revenue dans les parages, ainsi que les deux sœurs du forcené semblaient vouloir s'interposer.

– Ne lui faites pas de mal, hurla Mathilde Urien, maigre égarée au pays des gros, il ne sait pas ce qu'il fait.

Tous les patients du service, ceux qui étaient valides, et même les autres, enfin, tous ceux qui pouvaient encore se déplacer, étaient sortis de leurs chambres. Tous regardaient le spectacle, médusés ; ils m'apparurent oppressés. Cette nuit-là, la mort avait frappé un des leurs. La graisse était en deuil.

– Allez-y mollo, les gars, confirmai-je, m'adressant au plus petit des trois vigiles, dans les yeux duquel je crus déceler un éclair de sagesse, il vient de perdre son père.

Ils entrèrent dans la chambre, Rachida Faouzi et André Scob sur les talons, puis moi, suivi de mon interne, Rémy Lantier, et de l'externe experte en dermatologie. Je vérifiai machinalement qu'elle n'était pas porteuse de son magnifique portable aux trois millions de pixels.

La chambre était dans un état chaotique, l'ouragan Yvan y avait mis tout son désespoir, sa colère. Première impression, le froid. Les carreaux aux fenêtres étaient brisés, les rideaux en plastique gris à moitié échappés au-dehors claquaient au vent. Les chevets étaient renversés, roulettes en l'air. Au sol stagnaient le contenu famélique de ces meubles d'emprunt, un dentier rosâtre et son verre Duralex modèle 10 renversé, instable sur sa tranche circulaire, mais intact, une paire de lunettes, une moumoute – le troisième pensionnaire de la chambre était chauve, pas le journaliste, l'autre –, un pistolet et sa mare d'urine encore tiède.

Le fils Urien n'était pas immédiatement accessible. Je fus le premier à en découvrir un extrait, les chaussures, des sortes de santiags que j'avais repérées au funérarium, dépassant de dessous le lit du fond. Nous le retrouvâmes coincé entre le lit et le mur, assis par terre. Il était en train de pleurer, l'air très abattu, trônant au sein d'une mare de liquide brunâtre. Du vomi. Odeur acide de lait fermenté par la tristesse.

– Vous nous l'avez tué, vous nous l'avez pris, dit-il, claquant du plat de la main dans le fluide, encore animé d'une colère finissante.

J'appris par la suite qu'il s'était opposé à cette nouvelle hospitalisation de son père. Dans la mesure où la pose de l'anneau gastrique était récente, on pouvait penser que les apnées allaient s'amender avec l'amaigrissement, le plus souvent rapide lorsqu'on avait opté pour ce traitement, et Yvan Urien le savait. Le fils était un adepte endurci d'Internet, parfaitement renseigné sur les anneaux, les différents modèles, leurs avantages et leurs complications. En outre, grâce aux fameux forums de discussion, il avait une culture pratique des conséquences des apnées du sommeil. Peut-être était-il même plus savant que nous sur des sujets qui faisaient pourtant partie de notre quotidien. Ce n'était pas la première fois que j'avais remarqué ce travers de la diffusion extrême de l'information que permettaient le Net, ses blogs, ses *chats* et ses podcasts. De fait, c'était comme si nous devions collaborer avec un second médecin, peut-être moins cultivé en profondeur, mais plus éclectique en superficie. Le médecin, fragilisé, descendu de son piédestal, avait la Google de bois. L'époque était aussi à l'automédication, encouragée par les pouvoirs publics pour faire baisser les dépenses de santé. Chacun pouvait ainsi devenir son propre médecin. Notre parole n'avait jamais été autant recherchée, jamais autant remise en cause.

Le fils Urien ressortit de la chambre solidement maintenu entre les paluches des deux vigiles. Au passage, il me lança un regard empli de haine sale. À ses yeux, j'incarnais l'ensemble du service. J'avais tué son père. C'est fou ce qu'il lui ressemblait, même visage carré, mêmes yeux enchâssés dans des globes oculaires cernés par le gras, peut-être un peu plus clairs, mais avec la bienveillance en moins.

J'avais besoin de Bérénice.

CURARE

Après cette éprouvante arrestation, il ne me restait plus qu'à attendre l'autopsie, à 17 heures au pavillon d'anatomie pathologique. Je fis ma visite dans une atmosphère lugubre et coupable, à un horaire tardif parfaitement inhabituel, en compagnie de mon interne Rémy Lantier, plus taciturne que jamais, de l'infirmière en chef de l'aile Isabelle Tétaud et d'Annabelle Rianey, l'externe photographe, qui poussait le chariot et dont l'air vaguement triomphant m'insupportait.

– Annabelle, lui dis-je entre deux chambres, vous n'auriez pas par hasard remarqué d'autres manifestations dermatologiques sur la peau de nos malades ? Similaires ou même différentes.

Je n'étais même pas ironique, malgré l'intonation. Trop déprimé, fatigué, préoccupé. Et puis j'avais une sorte de début de série dans la tête, les fameux articles que je n'avais pas encore tous décryptés.

– Non, monsieur, à part quelques mycoses des plis, habituelles chez les obèses, je crois... Et la furonculose de Mme Salabelle, qui est sous antibiothérapie.

– Regardez encore, demandai-je, on ne sait jamais... En particulier chez nos porteurs d'anneau gastrique... et chez ceux souffrant d'apnées du sommeil.

Nous fîmes quelques pas en avant.

– Et chez les diabétiques insulinodépendants, continuai-je, ne sachant plus quoi inventer.

Cette mort m'avait fragilisé professionnellement, me faisant douter de moi-même, de mes connaissances, de mon pouvoir dans le service. J'avais l'impression d'être nul, de ne plus savoir quoi faire, quoi prescrire, même avec les autres patients. Une seule défaite, et les milliers de victoires, de vies sauvées ou simplement améliorées passaient à la trappe. Toutes les boîtes de chocolats offertes par des centaines de patients reconnaissants avaient subitement fondu.

– Quelqu'un s'y connaît-il en matière de curare ? demandai-je, comme si je me parlais à moi-même.

– J'ai été trois ans infirmière anesthésiste en chirurgie orthopédique, répondit Isabelle Tétaud. On utilisait le curare pour induire et maintenir l'anesthésie. Il entraînait une paralysie des muscles respiratoires, une sorte de relâchement musculaire particulièrement recherché par les chirurgiens. Et son usage facilitait l'intubation trachéale et la ventilation mécanique en cours d'intervention.

J'aimais bien son profil, à Isabelle, son nez légèrement retroussé et précis, ses cheveux mal noués, qu'on présumait sauvages malgré la tentative de maîtrise.

– Mais ce n'était pas le curare des Indiens d'Amazonie, continua-t-elle, c'était un produit de synthèse. On utilisait principalement le vécuronium.

– Les accidents étaient fréquents ?

– En trois ans, je n'ai jamais eu à déplorer de paralysie musculaire irréversible. Chaque fois, la dépression respiratoire était transitoire et s'amendait lorsque nous réduisions les doses. Les seuls accidents que nous ayons eu à déplorer étaient d'ordre allergique, rares mais souvent violents. Un mort en trois ans. Un choc anaphylactique imparable. Un seul décès, mais un horrible souvenir, une fracture du col du fémur chez un jeune sportif. On n'a rien pu faire.

Décidément, l'atmosphère était aux commémorations. Urien faisait tache d'huile dans l'esprit de l'équipe. Nous hésitâmes à pénétrer dans une autre chambre.

– Juste avant l'internat, intervint Lantier comme pour meubler l'interlude, j'ai pris une année sabbatique, l'envie de faire le tour du monde avant de me lancer. Ma route passait par le Brésil. C'était presque un voyage ethnographique. J'ai remonté le fleuve Amazone en partant de son embouchure, une expédition merveilleuse sur les traces de Lévi-Strauss. Mais, au fait, pourquoi parlons-nous soudain du curare ? finit-il par demander comme à la sortie d'un rêve.

– Eh bien, avançai-je sur la pointe de la langue, il y a eu un cas ressemblant à celui d'Urien à Strasbourg. On a retrouvé un dérivé du curare dans le sang de la victime… et dans sa graisse.

– Curieux, murmura Isabelle, le curare n'a pas d'affinité classiquement particulière pour le tissu adipeux.

L'article était aisément consultable, mais je voulais leur en dire le moins possible. La peur du ridicule. La peur tout court, une sorte de sentiment d'oppression face à cette mort dans mes lits, qui me semblait surnaturelle. La fatigue, le chamboulement affectif dû à la rencontre de Bérénice, le moment de folie du fils de la victime m'empêchaient aussi sans doute d'analyser froidement la situation. Urien avait peut-être succombé à un arrêt cardio-vasculaire, une apnée du sommeil. Une malchance, peut-être, mais rien d'exceptionnel dans l'histoire naturelle d'un obèse. Les compagnies d'assurance le savent bien. Ce type de mort est parfaitement intégré dans leurs statistiques. En tout cas, je restai muet quant aux autres cas, l'embryon de série qu'évoquait l'article…

– Il s'agit peut-être d'un empoisonnement, emboîta Rémy comme pour me donner raison.

– Il y a effectivement eu enquête. L'entourage a été innocenté.

Cette fois, nous allions entrer dans la chambre 55. La main sur la poignée, je me ravisai. J'avais encore une question.

– Le voisin d'Urien, M. Germain, se demande s'il n'a pas assisté à sa mort, vers 4 heures du matin. Vous avez peut-être appris, au cours de votre voyage initiatique, comment meurent les gens frôlés par le curare ?

– Frôlé, répondit Lantier, c'est le cas de le dire. Il suffit parfois d'une seule goutte de poison, d'une simple effraction cutanée. J'ai effectivement fini, au bout du périple, peu avant mon arrivée à Manaus, par rencontrer des groupes d'Indiens. Le nom « curare » signifie « la mort qui tue tout bas » en dialecte local. Il est préparé de manière rituelle, quasi religieuse, à partir de deux sortes de lianes qui poussent dans la forêt. Ils s'en servent surtout pour la chasse, des fléchettes propulsées par des sarbacanes. Lorsqu'un animal est blessé, disons, un grand singe, mais c'est la même chose pour un humain, les premiers symptômes sont en général des tremblements, puis une faiblesse musculaire avec difficulté à se mouvoir. La paralysie semble s'étendre ensuite lentement à tout l'organisme. Le curare n'a donc pas un effet aussi foudroyant qu'ont bien voulu faire croire les conquistadores, même si l'effet reste assez rapide, disons quelques minutes. Si le singe est sur un arbre, il tombe au sol, ne pouvant plus s'agripper aux branches, il devient comme flasque. Il ne peut même pas donner l'alerte à ses congénères. Sa vie s'arrête en silence. La paralysie gagne ensuite les muscles trachéaux, la salive ne peut plus être déglutie et s'écoule par la bouche, les paupières elles-mêmes sont affectées par le poison et retombent sur les yeux. S'il s'agit d'un être humain, jusqu'aux derniers moments, la conscience ne semble pas altérée. C'est une mort lucide. La parole devient rapidement impossible. Enfin, la paralysie touche le diaphragme.

C'était la plus grande tirade jamais proférée par Lantier, en tout cas en ma présence. Même les plus grands timides connaissent des moments où leurs inhibitions soudain se lèvent, un peu à la manière des bègues.

– Est-il possible qu'au cours de ces derniers instants des convulsions surviennent ?

– À ma connaissance non. Comme je l'ai dit, la mort par curare est atroce, parce que l'individu se voit partir, mais ne peut rien y faire. Mais c'est une mort calme.

– D'ailleurs, renchérit Isabelle, l'infirmière, le curare est utilisé en anesthésie comme anticonvulsivant.

– Mais pourquoi toutes ces questions ? reprit Lantier.

– Oh, pour rien, répondis-je. Je vérifiais juste quelque chose. M. Germain m'a confié que vers 4 heures du matin il a entendu des bruits bizarres venant du lit d'Urien, un peu comme des convulsions.

– Alors, une chose est sûre, Hugo, répondit Isabelle. À cette heure, Urien était vivant, et bien vivant.

– Je dirais même plus, compléta Lantier. Le curare est une fausse piste.

L'externe semblait prendre des notes dans son cerveau hypermnésique. Lantier passa rapidement le doigt sous le nez, comme pour signifier le caractère définitif de ce qui venait d'être dit. Il souffrait de tics.

AUTOPSIE

L'autopsie eut lieu vers 17 heures. Urien, entièrement découvert, était allongé sur le dos, une baleine échouée sur un banc. Maintenant qu'il était mort, on était plus conscient de son aspect massif. Bien qu'il ne fût décédé que depuis une douzaine d'heures, il ne ressemblait déjà plus à rien, en tout cas plus au M. Urien que je connaissais, avec son sourire aimable et son air débonnaire. J'avais déjà remarqué cet étonnant phénomène au cours de mes études, lors d'un stage en médecine légale : le processus de « retrait de l'âme » débutait très tôt après le trépas. Urien était déjà passé de l'autre côté. Ses chairs étaient devenues flasques et dégoulinaient de part et d'autre de la table en métal brossé, peu habituée à un tel gabarit. Mais le visage, légèrement déjeté en arrière, regardait le plafond avec une sorte d'embarras, comme si son porteur affichait sa désolation de nous causer autant de souci. Une bienveillance de l'au-delà. Ce reste de tempérament éveilla en moi un sentiment de malaise, me renvoyant à mes responsabilités. Urien était mort faute de surveillance médicale. Peut-être aurions-nous pu le sauver, si Rachida Faouzi n'avait décidé unilatéralement de débrancher le somnographe, si Rémy Lantier avait tilté, si je l'avais remarqué. Peut-être, me disais-je, si je n'avais pas eu cette aventure avec Bérénice, serais-je repassé dans le service, aurais-je vérifié les appareillages, constaté le manque, piqué une colère, obtenu la remise en place du matériel. Peut-être.

Tchang, le pathologiste, me salua. Une poignée de main élastique, bubble-gum qu'on étire, une flaccidité qui n'était pas sans rappeler celle des cadavres au cours de leurs premières heures de mort. À force de la fréquenter, il en était sans doute parvenu à lui ressembler. C'était la première fois que j'avais affaire à ce médecin, pour lequel la rumeur hospitalière colportait qu'il veillait sur ses macchabées comme une nounou sur une nursery.

Je lui expliquai brièvement les circonstances du décès, les apnées du sommeil, la pose récente d'un anneau gastrique. Et je lui fis remarquer les curieuses plaques bleuâtres qui tachetaient l'abdomen et prédominaient au niveau du nombril. Je tus bien sûr la raison profonde de ma présence en ces lieux – l'existence d'une suspicion de parenté avec d'autres décès survenus chez des obèses dans d'autres métropoles occidentales.

Dès les premiers coups de scalpel, je compris que tout ne se passait pas normalement. Les yeux de Tchang, seuls indices d'un visage oblitéré par le masque, s'étaient animés, ils décrivaient une sorte de danse rapide dans laquelle se mêlaient étonnement et excitation. Il avait commencé par ouvrir l'abdomen jusqu'au pubis, une grande incision médiane qui remontait jusqu'au thorax, objectif viscères.

– C'est curieux, dit-il, l'instrument produit un crissement singulier, comme si la graisse sous la peau était de nature plus fibreuse que c'est le cas habituellement.

À sa droite, légèrement en retrait, une interne prenait des notes, les prémices du futur rapport d'autopsie.

– Il y a des sortes de travées brunâtres, un réseau, comme des toiles d'araignées qui structurent le tissu adipeux, au sein duquel on individualise des cordons mieux organisés, plus résistants. Je n'ai jamais vu ça… sauf peut-être une fois, il y a bien longtemps.

Je me penchai pour voir. Cela faisait très longtemps que je n'avais assisté à une dissection anatomique. La dernière fois, c'était lors d'un stage en cardiologie, mais le cadavre était plus âgé, un octogénaire porteur d'une affection musculaire génétique à expression tardive. Effectivement, la graisse était comme sale, traversée par des travées dans les tons havane, qui me firent songer aux voies suspendues dans le vide du film *Metropolis*. Mais pas le temps de penser. Mes yeux suivaient la progression du scalpel du docteur Tchang dans les profondeurs d'Urien. Du fait de sa découverte, le pathologiste renonça à la procédure classique, franche ouverture de l'abdomen et du thorax, dissection des principaux organes. Comme Rauschenberg, le peintre, il improvisait, surpris lui-même par la direction que ses doigts imposaient à son coutelas. Il donnait l'impression de ne pas savoir réellement où il voulait lui-même aller : la dissection s'était muée en une sorte de quête du Graal. Il me demanda de tenir les écarteurs. Il avait manifestement décidé de forer la graisse, de suivre ce gras marron jusqu'à son origine. Il en préleva un morceau qu'il déposa dans un bac avec le geste d'un boucher.

– La graisse brune, et cela y ressemble, expliqua-t-il malgré sa perplexité, n'existe quasiment pas dans l'espèce humaine. Actuellement, on pourrait penser que je dissèque une marmotte ou une chauve-souris, et encore, mortes en cours d'hibernation. Chez l'homme, on la retrouve essentiellement chez le fœtus et au cours de la première année de vie, principalement entre les omoplates et autour des gros vaisseaux abdominaux. Beaucoup plus énergétique que la bonne vieille graisse blanche, de couleur jaunâtre, elle lutte contre le froid de l'hiver dans les latitudes septentrionales.

Penchés sur la large ouverture pratiquée dans l'abdomen d'Urien, nous avions plongé dans une sorte de crevasse au sein de laquelle nous progressions pas à pas, comme des mineurs suivant une veine de charbon, malgré les centaines de watts délivrés par l'éclairage intense et froid du scialytique. La visibilité était toutefois désastreuse, les tissus devenant de plus en plus bruns à mesure que nous nous enfoncions dans les profondeurs d'Urien. Au bout de trente centimètres de graisse, dans lesquels s'étaient inscrits cinquante-cinq ans de désarroi alimentaire, nous arrivâmes enfin au niveau d'un mur fibreux plus uni : je reconnus la membrane épaisse qui entourait les principaux organes abdominaux. Tchang en profita pour élargir la brèche. Je tirai sur les écarteurs. Un assistant qui avait surgi d'on ne sait où nous épongea le front. Derrière le péritoine, encore une nappe de graisse, blanche cette fois, le grand épiploon, sorte de tablier graisseux qui recouvrait l'intestin à la manière d'un pagne. Moment de répit, de courte durée.

Tchang avait retrouvé son filon. Grâce à une étude attentive, il s'était rendu compte que la nappe de graisse brune de surface filait sur le côté, passant la barrière du péritoine, escarmouche de couleur. Plutôt que d'inciser dans le blanc, il opta lui aussi pour une stratégie biaisée, suivre la coulée jusqu'à son origine, qu'on devinait plus profonde, sur la gauche. Nous étions devenus des chiens de chasse. Nous en avions même oublié le motif premier de l'autopsie, la recherche de la cause de la mort. Tchang suivait sa piste brune, sans savoir au juste où elle le conduirait. Il repoussa l'intestin grêle comme s'il s'était agi d'un gêneur inerte et balourd. J'agrippai la masse intestinale avec les écarteurs, mais les boyaux rebelles infiltrés de gras s'insinuaient entre mes doigts et les cuillères en métal, se dérobant sans cesse.

Tchang eut alors une réaction surprenante, brutale : il sectionna le serpent à son début, juste à la sortie du duodénum, et à son autre extrémité, à son abouchement dans le gros côlon. L'opération avait duré une poignée de secondes. Le bloc digestif fut emballé dans un champ vert, presque précipitamment. Il ferait l'objet d'une analyse ultérieure. Son contenu lactescent se répandit dans la cavité abdominale laissée vide, grande caverne rendue accueillante par la mutilation. L'assistant aspira le surplus de liquide. Dieu seul savait qu'Urien avait mangé avant de mourir, il faudrait peut-être que je me penche sur la question. Mais l'heure était à l'action. La route de la graisse brune était à présent dégagée. Le filon que nous suivions se poursuivait jusque dans les plans les plus profonds, de l'autre côté du péritoine. Nous savions que nous allions bientôt buter sur les contreforts antérieurs de la colonne vertébrale, qui s'avançait dans l'abdomen à la manière d'une proue de drakkar. Je sentis, sans doute par l'intermédiaire des coups de bistouri devenus soudain plus rythmiques, que nous approchions du but, le sanctuaire de la graisse brune. Celle-ci se répandait à nouveau autour de la région du pancréas, un organe qu'Urien avait fusillé à coups de sucres rapides et qui se retrouvait réduit à une mince bande de tissu inconsistant.

– Nous y voilà, marmonna mon guide.

Je me penchai un peu plus. L'excavation était vraiment très profonde, Urien était non seulement volumineux, mais vaste. Là-bas, au fond du gouffre, éclairée par la lumière glacée du scialytique comme un gisement exploité, à ciel ouvert, infiltrant l'aorte et la veine cave ainsi que leurs branches de bifurcation, une nappe de graisse brune occupait l'espace en une sorte de magma infâme. Tchang s'échina à disséquer les gros vaisseaux, à les faire émerger de leur gangue, mais ces derniers semblaient comme pris au piège.

– C'est drôle, dit-il, la voix soudain plus claire, c'est comme si nous disséquions un jeune nourrisson, ou plus exactement un vieux fœtus. Urien a accumulé toute cette graisse brune comme si son organisme se préparait à une longue hibernation.

– Peut-être ne parvenait-il plus à maîtriser sa résistance au froid, ajoutai-je. Vous disiez tout à l'heure, ajoutai-je comme pour le distraire, que vous aviez jadis rencontré un cas similaire.

Tchang se redressa, profitant d'un moment qui faisait l'avantage, pour ne pas dire le charme, des autopsies par rapport aux interventions chirurgicales, les vraies, celles où l'on sent la vie palpiter dans les ventres entrouverts malgré le latex des gants sur le vivant en cours de réparation. Pas d'urgence.

– Oui, enfin, pas tout à fait, reprit-il au-dessus du cadavre vide qui semblait boire ses paroles, je dirais plutôt ressemblant. Il s'agissait d'un SDF que l'on avait retrouvé mort quai de la Rapée, à Paris, tout près de la morgue. Il avait fait presque tout le chemin jusqu'à nous, comme pour faciliter son ramassage par les services de police. Peut-être un ancien flic. Le corps était normalement destiné à la faculté de médecine pour servir de « professeur de travaux pratiques à dévaster par les carabins ». Mais le type avait une bonne bouille, et la garde était étonnamment calme ce soir-là. Il y avait cette protubérance dans le dos, intrigante comme une bosse de chameau aperçue à des latitudes septentrionales. Ce fut une des rares autopsies dans ma carrière pour laquelle j'ai enfreint les règles, la classique incision verticale du haut du thorax à la naissance des organes génitaux. J'ai incisé le bonhomme dans le dos, curieux de découvrir ce qu'il y avait derrière cette élévation mollassonne. Eh bien, il y avait le même type de tissu qu'autour des gros vaisseaux du cadavre ici présent, de la graisse brune en amas, ou plutôt en pelote, mais plus regroupée, moins diffuse que c'est le cas aujourd'hui.

– Un hibernome ? suggérai-je sans complexe.

– De toute manière, nous nagions dans la rareté depuis le début de cette affaire.

– Tout à fait, docteur Man. Contrairement à Urien qui semble apparenté au fœtus, mon SDF avait plutôt de la famille du côté des marmottes ou des taupes. Il avait développé sa tumeur sans doute progressivement, sur plusieurs années. C'était d'autant plus étonnant que le gars ne devait pas souvent manger à sa faim et qu'il avait constitué ses réserves de graisse brune au détriment du reste. D'ailleurs, en dehors de sa bosse, il était maigre comme un clou.

– Et vous avez poussé plus loin les recherches ? On ne tombe tout de même pas sur un hibernome tous les quatre matins.

– Nous sommes même allés jusqu'à une publication dans les *Annales de médecine légale*. Recherche de cas similaires, revue de littérature, vous connaissez la musique. Nous avions réalisé une étude chromosomique sur le mort. Très intéressante. Figurez-vous que notre sans-logis était une sorte de mutant. De mémoire, je crois qu'il avait un problème sur le chromosome 13, le gène 9 ou 11, je ne me souviens plus très bien, ça fait un paquet d'années.

Je préférai me taire. Je ne voulais pas attirer encore plus l'attention de Tchang sur le caractère extraordinaire du décès d'Urien, lui apprendre qu'il existait sans doute d'autres cas similaires à travers le monde. Pour la victime alsacienne, l'article auquel Élodie avait participé faisait lui aussi mention d'une mutation du chromosome 13, le gène 11q. Il y avait fort à parier qu'Urien souffrait de la même délétion. Toutes les victimes d'une prolifération inadéquate de la graisse brune avaient des problèmes avec le fameux chromosome 13.

Le reste de la procédure se déroula de manière plus traditionnelle, à l'affût de la cause de la mort. Mais rien. Rien à se mettre sous le bistouri. Pas d'argument en faveur d'un décès par apnée du sommeil, ce que je redoutais par-dessus tout. Pas de trace non plus d'infarctus du myocarde, d'embolie pulmonaire ou d'accident vasculaire cérébral, le trio maléfique impliqué dans plus de 90 % des morts de patients obèses. Pas de signe de cancer, plus fréquent chez eux que dans la population générale. En même temps, cette prolifération de graisse brune que nous avions retrouvée chez Urien s'apparentait d'une certaine manière à un processus tumoral. Mais bénin, et sans rapport avec le décès, Tchang était formel. La seule chose qui l'étonna, c'était que les muscles d'Urien étaient anormalement relâchés, comme s'il était mort en état de béatitude.

– On dirait que le patient a ressenti un brusque effondrement avant de mourir, dit-il. Qui a entraîné un arrêt du cœur, peut-être une fibrillation ventriculaire, ou un bloc dans la conduction électrique de l'influx nerveux. Peut-être a-t-il vu un objet ou une personne qui a déclenché sa frayeur. Vous a-t-on signalé quelque chose ? Un événement particulier qui serait survenu au petit matin ?

– Un incident qu'aucun autre de ses compagnons n'aurait signalé ? C'est peu probable.

Le pathologiste retira ses gants, avec l'air de celui qui jette l'éponge. Il semblait frustré, perplexe. L'axe de son visage s'était verticalisé, et des plis secs sur sa peau pâle étaient apparus, durcis par la lumière chirurgicale : Urien s'était échappé, lui avait échappé. Il faudrait bientôt lui rabattre son visage de sphinx pour le rendre à nouveau présentable, camoufler le scalp, lui construire une sérénité qui devait paraître éternelle, mais dont tout le monde savait qu'elle n'était que transitoire. Mais à l'heure actuelle, le mort était en vrac, ses pièces détachées éparpillées dans plusieurs baquets. Sur un de ces plateaux vert d'eau se détachait le textile de son anneau gastrique qui lui strangulait l'estomac, seul élément artificiel au sein de l'ensemble organique.

– Serait-il possible, demandai-je, que soient effectués des prélèvements sur l'anneau ? Recherche de toxique, tests de conformité, stade de désintégration, etc.

Je savais que l'anneau implanté chez Urien faisait partie de ce nouveau type de matériel résorbable développé par la société Faunéal Medical Implant et introduit récemment sur le marché français à grand renfort de publicité. Le laboratoire sponsorisait de nombreux événements sportifs, finançait de nombreux pots dans le service et invitait sous le manteau de nombreux nutritionnistes à des congrès bidons dans des pays plus attentifs aux droits du touriste qu'à ceux de l'homme. Ça ne voulait d'ailleurs pas dire que leur produit était forcément mauvais, bien au contraire. Ces anneaux résorbables constituaient un réel progrès pour la prise en charge des obèses dont la surcharge pondérale était modérée. Contrairement aux modèles traditionnels qu'il fallait réajuster en permanence avec des risques infectieux non négligeables, l'anneau textile se résorbait tout seul au bout de dix-huit mois après avoir effectué son travail, permettant en outre une rééducation alimentaire douce. Mon seul problème était que le patient alsacien, mort dans les mêmes conditions qu'Urien, était lui aussi porteur d'un modèle résorbable.

– À quoi pensez-vous ? me demanda Tchang.

– Eh bien, je me demandais si l'anneau, en se délitant, n'aurait pas libéré une substance toxique dans le sang de la victime.

– Si j'ai bien compris, votre idée serait qu'il aurait été comme… empoisonné ?

Je ne pouvais trop en dire, car j'avais été convaincu par Lantier, mon interne, et par Tétaud, l'infirmière d'étage, que le curare était une fausse piste, puisque les pseudo-convulsions détectées à 4 heures du matin par le journaliste ne pouvaient être liées au curare. Le poison pouvait avoir agi plus tard, au petit matin. Ma pensée s'embrouillait, j'accusai le manque de sommeil. Je gardais à l'esprit qu'on avait retrouvé dans le sang de l'Alsacien du vécuronium, un dérivé du curare utilisé en anesthésiologie.

– C'est un peu ça, en effet, répondis-je. Cet intense relâchement aurait-il pu être causé par une substance toxique ?

– Si c'était le cas, je ne connais qu'une substance qui puisse entraîner ce type de manifestation musculaire ; c'est le curare… et ses dérivés, bien sûr.

Je regardai ses mains, à présent nues. Indéniablement, elles s'étaient crispées. Sa dernière remarque, c'était presque trop beau.

– Mais cela m'étonnerait que nous puissions détecter ce type de produit dans les prélèvements sanguins de la victime. La demi-vie des curarisants est très brève et…

– Qui a parlé de sang ? l'interrompis-je.

Je savais que j'avançais en terrain délicat, celui des compétences professionnelles de Tchang. Je ne voulais pas le froisser. C'était lui qui tenait le bistouri.

– Si je puis me permettre, continuai-je, je crois que nous avons omis un détail au cours de l'autopsie. Obnubilés par la découverte de toute cette graisse brune, nous avons oublié un point qui me semble important : la dissection des plaques verdâtres sur la peau de l'abdomen.

Les fameux clichés de mon externe.

Nous pivotâmes tous deux vers le cadavre, auprès duquel s'affairaient déjà les agents du funérarium, mécanos de la mort. Le trajet de la large ouverture thoraco-abdominale en Y découpée par Tchang passait au large des taches, situées plus sur les côtés du ventre, de part de d'autre du nombril, principalement. Le pathologiste mit de nouveaux gants. Balles neuves.

Le scalpel s'enfonça cette fois dans du tissu marécageux, se dérobant à la coupe. Un liquide poisseux se répandit à chaque incision. Comme pour le cas strasbourgeois. J'avais encore dans la tête les paroles d'Élodie : « Autour du nombril, il y avait des sortes de poches de graisse semi-liquide, de la même consistance que de l'huile ou plutôt du beurre fondu. »

– De l'huile, commenta Tchang à son tour. On dirait que, par endroits, la graisse a été comme digérée, qu'elle s'est désagrégée.

– La fonte des neiges, agrémentai-je en contemplant le liquide verdâtre qui se répandait.

J'en avais tellement vu au cours de cette autopsie que j'avais fini par me sentir insensible à toutes ces découvertes, blindé par la fatigue. Mes facultés de raisonnement étaient submergées. Subissant les assauts du bistouri comme s'il s'était agi de ma propre chair, je ne ressentais plus aucune douleur. En même temps, je comprenais confusément qu'Urien était mon cas zéro, qu'il influerait en profondeur sur ma manière de concevoir le métier. Qu'il ferait partie d'un vaste processus dont les premiers cas avaient commencé d'essaimer. Il y en avait eu d'autres, il y en aurait encore.

– On peut le dire, en effet, répondit le médecin des morts. C'est comme une sortie brutale de l'hibernation, en urgence. Urien a dû maigrir d'un coup, une sorte de dégazage massif. Une marée brune s'est subitement déversée dans le sang.

– Sans doute l'effet de l'anneau gastrique. L'amaigrissement est dans ce cas souvent rapide, plusieurs kilos en quelques semaines.

– Sauf qu'en cas de perte de poids, même massive, le lard ne fond pas ainsi. Ce sont les adipocytes qui maigrissent, pas la graisse qui se liquéfie.

– Vous croyez qu'un toxique a pu se trouver emprisonné dans le tissu adipeux et être brutalement déversé dans le sang lorsque Urien a maigri ?

– Encore votre histoire d'empoisonnement, lâcha Tchang, qui présentait les premiers signes d'agacement. OK, je fais les prélèvements d'usage sur ces flaques.

Quand le pathologiste incisa sa dernière plaque, en une sorte de réflexe rageur, il reçut une giclée d'huile sur le visage. Par endroits, le liquide était sous pression.

LITTÉRATURE

Je retournai dans mon bureau sur le coup de 19 heures. L'autopsie avait duré près de deux heures, et cela en faisait vingt-quatre que Bérénice était venue me visiter dans ce même espace. C'était la veille au soir, mais cela pouvait aussi ne jamais avoir existé. Je n'avais même pas eu le temps de me laver, et peut-être une vague saveur, comme un souvenir de parfum, s'attardait encore sur ma peau. Je pourchassai cette odeur intimement mélangée à la mienne et qui se dérobait. Stop. Il fallait que je parvienne à me concentrer. Le lendemain, je présenterais le cas Urien au staff du service. J'avais même invité Tchang à y participer.

À présent, j'avais le temps. J'avais actionné la machine à café. L'envie de dormir s'était mise en orbite, entre parenthèses. Le sommeil et l'argent. Deux découverts.

En parcourant articles et bases de données, je découvris dix nouveaux cas de décès brutaux survenus au décours de la mise en place d'un régime – j'avais limité pour l'instant la recherche aux deux années qui avaient précédé. Ma respiration s'accélérait à mesure que j'ouvrais ces articles, j'en avais des suées. Quelque chose semblait pourri au royaume du gras. Sous mes yeux, en direct, de clics de souris en « sélectionnez tout », se dessinaient les contours encore flous d'une nouvelle entité pathologique. En incluant dans ma petite série les trois cas de Birmingham dénichés par Georges Cantrel, l'interne spécialisé en bibliographie, cela portait en tout à treize le nombre de personnes atteintes référencées dans la littérature. Je baptisai provisoirement « mort brune » la nouvelle affection, à défaut de « peste brune » – la dénomination était déjà prise.

Ce nombre de cas m'apparut hélas provisoire, puisque deux parutions seulement provenaient de la première année de mes recherches, cinq de l'année suivante. Les six autres cas étaient des publications récentes, datées de l'année en cours, déjà bien avancée. Les choses semblaient donc vouloir s'accélérer à mesure que l'on se rapprochait du présent. Mais pourquoi n'avais-je jamais eu connaissance de ces dossiers, ni moi, ni personne dans le service ? J'étais pourtant supposé être un spécialiste. Il était vrai que ces articles étaient noyés au sein de milliers d'autres, mais la spécificité de ces morts me semblait évidente, remarquable, insolite. Les autres médecins qui avaient subi ces pertes parmi leurs patients avaient bien dû se poser les mêmes questions que moi. Pourtant, pas trace de congrès, ni même de colloque sur la question. Comme si la communauté scientifique avait peur de contempler la « mort brune », d'affronter son regard vide et délabré, bref, d'admettre l'apparition d'un nouveau syndrome. Et pourtant, les articles étaient explicites sur bien des points, même si Élodie m'avait rapporté une certaine forme de censure opérée par son chef de service. Certains éléments de l'observation de son patient n'avaient pas été publiés, tels que la découverte de vécuronium dans le sang.

Mais peut-être après tout me montais-je le bourrichon. Pour l'heure, la maladie de la mort brune était une rareté, un accident exceptionnel dans le cours de la vie des dizaines de millions d'obèses qui alourdissaient la planète sans l'empêcher de tourner. Même vis-à-vis de la population plus restreinte de la « communauté des anneaux gastriques », elle gardait ce caractère rarissime. Elle avait pour l'instant le statut d'une maladie quasi orpheline. Il n'y avait pas plus de décès par mort brune de par le monde que par maladies à nom propre inconnues de la plupart des médecins en activité, exception faite bien sûr de ceux qui les avaient découvertes. Il fallait raison garder.

Je relevai au total neuf hommes et quatre femmes. Les patients étaient d'âge moyen, entre 28 et 51 ans, à l'exception d'une adolescente, une fille de 13 ans, le cas du Michigan. Huit victimes étaient blanches, quatre noires et une d'origine indienne d'Amérique. Toutes les disparitions faisaient suite à une perte de poids massive – au minimum une dizaine de kilos en une poignée de semaines. J'en déduisis, tout en ayant conscience d'installer un jalon dans un sable mouvant, que la vitesse d'amaigrissement semblait être un préambule nécessaire à l'apparition du décès. Pour tous ces patients, le fait de maigrir d'un coup leur avait manifestement fait courir un danger. Enfin, c'était une hypothèse.

Dix cas étaient survenus dans les suites immédiates ou retardées de la pose d'un anneau. Je tapai donc logiquement sur le clavier les mots « anneau gastrique », y ajoutai « résorbable ». C'était un de mes jeux préférés, déambuler au hasard sur la toile, jusqu'au bout de là où me porteraient mes yeux, jusqu'à l'absurde, tant l'ultime adresse se situait loin de l'intention de départ. Mais là, j'étais pressé, fatigué. Il fallait cibler. Je me mis à cliquer. Comme si mes doigts allaient plus vite que mon cerveau, qu'ils étaient partis en exploration à mon insu, comme un chien policier flaire la piste d'un tueur. Je n'avais plus qu'à leur faire confiance. Je laissai de côté les sites de fans du *Seigneur des anneaux*, les adresses des marchands d'alliances de mariage. J'éclusai d'abord quelques blogs et forums de discussion d'internautes dont le sujet était manifestement « l'anneau dans tous ses états », résorbable ou pas. Les êtres concernés, membres de fait de nouvelles communautés virtuelles, en expliquaient au travers de leurs expériences personnelles les avantages, les inconvénients, les limites. Des candidats à la pose intervenaient aussi dans le *chat*, et je pus voir ainsi se dérouler à mesure de leurs incursions leurs espoirs, leurs appréhensions, leurs doutes ; une vraie médecine parallèle avec laquelle il faudrait de plus en plus compter.

En continuant, je tombai sur le site de Faunéal, le fabricant de ces fameux implants résorbables. Au départ, je fus assailli par la multitude d'infos, masquée derrière une débauche de couleurs, de graphiques, de cases et de sous-cases. Puis, mes yeux cernés s'accommodèrent au désordre apparent. Le site mélangeait subtilement infos médicales et économiques, des éléments dont nous autres, praticiens, n'avions même pas connaissance. On y apprenait par exemple que les fabricants d'implants médicaux, dont les anneaux gastriques n'étaient qu'un des secteurs d'activité, se livraient une guerre sans merci. Le nouvel implant « pariet-composé » de Faunéal avait la faveur du site. Le groupe annonçait notamment une diminution de près de 50 % du risque d'adhérences abdominales par rapport à ses principaux concurrents listés : ces adhérences étaient justement un de nos principaux problèmes dans la chirurgie de l'obésité. Pas plus tard que la semaine précédente, j'avais eu dans mes lits un patient dont l'implant gastrique s'était retourné suite à une de ces maudites adhérences. La sanction avait été une réintervention en urgence. Sur ce point, il était clair que Faunéal avait fait mouche. Touché Hugo Man.

En accédant à la rubrique historique du site, on apprenait que Faunéal s'était offert en 2002 la société Dalibal, elle aussi spécialisée dans les implants chirurgicaux, mais plus spécifiquement établie en Europe et en Asie du Sud-Est. Joli coup. Je cliquai sur Dalibal, il y avait un lien, et pas qu'informatique. Le site sur lequel je me retrouvai était plus austère, dans les bruns, avec des encadrés orange. On découvrait que Dalibal était également propriétaire de plusieurs cliniques en Europe, spécialisées dans la prise en charge de l'obésité. Il m'apparut évident qu'elles pouvaient facilement servir de base arrière et de centres d'expérimentation pour les implants fabriqués par le consortium Faunéal-Dalibal. Il suffisait par exemple que Dalibal nomme les directeurs de clinique de son choix pour que les chirurgiens de l'obésité travaillant dans les dites cliniques posent les « bons » implants. Des accords avec les caisses de Sécurité sociale pour un « prix de gros », sans mauvais jeu de mots, pouvaient avoir été négociés à un assez haut niveau. Cela supposait du lobbying, des réseaux, et peut-être même des pots-de-vin. Je savais que le pouvoir de ces consortiums médicaux, qui avaient ces temps-ci tendance à vouloir devenir tentaculaires, pouvait s'exercer de manière assez violente sur les praticiens qui travaillaient dans les établissements. Ces derniers, peu habitués à la culture syndicale, subissaient des pressions, n'étaient plus libres de leurs prescriptions. J'avais un copain radiologue, Simon Harting, qui travaillait dans un tel établissement. Désirant passer à mi-temps, il s'était fait renvoyer comme un malpropre au bout de vingt années d'activité. Simon avait signé une sorte de chiffon de papier, avec un préavis de trois mois sans dédommagement en cas d'arrêt. « La mâchoire de la direction s'est refermée sur moi, m'avait-il déclaré à l'époque. Je ne correspondais plus à la politique de la clinique. »

Je cliquai sur « page précédente » et me retrouvai à nouveau en compagnie des couleurs criardes de Faunéal. J'appris ainsi qu'à taux de change constant, le chiffre d'affaires du groupe avait augmenté de 14 % sur le précédent semestre. Qu'il était passé de 4,73 millions d'euros à 5,32 millions d'euros en un an rien que pour la branche Faunéal Medical. Vu par le petit bout de ma lorgnette, ce bond d'activité suivait parfaitement le taux de progression de l'obésité dans les pays occidentaux. Et encore, l'avenir était devant le groupe, avec le lancement prochain en Europe et aux États-Unis d'une agrafeuse chirurgicale révolutionnaire incluant un nouveau type d'attaches autoperforantes résorbables. L'autorisation de mise sur le marché d'instruments chirurgicaux faisait pourtant suite à un véritable parcours du combattant, un chemin de croix draconien. Je savais que le matériel chirurgical susceptible de rester plusieurs années, voire définitivement intégré, dans l'organisme humain était testé, retesté, passé au crible avant d'obtenir la fameuse AMM. Pourtant, dans le passé, il y avait eu des gags, depuis les prothèses de hanche Hubbard qui cassaient au bout de deux ans d'utilisation, les implants cristalliniens Croft utilisés dans la chirurgie de la cataracte qui avaient une curieuse tendance à se luxer ou les valves cardiaques de marque Ronnie qui lâchaient à une fréquence anormalement élevée. Donc, les contrôles étaient sévères, mais pas infaillibles, comme toute chose humaine. En parcourant le site, je pris conscience, comme on reçoit une gifle, que rien, au cours de nos études de médecine, ne nous avait préparés à la connaissance des processus de commercialisation des médicaments, et encore moins à ceux du matériel à visée chirurgicale. Et pourtant, il était clair, pour une affaire comme celle du décès d'Urien, que cette connaissance pouvait avoir un intérêt. Mais nous n'en étions qu'au stade des hypothèses.

Je repris mon analyse de dossiers, fermant plusieurs fenêtres, ouvrant de nouvelles portes. Deux observations pouvaient être manifestement écartées des cas suspects, un décès par infarctus du myocarde et un autre des suites d'un cancer du côlon foudroyant. Chose étrange, huit des patients décédés souffraient d'apnées du sommeil. Mais peut-être n'était-ce qu'une coïncidence, cette affection était particulièrement fréquente au cours des apnées massives.

Les articles ne signalaient ni le type ni la marque de l'anneau, mais trois d'entre eux indiquaient qu'il s'agissait d'un modèle résorbable, comme dans le cas Urien. Outre le cas strasbourgeois, cinq patients avaient eu droit à une autopsie. Quatre rapports étaient détaillés et même particulièrement explicites, le dernier ne communiquait aucun résultat. Censure ? Travail bâclé ?

Parmi ce quartet, trois comptes rendus faisaient état d'une prolifération anormale de graisse brune. Un patient de Chicago présentait des amas au niveau des aisselles, assez bien limités, trois cents grammes de tissu pigmenté pour chacune. Les autres se rapprochaient assez du cas Urien – des accumulations autour de gros vaisseaux abdominaux. Un patient de Seattle différait des autres, avec un hibernome de cinq kilos au niveau de la face postérieure de la cuisse, une tumeur de graisse brune particulièrement dense et dure ainsi que le stipulait l'article.

Dans tous les cas, en revanche, on avait retrouvé ces zones de graisse liquide enchâssées sous la peau, le plus souvent au niveau de l'abdomen, mais pas seulement – un cas au niveau du haut des cuisses, un autre au-dessus des clavicules. Il s'agissait d'une sorte d'élément fédérateur à tous ces dossiers. Certains rapports histologiques décrivaient de véritables flaques, comme si la graisse avait été digérée par endroits, immédiatement prête à l'emploi. Des acides gras à chaîne très courte, très différents des triglycérides usuels, molécules au long squelette carboné qui constituent la graisse ordinaire. Deux observations faisaient état de secteurs sous pression, mais aucun ne décrivait la brusque vidange d'un geyser lipidique comme celui dont Tchang avait essuyé les plâtres. Le tissu avoisinant était comme détruit, avec des secteurs de nécrose, un peu comme ceux que l'on découvrait au centre des cancers. L'architecture locale était par endroits méconnaissable : les fibres conjonctives, qui constituaient l'armature de la graisse, des molécules de muco-polysaccharides pourtant réputées parmi les plus résistantes de l'organisme, avaient été soufflées par on ne se savait quoi. Mon ami Stan aurait dit de toutes ces victimes qu'on leur avait « planté un Viêt-nam dans le bide ».

GEORGES CANTREL

Par un mouvement de balancier visuel qui datait de la période de la préparation de mon internat, je repris la lecture des observations. J'appréhendais rarement de manière linéaire tous les éléments d'un dossier. J'avais besoin de plusieurs passages. J'ignorais s'il s'agissait d'un signe d'intelligence ou au contraire d'un indice de limitation intellectuelle. Alors, je faisais avec. Je découvris ainsi que deux des patients avaient signalé, quelques jours avant leur décès, une sensation de froid intense, « des frissons à se déboîter la mâchoire », indiquait l'un d'entre eux.

C'est à ce moment que Georges Cantrel refit son apparition, revêtu d'une sorte de pelisse en peau, genre Henry Fonda dans *Il était une fois dans l'Ouest*. Il était manifestement sur le départ.

– Je voulais te saluer avant de partir. Et savoir comment s'est passée l'autopsie.

– Assieds-toi.

– Henri m'attend.

Henri, c'était son chauffeur, mais Cantrel en parlait un peu comme d'un cocher.

– Alors, reste debout.

Il s'assit. Le chauffeur attendrait.

Je lui racontai l'autopsie par le menu, la graisse brune, les flaques de graisse liquide, le degré de délabrement des tissus, l'infiltration par ce tissu fibreux qui désorganisait tout. Mon désarroi. Et puis, comme c'était ce que j'étais en train de lire, j'en vins à cette histoire de sensation de froid intense.

– C'est assez discordant, observa-t-il. Pour autant que je m'en souvienne, la graisse brune est impliquée dans la production de chaleur sans frisson. Seule la libération des acides gras de la graisse blanche, notre bonne vieille couenne ordinaire, est capable de faire se hérisser les poils. Enfin, ça, c'est ce qui est inscrit dans les livres, ce que nous avons appris à la fac, les données classiques.

– Il faudrait imaginer que la brune commande la blanche, qu'elle lui soit devenue assujettie, répondis-je.

– Hugo, reprit-il, j'ai étudié toute la biblio de ces décès suspects. Je n'ai pas eu trop le temps d'entrer dans le détail, cependant j'y ai découvert des éléments allant à rebours de toutes les connaissances en nutrition. Ces cas sont marginaux, mais pourraient certainement amener à réécrire certains livres. Dans une des observations, par exemple, j'ai noté un truc curieux. Tu as remarqué ?

Mes connaissances s'amenuisent généralement quand on me questionne. Comme si elles n'étaient pas une donnée stable.

– Le rebond adipocytaire tardif de la jeune patiente du Michigan ? tentai-je, comme on renvoie une balle trop liftée.

– Non, répondit-il en se levant pour prendre congé.

Georges était très susceptible, un fait communément admis dans le service, sans doute l'action d'une mère trop indulgente, groupie sans nuance.

– À vrai dire, répondit-il, je n'avais pas noté ce détail croustillant…

Ses lunettes étaient comme descendues d'un cran, soulignant la longueur de son nez.

– Mais je suis forcé d'admettre que c'est tout aussi intéressant que ce que j'avais épinglé.

Le rebond adipocytaire, en fait une phase de multiplication des cellules graisseuses survenant aux alentours de 6-8 ans, intéressait fortement les pédiatres depuis quelques années. L'intensité du phénomène, pourtant un épisode normal de la vie de l'enfant, semblait déterminant pour le poids et la corpulence du futur adulte. Les études montraient que l'âge du rebond était beaucoup plus précoce chez les futurs obèses – 3 ans en moyenne au lieu de 6 – que chez les enfants de poids normal. Or, dans l'observation de l'adolescente décédée, les médecins avaient retracé la courbe de poids depuis la naissance, sans doute grâce à son carnet de santé.

– C'est curieux, repris-je. Le poids de l'Indienne était normal jusqu'à l'âge de 12-13 ans, puis il s'est emballé sur le coup de 14, sans motif apparent. C'est d'ailleurs ce qui a amené les auteurs à parler de rebond adipocytaire tardif. Et, toujours d'après l'observation, le phénomène ne semble pas lié à une brusque augmentation de la prise alimentaire.

– Tout se passe comme si son organisme s'était brutalement mis en mode « économie d'énergie », indiqua Georges, songeur, regardant par la fenêtre, allongeant le cou comme pour apercevoir sa voiture.

– Cela peut se concevoir aisément si on n'oublie pas qu'il s'agit de graisse brune, le gras de l'hibernation, la quintessence de la mise en réserve calorique avant l'hiver.

Georges s'interrompit un instant avant de reprendre… et de se rasseoir.

– Sauf que la petite est morte en janvier. D'ailleurs, j'ai vérifié. Dans toutes les observations où les dates de décès sont signalées, on note une nette prévalence de l'automne et de l'hiver.

– Une mort saisonnière, en quelque sorte, conclus-je, intrigué, tandis qu'une sorte d'angoisse commençait à m'étreindre la gorge.

Je retirai ma montre, comme pour desserrer l'étau.

– Ça irait bien dans le cadre d'une sortie d'hibernation. Sauf que l'être humain n'est pas un mammifère hibernant.

Je parcourus un instant l'article, dont j'avais fait une sortie papier.

– Apparemment, il n'y a pas eu autopsie pour cette patiente. En tout cas, ce n'est pas signalé. Peut-être un blocage familial, ou l'intervention d'un avocat. Je ne connais rien au droit américain à ce sujet. Donc nous n'avons pas la preuve formelle qu'il s'agissait de graisse brune.

– Ça vaudrait peut-être le coup de leur envoyer un mail ou de leur passer un petit coup de fil.

Georges semblait vraiment vouloir s'en aller, mais il eut soudain comme une inspiration.

– L'article signale curieusement que cette Indienne appartenait à la tribu des Potawatomi, c'était une descendante des premiers habitants de la région des Lacs. Elle me fait penser à ces Indiens d'Alaska qui avaient servi de cobayes à l'armée américaine dans les années cinquante. La résistance au froid de ces populations avait de quoi surprendre, orientant vers une sélection génétique particulière parmi une population vivant en autarcie. Sauf qu'il y avait un biais : d'après les résultats des prélèvements sur la faune et la flore locales, il est apparu que les autochtones étaient soumis à une radioactivité bien supérieure aux normes tolérées, en tout cas au rayonnement naturel. La faute aux essais nucléaires soviétiques…

Le raisonnement de Cantrel paraissait souvent tortueux, nous avions pris l'habitude de le voir à l'œuvre au cours du semestre passé. Mais je le laissai poursuivre, car il enrichissait parfois le débat d'éléments nouveaux, voire insolites… Qui permettaient de rebondir. J'attendis donc.

– Ces derniers avaient produit un florilège d'atomes instables en tous genres, parmi lesquels le fameux iode 131, dont tu sais l'amour immodéré qu'il éprouve pour la thyroïde. Beaucoup de ces beaux Indiens présentaient une prise de poids massive, sauf qu'en réalité ils étaient devenus hypothyroïdiens. La radioactivité leur avait mis la glande HS. Toujours curieux dès qu'il s'agit d'étudier les effets sur la santé d'un péril nucléaire, les médecins militaires américains auraient profité de cet état de fait pour tester les effets de l'iode radioactif de manière un peu moins empirique.

– C'était la guerre froide, fis-je observer.

– Excellent, concéda-t-il en dégrafant sa houppelande. Excellente époque pour l'hibernation. Tous les moyens semblaient alors bons pour en savoir plus sur la fameuse résistance au froid intense des hivers arctiques de ces Indiens. Ces docteurs Folamour ont ainsi conduit une sorte d'essai clinique à la limite de l'éthique en choisissant cent deux cobayes humains et en leur faisant avaler des comprimés d'iode nucléaire.

– Résultat des courses ? demandai-je, étonné par mon cynisme.

– Un truc assez étonnant, en fait. Une thyroïde mise hors d'état de produire de la chaleur, mais une tolérance aux températures très négatives non démentie. Tout cela orientait vers une mutation ou en tout cas une sélection génétique particulière.

– Comme pour certains cas d'articles portant sur nos patients décédés.

– Exact, la même mutation de la région q11 du chromosome 13 que celle de nos patients, tout au moins le cas strasbourgeois. Celle qui permet cette inflation de graisse brune qui nous empoisonne.

– On retrouve également cette mutation chez l'Indienne, si je ne m'abuse, dis-je en parcourant des yeux l'article américain dont j'avais surligné les passages les plus informatifs.

– D'accord, reprit-il. Que les gènes indiens aient essaimé d'Alaska vers les berges du lac Michigan, c'est possible, mais que l'on retrouve une telle mutation en Alsace, à Madrid, ou à Montpellier, cela semble difficile à admettre.

Je me surpris à observer son visage sous un nouvel angle, redéfini par la perplexité. Georges Cantrel avait un visage dont le mouvement général et l'arrondi des sourcils épais mais clairsemés me firent penser à la lettre oméga.

– Il faudrait donc supposer que tous ces individus aient été exposés à un même agent mutagène, dis-je en passant la main dans les cheveux, un tic que j'ai gardé jusqu'à aujourd'hui.

– Et s'il ne s'agissait pas d'une mutation ? relança-t-il, comme à la belote, ouverture à pique.

– Que veux-tu dire par là ?

– J'appelle mon chauffeur, reçus-je en guise de réponse. Je crois qu'on va en avoir pour un moment.

Le chauffeur envoyé dans un café des bords de Seine, Georges fut plus à l'aise pour étendre ses jambes et développer sa théorie.

– Eh bien, dans tous les cas recensés par ces articles, auxquels on peut associer a priori le cas Urien, c'est comme si l'espèce humaine avait muté et suscité en son sein des sortes de marmottes géantes sorties d'un coup d'un processus d'hibernation biologique. Se réveiller pour mourir, en quelque sorte. Sauf que l'on peut aussi voir les choses autrement.

– Explique-toi, je suis impatient.

– L'hibernation est un phénomène du passé, nous ramenant jusqu'à un ancêtre commun, aux confins des ordres des rongeurs et des chiroptères. De même, la graisse brune est, comme nous le savons, un tissu anecdotique dans l'espèce humaine sauf peut-être chez le fœtus et chez quelques populations ethniquement fermées, parce que vivant en vase clos depuis des millénaires, dont fait sans doute partie cette tribu d'Indiens d'Alaska.

– Je te suis, rythmai-je, comprenant vaguement où il désirait en venir.

– Tous ces défunts ont fait une sorte d'hibernation factice…

– Ce n'est pas tout à fait exact, coupai-je. Je dirais plutôt qu'ils se sont préparés à une hibernation qui n'a jamais eu lieu. Ils ont stocké toute cette graisse brune en vain. Comme si leur organisme avait été leurré.

– Soit, convint-il, une once d'agacement dans la voix. Ils ont cru qu'ils allaient devoir hiberner, mais c'était une erreur d'appréciation, peut-être une mauvaise détection des facteurs environnementaux. Il n'y a eu en eux aucune mise en veilleuse des principales fonctions motrices, comme c'est le cas chez la taupe ou la chauve-souris à l'approche de la saison froide.

– Pas si sûr, dis-je, presque désolé de couper mon collègue dans le cours de sa pensée évolutionniste, tel un interviewer moyen au cours d'un *prime time*. Dans l'observation de Montpellier, ainsi que dans celle de Madrid, le rapport fait état de curieux accès de somnolence ou de torpeur chez les patients dans les semaines ayant précédé la mort, comme s'ils avaient réduit la voilure avant de démâter.

– Peut-être l'effet délétère en journée d'accès d'apnée du sommeil la nuit, suggéra-t-il, manifestement à présent sur la défensive.

– Sauf que les patients en question en semblent indemnes. En tout cas, rien de tel n'est signalé dans les articles en question. En revanche, une vraie baisse d'activité est notée par deux des auteurs, interprétée par eux comme une forme de dépression. Trois des décédés n'étaient plus sortis de chez eux depuis plusieurs semaines avant leur mort. Un des articles évoque même le diagnostic de dormance, équivalent mineur de l'hibernation.

Décidément, ce processus de mise en veilleuse entrait curieusement en résonance avec les faits recensés dans ces dossiers. D'après mes souvenirs, l'hibernation était vraiment une réduction de l'activité proche de la mort. La Belle au bois dormant version métabolique. Organes internes réduits à des fonctions minimales, rythme cardiaque quasiment imperceptible. Une vie maintenue sur le fil du rasoir. Au sein de toute cette torpeur, un seul organe demeurait vigilant, ou plutôt un secteur situé dans les profondeurs du cerveau, un organe primitif, quasi reptilien : l'hypothalamus. Ce dernier continuait à enregistrer les variations pertinentes de l'environnement, se comportant comme une sorte d'ange gardien du corps pendant son absence. Un secteur qui curieusement gérait aussi l'appétit. J'avais encore le dossier d'Urien qui traînait sur mon bureau, je fus pris d'une inspiration soudaine. Sa pancarte !

Les pancartes étaient ces sortes de tableaux de bord de la vie des malades accrochés sur le rebord du lit, sur lesquels on pouvait identifier des signes de base collectés par les infirmières et les aides-soignantes et qui en disaient parfois plus long sur l'état du malade que le meilleur des examens cliniques. On pouvait y trouver par exemple la quantité d'urine émise, les principaux traitements institués, et bien sûr la fameuse courbe de température.

– Regarde, m'exclamai-je, ça colle !

La température d'Urien avoisinait les 35 °C pendant les jours qui avaient précédé la mise en place de son régime, puis elle avait brutalement franchi la barre des 37 °C lorsque les premiers kilos s'étaient envolés. Et, une fois de plus, personne n'avait noté ce détail. Nous autres médecins, sommes plus prompts à réagir à la fièvre, réputée plus dangereuse, qu'à l'hypothermie, domaine des médecins de la montagne et des pôles.

– Ce n'est pas tout, reprit Cantrel. Que va dire Scob lorsqu'il va découvrir tous ces signes que nous avons laissés passer ?

Son index avait pointé sur la pancarte – décidément lieu de tous les indices et de toutes les perditions – le chiffre de pression artérielle, trop bas, la quantité d'urine émise, trop faible, et le rythme cardiaque dont la lenteur évoquait celui d'un coureur cycliste.

– Nous avions dans nos lits un volumineux mammifère hibernant en douce, conclus-je, et nous ne nous sommes rendu compte de rien.

J'eus soudain l'impression de me sentir nul, piégé comme un étudiant de deuxième année par un externe moqueur. Car Georges Cantrel n'était en rien responsable de la mort d'Urien, il était simplement le chargé de biblio du service – une idée de Scob d'avoir pour chaque semestre un lecteur attitré de la presse médicale. Et les lits dont il s'occupait étaient nichés dans une autre aile du service. Sa dernière question, et en particulier son emploi du « nous », n'était que montage rhétorique, une sorte de formule de politesse. Mais, moi, je savais bien que je portais la plus grosse part de responsabilité dans le décès de mon patient, malgré la décision unilatérale de débranchement du somnographe opéré par la surveillante. Le problème était que Geoffroy Urien n'avait à aucun moment attiré mon attention. Aucun signal d'alarme ne s'était allumé dans mon esprit. J'avais sans doute lu toutes ces informations, sans que rien ne remonte de la rétine au cerveau. La différence entre entendre et écouter. Malgré la série d'indices qui ne prenaient leur sens qu'*a posteriori*, je n'avais rien noté, rien vu venir. Pour moi, Urien était un cas simple, un surpoids important mais pas majeur, un régime à initier, une apnée du sommeil d'intensité modérée. Urien, c'était mon Pearl Harbor à moi. Et pourtant, il y avait eu déjà d'autres victimes, une poignée de cas. Je rangeai la pancarte d'Urien dans son dossier avec une sorte de respect mêlé de crainte, comme on remet en place une relique, une pièce à conviction.

CHKOB

Il restait devant nous, étalées sur le bureau à la manière du jeu de cartes d'une astrologue, toutes les coupures de presse médicale relatives à la « mort brune », une petite cohorte de cas, peut-être le début d'une sorte d'épidémie. Le terme avait d'ailleurs récemment fait son apparition dans les médias grand public au sujet de l'obésité. Pour nous autres, médecins, les épidémies étaient le fait d'agents infectieux, et il me semblait curieux de voir plaqué ce terme sur nos bons vieux obèses. Drogué par le travail et le manque de sommeil, mon esprit se mit à battre la campagne. Derrière les descriptifs de ces cas impersonnels relatés avec la froideur clinique de médecins s'improvisant biographes, j'imaginais le drame de ces gens ordinaires morts d'avoir maigri trop vite. Je tentai de vivre un instant la surprise de ces êtres, fauchés par la mort à l'improviste alors qu'ils pensaient lui avoir tourné le dos, qu'ils avaient fait tout ce qu'il fallait pour allonger leur espérance de vie. Tous étaient morts pendant leur sommeil. L'avaient-ils seulement vue venir, la Grande Faucheuse ?

– Donc, pour résumer, reprit Georges, ces individus, pour une raison inconnue, mutent leur chromosome 13 et ensuite se mettent à fabriquer de la graisse brune en quantité industrielle.

– Logiquement, poussés par ce changement de leur composition corporelle, continuai-je comme si nous avions entamé un chant à deux voix, ils se comportent alors comme des écureuils. Ils débutent une sorte de processus d'hibernation, avec mise en veilleuse de leurs fonctions vitales, baisse de leur température, de leur tension, etc. Et, poussés par leur apparence physique, leur mal-être, leur entourage, leur médecin, ils décident d'entamer un régime.

– Or, dans leurs graisses, la blanche, la brune, ou les deux, cela reste à définir, est emprisonné un dérivé du curare, ce fameux vécuronium, dont la structure chimique possède une forte affinité pour les lipides. Lors de la fonte du tissu adipeux, une sorte de débâcle graisseuse comme en témoignent les poches d'huile retrouvées aux autopsies, le sujet sort de son hibernation biologique, la température s'élève, le cœur bat plus vite, la thyroïde s'affole.

– Et le poison se déverse massivement dans le sang, entraînant la mort par paralysie respiratoire.

Je me levai, allai ouvrir la fenêtre. La sourde synthèse des bruits de la cité envahit mon bureau, cet espace dans lequel tant de praticiens avaient consulté de par le passé. Je respirai un bol de cet air hétérogène, presque heureux de constater le bon fonctionnement de mes muscles respiratoires.

Georges aussi s'était levé. Il posa une main sur mon épaule.

– Courage, Hugo, fit-il, comme s'il apercevait depuis notre perchoir avec une sorte de prescience mes déboires à venir.

– Excuse-moi de t'avoir coupé tout à l'heure, dis-je en essayant de me dégager, vaguement gêné de cette manifestation physique d'amitié. Au fait, je t'ai interrompu à plusieurs reprises lors de ta poussée évolutionniste. Que voulais-tu dire ?

Cantrel s'écarta de moi et sortit de sa poche un paquet de cartes, comme s'il désirait se donner une espèce de contenance. Il connaissait toutes sortes de jeux, depuis le poker afghan jusqu'à la bataille corse, en passant par le rami et la chkob, un jeu que lui avait appris un interne d'origine juive tunisienne au semestre précédent. Il avait appris à jouer aux attachés du service, une distraction qui nous amusait particulièrement car elle portait le même nom phonétique que celui du patron. Lorsqu'il ne restait plus de figures sur le tapis, le dernier joueur à avoir ramassé les cartes annonçait « chkob » et marquait un point. D'après Georges, docteur ès cartes, ce jeu provenait en fait d'un vieil ancêtre vénitien, la *scopa*, dont le héros était le sept de carreau, baptisé par quelque marin naviguant sur la grande bleue *siete d'orro*. André Scob lui aussi se montrait lorsqu'il n'y avait plus personne, surgissant à l'improviste alors que nous, enfin, ses cartes, ses jetons, étions sur le départ. Son temps semblait commencer lorsque le nôtre finissait.

– Une partie ?

– Ce n'est pas vraiment le moment...

Georges distribua les cartes, sa manière à lui de se concentrer. Sur le tapis, un sept de trèfle, un quatre de carreau, un roi de pique, une dame de trèfle. J'avais une dame de pique, je me servis.

– Si c'est bien le cas, fit-il avec une sorte de maniérisme dans la façon de regarder son jeu, si ces individus sont bien morts au décours d'une hibernation biologique, ce serait une première dans l'évolution des espèces.

– L'évolution qui fait marche arrière, ponctuai-je.

– Il faudrait supposer que se soient réactivés des secteurs chromosomiques endormis depuis des millions d'années, sans raison apparente, en tout cas pas climatique.

Georges embarqua le sept de trèfle. Il avait dans son jeu le fameux sept de carreau, *la* carte qui valait à elle seule un point. J'avais lu quelque temps auparavant un article sur ces vestiges d'ADN disséminés dans les chromosomes, véritables mémoires de stades antérieurs, pouvant à l'occasion se réveiller.

– Tu penses à un pseudogène ? suggérai-je en m'emparant du quatre de carreau – celui qui avait le plus de carreaux empochait également un point.

– Il est possible, après tout, que cette prétendue mutation du chromosome 13 retrouvée chez certaines des victimes ne soit que la réactivation d'un gène du passé, un des multiples pseudogènes que nous abritons en nous, comme tu dis.

– Les fantômes qui portent en eux des potentialités abandonnées, murmurai-je. Les pseudogènes seraient des vestiges d'anciens sous-programmes écrits dans un code qui n'existe plus.

Cantrel jeta sur le tapis un cinq de cœur, privé d'analogue. Le geste me sembla légèrement rageur.

– Notre placard génétique est plein de cadavres ! ponctua-t-il. Des gènes morts, devenus inutiles et silencieux à la suite de mutations, jonchent nos chromosomes.

– L'ADN est très conservateur, c'est bien connu, répliquai-je en attrapant son cinq de cœur au moyen d'un cinq de carreau.

– « Ici on ne jette rien », répliqua-t-il. Ces gènes fossiles ont eux aussi une histoire à raconter, celle de l'évolution des gènes qui fonctionnent encore. En outre, des travaux récents montrent que certains de ces dinosaures d'ADN ne sont peut-être pas totalement éteints.

Georges lâcha sur le tapis un six de pique, également une carte importante, appréciée du joueur de chkob. Comme s'il n'avait pas d'autre idée. Redistribution.

– Il faudrait imaginer, si je comprends bien, qu'il y aurait eu chez nos victimes une sorte de réactivation d'un gène du passé. Urien aurait été une sorte d'hybride entre un être humain et un mammifère hibernant dont on aurait réactivé le programme de production de la graisse brune.

J'embarquai le roi de pique avec un roi de carreau. Il n'y avait plus rien sur la table, en dehors des articles éparpillés. Chkob !

– Une sorte de Batman ! conclus-je, inspiré.

– Joli coup ! On comprend mieux pourquoi il faut que l'ADN soit si gigantesque, avec tant de « mémoire morte », car cela représente toute sa capacité d'évolution, le patrimoine de l'espèce, sa bibliothèque de solutions toutes faites. Si les victimes se sont senties agressées dans leur environnement, leur ADN a sans doute été informé. Il a jugé utile de libérer le gène de production de la graisse brune. Un peu comme on lâche les chiens.

Georges joua un valet de cœur ; je répliquai par une dame de pique. Il continua sa démonstration.

– Note que l'hibernation n'est peut-être pas totalement morte dans l'espèce humaine, repris-je. Certaines de nos horloges biologiques gardent des stigmates de ces temps reculés ; les dépressions saisonnières en hiver, causées par le manque de lumière, sont sans doute des manifestations atténuées d'une hibernation qui n'ose pas dire son nom. Beaucoup de rythmes biologiques se mettent d'ailleurs en route au printemps, l'augmentation de l'activité de la thyroïde, l'accroissement du désir sexuel chez la femme, continuai-je, songeur.

– Je ne sais pas si je suis doté de tous les détecteurs en la matière, coupa Georges avec le valet de carreau, dont la vie amoureuse était un mystère difficile à percer, si tant est que l'on puisse s'identifier à une carte.

– En tout cas, repris-je, j'ai bien conscience que ma barbe pousse plus vite en hiver.

– À t'entendre, le passé est en nous, il est simplement moins apparent. Il coexiste avec des éléments plus récents qui lui interdisent de s'exprimer.

– Tout à fait, ponctuai-je avec une pensée pour le lit d'examen installé en retrait, sur lequel le corps de Bérénice dévêtue s'était allongé la veille. Mais il est là et donne le tempo. La graisse brune est une des survivances de ce passé, un organe en voie de disparition, mais qui était jadis, à son apogée, une véritable glande hormonale à lui tout seul, une prodigieuse usine à fournir de la chaleur. Ce qui fait de nos morts des nostalgiques qui ont réhabilité une sorte de phénix.

– Tu n'es pas sans savoir que l'on considère actuellement l'obésité comme une sorte de maladie d'adaptation, l'activation d'un gène ou d'un ensemble de gènes qui aurait permis à l'espèce humaine de subsister lors des famines et des disettes de jadis. Les obèses d'aujourd'hui seraient en quelque sorte les survivants d'hier, les « économes » sélectionnés par la nature mais devenus ridicules et inadaptés dès lors que tout danger de précarité alimentaire serait écarté. L'être est le même, mais on a changé le décor.

Il jeta un trois de trèfle, visiblement peu favorisé par la chance. Que je saisis avec un trois de pique.

– Je te suis : l'abondance de la nourriture caractéristique de nos sociétés serait un élément nouveau du point de vue de l'évolution.

– Récentissime, embraya-t-il en sacrifiant un sept de pique. L'homme ne gagne plus son pain à la sueur de son front. La chasse a été remplacée par les courses à l'hypermarché, quand ce n'est pas par un clic de souris, la cueillette par la queue chez le primeur, l'épluchage des légumes par le recours aux surgelés, aux conserves. L'animal qui est en nous n'y comprend plus rien. Il dépendait autrefois d'une balance énergétique où il dépensait presque autant de calories pour produire sa nourriture que ce qu'elle lui apportait. Quant à notre ADN, il est complètement dépassé par les événements. Il pense en milliers d'années, alors que notre société agit en secondes. Comme moi, dit-il en nous redistribuant trois cartes chacun et en balançant immédiatement un six.

J'ignorais s'il faisait allusion à son jeu ou à la situation d'*Homo sapiens sapiens*. Ou aux deux.

– Sans compter l'effet du réchauffement climatique, qui diminue encore les besoins caloriques, dis-je en lui chipant son six. Le froid des siècles passés était tout de même une formidable incitation à la consommation de corps gras, ne serait-ce que pour tenir physiquement lors des frimas.

– Encore le thème de l'hibernation.

– Imaginons par exemple, repris-je en déboutonnant ma blouse, indécis sur la carte à jouer, que sous l'effet du dérèglement climatique actuel, certains êtres, dont nos dix morts, aient réactivé les pseudogènes intervenant jadis dans la mise en place des processus d'hibernation.

– Peu logique, on attendrait plutôt l'inverse. Le climat se réchauffe, le besoin de stockage s'éloigne.

– Sauf si l'organisme humain, dont la conscience est somme toute animale, interprète ces signaux environnementaux de travers. Alimentation à profusion, hivers très cléments, du jamais vu au cours de sa brève histoire. Et si cela ne durait pas ? Et s'il s'agissait d'un piège de la nature ? Bref, l'abondance avant la disette, comme ce fut tant de fois le cas dans le passé. Un remake de la famine en terre de Canaan. (Je balançai finalement un deux de pique.) Tout cela peut au contraire l'inciter à faire des réserves. Une même configuration peut parfois être interprétée de deux manières, comme les figures de ces cartes, opposées de part et d'autre de leur diagonale.

– Charmant parallèle, répondit-il en embarquant mon deux au moyen d'un carreau de hauteur identique, mais de là à réactiver les gènes endormis de l'hibernation !

Les cartes étaient de moins en mois nombreuses sur la table. Il y avait risque de chkob, danger de mort. Dans ce jeu que je connaissais depuis peu, je commençais à percevoir que la solitude entraînait la solitude, la solitude le désert, et le désert rapportait un point. J'embarquai un cinq, puis repensai au début de notre conversation.

– Au fait, qu'as-tu remarqué dans ta lecture de cas, tu sais, le truc auquel tu faisais allusion avant que l'on s'engage sur la piste de l'Indienne ?

– Ah, oui. Cela peut paraître insignifiant par rapport à tout ce que nous venons de mettre en lumière.

– Dis toujours.

– Eh bien, c'est étrange, dans deux des observations, une des Madrilènes et celle de Seattle, les auteurs signalent des modifications dans le psychisme de leurs patients peu de temps avant leur décès. La morte espagnole signale par exemple qu'elle continuait d'avoir la sensation de grossir alors qu'objectivement elle maigrissait. Le cas américain est quant à lui carrément pris en flagrant délit de mensonge, déclarant ne pas avoir consommé d'autre sucre que des édulcorants de synthèse alors que l'interrogatoire de la famille laissait présumer le contraire, que le mort subissait une véritable addiction pour le sucre de canne.

Mon esprit se brouillait, j'avais du mal à me concentrer. J'accusai le manque de sommeil. La dernière remarque de Georges me troublait, pour une raison qui m'échappait. Je me séparai de ma dame de trèfle.

– Les obèses sont souvent de fieffés menteurs, dis-je, tu le sais bien. Ils ont comme une sorte de honte à avouer qu'ils ont replongé. Ils ressemblent un peu à ces drogués hospitalisés en cure de désintoxication qui redécouvrent le bonheur de la came le temps d'une permission.

– Peut-être, Hugo. Nous connaissons tous les petites dissimulations de nos patients, ces replongées sauvages dans le monde de la graisse et du sucre outrancier. Mais il ne s'agissait pas de ça. Pour autant que je puisse en juger, les deux articles insistent sur la toute bonne foi des condamnés.

– Alors quoi ! dis-je avec un mouvement d'humeur, quasi excédé, c'est comme si on leur avait truqué le cerveau ?

Je ne suivais plus le jeu, j'avais joué mes dernières cartes sans y penser. Mes yeux avaient du mal à rester ouverts.

– Chkob ! déclara Cantrel, comme on assène une sanction en embarquant le dernier six.

L'interne allongea les jambes, claqua des doigts, et l'oméga de son visage s'ouvrit d'un sourire de joueur. Quant à moi, son cri de guerre, qui évoquait le désert brûlant où le jeu avait été pratiqué des siècles durant, me fit l'effet d'un détonateur. Bérénice !

Deuxième partie

RUN FOR YOUR LIFE

Bérénice était en danger. Ce fut pour moi une sorte de pressentiment, un coup asséné à la porte de ma léthargie. Notre brouille avait eu pour cause un soupçon : elle ne m'avait pas dit la vérité au sujet de son régime. Enfin, c'était ce que j'avais cru, aveuglé par ma prétendue expérience professionnelle. C'était parti de là. Ses paroles repassaient en boucle dans mon cerveau resté trop longtemps à l'état de veille. « J'ai l'impression de continuer à grossir, alors que je mange beaucoup moins. Je ne sais plus où j'en suis, Hugo. J'ai l'impression que mon corps m'échappe, que je ne le contrôle plus. » Elle m'avait demandé de l'aide, et je l'avais accusée de dissimulation, de mensonge. Maintenant, je savais. Je savais que Bérénice était de bonne foi ou pire qu'elle croyait l'être. Si tel était le cas, son attitude se rapprochait redoutablement de celle des cas des patients espagnols et anglais. Il fallait que Georges s'en aille. Il y avait urgence.

– Laisse-moi, Georges. J'ai besoin d'être seul.

– Mais nous n'avons pas fini d'exploiter toutes les infos contenues dans les articles.

Je ne voulais pas appeler Bérénice devant lui. Il fallait vraiment qu'il déguerpisse. Et vite.

– On fera ça une autre fois.

– Tu ne te sens pas bien, Hugo ?

Son regard était sur moi. Comme s'il prenait seulement conscience de ma mine de déterré, de mes cheveux en désordre, de ma barbe qui poussait avec anarchie.

– Non, non, il faut juste que je fasse un truc, c'est urgent.

– Mauvais joueur !

Georges ramassa les cartes, se leva, m'adressant un sourire blême. Il n'avait pas l'habitude d'être éconduit. Je venais de me faire un ami, un de plus.

La porte à peine fermée, je fouillai dans la liste des dossiers empilés sur le bureau. Par chance, celui de Bérénice s'y trouvait, pas encore classé par l'aide-soignante. Dans la fiche administrative traînait un numéro de mobile.

– Bonjour, je ne suis pas là, ou pas disponible, ou je n'ai pas envie de parler. Alors, si tu veux, laisse un message. C'est à vous.

Parler ou ne rien dire : une poignée de secondes pour décider. Je pouvais aussi choisir de rester muet et rappeler plus tard. La voix était nonchalante et n'inspirait pas cette espèce d'affût affectif que font souvent ressentir les messageries. Une poignée de secondes, mais le cerveau qui bouillonne, qui déraille. « Tu es dingue, mon vieux, me dis-je, une quinzaine de cas mondiaux, pour l'instant, au pire une vingtaine avec ceux qu'on n'a pas encore publiés. Alors, pourquoi elle ? » Mais les dés du psychisme humain sont souvent pipés. Depuis que j'avais perdu mon frère, dix ans auparavant, je vivais la moindre absence dans le drame. Max s'était noyé en voulant secourir une jeune fille emportée par un rouleau, sur une plage des Landes. Il avait pris un petit boulot de maître nageur, l'été de ses 18 ans. Il était jeune, beau, beaucoup plus athlétique que moi, dont les muscles s'étaient atrophiés sous le coup des études et le comportement inhibé par la hiérarchie. « Seulement une poignée de noyades tous les ans, quelques touristes pris au dépourvu, très peu de professionnels », avait rappelé *Sud-Ouest*, à l'époque. Une rareté, le destin, ou la mer, ou le hasard, ou Dieu, l'avait choisi, lui, le maître nageur. Alors, pourquoi pas elle ? Le temps du défilement du message, l'empreinte de sa voix avait suffi pour enclencher ma pompe à souvenirs. Sur le thème du danger, de la perte, de la catastrophe imminente. Ce fut suite à la mort de Max que je me mis à fréquenter les salles de sport, à courir, à lever des haltères, à faire des pompes. Comme si je voulais créer une sorte d'être hybride, lui et moi mélangés. Ma mère avait déjà perdu un enfant à cinq mois de grossesse. Ça faisait beaucoup, ça faisait trop. C'est sans doute à la suite de ces événements que mes parents décidèrent de s'installer en Floride, réputée pour sa douceur de vivre et ses ouragans.

– Allô, Bérénice, c'est moi, Hugo. Je voulais te demander de m'excuser pour mon attitude. À présent, je te crois, je sais que tu étais sincère.

Je laissai passer le silence, le temps de comprendre que ce n'était pas uniquement pour une affaire de santé que j'appelais. Cette fille m'étreignait les tripes.

– Bérénice, c'était un peu insolite hier, mais je pense à toi, en fait, je n'ai pas arrêté de penser à toi aujourd'hui.

Je dérivais, mais je ne pouvais pas lui parler de sa graisse comme ça, de but en blanc, sur le répondeur.

– J'ai envie de toi, j'ai envie de te voir. Tu chantes ce soir ?

Le désespoir montait. J'étais à vif. Le cadavre d'Urien hantait ma conscience.

– Où es-tu, Bérénice ?

L'enregistrement s'arrêta. Je n'avais pas dit l'essentiel. Abruti ! Elle était peut-être en danger de mort, elle était peut-être déjà…

Je recomposai le numéro. Il fallait être plus frontal, plus directif. Laisser un avertissement dans le style : « Contacte-moi de toute urgence, il faut que je te réexamine. »

– Allô ?

– Bérénice ?

– Oui, Hugo, c'est moi.

Vivante ! La cadence de mon cœur s'emballa encore un peu plus en entendant sa voix. Les réminiscences de la veille, souvenirs de vie, cette fois, remontèrent : la blancheur de son corps, sa tiédeur, les senteurs de pomme verte dans ses cheveux.

– Tu as eu mon message ?

– Oui, j'ai écouté.

Sa voix était étouffée, comme chargée d'humidité.

– Tu pleures ?

– Ce doit être l'émotion. Je m'étais endormie. Avec la nuit qu'on a passée, j'avais besoin de récupérer.

Elle s'arrêta. J'entendais sa respiration, un rythme inquiet, insatisfait. Elle ajouta comme si elle s'étirait, adoptant je ne sais quelle posture lascive.

– J'ai froid sans toi, viens.

Je décrochai mon cuir de la patère sur laquelle il pendouillait et dévalai l'escalier de service. La joie après l'abattement, les certitudes après le doute. La réciprocité des sentiments. Pas question d'attendre un de ces interminables monte-charges qui transportaient patients et gamelles de nourriture. Je poussai la porte de service.

En dévalant l'escalier, je me repassai ses derniers mots : « J'ai froid sans toi. » N'importe qui d'autre que moi aurait pris ça pour un signe d'amour. Mais la température de Geoffroy Urien oscillait entre 35 °C et 36 °C d'après le relevé de pancarte.

Lorsque je poussai la porte, en bas, mon angoisse était remontée d'un cran. Ce n'était plus la joie folle de la retrouver qui prévalait, c'était un trouble mélange : un tiers de bonheur, un tiers d'inquiétude, un tiers de curiosité. Oui, je l'avoue, le chasseur en moi avait refait son apparition, un professionnel qui pensait avoir débusqué, peut-être, un nouveau cas.

Scob était là, à l'entrée du service. On aurait dit qu'il m'attendait, dernière carte sur le tapis, obturant la sortie.

ANDRÉ SCOB

– Je peux vous parler cinq minutes, Hugo ?

Adepte du tutoiement collectif, André Scob basculait souvent en mode « vous » pour les échanges en tête à tête ou lorsque le temps était menaçant.

– C'est que, monsieur, je suis assez pressé…

– Accompagnez-moi à ma voiture, nous n'en avons pas pour longtemps.

Je suivis la longue silhouette du patron enveloppée dans son manteau bleu, de manière à toujours avoir un demi-pas de retard par rapport à lui, ce qui l'obligeait à maintenir la tête tournée vers moi. C'était une marque indéniable de déférence, mais, en même temps, je savais que ça le crispait. Je le suivais ainsi régulièrement dans les couloirs de l'hôpital, pendant la visite, dans l'escalier. Il n'avait donc accès qu'à une vue oblique de mon visage, et moi à un trois-quarts de sa nuque, qu'il avait plate et étroite. C'était idiot, mais j'ai toujours préféré l'agacement à la provocation. Je suis d'un naturel taquin.

La longue Saab noire était garée à sa place, en face du panneau sur lequel était inscrit de manière inamovible son nom, précédé par la ribambelle des mandarins d'antan, aujourd'hui disparus, oubliés, évoqués parfois par les services de l'Assistance publique sous forme de noms de salles, de couloirs. Le patron actuel s'adossa à sa voiture. Je lui fis face, cette fois.

– Hugo, je voudrais vous entretenir du cas Urien. Ce matin, au staff, comme vous avez pu le constater, j'ai feint la surprise, j'ai même pu vous sembler hostile. Pourtant, je ne faisais que mon boulot de chef de service. Cela devait nous arriver. C'est le premier cas dans l'unité d'endocrinologie-nutrition de l'Hôtel-Dieu de cette maladie de la peste ou de la mort brune, à votre guise.

Je pensai au duc de Guise et à son rôle trouble dans l'assassinat du roi Henri de Navarre. Je décidai donc de jouer « l'homme qui en savait trop ».

– Je sais, monsieur, nous avons recensé dans la littérature un peu plus d'une dizaine de cas au cours des deux dernières années.

Je désirais vraiment m'en aller. Bérénice m'attendait.

– Hugo, Urien n'est rien. Ou plus exactement il ne représente que la partie émergée d'un iceberg qui descend profond, très profond. Le pire est à venir.

Je me métamorphosai en « celui qui ne savait rien ».

La pluie s'était mise à tomber, un crachin désagréable, une sorte de postillon céleste. Mais nous restâmes là, à nous regarder en attendant qu'elle nous imbibe.

– C'est-à-dire ? demandai-je, frissonnant.

– Docteur Man, ce que j'ai à vous apprendre requiert le secret le plus absolu, en tout cas tant que nous ne savons pas exactement ce qui se trame.

Ses yeux noisette semblaient mener une perquisition à l'intérieur de mon esprit ; ils s'étaient branchés sur mes nerfs optiques à la manière de sondes à crampons et en pompaient les impressions visuelles, les intentions. Scob me jaugeait, comme s'il évaluait ma capacité à me taire.

– Vous êtes un des chefs de clinique de mon service, et un de vos patients est tombé. Vous devez savoir.

Le regret semblait suinter dans ses paroles, proférées au compte-gouttes.

– Les publications que vous avez découvertes sont des sortes d'accidents, commença-t-il. Elles n'auraient pas dû être. Elles sont le fruit de chefs de service trop faibles, trop permissifs, ou de praticiens prétentieux, intrépides et carriéristes. Ils rédigent des rapports de cas comme on publie des scoops. Mais il faut bien l'admettre, ces articles concernent les premiers exemplaires d'une maladie curieuse. Au moment de leur rédaction, elle paraissait très atypique. Mais nous n'en sommes plus là.

Ses mains s'étaient indéniablement crispées sur le plastique austère de la portière nordique.

– Dans beaucoup de pays, les obèses sont en danger. C'est un peu comme si nous étions face à une sorte d'épidémie mondiale. Beaucoup de décès inexpliqués sont survenus, le plus souvent lors de la mise en place de régimes drastiques. L'autopsie d'Urien, à laquelle vous avez assisté, n'en est qu'un exemple supplémentaire. Graisse brune, mutation du chromosome 13, flaques adipeuses réduites à l'état liquide autour du nombril des victimes, sont maintenant les manifestations les plus avérées du syndrome. Il en existe d'autres, non publiées, encore plus insolites.

Scob me parut livide, peut-être l'effet de l'éclairage au néon du parking, presque mauve. Son grain de peau était comme du carton imbibé par l'eau de pluie.

– Montez. Je vous dépose. Vous allez où ?

Revoir Bérénice ? Occasion rêvée d'obtenir des précisions supplémentaires sur l'étrange maladie.

– Pas loin, sur les quais.

– Vous avez déménagé ?

– Pas exactement, dis-je, mal à l'aise.

Les essuie-glaces se mirent en route, à une cadence exactement adaptée au débit de l'eau. La voiture savait qu'il pleuvait.

– Où en étais-je ?

– Aux manifestations non publiées, lâchai-je, pressé d'en finir.

– Ah oui. Eh bien, disons par exemple que l'on a retrouvé chez plusieurs individus suspects des troubles du fonctionnement des régions profondes du cerveau.

– Comme celles qui régulent la satiété ? demandai-je, tentant de stimuler son peu d'empressement à me livrer des infos.

– Pas exactement. Selon des rapports d'autopsie non publiés, certains patients décédés de « peste brune » (il appuya ces mots avec une sorte de délectation morbide) présentaient une importante augmentation du nombre de vaisseaux sanguins au niveau de la région dite du gyrus cingulé antérieur. Signe d'une intense activité.

– Et alors ? demandai-je, dans l'expectative.

– Il s'agit d'une aire cérébrale très particulière. Elle est notamment impliquée dans le filtrage de la parole avant émission. Vous voulez dire un truc, et vous en balancez un autre. Par exemple, je pense que le cas Urien m'inquiète, et j'exprime l'inverse, je le minimise.

– L'aire de la langue de bois en quelque sorte.

– Pour être plus direct, je dirais plutôt celle de l'hypocrisie, de la dissimulation. En mesurant le flux sanguin du cerveau par IRM fonctionnelle, cette fois sur le vivant, une équipe de Pékin a observé que le gyrus cingulé antérieur est activé de manière particulière lorsque les sujets énoncent des mensonges. Ce test pourrait même remplacer à l'avenir les bons vieux détecteurs.

À écouter Scob, assis sur un siège un peu trop surbaissé de sa Saab, je fus pris d'une sorte de malaise. Trop d'infos s'étaient accumulées dans mon pauvre cerveau au cours des vingt-quatre dernières heures. Seule l'inquiétude me tenait en éveil. La morte madrilène de l'article épluché par Cantrel mentionnait qu'elle avait signalé la sensation de grossir alors qu'objectivement elle maigrissait. Un des patients américains s'était retrouvé carrément pris en flagrant délit de mensonge, déclarant ne pas avoir consommé d'autre sucre que des édulcorants de synthèse alors que l'interrogatoire de la famille laissait présumer l'inverse. Peut-on mentir sans en avoir conscience ? Les deux défunts arguaient, aux dires des publications, de leur bonne foi. Comme Urien, comme Bérénice.

C'était ça qui me troublait. Devoir associer sans cesse ces mutants, ces quelques cas pilotes à la jeune femme que je venais de rencontrer.

– Et alors, d'après vous, demandai-je, les doigts agrippés à la porte, ils mentaient sciemment ? Avaient-ils peur ? Cachaient-ils quelque chose ? Avaient-ils été manipulés par je ne sais quoi, une substance toxique ?

Je n'osais révéler mes découvertes au sujet du vécuronium, même s'il paraissait évident que Scob détenait bien plus d'éléments que moi au sujet de la nouvelle maladie. Le curarisant était peut-être à l'origine d'effets paradoxaux sur le fonctionnement mental.

– Le mensonge n'est pas l'apanage de cette maladie, dis-je finalement. Les gens mentent pour des tas de raisons. Les obèses que nous soignons nous dissimulent plein de trucs. Et les médecins mentent aux malades, travestissent en permanence la vérité pour ne pas tuer tout espoir ou pour masquer leur embarras. Nous-mêmes faisons croire à nos patients que leur amaigrissement est définitif, alors que les régimes ne jouent pas sur le nombre d'adipocytes, et que même minces, ils demeurent des obèses en puissance. D'omissions en discours lénifiants, le gyrus cingulé antérieur des médecins est loin d'être une zone calme.

– D'accord, mais le cerveau des défunts semble révéler une anomalie spécifique, qui n'existe que dans cette maladie, et peut-être chez les criminels et les délinquants, d'après un article que j'ai consulté sur la question. Drôle de parenté, non ? Et pourquoi ment-on, au juste ?

Scob passa une vitesse, faisant subitement baisser le nombre de tours/minute du moteur. Il cherchait à endormir ma vigilance, à botter en touche, je l'aurais parié. Il était en train de m'hypnotiser. « Vos paupières sont lourdes, etc. » Je tentai de résister, mais l'idée que Bérénice était en danger semblait progressivement perdre de sa matérialité.

– Il y a les mensonges dirigés vers autrui, commença-t-il, les bienveillants, ceux qu'on profère par amour, pour protéger l'autre, dans lesquels on peut inclure les fameuses hypocrisies médicales et les omissions. Il y a les mensonges sociaux, plutôt neutres, les grands sourires faits à ceux que l'on n'apprécie pas, les invitations acceptées « avec plaisir » alors qu'on a envie de rester chez soi. Il y a enfin les mensonges malveillants, inventés pour déstabiliser l'autre, pour lui donner de fausses informations, pour intriguer dans son dos afin de lui nuire.

– Les mensonges de nos obèses ne semblent appartenir à aucune de ces catégories, recentrai-je alors que nous étions bloqués dans un de ces embouteillages si fréquents à Paris par temps de pluie, à seulement trois cents mètres du domicile de Bérénice.

– Exact. Les dissimulations de ces patients s'apparentent plutôt à des travestissements de la réalité ou à de la mythomanie. Les mensonges que l'on fait pour rendre sa propre vie plus supportable, pour se rendre plus sympathique à ses propres yeux, pour réécrire sa propre histoire.

Il avait baissé la voix, comme s'il se parlait à lui-même. On racontait de drôles de choses sur André Scob dans le service. Son père, parrain dans la mafia, avait été assassiné le jour de ses 10 ans dans un bar de Marseille. Le corps criblé de balles de Raoul Scob devait avoir hanté bien des nuits le petit garçon qu'il avait été. Il aurait été élevé par une mère terrorisée par la possibilité des représailles et par sa tante, sœur de son père, une dure à cuire en robe noire. Je tenais ces ragots d'un vieil agent hospitalier de l'équipe de nuit, à l'occasion d'un petit déjeuner dans le service, au lendemain d'une garde blanche.

– « Je maigris, mais j'ai l'impression de grossir », « je n'ai pas consommé de sucre depuis trois mois », etc., continua-t-il, revenant dans le débat. Voilà ce qu'annoncent les quelques « menteurs » à propos desquels nous disposons des témoignages. Il s'agit vraisemblablement de mensonges dirigés vers soi, dont les motivations sont l'orgueil ou le mépris de soi.

– Les deux peuvent être intimement mêlés, fis-je remarquer, alors qu'il venait de caler.

– Il y a aussi la peur, reprit-il en même temps que le moteur. Ils pourraient avoir menti par crainte, comme s'ils appréhendaient certaines conséquences. Souvent, quand on cache quelque chose, c'est que l'on redoute une punition. Une peur scolaire, en quelque sorte.

– Peut-être n'ont-ils pas vraiment conscience de mentir, dis-je finalement. Ils seraient manipulés par un produit qui se déverserait dans leur sang, activerait le fameux gyrus et déformerait à leurs yeux leur vécu, leur perception du réel. Une sorte d'hallucination psychique.

– Vous pensez au vécuronium, Hugo ?

Scob avait tourné son visage plat vers moi. La mimique autour des yeux dessinait un zeste d'ironie, effet tangible de l'action de vingt muscles peauciers qui sculptaient les traits pour n'obtenir qu'une simple nuance dans l'expression. Du grand art, l'anatomie maîtrisée par la psyché.

– Comment savez-vous que je sais ?

– J'ai appris à vous connaître, Hugo. Secoué par la mort de votre patient, mais en éveil, malgré tout. Vexé. Donc performant. Et j'ai croisé Cantrel dans les couloirs, juste avant de m'en aller. Il m'a fait part de vos recherches bibliographiques. Croyez-moi, j'ai tout lu sur la question. Et j'ai des infos en sous-main. Je vous bats.

Encore cet esprit de compétition, qui pourrissait la profession, la logique de l'affrontement. Pourquoi tenait-il absolument à se mesurer à moi, même si c'était sous un masque narquois. Étais-je pour lui une menace ?

– Je vais vous répondre, Hugo, reprit-il. D'après mes connaissances en la matière, et j'ai couplé mes infos avec celles des premiers intéressés, les anesthésistes, le vécuronium, qui semble être à l'origine de la mort d'Urien et des autres patients, n'a aucune influence sur le psychisme, et encore moins sur la fameuse aire du mensonge. Il paralyse les muscles, seulement les muscles.

Nous étions arrivés à l'angle entre le quai et la rue Saint-Jacques.

– Cette fois, il faut vraiment que j'y aille, dis-je.

– Je n'ai pas tout à fait fini, dit-il en rangeant sa voiture sur une aire de livraison.

Je me sentis légèrement oppressé, une bête enfermée dans une cage de Faraday, d'autant que je perçus le claquement feutré mais définitif des loquets électroniques, soudant de manière durable les lourdes portes à l'habitacle. Je serrai les dents, partagé entre désir et inquiétude. Bérénice était peut-être là, accoudée au rebord de la fenêtre, à attendre, subissant à son insu les premiers assauts de la maladie, un long frisson mortel. « Calme-toi, Hugo, elle n'a rien, tu délires. »

– Qu'avez-vous donc à me dire de si pressé ? demandai-je, actionnant ostensiblement la poignée de sortie.

– Vous êtes libre, Hugo, bien sûr, répondit-il avec un sourire carnassier. Mais tant que je vous ai sous la main, je voudrais une dernière fois insister sur la notion de secret. Pas de frasques, docteur Man ! Il est clair qu'il existe de nombreux cas de « peste brune » qui s'ignorent parmi la population mondiale des obèses. La plupart des patients sont sans doute encore vivants. C'est pour cela que je vous demande le silence.

– Quoi ? Qu'est-ce que vous racontez ? Il faudrait au contraire avertir tous ces gens qu'ils sont en danger. Tenter d'en sauver le maximum !

– Ah oui ? Et comment allez-vous les reconnaître, parmi la masse du milliard d'obèses de la planète, les malheureux élus en sursis ? Nous n'avons aucun critère de diagnostic, la graisse brune diffère peu de la graisse blanche à la palpation. Vous n'allez tout de même pas convoquer tous les gros pour leur faire des biopsies ! Vous imaginez la panique, le débordement des services, le coût en termes de santé publique. Et tout cela pour sauver quelques pauvres hères de toute façon probablement condamnés ?

– Nous pourrions agir en amont, avertir les endocrinologues et les nutritionnistes, enfin, tous les professionnels intervenant de près ou de loin dans la prise en charge de l'obésité. À présent que nous savons que des régimes trop brutaux semblent à l'origine de la plupart des décès, nous pourrions sauver des vies. Le message pourrait être simple : stoppez les régimes et les procédures d'amaigrissement, réduisez la vitesse.

– Rien n'est moins sûr. L'amaigrissement drastique semble la cause de la mort lorsque l'on se penche sur les statistiques, mais il existe déjà quelques cas discordants, des morts pour des variations de poids minimes.

Mon trouble était grand, à la hauteur de mon idéalisme crétin, héritier de je ne sais quel blocage infantile. Ce que je proposais était impossible. Pourtant je venais d'enrichir ma connaissance de la maladie d'un élément nouveau.

– Peut-être étaient-ils porteurs d'anneaux gastriques résorbables ?

La commissure de ses lèvres minces se figea en une sorte de rictus, comme s'il venait de recevoir une giclée d'eau glacée sur le visage. Pourtant, les vitres étaient relevées et la pluie avait cessé de tomber. Un silence mauvais s'était installé dans l'habitacle. Indéniablement.

PASSÉ

– Que savez-vous sur les implants résorbables ?

Plus qu'une question, une menace. Avais-je mis le doigt sur un point sensible ?

– Eh bien, fis-je évasif, d'après la brève revue de littérature à laquelle nous nous sommes livrés, avec Georges Cantrel, il semblerait que la plupart des patients décédés en aient été porteurs. Urien lui aussi en avait un.

Scob avait signé avec les laboratoires Faunéal un contrat d'exclusivité en vue d'appareiller les futurs obèses majeurs avec des anneaux gastriques résorbables. Il avait influencé le conseil d'administration de l'hôpital en ce sens, en échange de la rénovation du bloc opératoire B, un des plus vétustes de l'Hôtel-Dieu. Et son congrès de l'année passée à l'île Maurice en compagnie de sa secrétaire favorite avait pour but de mettre en avant l'anneau gastrique développé par Faunéal à l'occasion d'une étude comparative aux données légèrement retouchées, en particulier en ce qui concernait le caractère bénin des suites opératoires. Grand mécène, nounou des services hospitaliers en mal de fonds, plus grand fournisseur de petits-fours et de chambres d'hôtels de la planète graisse, Faunéal menait une politique commerciale particulièrement agressive dissimulée derrière le visage affable de ses visiteurs médicaux. Je n'appris tout cela que plus tard, de la bouche même de ladite secrétaire, Charlotte Finck… finalement éconduite par Scob.

– Mon cher Hugo, répondit-il avec une sorte de sourire navré contrastant avec un regard étonnamment fixe, hélas, il y a de nombreux décès sans implant. Faunéal, enfin je veux dire les anneaux gastriques résorbables sont hors du coup, croyez-moi. Il n'y a aucune toxicité de l'anneau. Rien de prouvé (ouverture des mains pour inspirer confiance). Vous savez, les produits à usage biologique sont très contrôlés, ils subissent de nombreux tests. J'en ai moi-même supervisé un certain nombre. Que savez-vous d'autre ?

« Pourquoi un tel interrogatoire de la part de quelqu'un de manifestement beaucoup plus renseigné que moi ? Avait-il peur ? De quoi ? »

– Certainement moins de choses que vous, monsieur. Graisse liquide sous pression, concentration anormalement élevée en vécuronium, cet anesthésique curarisant, dont le déversement brutal ou tout au moins rapide dans la circulation sanguine semble être à l'origine de la mort.

– Je vous rassure, me coupa Scob, décidément sur le qui-vive, j'ai vérifié, au sujet d'Urien et auprès de mes collègues, ce curarisant n'est pas employé en routine. Il n'a jamais été utilisé pour des interventions chirurgicales pratiquées sur les victimes, récentes ou anciennes. Je ne pense pas qu'aux anneaux gastriques, mais à tous les types d'interventions. Vous savez bien à quel point nos obèses sont des habitués des blocs chirurgicaux. Ablation de vésicule, prothèses de hanches et de genoux, ablation de tumeurs en tout genre, je ne vais pas vous faire un dessin.

Pensée furtive : « D'où venait donc ce vécuronium s'il n'avait pas une origine chirurgicale ? » Scob était lancé.

– Se pose donc le problème de la cause, continua-t-il comme en écho à mes pensées. C'est pour cette raison, Hugo, qu'ils ne doivent pas savoir, les nutritionnistes, les diététiciens, le moyen et le grand public. Pas encore. Nous n'avons rien à leur apprendre en échange de la nouvelle. Pas l'ombre d'une raison. Pour l'instant, les morts, même si leur nombre est en augmentation, sont noyés dans la masse des décès attribués aux conséquences de l'obésité. La vie d'un être trop lourd est si fragile, que voulez-vous ! Ceux qui savent doivent jouer au camouflage, cautériser au coup par coup, comme je procède avec vous, et comme vous allez opérer avec Georges Cantrel, cet interne un peu trop fouineur.

– Il n'a fait que son job, monsieur. C'est le chargé de biblio du semestre. Un super documentaliste. Difficile d'empêcher la curiosité en médecine. C'est même une des qualités requises.

– Je ne vous demande pas de lutter contre la curiosité de Pierre ou de Paul, mais de les aiguiller sur une voie de garage. Ainsi que je l'ai fait pour Tchang, le pathologiste, qui m'a appelé juste après l'autopsie d'Urien, complètement secoué. « Jamais vu un truc pareil, m'a-t-il déclaré. » Je lui ai répondu que j'étais moi aussi troublé, qu'il fallait absolument que nous publiions un papier conjoint sur le cas. Je lui ai dit qu'Urien avait une mutation connue du chromosome 13, que nous savions déjà ce que nous allions trouver en pratiquant l'autopsie, mais qu'il pouvait venir exposer ses conclusions dans le service à l'occasion du staff du matin, vous savez, celui où il n'y a que quelques internes endormis. Bref, souffler le chaud et le froid, jusqu'à ce que la soupe devienne tiède, et que le quotidien, la routine reprenne ses droits. Éteindre, désamorcer, orienter sur une mauvaise piste, pour le bien de l'humanité.

– Vous n'empêcherez pas les fuites, monsieur, c'est trop énorme. Un journaliste un peu zélé, à l'affût du scoop, ne tardera pas à découvrir que quelque chose d'insolite se passe dans le landernau de l'obésité.

– Écoutez, Hugo, répondit Scob sur le ton d'un mauvais pédagogue répétant inlassablement la même leçon à un élève rétif, ce que je vous demande, c'est de gagner du temps. Si les cas continuent à proliférer, la peste brune ne sera plus qu'un secret de polichinelle. Mais, pour l'instant, il faut minimiser. Dites à la famille qu'il s'agit probablement d'un infarctus ou d'un accident vasculaire cérébral, comme c'est le cas habituellement pour les morts subites chez l'obèse. Faites rentrer votre patient dans le rang, dans l'intérêt du service, dans le vôtre.

La menace était à peine voilée. J'étais scotché à mon siège. Scob utilisait toute la panoplie de l'intimidation. Les arguments scientifiques « raisonnables » avaient fait place à des justifications plus personnelles. Un comportement presque mafieux. Atavique ? Le raccourci était facile. Je le fis.

– D'autant que le fils, ajouta-t-il, est un acharné, à ce qu'il paraît, le genre de morpion qui ne vous lâche pas. S'il venait à découvrir que la disparition de son père n'est pas liée à une mort « standard », nous ne pourrions plus assurer votre protection juridique. Il y aurait alors dépôt de plainte, enquête administrative, découverte de certaines négligences...

Scob fit un geste évasif, son bras décrivit dans l'air humide des ondulations ascendantes qui me firent songer aux variations d'une fugue de Bach.

– Dieu sait où cela vous mènerait.

Mon silence contre sa protection. L'influence de la tante en noir ? De la tata flingueuse ?

– Où cela *nous* mènerait ? rectifiai-je. Tout le service serait forcément éclaboussé. Si le somnographe n'avait pas été prématurément débranché...

– Entre nous, Hugo, vous savez que cela n'a rien à voir. Rachida a bien fait son travail, rien à dire. Elle a géré la pénurie. Elle serait innocentée. Elle fait partie du système. L'Assistance publique protège les siens. Mais vous... Qui sait où vous serez dans cinq ans ? Installé dans le privé ? Conseiller dans l'industrie pharmaceutique ? Pour vous, comme pour de nombreux praticiens, l'hôpital n'est qu'un passage...

Passage. Le mot résonna curieusement à mes oreilles. Scob aurait tout aussi pu bien dire impasse. Il reprit.

– Certaines de vos négligences dans la gestion du dossier seraient épinglées, comme les étranges taches sur la peau, la température anormalement basse, les accumulations de graisse dans des endroits inhabituels, le rythme cardiaque étonnement ralenti.

– Urien souffrait de bradycardie ?

– Souffrait, c'est beaucoup dire, répondit Scob avec une sorte de lassitude, cela fait partie du cortège des symptômes. Vous savez bien, ils sont comme des espèces de gros mammifères hibernants, leurs fonctions vitales se mettent en économie d'énergie. C'est une maladie écologique, en quelque sorte.

Je découvrais l'étendue de ses connaissances sur la maladie. Un camion-poubelle passa, vert, vivace.

– Donc, disais-je, embraya-t-il, vous avez manqué de vigilance sur le dossier.

– On ne m'y reprendra plus, répliquai-je, rageur. Ce matin encore, je ne connaissais même pas l'existence de cette nouvelle maladie. Nos obèses ne nous avaient pas habitués à de tels dangers. Je ne pouvais pas être sur mes gardes.

Mon regard se fixa sur l'empiècement de cuir qu'il avait au coude, puis remonta sur sa montre, que je trouvai un peu trop clinquante au regard de l'austérité vestimentaire du personnage.

– Et vous ? repris-je profitant d'un vide. C'est tout de même votre service, monsieur. Vous saviez que la peste brune était arrivée et qu'elle risquait à tout moment de frapper dans vos lits. Vous auriez pu nous avertir, mais vous n'avez rien fait. On l'aurait peut-être sauvé.

– Urien serait mort, de toute façon. À partir du moment où la procédure d'amaigrissement est enclenchée, le décès par paralysie respiratoire est inéluctable.

– Comment pouvez-vous être aussi catégorique ? m'indignai-je. Un médecin ne baisse pas si facilement les bras. Habituellement, il s'acharne.

– Votre ignorance de la maladie est touchante, Hugo.

Les bruits de la ville nous parvenaient assourdis, réduits à quelques vibrations essentielles. Au loin, une sirène de police dominait, peut-être un détenu entravé en partance du palais de justice, un flagrant délit, un ministre. Scob continua sur le ton de la confidence.

– Vous n'avez pas remarqué mon absence, ces derniers jours ?

– Bien sûr, répondis-je, moins assuré que je ne l'aurais voulu.

Les absences du patron passaient le plus souvent inaperçues, mais toute vérité n'est pas bonne à dire.

– J'étais à Toronto. Un congrès ultrasecret. Dans les sous-sols du Majestic. Des sessions nocturnes. Toutes les têtes pensantes de la planète en matière d'endocrinologie et de nutrition. C'est là que j'ai pris la mesure de la « peste brune ». Communications en tout genre, symptômes, hypothèses. À les entendre, tous, patauger dans leurs opinions, leurs descriptions de dossiers et leurs tentatives de se rattacher à quelque chose de connu, j'ai senti couver comme un tournant dans notre société de surabondance. C'est la fin du tout-gras, Hugo, le déclin des vendeurs de calories.

Son discours millénariste me dérangeait. Scob insinuait que la maladie était une sorte de conséquence logique de nos agissements, qu'il s'agissait d'une sorte de punition de l'humanité pour son comportement alimentaire, ses lobbies agro-industriels. Qu'à force d'exciter le diable, on le faisait sortir de sa boîte.

– La maladie nous envoie peut-être un message idéologique, dis-je. Mais nos dérives de consommateurs ne sont sans doute pas directement en cause dans son apparition. Elle peut être liée à une mutation ou à un empoisonnement à grande échelle.

– Justement, lors de la conférence, nous avons eu accès à des statistiques interdites. Une estimation du nombre des cas mondiaux. Méthode des projections. Trois mille décès suspects recensés à travers le monde. Plusieurs dizaines de milliers de cas potentiels. Autant de morts en sursis.

Nous étions loin de la douzaine de cas publiés que nous avions réunis, Georges et moi, au cours de notre rapide revue de la littérature. J'en avais des crampes au ventre. Du coup, l'hypothèse Bérénice, que mon esprit avait provisoirement écartée, reprit de la vigueur.

– Peur de la panique potentielle, pas vraiment de solution à court terme, continua Scob, les mains rivées au volant comme si nous roulions à 180 km/h, blanchis par la contraction des tendons. Nous sommes passés au vote. D'un commun accord, et à une large majorité, nous avons décidé de continuer à nous taire. Nous ne pouvons rien faire pour ces gens. Nous ne pouvons mettre en surveillance tous les obèses de la planète. Comment dépister ceux qui, parmi eux, une infime proportion bien que grandissante, déclencheront la maladie ? Comment reconnaître celui ou celle qui, au milieu de la foule, est porteur de la fatidique mutation du chromosome 13 ? Les taches sur la peau, le ralentissement du rythme cardiaque, la température centrale qui s'abaisse, et même les frissons, font partie des signes terminaux, lorsque tout est déjà perdu.

Scob tourna brutalement le visage vers moi. Encore le sondage de ses yeux d'ordinaire si fuyants. Et puis quelque chose lâcha, comme une porte qui cède. La confidence est le plus souvent un fait soudain. Personne ne nous a indiqué les chemins qui mènent à notre être intime. Lorsqu'on les trouve, on les force à la machette. Ils sont obstrués de lianes et d'herbes, mauvaises.

– Hugo, la vie m'a appris à me taire, tôt. Le silence, je connais.

Je dus prendre un air surpris. Je l'étais, mais davantage de le découvrir à découvert que de ce qu'il m'apprenait. Et peut-être pas suffisamment.

– Allons, Hugo, pas de ça avec moi, je sais que vous savez. Les agents hospitaliers ne sont pas bavards uniquement avec vous. Ils me font parfois des sortes de rapports. Et je connais des moyens de délier les langues.

La menace, encore la menace. On aurait pu dire que sa remarque s'adressait aussi à moi. Mais quel était cet étrange chef de service ? Jusqu'alors, je l'avais trouvé plutôt fadasse, sans aspérité ni point d'ancrage. Un être gommé. Je saisissais à présent qu'il avait dû beaucoup travailler pour parvenir à se rendre si insignifiant. Cet homme s'était retiré en lui-même pour opérer une sorte de camouflage intime. Son apparente indifférence, sa distance aux choses du service étaient le fruit d'une posture active. Les portes de la Saab demeuraient bloquées.

– Ma mère est morte tôt, de peur, je pense, une insuffisance cardiaque congestive. Elle n'a découvert la vraie nature des activités de mon père que trop tard, lorsqu'elle était déjà enceinte de moi. À sa mort, ma tante, la sœur de mon père, une vieille fille au verbe rare et au visage massif, a pris la suite de mon éducation.

Pourquoi tous les gens que je croisais voulaient-ils me raconter leur vie ? Sans doute à cause de mes yeux, de grands yeux tristes, des lacs gris qui happent l'interlocuteur. « C'est drôle, tu as le visage silencieux, m'avait dit un jour Grace, malgré ton goût prononcé pour la parole. » Je n'ai jamais vraiment compris ce qu'elle voulait dire, mais je dois inspirer confiance, enfin, je pense. Les confidences de Scob, alors qu'il me détenait presque prisonnier, n'en étaient que plus troublantes. D'autant que je n'ignorais pas qu'on veut parfois faire disparaître celui à qui on a tout dit. Comme on efface une faiblesse.

– Je me souviens de ces petits déjeuners lugubres, avec ma tante Marcelle, un mot par heure, la presse locale étalée sur la table en formica vert de la cuisine. Un catafalque noir faisant face à l'enfant que j'étais. Les calanques déménagées au pied de l'Etna. Ma tante à l'affût des infos locales dans *Nice-Matin* ou *Le Provençal*, scrutant les nouvelles du front du milieu, repérant parmi les morts les amis, les ennemis.

Comment un tel individu avait-il pu survivre à un tel personnage ? Comment avait-il pu parvenir malgré tout à devenir patron dans les hôpitaux ? Quel cheminement avait-il suivi ?

– Ce que je vous demande, Hugo, continua-t-il, c'est de gagner du temps. Bien sûr, ces morts suspectes ne resteront pas longtemps anonymes et cachées.

Scob avait remis d'un coup son masque mandarinal, l'éclipse était finie, les confidences terminées. Comme si le fantôme de la vieille avait repris le volant et l'avait fait basculer sur la banquette arrière.

– Votre réserve, ainsi que celle de tous les praticiens ayant eu affaire à la maladie, sera transitoire, nécessairement. Il s'agit d'attendre que l'on puisse proposer à tous ces malheureux une ébauche de traitement, à défaut d'une conduite à tenir. La mise au point d'un test diagnostique sur le vivant. Pour au moins ne pas avoir à entamer de régime intempestif chez les personnes concernées.

Cette fois, il fallait vraiment que je m'en aille. Scob radotait. Bérénice m'attendait. Mais les portes de la Saab restaient closes, et j'avais encore des choses à entendre.

– Parce qu'en ce qui concerne la cause de la maladie nous sommes encore loin du compte. Quel est le facteur qui fait muter le chromosome 13 ? Nous n'en savons rien. Sommes-nous face à la résurgence d'un gène oublié par l'évolution, actif chez les mammifères hibernants, comme semble le croire mon ami McGregor, de l'Université d'Édimbourg ?

– Un pseudogène ?

– Je vois que vous y avez pensé, vous aussi. Bravo. Mais il y a d'autres hypothèses. S'agit-il d'un virus ? D'une sorte d'empoisonnement, comme tendrait à le prouver la présence de traces de vécuronium dans la graisse des victimes ? Comment éviter de contracter la maladie ? Est-elle contagieuse ? Y a-t-il un traitement ? des moyens de prévention ?

– Il est étonnant que rien n'ait encore filtré. Surtout qu'il n'y a pas qu'un cas Urien.

– Des rumeurs courent, bien sûr. Mais ces morts particulières se fondent encore dans la masse. Vous savez, Hugo, l'humanité est lente à entériner l'apparition d'une maladie. Pour le sida, la prise de conscience a dû attendre les années quatre-vingt. Mais les premières morts suspectes sont survenues dès 1967. Nous disposons donc encore de quelques mois. Tant que les porteurs de cette fameuse graisse brune ne maigrissent pas, ils sont protégés.

– Les autorités sanitaires sont tout de même au courant ?

– Le ministère de la Santé est bien sûr préoccupé. Mais je crois que les fonctionnaires ne se rendent pas vraiment compte de la gravité de la situation. Ils ne réalisent pas que si nous ne trouvons pas une solution rapide, l'affaire finira par leur exploser au visage. Il y aura des fusibles, des sacrifiés, des morts.

Scob aurait sans doute pu compléter par : « Je connais. » Mais il s'abstint, débloqua les portes et me laissa partir.

Je me retrouvai sur le trottoir, titubant sous le coup de cette avalanche de révélations et du manque de sommeil. L'ironie de la situation était que l'on avait découvert peu de temps auparavant que l'insomnie pouvait s'accompagner de prise de poids, sous l'influence de la gréline, cette hormone d'origine cérébrale qui stimulait l'appétit.

Enfin, tant que je grossissais, je ne risquais rien.

NUIT

Bérénice était debout, devant moi, sur le seuil. Je la revois, vêtue de noir, un pull ras du cou à torsades, épais, un jean assorti. Et une étole. Bérénice, massive et belle. Chaleureuse, sensuelle comme une orange gorgée de sang.

– Bonjour Hugo.

Elle semblait en forme. Soulagement. Douze heures en compagnie de la graisse brune avaient passablement émoussé mon sens critique. J'étais heureux de retrouver son visage, ses yeux posés sur moi, son magnétisme. Le curieux mécanisme de l'attachement s'était enclenché.

– Tu as froid ?

Urien avait décrit des frissons, plusieurs jours avant sa mort. La réponse de Bérénice ne me rassura que partiellement.

– Il fait un peu humide dans l'appartement. Entre.

Elle m'attrapa la main, m'attira vers elle. Elle était chaude, enfin je veux dire que sa peau me semblait être à la bonne température. Nous nous embrassâmes, la porte encore ouverte. Je la serrai fort contre moi, je prenais conscience, à travers l'étreinte, de la crainte que j'avais eue de la perdre. Tout cela à cause d'un présumé mensonge, qui avait enclenché en moi les sombres mécanismes de la paranoïa.

– Viens.

Nous sommes passés dans sa chambre. Je cherchais sa chair, elle traquait la mienne. Pourtant, dans un coin de mon cerveau, veillait le médecin fouineur. Je savais qu'il fallait que je la voie nue, que je la palpe, l'examine, sans éveiller de soupçons incongrus dans un contexte amoureux. Mais, pour l'heure, je me laissai aller, j'avais envie de passer la nuit avec elle, de m'endormir dans son grand corps blanc. Bérénice éteignit la lumière. Ce fut intense et violent, une fuite éperdue.

Je rallumai. Elle cligna les yeux, dérangée par le flot d'électricité.

– J'ai envie de te contempler, dis-je.

Je n'étais pas tout à fait sincère, je l'avoue, mais j'avais besoin d'un prétexte. Je ne me sentais pas d'humeur à rompre le charme, à lui avouer que son corps était devenu pour moi comme un champ de mines. Je couvris son ventre de baisers, je descendis plus bas, à mi-chemin entre le désir, lui aussi rallumé, et le professionnalisme chancelant d'un examen médical atypique. J'étais en quête de signes qui à brève échéance pouvaient entraîner sa mort.

– Qu'est-ce que tu fais ? me demanda-t-elle, un début de râle dans la voix.

Il n'y avait rien à signaler, la graisse était tendre à la palpation, rien qui ne pouvait laisser supposer que le sous-sol était infesté de graisse brune, pas de traces non plus de ces curieuses ecchymoses retrouvées autour du nombril d'Urien peu avant sa mort. Il fallait encore que j'examine son dos, en particulier la région située entre les omoplates, capitale de l'hibernation. Je déviai la course de mes caresses vers ses fesses. Bérénice me laissa faire. Je la retournai, imposant à ses hanches un tendre mouvement de levier. Elle se retrouva couchée sur le ventre. Je remontai le lit de son dos, m'attardant en chemin pour ne pas être soupçonné. Exquise excuse.

– J'admire tes grains de beauté.

Son dos en était parsemé. C'était troublant, délicatement érotique. C'était brun, mais, pour le coup, j'avais seulement affaire à de la mélanine, rien à voir avec les mitochondries tatouées de bistre.

– Embrasse-moi.

Je déposai de petits baisers sur chacune des tâches brunes et en profitai pour poursuivre mon ascension. Parvenu au milieu du dos, à l'endroit où s'attache le soutien-gorge, je respirai enfin. Le sanctuaire de la graisse brune était désert. Je me laissai enfin aller. L'envie fut plus forte que la fatigue. Elle m'arracha une ultime jouissance.

– Tu as faim ?

J'avais les yeux qui se fermaient tout seuls, mais je voulais faire bonne figure, m'endormir avec elle, pas avant, pas seul. Et mon estomac criait famine.

Elle revêtit une nuisette, je remis mon caleçon, et je la suivis dans la cuisine. Le contenu de son frigo me rappela son problème pondéral. Une sorte de caverne d'Ali Baba des produits édulcorés mis en lumière par une lampe distillant des tons orangés. Il y avait là des yaourts allégés, des crèmes dessert à 0 %, des sodas light, des briques de lait écrémé. Je crus même apercevoir des substituts de repas hyperprotéinés rangés dans la contre-porte. De quoi tenir un siège. Des courses faites d'un coup, façon *massive attack*, dans le but avéré de faire des réserves, sans plaisir. Sans doute une métaphore de sa manière de s'alimenter. Et, en même temps, tous ces pots multicolores empilés renvoyaient à une certaine angoisse du vide, la peur du manque, la carapace. Bérénice sommeillait sous la graisse. Montre-moi ton frigo et je te dirai qui tu es.

– Tu peux faire un extra, ce soir, dis-je, avec un air de fête. Ce serait dommage de perdre tous tes kilos d'un seul coup.

– Qui parle, me demanda-t-elle, le diététicien ou l'amateur de rondes ?

Je ne pouvais pas lui dire que c'était un peu des deux, que, pour des raisons de sécurité, et parce que je tenais déjà trop à elle pour la considérer comme une simple passade, je ne souhaitais pas la voir maigrir brutalement. J'ignore si c'était l'effet de la fatigue, celui du bonheur naissant auquel on s'agrippe de peur qu'il ne dure ou la crainte d'un nouveau soufflet professionnel. Urien n'était pas pour moi qu'un événement dramatique, c'était aussi une vraie blessure narcissique, un énorme couac dans ma carrière de spécialiste. Pour toutes ces causes, je me comportais avec Bérénice comme un douanier faisant du zèle avec un bon père de famille juste après avoir laissé passer sans méfiance une énorme cargaison de cocaïne. Malgré tous les éléments rassurants récoltés lors de la visite secrète de son corps, il persistait en moi une sorte d'appréhension sourde. Moins de douze heures m'avaient suffi pour prendre le train en marche de cette nouvelle révolution culturelle : maigrir vite était devenu un jeu dangereux pour une minorité d'obèses, un pourcentage dont nous n'avions aucune idée.

– Tu as du chocolat ? m'entendis-je prononcer.

– Pince-moi, Hugo, répondit-elle, avec une mimique mi-comique, mi-horrifiée.

– Je suis nutritionniste, pas intégriste, répliquai-je, en la prenant par la taille. Nous avons bien droit à une petite gâterie.

Mon gyrus cingulé antérieur, cette zone de matière grise bien connue qui s'activait en cas de mensonge, connut sans doute alors un surcroît d'activité.

Bérénice se détacha de mon étreinte, fit quelques pas dans la cuisine, ouvrit un élément, attrapa une tablette.

– À présent, retournons nous coucher, dis-je.

Je me sentais rassuré, comme si j'avais accompli une bonne action. Bérénice mit un CD de Norah Jones, mais je sombrai dans un profond sommeil dès les premières mesures de la fille de Ravi Shankar.

Cette nuit-là, je fis un rêve. Tout d'abord un ours blanc sur la banquise. À ses côtés, sur la même plate-forme, sa compagne, une belle ourse brune, tache marron sur la glace. Le soleil brille, il fait une chaleur presque printanière à ces latitudes que l'on devine extrêmes. Des icebergs dérivent au loin. D'un coup, un grand crac. La banquise se brise entre les deux animaux, et l'océan sépare d'un coup ceux qui s'aiment. La brune s'éloigne, désespérée, dérivant sur sa petite motte de glace. Je me réveille en sursaut. Un coup d'œil au radio-réveil, lumière rouge dans la nuit. Il est 4 h 02. La jambe de Bérénice est posée sur la mienne. Elle est froide.

LE JOUR D'APRÈS

Le reste des événements se perd dans le brouillard. Bérénice était partie pour le pays du grand sommeil sans même me saluer. Je n'avais rien pu faire, je l'avais laissée partir, dériver, s'envoler. À quelle heure était-elle décédée ? Le médecin légiste qui l'autopsia n'était pas le docteur Tchang, Scob avait intrigué. D'après lui, l'extinction de Bérénice avait eu lieu entre 3 et 4 heures du matin, soit à peu de chose près pendant la même plage horaire qu'Urien. La peste brune tuait à l'aube, comme jadis la veuve noire.

L'image que j'emportais d'elle, la dernière, celle qui s'incrusta dans ma rétine avant que les pompiers ne l'arrachent au matelas, c'était sa posture. Je me souviens de son visage d'albâtre orienté vers la droite, tourné vers mon côté du lit, de ses yeux ouverts dans lesquels je crus lire comme un désarroi glacé, peut-être l'empreinte d'un ultime appel au secours. L'ignoble régurgitation d'un article sur le curare lu il y a peu sur la toile me visita : « La victime meurt d'arrêt respiratoire, ses muscles sont paralysés, mais elle est consciente jusqu'à la fin, sans pouvoir rien dire. » Ainsi Bérénice avait-elle passé les dernières minutes de sa vie à me fixer, à m'implorer dans le silence, à sentir la mort monter, impuissante, sans pouvoir me secouer. Jusqu'à la fin, elle avait espéré que je me réveille, que j'ouvre mes putains d'yeux ! Mais non, j'étais avec elle sur notre coin de banquise, sans anticiper la dislocation, la fonte, le naufrage. Malgré mon désarroi, je compris que je, ou plutôt que nous, le corps médical, aurions pu la sauver, elle, Urien et tous les autres. Si seulement nous avions porté le diagnostic à temps. Tous les patients subissant une anesthésie générale ne décèdent pas. Ils sont simplement sous assistance respiratoire en attendant que leur organisme évacue le toxique. Nulle relaxation n'est éternelle.

Une image encore. Bérénice, le bras gauche étendu au-dessus de la tête. J'avais oublié d'examiner ses aisselles, autre recoin où s'accumulait la graisse brune. Pourtant, je me rappelai avoir déjà remarqué cette exubérance lors de mon premier examen clinique, à l'hôpital. À ce moment, je n'avais pas vu dans ce détail un élément pertinent, ignorant que j'étais de la maladie. Assis par terre au pied de la morte, je compris que je m'étais fait avoir une seconde fois. Surpris par la nuit, par cette envie d'être rassuré à tout prix, d'enquêter pour me donner bonne conscience, mais pas pour aller jusqu'au bout, pas assez pour tordre le cou de la bête. En ce matin blafard et exorbité, sa tanière, aisselle maléfique, était certainement pleine à craquer des mitochondries emblématiques de la graisse brune. Au bord du gouffre, assis près de ce corps, la tête cachée de honte entre mes mains, je ne trouvai rien d'autre à faire qu'à imaginer les protéines à l'œuvre, produisant à leur échelle autant d'énergie qu'une forêt de petits réacteurs nucléaires brûlant des feux de l'enfer et lancés à plein régime, flirtant avec un accident de niveau sept.

Si la veille, j'avais été plus attentif, plus coriace, je n'aurais pas manqué de remarquer les ecchymoses caractéristiques, ces signatures terminales de la maladie qu'avait photographiées l'externe et autopsiées le légiste. Lorsque ma connaissance de la maladie serait plus aboutie, je comprendrais que Bérénice était atteinte par une de ses formes les plus redoutables, dite « axillaire ». Car nous devions découvrir que, dans les cas où la graisse s'était accumulée avec prédilection au niveau de l'aisselle, le risque mortel survenait plus tôt et pour des obésités d'intensité moindre. Plus proche des gros vaisseaux axillaires, ces véritables autoroutes de sang rutilant, le vécuronium se retrouvait plus massivement déversé dans le flot. Loin des yeux, proche du cœur.

Encore une image. Je suis assis par terre, entre le lit et la fenêtre, et mon regard tombe sur une photo, un cadre orange fendillé par le temps. Bérénice et une autre petite fille, plus âgée, un air de famille. Il doit s'agir d'Agnès, sa sœur aînée devenue marginale. Bérénice a dans les 10 ans, elle a déjà ce regard intense qui m'avait fait succomber, encore vivant à travers le temps. C'est une photo d'école. Il y a des dessins d'enfants en arrière-plan, de grosses gouaches avec des soleils jaunes expressionnistes. Bérénice pose de trois quarts, surplombant sa sœur. C'est vrai que c'est une enfant potelée. Sa corpulence contraste avec la sécheresse relative de l'autre, dont les yeux sont déjà retirés au fond d'orbites que l'on devine plus osseuses. L'école avait dû manifestement imposer un thème au photographe, la fraternité, par exemple, car on comprend aisément que les deux filles ont plusieurs classes d'écart. Elles n'ont rien à faire ensemble, enfermées en apparence contre leur gré dans ce cadre étroit.

D'une sœur à l'autre, je pensai à mon frère, le maître nageur englouti. À côté du cadavre de ma belle d'un jour, je me mis à revivre une autre scène, ancienne. Moi, assis par terre, venant d'apprendre la terrible nouvelle, l'improbable noyade d'un poisson dans l'eau. Et dire que je l'avais poussé à accepter ce stage, comme si c'était moi qui l'avais précipité dans l'océan. Lui n'y tenait pas spécialement. Cet été-là, il avait trouvé du travail à Paris, sur la terre ferme. Mais mon petit frère écoutait mes avis. J'étais celui que les parents avaient élevé au rang de sage de la famille. Étais-je condamné à causer la perte de ceux que j'aimais ?

J'aurais pu prendre un téléphone, avertir la police, les pompiers, le Samu. Mais non. J'étais en état de choc. Je ne sais d'ailleurs plus exactement ce que je fis dans les moments qui suivirent ma découverte. Une éclipse de la conscience. Je crois que je la pris dans mes bras, pour la réchauffer. Puis je hurlai à la mort, je vomis mon désespoir comme un chien sans la voix de son maître. Les voisins finirent par arriver. Ils cognèrent à la porte. J'étais tétanisé, je ne pouvais plus bouger, mon corps faisait un clin d'œil à celui de Bérénice curarisée.

Les pompiers surgirent finalement dans l'appartement, constatèrent le décès, sans même tenter une réanimation de façade. Je me souviens de leurs questions, qui me parvenaient comme au travers d'une paroi de verre : « Quand est-ce arrivé ? » « Pourquoi ne nous avez-vous pas fait venir plus tôt ? » ; « Avait-elle des maladies ? » ; « Un problème cardiaque ? » On dut me prendre pour le barjo de service, m'accuser implicitement de non-assistance à personne en danger. On m'embarqua dans le même fourgon rouge que Bérénice enveloppée dans une couverture grise. Même pas eu droit aux sirènes hurlantes. On m'injecta un sédatif pour que j'arrête de hurler. Et c'est ainsi qu'à ma manière je l'accompagnai dans l'autre monde.

Sur mon lit d'hôpital, à Sainte-Anne, secteur psychiatrie, alors que je revenais progressivement dans le jeu des vivants, je découvris toute une série de personnages penchés sur moi. Au début, je crus qu'il s'agissait de visiteurs surplombant ma tombe ouverte, des amis venus faire au-dessus de mon trou d'affectueuses révérences. Leur visage me paraissait déformé, surtout leurs narines, j'avais l'impression d'apercevoir leurs cavités nasales, fosses très communes. Tous ces gens étaient au balcon, costumes noirs et chuchotements. Il faut dire que je les découvrais de bas. Progressivement, et à mesure de ma remontée, tracté par les cordages des fossoyeurs, les visiteurs perdaient de leur verticalité. Je reconnus certains visages. Au cours de la même période, je recolonisai progressivement mon corps. La première chose que je me rappelle m'être réappropriée, c'est la volumineuse tache de naissance que je porte à la main gauche, cette carte de géographie qui prend naissance sur mon avant-bras et vient mourir au dos de mon poignet. Une marque de fabrique qui suscitait tour à tour intérêt, regards appuyés, passion, ou parfois même dégoût. Mon apparence physique, mes traits, mon allure suivirent.

Bouffée délirante, m'annoncèrent-ils une fois que j'eus recouvré mes esprits. Un épisode réactionnel unique, le premier de ma vie. Je ne devais pas garder de séquelles, d'après les éminents psychiatres déployés à mon chevet. Bouffée, quel drôle de nom pour un spécialiste de l'obésité !

Trois types de visite : la famille, les amis, les professionnels. Les premiers visages que je reconnus furent ceux de mes parents, qui avaient fait le voyage depuis leur Floride du troisième âge dès qu'ils avaient appris que mon cerveau avait disjoncté. Je les revois, vieilles pommes ridées souriant à leur pépin pourri avec l'angoisse qu'on dissimule pour ne pas en rajouter. Une tante, un oncle, un neveu étudiant en médecine, Raphaël, pour qui j'étais une sorte de grand frère, un exemple à suivre, un modèle de carrière. S'il avait su le piètre médecin que j'étais ! Quels conseils pouvais-je lui donner à présent ? Car à mesure que je sortais de mon délire s'installait en moi une intense dépression, comme une mer qui se retire. Le prix du retour à la conscience. J'étais nul, je ne valais pas un clou. J'envisageai même un reclassement professionnel : ne plus toucher aux malades, arrêter mes nuisances.

Outre ma famille vinrent me visiter des personnages plus étonnants. Le père de Bérénice, par exemple. Un être timide, au regard à la fois doux et fuyant, et à la démarche voûtée. Il voulait connaître son dernier amant, qui se trouvait être aussi son assassin. Nulle colère en lui, juste de la souffrance. Il y eut aussi la sœur perdue de vue, Agnès, Bérénice en plus vieux, en plus maigre, en plus cuir.

– Je ne sais pas ce que ma sœur vous trouvait, mais enfin, apparemment, vous avez fait naître en elle un sentiment suffisamment profond pour qu'elle en parle dans son journal intime. Je vous l'ai apporté, ces mots vous reviennent. Ils sont à vous, ils ont été écrits la veille de sa mort.

La sœur sortit un cahier petit format de son sac, une sorte de livret gondolé sur lequel s'affichait un coq décharné dont les ergots se plantèrent dans mon âme. J'ajustai mes oreillers et me plongeai dans la petite écriture ronde, noire, posthume.

> Rencontré ce jour un être à part. Il est médecin nutritionniste. C'est un copain de Stan. J'étais allée le consulter pour accompagner mon régime, et finalement c'est lui qui m'a raccompagnée chez moi. Il m'a auscultée, c'était troublant, ses mains me malaxaient, mais ses doigts semblaient dire autre chose. Il m'a proposé d'aller boire un verre, j'ai laissé la situation basculer. J'ai compris qu'il me draguait, mais je voyais bien que c'était involontaire, qu'il ne savait pas trop comment s'y prendre avec moi. La situation était délicate pour lui : une patiente, tout de même, c'était limite ! J'ai été aspirée, je lui ai raconté ma vie, des choses que je n'avais encore dites à personne, en tout cas jamais formulées de cette manière. Je me suis sentie comme happée par la qualité de son écoute, par son émotion palpable qui me poussait à aller plus loin. Julien, Mathilde, mes origines, tout y est passé. Puis je l'ai amené à la boîte de jazz, j'ai chanté pour lui. Quelques heures avec lui, et nous étions devenus inséparables. Passer la nuit ensemble était devenu inévitable. J'ai cédé au magnétisme de la situation. Génial.

Je fermai les yeux. J'avais envie de replonger dans le délire, de m'immerger à nouveau dans ce monde imaginaire où les pointes des couteaux étaient émoussées et où les peines s'annulaient. Augmentez-moi les doses de neuroleptiques, arrêtez-moi cette souffrance ! Euthanasiez-moi le cerveau !

– Je ne vous ai pas amené le journal intime de ma sœur pour que vous vous apitoyiez sur votre sort. Ma sœur est morte, elle, et elle avait confiance en vous. Lisez la suite au lieu de vous lamenter, je crois que ça pourra vous intéresser, dit Agnès, me sermonnant presque.

Au petit matin, nous avons eu une altercation, tout a démarré sur un malentendu. J'ignore pourquoi, je me suis mise à mentir, cela m'arrive de plus en plus souvent ces derniers mois. Je lui ai dit que j'avais continué de grossir alors que j'avais déjà commencé à perdre du poids. Je ne sais pas ce qui m'a pris, c'était plus fort que moi, comme si quelqu'un, quelque chose avait pris le contrôle de mon cerveau. Intense sensation de malaise. Encore plus curieux : l'énoncé de la vérité m'exaspérait. Il a bien tenté de m'expliquer que c'était impossible, mais je n'ai pas pu le supporter, je l'ai mis dehors. Comme si mon amaigrissement récent devait rester secret, qu'il était inavouable, que j'en avais honte. Je lui ai dit de ne plus jamais revenir alors que tout mon être réclamait sa présence. Sombre idiote.

Je reconnus les basses œuvres du gyrus cingulé antérieur, le centre du mensonge, sans doute déjà imprégné de vécuronium. Elle m'offrait une variation sur un thème qu'avaient déjà exprimé les autres victimes, un certain travestissement de la réalité. Le journal s'arrêtait là.

– Lisez plus haut.

Agnès Lenoir avait pointé un paragraphe, écrit quelques jours auparavant.

Par moments, j'ai froid, de drôles de sensations. Pas de vrais frissons. Plutôt comme une lame de fond glacée. Mes mains, mes pieds, mon nez en sont presque insensibles. Et puis, d'un seul coup, c'est comme une déferlante brûlante, ma peau devient chaude, j'ai l'impression de devenir écarlate. Ça m'est arrivé hier, en concert. Je chantais *My Man*, à la manière de Billie Holiday, et j'ai été prise d'un accès de suffocation, une sueur intense. J'ai bien cru que c'était à cause du whisky que j'avais bu pour m'érailler la voix. J'aime bien chanter Billie dans un état second, c'est encore le mieux pour tenter de reproduire sa voix hasardeuse. Cette fois-là, j'ai bien senti qu'il y avait autre chose, un truc qui s'est déréglé en moi depuis que j'ai commencé à maigrir. J'en ai parlé à Stan, il m'a donné le nom d'un copain à lui, un spécialiste de l'obésité, un certain docteur Man. Drôle de nom, à la fois universel et générique. Juste après avoir chanté *My Man*, ça ne s'invente pas ! Un signe ? J'irai peut-être le voir.

– Elle ne m'a jamais parlé de ces accès, dis-je à la sœur, sur la défensive, par instinct.

J'étais terrorisé par la charge affective que Bérénice avait mise dans notre rencontre. J'en tremblais presque et, en même temps, je comprenais que ce sentiment était encore animé des soubresauts de mon délire. Agnès m'apparaissait comme déformée, sa mandibule était hypertrophique, ses canines grandes comme celles d'un tigre à dents de sabre, mais la critique commençait à recoloniser mon jugement. « Non, Hugo, son visage est autre que celui que tu imagines. »

– Il y a un additif, écrit sur une feuille volante. Sans doute entre le moment où elle vous a quitté et celui où vous l'avez rappelée. Un paragraphe écrit à la va-vite, sans doute en vous attendant. Ma sœur comptait sans doute le coller à la suite des autres textes, comme elle avait l'air de le faire souvent.

Il revient, je suis heureuse. Il n'a pas tenu compte de ma colère, il a dû comprendre que je n'y étais pour rien. Il faut absolument que je lui parle de mon état de santé, du vrai motif de ma venue à sa consultation, de ces accès de frissons suivis de moments où j'ai l'impression de devenir écarlate. Et puis de ces autres épisodes, beaucoup plus inquiétants. Tout à l'heure, ça m'a repris. Mon bras droit. Il ne répondait plus. Mes doigts ? Morts. Ça a duré quelques minutes. Un siècle. Et ça a cessé progressivement, comme au sortir d'une anesthésie. J'ai retrouvé l'usage de mes muscles, d'abord l'épaule, puis le bras, la vie a recolonisé mon membre comme une marée montante. Il y a trois jours, c'était mon cou, comme un torticolis sans douleur, la sensation que ma tête n'était plus portée, qu'elle est comme désarticulée. C'est revenu vite, mais j'en frissonne encore. Il est des sensations qu'on n'oublie pas. Comme si j'avais perdu la tête, au sens propre. Pourtant, chaque fois, je m'en sors comme d'un mauvais rêve, je minimise, comme si ça ne s'était jamais produit. La paralysie disparaît sans laisser de traces. Après la tête, la figure. Ou plutôt avant. L'épisode de la grimace, c'était il y a un mois, peu après le p'tit déj. La première de ces manifestations. Je venais de me mettre à maigrir, avais expulsé de mon alimentation les produits à fort index glycémique décriés par un quelconque docteur entendu à la radio. *Exit* le pain blanc, les pâtes et les bananes. Bonjour le riz, le pain complet et les pommes. J'avais fini de me brosser les dents, mis du Tété, qui me fait penser à Ben Harper, en plus fantaisiste. J'étais encore devant la glace de la salle de bains, à observer un bouton naissant sur ma peau, quand, soudain, ce fut l'horreur. C'était bien moi, mais mes traits étaient transfigurés, avachis comme si j'avais pris d'un coup cinquante ans. Mes joues étaient tombantes, mon visage dépourvu des rides d'expression. L'angoisse : j'étais devenue une autre, je ne me reconnaissais plus. Mon visage : un masque de plastique dégoulinant. Yeux de cocker, teint blafard, regard terne. Le pire était à venir. J'ai pensé qu'il y avait maldonne, que ce n'était pas possible, ce n'était pas moi. Aussi ai-je voulu recoloniser mes traits. Je pensais que ce serait facile. J'ai tenté de sourire, de tirer la langue, de faire une grimace, de gonfler mes joues. *Niet*. Le visage restait amorphe, pire encore, il ne répondait même plus. Paniquée, j'ai cherché à appeler les voisins. Je suis allée ouvrir la fenêtre de la salle de bains, j'ai tenté de crier dans la cour. Mais ma voix était devenue fluette, comme si elle passait au travers d'un étroit défilé. Chez moi, c'était devenu comme étouffant, un piège. J'ai réalisé que je ne pourrais pas non plus m'exprimer au téléphone, appeler le Samu, les pompiers ni SOS médecins. J'ai éprouvé alors la nécessité de sortir de chez moi, sur le palier, sonner chez la voisine d'en face, ma copine Claire, et tenter de lui exprimer par signes mon désarroi de ne pouvoir parler, d'avoir perdu le pouvoir sur mes traits. Je suis repassée devant la glace, un coup pour voir, et c'est là que j'ai repris espoir, l'alerte était passée. Mes traits reflétaient enfin ma panique, j'étais sauvée. Bien qu'encore un peu amorphe, mon visage avait retrouvé la majeure partie de sa tonicité. Mon nez s'était redressé, les rides de mon front avaient cessé de paraître siliconées, et j'ai pu faire quelques vocalises au timbre encore mat, mais enfin, c'était une amélioration certaine.

J'aimais cette fille. J'appréciais son humour, sa distance par rapport aux situations qu'elle décrivait. Elle était si présente dans les lignes qu'elle avait écrites que j'en percevais presque son souffle, son parfum. Elle était là. Mais elle était morte. Je continuai la lecture : il ne restait plus que quelques lignes à passer en sa compagnie. Un paragraphe écrit sans doute au moment même où je me débattais dans la Saab de Scob.

C'est drôle, je n'ai pu avouer à aucun médecin ce mal étrange dont je suis atteinte. Avouer, c'est le mot. Comme si je souffrais d'une maladie honteuse. J'aurais pu consulter ma généraliste, à qui je dis presque tout, c'est presque une amie. Je n'ai même pas cherché à me documenter sur la question. Juste pour savoir si ça ressemblait à une maladie connue, répertoriée. Je m'étonne moi-même. Car pour me dégoter un régime, je n'ai pas hésité à me documenter abondamment, parfois jusqu'à la nausée. Mais, pour ces curieux accès, rien. Une terreur inversement proportionnelle à ma curiosité. Je me découvre muette autant que perplexe. Il est vrai qu'entre les crises je ne ressens rien, pas la moindre diminution de mes facultés. Si bien que j'ai peut-être considéré que ces attaques n'existaient pas vraiment, qu'elles avaient été amplifiées par mon imagination, par le sentiment d'inquiétude qu'elles m'inspiraient. J'ai failli en parler plusieurs fois à Hugo, pendant la consultation, et même après, mais je ne voulais pas l'embêter, rompre le charme, casser l'ambiance. C'était tellement agréable de rencontrer quelqu'un qui s'intéresse à nouveau à moi, en compagnie duquel je me sente vibrer. Mais non, ma vieille ! Regarde la réalité en face. Tu ne peux pas lui parler de ça, à lui pas plus qu'à un autre, et le sentiment amoureux n'a rien à voir là-dedans. Tu ne peux pas, c'est tout, c'est plus fort que toi. Ça s'apparente à tous ces mensonges et dissimulations, tu le sens bien. Il faut que tu te fasses une raison. C'est comme si quelque chose, quelqu'un t'habitait, qu'il avait pris possession de toi et qu'il s'interposait entre ton désir et ta voix. Le voilà.

LÉO DIX

Le cahier me tomba des mains. J'avais pourtant envie de le serrer fort. La passion me brûlait les méninges, alimentée par la schizophrénie.

– Écoutez, docteur. Ma sœur et moi nous étions perdues de vue. Je devais lui faire peur, je crois. J'étais trop marginale, trop révoltée, trop camée pour eux. Elle, c'était l'enfant sage, la créature de mes parents, de mon père surtout. Avec le temps, j'ai trouvé mon équilibre, je me serais certainement rapprochée de ces gens que j'ai toujours considérés comme une famille d'emprunt. Ça commençait à me titiller. On ne peut pas vivre éternellement privée de ses racines.

Agnès fit une pause, des larmes lui engorgeaient les paupières sans parvenir à s'écouler. Elle continua, la voix altérée.

– Docteur, Bérénice était une jeune femme en pleine santé. À lire son journal, il paraît évident qu'elle n'est pas décédée d'une mort vraiment naturelle. Elle était rongée par un mal étrange, et elle le savait, même si elle n'a jamais pu en parler à aucun médecin. Parfois, je me demande si elle n'a pas été empoisonnée.

Encore une pause. Plus de larmes, cette fois. Toute émotion semblait l'avoir quittée.

– Foutu régime ! dit-elle encore. À croire que c'est ça qui a tout déclenché.

Elle m'attrapa la main, me pressant les doigts, et me fixa de ses yeux verts dans lesquels je crus reconnaître une flamme cousine de celle que j'avais entrevue chez Bérénice. L'âme de la famille.

– Docteur Man, il faut que vous trouviez de quoi ma sœur est morte.

Elle se leva, ramassa le journal que j'avais laissé choir et se dirigea vers la porte.

– Je vous ai fait des photocopies, lâcha-t-elle en se retournant. Vous pourrez peut-être trouver d'autres indices. Et puis apprendre à mieux la connaître. Elle aurait pu vous aimer vraiment. Voici ma carte, vous saurez où me joindre.

Agnès sortit. Le manuscrit déposé sur le bord du lit me rappelait que je n'avais pas rêvé : la sœur n'était pas une hallucination due à mon état. Sur la carte étaient inscrits en lettres bleu outremer : « Agnès Lenoir – Antiquités – Vieux livres – Le Bourg, Île de Bréhat, Côtes-d'Armor. » Un numéro de téléphone, un e-mail, un site Internet.

D'autres visites émaillèrent mon séjour à l'hôpital Sainte-Anne. Des collègues de travail, des amis, mon cousin Philippe. Et André Scob, bien sûr. Sa venue revêtit vite un caractère professionnel. Il aurait pu se montrer critique à mon égard – après tout, Bérénice était une de mes patientes –, mais non, ce fut même l'inverse, comme s'il savourait le fait que cette affaire avait démasqué un de mes travers, une de mes failles. J'avais été pris la main dans le sac, il pourrait s'en servir. Sa clémence sonnait faux. Mais pouvais-je encore me fier à mes impressions ? Mon esprit m'avait trahi. Peut-être étais-je devenu complètement parano ?

Ce jour-là, Scob préféra évoquer avec moi mon avenir.

– Votre promotion à l'hôpital Avicenne est bien entendu maintenue. Ils vous attendent de pied ferme dès que vous serez rétabli. Il y a un travail du feu de Dieu là-bas. Le bâtiment est implanté dans l'un des fiefs de McDonald, alors vous pensez ! Mais vous garderez une consultation dans le service, une fois par semaine. Ce n'est qu'un au revoir.

On aurait dit que mon affaiblissement lui plaisait, qu'il m'avait en quelque sorte rendu moins dangereux à ses yeux.

Pas un mot sur la peste brune, alors qu'il était manifeste qu'il savait que Bérénice en était morte, l'autopsie ayant déjà été pratiquée. Il voulait m'épargner, mais sans doute aussi ne faisait-il qu'appliquer la stratégie du secret qu'il avait préconisée dans sa voiture, avant le drame.

Il y eut aussi la visite d'une journaliste, au tout début de mon hospitalisation. J'étais encore en état de choc, passablement imbibé de neuroleptiques et tranquillisants en tous genres. Je me souviens de sa voix, haut perchée, nasillarde, plus curieuse que vraiment désagréable. Je ne mémorisai pas bien son visage. Elle travaillait pour la rubrique santé d'un quotidien du soir et enquêtait sur « ces morts inquiétantes parmi la communauté obèse ». Je me rappelle ses paroles, qui m'évoquèrent mon premier cours de virologie. Le délire avait mis tous mes souvenirs sens dessus dessous, des trucs que je croyais enterrés affleuraient la surface, des événements récents étaient passés à la trappe. Notre chargé de cours d'alors, le professeur Jasper, avait introduit l'enseignement de sa discipline par une revue de presse d'où émergeait la fameuse coupure du *Times* datant de juin 1976 : « Étranges décès en série parmi la communauté homosexuelle de Los Angeles », sorte d'acte de naissance médiatique du sida. Conséquence de l'atomisation croissante de la société, les obèses étaient à présent perçus comme une entité à part, à la manière des Noirs ou des Beurs. La journaliste n'avait pas seulement trouvé là un bon titre d'article, elle entérinait aussi un processus sociologique, la fin du modèle d'intégration à la française. En outre, ses paroles laissaient entendre que la peste brune pouvait être d'origine infectieuse, donc contagieuse. Il ne fallait pas l'exclure, mais cela créait un risque d'ostracisme vis-à-vis des personnes en surpoids.

Je n'eus ni la force ni la présence d'esprit de mettre en garde la journaliste contre les conséquences d'un tel titre sur le comportement de la population, ni même de l'informer de manière correcte sur la nouvelle maladie. Avec mon reliquat de disque dur, je me focalisai plutôt sur le fait qu'elle avait sans doute bénéficié de fuites, ce qui n'était guère étonnant compte tenu de l'ampleur mondiale de la maladie. Les tentatives de black-out orchestrées par Scob et consorts marquaient leurs limites. La jeune fouineuse avait également, par je ne sais quelle indiscrétion, identifié Bérénice comme ma petite amie. Et comme elle était « obèse », que j'étais nutritionniste et que j'avais eu à déplorer il y avait peu une mort suspecte dans mes lits, elle avait été « tout naturellement » conduite à m'interroger. De ses questions, je ne me souviens que de bribes, je ne sais d'ailleurs même plus si j'y ai répondu : « Croyez-vous que Mlle Lenoir ait été concernée par la nouvelle maladie ? », « Mais alors, à votre avis, de quoi est-elle morte ? », « Pardonnez-moi de vous importuner dans de telles circonstances, mais est-il vrai que c'est lors de l'amaigrissement que survient le décès ? », « Qu'est-ce que la graisse brune ? », « Est-il vrai que la maladie est liée à une sorte d'hibernation ? », « Les pesticides contenus dans l'alimentation constituent-ils une piste ? »

Je sais depuis que cet article en gestation n'est jamais paru, en tout cas pas dans les suites immédiates de sa visite. Il est probable qu'il se soit fait doubler par une actualité plus brûlante, à moins qu'il n'ait été arrêté par les fourches caudines de la censure ou d'un prétendu intérêt général, ce qui revient, d'une certaine manière, au même. Dommage, car tout ce qui devait paraître par la suite me semble plus fragmentaire, moins abouti que ce que cette femme des limbes semblait déjà avoir déduit. J'aurais presque pu oublier le passage de cette inquisitrice si, près d'un mois plus tard, en sortant de l'hôpital, je n'avais retrouvé une carte de visite à l'enseigne de son journal, avec, griffonné à la diable, un numéro de portable.

Mais la plus surprenante visite fut celle de la police. Jusqu'alors, je n'avais pas saisi que le caractère brutal et apparemment inexpliqué de la mort de Bérénice pouvait me faire passer pour suspect. « Une femme jeune, en bonne santé apparente, est retrouvée inanimée, avec au pied de son lit un dément en train de hurler. » Vue sous cet angle, la disparition de Bérénice aurait pu faire la une des pages régionales d'un quotidien. Un jeune commissaire, un certain Léo Dix, vint me voir un soir, peu avant ma sortie. Je me souviens de lui à cause de la suite de cette histoire, bien sûr, et puis parce qu'à son air ébouriffé, à son teint blafard et à ses postures mal assurées, on aurait pu penser qu'il s'était trompé d'enquête. En fait, ce Léo Dix paraissait lui aussi au bout du rouleau. C'était comme s'il avait besoin de se détendre à mon contact, que j'étais sa récréation.

– Bonjour, dit-il en présentant sa carte juste assez de temps pour que j'en distingue les trois couleurs républicaines, on m'a mandaté pour réunir quelques éléments préliminaires sur le décès de Bérénice Lenoir. Je n'ai pas que ça à faire, et même, pour tout vous avouer, je dépanne un ami qui marie sa fille aujourd'hui. C'est lui qui est normalement chargé de cette enquête.

Le jeune commissaire saisit un calepin jaune, puis semblant se raviser, déclara :

– Vous croyez que je peux faire des photos ?

Difficile de savoir s'il voulait se distraire un peu avant de commencer l'interrogatoire ou effectuer une sorte de repérage tout professionnel de ma chambre, de mon visage, ou de mon accoutrement. Un policier qui prend des photos en service, ce n'est pas fait pour vous détendre, forcément.

– Allez-y, dis-je, remontant les draps, adoptant comme par réflexe une posture convenable. Mon corps s'était tendu.

– C'est un nouveau modèle, commenta-t-il en entamant une série de clichés éclectiques, un des seuls appareils de poche à posséder un 28 mm. Pratique dans un espace réduit. Le grand-angle permet de prendre du recul… sans changer de point de vue.

C'était curieux, il photographiait manifestement tout ce qui lui passait par les yeux, depuis le néon au-dessus du lit, ma montre posée sur le chevet, mon livre sur les « nourritures affectives », jusqu'aux cheminées en aluminium posées sur le toit d'un bâtiment adjacent.

– C'est drôle, ces nouveaux appareils n'ont plus de viseur optique, c'est un peu comme s'ils n'avaient plus d'objectif.

« Vous non plus, apparemment », aurais-je pu répliquer si nous avions été plus intimes.

Notre conversation prit un tour plus classique. Dix s'était assis à côté de moi, sur le fauteuil en skaï aux relents d'urine du syndicat des hospitalisés. Je n'entendais que sa voix, il était en retrait. Un analyste ? Pas vraiment.

– Quels étaient vos rapports avec la « victime » ?

Le ton était donné. Drôle de terme, car, pour moi, Bérénice avait été victime de la graisse brune, mais ce Dix semblait insinuer qu'elle était la mienne, malgré les guillemets dans la voix.

– C'était une patiente, l'amie d'un copain qui me l'avait envoyée pour le suivi d'un régime.

Devant son silence dubitatif, je m'efforçai de clarifier ma position.

– En fait, Bérénice était plus qu'une patiente, nous étions devenus plus intimes...

– Désolé.

Le silence s'installa. Son costume blanc en coton paraissait décalé par rapport à la saison, aux tons de la chambre, à la conduite d'une enquête.

– Monsieur Man, avez-vous déjà fréquenté les hôpitaux psychiatriques ? Je veux dire à titre personnel.

– Non, je vous rassure, je ne suis pas un habitué des bouffées délirantes.

– Alors, comment expliquez-vous votre brutal effondrement ?

Où voulait-il en venir ? Dans mon esprit défilèrent des segments de phrases tant de fois entendues dans les films : « Vous avez le droit de garder le silence. Tout ce que vous direz pourra être retenu contre vous... je ne parlerai qu'en présence de mon avocat. » Sauf que là, on était dans la vraie vie, et que répondre à sa question m'aurait embarqué trop loin. Ce Dix ne m'était pas désagréable, mais ce n'était pas mon confident. Derrière lui se profilait l'institution, la police, l'arbitraire. Si je commençais à dérouler la bobine des implications, la pieuvre ne me lâcherait plus. On a tous quelque chose à se reprocher. Et je me sentais coupable, même si d'un point de vue judiciaire, je n'avais pas à m'en vouloir. Coupable de l'avoir laissée mourir. J'en étais presque à m'accuser d'homicide involontaire, de non-assistance à personne en danger de graisse.

– Je ne me l'explique pas. Je ne sais pas ce qui m'est arrivé.

– Vous ne voulez pas en parler. Ça fait trop mal ? C'est ça ?

Je me fermai, les larmes montaient. Et la rage, aussi.

– Écoutez, hurlai-je presque, je ne l'ai pas tuée ! Je l'aimais, un amour violent et brutal… Qui m'a pris au dépourvu, complétai-je decrescendo.

– Docteur Man, personne ne vous accuse de quoi que ce soit, je vous assure. Le compte rendu initial des pompiers ne décrit aucun stigmate de violence sur le corps, pas de trace de strangulation, de plaie apparente ni d'ecchymose. Ce que j'aimerais comprendre, simplement, c'est ce qui s'est passé avant que les pompiers ne vous récupèrent en état de choc. Il y a comme un vide.

À cet instant, une infirmière est entrée. Avait-elle entendu des éclats de voix ?

– M. Man a subi un gros traumatisme. Il est encore fragile. Je crois qu'il vaudrait mieux que vous sortiez.

– Je n'en ai plus pour longtemps, rien que quelques minutes.

Devant mon geste d'apaisement, la blonde sur fond blanc s'éclipsa. Dix m'entreprit sous un autre angle.

– Vous avez dit qu'elle était votre patiente. Est-ce qu'elle était… malade ?

– Vous savez, nous n'avons pas de véritables malades dans le service, juste des obésités massives qu'il faut rééquilibrer, des procédures d'amaigrissement à mettre en place. Notre activité est à 90 % préventive. Bérénice Lenoir était justement venue me voir pour l'accompagnement d'un régime.

– Pourtant, d'après les informations collectées par mon collègue, répliqua Dix en feuilletant son calepin avec une gestuelle de presbyte, vous aviez eu à déplorer un mort dans votre aile, la veille du décès qui nous préoccupe. Un certain Urien. Drôle de coïncidence. Deux obèses le même jour. Et dans les deux cas des personnes dont vous vous occupiez personnellement. On pourrait croire à une machination contre vous, une espèce d'« attentat ».

Je ne savais quoi répondre. Vue sous cet angle, la coïncidence était troublante. J'aurais pu me tirer d'affaire face à ce flic somme toute compatissant. Mais l'interdiction proférée par Scob résonnait dans mon cerveau. « Pas de déclaration sur la nouvelle maladie. Ou sinon… » J'avais oublié les termes de la menace assortie à son discours, mais je me rappelais qu'il y en avait une. Il fallait tenir. Dix continua.

– Curieusement, l'hôpital a pris la police de vitesse en ce qui concerne la prise en charge du corps. Vous savez, lorsqu'une mort suspecte survient, un juge d'instruction est commissionné et demande généralement une autopsie. Or, dans le cas de Mlle Lenoir, c'est votre patron, le professeur André Scob, qui a pris très tôt le contrôle des opérations. La dépouille mortelle a été transportée presque immédiatement après le décès à la morgue de l'Hôtel-Dieu. Elle a échappé à l'Institut médico-légal, pas tellement plus éloigné, pourtant. Cela tombait bien, il y avait un dossier au nom de la patiente dans votre service.

Ils s'étaient donc battus pour savoir lequel du médecin légiste ou du pathologiste aurait le droit d'éventrer en premier le joli corps de Bérénice. Derrière les généralités de Dix, je pressentis la main de Scob, alerte rouge.

– Vous avez dû avoir accès au rapport, tout de même, parvins-je à émettre malgré mon émotion.

– D'après mon collègue qui s'occupe de l'affaire, ce n'est pas si simple. Il a vaguement l'impression que Scob fait de l'obstruction. Le médecin qui a pratiqué l'intervention n'a pas encore rédigé ses conclusions. Et il est injoignable. Parti en vacances ou quelque chose comme ça.

– Vous pouvez toujours interroger celui qui a orchestré pour Urien.

Je me mordis la lèvre. Dix tourna sa tête vers moi, une tourelle de char aux abois ayant vu frémir un buisson.

– Vous pensez que les deux décès sont liés ?

– Euh non, je disais ça comme ça.

– C'est une bonne idée, dit-il sans froncer les sourcils. De quoi est mort cet Urien, au fait ?

– Arrêt respiratoire nocturne.

Il fallait que je lui donne une sorte d'os à ronger.

– Urien souffrait d'apnées du sommeil, continuai-je, une pathologie particulièrement fréquente chez les obèses.

Dix enfonça le visage dans sa paume ouverte, façon penseur de Rodin. Difficile de dire s'il était excédé pour un autre motif que son interrogatoire ou s'il faisait celui qui ne comprenait rien sans être dupe.

– Écoutez, dit-il brusquement, c'est moi qui vais vous faire un aveu…

Je le sentis inspirer à mes côtés, détendre les muscles de la nuque sur le skaï, puis s'élancer, sur le ton de la colère.

– Je n'en ai rien à faire de votre affaire de Bérénice, d'Urien ou de tout autre obèse qui pourrait mourir dans votre entourage immédiat ! Je remplace un collègue qui m'a vaguement briefé avant ma visite, et là, je me dis que j'aurais mieux fait de refuser. Je suis pour l'heure embarqué dans une série d'investigations assez compliquées et plutôt perturbantes[1]… Alors finissons-en. Il paraît évident que, dès que vous irez mieux, vous allez chercher à savoir ce qui est arrivé à cette patiente qui vous était devenue proche. D'après la fiche

1. Voir du même auteur *Le Mal par le mal*, Odile Jacob, 2006.

des RG dont je dispose, vous êtes un jeune chercheur prometteur, bien noté par vos pairs. Vous êtes issu d'une famille modeste, originaire d'Édimbourg, arrivée en France entre les deux guerres suite à la faillite de votre grand-père paternel, un éleveur d'ovins ruiné par la grande épidémie de tremblante du mouton des années trente.

– Ce sont effectivement des renseignements très généraux, dis-je, effaré par ces fragments de biographie familiale que me rappelait cet inconnu. Ce doit être à cause de ma grand-mère. Vous avez fiché toute la famille ?

– Seulement certains individus. Les personnalités les plus en vue… ou susceptibles de l'être. C'est comme ça qu'ils procèdent.

Les vieux démons surgirent au travers de la brèche ouverte par Dix dans la chape qui bétonnait l'histoire de mes ancêtres, comme ce sarcophage posé sur un réacteur malade, en Ukraine. Ma grand-mère était morte assassinée par mon propre grand-père, Richard McMan, un homme au caractère rustique, à ce qu'il paraissait. Il avait été pris d'un accès de folie, un soir d'hiver, alors qu'il venait d'apprendre que les autorités écossaises allaient passer à la mitraille ses cinq mille têtes de bétail supposées contaminées, un élevage qu'il avait monté à partir de rien. Il n'y avait alors ni Union européenne ni montants compensatoires. Et l'Écosse était encore un territoire sauvage. Il massacra d'abord son chien à coups de hache, puis, de retour à la ferme, s'en prit à son épouse. « Puisque tout fout le camp, les miens doivent disparaître eux aussi. » Mon père avait 5 ans. Il jouait dans le grenier. Il avait assisté à la scène, l'œil braqué sur son père trucidant sa mère et son petit frère au travers des lattes du plancher disjoint.

– Bref, continua Dix, si vous apprenez quelque chose qui sort de l'ordinaire, merci de nous tenir au courant. Je compte sur vous. Je vous laisse ma carte.

Quand il quitta la chambre, mon esprit battait la campagne quelque part au fond des Highlands.

Troisième partie

IRM

Mon hospitalisation dura un mois, maison de repos comprise. Au cours des semaines qui suivirent, l'eau fut pour beaucoup dans mon retour à l'équilibre. J'avais contracté un abonnement à la piscine de mon quartier, un établissement municipal sans personnalité, fréquenté par des célibataires autistes préoccupés par leurs pectoraux et par des dondons sexagénaires. Des longueurs contre ma langueur. Le liquide chloré sur ma peau devenue rêche au contact des draps malades eut sur moi une action libératrice. Je fis mon deuil dans l'eau, repris mon souffle, renouai avec mon frère l'homme poisson, ma façon à moi de lui rendre hommage.

Lorsque je revins dans le service, ce ne fut que pour un bref passage, un adieu aux armes. Le poste de directeur adjoint du service de nutrition de l'hôpital Avicenne m'attendait. Les lourdeurs de l'administration avaient joué en ma faveur, les années de travail en vue de ma nomination, les publications, les congrès n'ayant pu être effacés d'un revers de neurone. L'Assistance publique a toujours eu beaucoup de mal à se dédire. Dans les services, la plupart des salles portaient le nom de médecins illustres, parfois de braves types, parfois des salauds finis. Le système des nominations par les pairs était à l'origine d'une chaîne d'allégeances remontant à la nuit des temps ; il prémunissait contre les remises en question, les épurations. Scob avait également usé de tout son poids pour me placer là-bas. Pourtant, je dois l'avouer, j'étais probablement incompétent pour le poste : je n'avais pas d'aptitude particulière au commandement et je me sentais très affaibli professionnellement par les affaires Urien et Lenoir. Et j'étais ébranlé par les révélations de Léo Dix. Ainsi donc, les RG m'avaient gratifié de leur intérêt. Big Brother me regardait. Heureusement, je n'avais pas eu d'autre visite de la police. Il devait être évident à leurs yeux que le décès de Bérénice n'était pas un homicide. Le rapport d'autopsie avait dû être enterré.

J'aurais sans doute eu besoin de me refaire une santé, et pas seulement mentale. Mais ma nomination n'avait pas été différée. Et l'histoire s'accélérait.

Car, pendant le temps de mon éclipse, la maladie de la graisse brune avait continué de progresser : les décès suspects s'étaient multipliés et une analyse plus méthodique des dossiers avait révélé de nombreuses formes de la maladie. À mesure que le nombre de cas augmentait, des statistiques devenaient possibles. Un mois hors-jeu, ce n'est pas grand-chose, mais depuis le congrès de Toronto auquel s'était rendu Scob, la maladie avait acquis ses lettres de noblesse. À côté des causes de décès inhérentes à l'obésité ordinaire, les médecins nutritionnistes du monde entier commençaient d'en identifier une autre, fourbe et inexpliquée. Les premiers articles avaient commencé de paraître dans la presse généraliste, d'abord dans la rubrique faits divers. Certains journalistes, plus futés, avaient titré : « Sommes-nous à l'aube d'une épidémie inédite chez les obèses ? » Revue de presse : « La nouvelle maladie, que certains nutritionnistes n'hésitent pas à nommer le “sida des gros”, toucherait essentiellement les porteurs d'anneaux gastriques, cette méthode radicale qui vise à étrangler l'estomac pour le rendre ridiculement petit. Seuls les obèses majeurs semblent pour l'instant concernés. La mort survient dans les semaines qui suivent la pose de l'anneau. » Ou encore : « Les modalités du décès sont assez stéréotypées : étouffement, arrêt respiratoire. » D'autres allaient plus loin. « Le silence médical au sujet de cette nouvelle maladie qui touche les obèses est pour le moins étrange. Notre envoyé spécial à l'hôpital de la Timone à Marseille n'a recueilli que des informations parcellaires au sujet du décès suspect d'un malade pesant plus de cent quarante kilos. Langue de bois, explications évasives, difficultés à rencontrer le chef de service porté pâle : telles furent les tribulations de notre hussard de l'information. La famille du défunt fut en revanche plus bavarde, faisant état d'intenses frissons les jours ayant précédé la mort, de drôles de paralysies intermittentes. » D'autres coupures étaient plus explicites : « Un régime brutal à l'origine d'une mort par étouffement. La femme de la victime, un homme de quarante ans qui pesait plus de cent cinquante kilos, a décrit son mari peu de temps avant sa mort : "Il avait les yeux ouverts, entre terreur et désarroi, il ne pouvait pas bouger les membres. Jusqu'à la fin, il m'a paru extrêmement lucide. Le Samu est arrivé trop tard. Tout s'est passé en quelques minutes." »

Lire de telles descriptions m'était, on peut l'imaginer, particulièrement pénible. Cela me renvoyait sans cesse à Bérénice, que je découvrais jour après jour un peu plus, à mesure que je saisissais les fragments de sa personnalité fossilisés dans son journal. Elle décrivait assez bien le cheminement qui avait abouti à sa décision de maigrir, la recolonisation mentale d'un corps qu'elle avait abandonné aux graisses, l'acceptation de la mort de Julien, l'œuvre souterraine des hormones qui se remettaient en route après l'avortement, le sang entre les cuisses qui rendait à nouveau hommage à la lune. Mais, rien, en dehors des passages choisis par Agnès, dans ses écrits, ne signalait une quelconque maladie en cours. Enfin, pas tout à fait. À force de m'obstiner, je découvris un élément qui ne semblait pas *a priori* avoir de rapport avec la peste brune, mais qui attira mon intérêt du fait de son emplacement. Quelques mois avant sa mort, Bérénice faisait état d'une éruption cutanée, de plaques rouges apparues à l'issue d'une séance d'épilation au niveau des aisselles, là où devaient se constituer des mois plus tard les réserves fatales de graisse. « Maudite esthéticienne ! Des plaques rouges sous les bras, c'est bien la première fois que ça m'arrive ! Et en plus ça démange. Pour la robe sans manches que j'ai achetée exprès pour le festival, c'est râpé ! À moins de chanter coudes au corps. Ridicule ! Je vais encore me coltiner la veste beige que j'ai mise cinquante fois. » S'agissait-il de la première manifestation de la maladie ? d'une coïncidence ? Dans les pages précédentes, il était manifeste que Bérénice n'avait pas encore pris la moindre décision en vue de réduire son poids, mais tout journal est nécessairement fragmentaire.

Un abstract récemment paru dans la *Revue de nutrition* renforça ma suspicion. « Certaines données anatomo-pathologiques de patients décédés de la nouvelle maladie de la peste brune font état, dans la peau située en regard des accumulations de graisse, d'une importante concentration d'anticorps antikératine. » Or la kératine était la principale protéine constitutive des poils, des cheveux et accessoirement des ongles. La séance d'épilation subie par Bérénice, que l'on pouvait imaginer jusqu'au-boutiste vu l'enjeu, pouvait-elle avoir mis en contact la graisse brune sous-jacente et les racines des poils arrachés ? Possible, mais, si tel était le cas, cela signifiait que la maladie était déjà présente des mois ou des années avant la mort, voire l'amaigrissement, et qu'elle attendait son heure. Une sorte de bombe à retardement. Cela confortait la thèse de la mutation du fameux chromosome 13. Mais quel facteur avait joué ? Combien de malades potentiels ? Tous ces gens n'étaient tout de même pas porteurs de l'anomalie au moment de leur naissance !

Tous les chercheurs en adiposité du monde se trituraient sans doute les méninges de la même manière. Ce qui paraissait particulièrement inquiétant, c'était l'ombre portée de la nouvelle maladie car, pour l'heure, il n'y avait pas une once d'explication. Et parmi l'immense masse des obèses, aucun test ne permettait de dépister les « porteurs sains », de comptabiliser les morts en sursis. Seule l'IRM centrée sur les zones suspectes d'accumulation de graisse brune semblait donner quelques résultats… chez le cadavre. La graisse brune paraissait un peu plus « éteinte » que la blanche. Certains avaient confronté ces données à des IRM de marmottes prêtées pour l'occasion par les zoos. Les examens étaient réalisés à leur entrée en période d'hibernation, au moment où la graisse brune est la plus abondante. Une équipe hollandaise avait tenté quelques examens sur le vivant, l'humain cette fois, des « suspects » de plus de cent kilos dont il avait sans doute fallu endormir la méfiance en donnant un prétexte.

Je demandai moi-même à l'équipe des radiologues de l'hôpital d'Avicenne de réaliser deux ou trois examens chez des patients du service. Pas facile. J'étais nouveau dans la maison, les radiologues étaient débordés. Le plus souvent renfrognés, ils n'appréciaient pas ma présence à leurs côtés pour piloter l'examen. Et l'abdomen trop gros de mes patients ne parvenait pas à entrer dans la machine. Il fallait donc choisir des obèses modérés, pas vraiment des cœurs de cible – le cas Bérénice étant désespérément minoritaire. Finalement, je dégottai un interne pour mener mes expérimentations. Résultats décevants, confortant les données de la littérature. Il y avait bien quelques zones d'agglomérations étranges de tissu graisseux atypique chez certains individus, mais insuffisamment étendues pour pouvoir conclure quoi que ce fût. Tout juste un signe, pas une signature. Certains avançaient l'hypothèse qu'il s'agissait d'une forme de début de la maladie, d'autres que ces images étaient liées à des phénomènes d'hyperhydratation de la graisse, non spécifiques. On pouvait difficilement proposer à ces patients, cobayes sans le savoir, des prélèvements « sur le vivant » pour confirmer cette théorie naissante. Pour ma part, je ne m'en sentais ni le courage ni le culot.

En tout cas, il était démontré par l'ensemble de ces points de vue discordants qu'il n'existait aucun consensus pour que l'IRM constitue un dépistage de masse de la maladie, et pas seulement à cause de l'engorgement des machines lié à la limitation du parc par le gouvernement. Indépendamment de son coût, on imagine la panique parmi la population obèse. La paix civile paraissait préférable à l'expérimentation, même si le prix à payer était une poignée de décès.

Toujours dans l'idée de disposer d'un examen de dépistage, d'autres équipes avaient tenté de détecter le vécuronium dans le sang chez certains individus supposés suspects. Ce dosage était plus simple à réaliser que les IRM, car il n'était pas nécessaire de « manipuler » le patient. Les obèses sont habitués aux prises de sang en tout genre. Une fois que l'aiguille est placée dans la veine, ils n'en sont plus à un dosage près, et surtout il n'est pas nécessaire de leur dire ce que l'on recherche. Résultat négatif : pas la moindre trace de toxique. Les auteurs de l'étude avançaient un début d'explication : le vécuronium n'était libéré en quantité significative dans le sang que quelques heures avant la mort. Avant, il restait planqué dans sa tanière brune.

Alors, pour faire face à l'angoisse montante, certains d'entre nous jouèrent aux apprentis sorciers. Il faut croire qu'en chaque médecin sommeille un charlatan, surtout dans le domaine de la nutrition, où il existe tant de chapelles, d'écoles, de sectes. Oligo-éléments, drainages lymphatiques, régimes fractionnés, élimination totale des graisses de l'alimentation, cures de soja, que sais-je encore ? Beaucoup d'autres recettes furent tentées, sans succès. La Grande Faucheuse continua à dégraisser avec acharnement la communauté des obèses. Les seules directives véritablement cohérentes circulaient sous le manteau, émanations secrètes des membres de la Faculté : dans le doute, il était conseillé de ne plus s'engager sur la voie des amaigrissements rapides et massifs. Nous avions en effet déduit de nos connaissances alors balbutiantes qu'il existait dans la graisse d'un pourcentage indéterminé d'obèses un toxique, le vécuronium, venu on ne savait d'où, qui se déversait massivement dans le sang lors de la mise à la diète. La mise au régime équivalait pour la graisse brune à une déclaration de guerre, à une sortie d'hibernation. L'obèse était devenu le frère de la chauve-souris.

AMER

Pourquoi la chance fut-elle de mon côté ? Je n'étais pas meilleur que les autres. Le désespoir, l'amour et le fait d'avoir été personnellement concerné ont sans doute joué, en me rendant plus réceptif, mais cela n'explique pas tout.

Quelques mois avant l'affaire Bérénice, j'avais reçu un homme d'une trentaine d'années dont le problème était l'apparition depuis une quinzaine de jours d'un goût amer dans la bouche. L'amer est universellement associé à la notion de poison, de danger, de rejet. Ses récepteurs, contrairement à ceux du sucré, qui se situent à la pointe de la langue, sont placés davantage en arrière. Ils sont installés au sein d'une région tourmentée, proche des muscles intervenant dans la mise en place du réflexe nauséeux. Présenté à un nouveau-né, l'amer entraîne méfiance, grimaces et, si l'on s'acharne, pleurs. Je ne suis pas un spécialiste du goût, mais l'homme avait échoué à ma consultation en désespoir de cause, car tous les spécialistes visités, depuis les neurologues jusqu'aux stomatos, s'étaient révélés incapables de réduire son trouble. Il avait déjà été suivi dans le service quelques années auparavant, c'était un ancien obèse. On se souvient des gens qui vous ont fait du bien.

Le désagrément dont souffrait Solal faisait partie dans notre jargon de l'entité des dysgueusies, comprenez des troubles de la perception du goût. Il touchait également des membres de sa famille proche, sa femme et un de ses deux enfants, le plus âgé. Le trouble s'était installé relativement rapidement, mais aucun des trois ne se rappelait précisément un quelconque événement déclenchant. Le seul point commun à la famille avait été une invitation à une fête, au cours de laquelle Solal se souvenait d'avoir bu un thé aux pignons. Le trouble, somme toute bénin, était toutefois vécu avec une nette appréhension : « Est-ce que cela va durer toute la vie ? Avons-nous été intoxiqués ? Est-ce le prélude à une maladie plus grave ? » Solal décrivait la gêne comme une sorte de colorisation des saveurs en amer, un véritable daltonisme alimentaire : les agrumes prenaient l'empreinte d'un de leurs pépins croqué par mégarde, le vin laissait s'exprimer ses tanins de manière indécente et le chocolat était réduit à une sorte de caricature de lui-même. Quant au café, devenu carrément imbuvable, Solal y avait renoncé. C'était comme si la balance des graves des aliments s'était définitivement déplacée vers la gauche. Et puis, la saveur amère s'accompagnait d'une sensation de soif intense, l'eau glacée semblant seule capable de combattre l'arrière-goût permanent. Bref, le plaisir avait déserté le palais. Solal déprimait.

– Le plus dur, voyez-vous, c'est pour le travail. C'est surtout pour ça que je consulte. Une urgence, d'une certaine manière.

– Quel est votre domaine d'activité ?

– Je suis ce qu'on appelle un nez.

Sans l'avoir vraiment voulu, j'avais braqué mon regard sur la proéminence que nous avons tous au centre du visage. Le sien était busqué, narines palpitantes, légèrement retroussé, une pièce d'orfèvrerie vénitienne. Un appendice nasal à la carcasse massive, mais délicat dans ses finitions.

– Vous êtes dans les parfums ? avais-je demandé, logiquement.

– Pas tout à fait. Je travaille chez Boussard, à l'élaboration des aliments de demain. Je suis aromaticien, je ne sais pas si vous en avez déjà entendu parler ?

– Mais encore ?

– Je maquille les produits manufacturés comestibles, j'invente des nouveaux goûts, je reconstitue des saveurs manquantes. Il faut reconnaître que lorsqu'un aliment sort de la chaîne de transformation industrielle, il est quasiment dépourvu de sapidité. Il est à reconstruire. Les frites surgelées ne sont plus qu'une vague émanation des pommes de terre qu'elles étaient, les biscuits à la fraise ont une indécise senteur d'ortie et les yaourts ont un arrière-goût acide. Et je ne vous parle pas de la texture, de la palatabilité. Le croustillant a disparu, la sensation de plastique domine, les bouchées s'effondrent sous la dent.

Le médecin a toutes les occasions de vivre par procuration. Personnage central de la société, dénominateur commun au riche et au pauvre, il peut, s'il est curieux, s'immerger le temps d'un interrogatoire dans la vie des autres, visiter des pays où il n'ira jamais, pénétrer dans des usines interdites au public. Quand une de ces occasions se présente, une urgence : prendre son temps.

– Vous voulez dire que vous « reconstituez » les produits après fabrication ?

– Oui, on leur réinjecte les saveurs, ou plus exactement les flaveurs perdues lors de leur usinage. On rétablit ainsi artificiellement ce que le quidam attend d'un produit laitier, d'une génoise ou même du plat en sauce qu'il dégustera pour agrémenter ses soirées d'hiver. On peut même être amené à masquer un goût désagréable que la marque n'a pas envie de faire apparaître.

– C'est du trucage ! avais-je remarqué, commençant à trouver Solal de plus en plus prétentieux et cynique à l'abri derrière son rôle de grand manitou des saveurs.

– Pas le choix, trop d'argent en jeu, trop de concurrence, des emplois à préserver, une planète à nourrir.

– Et à faire consommer, avais-je complété, avec en tête la courbe de progression mondiale de l'obésité... Quel genre de goût êtes-vous amené à trafiquer ?

J'avais pris involontairement un ton agressif. Comme si le diététicien que j'étais s'était trouvé un bouc émissaire pour toutes les dérives nutritionnelles du moment. J'espérais qu'il répondrait, qu'il ne se fermerait pas comme une huître face à une tempête de sable. Heureusement, il était demandeur.

– Par exemple, en ce moment, nous travaillons sur un nouvel édulcorant, le XB06, cela ne vous dira rien.

– Un cousin de l'aspartame ?

– Je ne peux pas trop en parler. Chez Boussard, les nouveaux produits sont considérés comme de véritables secrets d'État. On craint l'espionnage industriel, et la direction est un peu paranoïaque sur les bords. Disons que le XB06 est une amélioration de nombreuses versions antérieures, dont la plus récente est d'ailleurs commercialisée. Il a comme un arrière-goût âcre et amer qu'il faudrait dissimuler. Un goût de sang.

Solal m'était apparu presque trop maniéré dans ses postures, une sorte de poète du goût en mal d'inspiration, un falsificateur de génie, index en l'air. Je devais apprendre par la suite qu'il existait très peu de « nez » en France et plus généralement de par le monde, et que les industries de l'agroalimentaire et de la parfumerie s'arrachaient de tels mutants à prix d'or. Ils redoutaient par-dessus tout les rhumes, les sinusites, ou toute autre perturbation du système de l'olfaction.

– Je ne leur ai pas dit que je suis « perturbé », avait repris Solal, un ton plus bas. Mais je ne pourrai pas tenir bien longtemps : on fait appel à mes compétences tous les jours, et on m'a même renvoyé récemment dans les cordes lorsqu'on a remarqué que le goût du XB06 était surcorrigé dans sa nouvelle mouture. Normal, j'ai essayé d'intégrer mon nouveau handicap à mes compositions. Je dois en tenir compte en permanence, réajuster les flaveurs. J'en perds le sommeil, je me dis que bientôt quelqu'un va me percer à jour, réaliser que je suis devenu un imposteur qui s'accroche à son boulot. Je crois même que ma collaboratrice a des doutes. Elle m'a fait remarquer, pas plus tard qu'hier, que j'avais classé un flacon d'acétate d'amyle parmi les flaveurs de pomme verte. J'ai tenté de lui vendre une erreur d'étourderie, mais elle m'a gratifié d'un regard étrange qui en disait long.

Mieux valait ne pas enfoncer mon patient, dont je ne savais au juste quoi faire. Pour l'heure, gagner du temps.

– Qu'est-ce que l'acétate d'amyle ?

– Le B.A.-BA de la flavologie. C'est la note dominante de l'arôme de banane. Mélangé à de l'huile de girofle, il reproduit une saveur d'amande. On est très loin de la senteur « pomme verte », très éloignée dans le spectre olfactif. Je me suis donc excusé, je lui ai dit que j'étais sorti tard la veille, un endroit à l'atmosphère surchargée en fumée de cigarette.

J'avais pris du recul pour mieux observer mon visiteur, son costume en lin, son borsalino accroché au portemanteau, ses lunettes en écaille. Solal était un dandy égaré dans notre époque, un excentrique doté d'un don. Peut-être même un ex-adolescent boutonneux devenu branché sur le tard.

– Il y a tout de même un truc qui me réconforte, avait-il continué, c'est que je ne suis pas le seul. Outre ma femme et mon enfant, on peut même dire qu'il y a une sorte d'épidémie, en ce moment. Des tas de gens se plaignent de ressentir ce même goût amer.

– Je n'étais pas au courant.

– J'ai découvert un forum de discussion sur le Net. Un *chat* dont les racines remontent à plusieurs années en arrière. En dehors des quelques fêlés qui viennent s'immiscer dans la conversation, qui souffrent manifestement de problèmes de dentiers, voire de dents, et ceux qui ont été traités avec des médicaments connus pour modifier le goût, il y a d'authentiques cas de goûts amers inexpliqués, des personnes présentant des symptômes en tout cas identiques aux miens.

– J'imagine que toute cette bande, enfin, je veux dire que tous ces gens ont mené l'enquête.

Ce n'était pas la première fois qu'Internet prenait la médecine de vitesse, décrivant des signes qui n'étaient présents dans aucun livre. J'étais un peu vexé d'être parfaitement sec sur son histoire de dysgueusie.

– Comme vous pouvez l'imaginer, avait repris Solal, confirmant mon intuition, aucune réponse sur les sites médicaux. Ils ont l'air toujours en retard d'un train, avec de beaux articles sur le goût mis en ligne, mais, en pratique, rien. La seule piste intéressante, soulignée par un des internautes, est un lien avec le site concurrent de celui de l'OMS, qui pointe du doigt l'irradiation de certains aliments, la fameuse ionisation.

– Je sais qu'on l'utilise pour limiter la prolifération de certains germes.

– Tout à fait, docteur, ça c'est le côté face, bourré de bonnes intentions, une véritable pasteurisation, l'intérêt du consommateur. La vie après la mort. Mais côté pile, l'ionisation est un redoutable moyen d'allonger la durée de vie des denrées, et donc leur potentiel de commercialisation. Continuer de gagner de l'argent avec des produits atteints par la limite d'âge.

– Et vous croyez que vos bourgeons du goût ont été... irradiés par de tels aliments ?

– Peut-être est-ce un peu abrupt. Mais, chose curieuse, l'article dont je vous parle fait état d'une molécule toxique possiblement libérée par l'ionisation, le cyclobutanone, conférant précisément une saveur amère... et accessoirement cancérigène.

Solal avait fait une pause. Et c'était comme s'il avait laissé se répandre à loisir les harmonies dissonantes du mot cancérigène dans le bureau. Il avait repris, sur un ton de lassitude.

– Mais comment avoir confiance dans de tels articles ? Entre la langue de bois des pouvoirs publics soucieux des enjeux économiques, les données lénifiantes des sites médicaux et les francs-tireurs à la solde d'un lobby, quand il ne s'agit pas de quelque poste avancé d'une crypto-secte.

– Il y a en effet de quoi devenir paranoïaque, avais-je confirmé, consensuel.

J'étais assez mal à l'aise de constater les lacunes dans ma connaissance de l'industrie alimentaire : comment élaboret-on un aliment manufacturé ? Quels additifs y inclut-on ? Comment son goût peut-il être à ce point truqué, trafiqué ? Comment pouvais-je être si ignorant, moi qui passais mon temps à établir des menus surréalistes composés d'aliments triés sur le volet à des obèses désireux de réapprendre à manger ?

– Une chose est sûre, en tout cas, pour l'aromaticien que je suis, avait continué Solal. Le prix à payer de l'irradiation des denrées est une certaine modification de leurs qualités gustatives, j'en sais quelque chose. Leur richesse aromatique est réduite, comme s'il y avait eu un appauvrissement moléculaire. Le goût est comme passé, atténué, un souvenir. Heureusement, les gens, enfin je veux dire dans leur grande majorité, ne se doutent même pas de l'existence de cet avant-produit. Ils ont oublié les saveurs d'antan, certains ne les ont même jamais connues. Ils n'en perçoivent que le reflet.

– La caverne de Platon, version palais, en quelque sorte.

Solal avait carrément ri, mais cela sonnait creux. Il avait une manière étrange de s'esclaffer, déjetant sa tête en arrière comme s'il voulait offrir à son fameux appendice nasal une angulation optimale pour capter le maximum d'air, de particules olfactives. Vu sous cet angle, il semblait rongé par l'angoisse. À cet instant, il sortit un petit flacon de sa poche.

– Tenez, me dit-il, sentez ça, dites-moi ce que vous en pensez.

J'ôtai le bouchon de la petite fiole, inspirai le liquide incolore. Incroyable comme la chimie pouvait reproduire le réel ! Je fermai les yeux ; j'y étais.

– On dirait du pain, de la croûte de pain.

– Sentez encore.

Seconde taffe.

– De la farine, ou du levain, je ne sais pas exactement.

Un sourire avait fendu le visage de Solal, genre « content de soi », incisives pointues.

– Ce que vous sentez est une avant-première, un extra commandé par une chaîne de boulangeries qui vend du pain surgelé dans ses différents points de vente, une marchandise fabriquée en grande quantité dans des secteurs où le loyer est moins cher et la main-d'œuvre payée au smic. Ils m'ont demandé de mettre au point une composition qui fleurait bon la boulange…

– Pour faire croire que le pain est fabriqué sur place ?

– Les gens croient ce qu'ils veulent, mais le fait qu'ils se trompent sur le lieu du pétrissage et de la cuisson est effectivement préférable pour l'enseigne, j'imagine. Elle y gagne en prestige, genre « goût du vrai », « odeur de la tradition » et autres foutaises. Le résultat de mes recherches sera injecté dans les souffleries des lieux de vente. Le nez humain étant beaucoup plus sensible qu'on ne l'imagine, très peu de molécules suffiront pour donner cette impression d'antan, dans des espaces commerciaux âgés souvent de moins de dix ans. Ce qui manque au nez du quidam, ce sont les mots pour décrire ses sensations. Là est tout le travail. Détecter, nommer, reproduire.

Je commençais à être indisposé par ce cynique qui se regardait trop le nombril… à mon goût. D'autant qu'il avait décidé de s'acharner sur mes propres narines, insatisfait par mes performances olfactives.

– Sentez encore. Agitez le flacon d'abord.

J'avais secoué la fiole d'un air faussement las, partagé entre l'écœurement et la curiosité.

– Alors ?

– Chocolat, caramel, peut-être quelque chose qui rappelle… de la crème.

– Bravo, vous avez trouvé, enfin, tout du moins vous êtes allé dans la bonne direction. Au départ, c'était un artefact, une erreur d'appréciation de ma part. J'avais un peu trop chargé en arôme caramel pour pouvoir évoquer la croûte. Mon pain avait des senteurs de pâtisserie. Finalement, je me suis rendu compte que l'odeur dégagée avivait peut-être plus certainement la sensation de faim. C'était ce que voulait susciter le client.

– Génial, n'avais-je pu manquer de laisser échapper.

En fait, « machiavélique » aurait été plus adapté. Ce type, un génie à sa manière, était notre ennemi, à nous les nutritionnistes, nous qui essayions quotidiennement de lutter contre l'air du temps. Si les aliments gardaient la saveur qui était la leur après les sombres traficotages infligés en usine, nul doute que l'appétit des obèses serait mis en berne, un bémol à la clef. Mais cet être, dont je ne remettais en cause ni la créativité ni le talent, avait sans en avoir conscience une action délétère sur le poids de ses concitoyens, lui qui était pourtant si mince et svelte : les dealers qui se respectent ne touchent pas au crack, dit-on. Solal poussait les gens à manger plus, les incitant à consommer au-delà de la satiété, histoire d'augmenter les profits de la filière agroalimentaire, dont il était le chevalier servant, l'éclaireur. Car ce qu'il ignorait peut-être, mais que les fabricants des aliments glucidiques en question avaient certainement étudié, c'est que pulvériser des odeurs de pain ou mieux, de pâtisserie, dans les espaces dévolus au shopping généraliste entraînait une brutale sécrétion d'insuline, moteur de la faim, principale hormone du stockage. Un truc pavlovien. Outre la supercherie commerciale constituée par ces vapeurs d'importation, il n'y avait pas que l'odeur qui avait été manipulée. Solal induisait en erreur aussi les nez, les pancréas, les adipocytes, les cerveaux. Et cet individu était venu me demander de l'aider à recouvrer ses pouvoirs.

– Enfin, cette histoire de fleur de farine, c'est mon hobby. À la limite, ce n'est pas très grave, je peux les faire patienter un ou deux mois. Mais ce qui fait le corps de mon métier, c'est d'intervenir dans le processus de réinjection du goût dans ces aliments morts. Et mon travail sur ce satané édulcorant fait partie des urgences de l'entreprise... Pour l'instant, c'est moi qui suis dans le gouffre...

Il avait croisé les pieds, déplié les jambes. Ses santiags en croco s'étaient affrontées comme des reptiles dans un marigot. Je voyais venir le moment où je serais bien obligé d'avouer mon incompétence. Mais, nous, les médecins, sommes des personnages étranges : la logique eût été que je lui refuse mon soutien. Qu'il aille au diable, après tout, avec son amertume ! Ce type allait peut-être, dans un futur hypothétique, être à l'origine d'une bombe atomique alimentaire qui allait dévaster le palais de ses contemporains, facilitant l'ingurgitation de produits douteux, à forte marge et qui rendent addicts. Mais c'était un être humain qui souffrait, et on ne m'avait pas appris à désespérer de l'espèce humaine. Il fallait donc que je trouve quelque chose. Le pire eût été de rester sec, de ne pas prendre en charge une partie de son angoisse. La médecine est une transaction, et pas que financière.

– Vous avez essayé l'homéopathie ?

– Non.

– Alors, je peux peut-être quelque chose pour vous.

J'avais déjà essayé une ou deux fois de recourir à l'homéopathie – un obèse ne parvenant pas à s'arrêter de fumer, une allergie alimentaire rebelle non étiquetée. Des résultats dans l'ensemble favorables, bien que difficilement évaluables. Pour le tabac, indéniablement, ça avait marché, mais pour l'allergique, c'était moins flagrant. Le patient m'avait bien signalé une diminution dans l'intensité de ses poussées, mais je l'avais perdu de vue. Peut-être n'avais-je pas choisi les bonnes substances, les bonnes dilutions ? J'avais saisi derrière moi un livre assez volumineux, en fait un ouvrage de vulgarisation. J'avais recherché le mot « amer » dans l'index, cela faisait très docte. Mon attention avait été attirée par deux éléments, très éloignés de la pharmacopée à laquelle j'étais habitué. J'avais bien conscience de pénétrer dans un monde non balisé, de jouer les apprentis sorciers. Mais bon, il s'agissait d'une urgence. Et puis, c'était une médecine inoffensive. Au pire, je me plantais.

Sulfur, ou plus exactement « soufre sublime délavé », pouvait apparemment être prescrit en cas de salivation acide et amère chez les personnes souffrant de douleurs dentaires et de gingivite. Il existait toute une panoplie de symptômes sur lesquels *Sulfur* était censé agir, mais je ne voulais pas donner à Solal une impression de flottement. J'avais donc décidé d'aller à l'essentiel. Et puis, il y avait en *Sulfur* un détail qui entrait bien en résonance avec mes états d'âme concernant le bien-fondé de prendre en charge ce patient diabolique : le manuel annonçait en effet qu'une réactivation des troubles pouvait survenir en cas d'utilisation inadaptée. *Sulfur* semblait donc contenir, à son insu, toute mon hésitation, mon ambivalence vis-à-vis de Solal. *Aconit,* le deuxième larron, était issu d'*Aconitum napellus*, une plante toxique et vivace à l'origine de graves paralysies. Par chance, le monde de l'homéopathie est un univers de Lilliputiens, les substances sont présentes à une échelle infinitésimale. Parmi les multiples tableaux sur lesquels *Aconit* agissait, j'avais pioché les termes « soif intense », « état anxieux », « peur brutale soudaine et inattendue » qui semblaient bien correspondre à l'aromaticien, ou tout au moins à l'idée que je m'en faisais. Je griffonnai une ordonnance.

– Si ça marche, docteur, je vous revaudrai ça.

J'avais marmonné un : « Il n'y a pas de quoi », m'efforçant de paraître sûr de moi, et ajouté : « Ça va marcher, dans quelques jours vous ressentirez une nette amélioration. » J'avais joué la montre, investi massivement dans l'effet placebo. J'ignorais à quel point son aide allait par la suite se révéler précieuse.

HYPER

L'entrée dans mes nouvelles fonctions s'accompagna d'un fort sentiment de déprime. Le fantôme de Bérénice ne me quittait plus. Je m'étonnais moi-même : comment une relation si brève avait-elle pu engendrer tant de désarroi ? Je m'accusais de sa mort, moi et mon sommeil stupide. Je traînais dans les couloirs de mon nouveau service comme un malvoyant frappant les murs de sa canne blanche, demandant implicitement qu'on le conduise, ou plutôt qu'on le reconduise à la porte de l'établissement : indignité et incompétence. Le chef du département, un certain Franck Madon, attendait beaucoup de moi, le précédent adjoint, qui était parti s'installer dans le privé, ne s'étant jamais réellement investi. Le lieu dans lequel était implanté l'hôpital n'était pas particulièrement attrayant, et l'hiver contribuait à faire basculer le spectre des couleurs perceptibles entre gris clair et gris foncé.

La maladie de la graisse brune s'installait, mais la société se souciait peu des obèses. Pour eux, c'était comme s'il était déjà trop tard. Leur apparence physique était si différente de la population « normale » que l'on aurait pu penser qu'ils n'étaient pas réellement des êtres humains, plutôt des sortes de zombies. Le fait que ces êtres se recrutaient souvent au sein des populations économiquement défavorisées n'améliorait pas la prise en compte de la maladie. Pourtant, nous, je veux dire la communauté scientifique, quelques journalistes médicaux et sans doute les pouvoirs publics, commencions à nous douter que la substance toxique à l'origine du décès, le vécuronium, était probablement présente dans l'environnement sous une forme masquée. Toutes les couches de la population, y compris les non-obèses, y étaient probablement exposées. Ayant une affinité élective pour les graisses, elle s'accumulait chez les obèses, là était la différence. De nombreux produits avaient été passés au crible par de nombreux biochimistes, dans les unités de recherche, et même parmi les chercheurs des agences de sécurité alimentaire : des molécules faisant partie de l'environnement, des polluants industriels, des nettoyants ménagers, et bien sûr de nombreux aliments et additifs alimentaires. Négatif.

Lorsque j'avais le blues, avant de rentrer chez moi, à la sortie du travail, il m'arrivait de déambuler dans les allées de l'hypermarché voisin. Souvent, je n'avais rien de particulier à acheter, je ramenais juste une babiole, une boîte de thé, un pot de confiture. C'était mon ticket d'entrée, ma contribution au système, un prétexte pour passer en caisse. J'ai toujours apprécié les hypers, ces hauts lieux de la consommation, l'univers des marques en action sur le psychisme du quidam, les caddies emplis d'accumulations à la Arman, chariots de feu. Ce sont des endroits colorés et distrayants, et le nombre de références me laisse toujours rêveur. Des lieux de concentration des saveurs du monde, et de ses travers.

Ce soir-là, ce devait être vers la fin de l'hiver, j'avais conduit mon chariot vers le secteur des produits laitiers, des produits vrais, comme chacun sait. Il y avait là des couples qui semblaient se remonter mutuellement le moral, des célibataires tels que moi, sans doute en mal de distraction nocturne, et quelques trios d'ados en survêtement pour qui l'hyper valait sans doute mieux que leur cité en état de froid.

Dans l'allée des yaourts, crèmes glacées et autres préparations lactées, mon attention fut attirée par un attroupement, à croire que toute la faune du magasin s'était donné rendez-vous là. Un second point m'intrigua ; le pourcentage d'obèses ou tout au moins d'individus en surcharge pondérale parmi cet essaim. Ces gens faisaient manifestement le siège d'un linéaire réfrigéré et chargeaient dans leur caddie des pots de yaourt multicolores. J'aurais sans doute passé mon chemin – des obèses qui mangent des yaourts il n'y a pas de quoi en faire un plat, c'est même plutôt bon signe –, sauf qu'un éclair douloureux réactiva mes souvenirs, à la manière d'un dard planté dans un coin perdu de mon cerveau dont le poison était soudain réactivé. Tous les moments qui avaient précédé la mort de Bérénice s'étaient imprimés sur mes neurones comme un tatouage sur la peau d'un malfrat. Je l'aurais juré, elle consommait elle aussi ce type de produits. Je fermai les yeux : les murs de l'hyper s'écroulèrent, les linéaires réfrigérés se transformèrent en réfrigérateur domestique. Je la revis, devant moi, debout, magnifique, en nuisette, traversée par la lumière orangée du frigo ouvert, un peu spectrale, nécessairement. C'était peu après notre dernier acte. Je me souvins du contenu de sa chambre froide : un alignement de pots de yaourt et de crèmes dessert en tout genre, de l'allégé au 0 %, presque une compression de matière. Il y avait là des emballages multicolores, annonciateurs des flaveurs correspondantes, des dégradés de rouge et d'orange, des croquis de fruits en pleine santé, et un peu plus bas, sur les rayonnages inférieurs, les brun chocolat, café, caramel des crèmes dessert.

C'est la forme des pots qui fit déclic. De beaux rectangles, usinés en respectant sans doute le multiple de quelque nombre magique, une merveille de proportion. Les mêmes que ceux du frigo de Bérénice.

Il y avait dans cet attroupement de personnes, à cette heure tardive, dans ce magasin titanesque, quelque chose d'anormal. Les caddies de cet essaim d'obèses qui émergeaient comme des ballons ovales d'une mêlée ouverte contenaient décidément trop de ces berlingots de couleur. Je m'approchai, faisant presque la queue pour accéder au rayonnage. J'attrapai un pack de quatre pots irrémédiablement soudés par leur joint de plastique. Un bloc quatre parfums, avec de vrais morceaux de fruits, des fragments de fraise, de framboise, d'ananas ou de mangue, et puis, placardé en surimpression sur la tranche, en bleu sur fond blanc, le magique 0 %. Je partis m'isoler avec mes quatre pots, à l'écart du groupe, face à un beurre de baratte. Un réflexe de méfiance, je voulais être tranquille.

Actilight : tel était le nom du produit. « Acti » pour action, contre les kilos, bien sûr, mais le terme sous-entendait aussi l'idée de se mettre en marche, de faire quelque chose, du sport par exemple, en tout cas sortir de sa passivité. Prends-toi en main ! « Light » pour la lumière, la légèreté, une voie facile, déjà tracée par les sodas ayant retourné leur veste. Ce « lait fermenté », privé de l'appellation yaourt du fait de la bactérie non conventionnelle qui l'avait fait tourner, avait eu droit, lors de sa mise en circulation, à un gros budget publicitaire. Cela faisait quelques années que cette espèce de yaourt avait été mise sur le marché, mais je n'avais pas noté de piqûre de rappel publicitaire. Si bien que je croyais le produit disparu, abandonné sur le bas-côté de la route, comme tant d'autres merveilles agroalimentaires commercialisées le temps d'un semestre. Mais, à découvrir la vitalité des consommateurs à l'étal, force était de constater que le yaourt était encore bien vivant, et qu'il comptait de nombreux adeptes. À croire qu'une fois goûté, ce dérivé du lait se passait de toute réclame.

Toujours à l'écart pour ne pas être lynché pour mon acte sacrilège, je désolidarisai un des pots de ses trois acolytes, histoire d'accéder à sa composition, cachée en face intérieure : « Lait écrémé, lait écrémé en poudre, lactobifilodus et autres ferments lactiques, vézépame. » Si la marque avait renoncé à la publicité grand public, elle n'avait pas lésiné sur l'autocongratulation, inscrite à même le pot sous la forme d'un bandeau rouge : « 90 % des personnes souffrant d'un problème de surpoids se sont dites améliorées par la consommation régulière de ce lait fermenté. » Police de caractère décroissante, suivie d'un numéro vert, à l'attention des consommateurs curieux. Je m'assis sur le rebord d'un linéaire. Se pouvait-il que le hasard m'ait fait lever un lièvre ? Je m'approchai d'un obèse isolé, qui s'éloignait du groupe en poussant un chariot dans lequel je distinguais trois packs du produit lacté.

– Monsieur !

L'homme se retourna, comme s'il était pris en faute, me gratifiant d'un regard dans lequel semblaient s'entrechoquer les aiguilles d'une horloge : il se faisait tard. Je m'approchai.

– S'il vous plaît, monsieur, excusez-moi de vous déranger, je vois que vous venez d'acheter de l'Actilight. Je voudrais l'essayer. Vous me le conseillez ?

J'avais conscience d'avoir un discours de sondeur, parfaitement incongru à cette heure.

– Vous faites ce que vous voulez, monsieur, moi, je suis pressé. Désolé.

Je tentai ma chance auprès d'une femme en robe rose et de son enfant de 7 ans. Quatre-vingts kilos à eux deux, un peu plus nonchalants que mon homme qui fuyait.

– C'est la première fois que j'en achète. Je me suis laissée tenter par les autres, me répondit-elle avec un geste circulaire.

Le garçonnet ne semblait pas de cet avis : ah ! l'ingénuité de la prime enfance.

– Maman, on en a déjà pris la dernière fois. Rappelle-toi, même que Prune a laissé tomber le pot par terre, et tu t'es énervée.

Regard courroucé de la maman prise en fragrant délit de mensonge. Non, je ne rêvais pas. Indéniablement, le gyrus cingulé antérieur de la mère de famille s'était activé dès que je lui avais parlé d'Actilight. Dans mes propres circuits, cette dissimulation réactiva ce que je savais des porteurs de la maladie de la graisse brune : les personnes qui en étaient atteintes se mettaient, pour une raison inconnue, à mentir, ou tout du moins à enjoliver et à dénaturer la réalité. Comme Bérénice. Je reçus à nouveau la visite mentale de sa silhouette, cette fois en robe noire et collier de perles, prête pour un concert, faisant la queue en compagnie de ces clients manifestement accros, attendant son tour pour récupérer sa dope en pot.

Je me raisonnai : il était impossible que la toute-puissante Agence française de sécurité alimentaire, si respectée et si peu accommodante, ait pu donner l'autorisation de commercialiser un poison. Argument contradictoire, je ne pouvais m'empêcher d'être intrigué par cet attroupement, par le côté novateur du produit (nouvel édulcorant, nouveau germe) et par le fait qu'il trônait en bonne place dans le frigo de Bérénice. Et si, malgré tout, le suspect était dans le pot ?

J'optai pour un changement de tactique, décidai de m'adresser à un des employés du magasin, hybride de vigile et de conseiller clientèle.

– Oh, ça marche très bien, monsieur. Il n'y a pas à se plaindre. D'ailleurs, il n'en reste presque plus ; ce soir, on a été dévalisé. Regardez-les, ces cinglés, ils viennent tous les jours, un peu avant la fermeture.

Il partit d'une sorte de rire goguenard.

– Il faut dire que c'est très bon, continua-t-il, vous devriez goûter.

C'était étrange, et même un peu surréaliste. Tous ces gens qui s'éloignaient du rayon leur caddie empli à ras bord. Il y avait là des obèses, des êtres en surpoids, mais également quelques personnes minces, voire anormalement maigres. Le 0 % agissait sur les esprits comme un sésame magique, fascinant de façon identique aux deux extrémités de l'échelle pondérale. En même temps, mais peut-être me faisais-je des idées, ces consommateurs semblaient adopter une sorte d'attitude commune : certains paraissaient un peu honteux, d'autres phobiques, la tête légèrement rentrée dans leurs manteaux d'hiver. D'autres, enfin, semblaient totalement flippés, se retournant sans cesse comme pour vérifier qu'ils n'avaient pas été suivis ou quelque chose du genre. Ici, le flâneur n'avait pas droit de cité, on chargeait sa dope et on filait. À croire que tous ces aficionados ne voulaient pas se faire remarquer, qu'ils avaient honte. Des drogués.

– J'attends que ça soit en promo, répondis-je.

– Alors là vous pouvez toujours attendre, repartit le vigile, manifestement à la recherche de quelqu'un à qui parler, constrastant avec la méfiance ambiante. Nous avons proposé plusieurs fois au fournisseur une tête de gondole, de faire d'Actilight un produit d'appel, de lancer une promotion. Rien n'y a fait. À croire qu'ils veulent vendre en silence, dans leur petit coin. La seule chose que le responsable produits laitiers est arrivé à négocier, c'est une augmentation de la longueur du linéaire, et un meilleur emplacement. Ils ne veulent pas aller au-delà. C'est un mystère, un des seuls labels qui se comporte comme cela. Pourtant, nous vendons de nombreux autres produits de marque Boussard. Comme pour les autres références, ils envoient alors sur le terrain des commerciaux aux dents longues et costumes à la Matrix qui se battent pied à pied pour imposer leurs marchandises.

– C'est étonnant, observai-je, car il y a une grosse concurrence dans le domaine du nouvel aliment santé.

Un article de la *Revue de nutrition* du mois précédent m'avait tout particulièrement interpellé. Le yaourt et ses cousins les laits fermentés se multipliaient ces temps-ci comme des petits pains, dopés par des ferments lactiques en tout genre, qui pullulaient comme des bactéries dans les matières fécales. Le papier décrivait ces germes, relookés en « probiotiques » par la collusion des industries agroalimentaires et pharmaceutiques, comme les nouveaux mécanos à tout faire de l'organisme, s'avançant sur des terrains aussi divers que la prévention du cancer du colon, le traitement des diarrhées, le renforcement des défenses immunitaires, et même sur les espaces encore vierges de la dermonutrition : le yaourt comme masque de beauté, prévenant la déshydratation de la peau, retardant son vieillissement. Non, vous ne rêvez pas ! concluait l'article.

– Tous les six mois, un nouveau produit sort, et attention, pas de magouille possible. Chaque souche de germes fait l'objet d'un dépôt de brevet et n'apparaît que sous une seule appellation pour une seule marque. Ces ferments sont fabriqués par des usines spécifiques. Bientôt, le secteur des yaourts s'apparentera à un rayon de parapharmacie, conclut-il au moyen d'un geste circulaire digne d'un général d'empire.

– Vous m'avez l'air bien savant sur le sujet, ne pus-je m'empêcher de mentionner.

Le responsable de rayon fit quelques pas dans l'allée, prenant un peu plus possession de l'espace, avec moi sur ses talons.

– J'ai fait deux années de bio avant d'échouer ici, répondit-il. Je me suis justement fait recaler à cause d'une question sur les ferments lactiques, figurez-vous. Mon impasse à l'examen. C'est pourtant à ce passage universitaire que je dois ma promotion à ce secteur, plus prestigieux que celui des fruits et légumes. C'est un domaine qui explose. C'est fou ce que l'on peut déduire de choses sur l'industrie agroalimentaire à partir de l'achalandage d'un simple rayon de détail d'un hyper. Actuellement, c'est le boom des phytostérols. Vous savez, ce sont des graisses issues des plantes, qui se marient facilement aux lipides des produits laitiers. Elles sont censées faire baisser le taux de cholestérol.

Nous avions eu un staff sur la question des phytostérols dans le service. Leur efficacité était controversée, d'autant qu'ils semblaient paradoxalement augmenter la fréquence des accidents vasculaires cérébraux, alors qu'on attendait d'eux l'inverse.

– Pourtant, embraya mon guide, l'Actilight, qui ne contient même pas de phytostérols et qui fait presque figure d'ancêtre dans le rayon des 0 % avec probiotiques, continue, sans effort particulier de la part de Boussard, d'occuper le même espace. Il s'étend même sur les plates-bandes du yaourt nature.

– Si ça se vend tout seul, ils ont peut-être raison de ne pas mettre la gomme sur ce produit.

Le chargé de clientèle regarda sa montre, l'heure de la fermeture approchait. Il s'était à présent mué en une espèce d'arbitre décidé à siffler la fin du temps réglementaire. Moi, je rêvais de lui faire jouer les prolongations. Cette absence d'agressivité commerciale de Boussard était quand même troublante. Je tentai le tout pour le tout.

– Combien écoulez-vous de pots par jour, vous, par exemple ?

– Eh bien, il faudrait voir les chiffres, répondit-il un peu hésitant, méfiant... Mais qui êtes-vous, vous, à la fin ? Un inspecteur de l'AFSSA ? Il vaudrait mieux que vous preniez rendez-vous avec mon responsable.

– Non, je suis... étudiant en sociologie, mentis-je, profitant de mon air juvénile, de mes jeans, de mes baskets. Je fais une thèse sur les produits laitiers.

Soudain, ses yeux marron me jaugèrent. Toute sa bienveillance initiale avait fondu. Je n'étais plus un consommateur comme les autres, ma demande était insolite, et c'était peut-être sa trente-cinquième heure.

– Au revoir, monsieur, on ferme.

L'homme ne voulait pas d'histoires. Je ne sais pas ce qui me prit, peut-être avais-je été déstabilisé par le fait d'être tombé par hasard sur cet embryon de piste, peut-être avais-je été choqué par le comportement fuyant de ces mordus de yaourts édulcorés.

– Écoutez-moi, ai-je dit en lui attrapant le bras, tout en lui faisant comprendre que j'avais en moi suffisamment de force pour le lui broyer. J'ai perdu ma petite amie à cause de cette saloperie ! Alors, vous allez m'aider !

J'avais serré les dents. Mes dernières paroles, étouffées comme pour ne pas alerter le chaland, avaient dû siffler comme une menace.

– Suivez-moi, chuchota-t-il.

Nous marchâmes jusqu'au bout de l'allée réfrigérée, franchîmes le rideau de plastique souple et noir qui séparait le monde lumineux des clients de celui plus sombre des magasiniers, des fournisseurs. Le béton brut remplaça la peinture acrylique. L'homme se détendit, comme s'il retrouvait son univers, là, à l'abri des hypocrisies de la relation clientèle. Il sortit une Camel de la poche de sa veste d'apparat, l'alluma comme pour s'affranchir de la discipline du magasin.

– Je ne sais pas si c'est bien, ce que je fais là, dit-il en expirant son premier air vicié, un client en coulisses, pensez donc ! Mais ça tombe bien, c'est moi qui fais la fermeture de l'entrepôt ce soir. Et pour tout vous dire, moi aussi, je trouve ça louche, cet Actilight que l'on s'arrache en catimini. C'est pour ça que je vous ai fait pénétrer ici, vous êtes le premier qui vous intéressez à la question, à part les responsables du magasin. Rien d'officiel, bien sûr.

Un bref silence s'installa, coincé entre deux taffes.

– Alors, vraiment, votre amie est décédée en ingurgitant de l'Actilight ? reprit-il.

– Ce n'est pas certain, émis-je gêné, voulant faire machine arrière, pour ne pas dire volte-face, prêt à lui faire croire qu'elle s'était simplement étranglée en avalant de travers.

– Peu importe, au fond, moi aussi j'ai perdu une copine, il y a dix ans de ça. Leucémie. Étouffée par ses globules blancs. Ça nous fait un point commun.

Qu'est-ce que le lait, après tout, passé à l'épreuve du microscope, pensai-je ? Un conglomérat de globules blancs.

– Désolé, ponctuai-je.

Il chassa la fumée du plat de la main.

– Ça fait des mois que je les observe, reprit-il, les adeptes d'Actilight, depuis que j'ai été muté ici. Avant, j'étais aux surgelés. Voyez-vous, une chose est curieuse. La fréquentation d'un hyper est particulièrement dense, je ne suis pas du genre physionomiste, et il est rare que je reconnaisse quelqu'un en particulier. Eh bien, les acheteurs d'Actilight, je les remets, je veux dire qu'ils reviennent souvent, plus fréquemment que les clients lambda, une rotation accélérée. Leurs caddies ne sont habituellement qu'à moitié pleins, quand ils ne sont pas quasiment vides, des aliments de consommation courante, et puis les fameux pots d'Actilight.

Sa voix résonnait légèrement, l'écho de la hauteur sous plafond. Les entrepôts étaient en cours d'extinction, et on devinait dans la pénombre croissante les palettes de marchandises luisantes dans leur emballage de kraft ou de plastique dont les limites se perdaient en altitude. Non loin de la cloison qui nous séparait du magasin, un ordinateur était posé.

– Que voulez-vous savoir, déjà ? demanda-t-il en entrant son code utilisateur sur le clavier du PC de garde. Ah oui, le nombre d'exemplaires vendus aujourd'hui. Eh bien, nous en sommes à 252 pour les packs de quatre, 238 pour les packs de huit, et 213 pour les packs de seize. Soit 6 320 pots écoulés pour la journée.

– Qu'en pensez-vous ? demandai-je, la sueur au dos, froide, envisageant 6 320 contaminations potentielles, tentant de savants calculs fondés sur l'évaluation du nombre de grandes surfaces de vente en France, puis en Europe, puis dans le monde.

Non, me raisonnai-je, impossible. La maladie n'atteignait que les obèses plus quelques individus en surpoids. Certainement pas autant de gens. Après tout, peut-être faisais-je fausse route, enfermé en compagnie dans ce recoin sombre d'un hyper de la région parisienne. Mais sa réponse sonna comme un démenti.

– J'y ai déjà réfléchi, répondit-il en s'essuyant le front, comme s'il s'épongeait par la même occasion les neurones. Tout d'abord, ce sont des chiffres énormes, même à l'échelle d'un hyper. À titre indicatif (nouveau pianotage sur les touches), nous avons vendu au cours de la même journée cent vingt packs de huit yaourts aux fruits Radone, qui est un de nos produits phares. Et n'allez pas croire qu'il s'agisse d'un cru extraordinaire. Le mardi est même un jour plutôt faible.

– Quel succès ! lâchai-je, presque admiratif pour un tel événement commercial dont je n'avais jamais entendu parler.

– Et ce n'est pas tout. Un autre élément est insolite, la répartition dans les formats de vente. On sait bien que les distributeurs ont tendance à augmenter les quantités de produits consommés par unité vendue ; les fabricants de jus de fruits vous offrent gracieusement 20 % de liquide en plus pour le même prix, les formats maxi sont légion et moins chers à volume égal que les formats « historiques ».

– Oui, je sais, ponctuai-je, on pousse les gens à manger plus tout en leur faisant croire qu'on leur fait faire des économies. Une logique de fast-food : plus gros, plus riche. Quel rapport avec l'Actilight ?

– Eh bien, pour l'Actilight, aussi, le volume par client de produits vendus est en constante augmentation, sauf qu'il n'y a jamais de promotion ou de produit offert.

– Ce n'est pas nécessaire, on dirait.

– Il y a encore un autre truc insolite. Le pourcentage des packs de seize et de quatre est inversé par rapport aux autres yaourts. Un jour comme aujourd'hui, on en est à 252 pour les packs de quatre contre 213 pour les packs de seize, et c'était le même type de proportions hier et il y a une semaine. Il y a quelque temps, étonné par ces chiffres, j'ai repris l'historique des ventes du produit depuis sa sortie.

Un bruit de rideau métallique qu'on abaisse retentit ; les lumières du magasin, qui filtraient au travers de la paroi de plastique que nous avions traversée, s'éteignirent une à une. L'hyper était en train de fermer. J'avalai ma salive. J'étais seul avec l'inconnu.

– Ne vous inquiétez pas, dit-il avec le sourire de celui qui s'était engagé trop loin sur la voie de la compromission, je vous ferai sortir.

– Et cet historique ? demandai-je, faussement détaché.

– Ah oui. Eh bien, au départ, les pourcentages de conditionnements vendus étaient similaires à ceux des autres marques. Les packs de quatre dominaient nettement. Puis progressivement, Boussard a augmenté son offre en packs de huit et de seize. Contre toute attente, les ventes ont suivi, comme si une consommation raisonnable ne suffisait plus pour un seul individu.

– À moins que toute la famille du « pionnier » se soit mise à en consommer, dis-je, comme si elle avait été conquise.

– Peu probable, il y a beaucoup trop de gens seuls.

Un éclat de voix retentit dans la travée obscure, précédée de bruits de pas sur le ciment. L'accent était guttural, mais me sembla presque gothique, compte tenu de l'ambiance.

– Tout va bien ?

– Rangez-vous sur le côté, s'il vous plaît, m'intima-t-il dans un souffle, je n'ai pas envie qu'on me surprenne en compagnie d'un client dans le secteur. C'est le magasinier en chef, Mourad.

Je me plaquai contre la paroi. L'homme devait se tenir à quelques pas. Je crus discerner sa silhouette, son index tendu et désignatif. J'eus soudain l'impression d'avoir sombré dans la clandestinité. Il reprit, plus haut, tournant la tête en direction de la pénombre.

– Je fermerai, t'inquiète, deux ou trois choses à vérifier sur le montant des ventes.

Les pas de Mourad s'éloignèrent.

– Reprenons, dis-je comme pour minimiser l'importance de ma présence en coulisses, mais malgré moi presque en chuchotant. Si je vous suis bien, cela pourrait signifier que lorsque l'on commence à consommer de l'Actilight, on ne peut plus s'arrêter, qu'on devient addict.

– L'arme absolue pour une enseigne. Comme un tricheur de génie dans un casino. Avoir toujours le bon jeu dans la manche sans que la direction ne découvre jamais le truc, à la barbe de toutes les caméras braquées sur vous.

– On comprend qu'ils restent discrets, dis-je. Pas de pub, pas de marketing agressif. Rien que le produit, un linéaire de taille honorable sans être démesurée, et j'imagine un réachalandage intelligent.

– Ils travaillent en flux tendu ; il n'y a jamais de rupture de stock. Et ils mènent une politique de prix judicieuse. Des augmentations très légères, régulières, mais quand on fait les comptes, on roule sur un rythme de 10 % l'an, nettement plus que les petits copains du même secteur.

– Une fois accros, les camés sont prêts à se payer leur dope par tous les moyens, quel que soit le coût.

Il regarda à nouveau sa montre.

– Je dois vraiment fermer, maintenant, me dit-il. Suivez-moi, je vais vous reconduire.

Il alluma une torche dont le pinceau m'ouvrit le chemin. Nous marchâmes en silence. La lumière bleutée des réverbères du parking du personnel éclaira enfin la fin de l'entrepôt, découpant sur le sol un trapèze aux arêtes dures. Nous nous glissâmes en dessous de l'ouverture réduite. Un vigile nous attendait, debout, polygone de sustentation gîtant vers l'arrière, skaï noir et doberman à la muselière pendante, comme un nœud papillon dénoué sur le satin d'un col de smoking. Une grenade dégoupillée. La laisse se tendit, des sons préhistoriques vibrèrent dans la gorge de l'animal, des fréquences graves. Il étendit la main en signe d'apaisement.

– C'est un ami, Jeff, laisse tomber.

Jeff s'éloigna sans sourire, remasquant sa bête.

– Une dernière confidence avant de nous séparer, reprit-il. Un jour, ce devait être il y a environ deux mois, j'ai fait part de mon étonnement au directeur du magasin. Il m'a répondu sèchement que ce genre de remarques ne faisait pas partie de mes prérogatives, que je n'avais qu'à me cantonner à ma mission. J'ai trouvé ça étrange.

Il me tendit une main moite.

– Voilà, j'ai été ravi de faire votre connaissance, reprit-il. Je ne sais pas qui vous êtes, ni ce que vous faites. J'ai bien compris que votre soi-disant thèse sur les produits laitiers n'est qu'une couverture. Je ne sais même pas s'il est vrai que votre copine est morte en buvant de l'Actilight. Peu importe. Mais ne remettez plus les pieds dans les parages. Les caméras de surveillance ont dû filmer notre échange. Vous vous êtes grillé, et peut-être moi avec.

– Bonne chance…

– Hugo, lâchai-je.

– Bonne chance, Hugo, et ne lâchez pas le morceau. Ça risque d'être dur pour vous. Vous vous attaquez à un mastodonte à l'âme de carnassier. Mais mettez-leur la balle au fond. Cet Actilight pue le soufre, croyez-moi.

QUATRE POTS

Je me retrouvai chez moi, avec mes quatre pots d'Actilight généreusement offerts. Depuis mon retour à la maison, je ne voyais plus grand monde. J'étais bien convié à quelques soirées et je lançais moi-même quelques invitations, mais il y avait comme quelque chose de cassé, ou plutôt de tordu dans la machine Hugo Man. Je devais désormais passer pour un personnage inquiétant, capable de rebasculer. D'ailleurs, j'étais la plupart du temps d'une humeur exécrable ; j'avais du mal à suivre les conversations. Mes amis les plus proches, inventant des prétextes, avaient pris leurs distances. Stan me tourna carrément le dos, m'accusant de la mort de sa copine. Grace tenta bien de me relancer. Cela aurait bien fait les affaires de mon anatomie en manque, mais elle était synonyme de tant de contraintes que c'était au-delà de ce que je pouvais supporter. Les joies du corps sont rarement gratuites.

Ce soir-là, je posai donc mes quatre pots sur le plan de travail de la cuisine. Ils semblaient me défier, quatre sphinx. J'avais peut-être entre les mains le vecteur de la « peste brune ». Deux composants de l'Actilight se détachaient : le nouvel édulcorant, le vézépame, qui rappelait par ses sonorités le standard de la catégorie et non moins célèbre aspartame, et le lactobifilodus, ci-devant ferment lactique, inconnu parmi le bataillon de germes en tous genres dédiés aux alicaments. Deux sous-produits, deux pistes, le mariage du chimique et du biologique. Mais pas l'ombre d'une preuve, juste une suspicion, un tissu de coïncidences un peu trop appuyées. Tout de même, cette accumulation d'obèses autour du rayon produits frais de l'hypermarché était un fait bien réel. Attention, Boussard avait peut-être découvert quelque génial sésame pour rendre les obèses addicts à ce produit, sans que cela ait quoi que ce soit à voir avec la maladie de la graisse brune.

Je saisis un des pots bariolés entre le pouce et l'index avec une délicatesse empreinte de méfiance et ôtai la pellicule. Le précipité blanchâtre apparut, luminescent, avec des reflets presque cliniques sous la lumière au néon de mon plan de travail, lequel avait pris pour l'occasion un petit air de paillasse. Il s'agissait de toute évidence d'un mélange brassé, dont la texture semblait riche et onctueuse, un produit dans le genre « haut de gamme ». Je n'avais rien avalé depuis le déjeuner, mais l'idée que le yaourt ait pu être d'une certaine manière « empoisonné » n'était pas fait pour me donner de l'appétit. À la surface du magma blanc affleuraient çà et là des fragments orangés ; j'avais choisi un mélange à l'abricot.

Après la vue, l'olfaction : je me mis tout naturellement à renifler le produit, approchant le nez jusqu'à la limite du contact. Une odeur aigrelette, peut-être juste un peu plus accentuée, plus forte que celle d'un yaourt traditionnel : je pressentis la signature du lactobifilodus. L'abricot imposait aussi fortement son empreinte, les acides du fruit interagissant avec ceux des ferments lactiques ; un parfum équilibré. Et puis, peut-être, en arrière-plan, un esprit de sucre, l'ombre de l'édulcorant, le mystérieux vézépame.

Pour le toucher, je me servis d'une cuillère. Petite résistance à l'immersion, une vraie réussite, une texture ferme, sans être compacte. Je savais que la consistance des aliments et leur palatabilité étaient particulièrement étudiées. Rien n'était laissé au hasard dans la confection de ces petits pots produits à des millions d'exemplaires. Derrière le yaourt, l'ingénieur, le chimiste, le savant.

Restait le goût. Comment comprendre, si on ne fait pas soi-même l'expérience ? Risquais-je la mort à tester ce produit de consommation courante, qui paraissait si banal, si anodin, dans son emballage calibré et festif ? Si ce yaourt était le vecteur de la nouvelle maladie, la cause de la mort de Bérénice, sa toxicité ne s'exerçait pas de façon directe. De même, il était peu probable que, consommé de manière épisodique, il puisse tuer. Sinon, ce ne serait pas quelques milliers de morts à travers le monde que nous aurions eu à déplorer, mais des centaines de milliers, un vrai changement d'échelle. Et puis, point capital, je n'étais pas obèse, tout juste avais-je peut-être quelques kilos de trop autour du nombril. J'ai pointé la langue en direction de l'extrait. Bon, mais ce n'était pas assez. Je refis le plein, pour prendre la mesure du goût. Attaque acide, charpentée, puissante : ferments lactiques, protéines du lait éclatées, saveur du fruit. Puis rondeur du sucre sans le sucre, action de l'édulcorant. Mais c'était peut-être la note finale qui donnait le plus envie d'en reprendre. Une sorte de réminiscence de ce qui venait d'advenir. Mon Dieu, tout cela avait-il pu être prémédité par quelque équipe de géniaux flavologues ? Ou bien était-ce tout simplement l'action conjuguée sur le palais des ingrédients choisis, sélectionnés sans arrière-pensée mercantile ? Quoi qu'il en fût, le produit créait le manque, on restait indéniablement sur une impression d'insatisfaction, une frustration que l'on pouvait décrire comme une amertume, le début de la nostalgie. C'est alors que mon appétit se réveilla. Je m'abattis sur le pot avec une énergie insolite, une sorte d'esprit de vengeance, comme si mon désir était de faire disparaître ce magma blanc, de l'engloutir en moi. Je voulais le connaître, presque au sens biblique, me mesurer à lui et ainsi revivre ce qu'avait connu Bérénice. Suicidaire ? Non. Plutôt expérimental et commémoratif.

Un pot, ça allait. Mais là où les choses se compliquèrent, ce fut quand je voulus poursuivre. J'ingurgitai le contenu des quatre autres, goulûment, presque sans m'en rendre compte.

J'avais faim, mais cela n'expliquait pas tout. Peut-être étais-je sous l'empire de cette fascination pour le pire qui me caractérise. Déjà quand j'étais petit, je jouais avec le feu, cramant les allumettes par les deux bouts jusqu'à ne plus tenir entre les doigts qu'une bûchette carbonisée. Le cas de l'Actilight était différent. Je savais le produit potentiellement dangereux, ou tout du moins suspect. Se pouvait-il que le processus d'addiction se soit mis en route, comme ça, dès les premières cuillerées à café ? Non, c'était peu probable. Pourtant, j'en arrivais presque à comprendre l'agitation que j'avais remarquée autour du rayonnage. À présent, d'une certaine manière, j'étais comme l'un d'entre eux, un consommateur avide de passer à la taille supérieure, de quatre à huit, de huit à seize. *King size.* Pour un peu, je serais sorti refaire le plein.

À présent que tous ces foutus présumés toxiques étaient en moi, j'allais pouvoir commencer l'enquête, inspiré de l'intérieur.

MITOCHONDRIES

Je m'assis sur le canapé, comme pour digérer le produit lacté, mais tendu, à l'affût de signes éventuels de changement de mon comportement, de modifications du cours de ma pensée. En fait, j'étais anxieux, je me sentais coupable d'avoir succombé à la tentation. J'aurais pu me limiter à la première cuillerée. Que m'était-il arrivé ? Était-ce déjà l'influence du produit ? Avais-je été victime de ma faim ou d'une étrange compulsion ? Je me demandai si l'Actilight était susceptible de réactiver mon délire. Mais non, ma raison avait l'air de fonctionner normalement.

Je me levai, me mis à l'ordinateur, face à la fenêtre, créai un dossier Actilight : quoi de mieux que la course des doigts sur un clavier pour explorer sa propre pensée ?

Par où commencer ? Je n'avais pas le début d'un embryon de preuve. Il me fallait des partenaires, un chimiste, un bactériologiste, un policier, un spécialiste de l'agroalimentaire, que sais-je ? Je ne pouvais mettre le service en alerte, j'y avais été parachuté depuis peu. Je ne me voyais pas accuser ouvertement ces petits pots. On aurait pu aisément y voir une lubie, l'amorce d'un nouveau délire. Qui sait ce qui se disait de moi ? La seule chose que je pouvais faire, sans trop attirer l'attention, c'était d'inclure dans les questionnaires portant sur les pratiques alimentaires des patients des renseignements concernant leur consommation de yaourts, et lesquels. Il fallait aussi enrichir le bilan préalable de données neurologiques, à la recherche de signes prémonitoires de la maladie, avec comme ligne de défense la quête de stigmates avant-coureurs de diabète, si fréquents chez l'obèse. Et ne pas perdre de vue que la vérité pouvait se dérober dans ces cerveaux manipulés de l'intérieur.

Je frappai donc les touches de mon clavier comme pour en faire sourdre une révélation. Je commençai par le vézépame.

Première hypothèse : dans le corps humain de l'obèse, le vézépame, dont la terminaison en -ame indiquait en outre la parenté avec l'aspartame, alias l'édulcorant le plus célèbre de la planète, se métamorphosait, par je ne sais quelle facétie chimique, en vécuronium, le curarisant à l'origine des décès. Mais si vézépame sonnait comme aspartame, il n'en avait pas moins les nuances harmoniques du diazépam, qui était le principe actif du Valium, le tranquillisant bien connu, dont d'ailleurs tous les membres de la famille avaient tendance à se terminer en -zépam. C'était louche, car cela allait bien dans le sens d'une possibilité d'influence du vézépame sur les centres nerveux, addiction, mensonges et compagnie. D'après ma théorie naissante, le nouvel édulcorant aurait donc eu des affinités non seulement avec la graisse périphérique, la bonne graisse blanche des obèses, mais également avec les lipides du cerveau, un organe gras en grande partie, comme chacun sait.

Deuxième point, la constitution de la graisse brune. Comment expliquer cette abondance, cette transformation de mes bons vieux obèses en obscurs mammifères hibernants, ayant réactivé des gènes anciens et en ayant muté d'autres ? J'avais une idée, comme ça, mais je ne savais quoi en faire. Je savais que la graisse brune était caractérisée entre autres par le nombre et l'activité de ses mitochondries, ces sortes d'usines à produire de l'énergie que nous avions intégrées au cours de l'évolution. Or ces petites formations, qui fonctionnaient comme un système autonome au sein de nos cellules, étaient d'anciennes bactéries qui s'étaient mises au service des cellules plus complexes dont nous étions constitués. Elles avaient pourtant gardé de leurs ancêtres un farouche esprit d'indépendance, se divisant à un rythme qui n'était pas celui de la cellule hôte. J'entrevoyais un fil ténu capable de me conduire des mitochondries de la graisse brune aux ferments lactiques de l'Actilight.

Du temps où je faisais mes études, les bactéries nous étaient présentées comme de sombres formes de vie, déjà organisées, mais somme toute frustes, avec leur chromosome primitif et la faculté qu'elles avaient de se refiler entre elles des gènes de résistance aux antibiotiques. Mais les temps avaient changé, et ces bestioles microscopiques avaient gagné leurs lettres de noblesse. Il était devenu très tendance de mettre en avant dans les publications, les communications lors des congrès, leur rôle important dans l'évolution des espèces. J'avais un vieil ami bactériologiste à l'Institut Pasteur. Il était tard, mais je savais Fabien célibataire et du soir. Nous nous étions vus récemment, juste avant ma rencontre avec Bérénice. Un autre temps.

– Allô, Fabien ? C'est Hugo.

– Ah ! Hugo. Quelle surprise ! Tu vas bien ? (Hésitation.) J'ai appris… pour ce qui t'était arrivé. Anne-Laure m'a mis au courant.

– Anne-Laure Giuliani ?

Je n'avais pas revu cette Anne-Laure depuis trois ans. Une colporteuse de nouvelles, de préférence les mauvaises. Elle avait dû être avertie de mes déboires par un tiers.

– Tout juste. Elle en a rajouté, j'imagine. Chagrin d'amour, grain de folie, dépression. Enfin tu la connais. Je crois qu'elle ne s'est jamais remise de t'avoir raté.

Pour une fois, ma vie selon Anne-Laure était assez proche de la réalité.

– Tu vas bien ? reprit Fabien, rendu sans doute dubitatif par mon silence.

– Je te remercie, je me remets. Écoute, je t'appelle pour te demander un ou deux tuyaux sur les bactéries.

– Tu es sur un coup ?

J'avais connu Fabien Chiche sur les bancs de la fac, en première année. Il avait été recalé au concours, s'était rabattu sur la biologie, était devenu un brillant chercheur. Je savais qu'il s'était spécialisé dans les infections d'origine alimentaire, et en particulier dans les toxines contenues dans la fameuse *Escherichia coli* H112, bactérie des hamburgers frelatés, Cruella des fast-foods, rendue tristement célèbre par de nombreuses épidémies mortelles survenues aux États-Unis.

– En quelque sorte. Je voulais te parler des mitochondries.

– Bon, mais qu'est-ce que tu veux savoir ?

– On pourrait peut-être en parler de vive voix ?

– Quand tu veux. Tu as un moment, demain, ou dans la semaine ?

Je ne pouvais pas attendre. J'avais besoin de réponses immédiates. J'étais surexcité par ma piste laitière. J'aurais pu le questionner là, maintenant, mais j'avais horreur du téléphone.

– Écoute, Fabien, c'est assez pressé… bien que dans le fond il n'y ait aucune urgence.

– Je vois, c'est dans ta tête. J'arrive. Tu m'intrigues.

D'après le ton, il voulait dire : « Tu m'inquiètes. » Il habitait à deux stations de métro, mais se déplaçait en moto.

– Bon, alors, ces mitochondries ? demanda-t-il en agitant son bloody mary. Que veux-tu savoir ?

Fabien avait déplié ses jambes. Face à moi, vautré sur le canapé, il avait gardé un air postadolescent excédé par des parents vieux jeu. Depuis ses années d'études, il avait également laissé pousser des cheveux noirs tombant sur un front bombé, séparés par une raie au milieu. Une synthèse capillaire entre Marcel Proust et Claude Debussy. Mais si on descendait plus bas, si on laissait le regard s'aventurer au-delà de ses joues toniques et roses, les traits s'alourdissaient progressivement : Fabien était obèse, cent kilos au garrot pour un petit mètre soixante-quinze.

– Je ne sais pas trop, dis-je, avançant sur la pointe des pieds. C'est une sorte de soupçon.

J'hésitais à le mettre dans la confidence. Réminiscence du discours de Scob, mon ex-patron ? Peur d'être pris un peu plus pour un dingue ? Gêne de lui demander un service ? Mais il était spécialiste des bactéries intestinales, les cousines de celles qu'on trouve dans les yaourts, il pouvait m'aider. De plus, il était obèse, donc concerné. Je pouvais peut-être compter sur une solidarité de classe. Cette constatation me fit frissonner. Je n'y avais pas pensé en le faisant venir. Dans mon esprit, il était juste enveloppé, mais l'éclosion de la nouvelle maladie m'avait rendu plus sensible aux variations de poids. À présent que j'entrevoyais sa graisse s'accumuler en bourrelets crémeux entre son tee-shirt aux tons verts et rouges retroussé et sa ceinture noire rendue concave par la poussée abdominale chronique, je me dis que je me devais de l'avertir du danger. Une Bérénice suffit.

– Fabien, as-tu entendu parler de la maladie de la graisse brune ?

Mon ami tira sur son maillot, comme pour camoufler son adiposité.

– Vaguement. Cette poignée d'obèses morts d'avoir voulu maigrir trop vite. Pas vraiment une poignée d'amour !

Je ricanai sans les yeux. Une grimace.

– Pas vraiment, dis-je. Cette maladie se caractérise, comme son nom l'indique, par une prolifération de la graisse brune, particulièrement abondante chez les mammifères hibernants… et chez le fœtus. Selon les plus récentes publications, on a retrouvé, chez les personnes concernées, des mutations sur le chromosome 13, avec en particulier réactivation de gènes anciens présents chez les marmottes et autres chauves-souris, en sommeil chez l'espèce humaine.

– Ce qu'il est coutume d'appeler des pseudo-gènes.

– Tout à fait, Fabien, une sorte de mutation acquise. Cette graisse brune est caractérisée, entre autres, par une activité énergétique intense, liée comme tu le sais au nombre et au travail des mitochondries. Cela contribue d'ailleurs à lui donner sa couleur. Crois-tu que ces organites, ces anciennes bactéries « apprivoisées », puissent être redevenus sauvages, n'en faisant qu'à leur tête ? Une sorte de cancer des mitochondries à l'échelon cellulaire...

– Sauf qu'en matière de bactéries, les cancers ont pour nom infection. Il faudrait donc envisager une sorte d'épidémie insolite causée par tes mitochondries de la graisse brune.

– En quelque sorte, répondis-je, me rendant compte que sa remarque m'ouvrait des portes interdites.

Mon esprit se mit à battre la campagne. J'imaginais le nouveau ferment lactique de l'Actilight, le présumé anodin lactobifilodus, se métamorphoser une fois ingéré en une méchante mitochondrie, capable de transformer le blanc en brun. Fabien était lui aussi songeur, comme s'il appréhendait pour la première fois la teneur philosophique de son job.

– Tu vois, me dit-il comme s'il se parlait à lui-même, un des plus grands mérites des bactéries est d'avoir apporté l'oxygène à la planète.

Fabien avala une gorgée de bloody mary, se leva, s'approcha de la fenêtre et regarda la rue.

– C'était il y a près de quatre milliards d'années, continua-t-il, les yeux rivés sur les phares des voitures en bas, sur un ton quasi biblique. La Terre n'est encore qu'un morceau de roche en train de refroidir et le souffle divin plane au-dessus des molécules d'H_2O, ça te rappelle quelque chose ?

J'acquiesçai.

– L'intérieur de l'eau, c'est là que ça se passe, l'océan primordial, une soupe de vie. Imagine. Des molécules qui s'assemblent, des fragments de protéines, des morceaux d'acides nucléiques qui s'envisagent, s'attirent, se séparent, font des essais d'assemblage. C'est une base. Il faudra encore attendre près d'un demi-milliard d'années pour que les premières formes de vie dignes de ce nom apparaissent, avec déjà les caractéristiques qui continuent à nous définir : l'isolement d'un milieu intérieur différent du milieu extérieur, la possibilité de se reproduire, et son corollaire, son prix à payer, la mort. La création de générations, un avant et un après. L'évolution, le temps.

– Là, tu deviens lyrique, Fabien.

C'était ce qui m'avait plu en lui, dès le début. Alors que tous les étudiants de première année cherchaient à accumuler les connaissances dans le seul but de réunir le maximum de points sur les grilles d'examen blanc, lui essayait de prendre de la hauteur, de tenter d'y comprendre quelque chose. Un esthète, pas une bête à concours. Pas moi.

– Les premières cellules autonomes sont des protobactéries, des structures très simples, une membrane et un chromosome primitif attaché à elle. Elles vivent en milieu très chaud, près des sources hydrothermales. Mais la vie est conquérante et ces ancêtres se scindent vite en deux populations différentes, enfin, vite, à leur échelle. Le premier groupe, qui reste cantonné dans les milieux extrêmes, donne les archaebactéries, le second s'aventure dans le reste de la planète, y découvre des milieux moins hostiles et évolue vers les eubactéries. Ces dernières, grâce à quelques bidouillages chimiques au niveau de leur paroi, se lancent à la conquête des océans et des terres émergées.

– On est encore loin de tes mitochondries. On dirait un conte oriental.

– Écoute Hugo, tu m'as fait venir, à présent tu vas me supporter. Je ne m'égare pas, je voyage. Et ça dure bien plus longtemps que mille et une nuits.

Je déstressai. Fabien avait raison. Qu'avions-nous d'autre à faire dans la nuit solitaire que de nous entretenir des bactéries ?

– Progressivement, les eubactéries développent des moyens de récupérer l'énergie du rayonnement solaire, via des processus de fermentation. C'est l'apparition de la photosynthèse. Les cyanobactéries, organites primitifs capables de résister à des conditions physiques extrêmes, apprennent ainsi à transformer l'énergie solaire en chlorophylle et mettent en place les photosystèmes. Il fait un soleil de plomb, les océans sont verts. Mais cette réaction de photosynthèse produit un déchet très toxique pour les autres organismes : l'oxygène. Cette molécule est à la fois ange et démon. Elle est capable de brûler des feux de l'enfer mais, si elle est maîtrisée, elle offre un potentiel d'énergie centuple à ces êtres vivants qui se cherchent encore. Certaines bactéries apprennent alors à utiliser l'oxygène sans être détruites. Elles parviennent même à en faire un allié. Pour ce faire, elles apprivoisent des antioxydants tels que les vitamines C et E. Elles deviennent alors des bactéries aérobies, à l'origine de la plupart des maladies bactériennes animales actuelles… et de tes mitochondries.

– Nous y voilà… L'enjeu de la vie sur Terre, c'est la maîtrise de l'oxygène, dis-je, comme en écho, me remémorant les paroles d'un obscur prof de biologie.

Fabien pinça entre pouce et index ses bourrelets de graisse, accusation implicite des centaines d'heures durant lesquelles il était resté assis sur une chaise à souffrir le martyre, mémorisant dans la douleur une équation biochimique, s'échinant à la description d'une pièce de squelette. Des heures passées à boire du soda pour rester réveillé et du café pour ne pas s'endormir.

– À partir de ce big bang biologique, reprit-il, la vie reste toujours possible sans oxygène, bien sûr, mais il s'agit d'une existence rabougrie et sans panache. On retrouve encore de nos jours des bactéries ignorant le maniement de l'oxygène, mais elles restent généralement cantonnées dans les milieux extrêmes, tout comme leurs ancêtres, même si elles sont responsables de certaines infections chez l'homme comme le tétanos ou le botulisme. Quant à celles qui ont appris à utiliser l'oxygène, elles ont eu une idée de génie. Elles ont décidé de partager leur maîtrise de l'air avec les cellules primitives. Elles se sont fait offrir le gîte et le couvert, en échange de quoi elles se sont fait gober par elles. Une collaboration fructueuse a vu le jour, un processus appelé symbiose. Les mitochondries étaient nées.

– Et alors ? dis-je, impatient de le voir revenir aux ferments lactiques et aux mitochondries de la graisse brune. En pratique, où ça mène ?

– Cette collaboration a permis la naissance d'un processus capital : la respiration. Mais il y a un prix à payer, un peu comme pour les centrales nucléaires : le problème des déchets. La cellule évoluée sait mal gérer la pollution produite par les bactéries, résultat de la combustion de l'oxygène. Car les mitochondries rejettent des détritus, ces radicaux libres, au sein de la cellule à qui elle fournit de l'énergie.

Je reconnectai enfin son discours à la nutrition. Les radicaux libres étaient des molécules particulièrement instables, accentuant les phénomènes de vieillissement, de cancérisation. Sous l'effet d'une combustion accrue de l'oxygène, les êtres vivants décédaient ainsi plus tôt et contractaient des maux tels que l'athérosclérose, le diabète, et autres calamités qualifiées de maladies de surcharge. L'usure des ans était souvent le fait d'une alimentation trop riche, en particulier en protéines animales, riches en fer. Or le fer était le principal combustible des piles mitochondriales, leur uranium enrichi. D'où l'idée de certains nutritionnistes, à tendance millénariste, de limiter les apports de viande rouge, la plus dangereuse, car la plus riche. Délicieuse, donc mortelle, selon une thématique quasi mystique. Il fallait mettre un peu plus Fabien dans la confidence.

– Écoute, Fabien, comme je te l'ai dit, si je t'ai fait venir, c'est que je crois que je suis sur une piste pour la maladie de la graisse brune. As-tu déjà entendu parler d'un yaourt nommé Actilight ?

J'aurais parié que son regard avait failli ou en tout cas s'était fait moins net, plus oblique. De là à lui trouver la même expression que les clients de l'hypermarché, il n'y avait qu'un pas… que je n'hésitai pas à franchir.

– Euh, non, bredouilla-t-il. Enfin, oui, j'en ai entendu parler, comme tout le monde, j'imagine. J'ai dû en voir des exemplaires en faisant mes courses.

Se pouvait-il que... Je ne sais pas ce qui me prit.

– Fabien, hurlai-je presque, me levant subitement, le défiant de toute ma hauteur, il est important que je sache si tu as déjà bouffé de cette saloperie ! Si tu mens, il faut que tu me dises pourquoi. D'ailleurs, si tu mens, c'est que tu en as pris. De quoi as-tu peur ?

Ma voix s'était radoucie. Mais l'éclat de ma prunelle dut lui sembler inquiétant. Qui peut juger du contenu émotionnel de ses regards ?

– Parce que si tu en as ingurgité, continuai-je, compte tenu de ton poids, et d'après ce que je sais, il est possible que tu coures un grave danger. Alors, tu vas me dire la vérité !

– Qu'est-ce qui t'arrive, Hugo ? parvint-il à articuler. Je ne te reconnais plus. Tu es sûr que ça va ?

Peut-être faisais-je fausse route, après tout, peut-être l'accusais-je à tort.

– Excuse-moi, mon vieux, dis-je. Ne m'en veux pas. Lorsque je t'aurai un peu plus informé, je suis sûr que tu comprendras. Je peux te poser encore une ou deux questions ?

Je retournai m'asseoir, avalai une gorgée de gin. Assentiment.

– Tu n'as pas entamé un régime dernièrement ? pas perdu de poids ?

– Non, je t'assure, je suis un peu hypocondriaque et cette maladie m'inquiète. Alors, je me suis dit que, tant qu'on n'en savait pas plus, je gardais mes kilos. Défense passive.

Il avait croisé ses avant-bras potelés sur son abdomen proéminent, comme pour asseoir ses dires, se protéger de mes attaques.

– Pas non plus de signes neurologiques bizarres ?

– Du genre ?

– Je ne sais pas, dis-je, évasif et tendu. Des épisodes de paralysie, de perte de contrôle d'une partie du corps ? Des gestes morts ?

– Ce sont les signes avant-coureurs de la maladie ?

Je hochai la tête.

– Merci de prendre soin de moi, Hugo. Mais non, rien de tout ça. Pour l'instant, ajouta-t-il en exerçant une brève pression sur sa gorge des pouce et index.

Provisoirement rassuré, je passai au plan B. Retour à l'Actilight.

– Fabien, j'ai de fortes raisons de penser qu'un ou plusieurs constituants de ce nouveau yaourt à 0 % dont je t'ai parlé sont à l'origine de la maladie. Et le premier suspect est le lactobifilodus. Crois-tu que c'est possible ?

– En matière de bactérie, tout est possible. Tiens, pas plus loin que dans *Infections Diseases* de ce mois-ci, on parle d'une équipe de chercheurs indiens qui vient de démontrer qu'une alimentation trop riche en graisses favorisait la prolifération dans le côlon des bactéries du genre firmicute aux dépens de celles du genre bactéridète. Un affrontement dans le style Montaigu contre Capulet.

– Des luttes intestines, quoi, ponctuai-je.

– Ça vient de là, figure-toi. En occupant le terrain, les méchantes firmicutes produiraient une sorte de toxine faisant le lit de l'inflammation, de la résistance à l'insuline et, au final, de l'obésité. C'est dire à quel point les bactéries peuvent intervenir dans tout autre chose que les infections au sens strict. Je pourrais te fournir des exemples à la pelle.

– Fabien, puis-je te demander un service ?

– Demande toujours.

– Te serait-il possible d'isoler ce lactobifilodus au sein d'un échantillon d'Actilight, de l'analyser et de me dire si quelque chose te choque, t'étonne, je ne sais pas, un truc dans sa paroi, son équipement enzymatique.

– Je vais essayer, pour te faire plaisir. Mais pourquoi soupçonner ce yaourt ?

Je me laissai entraîner et lui racontai l'essentiel, Bérénice, les pots dans le frigo, les essaims d'obèses dans l'hypermarché, et même l'influence possible d'Actilight sur le cours de la pensée, sur le gyrus cingulé antérieur qui semblait activer chez l'humain le sens de la dissimulation, l'art du mensonge.

J'ignore s'il se sentit visé. Je n'avais pas conscience à l'époque qu'en lui confiant mes secrets j'en faisais aussi un témoin. Je lui parlai également du vécuronium, de son cousinage avec le curare et des étranges paralysies qui constituaient en quelque sorte l'entrée en maladie, le moyen de la reconnaître, en même temps que le prélude de la fin. Je voulais l'aider. On ne sait jamais, me disais-je, au cas où. Fabien faisait dans les cent kilos, il était donc éligible. Vinrent ensuite les questions clefs.

– Mais Hugo, admettons que la cause de la maladie de la graisse brune soit effectivement planquée dans ce produit lacté. Pourquoi avoir programmé ainsi la mort de milliers d'obèses ? Qui ? Quel être ou quel groupe d'individus peut avoir monté une telle machination ? Dans quel but ? Franchement je ne vois pas, ça me dépasse.

Fabien se leva, comme pour prendre congé. Son tee-shirt noir en accordéon se tendit sous l'influence de son abdomen proéminent. Sur le tissu se dégagèrent les formes d'un immense crocodile vert et rouge dont la tête était orientée vers le bas, et dont les yeux torves zieutaient le quidam avec appétit.

QUI ?

Les dernières interrogations de Fabien appelaient une réponse.

– Ce n'est peut-être pas une machination délibérée, dis-je, hésitant, conscient de m'aventurer dans des contrées inconnues, voire dangereuses.

Je crois que c'est à partir de cet instant que j'ai compris qu'il y avait, à l'origine de ces pots de yaourt en apparence si communs, des décisions prises par des êtres de chair et de sang. Qui que ce fût, je commençai à me rendre compte que mener l'enquête risquait de me conduire un jour à un face-à-face. Une rencontre pas forcément amicale. Un duel. Pour Bérénice, pour Urien, et pour les milliers d'autres, Boussard devrait payer. Si toutefois l'Actilight n'était pas une fausse piste. J'étais un nain face à l'un des poids lourds de l'agroalimentaire, une multinationale qui avait éjaculé son lait caillé dans des dizaines de millions de réfrigérateurs. Il fallait rester prudent.

– Je ne pense pas, continuai-je, même si j'ai conscience d'être un peu naïf, qu'un producteur de yaourts ait pu avoir sciemment programmé la mort de tant de personnes. Le seul élément délibérément programmé, c'est l'addiction. Boussard savait, au moment où il mettait en vente l'Actilight, que celui-ci allait engendrer un comportement particulier du consommateur, une action sur son psychisme.

– À t'écouter, répondit Fabien, on a l'impression que l'addiction faisait partie du cahier des charges.

– C'est le sésame absolu, la garantie de vendre un produit sans publicité. L'offre est réduite, la demande intense, le produit renouvelé en permanence. Car ce qui est fascinant avec l'Actilight, c'est le secret. C'est d'ailleurs l'impression que j'ai eue dans cet hypermarché. Comme si Boussard ne souhaitait pas que l'on découvre à quel point son produit marchait fort, qu'il n'en tirait aucune fierté particulière. Face à une telle réussite, n'importe quel industriel s'en glorifierait, mais Boussard se contente d'un profil bas.

Fabien me parut soudain plus moite, je veux dire en totalité, dans son ensemble, comme s'il avait expulsé par les pores de la peau une partie de l'eau qui le constituait.

– Reste à savoir si la cible de l'Actilight est bien l'obèse, ou bien n'importe qui, dit-il avec un mouvement de l'index semblant désigner des invités imaginaires qui auraient pris place avec nous dans la pièce.

– En d'autres termes, repris-je, ce qu'il faudrait préciser, c'est si l'attraction pour le produit et le besoin d'en consommer sont plus forts si l'on appartient à la catégorie des obèses, ou si c'est juste sa toxicité qui se démasque chez ce groupe humain.

À nouveau, j'aurais parié que Fabien était gêné. Il évitait mon regard, m'offrant à ne voir de ses yeux que le blanc. Je me dis que son frigo était lui aussi bourré de cette saloperie.

– Plus qu'un yaourt, un sous-marin, déclara-t-il d'un rire nécessairement jaune. D'autant plus redoutable qu'il s'agit d'un produit à 0 % de matière grasse, supposé faire du bien, utilisé en priorité au cours des régimes.

– Note bien que l'Actilight n'est pas le seul produit cherchant à rendre ses clients accros. Le sel, le sucre, le glutamate et même le chocolat sont de puissants stimulants de l'appétit utilisés sans vergogne par de nombreuses enseignes. Mais ce qui me paraît spécifique de notre yaourt, c'est ce besoin instrumentalisé par Boussard de consommer ce produit et pas un autre.

– Reste la mort, lâcha-t-il, exerçant une pression sur mon bras de ses doigts potelés.

– Un dommage collatéral, sans doute, répondis-je, cherchant à me dégager de son étreinte comme si c'était la Camarde en personne qui m'avait ainsi agrippé. Le ver dans la pomme. Le décès de ces obèses est sans doute une sorte d'effet indésirable, non prévu par la multinationale ou son concepteur.

– Et non dépisté par l'Agence française de sécurité alimentaire, la Food and Drug Administration et autres systèmes de veille sanitaire actifs à travers le monde ? Ça fait un peu beaucoup, tu ne trouves pas ?

– Dans la mesure où l'Actilight n'exprime ses effets néfastes que chez l'obèse, vraisemblablement à long terme, et seulement en cas d'amaigrissement massif, il semble possible que tous les organismes de contrôle soient passés à côté.

– Je suis d'accord, reprit Fabien, qui s'était finalement résigné à saisir son casque de moto, un heaume blanc avec une étoile rouge dessus. C'est possible, effectivement. C'est même déjà arrivé pour certains médicaments, qui sont pourtant des produits ultrasurveillés du fait de leurs effets indésirables notoires. On les retire du marché après parfois des années, parce qu'on découvre l'abomination dont ils se sont rendus coupables. Mais le mal est fait. C'est comme ça que ma sœur est devenue stérile.

Je dus prendre un air ébahi. Fabien m'éclaira.

La thalidomide était une substance prescrite chez les femmes enceintes jusque vers le milieu des années soixante-dix pour limiter les contractions utérines. On se rendit compte près de vingt ans après qu'elle entraînait des malformations utérines et des cancers génitaux chez les filles des mères traitées.

Je regardai Fabien. Je compris à sa dernière réflexion qu'il commençait à adhérer à mon histoire d'effet retardé.

– Et avec ça, dis-je comme pour enfoncer le clou dans sa chair, les médicaments sont *a priori* plus suspects que de simples denrées alimentaires.

– En outre, on ne trouve que ce que l'on cherche. Et on ne cherche que ce que l'on est capable de prouver, de mesurer. Je ne sais pas si le processus d'addiction ou même le changement de comportement face à un produit font partie du genre de chose qu'est à même de détecter l'AFSSA.

– Ils auraient pu passer d'autant plus à côté que le risque est probablement fonction de la dose, argumentai-je. Nous n'avons aucune idée de la quantité de lait fermenté nécessaire à l'apparition des troubles. Est-on en danger dès le premier pot, au bout du centième ou du millième ? Et à partir de quel degré d'adiposité ?

– Il est probable que le yaourt ait ses têtes, continuai-je. Il doit s'accumuler sur l'obèse et glisser chez l'individu de poids normal. Un peu comme la pollution de l'eau d'une rivière se concentre en amont d'un barrage.

Fabien dut se sentir visé ; il se croisa les bras sur le torse.

– J'aurais plutôt tendance à penser à un produit comme l'aspartame, proposa-t-il, qui se scinde à partir de 100 °C en deux molécules dont une est dangereuse uniquement chez les individus porteurs d'un déficit congénital en phénylalanine.

– Un chimiste génial aurait tout à fait pu mettre au point une substance toxique uniquement chez l'obèse, embrayai-je, un truc capté par le tissu graisseux, et concentré par lui.

Je fis quelques pas en direction de la poubelle, en ressortis tant bien que mal les cadavres de pots que j'avais dévorés jusqu'au plastique et les tendis à Fabien, qui les saisit avec un air dégoûté, entre le pouce et l'index.

– Revenons à nos bactéries, repris-je, ressentant sa demande à travers son geste. Peux-tu tester la bête ?

– Ce que tu as laissé devrait suffire. Les ferments sont encore vivants, c'est l'essentiel. Ça grouille, là-dedans.

Mon ami empoigna le plastique plus franchement, comme s'il en percevait les vibrations vitales.

– Écoute, ajouta-t-il, j'examinerai ces bacilles dès demain, je leur ferai subir quelques épreuves. Je ne te promets rien. J'ai moins de moyens que l'AFSSA. Mais j'ai deux ou trois idées.

– D'après ce que m'a appris une copine qui y travaille, dis-je, ils font plutôt appel à des tests d'innocuité immédiate et retardée. Mais je ne pense pas qu'ils aient essayé le produit spécifiquement sur les obèses ou sur une aucune autre catégorie de la population.

– Désolé, Hugo, moi non plus, je n'ai pas d'obèses sous la main. Mais je peux toujours les simuler *in vitro*. Je peux par exemple étudier comment ces bactéries se comportent en présence d'un milieu riche en graisse, si elles sont alors capables de développer un potentiel infectieux, de se transformer en quelque bestiole plus insolite, et plus agressive. Connais-tu l'histoire du Dr Jekyll ?

Je me souvins que Fabien était fanatique de Serge Gainsbourg.

MAIN

Me voilà sur le trottoir, avec mon casque issu d'un surplus soviétique et mes pots de yaourt rongés par l'appétit vorace d'Hugo. Sacré Hugo ! On aurait dit qu'il avait pris un coup de vieux. Son regard, d'habitude si précis, avait quelque chose de flou, son teint m'avait paru jaunâtre et l'expression de son visage un peu inerte. Peut-être l'effet persistant des neuroleptiques. Je n'avais pas voulu lui avouer que je le trouvais physiquement changé, j'avais craint de le faire retomber dans la dépression ou pis le délire. La folie m'a toujours fait flipper. Personne n'est à l'abri. Comment Hugo, le plus stable de notre groupe, le confident, le sage, celui qui nous remontait le moral quand ça n'allait pas, avait-il pu être atteint ? Quelle atrocité avait pu le faire basculer ? Il avait dû être terriblement amoureux de cette Bérénice. Une patiente qu'il n'avait même pas pu sauver. Sa patiente. Il est une règle, en médecine : ne jamais s'occuper de sa famille, de ses amis et de ceux qui vous sont chers. Ça vous tue le jugement, c'est bien connu. À la réflexion, c'était peut-être une bonne affaire pour moi de m'être rabattu sur les bactéries. S'occuper des êtres humains, c'est autre chose.

Dire qu'il n'a même pas pu assister à l'enterrement. Dur. Hélène, une amie commune, pensait qu'il s'estimait responsable de sa mort. Hélène aime bien enfoncer des portes entrouvertes. Moi, je savais que Bérénice était atteinte par cette nouvelle maladie qui avance masquée parmi la communauté des gros. Pendant que je déverrouillais l'antivol de ma Harley, des questions dérangeantes commencèrent à me harceler. Étais-je menacé ? Comment avais-je fini par ressembler à ce bibendum que j'étais devenu ? Pourquoi m'étais-je mis à manger jusqu'à la démesure ? Le regard d'Hugo, tout à l'heure, alors que j'étais assis sur son canapé, était éloquent. Mes échecs, mes malheurs, mes bourrelets.

Hugo, notre pôle de stabilité. Quoique. Tandis que je mettais les gaz me revint cet incident qui remontait au temps de nos études. J'avais classé l'épisode sans suite, rangé au magasin des oubliettes. Mais alors que je remontais visière abaissée la rue des Saints-Pères, tout en me sachant observé par des caméras de télésurveillance flambant neuves, l'exhumation était inévitable. Nous révisions nos examens de première année. Le Coca-Cola coulait à flots dans les salles de révision et la caféine achevait de mettre tout le monde sur les nerfs. Les cadences infernales, les nuits sans sommeil et la paranoïa attisée, voulue par le système du concours, avaient rendu tout le monde méfiant. Nos esprits détraqués considéraient l'autre comme un ennemi potentiel. Toute aide était devenue vicelarde et chaque poignée de main puait l'arrière-pensée. Seul Hugo et un ou deux autres semblaient garder raison. Je me souviens de ses paroles : « Tout le monde aura la place qu'il mérite, vous tombez dans le panneau de la désunion. Aider un pote qui ne pige pas n'affaiblit pas votre niveau, il le renforce. »

Feu rouge à l'angle du boulevard Saint-Germain.

C'était à la fin du mois de mai, l'examen final approchait dangereusement, les jeux étaient faits, mais la plupart d'entre nous feignaient de l'ignorer. Certains s'acharnaient encore sur leur dixième tour de programme, d'autres psalmodiaient leurs cours devenus prières dans les couloirs d'un hôpital cistercien. Il faisait chaud, les mains suaient, crispées sur des stylos à court d'encre. Hugo était assis dans l'amphi, une ou deux rangées au-dessous de moi. De ma place, je devinais la belle calligraphie de ses cours, sans doute un peu gâchée par l'utilisation intensive du surlignage. Mine de rien, il s'était organisé sur ses fiches un petit monde bétonné.

Harry est arrivé, avec son sbire, Antoine, qui lui servait tour à tour de répétiteur, de porte-documents et de souffre-douleur. Harry avait tout du mauvais garçon. Il suivait, à la nuit tombée, des cours de self-defense, faisait courir le bruit qu'il détenait déjà les sujets, que le concours n'était qu'une formalité. Il considérait les filles comme des trous garnis de fringues. Et dire qu'il est devenu chirurgien esthétique ! Il était de notoriété publique qu'Harry ne pouvait pas supporter Hugo, un des seuls parmi ceux de notre microcosme à ne pas succomber à la fascination craintive qu'il inspirait au commun des candidats. D'ordinaire, ces deux-là s'évitaient. Ils avaient conclu une paix froide, couleur bleu acier. C'était d'ailleurs la tonalité générale de cet amphithéâtre à la moquette usée et dont la lumière globale était rehaussée par des liseuses individuelles au néon, disposées perpendiculairement sur les longs pupitres inclinés. Harry s'adressa à Hugo, fraîchement. De toute manière, je ne me rappelle pas avoir jamais vu ce type parler normalement à qui que ce fût. Il beuglait plus qu'il ne s'exprimait. Il avait fait un long chemin pour arriver jusqu'à Hugo, gravi de nombreuses marches, une montée qu'il avait dû mettre à profit pour blinder ses accus de haine. Mon ami créchait plutôt sur les hauteurs, Harry dans la plaine, en bas, près de l'entrée, ce qui pouvait donner l'illusion qu'il contrôlait les va-et-vient dans « son » amphi, qu'il choisissait ceux qui avaient l'honneur de bosser dans son espace. Sauf que beaucoup d'entre nous entraient par le haut, évitant ainsi de croiser le fer de son regard. Harry posa ses avant-bras velus sur le pupitre d'Hugo, en un geste de territorialité. Derrière lui, on aurait dit qu'Antoine coupait la retraite.

Un camion poubelles me coinçait dans une rue étroite. Les petits hommes verts m'interdisaient de me faufiler. La voix rude d'Harry m'écorcha l'oreille.

– Hugo, tu peux me passer le cours de Lardy sur l'entropie, je te le rends tout de suite. J'ai pas eu le temps de tout noter.

C'était manifestement de la provoc. L'entropie était un de nos premiers cours de chimie de l'année. Celui qui n'avait pas encore consigné par écrit les élucubrations de Lardy sur le sujet était mal barré, un homme mort. Aucune chance. En même temps, Harry venait indéniablement de balancer une pierre dans le jardin d'Hugo, qui avait bâti sa réputation sur la concorde et l'entraide.

– Harry, je ne l'ai pas sur moi. Là, je suis sur l'anatomie du temporal, comme tu vois.

Mais Harry n'avait pas couvert tant d'espace pour s'en tenir à cette réponse.

– Note bien que ça ne m'étonne qu'à moitié, répliqua-t-il, tout le monde sait que, dans le fond, tu te la joues perso. En façade, les bons sentiments, la disponibilité, mais par-derrière, tu es un cynique, les autres, tu t'en balances pas mal. Regarde, par exemple, pas plus tard qu'hier, tu es resté une bonne demi-heure avec le prof de biophysique après le cours. Si par hasard tu avais bénéficié de fuites, de tuyaux, tu nous en ferais profiter, bien sûr.

Je surplombais la scène, quasiment à la verticale. D'Hugo, je distinguais le haut du crâne, le cou, les épaules. Harry me faisait face, il avait l'air d'un mafioso venant percevoir le prix de sa protection. Il s'était glissé à l'étage en dessous de celui d'Hugo, lui faisant face, mais du fait du dénivelé et de la perspective, il paraissait étrangement court sur pattes. Indéniablement, l'atmosphère s'était tendue d'un cran. Le temps était à l'orage, il fallait que ça claque.

– À toute personne dont la tête me reviendrait, répondit Hugo comme s'il était conscient du poids de chacun de ses mots, ça me ferait plaisir de partager le butin. Mais pour toi et ton acolyte, vois-tu, ça me retournerait les tripes.

Bref, l'échange avait viré à l'altercation de saloon, juste avant que les protagonistes ne dégainent leurs flingues. C'est là qu'intervint un troisième personnage. Je place Antoine à part, il ne comptait pas. Hugo avait une manie : il recopiait ses cours sur des fiches en bristol, format 21 ∞ 29,7, toujours le même grammage, même fournisseur. Mais il divisait l'espace en deux colonnes équivalentes, qu'il séparait ensuite à l'aide d'un coupe-papier, histoire de pouvoir accéder à ses cours en permanence, disposant ainsi pour chaque matière d'une sorte de petit livre de poche. Je n'ai jamais compris pourquoi il n'achetait pas directement le format adéquat, pourtant disponible dans toutes les bonnes papeteries. Superstition ? Ravissement d'utiliser un instrument tranchant ? Après tout, il y en a bien qui se roulent leurs cigarettes ! Le coupe-papier était d'un modèle particulier, Hugo avait l'air d'y tenir. Manche en nacre, lame en acier sur laquelle étaient gravées des lettres entrelacées en une sorte d'italique celtique. Bref, Excalibur version bureau. Lorsque je l'ai interrogé au sujet de cette inscription, Hugo est resté vague : le coupe-papier était écossais, il l'avait déniché dans une brocante.

Le parking de mon immeuble. Je sortis mon badge. La porte en alliage s'ouvrit dans un grincement affligeant, démasquant avec un érotisme incongru la bouche noirâtre de l'édifice.

Harry saisit Hugo au collet, retournant le coton de son maillot.

– Tu pourrais le redire ?

Tout le monde dans l'amphi s'était arrêté d'apprendre. Par une sorte de réaction en chaîne, les têtes se tournèrent là où se tenaient les deux protagonistes. Harry avait gardé son autre avant-bras posé à plat sur le plan de travail. Hugo, dont les mains restaient libres, au lieu de se dégager d'un bon vieux coup de poing, comme aurait fait n'importe qui, saisit son coupe-papier et en planta la lame dans le dos de la main d'Harry, la traversant à la verticale de la paume.

Je coupai le moteur, me retrouvant un instant dans le noir complet. Ça n'empêchait pas mon cerveau de me servir la suite.

Tout d'abord, il y eut le hurlement de sidération d'Harry, dont les tonalités douloureuses se disputaient celles de la colère et de la surprise. L'impact avait été si fort que la lame avait traversé les tissus sur l'ensemble de l'épaisseur de la main et avait même pénétré le formica. Le sang avait jailli et s'échappait de la plaie ; la lame avait sans doute touché une artériole. C'était sa main droite, nous étions à moins de deux semaines de l'examen final, et c'était un sérieux coup porté aux chances de réussite d'Harry. Le reste des événements est moins éloquent. Harry est resté fixé au plan de travail jusqu'à ce qu'Hugo daigne le libérer en récupérant son coupe-papier. Les étudiants présents convergèrent en se précipitant vers le lieu de la rixe, après un instant de stupeur : une blessure à l'arme blanche entre deux étudiants, ce n'était pas si fréquent, il fallait sans doute remonter au temps des duels. Le mouvement ascendant de la horde me fit penser à celui d'épagneuls allant à la curée. Les gens voulaient profiter du spectacle, se rincer l'œil. Harry était loin d'être populaire : qu'Hugo lui ait réglé son compte n'était pas fait pour déplaire. Antoine s'était contenté de gesticuler sur l'escalier de l'amphi telle la grenouille décérébrée d'un cours de biologie animale. C'est moi qui fus obligé de conduire Harry, dont la main pissait le sang, aux urgences chirurgicales, fort heureusement voisines. Il s'en tira avec une simple exploration chirurgicale de la lésion, une suture de la plaie artérielle et un traitement antibiotique. Il ne porta pas plainte. Et il réussit son concours, il était gaucher.

Ce qui me surprit le plus dans cette affaire, me remémorai-je tandis que je montais les étages enfermé dans mon ascenseur, ce fut l'étrange comportement d'Hugo au moment des faits. Ce n'était pas tant la disproportion entre sa réaction et la provocation d'Harry qui me choqua que le décalage entre les manières relativement douces et mesurées de mon ami au quotidien et la violence instantanée dont il s'était révélé soudain capable. D'un coup, sous mes yeux, c'était comme si un petit transformateur domestique s'était mué en un pylône à haute tension. S'il avait désiré le tuer, il l'aurait fait, il en aurait été capable. Son attitude générale dans les minutes ayant suivi l'altercation avait également été curieuse. Certes, il s'était précipité aux urgences pour savoir comment Harry allait, si ce n'était pas trop grave. Mais tout cela sans fournir une explication sur la brutalité de son geste, sans un mot d'excuse. Le plus curieux restant sans doute la manière dont il récupéra son coupe-papier, inspectant l'acier avec froideur pendant que l'autre hurlait à la mort.

FEU ROUGE

Lorsque je poussai la porte de chez moi, il était près de 23 h 30. Je fus saisi de remords à l'idée d'avoir pu penser que mon ami était un être dangereux porteur d'inquiétantes zones d'ombre. Qu'est-ce que la normalité en matière psychique ?

Moi-même, pouvait-on dire que j'étais un être « normal » ? Je vivais seul, arc-bouté sur ce que je portais en moi comme une maladie honteuse, étouffée par la famille, les conventions, les amis. Pas la témérité d'être un paria, de changer de monde, de subir leurs condamnations, leurs procédures d'exclusion. Pas le courage de perdre leur amour. Rien à faire que de laisser couler la vie entre mes doigts comme le sable au travers du goulot d'un sablier, d'attendre que tout ça soit fini. Rien à faire que d'accepter de temps à autre, pour faire bonne figure, un rendez-vous avec la fille d'un de leurs amis. Et de répondre toujours par le même type d'échappatoire : « aucun humour », « trop conventionnelle » ou « ça colle pas au plan physique ». Juste une virée de temps à autre dans un bar ou une boîte du Marais, lorsque ça devient vraiment trop dur.

Je m'en souviens, au tout début, j'avais été violemment amoureux d'Hugo. Un vrai choc. Des heures à me masturber en pensant à lui. C'était ma seconde première année de médecine, et il dénotait à côté de la plupart des brailleurs des premiers rangs. Il avait une sorte de distance naturelle par rapport au système. J'eus vite fait de devenir ami avec lui. Je lui demandai une explication sur un cours de biochimie, en bibliothèque. C'était le pauvre prétexte que j'avais trouvé pour l'aborder. Mais j'eus vite fait de constater qu'il était un hétéro pur et dur. Ses yeux accrochaient en permanence décolletés et arrière-trains des jeunes guenons qui se trémoussaient dans l'amphi et pour qui il était clair que la fac n'était qu'une sorte d'hypermarché matrimonial. Je n'avais aucune chance. Je me suis tout de même offert trois mois d'un amour aussi dévastateur que platonique, à imaginer que l'intensité de ses regards signifiait autre chose que sa perplexité face à un problème de physique. J'ai donc fini par ravaler mes envies comme on déglutit une bouchée trop grosse, et le truc est resté à jamais coincé dans mon gosier.

J'avais une petite faim. Après avoir déposé mes clefs, mon blouson, je flanquai les malheureux pots que m'avait confiés Hugo dans la poubelle, côté plastique, afin que le pétrole retourne au pétrole.

J'ouvris le frigo. La lumière orangée éclaira les lingots d'Actilight, des dizaines de pots alignés, aux parfums variés, avec leur beau 0 % inscrit en bleu sur fond blanc. C'était ce chiffre qui m'avait poussé à en acheter, la première fois. 0 %, la garantie de la fonte des graisses. Certes, il y avait d'autres produits à 0 %, mais l'Actilight était visuellement attractif et, sur chaque pot, il était écrit : « 90 % des personnes souffrant d'un problème de surpoids se sont dites améliorées par la consommation régulière de ce lait fermenté. » L'Actilight était le meilleur de sa catégorie. Et si je ne me bougeais pas le train, il n'en resterait plus ! Je m'y étais donc mis, j'étais devenu un adepte, comme tant d'autres. Mais j'avais persisté à m'épaissir, malgré une consommation accrue. Je devais sans doute faire partie des 10 % restants.

Me délectant d'un modèle à la goyave, je pensai à ma réaction lorsque Hugo m'avait demandé si j'en avais déjà consommé. Pourquoi lui avais-je menti ? Ça avait été plus fort que moi. D'ailleurs, ces temps-ci, je m'étais surpris plus d'une fois à biaiser, à dissimuler la vérité. Au labo, la veille, j'avais contrefait le résultat d'une analyse sur une souche de staphylocoque doré, le redoutable S112, cador d'une infection nosocomiale. Oh, je n'avais pas trafiqué grand-chose, juste le résultat d'un antibiogramme, forçant un peu sur le degré de sensibilité à la vancomycine. Le zozo était résistant à peu près à tout, c'était désespérant, alors j'avais désiré lui communiquer un peu de mon enthousiasme, de mon optimisme ! Pourquoi m'étais-je laissé entraîner à bidouiller les données, moi pour qui la calomnie et le mensonge étaient de véritables abominations ? Je perdais la boule, comme Hugo ?

Hugo avait raison, l'attraction de tant de consommateurs avait quelque chose de suspect. Ce yaourt modifiait bel et bien le comportement, il était capable d'agir sur le psychisme, puisqu'il privait ses victimes de la possibilité, face à un linéaire réfrigéré, de choisir ou de s'abstenir. C'était peut-être pour ça que je mentais à son sujet. Je ressentais bien, depuis le tréfonds de mon antre gastrique, que cette préférence était anormale, même si elle était en quelque sorte pilotée par un tiers. Celui qui avait conçu cette daube ne voulait pas que les autres sachent que j'étais possédé ; il me rendait complice de ma propre aliénation, un peu comme ces femmes battues qui refusaient de porter plainte. Ce lait trafiqué agissait dans mon cerveau, m'incitait à une sorte de comportement fuyant qui imprimait sa marque sur l'ensemble de mes agissements.

Je venais de comprendre que cette attraction était non seulement suspecte, mais qu'elle pouvait être fatale. Se pouvait-il, comme l'avait insinué Hugo, que je fusse en danger de mort, moi aussi, à cause de ce yaourt et de mon poids ?

Rétrospectivement, un truc survenu six mois auparavant pouvait correspondre à une attaque du mal. Cela remontait à une de mes énièmes tentatives de régime. J'étais tout de même parvenu à perdre une dizaine de kilos en deux mois, je croyais tenir le bon bout. J'étais sur ma moto, arrêté à un feu rouge, je revenais du labo. Le feu est passé au vert, je débrayai, passai la première et voulus accélérer, mais rien. Ma main droite ne répondait plus, elle était devenue toute molle.

Les voitures derrière moi se mirent à klaxonner, un boucan d'enfer. Mais je n'y pouvais rien, mes muscles étaient comme morts. Ça a duré quelques minutes, et c'est revenu. J'ai fait des analyses, les neurologues ont évoqué un accident ischémique transitoire, une sorte de mini-attaque cérébrale, malgré la normalité de l'IRM. J'avais un taux de cholestérol supérieur à la moyenne, alors ça pouvait coller, malgré mon jeune âge. Il fallait qu'à l'avenir je me méfie. Mais là, à présent, assis à la table de ma cuisine, je compris que cet épisode pouvait correspondre à un des symptômes de la maladie, tels que Hugo me les avait décrits. Et je ne devais peut-être mon salut qu'à mon indiscipline. J'avais repris mes dix kilos illico, et même un peu plus, poussé par une fringale galopante. C'était peut-être ça qui m'avait sauvé. J'étais une sorte de porteur sain de la maladie, mais tout régime pouvait libérer dans mon sang de nombreux mois de consommation d'Actilight, ou plus exactement de son composant toxique.

Je soulevai mon tee-shirt, auscultai ma graisse du dos de la main, comme on flatte un animal pas commode, puis la pinçai entre le pouce et l'index pour en apprécier la consistance. Dure sur les côtés, classique donc. Un peu plus molle au centre, autour du nombril, peut-être même un peu plus chaude. Était-ce là le signe d'une production métabolique intense ? Y avait-il un amas de graisse brune en arrière du cyclope ? J'imaginai des mitochondries diaboliques au travail. Après le toucher, la vue : je jetai un œil sur mon ventre rond. Indéniablement, sur une surface de quelques centimètres carrés, dessinant une sorte de cercle, mes poils étaient plus longs, plus drus. Je n'avais jamais remarqué ça. Était-ce l'indice d'une activité intense en sous-sol ? En tout cas, l'augmentation de la chaleur locale semblait correspondre à cette hyperpilosité. Étais-je donc devenu un mammifère hibernant ?

Avant tout, il fallait que je cesse de consommer de ce lait fermenté, m'intimai-je tout en décapsulant un exemplaire aux fruits de la passion, me jurant que ce serait le dernier, mon enterrement de vie de mangeur de yaourt. Le parfum de fruit explosa sur mon palais, et la fraîcheur du lait brassé déploya son arrière-goût acidulé, comme un bonbec de l'enfance. S'il y avait vraiment un chimiste derrière tout ça, alors c'était un génie. L'Actilight était une sorte de manne des temps modernes. Le yaourt prenait le goût de ce que tu voulais, il s'adaptait à ton humeur. Il collait à tes goûts, à tes meilleurs souvenirs. Il se faisait tard, peut-être exagérais-je, peut-être cette pensée n'était-elle encore qu'une facétie mise en place dans mon cerveau par des mois d'accoutumance, le résultat d'un traficotage de mes neurones. Il allait être difficile de stopper d'un coup l'accès à tant de bonheur !

Et pourtant, oui, j'allais aider Hugo, faire de mon mieux pour prouver qu'il y avait arnaque, machination, complot. J'allais travailler sur ce bacille, ce lactobifilodus réputé procurer tant de bien à l'intestin des obèses, rechercher en lui des signes d'instabilité, de mutation ou tout autre signe pouvant le rendre suspect.

Je me couchai, rêvai que je me transformais en mitochondrie, que j'avais trouvé un boulot dans une cellule lunaire qui ne me faisait bosser que de nuit. Le travail consistait à extraire du charbon dans des conditions harassantes à partir d'une veine emplie d'un sang brun et stagnant, avec pour tout salaire une poignée de flocons gras et blancs à la saveur de cendre, largués depuis le toit du vaisseau par de petits berlingots et qu'il fallait gober en démasquant des pores dans sa paroi. Pendant tout le temps que dura le songe, je fus secoué de frissons étranges, issus des profondeurs de la mine, malgré la chaleur accablante qui régnait dans le vaisseau éventré. Tout autour de moi s'acharnaient au labeur des dizaines de milliers de compagnons d'infortune. Il y en avait à perte de vue des mitochondries telles que moi, suantes, carnassières, larguant sur place des déchets noirâtres qui s'accumulaient sous la forme de deux colonnes de charbon montant jusqu'au ciel, vociférant en cadence la chanson du forçat avec une joie mauvaise.

FINANCES

Les jours d'après furent mornes, le service, la routine, les disparitions d'obèses à discrétion, une sorte d'équivalent version graisse de ce qu'avait représenté la canicule 2003 pour les personnes âgées. Sauf qu'il y avait des décès suspects dans le monde entier et que le climat était de glace, un temps idéal pour hiberner. Certains médias commençaient à s'émouvoir, mais la nébuleuse des symptômes engendrée par le nouveau fléau échappait encore à bon nombre de journalistes. La plupart pressentaient que quelque chose n'allait plus au royaume de la graisse, mais les choses paraissaient encore difficiles à préciser. Bref, la banquise se fissurait, mais ne se disloquait pas encore. Quelques associations d'obèses s'étaient pourtant constituées.

Quant à moi, je passais mon temps libre à noter mes embryons de preuves sur mon ordinateur et à glaner des informations sur le Net. Cela commençait à s'organiser. Seules les véritables preuves faisaient défaut. Je ne manquais pas de sonder discrètement mes nouveaux patients sur leurs habitudes alimentaires, évoquant l'Actilight, sans déclencher d'émoi particulier, peut-être parfois juste une gêne passagère. En revanche, je détectai chez certains de mes patients les signes fourbes et avant-coureurs de la maladie, frissons inopinés, épisodes de paralysie et même une ou deux fois un réflexe absent. Entre les mains de mes collègues, ces patients étaient étiquetés prédiabétiques, cardiaques ou tout simplement « bizarres ». Je donnai des instructions pour que tous les processus d'amaigrissement massif et les poses d'anneaux gastriques soient différés. J'en étais arrivé à rationner les kilos à perdre pour prendre le minimum de risques : pas plus d'un par semaine et par patient. Un vrai paradoxe pour un service de nutrition spécialisé dans les obésités massives. Entre la graisse et la mort, j'avais choisi mon camp. Mes collaborateurs murmuraient contre moi, ils disaient que je voyais la maladie partout, que le décès d'une de mes patientes m'avait rendu dingo, qu'on ne pouvait mettre tous les obèses dans le même sac. Lorsque je pénétrais en salle de staff, à la cafétéria, dans le local des infirmières, les chuchotements s'arrêtaient, les têtes pivotaient, les sourires s'allumaient, courtois et faux. Pas de rébellion ouverte. Le prestige lié à mon nouveau rang. Je récupérai ces infos de basse-cour lors de ma consultation hebdomadaire à mon ancien service. Scob me les rapporta, il les tenait de mon nouveau patron, Franck Madon, faux cul comme pas deux. De mon côté, je n'osais afficher trop ouvertement ma préoccupation. Comment leur avouer que je flairais la maladie comme un chien vacciné contre la rage, au creux des nombrils trop mous, et des aisselles copieusement dodues ? Ça fermentait vraiment fort dans ma tête. Seule Camille Ellinger, diététicienne dans le département, s'adressa à moi avec franchise :

– On ne peut proposer des biopsies ou bien faire passer des IRM à tous les obèses du service à la recherche de votre satanée graisse brune. Rien de tel pour déclencher une psychose collective. Et ce serait beaucoup trop cher pour la Sécu. La maladie est encore anecdotique.

– Plus méconnue qu'anecdotique, tempérai-je. On n'a aucune idée de son extension réelle. Elle ne s'exprime que lorsque la fin est proche.

– La nutrition n'est pas prête pour la révolution culturelle que vous proposez.

– Vous avez sans doute raison, acquiesçai-je, dépité. De toute manière, la plupart des malades ne rentreraient même pas dans la machine d'IRM. Et il n'existe pas de différence flagrante entre les signaux des graisses brune et blanche, je me suis déjà fritté avec les radiologues à ce sujet.

– Bien joué, professeur Man. Au bout d'un mois, vous avez déjà la moitié de l'hôpital à dos ! Qu'est-ce que ce sera le jour où vous prendrez votre retraite ? N'oubliez pas que vous avez pris la place de Jean Vergnaud, notre praticien hospitalier. On lui a fait miroiter pendant des années qu'il serait chef de service adjoint, et finalement, il a été éconduit parce qu'il était l'ennemi juré de Madon. Vergnaud était très populaire dans le service. Ne vous mettez pas en danger. Suivez les habitudes du département, mettez en veilleuse la graisse brune pour l'instant, il y a tant d'autres choses à faire.

Voilà pour un aperçu du comité d'accueil. Les conseils de Camille étaient la sagesse même. Tout ce que je pouvais faire, c'était de limiter les risques pour les patients du service.

Après ma rencontre avec Fabien, j'allai visiter le site Internet de Boussard. On y présentait les différents produits commercialisés par la marque, les gâteaux, les biscuits, le chocolat, et bien sûr, au sein de la branche lactée, mais sans ostentation particulière, l'Actilight. La *success story* du yaourt magique était parfaitement escamotée et les renseignements sur le produit réduits au strict nécessaire. Composition : lait écrémé à 0 %, pulpe de fruits, morceaux de fruits, édulcorant (vézépame), ferment lactique (lactobifilodus). En cliquant, je tombai simplement sur une information intéressante, un extrait de presse daté d'il y avait environ un mois.

> Grandes manœuvres dans l'agroalimentaire. À l'instar de Radone, à l'issue de plusieurs mois de tractations secrètes, Boussard s'est récemment séparé de sa branche biscuit, dont les marques ont rythmé le passé de générations d'enfants (Vu, Duc, en passant par Gavotte et Takamé), sans réduire sa voilure en matière de chiffre d'affaires global. En échange du produit de la vente, Boussard s'est offert Lactoplus et Longevity, deux enseignes en

expansion dans un marché en plein boom, celui des alicaments. Lactoplus est spécialisé dans la commercialisation et la mise au point de probiotiques, ces bactéries issues du génie génétique dont les ancêtres ne sont rien d'autre que le *Streptococcus thermophilus* et le *Lactobacillus bulgaricus*, ferments du bon vieux yaourt des familles. Le secteur est en effervescence, la mise au point de nouvelles souches étant quasi mensuelle. Ces dernières visent non seulement le fonctionnement de l'intestin (Actilight, Lactomel, Bibidam), mais également d'autres organes, au premier rang desquels la peau. Les probiotiques, encapsulés dans de petites capsules aux couleurs affriolantes, trouvent en effet de nombreuses applications dans l'univers cosmétique, un marché potentiellement juteux, comme on peut l'imaginer.

J'interrompis ma lecture, réduisant le niveau d'éclairage de mon écran, qui décidément m'irritait les yeux. Si l'on retrouvait les bactéries au niveau de la peau, c'est qu'elles avaient été capables de se frayer un passage jusqu'au sang et de là d'essaimer à tout l'organisme. À moins que ce ne fût leurs productions, leurs sécrétions. Il faudrait que je demande à Fabien.

Je repris mon exploration des arcanes de la maison Boussard. L'autre petit bijou que s'était offert Boussard, Longevity, était une firme spécialisée en parapharmacie bien implantée en Amérique du Nord et en Asie. Elle commercialisait, outre une gamme d'oligoéléments et d'oméga 3, des extraits naturels concentrés à l'action anticancéreuse avérée, tels que le lycopène de la tomate pour la prostate ou le resvératrol, contenu dans le raisin rouge, dans les mûres et les cacahuètes, inhibant un promoteur de la croissance de la cellule tumorale.

Boussard s'orientait donc résolument vers les alicaments : le gras, sauve qui peut. L'Actilight paraissait s'inscrire dans cette nouvelle mouvance, sus à l'obésité, bonjour le bien-être. Le vent soufflait vers le léger. Le vélo remplaçait l'auto. Il était vrai que la réglementation récente qui forçait les biscuitiers et autres vendeurs de sucres gras à avertir des dangers potentiels de leurs produits avait de quoi faire fuir le chaland. Boussard craignait, sans doute à juste titre, de subir un jour un effet cigarette : être obligé par exemple d'inscrire sur ses paquets « Grossir tue ».

Restaient les décisions. Par qui et comment étaient-elles prises au sein du groupe ? Qui avait décidé par exemple d'inclure au sein du lait fermenté ce nouvel édulcorant en sachant qu'il déclencherait un processus d'addiction ? Cet effet pernicieux sur le psychisme avait-il été orchestré, désiré, recherché comme une sorte de Graal commercial ? Ou y avait-il eu débordement ? On avait voulu, pensé ce sésame absolu, mais peut-être n'avait-on pas tout prévu. Quelqu'un avait-il pu dissimuler aux dirigeants du groupe les effets connexes du vézépame ? Ou bien l'ignorait-il lui-même ? Quant au mécanisme de constitution de la graisse brune, l'activation d'un gène qui remontait à l'ère tertiaire, il ne pouvait avoir été anticipé, à moins d'imaginer un immense complot ourdi contre les obèses. À mesure que je tapais sur mon clavier s'ébauchaient les contours d'une maladie en trompe l'œil, créée de toutes pièces par une entreprise avide, n'ayant sans doute pas prémédité son coup, mais n'ayant pas sciemment verrouillé tous les processus de contrôle avant commercialisation. La mariée était trop belle, alors pas la peine de trop soulever sa robe.

En me penchant de plus près sur les résultats du groupe, je crus détecter ce qui aurait pu constituer une raison ou plutôt un mobile à la commercialisation d'un produit tel que l'Actilight. Trois ans auparavant, un net fléchissement du chiffre d'affaires du mastodonte était apparu. La presse économique n'avait pas été tendre : « Le chocolat boit la tasse », « Boussard perd l'appétit », « La branche confiture des établissements Boussard dans la mélasse ». Or les résultats s'étaient brutalement redressés, il y avait environ un an et demi, époque correspondant peu ou prou aux effets prévisibles de la commercialisation de l'Actilight. Ce n'était pas le seul événement survenu dans le groupe pendant cette période. Il y avait eu aussi des plans sociaux dans les usines du nord de la

France, des ouvertures de sites en Europe de l'Est, la vente de branches mortes, en particulier dans le secteur de la confiserie et des sirops. Continuant de croiser les infos, je trouvai la mort.

À peu près au cours de la même période, un des frères Boussard était décédé, un accident d'avion dans les Andes. Coupure de presse chilienne, avec Ludovic Boussard photographié à côté du bimoteur qui devait être son tombeau, les montagnes en arrière-plan. Je caressai son visage avec la flèche de ma souris, tentant de lui redonner l'espace d'un instant une vie hypothétique. Un squelette assez fin, des yeux globuleux, des traits en pleine métamorphose, subissant ce remodelage caractéristique que la partie médiane de la vie impose à certains tempéraments dominants, quand la jeunesse qui s'enfuit est colonisée par les vagues successives de l'appétit de puissance, quand l'âme finit par habiter les traits, lorsque l'on devient enfin responsable de son visage. L'action des hormones mâles. Le frère Boussard en était là. Ludovic semblait être une grosse perte pour le groupe. D'après les renseignements que je pus dégotter, il était pressenti pour prendre les rênes du groupe, lorsque le vieil Antoine se serait retiré. Il y avait un lien avec le site d'un magazine *people*, que je ne manquai pas d'activer. Des photos de l'enterrement. La famille au grand complet, les hommes en costume sombre, les femmes en robe noire. La tradition. Les funérailles ont tout du mariage inversé. Le monde regarde vers le bas, et le sol devient l'avenir commun.

La ressemblance entre les membres de la tribu était troublante, à tel point que le groupe me fit penser à une bande de dégénérés, surgie d'un de ces villages du Middle West américain, où la consanguinité a fini par rendre la population débile. Les mêmes gènes avaient modelé les visages et les morphologies, et la famille semblait s'être partagé les fragments de corps du défunt au cours d'un ultime festin macabre. La nuit est propice aux divagations, c'est bien connu, et les Boussard m'évoquèrent l'immense puzzle éparpillé d'un organisme unique.

À l'issue de la mort de Ludovic, Amélie Boussard, la plus jeune fille du patriarche, avait pris la direction de la filiale européenne et africaine du groupe. C'était manifestement ce rejeton qui était à l'origine des restructurations, des licenciements, des réorientations stratégiques. Sans doute était-ce elle qui avait donné le feu vert à la commercialisation de l'Actilight. Elle avait pu subir des pressions de la part des experts techniques, financiers, du conseil d'administration. Ou non. Peut-être avait-elle manœuvré pour qu'on adopte le ferment diabolique. Ou non. Après tout, elle pouvait n'être qu'une femme de paille, instrumentalisée par quelque lobby au sein de la boîte ou même en dehors. Comment savoir ?

Au travers de fragments d'information, je parvins toutefois à reconstituer un embryon d'organigramme de l'empire Boussard. C'était une société familiale, dotée d'une belle capitalisation boursière, dont les actions étaient détenues à plus de 50 % par les descendants, en ligne directe ou non, d'Antoine Boussard. Un P-DG encore valide, deux frères encore vivants, Xavier et Bertrand, l'Asie et l'Amérique, et une sœur l'Europe et l'Afrique. Amélie.

Il fallait creuser.

Lorsque mon mobile sonna, ce mardi matin, j'étais en train d'orchestrer le staff de mon nouveau service. Je tentais d'expliquer aux externes à quel point le tissu adipeux n'était pas un banal tissu de stockage : il était le siège d'importants phénomènes inflammatoires, que je m'apprêtais à détailler.

Lorsque je vis le nom de Fabien s'afficher sur mon écran, je demandai à tout le monde de m'excuser et sortis dans le couloir pour lui répondre.

– Écoute, Hugo, je crois bien que j'ai trouvé quelque chose. J'ai failli tout arrêter. Mais, au dernier moment, il y a un truc qui s'est passé, une transformation de la bactérie qui apparaît uniquement en présence de corps gras. J'ai réalisé une biopsie.

– Sur qui, la biopsie, ai-je demandé ?

– Sur moi, Hugo. Il faut qu'on se voie.

FERMENTS

Je garai mon vélo à la borne la plus proche de l'Institut Pasteur. J'y trouvai Fabien en train de faire les cent pas. Son visage était passablement blême et son front bombé surplombait ses yeux de manière étrange. Il m'entraîna sans attendre vers le bâtiment principal.

Nous arrivâmes dans son labo, après avoir croisé en chemin des techniciens en blouse blanche qui sortaient de leur bulle et même une cage emplie de rats blancs montée sur roulettes. Une autre personne attendait dans l'espace de travail, debout, une femme mince, élégante, la quarantaine, mais avec quelque chose d'indéniablement plus dégingandé que ne l'aurait voulu son âge. Une allure d'ado dans une peau de femme mûre. Peut-être avait-elle vieilli prématurément ?

– Je te présente Julia Berenson, virologue à l'Institut[1].

– Enchanté, dis-je, attrapant une main étonnamment souple.

– Ce que nous avons découvert dans ces ferments a nécessité le concours de la virologie.

Dans le fond du petit espace, en fait une sorte de microsalle de conférences, avait été installé un rétroprojecteur. Sur le fond d'écran, on pouvait distinguer le titre d'un topo intitulé « Lactobifilodus. Bactérie piratée ou prédateur insolite – Fabien Chiche – Institut Pasteur – Département de

1. Voir du même auteur *Autobiographie d'un virus*, Odile Jacob, 2004.

bactériologie ». Je reconnus la propension de mon ami pour le lyrique, mâtinée sans doute d'un chouïa d'égocentrisme. Fabien avait, semble-t-il, rédigé une communication prête à être présentée dans un congrès. Un pavé dans la mare, à l'évidence. Après un laps de temps censé correspondre à notre installation dans la salle, il lança le diaporama. Les particules de poussière en suspension dans la pièce se laissèrent traverser par une structure en bâtonnet, grossie des milliers de fois. J'identifiai la morphologie caractéristique d'un bacille, une forme de stade antique, avec à l'intérieur un serpentin noir dans lequel je notai un chromosome primitif. La bestiole semblait tranquille, ainsi fixée sur la toile. On l'avait tuée à l'acide osmique, un colorant létal utilisé en microscopie électronique.

– Sa Majesté lactobifilodus, s'exclama Fabien non sans quelque emphase. Assieds-toi.

Nous nous assîmes donc, Fabien sur le bureau, Julia Berenson et moi sur des chaises.

– Tu vois, reprit-il, j'ai failli abandonner plusieurs fois les recherches, devant l'apparente banalité de ce germe. Il ressemble à première vue à un ferment ordinaire, très peu différent des autres bacilles utilisés dans l'industrie laitière. Mais, à force d'acharnement, j'ai fini par découvrir quelque chose, un truc assez insolite.

Fabien passa la diapo suivante. Même bactérie, même photo.

– Tu vois une différence ?

– Euh, non, dis-je.

Mon ami continua et changea d'image. Le montage suivant présentait une comparaison entre les deux germes.

– Tu as raison, Hugo, c'est bien la même, mais il y a une nuance. La bactérie de droite est le ferment tel qu'on le trouve dans le pot d'Actilight : c'est du yaourt pur jus, si tu préfères. Celle de gauche, c'est du lactobifilodus lorsque le milieu a été enrichi en graisse. Tu ne remarques vraiment rien ?

– Je ne sais pas, dis-je en me saisissant du pointeur lumineux qui traînait sur le bureau, là, peut-être, il y a une petite différence.

Fabien avait prévu ma remarque. Le document suivant était une vue zoomée de la zone que j'avais désignée. À côté de nous, le docteur Berenson restait étonnamment silencieuse, adoptant une neutralité difficile à appréhender. Elle attendait son heure.

– Tu vois, cette région du ferment correspond à trois flagelles. En fait, il y en a partout, là, là, et également ici (Fabien avait changé plusieurs fois de vue). Ce qui est remarquable, c'est qu'on les retrouve toujours par groupes de trois.

– Une morphologie en trident, compléta la virologue, comme s'il s'agissait d'une chose entendue, classique, et lourde de sens si tant est que l'on fût initié.

– Oui, enfin, tempéra Fabien, habituellement, les flagelles surviennent par touffes de cinq à six éléments, et pas sur des bacilles qui prennent la coloration de Gram.

Ça virait à la conversation entre spécialistes. J'étais largué, et ça devait se voir. Mon visage devait exprimer une sorte de question muette du genre : « Qui est donc ce type, ce Gram ? Et, au fait, s'agit-il bien d'un être humain ? »

La bactériologie n'était pas mon fort. Elle me renvoyait à des souvenirs de première année de médecine, un savoir appris sous la contrainte. Soudain, ma mémoire me raccrochant à quelque chose de comparable, je pensai à mon professeur de piano, lorsqu'il m'expliquait comment fonctionnait un accord en septième diminué, alors que je savais à peine reconnaître les notes sur un clavier.

– Globalement, vulgarisa Fabien avec une sorte de condescendance d'autant plus ostentatoire que lui-même avait raté le concours, tout est étrange dans ce bacille, c'est une sorte d'ovni, ou plutôt d'intraterrestre. Nous avons affaire à un germe à géométrie variable, qui se modifie ou plutôt se démasque en fonction du milieu. À 0 % de matière grasse, univers qui correspond à son élément naturel, il ne ferait pas de mal à une mouche. Mais attention ! (Fabien laissa brièvement le tranchant de son index parcourir son cou) si on a le malheur de manger gras, le lactobifilodus s'active et se transforme en monstre.

– Un malheur n'arrive pas tout seul, tempéra le professeur Berenson.

– Nous n'allons pas tout dévoiler d'un coup à Hugo, Julia, répliqua Fabien, en maître de cérémonie. Laissons-le... digérer.

Je digérai.

– Les flagelles l'aident sans doute à se déplacer, dis-je.

– Tout à fait, Hugo. Une fois mobile, il peut se rendre n'importe où.

Fabien fit une pause. Son « n'importe où », vu le contexte, résonna comme une infinité de possibles. La bactérie pouvait par exemple se frayer un passage de l'intestin jusqu'au sang, et de là migrer vers le tissu de son choix, au gré des flots.

– Ce n'est pas tout, reprit-il, la bactérie « grasse », que nous nous sommes permis de baptiser LBG, est nettement plus chevelue que sa version maigre, que nous avons nommée LB0. Ces cheveux correspondent aux assemblages moléculaires complexes connus sous le nom de *pili*.

Fabien me fit face, son corps volumineux s'interposant entre le faisceau lumineux du projecteur et l'écran. La LBG semblait danser la rumba sur sa chemise blanche. Ses cheveux lui donnaient un air de mage fou, Frank Zappa revisité par Raspoutine.

– Les *pili* sont le support de l'infectiosité des germes, ajouta Julia Berenson, assise quoique nerveuse, me faisant penser à une paralytique sur une chaise roulante, une couverture havane à carreaux sur ses genoux. Ce sont eux qui sécrètent les toxines, eux qui permettent à la bactérie de s'accrocher à la paroi intestinale.

– Vois-tu, Hugo, intervint Fabien, le côlon, c'est la guerre. Les familles de bactéries, souvent regroupées en colonies (ça ne s'invente pas, c'est vraiment ce qu'il a dit), défendent leur territoire, leur bout de trottoir, leur but étant d'obtenir la meilleure place sur la paroi du tube digestif, là où se nichent les plus succulents débris alimentaires. Elles se livrent une sorte de compétition acharnée. Jusqu'à présent, je veux dire avant l'ère de l'Actilight, nous savions que les ferments lactiques exerçaient une action régulatrice sur la flore intestinale, grâce à la production d'antimicrobiens divers tels que l'eau oxygénée. Les bacilles freinaient ainsi la croissance des bactéries indésirables, responsables de symptômes tels que diarrhées, constipation, ballonnements et autres problèmes que nous connaissons tous un peu. Bref, ils s'installaient là où on avait besoin d'eux, transformaient un cloaque en paradis.

Son ventre parut acquiescer.

Julia Berenson se leva, enfin, on eût dit qu'elle voulait uniquement se dégourdir les jambes.

– J'ai une amie qui a fait une thèse sur les ferments lactiques, poursuivit-elle, se déplaçant à son tour vers l'écran. Une des phobies de la profession est la contamination de ces germes par les virus.

– Un virus dans une bactérie ? m'étonnai-je.

– Les bactéries ont elles aussi leurs petites maladies, répondit Julia avec un sourire qui lui retroussa le nez. Les virus, comme les humains, sont prêts à tout pour se reproduire. Et le moindre fragment de gène peut constituer leur tanière.

Apparut à l'écran une structure pentagonale montée sur des sortes de piquants, que j'identifiai comme étant un virus, un virus installé dans une seringue primitive. Le LEM prêt à se poser sur la Lune.

– Un bactériophage, expliqua Fabien, maître de l'image. Un mangeur de bactérie.

– Mon amie, reprit Julia, m'a appris que les contaminations par les virus dans les unités de production de yaourts étaient particulièrement redoutées. Il s'agit d'événements rares, mais pas exceptionnels, le plus souvent secondaires à un filtre à air défectueux dans la chaîne de production. Lorsque cela arrive, il faut jeter toute la production contaminée.

– Et comment reconnaît-on un lait qui a mal tourné ? demandai-je.

– Pas besoin de microscopie électronique ou d'immunofluorescence ou de tout autre test sophistiqué. Le yaourt devient gluant, dépourvu de cette acidité recherchée par les consommateurs ou trop liquide. Il est manifestement impropre à la consommation. À l'œil nu.

– D'accord, argumentai-je, mais l'Actilight est délicieux. Je l'ai moi-même testé.

– Le lactobifilodus est un germe génial, reprit Fabien, pris d'une sorte d'enthousiasme délirant. Il est porteur d'un virus qui ne s'exprime que lorsque le milieu change. À la dégustation, il est exquis, car il ne dévoile sa vraie nature qu'une fois dans l'estomac, au niveau duquel les récepteurs du goût sont franchis depuis longtemps. C'est sans doute ce qui lui a fait passer avec succès les tests d'avant mise sur le marché. Lorsque le milieu est normal, je veux dire lorsqu'il est tranquillement installé dans son pot à 0 % de matière grasse, c'est un probiotique de compétition, capable de réguler la flore intestinale, d'améliorer l'immunité et même d'aider à la digestion des restes de nourriture non assimilée. Un ange.

Passa sur l'écran la silhouette rassurante de LB0, avec ses parois lisses et son chromosome primitif déroulé.

– Le lactobifilodus s'arme sans doute dans l'estomac, reprit Julia. C'est uniquement lorsque le milieu devient riche en acides gras que le virus s'exprime, que les flagelles et les *pili* apparaissent, que le bacille passe dans le sang…

– … et qu'il s'incruste dans le tissu adipeux, compléta Fabien.

Encore un saut dans l'inconnu, caractéristique du raisonnement de mon ami.

– Tu peux prouver ce que tu avances ? répliquai-je.

Fabien souleva son tee-shirt, démasquant un pansement couleur chair collé juste au-dessus de son nombril.

AVEU

– Oui, les amis, expliqua Fabien en exhibant sa cicatrice à la manière d'un procureur face à une preuve accablante, moi aussi, je suis atteint par la maladie de la graisse brune. Depuis que j'ai compris, il y a de ça à peine une poignée de jours, j'ai pris conscience d'être un mort en sursis, coincé dans ma graisse sans possibilité d'en sortir. Elle est devenue ma prison. Plus pernicieux encore, elle est aussi ma protection, mon bouclier. Tant qu'elle est là, je ne risque qu'une mort lente. Mais, si d'un coup elle fond, je meurs tout de suite. Tant que je suis raisonnable, que je ne perds qu'un kilo par-ci par-là, je ne risque pas grand-chose : la dose de vécuronium libérée dans mon sang est insuffisante pour être toxique. Mais si j'accélère la cadence…

Fabien accompagna sa tirade d'une espèce de sourire gourmand, comme s'il s'était rendu compte qu'il avait le pouvoir de se suicider de l'intérieur. Cette lucidité, cette maîtrise qui frisait l'autodérision avaient quelque chose d'étonnant chez lui. Je découvrais un Fabien qui semblait se délecter de la nouvelle. Idée fulgurante : l'Actilight lui avait perturbé les neurones. Enfin, au moins me donnait-il l'occasion de le sauver, moi qui avais laissé partir Bérénice.

– Je suis un adepte de l'Actilight, Hugo. Et vois-tu, ce qu'il y a de curieux, c'est que le fait de le dire m'arrache la gorge.

Julia Berenson avait planqué les mains dans sa blouse.

– Comment pouvons-nous te croire ? m'exclamai-je en me levant d'un coup, peut-être pas tout à fait conscient de la violence de ma réaction.

Fabien me lança un regard mauvais. Des gouttelettes de sueur se formèrent sur son front, en direct. Son visage rosit. À cet instant, je le crus capable de se jeter sur moi. Mais je ne pouvais plus m'arrêter. Il m'avait menti à propos de sa consommation d'Actilight.

– Sans vouloir mettre en doute ta parole, continuai-je, tentant d'assouplir ma position, qui nous dit que tu es vraiment atteint et même que tes résultats d'expérimentation sont justes, qu'ils ne sont pas faussés par une erreur de jugement ? Tu nous manipules peut-être ?

Julia Berenson se leva, s'interposant entre nous deux. Tout le monde avait adopté la station debout. Trois êtres dressés dans une sorte d'affrontement mental, avec en toile de fond un bacille qui se frottait les *pili*.

– Fabien Chiche m'apparaît fonctionner tout à fait normalement, dit-elle, et je peux attester en tant que virologue que ce ferment possède effectivement deux visages, qu'il se modifie en présence de matière grasse. Il est bien infecté par un bactériophage.

Cette mise au point eut quelque chose de rassurant, une sorte de prise de position extérieure.

– Excuse-moi, Fabien, dis-je, je t'ai injustement accusé. Tous ces mensonges ont dû m'embrouiller le jugement.

– Oui, poursuivit-il, et je vais t'étonner. L'Actilight agit effectivement sur le psychisme, et pas seulement en matière d'addiction. J'en fais quotidiennement l'expérience. Depuis que je sais que je suis atteint, je te rappelle que c'est grâce à toi, certaines modifications survenues dans mon caractère ces précédents mois s'expliquent. Tu sais, en matière psychique, l'autocritique est un art difficile. Il faut une certaine dose de détachement pour se regarder vivre. Mais enfin, c'est vrai, je l'avoue, ces derniers temps, j'ai effectivement l'impression de devoir lutter pour dire la vérité. Cette tendance est fluctuante dans le temps.

Maintenant que je connais le coupable, je peux situer cette période au cours des heures qui suivent les repas. Ceux qui sont arrosés d'Actilight, bien sûr. Ça me le fait moins à jeun.

La scène de l'hypermarché repassa sur mon écran mental. Je revis ces obèses se précipitant sur les linéaires réfrigérés, leurs faux-fuyants dès qu'on leur demandait ce qu'ils venaient d'acheter. C'était le soir, ces gens avaient sans doute déjà dîné pour la plupart. L'Actilight était probablement déjà en action dans leurs neurones, accomplissant ses basses œuvres, modifiant leurs attitudes, infléchissant leurs comportements.

– Le vézépame, dis-je, ce nouvel édulcorant, doit donc se fixer sur les centres nerveux de façon transitoire. À la manière d'un médicament, son action est limitée dans le temps. Je n'avais encore aucune preuve du lien entre vézépame et vécuronium. Tout juste deux lettres en commun ! Pour le reste, je n'avais que des soupçons.

– On a vraiment l'impression que vous avez découvert un truc incroyable, vous deux ! intervint Julia Berenson, sur un ton qui frisait la colère et qui me sembla décalé. Mais toute alimentation a une influence sur la pensée. La Bible elle-même ne fait-elle pas démarrer l'histoire de l'humanité à partir de la consommation d'un certain fruit ? Que l'Actilight infléchisse le cours de la vérité dans le cerveau humain ne me choque pas plus que ça. Mais il me semble que Fabien fait ce qu'il faut pour résister.

Julia Berenson s'était redressée. Cette rousse me parut magistrale, même si son intervention mélangeait allégrement toutes sortes d'idées. Je n'avais jamais conçu l'alimentation sous cet angle. J'avais une approche uniquement chimique des aliments : pour moi, ils se décomposaient en nutriments, molécules et atomes, ils étaient dépourvus de toute espèce de valeur morale. L'organisme était une formidable machine à broyer, à mixer, à annihiler la nature même de l'ingrédient de départ. La mémoire de ce qu'il était, de ce qu'il avait vécu, de ce qu'il avait mangé s'il s'agissait d'un animal, du sol sur lequel il avait poussé si c'était un légume. Mais dès lors qu'on admettait que certaines molécules pouvaient influer sur le psychisme, et Actilight en était un bon exemple, on n'était plus très loin du genre de théorie ébauchée par le docteur Berenson. Je pensai sans trop savoir pourquoi à Attila, dont j'avais lu la biographie il y avait peu, et qui nourrissait ses guerriers de viande crue pour les rendre plus sanguinaires au combat.

– Je peux vous expliquer à peu près ce qui se passe quand on ingurgite de l'Actilight, repartit Fabien. Bien sûr, il est difficile de distinguer ce qui change, car on est à la fois témoin et acteur de ses propres perceptions psychiques. Mais, me sachant malade, j'ai eu le loisir d'analyser ça avec un peu plus d'acuité que le commun des obèses. J'ai noté en direct mes sensations. Mais asseyez-vous. Cette réunion est décidément trop tendue.

Ce que nous fîmes.

– Les symptômes psychiques commencent dès la première demi-heure après l'ingestion. Tout d'abord, on se sent de meilleure humeur, on ne pense plus tout à fait comme avant. Progressivement, par exemple, les soucis s'allègent, et la réalité ne vous paraît plus tout à fait telle qu'elle est, mais telle qu'on voudrait qu'elle soit. Pourtant, vous n'êtes pas comme à l'intérieur d'un délire, au cours duquel l'esprit largue totalement les amarres. Non, c'est plus fin que ça. Cela se rapprocherait plutôt de la béatitude ressentie après un repas exquis ou après une journée splendide. On se sent bien.

– Comme si on avait fumé de l'herbe ? dis-je.

– Pas tout à fait, Hugo. Non. Tu vois, c'est un truc spécial, un effet qui n'est pas comparable à une impression physique. La réalité devient moins nette, et ce qui semblait évident avant le repas est comme estompé. On ne sait plus trop ce qu'on a accompli pendant les heures qui ont précédé. Par exemple, on se souvient qu'on a travaillé, mais on a perdu la mémoire de ce qu'on a fait. Le vrai et le faux se mélangent. C'est peut-être de cette confusion que naissent le mensonge et la dissimulation. En toute bonne foi, on ne sait plus ce qui est réellement arrivé. A-t-on consommé souvent de ce yaourt ? Qu'a-t-on fait la veille au soir ? Avec qui a-t-on *chatté* sur le Net ? On garde un souvenir incertain de ce qui s'est passé, agréable, enjolivé. Pas d'angoisse. On s'invente un passé proche ou plutôt on l'adapte à ses espoirs, à ses désirs, on devient un petit peu mythomane. Mais le passé lointain est préservé, et la perturbation du champ de conscience est réversible. Après les quelques heures que dure la digestion, l'état mental se restaure, et la réalité vous rattrape, avec ses aléas, sa cruauté. D'où l'envie de vider à nouveau un pot. Car le phénomène d'accoutumance est moins fort que pour les autres hallucinogènes. On atteint vite un plateau. J'ai juste triplé les doses par rapport aux premières fois, mais depuis quelques mois ma consommation reste stable.

Fabien s'arrêta, eut un regard pour l'écran sur lequel trônait toujours la bactérie dans sa version inoffensive. Il prit sans doute conscience d'avoir dérivé. Mais il m'avait donné une ébauche d'explication sur la manière d'agir de l'Actilight, et sans doute une des raisons du processus d'addiction.

– Voilà, Hugo, maintenant, tu sais. Si tu veux arrêter de me fréquenter, tu peux. Mais sache que tout ce que je pourrai te révéler à l'avenir nécessitera une sorte de… vérification de ta part, sauf si je suis à jeun, bien sûr.

J'écartai du plat de la main ses considérations pathétiques, préférant me repositionner sur le produit.

– J'en ai pris moi aussi, déclarai-je. J'ai même avalé près de quatre pots d'affilée. Je ne me souviens pas d'avoir ressenti aucun des symptômes que tu nous as décrits.

– Je vois deux hypothèses, Hugo. Soit tu n'en as pas encore pris assez. Il faudrait que tu t'imprègnes un peu plus, en quelque sorte. Soit les signes que j'ai décrits n'apparaissent qu'au-delà d'une certaine quantité de masse grasse. En clair, seulement chez les obèses.

C'est le moment que choisit Julia Berenson pour prendre congé.

– Je suis vraiment désolée, Fabien, je suis obligée de m'en aller. Adam doit commencer à s'impatienter. Et puis, je crois bien que j'en ai fini avec mes bactériophages.

Fabien eut un geste d'indifférence.

– Bon, appelez-moi si vous avez besoin de mes services. Je reste branchée sur votre affaire.

Elle sortit en m'adressant un sourire austère.

– Elle est un peu… mystique, murmurai-je à l'attention de Fabien dès lors qu'elle eut franchi la porte.

– Elle n'était pas comme ça avant. Je ne dis pas que c'était la joie de vivre incarnée, mais enfin, elle était disons plus… sociable. Je crois qu'elle a des problèmes avec son fils Adam, un jeune surdoué agressif.

À mon tour d'avoir un geste d'agacement. L'ombre qui s'était manifestée entre nous s'était à présent dissipée.

– Bon, je crois qu'il y a plus important que le fils de ta collègue.

– Ah oui, ma biopsie.

– Pas exactement. Ta santé me paraît la priorité. Fabien, tu vas me faire plaisir. Ne fais pas varier ton poids d'un iota tant que nous n'en saurons pas plus. Et même, si tu pouvais prendre un ou plusieurs kilos, je n'y verrais pas d'inconvénient.

– C'est le monde à l'envers, Hugo, un nutritionniste qui encourage ses patients à grossir ! Pince-moi ! Et comment fait-on ?

– Même pas drôle, dis-je.

Puis consentant à jouer au jeu de massacre qu'il me proposait, j'ajoutai, sur le ton d'un exorciste vengeur, animé par la rage d'un enfant qui démolit un château de sable qu'il a mis une matinée à bâtir.

– Pâtes, pizzas, charcuteries, grignotage à volonté. Manger lourd le soir et, surtout, proscrire toute forme d'exercice physique. Je crois que tu devrais y arriver.

J'ajoutai encore, ne parvenant sans doute pas à me détendre totalement :

– Au fait, comment t'es-tu rendu compte que tu étais atteint ?

– Grâce à toi, j'ai compris. Grâce à ta description des symptômes de la maladie. Un soir, c'était il y a quelques mois, j'étais sur ma moto, arrêté à un feu rouge. Je revenais du labo. Le feu est passé au vert. Toute accélération était devenue impossible. Ma main droite ne répondait plus, elle était devenue toute molle. Mes muscles étaient comme morts. Ça a duré quelques minutes, puis c'est revenu.

– Effectivement, dis-je, cela ressemble à un épisode de largage de vécuronium dans le sang, le curarisant à l'origine de la plupart des décès, d'après l'état actuel des connaissances. Tu avais perdu beaucoup de poids ?

– Pas mal, c'était une période de régime intense.

– Ça colle…

Mon ami me lança un de ces regards tragiques dont il avait l'exclusivité. En face de nous, le rétroprojecteur était toujours allumé, comme si le lactobifilodus participait à notre conversation. Un auditeur libre.

– En tout cas, Fabien, il faut que tu arrêtes l'Actilight. Ton organisme parviendra peut-être à se débarrasser tout seul d'une partie du toxique.

À mesure que je parlais, je prenais conscience des lacunes dans nos connaissances. Origine du curarisant : vézépame ? Pourcentage de stockage du curarisant dans la graisse : 100 %, 50 %, 10 % ? Vitesse de relargage en cours d'amaigrissement ? Une nouvelle revue de la littérature s'imposait, même si je l'épluchais tous les jours. Il y avait décidément beaucoup trop de choses enfermées dans un seul yaourt. Toutes les pièces d'un puzzle manifestement abracadabrantesque pouvaient-elles n'être que des coïncidences ? Des erreurs de composition passées parfaitement inaperçues par les organismes de contrôle ? Des ratés ? Des dessous-de-table lors de la commercialisation du produit ? Des personnages importants qui avaient fermé les yeux aux moments opportuns ? Et la même question qui commençait à s'insinuer en moi : dans quel but ? L'addiction, donc la garantie d'un succès commercial facile et truqué, était-elle vraiment le seul mobile ? N'y avait-il pas une volonté délibérée de causer du tort aux obèses, de leur faire du mal. Non, j'allais trop loin. Je chassai cette idée saugrenue. Les obèses étaient au contraire la cible de l'Actilight. Aucune raison de vouloir s'en débarrasser. On ne scie pas la branche sur laquelle on est assis, en particulier quand on s'appelle Boussard.

– Tu crois que c'est facile ?

– De quoi ? demandai-je, distrait par ma propre rhétorique.

– D'arrêter l'Actilight. Même à présent que je sais ce qu'il y a dans cette saloperie. (Fabien prit à témoin la LBG grossie des milliers de fois.) Je sens que ça va être dur de me passer de toi, enfoiré.

– J'en sais quelque chose, acquiesçai-je, j'ai moi-même essayé. Je me suis senti piégé, dès la première cuillerée. Trop bon, trop fort.

– Et encore, tu as de la chance. Tu n'as pas eu le temps d'être touché par la violence de l'addiction.

– Et je ne dispose sans doute pas de réservoir pour l'accueillir, complétai-je en pinçant la peau de mon abdomen entre pouce et index. Juste quelques malheureux kilos en trop. Pas vraiment un milieu hospitalier.

– Effectivement, repartit Fabien, se rapprochant de moi comme pour accentuer le contraste, tu ressembles presque à un animal d'une espèce différente.

– Tu as raison, je n'hiberne pas, moi.

Ça m'était sorti tout seul, je me mordis la lèvre.

– Tu viens de me traiter de marmotte, Hugo, je ne le prends pas mal, ç'aurait pu être d'ours ou de taupe. Mais c'est une excellente transition pour aborder le fait le plus troublant, le résultat de ma biopsie.

Fabien fit défiler le fichier suivant. À nouveau une photo, mais celle d'une coupe histologique, je reconnus les cordons tissulaires rougeâtres de la graisse brune.

BIOPSIE

– Ce n'est pas pour te voir t'apitoyer sur mon sort que je t'ai fait venir, Hugo. C'est pour te dire qu'à partir de maintenant, si tu es d'accord, je mène l'enquête à tes côtés. Et même plus : je suis la preuve ambulante que s'opèrent dans la graisse brune des sujets atteints des mécanismes étranges qui n'ont rien à voir avec ceux qui se déroulent habituellement chez les mammifères hibernants. Je suis une sorte de pièce à conviction à moi tout seul.

– Tu peux m'en dire plus ? demandai-je, la gorge soudain sèche, pressentant que Fabien avait mis le doigt sur quelque chose.

– Eh bien, apparemment, comme tu peux le constater, la graisse brune que tu as à l'écran, en l'occurrence la mienne, est la même que celle des ours et des taupes, mais elle trompe bien son monde.

– Tu sais, dis-je, critique, qu'elle a déjà été examinée par de savants pathologistes. Il y a déjà eu de nombreux morts, des autopsies…

Je me mordis la lèvre. J'avais oublié l'espace d'un instant que c'était sa propre graisse qui était étalée sur l'écran, agrandie des centaines de fois. J'eus droit à un geste d'apaisement, la paume de la main qui se déplace vers le bas. Une invitation à poursuivre.

– Je n'ai pas le souvenir, continuai-je decrescendo, que ces spécialistes aient signalé la moindre discordance entre les graisses animale et humaine.

– Et ils ont raison, il n'y en a pas, d'un point de vue strictement histologique. Mais moi, je suis bactériologiste, et j'ai mené mes recherches alors que j'avais déjà eu connaissance de la bactérie d'Actilight et de sa version infectée par le virus. Je me suis donc amusé à utiliser des colorants spécifiques des parois bactériennes, conjuguant ces méthodes à des techniques d'immunofluorescence. J'avais dans l'idée de marquer le ferment pour le suivre à la trace.

– Une filature à l'échelon microscopique, si je comprends bien.

– On peut voir ça comme ça. Je voulais savoir si, comme je le supposais, il passait dans le sang à partir de l'intestin et où il se rendait. Je me suis fait aider par un pathologiste de l'Institut, mon pote Nataf. C'est lui qui a préparé les coupes et réalisé les colorations adéquates. Son travail n'était pour moi qu'une espèce de back-office, indispensable mais pas central. Les tissus importaient peu. Ce qui comptait, c'était le cheminement de la bactérie. Et, bien sûr, je n'y suis pas allé par quatre chemins, j'ai grillé les étapes. C'est pour cette raison que j'ai biopsié directement ma propre graisse. Avec un peu de chance, je tomberais sur un vaisseau sanguin. Le sang est un tissu errant, c'est bien connu. Et si la bactérie est dans le sang, elle transite nécessairement par le tissu adipeux. S'agissait-il d'un simple passage ou de sa destination finale ? Voilà ce qu'il me fallait découvrir.

Fabien désigna une région sur la coupe, une structure circulaire avec des globules rouges au centre que j'identifiai comme étant une petite artère.

– Dans un premier temps, j'ai retrouvé la trace de la bactérie dans le sang. Mais quelque chose clochait.

La vue suivante représentait un agrandissement de la précédente. Je reconnus les éléments figurés du sang que j'avais appris à identifier au cours de mes années d'études : globules rouges et blancs, plaquettes, etc. Fabien vint titiller tout ce beau monde à l'aide de son pointeur lumineux.

– Tu vois les petites structures ovales qui circulent là, à côté des plaquettes. Eh bien, c'est notre lactobifilodus en goguette. N'y a-t-il pas une chose qui t'étonne ?

– Sa présence en ces lieux ? dis-je. Une bactérie en liberté n'a rien à faire ici.

Ça, c'était évident, mais on aurait dit qu'il attendait autre chose.

– Et où sont passés les processus de défense ? complétai-je, renvoyant la balle sans cadrer mon tir.

– Les meilleures réponses sont des questions. Tu as parfaitement raison. Ce qui est étonnant, sur cette coupe, c'est l'absence. Comment se fait-il qu'un corps étranger de cette taille se balade incognito dans mon sang, sans aucun globule blanc à ses trousses, ni le moindre anticorps fixé sur sa paroi ? J'avoue que, quand j'ai découvert cette absence totale de réaction de mon système immunitaire, ça m'a flanqué une sacrée frousse.

Je comprenais le sentiment de mon ami. Contempler ainsi avec impuissance l'intimité de son tissu adipeux avait un parfum de dédoublement de la personnalité. Quant à moi, moins individuellement impliqué, mon angoisse n'était pas moins grande. Elle était simplement plus… universelle.

– À croire que le lactobifilodus est chez nous comme chez lui, il ne déclenche aucune réaction particulière. Comment est-ce possible ?

– N'oublie pas que c'est une bonne bactérie, qui sur le papier est sans danger pour l'organisme. Dans le sang circulant, d'après mes premières observations, on ne retrouve que la forme inoffensive du bacille, le LB0. Car, comme tu as saisi, le zozo est très plastique. Il s'adapte au gré de son environnement. Ce n'est qu'une fois parvenu à sa destination, le tissu adipeux, qu'il reprendra sa forme agressive, qu'il se métamorphosera en LBG, dévoilant sa vraie nature.

– Un vrai agent double.

– N'anticipons pas, cher Hugo.

Le docteur Chiche fit défiler une autre diapo. J'étais devenu un aviateur survolant un champ de bataille, à très haute altitude. Près de la frontière, il y avait comme un mouvement de troupes.

– Sur cette nouvelle préparation, grossissement 1 000, on distingue très bien un amas de lactobifilodus colorés en violet par la coloration de Gram. C'est à ce niveau, à la jonction entre sang et tissu adipeux, sans doute stimulé par l'important trafic d'acides gras dans les liquides interstitiels caractéristique de la région, que le LB0 reprend sa forme agressive. Regarde-le se frayer un passage à travers la paroi du capillaire. Quelle vivacité ! C'est grâce à ce genre de coupe que j'ai pris conscience du caractère prédateur de la bactérie. Quand je pense qu'il s'agit de mes propres tissus !

Fabien désigna son nombril.

– À ce stade de mes trouvailles, j'ai compris que j'avais gagné mon pari. Le tissu adipeux était bien la destination ou tout du moins une des destinations de mon bacille. De la graisse au yaourt, je n'en revenais pas !

– Ça ne met pas en appétit, dis-je, aigre-doux, comme un lait fermenté périmé.

– Tu penses bien que j'ai continué l'enquête. Où donc se rendait le ferment après avoir traversé la barrière sanguine ? Quelle était la fin du voyage ? L'arrière-pensée du germe, si tu préfères.

Diapo suivante.

– J'ai d'abord retrouvé le traceur radioactif de manière diffuse au niveau du tissu adipeux lui-même. Mais il y avait trop de signal, trop de marqueur. Bref, j'ai dû affiner ma préparation, je te passe les détails techniques. Eh bien, figure-toi que le signal venait des cellules elles-mêmes, des adipocytes.

– Incroyable ! m'exclamai-je. La bactérie est parvenue à entrer dans l'adipocyte ! Fabien, tu es nobélisable !

Fabien venait de démontrer la nature infectieuse de la maladie de la graisse brune. Le yaourt infectait directement la cellule de base du tissu adipeux. Cela ouvrait peut-être la voie vers un traitement antibiotique. Je me mis à rêver, à échafauder des plans sur la comète. Mais les révélations qui allaient suivre me transformèrent plutôt en une météorite filant droit vers la Terre en vue d'un inévitable crash. Sur la diapo suivante, la coupe en microscopie électronique d'un adipocyte brun grimaçait.

– Voici un adipocyte parasité par LBG. Hugo, que remarques-tu ?

Je ne notai rien de particulier. Une cellule siège d'une activité métabolique intense, la mise en réserve de toute l'alimentation excédentaire d'un organisme. Mon silence était éloquent.

– Moi non plus, je n'ai rien remarqué. Note que je ne suis pas pathologiste. Pour être honnête, je me suis fait aider par mon collègue, tu sais, celui qui a préparé ces coupes.

– Tu lui as avoué pourquoi tu t'intéressais de si près au tissu adipeux ?

– Je l'ai choisi parce que ce n'est pas le gars curieux. De toute manière, je lui en ai dit le minimum, juste que je faisais une étude sur les mitochondries du tissu adipeux, s'il pouvait me faire une biopsie. Il a sans doute trouvé la demande étrange, pris ma démarche pour une sorte d'automutilation, mais il m'a quand même rendu le service que je lui demandais. Nataf est un être bizarre. C'est un fanatique de Robespierre, sur lequel il a réuni une documentation folle. Je me suis dit qu'un toqué aurait plus de chances d'accéder à une demande de toqué. Et puis, il faut dire qu'avec les nouvelles techniques de microbiopsies au pistolet l'intervention est très limitée et quasiment indolore. Henri ne sait rien de plus que ce que j'ai bien voulu lui dire. C'est d'ailleurs moi-même, pour ne pas attirer son attention, qui ai réalisé sur les coupes les colorations spécifiques des bactéries et leur marquage. J'ai dans mes bagages quelques UV d'histologie. Il n'y a guère que Julia, que tu viens de rencontrer et qui est vraiment une amie, qui en sait un peu plus.

– Un jour, que j'espère très proche, il faudra réunir tous les éléments que nous sommes en train de découvrir et constituer un dossier à l'attention du ministère de la Santé ou de l'Agence de sécurité alimentaire. Je ne connais pas encore exactement la marche à suivre, le nom des personnes à contacter. Mais, ce que je sais, c'est qu'il est temps d'arrêter le massacre. Tu désires apparaître, Fabien, ou tu préfères garder l'anonymat ?

– Hugo, je peux parfaitement assumer ce que j'ai découvert. Je te rappelle que je suis atteint. Toi aussi tu y as laissé des plumes. Disons que nous sommes... (Fabien m'attrapa l'avant-bras avec une sorte de ferveur) solidaires.

Je me désolidarisai avec circonspection. Je n'ai jamais tellement apprécié les manifestations affectives excessives.

– Fabien, nous nous attaquons à un monstre de l'agroalimentaire, ce ne sera peut-être pas si facile. Un pachyderme qui risque fort de se défendre par tous les moyens. D'autant que nous n'avons aucune idée de la part de l'Actilight dans le chiffre d'affaires du groupe, mais s'il s'agit de la poule aux œufs d'or prévisible, ça risque d'être corsé.

– Il y aura des expertises, des contre-enquêtes, prédit Fabien. Les fonctionnaires détestent se dédire, avouer qu'ils se sont trompés.

– Nous risquons aussi d'avoir sur le dos des manifestations de consommateurs. On va quand même contribuer à leur retirer leur dope. Une partie de la population des obèses et peut-être des êtres de poids normal risquent d'être en manque.

– Ça va être dur pour eux... J'en sais quelque chose, murmura Fabien, la voix teintée de crainte.

Mon ami fit défiler le fichier suivant.

– Avec les éléments que j'ai découverts, les pouvoirs publics n'auront d'autre choix que de retirer le produit de la vente. Les conséquences pourraient ne pas être qu'économiques. La chaîne d'individus peu scrupuleux qui a porté sur les fonts baptismaux cette saloperie pourrait fort se retrouver derrière les barreaux. Des criminels en col blanc... Un col maculé de yaourt. Tu vois, Hugo, je suis accro, pourtant c'est comme si mon corps demandait justice, criait vengeance.

Fabien avait ainsi parfois tendance au lyrisme.

– Revenons à ta bactérie, dis-je prudemment. Quel est donc ce scoop que tu retiens depuis tout à l'heure ?

– Eh bien, je me suis amusé à rechercher des marqueurs de LBG à l'intérieur même de l'adipocyte brun.

À l'écran, on notait des traces bactériennes au sein même de la cellule graisseuse. Fabien comprit que j'avais percuté.

– Cela signifie que ce ferment est un germe intracellulaire, à la manière du chlamydia ou du mycoplasme, et que sa destination finale, son but est de parasiter l'adipocyte lui-même.

– Attends la suite. Je me suis amusé à étudier une bactérie marquée en microscopie électronique. Devine ce que j'ai détecté ?

– Elle s'est transformée ? ai-je dit pour faire bonne figure.

La tension était à nouveau montée d'un cran. Mon regard passait de ses yeux à LBG, et *vice versa*. Cette structure ovale avec une double paroi et ses replis internes caractéristiques…

– Non ! ?

– Eh oui, Hugo. Tu n'as plus devant toi le lactobifilodus qui a pénétré dans l'adipocyte. Ce que tu vois, c'est une mitochondrie.

La bactérie avait renoué avec le mode de comportement de ses ancêtres qui, des centaines de millions d'années plus tôt, s'étaient associés à des cellules primitives pour marquer un pas décisif dans l'évolution des espèces : la maîtrise de l'oxygène et la fourniture d'une énergie abondante. Le germe était atteint du syndrome de Frankenstein : la créature avait échappé à son mentor. Les concepteurs de l'Actilight n'avaient pu programmer pareille aberration.

– Cela signifie, continua Fabien, que comme je te l'ai annoncé en commençant, que notre graisse brune, c'est de la daube. Elle n'a rien à voir avec le « vrai » tissu de réserve des mammifères hibernant. Elle ne représente qu'un immense espace contaminé par les bactéries métamorphosées en mitochondries. Ce n'est plus de la graisse. Pour ainsi dire, c'est du yaourt !

J'embarquai son topo sur ma clef USB. Lactobifilodus était le premier témoin à charge contre Boussard. Grâce au travail de Fabien, je tenais enfin mes premières preuves.

Quatrième partie

FLAVEUR

Rentré chez moi après être repassé par l'hôpital, je m'empressai d'inclure le résultat des recherches de Fabien dans mon ordinateur. Commençaient à s'agencer la synthèse de différents articles, les questions en suspens, les hypothèses et les pistes, ainsi que le volumineux « Rapport Fabien ». Par peur du piratage via Internet, j'avais donné à mon dossier le nom de ma chère Bérénice, que je trouvais plus motivant que X3B12 ou tout autre sigle codé. « Ouvrir » chaque fois son nom était pour moi comme une consolation : je lui rendais ainsi une espèce d'hommage informatique, je ne l'oubliais pas. J'effectuai une copie du dossier figurant sur ma clef USB. Fabien devait fignoler ses recherches techniques sur la bactérie et me les communiquer au fur et à mesure : continuait-elle à se multiplier une fois dans la cellule ? Pouvait-elle circuler d'une cellule à l'autre et contaminer les adipocytes de proche en proche ? Peu importait, au fond. Des portes et des trappes allaient s'ouvrir et, inévitablement, l'ampleur de sa découverte submergerait bientôt Fabien. Il fallait surtout stopper la commercialisation de ce foutu yaourt. Une sorte de course contre la montre avait commencé.

Restait le problème du vézépame, l'édulcorant suspecté d'addiction, prétendument mutagène, induisant une sorte de transe extatique avec comme corollaire la fabrication transitoire d'une réalité virtuelle et accommodante. Il me fallait un contact dans la maison de l'ogre.

Au bout de deux heures de travail, j'eus besoin d'une pause. Je n'avais plus d'Actilight, mais j'aurais sans doute descendu le moindre pot disponible malgré les risques. Je me précipitai sur le premier stimulant venu, un vieux citron desséché qui flétrissait dans le bac à légumes. Je pressai le fruit rabougri sur un presse-agrumes en plastique. Je versai dans le liquide un sachet de sucre de canne, du vrai, et aspirai le liquide à la paille. Beurk ! Acidité extrême, amertume impossible à faire disparaître : l'agrume avait vécu. J'ajoutai des glucides, ma mère m'ayant appris à ne jeter un aliment qu'en cas de mort certaine. Sauver le produit de la destruction, lui rendre un dernier hommage. Et mon estomac pour ultime poubelle.

Rien à faire. Le goût détestable dominait encore le liquide. Amertume : le mot résonna dans ma tête comme l'écho d'un souvenir enfoui. Comment s'appelait-il déjà, ce patient aromaticien, venu me consulter des mois auparavant pour cette dysgueusie qui colorait toutes ses perceptions olfactives ? Un être élégant en costume blanc, presque précieux. J'y étais. Solal. Si mes souvenirs étaient bons, et ils l'étaient, l'homme travaillait chez Boussard, chez qui il trafiquait les saveurs, fabriquait les flaveurs de demain, masquait les arrière-goûts, les arrière-pensées. C'était mon homme, la clef dans la serrure. J'avais dû garder ses coordonnées. Je le rappellerais le lendemain. Je ne savais trop comment m'y prendre. Tant pis, j'improviserais.

– Allô, monsieur Solal ?

– Lui-même.

La voix était à la fois plate et aiguisée, le prince des saveurs avait apparemment recouvré toute sa confiance en lui.

– Bonjour, je ne sais pas si vous vous souvenez de moi, je suis le docteur… le professeur Man, le médecin que vous êtes venu consulter il y a quelques mois pour des problèmes de goût amer.

C'était une des premières fois depuis ma nomination que j'utilisais mon titre dans l'intention d'en imposer. « Frimeur ! – C'est pour la bonne cause », répliquai-je.

– Ah, oui, excusez-moi, je ne vous ai pas rappelé. Votre médicament homéopathique : extraordinaire ! Mes troubles ont disparu en dix jours. C'est gentil à vous de prendre de mes nouvelles.

– Je suis ravi, dis-je, saisissant la perche, je vais pouvoir clôturer votre dossier. Plus aucune perturbation des sensations olfactives non plus ?

– Non, docteur, vraiment plus rien.

Solal hésita. Peut-être voulait-il raccrocher ?

– Vous savez, compléta-t-il, sans votre intervention, je crois que j'aurais perdu mon job.

Difficile de mettre sa guérison sur le seul compte de l'homéopathie. C'était un coup d'essai, trois granules à la mer. Peut-être ne s'agissait-il que d'une simple coïncidence, l'évolution naturelle de la maladie.

– En fait, monsieur Solal, j'ai besoin de vos services. J'ai là avec moi, m'entendis-je mentir, une jeune étudiante qui fait un mémoire sur les laits fermentés.

– C'est un sujet très en vogue en effet.

J'aurais parié que sa voix s'était tendue, une légère contraction du larynx.

– Je crois savoir que Boussard a acheté récemment plusieurs unités de production de ferments lactiques, poursuivis-je.

– C'est en effet un des axes de développement du groupe.

La voix était de plus en plus sèche. Sans doute un manque de salive.

– Et en quoi pourrais-je vous être utile ? ajouta-t-il.

Le moment était venu de me jeter dans le lait fermenté.

– Eh bien, le cœur de ce mémoire, je dirais son centre névralgique, est l'Actilight, produit par les industries Boussard.

– Ah ! entendis-je à l'autre bout de la ligne, comme s'il y avait un problème.

– Il y a un souci ? m'enquis-je.

– Non, non. Mais je suis au bureau, je ne peux pas trop parler. Vous avez un numéro de téléphone où je peux vous joindre ? (Débit rapide, heurté.)

Je lui donnai mon numéro et raccrochai. Je n'eus pas à attendre longtemps la vibration de mon mobile.

– C'est moi. (Le timbre de voix était à présent plus grave, la tonalité presque affable.) Excusez-moi pour tout à l'heure, mais vous m'avez téléphoné sur ma ligne professionnelle. On peut toujours être sur écoute. Ils sont un peu paranoïaques ici. Là, je suis dans les jardins.

J'entendais presque le bruit de ses semelles sur le macadam mouillé.

– Le groupe a requis les services d'un paysagiste japonais, un des meilleurs. Un endroit plus agréable pour parler, plus sûr… Quoique je ne puisse malheureusement vous être d'aucun secours.

J'avais simplement mentionné un mémoire sur les laits fermentés. Ou bien Solal était médium, ou bien il était soucieux.

– Tout ce qu'il y a à savoir sur nos produits est disponible sur le site Internet du groupe. À défaut, une documentation complémentaire pourra vous être transmise après demande écrite auprès de notre service consommateur.

J'eus soudain l'impression de m'entretenir avec une boîte vocale ! Il était clair que Solal s'était rétracté. L'aromaticien était sorti et avait demandé à me rappeler pour accoucher de cette souris ?

– Écoutez, monsieur, nous avons de fortes raisons de penser que ce lait fermenté n'est pas tout à fait anodin pour la santé, en particulier chez l'obèse. Nous avons besoin de renseignements complémentaires quant à sa composition.

– Tiens donc ?

La surprise était feinte, manifestement. Comme si j'avais fait allusion à un secret de polichinelle, au sein de son groupe.

– Enfin, précisai-je, quand je dis « pas tout à fait anodin », c'est une façon de parler.

– Écoutez, professeur, les informations auxquelles vous faites allusion sont confidentielles. Je ne saurais me livrer à ce qui s'apparente à de… l'espionnage industriel.

– Si je puis me permettre, répliquai-je, me souvenant soudain de son désarroi lors du problème qui l'avait conduit jusqu'à moi, ils n'ont pas été tendres avec vous lorsque vous avez perdu l'odorat.

– Raison de plus. (Ton plus bas, comme s'il avait tourné la tête pour s'assurer que personne ne l'avait suivi dans un recoin de son Japon chéri.) Si la direction apprenait l'existence de fuites, je risquerais ma place. Ils me tiennent.

– Ne croyez pas ça. Vous êtes tout aussi dépendant d'eux qu'eux de vous. C'est le genre de chose qui se mesure au nombre de zéros sur le chèque qu'ils vous font à la fin de chaque mois. La marque de votre rareté.

Je sentais le nez se fendiller, perdre de sa détermination.

– Ils sont vraiment en danger, vos obèses ? s'enquit-il encore, comme pour s'assurer que ses indiscrétions à venir vaudraient bien le coup.

À mon tour de ne lui révéler qu'avec parcimonie les objets de mon inquiétude. À vrai dire, il y en avait tant que je ne savais trop quoi lui dévoiler.

– Un des composants, avançai-je, en l'occurrence le ferment, serait capable de passer dans le sang.

– J'en étais sûr ! s'exclama mon interlocuteur.

– Comment pouviez-vous détenir une telle information ? m'étonnai-je.

J'avais à l'esprit les difficultés que Fabien avait rencontrées pour parvenir à un résultat exploitable avec l'astucieux bacille.

- L'Actilight est un des produits dont je me suis occupé. Un fleuron de la marque, un produit révolutionnaire, un assemblage complexe de plusieurs principes novateurs. Un avant-goût de ce à quoi vont ressembler les aliments du futur.

– D'après nos premières évaluations, cet aliment du futur s'avère être un sacré prédateur.

Solal ne releva pas.

– Sur le moment, j'étais très heureux de participer à sa mise au point. Ludovic Boussard en personne m'avait demandé de m'occuper de l'habillage olfactif du produit. C'était peu de temps avant sa mort. J'étais même flatté qu'ils n'aient pas choisi Franz Mabel, leur nouvelle recrue autrichienne...

Solal se tut.

– Vous êtes toujours là ?

– Désolé, je viens de croiser le responsable de fabrication des barres chocolatées. Je ne vais pas pouvoir vous tenir compagnie bien longtemps. Il n'est pas dans mes habitudes de rester pendu au téléphone pendant mes heures de travail.

Ce Solal jouait décidément un rôle de composition, genre poète inspiré des saveurs, majesté des odeurs, prince de l'ineffable. Difficile de savoir quand il était sincère.

– Peut-être pourrions-nous nous rencontrer en terrain neutre, sans vouloir abuser de votre temps ?

– C'est hors de question. (La frayeur transparaissait dans l'intonation, le débit de la voix.) D'ailleurs, nous en avions presque fini, je crois. La seule chose que je me crois autorisé à vous avouer, c'est que le dossier Actilight a été pour moi un exercice difficile. Le vézépame, ce nouvel édulcorant avait une saveur âcre, très problématique à masquer, à tel point que Ludovic Boussard était à deux doigts de renoncer à la commercialisation du produit, de remplacer l'analogue par le bon vieil aspartame. C'était d'ailleurs le plus mou sur le projet. La petite sœur Amélie était la plus pugnace. Le vézépame a été mis au point par un chimiste suisse, dont Boussard avait acheté le brevet et les droits d'exploitation à des fins alimentaires à prix d'or. Il paraissait être un édulcorant extraordinaire. J'ai cru comprendre qu'il aurait fallu lui passer sur le corps pour qu'elle y renonce. Le décès de Ludovic est bien tombé, en quelque sorte...

Silence radio.

– Encore une rencontre ?

– Non, je réfléchissais... C'est moi qui ai dénoué l'affaire. J'ai fabriqué une senteur proche de celle de la vanille, une composition complexe qui m'a pris pas mal de temps à mettre au point, mais dont la formule chimique s'imbriquait parfaitement dans celle du vézépame de façon à annuler son goût... sans toucher bien sûr à son mode opératoire.

Un terme qui tenait plus de la police criminelle que de l'industrie agroalimentaire.

– Un travail d'orfèvre, flattai-je.

– On peut dire ça comme ça. Quant au ferment, ce lacto...

– ... lactobifilodus, aidai-je, sous le coup d'une charité impatiente.

– Oui c'est ça. Lui aussi m'a donné beaucoup de fil à retordre. Beaucoup plus acide que les autres ferments *new age* pour lesquels on avait déjà fait appel à mes services... Bon, voilà, je crois que nous en avons fini.

Je me sentis frustré. Pas l'ombre d'une preuve, juste des soupçons, rien de tangible. Et, bien sûr, impossible de faire témoigner Solal. Je n'étais qu'un amateur face à une citadelle inexpugnable. En même temps, comment agir ou faire réagir les pouvoirs publics sans un faisceau de preuves solides ? Mon enquête puait l'artisanat, mais j'étais obligé d'en passer par là.

– Je peux peut-être contacter quelqu'un d'autre chez Boussard, tentai-je, histoire d'avoir de plus amples informations sur le « mode opératoire » des substances contenues dans Actilight. Vous avez bien un nom ?

J'entendis Solal hésiter, sans doute le bruit de l'air filtré par ses narines mi-closes.

– Écoutez, professeur, je peux peut-être faire quelque chose pour vous, un retour d'ascenseur, en quelque sorte. Il y a une personne chargée de faire visiter nos installations aux étrangers, aux éventuels clients. Une certaine Mlle Cordier. (Solal me donna son numéro de ligne directe.) Vous verrez, elle est un peu spéciale, dans le genre psychorigide, mais si vous vous débrouillez bien, vous pourrez peut-être glaner quelques informations. Pour obtenir un rendez-vous, le mieux est d'annoncer que vous vous intéressez aux bienfaits de l'Actilight sur la santé. Flattez le produit. Mettez le poids de la Faculté dans la balance. Cela l'impressionnera. Elle est biochimiste de formation.

La voix de Solal se fit moins plate. Elle s'était même creusée sous le coup d'une espèce d'empathie.

– Vous viendrez avec votre… étudiante ?

Malin comme un singe, le bougre ! Il avait manifestement compris que je l'avais abusé, avec mon prétendu « travail de mémoire ».

– Euh, non, bafouillai-je, je crois qu'il vaut mieux que je vienne seul… Tout du moins pour le premier entretien.

– Très bien, je crois en effet que c'est préférable. Il importe de ne pas brusquer Charlotte Cordier.

– Merci.

J'étais sur le point de raccrocher, mais sa voix grésilla encore.

– Encore une chose, professeur. De petites consignes. Pas un mot de notre entretien, même pas la plus petite allusion. Ne m'appelez plus jamais. Si d'aventure nous nous croisons pendant la visite, je ferai mine de ne pas vous connaître. Veillez à ce que ce soit réciproque. Vous ne me connaissez pas. Du reste, vous ne connaissez personne chez Boussard. Cela vaudra mieux pour moi… et pour vous.

SCRUPULES

Le coup de fil du professeur Man fut pour moi comme un coup de tonnerre dans un ciel de traîne. Hélas, je ne pouvais rien faire pour l'aider, seulement lui communiquer la ligne directe de cette bécasse de Cordier, dépositaire de toutes les infos sans en saisir la teneur.

C'était une réunion marquée par la houle, un conseil d'administration extraordinaire. Tous ceux qui y ont assisté se sentent encore liés par le sceau du secret, doigt invisible posé sur leurs lèvres entrouvertes. Enfin, ceux qui vivent encore. C'est d'ailleurs peu de temps après ce feu vert que mon salaire déjà exorbitant a été revu à la hausse. Le prix du silence. Il est vrai que sans mon intervention, sans cette petite touche de génie qui a permis d'effacer les goûts péjoratifs afin que s'expriment les flaveurs d'agrume, d'abricot et autres fruits exotiques, ce lait fermenté n'aurait jamais vu le jour.

Je me souviens. Nous étions, telle une bande de conjurés, assis autour de la table ovale des grands jours, des décisions capitales. Réunis pour signer l'acte de naissance. Le vieux Boussard était là, ainsi que les directeurs des branches Europe, Asie et Amérique. Cerné par ses fils et sa fille, le patriarche semblait incarner l'immortalité, la puissance, une dynastie dont les dents de loup étaient toujours aussi pointues. La ressemblance est étrange, presque dérangeante, entre les membres de cette famille. Un sang de toqué, un mélange issu de cépages trop proches. Il y avait là comme une atmosphère de triomphe annoncé. Le groupe sortait de deux ou trois mauvaises années, les Boussard comptaient bien se refaire. Les visages exultaient d'une sorte de joie débile, les peaux étaient même vaguement luisantes. Seul Ludovic, le fils aîné, celui qui ne devait pas voir l'année s'achever, affichait un sourire en demi-teinte. Le groupe avait mis la main sur l'arme absolue, une source infinie de pognon. Une nouvelle ère s'ouvrait.

Le nouvel édulcorant, ce vézépame qui m'avait causé tant de tracas, était une molécule novatrice capable de changer le comportement du consommateur, de l'influencer à son insu. Cela faisait déjà plusieurs années que l'industrie agroalimentaire s'était engagée sur la voie hasardeuse des aliments agissant sur le psychisme, sans jamais vraiment communiquer dessus. Sans doute la peur de se faire pincer par l'Agence de sécurité alimentaire ou le ministère de la Santé. Une bataille aussi souterraine qu'acharnée opposait les poids lourds de la catégorie, un combat dont l'enjeu était la conquête du cerveau du consommateur, sa manipulation par un autre accès que le recours aux sens. Le sucre, le glutamate et les autres exhausteurs de goût, stimulants de l'appétit, faisaient à cet égard figure d'ancêtres : ils n'agissaient que dans les basses couches du cerveau, là où se forment les instincts reptiliens. Une action simplement chimique. C'étaient des substances efficaces, mais somme toute assez médiocres au plan conceptuel.

Avec le vézépame, Boussard avait mis une bonne longueur d'avance entre lui et ses concurrents. La société s'était ouvert une sorte de boulevard. C'était une molécule beaucoup plus raffinée que toutes celles qu'on avait préalablement connues, expérimentées. Elle se mariait particulièrement bien avec l'onctuosité d'un produit comme le yaourt brassé. Sitôt mangé, sitôt conquis. Issue de la recherche pharmacologique sur les substances modulant l'appétit, la molécule avait échoué par hasard dans l'agroalimentaire. Le futur Actilight agissait dès les premières prises : il était à l'origine d'une espèce de béatitude extatique chez sa victime, un état transitoire qui durait peu ou prou le temps de la digestion, mais il abandonnait son amateur à une sorte de nostalgie voluptueuse qui le forçait à replonger à la première occasion. Remplissez donc vos caddies, braves gens, et surtout, revenez vite faire le plein ! Pourtant, à l'issue de cette réunion d'intronisation, une chose m'apparut certaine : un jour, la bombe à retardement Actilight finirait par nous exploser au visage. Trop de dissimulations, de silences, de dangers. Une version moderne de la malédiction des Templiers, avec le vieil Antoine Boussard dans le rôle de Philippe le Bel et ses rejetons dans celui de Louis X le Hutin, Mahaut d'Artois et autre Enguerrand de Marigny. Un casting d'enfer, des acteurs empoisonnants... Pour de vrai.

Amélie Boussard soutenait activement le produit. Les deux autres frères, Bertrand et Xavier, se situaient dans sa droite ligne. Seul Ludovic exposait ouvertement ses critiques. Il avait déposé devant lui une grosse chemise rose sur laquelle se détachait la lettre F, cerclée de noir. F comme Fantôme.

– On ne peut pas faire abstraction du rapport Fallacci, commença-t-il, saisissant des deux mains le dossier comme s'il s'était agi d'un bouclier censé le protéger contre quelque projection de lait caillé.

– Des allégations, un tissu de trouvailles non prouvées, intervint Xavier. D'ailleurs, il a démissionné.

– Une dépression avec tentative de suicide, confirma Amélie. Preuve qu'on ne pouvait pas lui faire confiance.

– Je crois bien qu'on l'a poussé à bout, reprit Ludovic, ses mains blanches et crispées se détachant à présent sur le bois précieux postexotique de la table. Fallacci est un éminent neurobiologiste, nous l'avions d'ailleurs embauché pour rechercher une substance maison capable de stimuler l'appétit.

Je me demandai pourquoi j'avais été convié à une telle réunion, qui tenait plus du lavage de linge sale en famille que d'une réunion d'avant commercialisation. Mais j'étais l'homme grâce à qui l'Actilight était devenu fréquentable par les papilles gustatives de nos concitoyens. Le maquilleur de génie de la superproduction Boussard, rubrique effets spéciaux.

– Si nous avions attendu la molécule Fallacci, justifia Bertrand, nos concurrents nous auraient pris de vitesse. Car là, voyez-vous, il y a urgence. L'agroalimentaire est en pleine mutation. Bientôt les biscuits, les chips et autres produits qui font encore l'essentiel de nos ventes ne seront guère mieux lotis que de vulgaires paquets de cigarettes. Après l'autodafé du tabac, cette plante vénérable, et la dénonciation de la bagnole et des pesticides, viendra le tour des sucres et des graisses sous leur forme manufacturée.

Bertrand était le fils cadet de la maison Boussard. Il avait un gros visage bouffi et il alternait un vocabulaire tour à tour lyrique et rudimentaire. Malgré une éducation qui avait dû être châtiée, son passage en internat l'avait marqué. Une mentalité de caïd avec un pedigree d'aristo.

– J'ai jeté un coup d'œil en avant-première, continua-t-il pendant que je l'observais, grâce à un de mes contacts au ministère de la Santé, à un futur projet de loi visant à avertir des dangers potentiels de nos vieilles locomotives directement sur les paquets. Incroyable ! Du jamais vu. Ils vont tout mettre en œuvre pour dégoûter le chaland. Une de leur principale cible : les aliments chouchous des enfants. 30 à 40 % de notre chiffre d'affaires. Imaginez le carnage, je vous rappelle en outre que la tranche des 3-12 ans est la plus influençable, la plus captive. À ces âges, l'ennui règne en maître, le cerveau est une éponge, et la télé une invention fascinante. C'est au cours de cette période que les habitudes alimentaires se prennent, et elles influenceront le comportement de toute une vie. À la lecture de ce qu'ils nous obligeront à imprimer, leurs intentions sont claires : ils nous forceront à nous démolir nous-mêmes.

Bertrand martelait ses paroles en assenant ses gros poings serrés sur la table. Un vrai leader du syndicat de la viande. Chicago, 1930.

– Tu ne crois pas que tu exagères un peu, Bertrand, tempéra Ludovic, dans le rôle du sage de la famille.

C'était le frère dont les traits étaient les plus estompés, les moins saillants, une sorte de brouillon des autres. C'était bien la première fois que j'avais l'occasion de contempler ensemble toute la brochette des Boussard. C'étaient des terriens, des agraires, et la chair qui recouvrait leurs squelettes massifs semblait s'enraciner dans la glaise. Il régnait autour de cette table une odeur de houblon, d'orge, de blé.

– Toujours un train de retard, grand frère, répondit Bertrand. Réveille-toi, le monde bouge. Nous sommes à la veille d'un tsunami alimentaire. D'ici à cinq ans, les linéaires des hypermarchés auront radicalement changé. Le light, le bio, l'équitable ne cessent de s'emparer de parts de marché. Plus une mère normalement constituée n'offrira à ses marmots nos cochonneries. Nous n'avons pas le choix. Avec l'Actilight, nous agissons en aval : les obèses que nous avons fabriqués, nous allons les guérir. Des produits tels que l'Actilight sont l'avenir de nos marques. L'avènement de l'« archilight ». Nous deviendrons les chevaliers blancs de la graisse, nous nous engouffrerons dans la brèche encore entrouverte de l'alicament, un terme qui n'existe pas encore dans le fichier orthographique de Word. L'Actilight, c'est sauve qui peut.

– Je dirais plutôt gagne qui doit, corrigea Xavier, dont l'amoralité aimait à se parer des vertus du social. Nous devons sauvegarder nos bassins d'emplois, ces dizaines de milliers de familles dont nous assurons la subsistance. Ne pas commercialiser des produits novateurs tels que l'Actilight reviendrait à terme à affronter des conflits sociaux sans précédent, des fermetures d'usines, et leurs cortèges de journalistes larmoyants, leurs interviews.

– Avec nous autres dans le rôle des salopards, compléta fort joliment Bertrand.

Jimmy Fain, représentant des petits actionnaires, le passage qui conduisait tout droit aux fonds de pension, confirma. Les membres de la famille semblaient à la fois le mépriser et le craindre. Il tenait entre ses mains jointes près de 20 % des actions du groupe et sa participation allait croissant dans le capital. De son point de vue, qui ne s'embarrassait même pas des hypocrites relents sociaux de Xavier, peu importaient les emplois qui pouvaient être créés par l'aventure Actilight et perdus si elle ne se faisait pas. L'argent du travail, une fois investi sur des supports de type assurance-vie, rapportait beaucoup plus que le fruit du travail lui-même. Fain affichait l'air gourmand d'un être qui faisait ses courses, sauf que la corbeille avait remplacé le panier. C'était une sorte de loup que les Boussard avaient laissé entrer dans la bergerie, contraints et forcés par la conjoncture et l'ambition, à qui on offrait de temps à autre un agneau, une chèvre. Un sacrifice quasi humain pour la famille, offert à quelque sanguinaire divinité mésopotamienne. La déesse des récoltes.

– J'espère ne pas être là lorsque Boussard aura à ses trousses un procès dans le genre de celui du sang contaminé, contre-attaqua Ludovic, prophétique. Bonjour les indemnités à verser aux familles, les associations de consommateurs liguées contre nous, la publicité pour la marque.

– On se calme, Ludovic, tempéra le vieil Antoine, glacial, renouant avec une poigne de fer qu'on devinait issue du temps de sa verdeur, stigmate d'un conflit jamais résolu avec son aîné. Nous sommes une maison respectable, nous faisons partie des plus grands donateurs à l'Unicef, à la Ligue contre le cancer et à Sidaction. Il n'y aura pas de procès. Nous n'allons intoxiquer personne.

– Pas plus en tout cas que nous ne l'avons déjà fait, accentua Amélie, cynique. Avec l'Actilight, nous avons mis au point un produit génial, qui rendra service aux obèses, un édulcorant addictogène, peut-être, mais qui les rendra de meilleure humeur. Bon Dieu ! il n'est pas interdit de donner un peu de joie à ces pauvres malheureux.

Amélie était quasiment anorexique, ce qui rendait sa sortie d'autant plus condescendante. Je ne l'avais jamais aperçue en train de manger, je veux dire en train de « commettre » l'acte de se nourrir. Je la revoyais vaguement face à une assiette, voire un petit-four à la main au cours de vœux de Nouvel An, mais avec quelque chose en bouche, non. Jamais elle n'avait fait parvenir quoi que ce fût jusqu'à cet orifice en ma présence. Lorsqu'elle était présente dans les locaux, le restaurant d'entreprise ne faisait pas partie de ses endroits favoris. Étonnant paradoxe lorsqu'on dirige une gigantesque entreprise d'agroalimentaire. L'appât du gain, certes, un appétit d'ogre, des dents qui rayent le parquet, mais une cavité buccale aussi vide que le désert de Gobi. Du coup, j'ignore si elle a jamais compris ce que je faisais, à quoi je servais exactement, moi dont la quête du goût était toute la vie.

– Et puis, dit-elle encore, il ne faut pas oublier que nous avons dépensé des centaines de milliers d'euros pour mettre au point ce ferment extraordinaire, ce lactobifilodus. Nous l'avons détourné de sa vocation primitive, après maintes manipulations génétiques. (Clin d'œil à Gustave Laser, grand manitou des ferments, installé nord-nord-est, qui entretenait alors les meilleurs rapports avec la fille famélique.) Mais nous y sommes arrivés.

Il n'y avait pas qu'à Gustave que le lactobifilodus avait donné des suées. J'avais moi-même lutté plusieurs semaines afin de tamponner toute l'acidité produite par le zozo. Une des molécules sécrétées par sa membrane délivrait de plus une amertume particulière, assez proche chimiquement de celle d'un pépin d'orange broyé. Il faut toujours faire confiance à ses sens. L'amertume est comme une alerte. Elle indique ce qui n'est pas comestible. L'être humain sait ça depuis les temps préhistoriques. Amer comme le poison, le venin, la vilenie. Mais j'avais reçu pour mission de m'acharner, le germe valait le coup, à ce qu'il paraissait. Il y avait eu aussi à régler ce problème de consistance. Le ferment ne se mélangeait pas bien au lait, il faisait des grumeaux, des précipités, les bactéries restaient agglomérées entre elles. Il avait fallu faire appel à un procédé de brassage particulièrement sophistiqué pour rompre ces unions infernales.

– Actilight ne sera pas utile qu'à notre chiffre d'affaires, acheva-t-elle tandis que je me remémorais le passé. Il redorera le blason de la maison Boussard et finira par être déclaré d'utilité publique. Le bienfaiteur des obèses. J'ai lu ce rapport, Ludovic, cette succession de chiffres et de courbes accumulés par ton ami Fallacci. Mais le risque qu'il dénonce est trop anecdotique, vraiment tiré par les cheveux. Rien qui ne nécessite que nous fassions marche arrière.

– Pas d'accord, contredit Ludovic. Prenons le cas de l'édulcorant, tout d'abord. Le vézépame, en présence de corps gras, est capable de se scinder en deux molécules, une anodine, le chloric, l'autre, le vécuronium, stockable dans les graisses, un analogue du curare. La même drogue que celle utilisée en anesthésie pour détendre les muscles, ou plus exactement les paralyser.

Un temps de silence, une syncope.

– Et alors ? reprit Xavier comme s'il s'agissait d'un sujet maintes fois débattu, tu sais bien que le vézépame a un pouvoir sucrant près de cent fois supérieur à celui de l'aspartame.

– On en utilise cent fois moins, forcément, compléta Bertrand, complice, à trois contre un.

Le jeu de la fratrie était décidément de faire passer Ludovic pour un idiot, un attardé, un idéaliste. Il est vrai que l'aîné dénotait, avec sa veste bleue, ses cheveux mi-longs qui lui frôlaient les épaules et sa barbe de trois jours.

– Sauf qu'aucun de vous autour de cette table n'est à même de prévoir où l'addiction conduira le consommateur. Vous espérez tous le carton, le succès commercial, la mise K.-O. de nos concurrents. Moi aussi. Mais avez-vous répondu à la question fondamentale ? Combien de pots par jour, par semaine, par an ingurgiteront les toxicos à l'Actilight ? Qui peut prévoir ça ?

Ludovic s'était redressé, il haranguait presque l'assemblée, debout, face à son père, toisant ses frères et sa sœur. Comme s'il représentait sa mère, absente à cette réunion de famille qui n'osait pas dire son nom. Je l'avais aperçue quelques fois, une femme grêle marchant dans l'ombre d'Antoine, en fin d'après-midi, être secondaire et fantomatique. On aurait dit que Ludovic se dressait tout autant contre l'Actilight que contre le sort fait à sa mère, des décennies d'éducation orchestrées contre son gré, un viol de sa vraie nature, dont l'unique but dans l'existence était de parvenir à se faire un prénom. À le voir ainsi se contorsionner devant son paternel, je compris qu'il rejouait là, devant nous, une scène déjà jouée cent fois, mille fois, un conflit qui avait la saveur amère de l'enfance, une tentative désespérée de pouvoir enfin exister face à cette omnipotence, un remake d'affrontement inscrit dans les sillons de son être, avec Actilight dans le rôle du prétexte. C'est ainsi : les mères donnent la vie, mais les pères octroient le droit à l'existence. Et maudits soient les aînés. Ludovic se cabrait comme un adolescent attardé, avec ce yaourt à venir comme ferment de la révolte.

– Quelqu'un autour de cette table peut-il me dire quelle quantité de ce toxique serait piégée dans la graisse d'un obèse, un bienfaiteur des établissements Boussard qui consommerait disons… mille pots par an ?

Encore un temps mort, le type de silence embarrassé que l'on peut percevoir en présence d'une vieille tante avinée qui se met à révéler des secrets d'alcôve au cours d'une soirée d'anniversaire.

– Quelqu'un peut-il me dire, continua Ludovic comme si personne ne l'avait entendu, ce qu'il se passerait si, par accident bien sûr, ce vécuronium se déversait dans le sang de notre bienfaiteur ?

– Ce sont des doses infinitésimales, monsieur, se décida à répondre Ali Fatik, le chimiste du groupe, avec l'air excédé d'un professeur condescendant face à un énergumène demandant pour la cinquième fois le poids moléculaire de l'azote. Le risque est vraiment infime. Il faudrait vraiment une série de coïncidences incroyables. Un amaigrissement brutal, une très forte addiction, que sais-je encore ? un brusque changement du métabolisme, une mutation. Nous avons refait les tests. Vraiment, monsieur, vos hypothèses sont irréalistes et alarmistes. Inutilement.

– Fallacci insinue dans son rapport, poursuivit Ludovic, en tournant nerveusement des pages à l'intérieur de sa chemise rose, que vous avez truqué les tests, dissimulé le résultat de certains dosages, pour obtenir le feu vert des pouvoirs publics.

Les visages familiaux devinrent soudain comme boursouflés par l'œdème de la colère. Bertrand cassa entre ses poings serrés le crayon à papier qu'il triturait depuis un moment.

– Ludovic, tonna finalement le patriarche, tu es avec nous ou contre nous, à la fin ?

La question était bonne, le vieux avait sans doute en partie raison. Devant des tiers, son attitude équivalait à une sorte de trahison, qui aurait valu à d'autres collaborateurs des établissements Boussard blâme, mise à pied, licenciement. Ce devait être la deuxième ou troisième fois que je rencontrais Ludovic. Je l'avais imaginé plutôt effacé et soumis. Me plaçant dans son sillage, j'avais même enregistré son absence d'odeur. Non pas que je passe mon temps à renifler mon prochain, mais être un nez confère certaines capacités électives. J'avais ainsi perçu dans l'aura olfactive de Ludovic comme un creux, une défection. Comme s'il ne remplissait pas l'espace qui lui était imparti, celui auquel il avait droit. Mais, pour l'heure, le fou s'était déplacé sur une diagonale incertaine et faisait échec au roi. Comment aurait-il pu savoir que, quelques mois plus tard, il serait lui-même mat ?

– Je veux simplement vous avertir des conséquences de certaines décisions prises dans l'unique souci du profit. On ne règle pas le problème du cours de nos actions en menant la politique de la terre brûlée.

– Je vais te répondre, mon fils, reprit Antoine, affichant une sérénité de façade, déployant une pédagogie de pacotille. Les anomalies que tu évoques existent peut-être effectivement. Mais en aucun cas elles ne constituent un frein à la commercialisation de l'Actilight. Ce produit est avant tout une source de bienfaits.

C'était cynique. Il était évident pour tous les êtres assis autour de cette table qu'une seule chose importait dans l'esprit du vieux : l'intérêt des établissements Boussard. Le vieux ne tarda plus à révéler sa vraie nature.

– Les anomalies mineures que tu reproches à notre nouveau lait fermenté sont en outre difficiles à dépister, reprit-il en dépliant les bras. Il faut faire appel à des réactifs particuliers, mettre le yaourt en présence de matières grasses à une concentration élective. Nous sommes en contact permanent avec les membres de l'Agence de sécurité sanitaire, nous travaillons même main dans la main avec eux, et nous connaissons bien leur manière de procéder. Ce qui te dérange dans la formule de l'Actilight ne fait pas partie du cahier des charges imposé aux produits lactés. Je ne vois pas pourquoi nous serions plus royalistes que le roi. Nous savons d'ores et déjà qu'aucun de leurs tests n'est à même de retrouver quoi que ce soit de suspect dans notre nouveau produit.

– Et l'addiction engendrée par le vézépame, tu en fais quoi ?

– Ce n'est pas un délit en matière agroalimentaire, intervint Xavier, à la rescousse. Nous utilisons quotidiennement pour parfaire nos produits, et tu le sais bien Ludovic, des additifs, des exhausteurs de goût, qui exercent des effets notoires sur le psychisme. Notre vézépame est inoffensif, malgré ses microtraces de vécuronium, que je concède. Tu vois, Ludo, je suis même loyal avec ton Fallacci.

Xavier se carra dans son siège, comme s'il venait d'affirmer son existence au sein de la fratrie, une chose qui ne semblait pas aller de soi.

– Crois-moi, Ludovic, reprit Bertrand, l'intérêt économique est le plus fort, et notre activité de lobbying est intense. Le législateur hésite à légiférer, il doit bien nourrir le pays pour pas trop cher, sinon les gens se plaignent de la dureté de la vie. Nous sommes ses alliés objectifs, ses amis.

Tant que nous payons de la TVA, tout le monde est content. Et les organismes de contrôle ne peuvent rien contre la déferlante des nouvelles molécules. Le meilleur gardien ne peut arrêter tous les buts.

Tout le monde se borna à un silence contrit. Il ne servait à rien de cracher dans la soupe.

– Mes amis, il n'y a aucun risque, conclut Antoine (il parlait du risque commercial, bien évidemment). Le commissaire européen de veille sanitaire est un proche. Un vieux copain de régiment. Nous sommes liés par… disons un tissu de services rendus. N'oublions pas non plus l'opposition entre les ministères de la Santé et de l'Agriculture. La plupart des vétérinaires réalisant les inspections sur la filière du lait sont en même temps nos salariés via un autre canal : certains s'occupent même des bêtes qui constituent nos cheptels.

Boussard se laissait aller à trop de révélations coupables. Il se sentait en confiance, mais tout de même. Une balance pouvait toujours surgir. À moins qu'un début de sénilité n'ait pris chez lui le masque de la toute-puissance. D'aucuns disent qu'on finit par se ressembler en vieillissant. Décidément, je travaillais dans un groupe où tout avait été verrouillé comme un système digne des dessins d'Escher. Vous aviez l'impression de monter un escalier, mais vous le descendiez ; vous vouliez fuir et cela vous enfermait encore un peu plus.

AMÉLIE

Mon rendez-vous à l'usine de Villacoublay avait été fixé un 19 décembre, le jour de l'anniversaire de Bérénice. Les coïncidences m'ont toujours troublé. À vrai dire, il me semblait que j'y étais abonné. Peut-être les remarquais-je avec une acuité particulière ou leur attribuais-je une signification qu'elles ne méritaient pas : chacun tente de donner un sens à sa vie qui n'en a peut-être aucun. Moi, je crois qu'elle a celui qu'on lui donne.

J'avais pris ma voiture, il n'y avait d'autre choix rationnel que celui de la route pour parvenir à ce site industriel planté à l'écart des stations de transports en commun. Il y avait certes un service de bus qui assurait la desserte à partir de la gare de RER, mais la personne que j'avais eue en ligne me déconseillait de l'emprunter en dehors des heures de pointe.

Par malheur, mon GPS avait buggé une fois parvenu à proximité du lieu, et il n'y avait ainsi plus personne à l'intérieur de l'habitacle calfeutré pour me susurrer sur un ton faussement pédagogue « à droite, à gauche, à droite au feu » et s'acharner avec le même flegme informatique à me remettre sur le droit chemin malgré mon évidente mauvaise volonté. J'étais donc arrivé nécessairement en retard, m'étant perdu au sein de cette zone d'activités trop grande, où les rues aux noms de fleurs stupides se coupaient à angle droit. J'y avais croisé la plupart des enseignes phares de l'agroalimentaire français, plus les logos de nombreuses marques étrangères qui avaient droit de cité chez nous, si bien que je m'étais imaginé par moments déambuler dans les allées d'un immense hypermarché, avec une automobile en guise de caddie. En tout cas, le site constituait un exemple remarquable de concentration industrielle. Les semi-remorques rangés dans les immenses parkings qui leur étaient réservés attendaient leur chargement. Certains se mettaient déjà en branle ; d'autres, l'arrière-train découvert, se laissaient farcir de denrées dont la date de péremption avait été reculée au maximum. Bienvenue dans la Food Valley, *my friend* !

C'était la première fois que je me rendais dans une unité de fabrication de yaourts. Comment se faisait-il que nous autres, médecins nutritionnistes, avions si peu de connaissances en agroalimentaire ? Ce genre de visite n'avait jamais été intégré à notre cursus. Tandis que j'approchais du but, je me sentis soudain imprégné par une sorte de timidité moite, que je savais être la face avouable de l'incompétence et de l'amateurisme.

Les Établissements Boussard ne constituaient pas une usine au sens classique du terme. Il s'agissait en fait d'un conglomérat de bâtiments au design soigné, les plus anciennes constructions reprenant les modèles éprouvés des années vingt, avec leurs toits en zigzag et leur lumière zénithale, les plus récentes, éloignées de l'entrée du sanctuaire, laissant la part belle au verre et à l'acier, la transparence minérale associée à la certitude industrielle. Il est des cas où même le squelette se doit d'être apparent : après tout, la chair elle-même n'est qu'une espèce d'habillage. M'engageant dans la rue des Peupliers, j'avais dû longer en voiture l'ensemble des installations en un long travelling pas forcément innocent avant de parvenir enfin à la barrière métallique jaune et rouge montée sur rail. J'abaissai la vitre.

– Professeur Man.

Décidément, mon nouveau titre m'arrachait la gorge. Le vigile en poste hocha la tête comme s'il m'attendait personnellement. Il m'indiqua un bâtiment surplombant les autres, situé à une centaine de mètres sur la droite et devant lequel étaient garés en épi des limousines, des 4 ∞ 4 et même, j'en pris conscience en m'approchant, une masse noire et chrome, un véhicule court sur pattes dont la gueule faisait saillie, un *command car* adapté tant bien que mal au service civil, avec des fenêtres hautes et longues qui n'étaient pas sans évoquer des meurtrières médiévales. Un pitbull à roulettes. Luxe et paranoïa. Je roulai au pas en direction de ces menaces d'acier. Ma voiture, une japonaise au moteur hybride, semblait hésiter autant que moi.

J'avançais assez lentement pour entendre la grille se refermer derrière moi, un grincement lourd et sourd. « Ici commencent les terres du clan Boussard », m'entendis-je prononcer. Le courage me revint soudain, c'était comme si s'étalait soudain derrière moi le cortège des morts de la maladie de la graisse brune, avec à leur tête ma chère Bérénice vêtue d'un suaire vaporeux. Si ce yaourt était bien coupable, je parviendrais à le faire interdire. Un plan d'action commençait à s'organiser dans mon esprit. Je contacterais le ministère de la Santé, constituerais un dossier à charge à partir de tout ce que l'on savait de la maladie, de ce que j'avais découvert, du topo de Fabien Chiche. Peut-être même parviendrais-je à convaincre André Scob d'intervenir, et même Georges Cantrel, mon interne documentaliste de l'Hôtel-Dieu. Bien évidemment, je n'avais averti personne dans mon nouveau service des progrès de mon enquête, et encore moins de ma visite en ce lieu. Pas question de renforcer l'atmosphère de suspicion qui entourait ma personne. Mon séjour récent en hôpital psychiatrique n'arrangeait pas mes affaires : cette donnée colorait toute argumentation trop appuyée de ma part. Même si ces derniers temps, lors d'un staff marathon, j'avais imparfaitement réussi à les convaincre que le nombre de décès lié au nouveau fléau était probablement beaucoup plus élevé que les statistiques officielles ne le laissaient augurer. Simplement, le diagnostic n'était pas posé. Quoi de plus banal en effet que la mort par arrêt respiratoire chez un obèse ? Nous n'étions pas encore mûrs pour le recours à l'autopsie systématique. Ma tentative de comparaison avec l'installation du sida, pour lequel il avait fallu attendre des années avant d'évoquer le diagnostic et de décider d'un test de dépistage à grande échelle n'avait porté que partiellement ses fruits. J'imagine qu'il aurait fallu une sorte de déclic, la disparition d'une personnalité ou de quelqu'un dans leur famille.

Dans le hall d'entrée m'attendait un comité d'accueil substantiel, un trio de choc : un être fluet et dense qui m'agrippa la main avec des doigts à la E.T., puissance et perspicacité.

– Professeur Man, bienvenue aux Établissements Boussard. Je suis Amélie Boussard, responsable de la branche Europe. Je vous présente Gontran Fougères, responsable de fabrication de la branche yaourt. (Un homme d'une quarantaine d'années, blouse blanche, cheveux noirs brillants, regard humide, s'empara à son tour de ma main droite.) Et voici Charlotte Cordier, notre chargée de communication.

La troisième main portait un tailleur gris, des yeux gris. Elle me fit penser à une ancienne petite amie, lorsque j'étais encore adolescent, à l'apprentissage de la volupté ou plutôt à son avant-goût. Lèvres charnues, presque pulpeuses. C'était elle que j'avais eue en ligne et à qui j'avais fait part de mon intérêt pour les laits fermentés. Le seul personnage que m'ait évoqué Solal, l'aromaticien, bien évidemment absent.

– Nous vous avons concocté un petit programme spécial, continua Amélie Boussard. Visite de l'unité de production de yaourts, audiovisuel sur quelques procédés de fabrication maison, déjeuner au restaurant d'entreprise.

– C'est trop d'honneur, dis-je, étonné malgré tout que le P-DG en personne ait jugé utile de m'accueillir.

– Ce n'est pas tous les jours que la Faculté daigne nous rendre visite. J'ai appris, professeur Man, que vous veniez d'être fraîchement nommé. Toutes mes félicitations.

C'était désagréable, ces politesses appuyées. À croire que j'avais fait l'objet d'une enquête préalable. Et puis « fraîchement » sous-entendait « fragile », dans cette bouche étroite.

Nous fîmes quelques pas en direction des bureaux, Amélie et moi, Charlotte et Gontran.

– Alors comme ça, l'Actilight vous intéresse ? s'enquit Amélie Boussard.

– Oui, enfin, les laits fermentés en général. Nous menons une petite étude sur les probiotiques, ces ferments aux pouvoirs multiples.

– Le lactobifilodus est en effet un germe intéressant. Il produit des enzymes capables de dissoudre les graisses... À hautes doses !

Amélie Boussard avait accompagné sa sortie d'un accès d'hilarité haut perché qui sonnait faux. Je me dis qu'elle avait dû apprendre à rire sur le tard. Je me sentais mal à l'aise, la rage bouillonnait même dans mon chaudron intime. Après tout, cette bonne femme, son équipe et ses usines semaient la mort sans le savoir. On aurait pu arrêter les turbines, boucler tout le monde pour homicide involontaire. Mais je venais d'apprendre un détail important : j'ignorais que son ferment d'enfer avait le pouvoir de dissoudre les graisses. Ce détail avait dû m'échapper. Il n'apparaissait pas nettement dans la fiche produit. Or ce n'était pas une bonne nouvelle : cela voulait dire qu'au bout d'un certain temps, indépendamment d'un régime, le yaourt pouvait accélérer le processus de libération du toxique que lui-même avait contribué à faire stocker.

– J'ignorais que votre germe produisait des molécules amincissantes, dis-je, je n'ai noté cette mention nulle part.

– L'Actilight est un produit si extraordinaire, intervint Charlotte Cordier, l'attachée de presse, que nous avons opté pour une communication de type profil bas. Pas la peine de nous lancer dans une campagne de pub coûteuse et tous azimuts. Car nous savons qu'essayer, c'est l'adopter.

– En effet, d'après ce que j'ai appris, le vézépame, votre édulcorant, est très addictogène.

J'avais balancé ça sans réfléchir. Notre petit groupe s'arrêta de marcher, à proximité de la rampe de bureaux aux cloisons vitrées, et je sentis leurs six prunelles converger vers moi telles des tourelles de char. Ils pensaient tous les trois très fort, dans une syntaxe à la Robocop : « Alerte rouge, alerte rouge, ennemi dans la place. »

– Les molécules addictogènes sont légion dans l'agro-alimentaire, lâcha Gontran Fougères d'une voix aigre qui convenait bien à un fabricant de lait caillé. Leur incorporation n'est pas un délit, ils ne mettent pas la santé en danger.

Amélie Boussard me posa la main sur l'avant-bras, geste qui aurait pu paraître amical ou déférent. Mais, vu le contexte, c'était presque une menace.

– Nous vous demanderons juste, professeur, avant de commencer la visite, continua-t-elle tandis que je m'étranglais, de signer notre clause de confidentialité. L'espionnage industriel est un problème constant dans nos professions. La plupart des installations que vous allez voir ont fait l'objet de dépôts de brevets.

Et elle prit la tangente.

– Bon, le devoir m'appelle, dit-elle en guise d'adieu.

Mais elle sembla se raviser.

– Je vous retiens à déjeuner ? Restaurant d'entreprise ? 13 heures ? Vous rencontrerez des membres de la direction de l'usine, les gens que vous aurez croisés en cours de visite… Et puis d'autres… certainement.

Elle dégageait autant de chaleur humaine qu'une luciole. Pourtant, je sentais qu'elle voulait faire bonne impression, paraître aimable, à l'écoute. Un crocodile peut-il devenir végétarien ?

– Nous aurons l'occasion de faire plus amplement connaissance, continua-t-elle, en pilotage automatique, comme si je n'existais pas. Dans le cadre de notre programme Nutrition et Santé, Boussard pourrait envisager une collaboration avec votre service. Nous pourrions même financer une de vos études, je ne sais pas, par exemple sur le fonctionnement de la graisse en présence d'aspartame.

Elle aurait pu ajouter : « le marché est particulièrement porteur, ces temps-ci », mais se contenta d'un cynique :

– Les hôpitaux manquent tellement de moyens, à ce qu'il paraît. Peut-être auriez-vous besoin d'une assistance… privée.

Elle accompagna sa spirituelle sortie d'un mouvement de tête en arrière, lointain cousin d'un rite de séduction orang-outan. Effet inverse garanti.

« Je te souhaite de n'avoir jamais besoin de leur aide, jeune peau », me retins-je de répliquer, les mâchoires contractées par la révolte. Mais je me raisonnai : il ne fallait pas compromettre mon enquête. Je me contentai d'un pâle :

– Nos programmes de recherche sont bouclés pour les deux prochaines années. Mais, merci pour votre proposition.

– Dommage. Vous savez, nous collaborons déjà avec de nombreux services, essentiellement des instituts privés, il est vrai. Des protocoles fructueux… de part et d'autre.

Elle m'énervait, à la fin, avec ses fins de phrase en forme de coup de théâtre ! Voilà qu'à présent elle essayait de susciter mon envie. Dans son esprit, je venais de débarquer de mon tiers-monde hospitalier. J'avais besoin d'aide, forcément. « Tout s'achète », devait-elle penser. Cette bonne femme était un cliché ambulant, elle véhiculait tous les stéréotypes auxquels on était en droit de s'attendre. Hé, Michael Moore, viens planter ta caméra par ici. Pas besoin de forcer le trait cette fois-ci !

Elle finit par s'en aller, me laissant en compagnie de Charlotte Cordier la pulpeuse et de Gontran Fougères le chimique.

Nous pénétrâmes dans un des bureaux aux parois de verre. Charlotte me tendit un stylo plume à la cime enneigée.

– Simple formalité, monsieur Man.

> Je soussigné ... m'engage sur l'honneur à ne rien divulguer de ce que je serais susceptible de voir, entendre ou déduire de ma visite auxdits Établissements Boussard et qui serait susceptible de porter préjudice auxdits Établissements. En cas de non-respect de cette clause, je suis informé de la possibilité de poursuites à mon égard auprès des tribunaux.

Je complétai les blancs, d'une encre que j'aurais préférée plus sympathique. Clause toujours ! Je m'apprêtais précisément à faire l'inverse de ce qui était inscrit sur le formulaire. Voir, entendre, déduire... Et si possible témoigner.

VISITE

Charlotte m'abandonna à son tour, me laissant en compagnie de Gontran. Une once de déception altéra sans doute mon expression. Je sentis qu'elle avait perçu mon intérêt pour sa personne.

– Je suis désolée, s'excusa-t-elle, je dois recevoir une journaliste. J'essaierai de vous rejoindre en cours de visite. Si vous désirez avoir accès au dossier de presse d'un de nos produits, voici ma carte, je me ferai un plaisir de vous le transmettre.

Gontran, donc. Si le nom de famille porte l'histoire de la lignée, le prénom est un indicateur plus personnel, il marque le projet des parents, leur souhait pour la vie du petit être à venir. Quel pouvait être le projet de géniteurs qui avaient nommé leur fils Gontran ? Avec un prénom pareil, il eût été presque indécent de lui trouver les traits médiévaux. Pourtant, tel était le cas. Était-il l'incarnation d'un bûcheron, d'un bâtisseur de cathédrale ou d'un croisé sanguinaire ? L'habit ne fait jamais tout à fait disparaître le moine.

Au fond de la « rue aux bureaux de verre » s'ouvrait une volumineuse double porte. Nous nous retrouvâmes dans une sorte de sas où étaient accrochés des blouses, des couvre-chefs en papier mâché blanc, des protège-chaussures.

– Nous allons pénétrer au niveau du site de réception du lait. Un bon yaourt, c'est avant tout un lait propre. Des milliers de litres par jour parviennent ici par camion isotherme, à 38 ou à 0 % de matière grasse. L'Actilight est produit à partir d'un lait déjà écrémé… C'est bien l'Actilight qui vous intéresse ?

Je sentis le poids de son regard me peser sur la nuque. Je confirmai en m'emmêlant les doigts dans l'élastique de mes protège-chaussures.

Nous franchîmes une sorte de sas pour nous retrouver sur une passerelle en métal mate et grisâtre, peut-être un alliage de zinc, qui surplombait un immense hangar à l'armature de béton, fortement éclairé au néon. Dans ce volume, la couleur blanche régnait en maître. En contrebas, une chaîne de production pour laquelle j'imaginai une finalité caillée étalait ses rouages et ses servants. Bienvenue en Boussardie ! Bien avant de procurer des sensations « vraies », le fluide vital affichait ici sa dimension moléculaire, technique, clinique. Nous étions loin du liquide chaud et rassurant, ce lien d'amour entre la mère et l'enfant. Ici, le lait n'était qu'un produit industriel, dépersonnalisé : il en devenait presque inquiétant. Au centre de cette ruche où les ouvrières avaient remplacé les abeilles, deux gigantesques containers cylindriques occupaient l'espace, carcasses d'avions sans ailes.

– Dans ce local, continua Gontran manifestement très à l'aise sur son chemin de ronde des temps nouveaux, le lait que nous recevons est standardisé. On effectue les mélanges adéquats pour obtenir un liquide à 13 % de matière grasse. On y ajoute de la poudre, histoire d'enrichir le mélange en protéines. Ce sont elles qui conditionnent la consistance et la viscosité du futur yaourt.

– Si mes souvenirs sont bons, dis-je tandis que passaient en sens inverse du nôtre deux employées en salopettes plastifiées, la teneur en protéines masque également l'acidité des ferments.

– Tout à fait, mais ce que vous avancez n'est que le début de l'élaboration du goût, une donnée de base. Je vous ferai visiter tout à l'heure, si ça vous intéresse, notre département des flaveurs. Vous comprendrez comment on parvient, à partir du produit somme toute banal issu des phases d'homogénéisation et de pasteurisation, dont la saveur est presque désagréable, à un somptueux mélange capable de séduire le plus récalcitrant des consommateurs.

« Surtout si on influence ledit consommateur à son insu », faillis-je ajouter.

– Mais comment est-ce possible ? dis-je plutôt, un rien ironique.

– C'est que nous avons une formule très originale, répondit-il avec un sourire.

Nous nous engageâmes sur un escalier qui desservait des espèces de gros parallélépipèdes.

Au ras du sol, la perspective était différente. *Exit* le plan d'ensemble cohérent qui se dégageait en altitude. Vue sous cet angle, l'unité de production s'apparentait à un labyrinthe : un assemblage de plans perpendiculaires entre eux, qui dessinait une sorte d'infini monotone.

– L'unité de pasteurisation, expliqua mon guide. Ici, le lait est chauffé à 95 °C, afin d'éliminer toutes les bactéries composant la flore originelle. Il devient un produit mort…

Je frissonnai. Le terme était décalé, utilisé sciemment. Je me demandai soudain ce que j'étais venu chercher en ces lieux. Que pouvais-je apprendre que je ne sache déjà ? Une chose était claire, en tout cas : l'information délivrée au visiteur était calibrée, filtrée. Pour l'instant, je n'étais parvenu qu'à une chose : attirer l'attention sur moi. J'étais sorti de mon anonymat protecteur. Gontran suivit son idée macabre.

– … ce qui nous permet de contrôler parfaitement l'incorporation ultérieure du lactobifilodus. Lorsqu'on fabrique du yaourt, il importe de rester, à toutes les étapes de la production, le maître absolu du ferment. Ce matériel est vivant. À ce titre, il est capable de tous les débordements.

– Comme d'être contaminé par un virus ?

Gontran recula légèrement, s'adossant à une des structures cubiques, l'œil rivé sur mon poignet. J'avais pris l'habitude de ce genre de regard appuyé. Je savais qu'il dévisageait ma tache de naissance qui émergeait de sous ma manchette.

– Im-pos-sible, répliqua-t-il sans quitter des yeux mon poignet. La contamination des ferments par un virus est l'une de nos hantises. Elle rendrait le produit impropre à la consommation. Un yaourt envahi par les bactériophages aurait une texture gluante ou trop liquide. Des techniciens font plusieurs fois par jour le tour de l'usine pour vérifier les filtres, les compositions exactes, le taux de ferments, etc. Non, croyez-moi, professeur Man, c'est impossible.

Nous fîmes quelques pas en signe de détente. Était-il de bonne foi ? Gontran : preux chevalier ou croisé sanguinaire ?

– Quoique votre question n'est pas idiote, reprit-il. C'est déjà arrivé une fois dans le passé, un problème sur les filtres à air stérile, le facteur humain… Nous avons dû jeter toute la production de la semaine. Croyez-moi, de tels accidents vous rendent paranoïaques. Depuis, nous avons évolué, resserré les contrôles.

En contrebas, un escalier desservait un espace où étaient posées de grosses bonbonnes, un niveau encore plus bas que celui où nous nous trouvions, on aurait dit la salle des machines d'un transatlantique. Fougères m'expliqua qu'il s'agissait de centrifugeuses destinées à l'homogénéisation du lait.

– Mais se pourrait-il, par exemple, m'acharnai-je (puisque je savais que tel était le cas grâce aux travaux du tandem Chiche-Berenson), qu'une contamination virale de votre produit passe inaperçue du point de vue du goût ?

Le corps trapu de mon hôte me donna l'impression de se concentrer dans l'espace blanc. Soudain, il pivota, me fit face. Le pitbull des Boussard grondait contre moi. J'agrippai la rambarde, par réflexe.

– Je peux vous poser une question, professeur Man ?

Sa voix décrivait des modulations caverneuses, sans doute un écho transmis par l'excavation ouverte sous nous. J'acquiesçai d'un mouvement vertical de tête.

– Quel est votre problème avec l'Actilight ?

Gontran était furibond, une maman dont on aurait agressé les petits.

– Je suis spécialiste de l'obésité, dis-je, faisant quelques pas en direction de nouveaux appareils comme pour me dégager d'une étreinte possible. Il est normal qu'un produit en apparence si parfait, avec son 0 % de matière grasse, son édulcorant novateur et son bacille génial, attire l'attention d'un nutritionniste.

– Vous êtes bien le seul de la profession.

Le métal de la balustrade vibra légèrement. Une femme montait l'escalier, émergeant du territoire des centrifugeuses. Je compris à son regard (crainte, curiosité), qu'elle avait saisi des bribes de notre altercation. Elle avait sans doute son opinion, mais elle ne pouvait nous la faire partager.

C'est alors que le mobile de Fougères se mit à vibrer.

– Excusez-moi. Je vous abandonne quelques instants, un incident de niveau 2 aux hottes à flux laminaire. Ce n'est pas très loin. Je reviens.

Gontran me planta là. Je respirais. Profitant manifestement de son départ, la femme aux centrifugeuses s'approcha de moi.

– Manuella Girbal, se présenta-t-elle quasiment en chuchotant, vérifiant en tournant la tête de droite et de gauche le caractère temporairement désertique du coin de l'usine où nous nous trouvions. Je suis une des spécialistes de ferments de cet établissement.

Elle avait les traits encore jeunes, même si sa peau donnait des signes d'usure au niveau du pourtour des lèvres, des commissures des yeux. Un beau visage équilibré en goguette entre les quarantièmes et les cinquantièmes rugissants. C'est d'ailleurs à peu près tout ce que l'on pouvait deviner de son apparence physique. Ses cheveux disparaissaient sous une charlotte en papier, et son corps était drapé dans une sorte de sarrau en plastique bouffant.

– Écoutez, je prends un risque en m'adressant à vous, continua-t-elle sur le même ton saccadé. Cette usine est truffée de caméras, mais la cuve aux centrifugeuses a échappé au quadrillage. Venez.

Je m'approchai un peu plus d'elle, d'instinct.

– J'ai appris votre visite suite à une indiscrétion, poursuivit-elle. Ils se méfient de vous. Je vous suivais, j'ai attendu l'occasion. Fougères allait finir par être appelé, il y a toujours quelque chose qui cloche dans ce mastodonte. Ces hottes à flux laminaire sont obsolètes, il n'est pas rare que des levures en profitent. Ce qu'ils appellent pudiquement un accident de niveau 2. Alors comme ça, vous vous intéressez à la poule aux œufs d'or des Établissements Boussard ?

– Je m'intéresse à l'Actilight, dis-je, et à son étonnant succès commercial. Fougères va revenir d'une minute à l'autre. Le temps presse. Que pouvez-vous m'apprendre ?

La petite bonne femme me fixait de ses yeux bleus avec intensité, comme si j'étais son seul lien avec l'extérieur. Brutalement, je n'étais plus dans une laiterie, mais dans un établissement pénitentiaire.

– J'ai entendu votre question au sujet du lactobifilodus, dit-elle en s'agrippant à la rambarde. (Elle détourna le visage vers les cuves en contrebas.) Il y a effectivement de fortes chances qu'un virus contamine notre ferment. Il y a de ça une poignée d'années, un certain Gustave Laser, biologiste de génie chargé du programme Actilight par le patriarche Antoine Boussard, avait découvert que le lactobifilodus avait le pouvoir de dissoudre les graisses.

J'enregistrai l'information. Non seulement l'Actilight était dangereux en cas de régime drastique par largage du vécuronium dans le sang, ce que nous savions, mais il avait également un pouvoir amincissant intrinsèque.

– Hélas, enchaîna Manuella, cette propriété commercialement intéressante lui était conférée par une contamination virale, un phage dénommé H7, d'après le nom du gène parasité. Cela avait un grave inconvénient d'un point de vue industriel. Ensemencé sur du lait non écrémé, le virus s'exprimait allégrement, et le produit devenait invendable. Les pots gondolaient par émission de gaz, le brassé se délitait et la consistance du lait fermenté devenait pâteuse. Laser a alors eu une idée de génie : commercialiser uniquement une version à 0 % de matière grasse. Cela privait H7 de moyens d'expression.

Coup d'œil furtif à l'allée : toujours seuls.

– Boussard positionna donc tout naturellement son nouveau produit dans sa gamme d'aliments de régime. C'était tendance. Antoine Boussard a toujours eu du flair... et il a toujours été extrêmement bien informé. Mais Laser était un être à part. J'étais à l'époque une de ses principales collaboratrices, je crois que je connaissais bien le bonhomme. Une ambition démesurée entravée par un vieux reste éthique. Malgré la mise au point de ce germe génial, garant de profits records et la perspective de primes substantielles pour lui, il était torturé par un problème de conscience. Peu après le baptême de l'Actilight, Laser a commencé à disjoncter. Il a eu le malheur de poser la question qui le taraudait : « Qu'en serait-il de l'Actilight une fois avalé, exposé aux graisses de l'organisme, ou ne serait-ce tout simplement à un repas trop gras ? » H7 reprendrait du service, avec des effets ni maîtrisés ni prévisibles.

Le débit de Manuella Girbal s'était accéléré, un trop-plein de mots se bousculait dans sa bouche, à l'évidence une conscience à vidanger. Toujours pas de Fougères dans les parages.

– Laser a menacé de communiquer au ministère de la Santé un document top secret où il était fait mention du H7. Tel un repenti, il devenait de plus en plus gênant pour le groupe. Il entretenait une liaison avec Amélie Boussard, un secret de polichinelle, mais cela a dû retarder un tant soit peu sa chute. Cette dernière pesait à l'époque quelques kilos de plus qu'aujourd'hui. Leur rupture a résonné comme une raison d'État. Ç'a dû lui faire quelque chose, à elle, on ne l'a plus croisée dans les locaux pendant plusieurs mois, du jamais vu. Finies les réunions de travail jusqu'à plus d'heures, les inspections-surprises des installations. Nous l'avons récupérée amaigrie, vieillie, aigrie, plus autoritaire que jamais.

Je fis quelques pas sur la droite, histoire de m'offrir une vue plus dégagée sur la coursive.

– Restez par ici, souffla-t-elle, vous allez vous faire repérer par une caméra d'angle.

Je rectifiai le tir, regagnai ma position.

– On se demande qui est surveillé ici, compléta-t-elle, le produit ou ceux qui le produisent ?

– Et Laser ? demandai-je, ne perdant pas de vue que le temps était compté.

– J'ai suivi de près sa descente aux enfers, sans pouvoir rien faire pour lui, mais me rendant compte de sa disgrâce. Boussard ne pouvait tolérer la sédition dans les rangs. Il a d'abord été écarté des principales réunions du groupe, puis mis rapidement sur une voie de garage. Mais il s'est acharné. Alors, Boussard a sorti les griffes. On a falsifié ses mesures, ses expériences, ses rapports. On a sacrifié plusieurs tonnes de lait pour prouver qu'il avait tort.

– Comment ça ?

– Une des fonctions de Laser était de donner le feu vert à la chaîne de production, en matière de pH, de texture des yaourts et d'autres paramètres physico-chimiques dont je vous fais grâce. Il intervenait également lors du processus de finition, au moment de la mise en pot.

Rythme saccadé, mouvements latéraux de cou. Une bête traquée.

– Je ne sais pas pourquoi je vous raconte tout ça, s'interrompit-elle, manifestement de plus en plus nerveuse, mais je n'en peux plus. Cette boîte m'oppresse.

– Reprenons, dis-je, m'efforçant d'être digne de la confiance qu'elle semblait me porter.

– Quelqu'un dans l'usine, poursuivit-elle, je ne sais pas exactement qui, mais en tout cas une personne qui connaissait bien les instruments de mesure a dû dérégler les étalonnages pendant la nuit. Si bien qu'au matin Gustave Laser a apposé sa signature de vérificateur en chef sur des valeurs erronées. La suite a été calamiteuse pour lui, mais du point de vue de la politique de la boîte, c'était une bonne mesure, prise au moment opportun. La fabrication de l'Actilight allait commencer incessamment et Laser était le dernier obstacle. Licenciement pour faute grave, prud'hommes sans doute achetés. Je pense savoir qui a fait le coup, qui a bidouillé l'appareillage. Je soupçonne fortement un de mes proches collègues, un jeune loup aux dents longues. Ou plutôt un chien.

Le « ch » avait duré, comme un crachat.

– Je peux vous poser une question ? demandai-je, chuchotant presque.

Assentiment de Manuella.

– Pourquoi, ayant eu connaissance de tout ça, continuez-vous à bosser dans une boîte pareille ?

– Trois enfants, un divorce, une pension alimentaire erratique. Pas le choix…

« Manuella, pensai-je très fort, il faut tout déballer, c'est le moment. » *It's now or never*, chantait Elvis.

– Je le hais, lâcha-t-elle, entre ses dents.

– Le type qui a trahi Laser ?

– Non, l'autre, le directeur, Gontran Fougères.

– … ?

– Il s'est entiché de moi. Quand il a appris ma situation personnelle, il en a profité. Il en profite.

– Il vous harcèle ?

Elle avait tourné son visage vers moi, ses yeux rougis par le sel des larmes taries, le sang de la honte.

– Le droit de cuissage, vous connaissez ?

Le visage de Gontran, sa démarche, son allure générale s'imposèrent tout naturellement dans mon esprit. Avec le dégoût en prime.

– La face obscure du preux chevalier, dis-je.

– Du gueux, vous voulez dire : le sexe ou la porte.

– Vous pourriez la claquer, la porte, j'en suis sûr. J'imagine que les offres d'emploi ne manquent pas. Vous êtes compétente.

Manuella ébaucha un signe de négation. Il fallait traduire, j'imagine : « Vous ne pouvez pas comprendre, je ne vous ai pas tout dit. »

– Ils me tiennent, reprit-elle, détachant cette fois ses mots comme des coups de marteau qu'on assène, les mains à nouveau crispées sur la rambarde. Comme beaucoup de gens qui travaillent dans cet univers, je suis accro au produit.

– Comment est-ce possible ? dis-je en avalant ma salive.

– C'est une longue histoire, nous n'avons guère le temps. Je dois vérifier le pH de coagulation, c'est après les étuves, dans un autre secteur.

– En deux mots.

Manuella regarda sa montre, ne se fit pas plus prier.

– Cela a commencé insidieusement, il y a un peu plus de trois ans, un peu avant la phase de commercialisation. Ils voulaient tester les différents arômes en nous demandant ce que nous en pensions. Ils ont donc organisé des séances de dégustation à l'attention du personnel. En fait, c'était le responsable de l'incorporation de l'édulcorant dans le produit qui pilotait ces « expérimentations » sur l'être humain.

– Ça frise le délit.

– N'exagérez pas. Il ne s'agissait que de lait fermenté. Et qui avait passé tous les tests d'innocuité avec succès. Les cobayes étaient consentants, ou plus exactement n'étaient pas conscients d'en être. D'ailleurs, je crois que les instigateurs des tests ont eux-mêmes été surpris par la puissance de l'addiction. C'est bien après cette phase de contact initial qu'ils s'en sont servis. Ce n'est qu'au vu de leurs premiers résultats commerciaux qu'ils ont pris la mesure de la force de frappe de l'Actilight. Ils en ont alors introduit au restaurant d'entreprise. De fil en aiguille, ils en ont joué, abusé, en ont fait un moyen de pression, portant même un coup mortel aux organisations syndicales qui fleurissaient dans l'établissement.

« Mortel, vous ne croyez pas si bien dire », faillis-je relever. Mais Manuella Girbal était lancée.

– À présent, ils nous le fournissent gratuitement. Ils l'utilisent comme un moyen de pression.

– Mais je ne comprends pas, fis-je. Vous êtes loin d'être obèse, en tout cas d'après ce que je peux en juger, dis-je.

– Voyez-vous, il y a deux actions dans l'Actilight, me rappela-t-elle avec un air de pédagogue triste, l'une liée à la bactérie et à la fonte des graisses. Elle ne donne toute sa mesure que dans l'obésité. L'autre, clef du succès commercial, est orchestrée par le vézépame, cet édulcorant capable de vous rendre totalement dépendant du produit. C'est complètement dingue.

– Et ça peut vous faire mentir, embrayai-je.

Manuella me sembla prendre du champ ; elle lâcha la rambarde, s'adossant au mur.

– Effectivement, l'Actilight déforme un peu la réalité, il la rend supportable, aimable, et vous pouvez être tenté de dissimuler, de ne pas décrire les choses telles qu'elles sont, mais telles que vous aimeriez qu'elles soient. Cet effet dure environ quatre heures... Je vous rassure, je suis à jeun, compléta-t-elle, anticipant mes doutes.

Mon silence ne fit pas disparaître ma suspicion.

– Si j'étais sous son emprise, là, maintenant, pourquoi déposer ainsi à charge contre mon concentré de bonheur en pot. L'Actilight est une sorte d'opium des pauvres, le support d'une nouvelle religion nutritionnelle. Sa cible est la population défavorisée des banlieues, l'obèse ordinaire, celui qui bidouille son régime tout seul, n'a pas les moyens de se payer les services d'un nutritionniste onéreux et si possible médiatique.

Premier sourire. Elle avait dû être mignonne, devait encore l'être une fois débarrassée de cette charlotte ridicule, d'où l'avidité du Gontran. Un nez fin, des narines mi-closes, une peau dont on devinait le grain lisse. Fougères semblait nous avoir abandonnés. Quant à moi, je digérais péniblement la nouvelle : n'importe qui pouvait être la victime de l'Actilight, que seuls les obèses en mourraient, certes, mais que tout le monde pouvait être un sympathisant, à défaut d'être un adepte.

– Il faut que je me sauve, dit-elle. Le maître ne va pas tarder. Il ne faut pas qu'il nous voie ensemble. Je retourne dans ma cuve aux centrifugeuses.

– Ne partez pas, la retins-je, pouvons-nous continuer l'entretien à l'extérieur ?

– N'y comptez pas, dit-elle.

– Attendez, dis-je encore, soudain inquiet de me retrouver seul dans ce coin encaissé de l'usine. Qu'est-ce que Laser est devenu ?

– Dépression, tentative de suicide. Il a pété les plombs. Sa vie est brisée. Ils l'ont eu. Et encore, ce n'est rien comparé à ce qui est arrivé à Fallacci, le chargé des tests d'addiction.

– Fallacci ?

Le visage de Manuella était devenu cramoisi. Des doigts massifs m'avaient agrippé l'épaule, appuyant sur ma clavicule avec juste un peu moins de force qu'il n'en était nécessaire pour la briser. Je compris instantanément qu'il s'agissait de la grosse patte de Gontran Fougères.

FLACONS

– Lâchez-moi ! hurlai-je, tout aussi surpris par la réapparition du bonhomme, que je n'avais pas entendu venir, que par la menace de ses doigts trapus.

– On fait connaissance avec le personnel ? Manuella, vous pouvez disposer. Nous réglerons ça plus tard.

– Tout est ma faute, m'entendis-je bafouiller, c'est moi qui l'ai questionnée.

Gontran libéra mon épaule. Manuella s'esquiva avec un regard désespéré.

Nous nous dirigeâmes vers des zones plus « ouvertes » de l'usine. Le secteur des réfractomètres, des machines chargées de mesurer la teneur en sucres de certains échantillons. La démarche de Gontran s'était raidie, ma visite était manifestement devenue pour lui une corvée. Tandis que nous marchions en silence, son mobile sonna à nouveau. Il décrocha, me fit signe d'avancer, posa la main en entonnoir sur le combiné. Encore un dysfonctionnement ? À moins que la communication ne me concernât. Il raccrocha et revint vers moi.

– Je crois que nous allons abréger votre visite, énonça-t-il, découpant les mots avec une rythmique militaire. Je vous emmène à notre département flaveurs, ce n'est pas très loin de la sortie.

Nous obliquâmes vers la gauche, reprîmes une passerelle. Je décidai de tenter le tout pour le tout.

– Qui était Fallacci ?

Fougères stoppa net, me fit face. Ses yeux avaient des reflets jaunes. Involontairement, je sentis mes muscles se bander, encore une réaction ancestrale, sans doute.

– Fallacci est mort : un suicide. C'était il y a trois ans. Dans notre monde du tout blanc, on n'aime pas les intrus, surtout ceux qui déterrent les cadavres.

Drôle de directeur d'usine, décidément !

– Il est fort possible que, côté cadavres, l'Actilight ne soit pas en reste, répliquai-je.

Son regard sembla soudain fixer l'infini, bien au-delà de moi. Le haut contraste lié à la luminosité particulière des lieux soulignait étrangement ses sourcils en accent circonflexe, son visage long, sa balafre verticale.

– Que voulez-vous insinuer par là, monsieur ?

Que dire ? Battre en retraite ? Lâcher le morceau ? Qu'avais-je à gagner de cet affrontement ? La vengeance n'est pas bonne conseillère. J'étais venu en ces lieux pour complément d'enquête. Et voilà qu'à présent j'en étais arrivé à oublier l'objet même de ma visite. Et si ce lieu quasi surnaturel, où le personnel dopé concourait à empoisonner son prochain et à fabriquer une humanité sous influence, avait altéré ma capacité de jugement ? Et si j'étais en train de rechuter, de repartir dans une espèce de délire paranoïde ? Depuis que j'avais franchi le seuil, tout allait de travers. Je n'avais même pas de plan. Je me contentais d'improviser, faisant confiance à mon ressentiment, à ma colère, à ma soif de comprendre, de découvrir, de constater. Et à mon désir de m'ériger en justicier. *We can be heroes, just for one day,* chantait David Bowie.

– Je voulais dire que la mort de ce Fallacci n'était peut-être pas sans rapport avec votre yaourt, dis-je, bottant en touche tout près de la ligne des vingt-deux mètres.

– Lait fermenté, répondit-il, mimant à l'évidence l'agacement pour ne pas répondre, pas yaourt. Le yaourt obéit à une appellation bien précise, il contient des ferments définis par la loi.

L'expression de son visage, ou plutôt son absence d'expression, accentuait l'impression de malaise qui s'en dégageait. L'homme se présentait de trois quarts, et son quart caché pouvait dissimuler n'importe quoi, la haine, la violence, la ruse. Figure libre.

Gontran poussa une porte percée d'un hublot, et nous nous retrouvâmes dans un autre compartiment de l'usine. Une salle carrée aux couleurs plus chaudes, dont l'espace était rythmé par des paillasses hérissées de tubes à essais, et les murs obturés par des étagères sur lesquelles reposaient des bocaux.

– Fallacci est l'un de nos anciens ingénieurs chimistes, lâcha-t-il, contre toute attente, en empruntant au nouvel espace un ton faussement badin. Il est intervenu dans la mise au point et l'incorporation du vézépame à l'Actilight, notre édulcorant révolutionnaire. Il a eu des problèmes personnels et a mis fin à ses jours. Je vous le garantis, cela n'a rien à voir avec notre produit. J'ignore ce que vous a appris Mme Girbal, mais croyez-moi, on ne peut lui faire entièrement confiance. Il lui arrive de raconter n'importe quoi.

À certaines heures, aurait-il pu préciser. Je comprenais parfaitement à quoi il faisait allusion, mais préférai glisser, trop heureux que la foudre soit tombée sur le scientifique et l'employée, plutôt que sur la vraie raison de mon déplacement, la communauté des obèses. D'autant qu'une vieille connaissance s'était avancée et venait à notre rencontre. L'aromaticien Solal en personne !

– Bonjour monsieur, salua mon ex-patient sans même un regard pour moi. Puis-je vous entretenir un instant (regard pour moi, cette fois)… en tête à tête ?

Solal maîtrisait bien ses nerfs, à l'évidence. Chevelure ondoyante, front léonin, blouse blanche en coton domptée par le fer. Le Seigneur des Arômes. Rien à voir avec ce bonhomme désespéré par son trouble olfactif que j'avais rencontré il y avait de ça quelques mois, ni même avec l'attitude compréhensive qu'il avait tout récemment manifestée au téléphone. Il m'avait prévenu, il ne le reconnaîtrait pas.

D'ailleurs, je trouvais son comportement à l'unisson : les murs de cette usine suintaient la peur, à la manière de ces yaourts vieillissants libérant leur surplus de liquide en contractant leur matière sèche.

– Cela peut sans doute attendre, répliqua Gontran, manifestement réticent à l'idée de me laisser à nouveau vagabonder à ma guise entre techniciens et personnels non identifiables.

Assentiment de Solal qui semblait indiquer surtout un « à votre guise ».

– Excusez-moi. Je n'ai pas fait les présentations, reprit Fougères. Professeur Hugo Man, de la faculté de médecine. Il se livre à une petite (temps d'arrêt, une syncope) enquête sur notre produit phare, l'Actilight.

– La locomotive de nos ventes, renchérit Solal sur un ton légèrement emphatique qui n'échappa pas à Fougères et qui lui valut un de ces regards lourds dont il m'avait gratifié dans l'unité de fabrication proprement dite.

Ce fut le moment que choisit le portable de Fougères pour sonner à nouveau. Décrochage, rictus, trouble, exécution.

– Je suis désolé, je dois encore vous abandonner. Je ne serai pas long cette fois, je pense. Solal, je vous confie le professeur.

Il n'avait pas dit : « Méfiez-vous de cet homme comme du choléra, ne répondez à aucune de ses questions. » Mais sa froideur à mon égard était tellement explicite que Solal dut se considérer immédiatement comme mon geôlier. Fougères m'avait placé sous haute surveillance et l'aromaticien était à l'évidence un personnage important dans l'organigramme de la société.

Gontran à nouveau disparu, Solal se mit en tête de me faire le tour du propriétaire. Tandis que nous nous dirigions vers les flacons protégés de la lumière par des verres opaques dans lesquels somnolaient les senteurs délicates qui serviraient à l'élaboration des goûts de demain, l'expert me glissa dans la main, lors d'un discret contact manuel, une boule de papier froissé.

Nous nous assîmes à une paillasse. Ce qui me permit de déplier ledit papier, d'y jeter un regard oblique. Solal y avait inscrit :

> Souriez, paraissez détendu. Cet endroit est truffé de micros, de caméras. C'est le lieu le plus surveillé de l'usine, une succursale d'IGF, un des plus gros fabricants d'arômes de la planète, un brevet au cm^2. Ils se méfient de vous au plus haut niveau, votre intérêt pour Actilight les inquiète. J'ai eu vent de votre visite par la big boss en personne. Nous avons eu des consignes.

Je repliai la missive sous la table comme je l'aurais fait d'un Kleenex, envoyai à Solal un regard complice. Hélas, son avertissement venait trop tard. Je pensai à Manuella Girbal, moins habile que mon aromaticien, aux conséquences pour son avenir.

– Notre unité ne travaille pas seulement pour l'industrie du lait. Tous les gens que vous voyez déambuler dans cet espace (sourire, signe de la main à l'attention d'une jeune femme en blouse qui transportait sur un plateau ce qui me sembla des biscuits nappés de sucre glace) sont plus ou moins tous des nez.

La pâtissière s'approcha.

– Je ne parviens pas à obtenir une saveur équilibrée entre la châtaigne et la pomme, se plaignit-elle à Solal avec un petit air chimique.

– Tu as sans doute trop forcé sur le butyrate d'éthyle-2-éthyle, répondit-il, professoral. Essaie le ptérydolactone de méthyle 2.

– C'est la flaveur du pop-corn, dit-elle, d'un air contrarié, pas exactement ce que je recherche.

– Peut-être, mais mélangé au butyrate, tu auras peut-être un renforcement de la saveur châtaigne.

– Merci, je vais tenter le coup.

– C'est toute la journée comme ça, conclut-il une fois que l'expérimentatrice eut tourné les talons. Ici on essaie chaque jour de nouveaux assemblages, des tentatives parfois utopiques, dignes de la cuisine la plus expérimentale, à mille lieues des considérations commerciales. À l'inverse, un seul arôme naturel, par exemple celui de la fraise, est obtenu grâce au mélange de dizaines de composés chimiques volatils, bien qu'il y ait toujours un élément dominant. (Solal désigna un flacon sur l'étagère tendue au-dessus de nos têtes.) Pour arriver au même résultat avec de « vraies » fraises, il en faudrait des tonnes, et encore, le résultat serait imparfait, trop faiblement concentré en molécules olfactives, et pollué par des flaveurs parasites, telles que les nuances de terre dont elles sont issues, et l'âcreté verte de leurs tiges.

– Vous voulez dire qu'un arôme artificiel est parfois plus « vrai » qu'un arôme fabriqué artificiellement ? dis-je, me prenant au jeu, oubliant que je ne disposais que d'un répit avant la réapparition de l'inquiétant Gontran.

C'était aussi ce que désirait Solal, me détourner de ma hantise lactée et me faire paraître plus neutre vis-à-vis de la direction dont les caméras nous observaient, ce que je n'oubliais pas.

– Parfaitement, répondit-il de son air docte. Le grand public, influencé par cette manipulation médiatique qui laisse à penser que les aliments du passé avaient meilleur goût, oublie que flaveurs et odeurs, qu'elles soient d'hier ou de demain, naturelles ou artificielles, contiennent les mêmes molécules. C'est juste le mode de fabrication des arômes qui change, pas leur nature. La seule ligne de faille pertinente, c'est celle qui sépare les bons aromaticiens, assez rares je l'avoue, des mauvais, qui se contentent d'un bouquet approximatif et pour le coup « commercial », au sens de « facile ». Ce sont ces saveurs grossières qui sont stupidement dénommées « goût artificiel » ou « chimique » par le consommateur. Et croyez-moi, en ce qui concerne la qualité de son personnel, Boussard est bien au-dessus du lot.

Je crus discerner un clin d'œil. Malgré les signaux de sympathie, l'avertissement griffonné, l'impression d'ensemble que dégageait ce Solal était telle que je n'arrivais pas à discerner s'il était de mon côté ou du leur. À bien peser le pour et le contre, je crois que les deux propositions étaient vraies : il était avant tout pour lui-même. Il continua donc à me débiter ses banalités.

– Le recrutement des aromaticiens par le consortium Boussard-IGF est particulièrement sélectif. De nombreuses personnes travaillant pour IGF sont d'ailleurs issues de l'industrie cosmétique. Par exemple, une de nos collaboratrices a travaillé de nombreuses années sur des crèmes de jour. Elle s'y est fait une solide expérience dans le maniement des huiles essentielles et des essences volatiles. Une expérience qui lui est très utile dans l'enrichissement des aliments riches en matières grasses. Les arômes sont plus facilement fixés par les lipides.

– L'Actilight titre 0 % de lipides, recentrai-je, sans pitié pour ses tentatives visant à m'épargner, ça n'a pas dû être facile.

– L'Actilight est un problème à part, un assemblage unique, répliqua-t-il, sous le coup d'une sorte de colère rentrée et fière. Côté saveur, nous nous sommes inspirés du fameux *umami*, admis depuis les années quatre-vingt dans le club très fermé des goûts fondamentaux, à côté du sucré, du salé, de l'acide, de l'astringent et de l'amer.

J'avais vaguement entendu parler de cette impression de bonheur intense que procurait l'*umami*, mais je ne savais pas exactement de quoi il retournait. Solal, lui, savait.

– L'*umami* est un goût découvert au début du XXe siècle par un professeur de chimie de l'Université impériale de Tokyo, un certain Kikunae Ikeda, alors qu'il dégustait un bouillon d'algues à base de fucus. La légende raconte qu'il fut alors envahi par un tel sentiment de plénitude qu'il nomma la nouvelle saveur *umami*, que l'on peut traduire par « savoureux », justement. Le potage divin fumait, avec le Fuji-Yama en arrière-plan, vous voyez le topo.

Solal jouait la montre, à l'évidence. Et Fougères l'Arlésienne, décidément.

– Nous parlions au départ d'un certain lait fermenté, rappelai-je, à toutes fins utiles.

L'aromaticien baissa la voix, comme si ses lèvres allaient livrer passage à du soufre en fusion. Je me surpris à essayer de comprendre, un jeu auquel je ne m'étais pas livré depuis l'enfance, à une époque où je tentais de déchiffrer à travers les vitres de notre cuisine hublot ce que se racontaient tantes et parents, oncles et aïeuls, enfin ceux qui restaient. La famille et ses secrets.

– Avec le temps, une nouvelle génération de chimistes spécialisés en agroalimentaire a fini par découvrir que l'*umami* correspondait en fait à l'acide glutamique, un des vingt acides aminés les plus présents dans l'alimentation, qu'il était contenu dans de nombreux aliments protéiques. Que ce glutamate jouait un rôle de *starter* à l'appétit, permettant la détection de protéines dans l'aliment, pour lequel l'appétence, le désir sont alors augmentés. Vous saisissez ?

Solal était devenu à peine audible. Il était en train de m'apprendre à mots couverts que le glutamate, vecteur de l'*umami*, était potentiellement addictogène. Je voyais se profiler un lointain rapport avec l'Actilight. L'aromaticien saisit de ses doigts arachnéens un tube à essais et une micropipette sur la paillasse, et fit mine de réaliser à des fins pédagogiques une démonstration d'assemblage de flaveurs diverses.

– Nous savons grâce à des expériences sur la souris que les récepteurs cérébraux reconnaissant le glutamate sont de la même famille que ceux du sucre. Par ailleurs, le fameux aspartame, notre édulcorant universel et bien-aimé, en contient.

Au travers de la biochimie, je percevais le machiavélisme, la manipulation à laquelle avait pu se livrer Boussard lors de la mise au point du « goût Actilight », et comment le génie d'êtres comme Solal avait pu être dévoyé. Comment tous ces individus si raffinés, si éduqués, avaient-ils pu suivre les recommandations si peu recommandables de la direction ? Pour pouvoir dormir tranquilles, soulager leur conscience, sans doute avaient-ils minimisé à leurs propres yeux les résultats discordants que révélaient les premières analyses. Et puis, il y avait cette peur que la firme faisait peser sur ses employés, et ce à tous les barreaux de l'échelle. Pas uniquement la crainte de perdre son emploi, son salaire, non. Une anxiété particulière, oppressante, que j'avais perçue chez Manuella Girbal et que l'on ressentait également à un degré moindre chez le hautain Solal. Une frousse qui vous prenait à la gorge dès que vous pénétriez dans l'enceinte de ce conglomérat de bâtiments. Je regardai autour de moi, et la vérité se fraya un passage : les servants de cette usine étaient des hommes et des femmes sous influence, des zombies toxicos et addicts. Solal se rapprocha encore un peu plus. Sa fragrance sophistiquée m'apparut légèrement sournoise, un mélange de senteurs métalliques d'où se détachait une dérangeante note de violette s'insinuant au travers de mes fosses nasales comme une arrière-pensée.

– Restez là, et ne changez plus de place, intima-t-il. J'ai posé « par inadvertance » un pot d'extrait de mûre dans l'axe de la caméra n° 5. La sécurité va mettre un certain temps à s'en apercevoir. Lorsque j'ai travaillé sur le projet IU22, nom de code de l'Actilight au stade fœtal, chuchota-t-il en reposant son éprouvette, j'ai été amené à collaborer avec un dénommé Fallacci (encore lui, pensai-je), physicien de talent embauché à mi-temps par le groupe. L'autre mi-temps était passé au CNRS. Sa mission était de vérifier si le vézépame, un nouvel édulcorant révolutionnaire, dont le brevet avait été acheté à prix d'or par le groupe, était intégrable à la mixture en gestation. J'ai eu beaucoup de mal à masquer l'arrière-goût âcre de la nouvelle substance, qui s'est révélée à l'usage chimiquement instable, se scindant plutôt facilement en deux molécules filles en présence de graisses. Le chloric, vecteur du pouvoir sucrant, et le vécuronium, un amino-stéroïde de la famille du curare, inquiétant en tant que tel mais présent à l'état de traces. En accord avec Laser, le bactériologiste à l'origine du lactobifilodus qui lui aussi avait des problèmes de membrane cellulaire avec son bacille dans les milieux riches en lipides, nous décidâmes d'opter pour un lait fermenté à 0 % de matière grasse. C'est à ce moment de notre mise au point que le patriarche Antoine Boussard, en vieux sachem du lait, m'a demandé d'inclure au sein de l'IU22, comme si ça ne suffisait pas, le fameux goût *umami*. Il avait dû lire quelque part la fable de cette saveur indéfinissable au goût magique. Le concept lui avait plu. Je me suis donc évertué à inclure de petites doses de glutamate dans l'IU22. Son idée était bonne, je veux dire au plan marketing, l'influence de l'*umami* agissant comme un prélude à l'action addictogène du vézépame. L'appât et le piège.

À mesure qu'il me déballait son histoire, les syllabes de l'*umami* résonnaient à mes oreilles européennes comme autant de tsunamis.

– Cet effet de forte dépendance engendré par le vézépame, continua Solal, n'était d'ailleurs, dès le stade expérimental, qu'un secret de polichinelle, souligné maintes fois par Fallacci qui au départ s'en amusait, comme d'un bon tour joué au consommateur à son insu. Pour ma part, j'avais perçu depuis le début de l'aventure que les Établissements Boussard avaient conçu avec l'IU22 une bombe commerciale, le Graal nutritionnel dont rêvaient tous les grands de la distribution. Même si le bébé transgressait pas mal d'interdits.

– Vous ne vous êtes pas posé de questions, votre conscience n'a pas soulevé d'objections ?

Solal, pour la première fois depuis le début de notre aparté, haussa le ton ; l'envie de se défendre, de s'expliquer était sans doute plus forte que le risque, le danger.

– Vous savez, nous étions embarqués dans une sorte de bateau ivre. Cette usine fonctionne comme un paquebot, un univers finalement assez coupé du monde extérieur. Dès que vous en franchissez les portes, vous êtes ailleurs, un autre système de pensée. J'ignore ce qui fait ça : la blancheur des espaces, le port de la blouse, l'univers du lait, l'interdiction du téléphone portable ? En tout cas, cela influe sans doute sur la façon de travailler. Nous ne nous sommes sans doute pas rendu compte du moment exact où nous avons dépassé les limites.

– Mais cette addiction extrême, c'était un fait tangible. Il aurait pu vous interpeller ?

Solal ne se donnait à présent même plus la peine, pour occuper ses doigts et accessoirement les caméras, de se livrer à des expériences imaginaires sur les arômes. Il s'enfonça plus avant dans son espèce de confession à brûle-pourpoint, sa tentative d'explication du fonctionnement du moteur de la société, de son inconscient. Seule la caméra n° 5 devenue provisoirement aveugle nous protégeait encore un peu. Mais le ton était monté d'un cran, sans doute suffisamment pour faire vibrer les fines membranes des micros espions.

– De l'extérieur, effectivement, concéda-t-il. Mais vécues au quotidien, les zones d'ombre de l'Actilight étaient soigneusement masquées, minimisées, et pas que par la direction, par le personnel aussi. Au bout d'un moment, vous ne vous posez plus la question du pourquoi. Seul compte le comment : comment rendre le goût acceptable ? Comment parvenir à supprimer cette saveur acide ? Comment éviter que le germe ne se transforme en présence de graisse ? Les questions d'ordre moral sont supplantées par de simples problèmes techniques à résoudre. Et la technique est rassurante, elle n'a pas d'états d'âme… À force de trouver des solutions ingénieuses à des difficultés de fabrication, vous vous retrouvez pris dans un engrenage. Ils vous rendent complices de leurs propres exactions en vous y faisant participer, vous en devenez même le cœur, l'inventeur, l'acteur. Ils vous compromettent en vous enfermant dans votre propre logique. Ils lancent le projet, son principe, et vous l'exécutez. Mais, ce faisant, vous lui donnez vie, vous le nourrissez de vos trouvailles. Alors, insensiblement, sans vous en rendre compte, vous *devenez* le projet (il avait « souligné » le mot). Vous inventez des procédés, des astuces, des méthodes qui finissent par faire partie intégrante de vous. Et puis, un jour, vous vous rendez compte qu'ils vous ont dérobé à vous-même. Vous ne vous appartenez plus ; ils vous ont tué…

Depuis que j'avais franchi le seuil de cette usine, je n'avais donc croisé que des macchabées ! Solal y allait décidément un peu fort.

– Rien ne vous obligeait à collaborer, argumentai-je, à ma langue défendante. Même si vous ne vouliez pas perdre votre job, vous n'étiez pas obligé de vous atteler à votre tâche avec tant de zèle.

– Vous ne pouvez pas comprendre. Ils ont révélé en nous notre côté obscur. Ils ont joué avec cet amour du travail bien fait qui nous anime depuis le temps de nos études, cette quête du mythique 10/10 hérité de la communale.

Solal marqua un temps d'arrêt, comme s'il avait soudain troqué sa blouse de chercheur pour un tablier d'écolier.

– Et je l'avoue, reprit-il ainsi vêtu, il y a la jouissance d'être une sorte de *deus ex machina* qui dirige et manipule les sensations gustatives de ses concitoyens.

Solal atterrissait en douceur. Il revenait à des propos moins théoriques. Je pensais que l'intensité de ses confidences était très liée à cet endroit, qu'il ne se serait guère autant livré autour d'un verre, au cours d'un rendez-vous en ville. Que nous avions besoin de cette pression, de ce sentiment d'oppression que délivrait ce lieu, de ce temps coincé entre deux absences de Fougères et une caméra rendue aveugle, pour nous enfoncer dans cette genèse de la maladie de la graisse brune. Autour de nous, les aromaticiens et leurs adjoints travaillaient en silence.

– Nous avons minimisé le rôle de l'addiction, reprit Solal, redevenu historique. Les rares objections qui se sont élevées ont été balayées d'un revers de main par les dirigeants et les principaux actionnaires. Après tout, l'addiction n'était pas un délit, des tas de substances utilisées en agroalimentaire sont addictogènes ; le glutamate était autorisé, mais également l'alcool, et même le sucre. Pourquoi pas ce nouvel édulcorant ? Sincèrement, même si nous avions conscience que notre IU22 avait quelque chose d'inédit, de puissant et même de diabolique, nous ne pensions pas qu'il pouvait mettre la vie en danger, qu'il serait à l'origine de votre nouvelle maladie. Laser le bactériologiste et Fallacci le chimiste ne se sont posé que tardivement des problèmes éthiques, nous en étions déjà à la phase de précommercialisation. Pour le clan Boussard, il était trop tard pour reculer, le cours de l'action commençait à remonter, les fonds de pension étaient sur les dents, et surtout la prétendue menace avait été classée confidentielle. Et quand bien même ! s'échauffa Solal. Le danger paraissait difficile à évaluer. Tout le monde savait que la graisse est un tissu poubelle. Seul Fallacci avait pris réellement la mesure du péril, il avait anticipé les effets d'une quantité importante de vécuronium déversée brutalement dans le sang. Sa prise de conscience l'a brutalement conduit à se livrer, en pleine assemblée générale du groupe, à une sorte de *coming out* chimique. C'était en novembre 2000…

La conversation s'arrêta net. Gontran Fougères, Amélie Boussard et un autre individu, au visage similaire à celui d'Amélie mais bardé de chairs, de muscles et de gras, nous obstruèrent l'horizon.

– Professeur Man, veuillez-nous suivre, s'il vous plaît, nous voudrions avoir un petit entretien avec vous.

Je perçus dans le bref regard que me lança Solal avant que je ne m'éclipse quelque chose de désespéré.

INTERROGATOIRE

Je suivis le drôle de trio dans les bureaux directoriaux, pour un entretien imposé. Nous nous assîmes autour d'une table ovale en bois exotique et sombre. Gontran resta debout, à la droite d'Amélie, instable sur son centre de gravité, un fléau prêt à s'abattre.

– Je ne me suis pas présenté, commença l'homme massif et trapu en complet mafieux, cheveux rares de quinquagénaire tendus en pont entre les deux rives du crâne. Je suis Bertrand Boussard, responsable de la branche Amérique des Établissements qui portent mon nom. Amélie m'a demandé de venir rapidement. Par chance, je suis souvent dans les parages. Ainsi donc, professeur ?…

- Professeur Man, complétai-je, de l'hôpital Avicenne. À Bobigny, me crus-je obligé de préciser.

- Ainsi donc, professeur Man, reprit l'homme, vous vous livrez à une sorte d'étude hospitalo-universitaire sur l'Actilight ?

Le ton était sec, les mots brefs, presque avortés, soulignés par une légère ombre. Des gouttelettes de sueur perlaient sur les tempes et les bajoues. L'individu avait comme un trop-plein d'humidité à évacuer. Une chaudière mal réglée. J'avais vu plusieurs fois le bonhomme dans des émissions de télévision sur la grande distribution. Il était intervenu dernièrement sur le problème des marges arrière. Je ne me souvenais plus exactement de sa position, mais son visage, aujourd'hui nu et tendu, me semblait fort différent de celui de mes souvenirs, apprêté par l'habileté des maquilleuses, mis en valeur par les éclairages et les plans américains. Je me souvenais également de l'avoir aperçu lors d'un de ces talk-shows du soir où il est de bon ton que les intronisés donnent l'impression de s'amuser. Il s'agissait d'une émission sur la famille. Bertrand Boussard y était présenté comme la figure de proue d'une *success story* transgénérationnelle. La famille érigée en saint sacrement.

– C'est exact, dis-je, votre produit m'intéresse. Enfin, il intéresse la Faculté.

Il n'était pas dans mon intérêt qu'ils croient que ma visite en ces lieux soit l'aboutissement d'une démarche personnelle. Mieux valait qu'ils imaginent que je n'étais que la tête de pont d'une armée d'inquisiteurs et que de nombreux collègues étaient au courant.

– Je devais être accompagné au départ par une interne de quatrième année, qui fait justement sa thèse sur l'usage des édulcorants dans l'industrie agroalimentaire, bluffai-je, mais elle a eu un empêchement, un problème de jury ; alors, je suis venu seul.

– Pourquoi cet intérêt pour l'Actilight en particulier ? demanda Amélie, en tapotant la table avec la gomme d'un crayon à double extrémité.

– Eh bien, répondis-je, d'après notre petite étude comparative sur les laits fermentés, c'est un produit particulièrement original, qui se démarque de ses principaux concurrents.

– Seuls les édulcorants vous intéressaient, disiez-vous, intervint Gontran.

Seul contre trois. Je compris qu'ils allaient se relayer pour me cuisiner, selon la théorie des trois angles : le méchant, le gentil et le neutre, chacun pouvant s'allier au gré des vents avec l'un ou avec l'autre. Je pouvais refuser de répondre à leurs questions, après tout. Je pouvais me lever, m'en aller. Mais les trois acolytes me barraient l'accès à la porte : ils m'avaient acculé, sans que je m'en rende vraiment compte, à une des extrémités de la table, la plus éloignée de la sortie. J'étais adossé à la fenêtre, avec eux trois comme unique paysage. Et derrière eux, fixée au mur de droite, la photo en noir et blanc d'un immense bâtiment rectangulaire, une laiterie des temps anciens. Sans doute le Boussard des années trente, le témoignage d'un temps reculé où les Établissements n'étaient qu'une coopérative agricole implantée dans le bocage normand. « Ne pas oublier d'où l'on vient pour savoir où l'on va. »

– En fait, répondis-je, il est difficile de s'intéresser aux édulcorants sans se pencher sur les aliments dont ils sont issus. Dans le cas du vézépame, nous n'avons trouvé que l'Actilight comme représentant.

– C'est en effet une licence exclusive de notre groupe, reprit Bertrand avec fierté.

– Qu'a-t-il de si particulier ? demandai-je à la volée.

Toussotement de Gontran.

– Professeur Man, répondit Amélie, vous aurez du mal à nous faire croire à votre ignorance. Mais nous n'avons rien à cacher, vous pouvez poser vos questions. Sachez que nous sommes tout à fait disposés à engager un partenariat avec votre équipe.

– Ma foi, Boussard en sponsor de la lutte contre l'obésité, je vois assez bien ça, reprit Bertrand comme s'il explorait une piste prometteuse.

Il avait tourné son gros visage vers celui de sa sœur. Sa face, vue sous cet angle, me fit songer à une boule de pâte à pain propulsée à pleine vitesse sur une plaque en fonte avant cuisson. Du concentré de violence.

– Nous tenons à l'indépendance de notre département, déclinai-je. Votre… participation influerait nécessairement sur nos choix…

Être sponsorisé par les instigateurs de la maladie de la graisse brune, ce serait un comble ! N'imaginaient-ils pas qu'il pouvait exister un rapport entre leur produit et tous ces morts, ceux du passé et les autres en puissance ?

– Ce serait contraire à l'éthique, d'autant que l'Actilight est un produit comportant de nombreuses zones d'ombre, continuai-je, exprimant malgré moi une partie de ma rancœur.

– C'est pour ça que vous êtes ici, n'est-ce pas ? fulmina Gontran, menaçant.

– Calmez-vous, cher ami, intervint Bertrand Boussard. M. Man pourrait peut-être nous en dire plus.

Savaient-ils ? Avaient-ils eux aussi établi le lien entre leur mirifique Actilight et la graisse brune ? Avaient-ils fermé les yeux pour continuer à jouir de leurs profits ? Jusqu'à quel point étaient-ils malhonnêtes ? Si l'homicide était involontaire, peut-être suffirait-il des quelques preuves dont je disposais pour qu'ils retirent le produit de la vente, au moins provisoirement, pour analyse. Il était de mon devoir de les alerter.

– Il y a d'abord un truc qui me chiffonne, avançai-je prudemment. L'Actilight a été lancé en grande pompe il y a quelques années. J'ai retrouvé la trace des campagnes publicitaires de l'époque. Mais depuis, plus rien. C'est étrange. Tous les grands groupes agroalimentaires soutiennent généralement leurs produits une fois commercialisés, à ce qu'il me semble.

– Bonne remarque. Je vois que vous vous êtes penché avec sérieux sur la question, répondit Amélie, tout en faisant tournoyer à présent sur lui-même un coupe-papier à poignée de nacre, à la manière du capitaine Bligh dans *Les Révoltés du Bounty*. Vous savez, les budgets publicitaires peuvent peser très lourd sur les résultats et amputer les marges. Pour l'Actilight, nous avions tout dépensé en recherche et développement. Il ne restait plus grand-chose pour la suite.

La sœur Boussard était de mauvaise foi, manifestement. Le plus étonnant était qu'elle ne semblait guère se préoccuper de savoir si je gobais ou non ses fables. Quant à moi, j'avais en tête les essaims d'obèses s'agitant autour des linéaires d'Actilight. Et les paroles de Manuella Girbal, ce chantage au yaourt exercé sur les membres mêmes de l'entreprise, le droit de cuissage. Si l'employée avait dit vrai, ces gens-là étaient vraiment des ordures.

– La promotion d'un produit devient peut-être moins indispensable dès lors qu'il se vend tout seul, murmurai-je.

Le manche arrêta sa course, sa pointe accusatrice orientée vers mon thorax, légèrement sur la gauche. Jadis, j'avais transpercé la main d'un collègue dont la tête ne me revenait pas. Un instant de folie, la fatigue, les études, la pression du concours, un provocateur que je ne supportais plus. C'était au moyen d'un coupe-papier qui avait un vague air de famille avec celui de la fille Boussard, sauf que j'avais hérité le mien de mon grand-père et que quelque druide d'Inverness ou d'ailleurs y avait gravé une devise en lettres elfiques. Étais-je encore capable, avec la colère ou la haine comme alliées, de réitérer un tel geste ?

– On dirait que vous cachez quelque chose, continuai-je crescendo, ou que vous avez eu une surprise commerciale. Je vais vous dire comment je vois le film des événements, poursuivis-je devant un trio sidéré. Quelques semaines après la mise en circulation du produit, les ventes s'affolent au-delà de vos espérances les plus optimistes. Le carnet de commandes enfle, les profits s'envolent. Alors, vous optez pour ne pas attirer l'attention. Quoi de mieux pour la réussite d'un produit que le bouche à oreille ?

Je me levai d'un coup, un peu saoulé par mes propres paroles. Je ne parvenais pas à m'enlever de la tête que se tenait assis devant moi une brochette d'assassins qui avait remplacé les balles en cuivre par de petits pots de lait coagulé.

– Surtout que vous savez que votre succès est truqué, continuai-je, l'index pointé vers Bertrand, à mon goût le plus antipathique des trois : il est lié au fort pouvoir addictif du vézépame. Vous savez que cet édulcorant miracle est capable de modifier les comportements, qu'il agit même sur la manière de penser. Vous vous rendez alors compte que vous avez mis la main sur un produit magique.

– Que vouliez-vous que nous fassions ? reprit Amélie. Nous n'allions tout de même pas retirer de la vente un produit si rentable, si plébiscité par les consommateurs. L'addiction n'est pas un délit, le produit a même reçu l'autorisation de l'AFSSA et d'autres commissions sanitaires mondiales, dont la FDA, plus exigeante que notre agence française sur de nombreux points. Nous sommes une multinationale. Les ventes réalisées en Europe ne constituent qu'un petit pourcentage du chiffre mondial de l'Actilight.

« La dissémination de la maladie de la graisse brune est elle aussi mondiale », me retins-je de répliquer. Gontran crut utile d'enrichir la conversation. Il s'écarta légèrement de la sœur et du frère. Une plaidoirie de rupture aux accents mystiques.

– Nous sommes sans doute tous sous influence alimentaire. Qui peut mesurer l'action sur notre conscience de ce que nous mangeons ? De nombreux médicaments ont une action avérée sur le psychisme, qu'il s'agisse des psychotropes, des antidépresseurs et même des somnifères. Pourquoi pas certains aliments ? « De tous les fruits de ce jardin tu pourras consommer, à l'exception du fruit de la confusion entre le bien et le mal, car le jour où tu en mangeras, tes yeux se dessilleront, tu ne concevras plus le monde de la même manière », dit la Bible.

Lui aussi citait la Bible ! De mémoire, il me semblait bien qu'il falsifiait le texte sacré. En même temps, il en présentait une interprétation crédible. Nous nous retrouvâmes brièvement, Bertrand et moi, dans le camp des agnostiques. Insensiblement, Amélie s'était rapprochée du croisé. Accord tacite ?

– Mais personne n'étudie ça, continua-t-il d'un ton las. Il est pourtant prouvé que l'alcool modifie notre perception du réel, que le sucre nous calme ou que le café nous excite. Nous sommes constitués de ce que nous ingurgitons, les briques qui nous construisent sont issues de nos apports. La viande d'un porc élevé sur une décharge n'a pas le même goût que celle d'un autre nourri avec les eaux grasses d'un grand restaurant. Sa viande est chimiquement différente, alors, pourquoi en serait-il autrement pour les humains ? Un végétarien a-t-il le même comportement social, sexuel, physique qu'un carnivore ?

« Sous l'emprise de quel aliment es-tu, toi, lorsque tu abuses sexuellement de tes collaboratrices les plus attirantes ? », aurais-je pu demander. Mais les paroles de Fougères résonnaient curieusement à mes oreilles : ce langage ne m'était pas totalement étranger. Il croisa les bras : c'est alors que j'aperçus le tatouage violet au bas de son avant-bras, une sorte de balance de type Roberval, ornée d'un fléau agressif et orienté en direction des doigts.

– Dans un siècle, sans doute moins, recentra Bertrand, plus terre à terre, les aliments seront répertoriés selon leur action sur la santé. Boussard est pionnier en la matière. L'Actilight est l'un des premiers alicaments. Il est bourré de bienfaits, fait maigrir, rend heureux, alors ! Le train du futur est en marche, et Boussard en est la locomotive.

« Sauf que les passagers sont des condamnés à mort », allais-je répliquer. À la place de quoi je lâchai, comme on saute dans le vide :

– Avez-vous déjà entendu parler de la maladie de la graisse brune ?

Le vide, effectivement. Les trois êtres se redressèrent de façon étrange, à la manière d'automates du XVIIIe siècle, des marionnettes armées, à l'évidence. Gontran à l'arbalète, Bertrand à la massue et Amélie à la faux.

– Qu'est-ce que cela a à voir avec nous ? explosa le porteur de massue, vindicatif, les poings serrés au contact l'un de l'autre.

– Eh bien, continuai-je, inconscient du danger, comme sous l'action d'une sorte de plaisir vengeur, il se pourrait bien que votre yaourt modèle…

– Notre lait fermenté, corrigea Gontran, ses yeux vides à l'assaut des miens.

– … votre Actilight adoré, si vous préférez, ait quelque chose à voir avec ce nouveau fléau.

– C'est que… (Amélie eut un regard vers son frère, comme si elle cherchait à obtenir son assentiment avant de parler) … nous venons de perdre un cousin de cette maladie. Nous l'avons enterré la semaine dernière.

– Un obèse ? demandai-je, avec toute l'empathie que je pus rassembler en moi, vu les circonstances.

Amélie se leva à son tour. Bertrand sembla accuser un moment de faiblesse, en bon élève qui reçoit à l'improviste une note bien en dessous de la moyenne. Quant à Gontran, il affichait une espèce de sourire mauvais, loup-garou soudain touché par un éclat de lune.

– Le directeur de la branche espagnole, expliqua-t-elle en regardant par la fenêtre, comme si elle vérifiait l'ordonnancement des bâtiments de son domaine, constatait qu'il en manquait un. Il avait entamé un régime de grande ampleur, il s'était fait poser un anneau gastrique…

– Et paf, continua le frère, tapant du plat de la main sur la table. On l'a récupéré mort dans son lit un matin, avec de drôles de taches verdâtres autour du nombril, des boules au niveau des aisselles. Arrêt respiratoire.

– On a demandé une autopsie, relaya Amélie. On a cru à un empoisonnement. Il avait pas mal d'ennemis. C'était un patron un peu… tyrannique.

D'accusateur, je me transformais insensiblement en confident. Conseil de famille restreint. Ça avait l'air de leur faire du bien d'évoquer ainsi la mémoire de leur cousin. Magie de la médecine. Je voyais venir le moment où l'on me donnerait du « docteur, merci docteur, combien vous dois-je, docteur ? ».

– La call-girl en compagnie de qui il avait passé ses derniers instants s'est volatilisée, expliqua encore Bertrand, se levant à son tour.

Nous étions à présent tous les quatre debout, à égale distance. Je pris alors conscience d'un élément : Bertrand pouvait lui aussi être considéré comme un obèse, une adiposité tonique, une sorte de graisse de pouvoir, dense et ramassée, compacte et brève, mais de la graisse tout de même, de la bonne vieille graisse des familles, assemblée jour après jour, assise sur un appétit d'ogre agrémenté d'accès de faims de loup. Dans les profondeurs de cet être qui me semblait si déplaisant, il y avait sans doute une survivance de son cousin, une incarnation génétique, une identification forte. Peut-être avaient-ils été élevés ensemble, peut-être avaient-ils un mode de vie similaire. La crainte pouvait donc suinter de ses tripes.

– L'autopsie a révélé des amas de graisse brune un peu partout, expliqua Amélie. Son intérieur était comparable à celui d'un gros mammifère hibernant, ont dit les médecins. Cette graisse est habituellement très peu représentée chez les humains, à ce qu'il paraît, sauf peut-être chez les Inuits, au début de l'automne.

– Brune comme les feuilles tombées des arbres, tempéra Gontran, mélancolique, pour le coup.

– Les médecins ont dit qu'il était atteint par une nouvelle maladie spécifique de l'obésité, continua Bertrand, manifestement de plus en plus flippé. Il y en avait vraiment partout, autour du nombril, dans le dos, au niveau des aisselles, on aurait dit des… tumeurs.

– Sans doute une forme maligne, expliquai-je, sciemment docte, décidé à pousser l'avantage.

Les gouttelettes de sueur en formation semblèrent se condenser à la base de son cou de taureau, ses pores se dilatèrent, découvrant les têtes d'épingle de ses poils coupés ras. Amélie avait l'air étrangère aux émois de son frère. Quant à Gontran, il affichait une sorte d'air supérieur, le torse légèrement arc-bouté en arrière. C'était criant : il méprisait allégrement la famille Boussard, en particulier le frère.

– Si vous avez eu accès au rapport d'autopsie, vous avez peut-être une idée de la composition de ces taches verdâtres ?

Erreur stratégique ! L'animal était à terre, mais il était loin d'être terrassé, et le gibier, jusqu'à preuve du contraire, c'était moi.

– Vous qui m'avez l'air spécialiste de la maladie, rétorqua la sœur, vous avez sans doute la réponse ?

Tout le monde se rassit en bloc, en une sorte de jeu de go grandeur nature. Je restai debout, seul devant eux, pris de vitesse.

– Eh bien, avançai-je prudemment, si la maladie de votre cousin est identique à celles dont j'ai déjà eu connaissance, on a dû retrouver au sein de ces plaques un dérivé du curare. Sa vidange dans le sang à l'occasion d'un amaigrissement brutal est la cause de la mort.

– Mais qu'est-ce que tout cela a à voir avec l'Actilight ? reprit Bertrand.

– Ce dérivé du curare, utilisé également en anesthésie, a pour nom… vécuronium.

Il était tout à fait périlleux de leur balancer ça. Un étranger leur annonçait qu'il partageait avec eux l'un des secrets sans doute parmi les plus jalousement gardés de leur société. Et je leur annonçais que je savais qu'ils savaient.

Amélie tourna le visage vers Gontran, Gontran chercha les yeux de Bertrand. Mais ce dernier regardait au loin, vers les bâtiments de l'usine, et peut-être même au-delà, multinationale oblige. Je comprenais parfaitement ces déplacements de têtes : forcément, là, dans leur maison, il y avait eu des fuites, et qui plus est à un haut niveau. Un traître, donc. C'était comme si le fantôme de Fallacci revenait dans leurs murs, leur annonçait qu'il continuerait à les poursuivre par-delà la mort. Il avait juste emprunté l'enveloppe corporelle d'Hugo Man, mais c'était bien lui. Il fallait que j'aille jusqu'au bout de leur cynisme, je n'aurais sans doute pas d'autre occasion. Car nul doute qu'en ce jour j'avais gravé mon nom sur leur livre noir.

– J'ignore tout de ce vécu… quelque chose, répondit finalement un Bertrand proche de l'implosion.

Flagrant délit de mensonge. Peut-être était-il lui-même sous Actilight, après tout ?

– Vécuronium, monsieur, me contentai-je de souligner.

– Appelez votre produit comme vous voulez. Je ne vois pas le rapport avec le nôtre. Donnez-moi une seule raison valable pour laquelle nous voudrions intoxiquer nos contemporains.

« Le fric, l'esprit de conquête, la soif de puissance, l'ambition, bref, l'ensemble des pulsions humaines primitives que la culture a habillé de ses oripeaux », faillis-je répondre, mais Boussard ne marqua pas de temps d'arrêt.

– Nous sommes une laiterie respectable, une entreprise familiale, continua-t-il. Votre dérivé du curare découvert chez les victimes de votre nouvelle maladie atroce a sans doute une autre source. Mon cousin s'était fait poser peu de temps avant sa mort un anneau gastrique. Une anesthésie générale. Le vé… provient peut-être de là.

Il ne voulait pas en prononcer le nom, une sorte de superstition sans doute. Il est de ces vocables maudits.

– Bonne remarque, monsieur, concédai-je. Nous avons évoqué cette hypothèse, mais elle a été triplement infirmée. Primo, le vécuronium est loin d'être le seul curarisant utilisé en chirurgie, en France ou ailleurs. Secundo, les porteurs d'anneau gastrique ne sont hélas pas les uniques victimes de la maladie de la graisse brune. Tous les obèses sont concernés, et même, à un moindre degré, ceux dont le surpoids est minime. C'est la vitesse d'amaigrissement qui semble être le critère le plus péjoratif et, bien sûr, la quantité de toxique stockée dans la graisse. Tertio (et là je décidai de bluffer, histoire de disculper les éventuels auteurs des fuites), nous avons découvert que votre vézépame, en se disloquant dans l'organisme, était capable de libérer d'infimes quantités de vécuronium. Comme l'Actilight est, à ma connaissance, le seul produit du marché à utiliser cet édulcorant, ainsi que vous l'avez vous-même confirmé tout à l'heure, cela crée un lien direct entre sa consommation et la maladie de la graisse brune.

Amélie agrippa le coupe-papier de ses doigts décharnés, Gontran grimaça comme s'il venait d'être touché par un carreau d'arbalète. Quant à Bertrand Boussard, je crus bien qu'il allait s'étrangler. D'ailleurs, il desserra le premier bouton de sa chemise.

– Vous avez donc fait analyser l'Actilight ? demanda-t-il, les yeux exorbités.

Il fallait tenir la position. Je me rassis.

– Nous avons fait appel à un laboratoire indépendant, dis-je, sans trop savoir où j'allais.

– Son nom, caqueta Amélie.

– Confidentiel, répliquai-je, du tac au tac. En tout état de cause, j'en sais suffisamment pour faire retirer votre produit de la vente.

Tout se passa très vite. Bertrand se leva d'un coup, bousculant sa chaise qui se renversa au sol en rebondissant. Puis il fut sur moi, m'agrippant au col en un mouvement de rotation du poignet, m'arrachant au passage quelques poils. J'étais trop médusé par cette irruption de violence physique au cours de notre entretien pour pouvoir répliquer. Son gros visage bouffi n'était plus qu'à quelques centimètres du mien, une grosse verrue percée de récepteurs sensitifs. Son haleine était parasitée par des relents d'alcool, de malt, de tabac, de tourbe. Puis il me lâcha aussitôt, sans un mot d'excuses. Ces gens-là étaient dingues. Les Établissements Boussard étaient prêts à aller loin, très loin, pour continuer à refourguer leur came à tous les consommateurs de la planète.

– Vous n'avez aucune preuve de ce que vous avancez, reprit Gontran, étonnamment maître de ses nerfs. Le vécuronium est effectivement produit en quantité infime au cours de la dégradation du vézépame dans l'organisme, ainsi que vous l'avez découvert. C'est même un secret de polichinelle : l'AFSSA est au courant et a même donné son feu vert à la commercialisation du produit en toute connaissance de cause. Le vézépame leur a paru une alternative intéressante au très controversé aspartame, bien moins dangereux pour la santé que ce dernier.

Je tirai sur ma chemise froissée, sentis le contact de l'air filtré sur ma peau : Boussard m'avait arraché un bouton. L'AFSSA était donc au courant. Elle n'avait pas tenu compte dans ses calculs de l'influence de l'addiction et de son corollaire : l'accumulation du produit dans les graisses suite à la quantité insensée d'Actilight que les accros seraient capables d'ingurgiter, l'absence de biodégradabilité du vécuronium. Il fallait que je vérifie cette dernière allégation.

– Comment pouvez-vous affirmer avec tant d'arrogance, relaya Amélie, que le vécuronium retrouvé chez les victimes provient du vézépame contenu dans l'Actilight ? Il peut exister une autre source, alimentaire ou non. Les Boussard ne sont pas des assassins. Par leur niveau d'exigence, les gens de l'AFSSA témoignent quotidiennement du degré de leur sérieux. Ils nous ont déjà, par le passé, empêchés de commercialiser des produits qu'ils avaient jugés dangereux. Croyez-moi, ils ne sauraient être nos complices.

– Ce sont des incorruptibles, appuya Bertrand, de manière sourde.

– J'ai une question d'ordre technique, reprit Gontran.

Je hochai la tête en guise d'assentiment. Je me sentais groggy, un boxeur acculé dans les cordes, je n'arrivais pas à me ressaisir. Leur dernier argument avait fait mouche. Ou bien l'Agence avait été abusée ou bien elle avait jugé l'Actilight sans risque pour la santé. Surgirait alors un nouvel ennemi, une autre entité qu'il faudrait contraindre à se dédire. Ce ne serait pas une mince affaire.

– Avez-vous retrouvé, embraya Gontran face à mon silence consentant, au cours des autopsies des victimes, par exemple au niveau de ces plages de graisse liquide que vous nous avez décrites, des secteurs où coexistent l'édulcorant et son prétendu dérivé toxique ?

– Non, et je vais vous dire pourquoi, répondis-je, retrouvant un peu de ma superbe, tout en comprenant que j'étais en train de tomber dans le piège qu'il m'avait tendu. L'un est biodégradable, éliminé après utilisation, l'autre s'accumule dans le tissu graisseux. Le vézépame ne séjourne que peu de temps dans la graisse, qu'elle soit blanche ou brune.

– C'est bien ce que je disais, gronda Gontran, vous n'avez aucune preuve. Aucune trace d'un quelconque lien entre vézépame et vécuronium au sein de l'organisme des victimes. Le vécuronium à l'origine de leur décès peut provenir de n'importe quel substrat, un pesticide, un additif, un colorant, etc., la liste est longue des toxiques potentiels entrant dans la composition des aliments contemporains.

– Avez-vous pensé à éliminer une pollution de l'air ? Il pourrait s'agir de quelque chose comme un empoisonnement par inhalation à grande échelle ? ajouta Amélie.

Qu'ils parlent, qu'ils se gaussent, je n'avais aucun doute sur la solidité de mon argumentation face à une autorité moins malveillante, même si je venais de prendre conscience de l'absence de certitude absolue quant au lien entre les traces de vécuronium contenues dans l'Actilight et les grosses quantités de curarisant retrouvées dans la graisse des décédés. Au plan formel, je disposais juste d'une forte suspicion de causalité. Je me gardais bien d'évoquer le nom de Gustave Laser, l'ancien amant d'Amélie, ce qui m'aurait conduit à ouvrir le dossier du lactobifilodus, tout aussi explosif que celui du vézépame. J'en savais assez sur leurs méthodes, je n'aurais pas gain de cause, malgré la convergence émotionnelle ressentie à l'évocation de leur cousin. Les affaires avaient repris leurs droits. Je ne parviendrais pas à suspendre la production de leur pourriture de lait, même le temps de réaliser des tests d'innocuité. Je me levai, me dirigeai vers la porte. La position debout, le mouvement me requinquèrent. L'impression de recouvrer ma liberté. Je décidai de m'octroyer un dernier petit plaisir avant de partir, un nuage d'encre noire émis par une seiche lassée d'avoir trop longtemps flotté entre deux eaux.

– Il ne me semble pas utile de poursuivre notre entretien. J'aurai tenté de vous alerter. Réfléchissez, vous pouvez changer d'avis, ordonner une enquête interne. Cela aurait au moins l'avantage de limiter la casse pour votre enseigne. Car le jour où le scandale éclatera, les affaires du sang contaminé ou de la maladie de la vache folle vous paraîtront de simples mésaventures en comparaison de ce qui vous attend.

– Professeur Man, réagit Bertrand, plus cerbère que jamais, j'ignore si nous nous reverrons. Mais dès que vous aurez passé le seuil de cette porte, sachez que la maison Boussard partira en guerre contre vous. Opposez-vous à nous si ça vous chante, prenez rendez-vous dans les ministères, alertez la presse. Vous n'avez aucune chance. Vous n'imaginez guère notre puissance de frappe, l'étendue de nos appuis politiques, notre poids dans la balance économique mondiale. Hugo Man, vous n'êtes qu'un nain, un petit professeur que son patron a fait nommer dans un hôpital de banlieue pour se débarrasser de lui, un agrégé fraîchement débarqué avec des difficultés d'intégration dans son nouveau service, et encore à moitié dingue. Vous voyez, nous avons même mené une petite enquête interne sur vous, pour reprendre votre expression.

Bertrand Boussard se leva, imité par sa sœur et son chevalier balafré.

– Nous vous écrabouillerons, professeur Man. Gontran, veuillez, je vous prie, raccompagner ce monsieur.

Cinquième partie

ESPIONNAGE

Suite de la visite de Hugo Man à notre site francilien, j'ai fait venir Jules et Jim. Dès que j'ai appris qu'un jeune professeur spécialisé dans l'obésité avait décidé de venir fourrer son nez dans mon lait fermenté favori, ça m'a mis d'humeur massacrante. Les nouvelles circulent vite dans la famille. J'ai pu décaler mon départ pour Chicago, reporter cette importante réunion dont l'ordre du jour était le lancement d'un nouveau yaourt bio exclusivement destiné au marché nord-américain. C'est drôle, il s'agit d'un produit dont l'édulcorant est justement une molécule voisine du vézépame, dont il conserve les propriétés addictives ; cela faisait d'ailleurs partie de son cahier des charges. Trop cool, l'addiction, une fois qu'on l'a expérimentée ! Difficile de s'en passer. Cet Hugo Man ne manque pas de nez, à moins qu'il n'ait bénéficié de fuites.

Heureusement que je traînais dans le secteur : j'ai pu faire la connaissance du zozo : un être naïf, idéaliste, teigneux, ce qui nous laisse au moins un point commun. J'en ai connu des types de cette trempe. Ils sont incontrôlables. À un moment, il m'a fait peur, je l'avoue. Je me suis vu l'espace d'un instant recouvert de pelletées de terre, comme le cousin Jeff, paix à son âme. Après tout, je suis ce que l'on pourrait qualifier d'obèse, moi aussi. Depuis tout petit, je me goinfre. J'entends encore la voix de ma mère : « Bertrand, arrête, tu vas devenir énorme ! » « Énorme, pouffiasse, c'est bien ça que j'ai envie de devenir ! », lui répondis-je mentalement dans ma tête de

10 ans. Il fallait toujours que je mange plus que les autres, les concurrents. Les autres devaient se contenter des restes. À présent, je regrette, bien sûr, je suis devenu sphérique, mais c'est peut-être à cette morphologie particulière que je dois mon autorité. Enfant, j'avais peur, la nourriture me réconfortait, la graisse me protégeait des agressions. À présent, c'est moi qui inspire la crainte, ce cœur du respect.

Pourtant, c'est drôle, je sais que je ne risque rien. Cette maladie de la graisse brune ne me concerne pas. J'aurais pu plonger, comme d'autres personnes au sein même de l'entreprise, mais je me suis toujours méfié de cette foutue addiction. Ce vézépame n'est pas pour moi, hors de question que je devienne l'esclave d'une substance. Qu'ils s'intoxiquent tous !

Mais enfin, la visite de cet Hugo Man est une mauvaise surprise. Nous savions bien, depuis même son stade expérimental, que notre lait fermenté, pour révolutionnaire qu'il fût, n'était pas très « catholique ». Mais de là à imaginer qu'il pût être à l'origine d'une nouvelle maladie capable de décimer les obèses, il y avait un grand pas que je n'étais pas sûr d'avoir désiré franchir. Ces jours-ci, j'ai mal dormi, harcelé par une sorte de problème de conscience : fallait-il effectivement retirer l'Actilight de la vente pour analyse, comme l'avait suggéré Hugo Man, renoncer à des millions de dollars, d'euros, de yens, de yuans ? Observer impuissant le cours de l'action Boussard s'écrouler comme aux pires jours du précédent krach, au moment de la cession de la branche biscuit ? Avoir sur le dos des milliers d'employés mécontents, mettre en place un plan social dans l'urgence, des licenciements secs. Une telle décision ne pouvait être prise seul. Je me suis entretenu longuement avec notre principal bailleur de fonds, Helmut Wrangler, le baron, un proche d'Amélie. Il a investi dans la branche Actilight à hauteur de 25 %, au point même d'avoir voulu en faire une holding indépendante du reste (mais nous nous y sommes vigoureusement opposés). « Pas le choix, a-t-il martelé, nous ne pouvons plus faire machine arrière. Cet Hugo Man raconte n'importe quoi. La maladie de la graisse brune n'est qu'un épiphénomène en comparaison de notre œuvre, un succès commercial sans précédent dans l'industrie agroalimentaire, comparable à la saga Coca-Cola. Si le professeur devient gênant, vous n'avez qu'à vous en débarrasser. Et si vous ne trouvez pas une solution pour éliminer ce moustique, je vous lâche. L'Actilight doit vivre. Je suis le détenteur de vos brevets de fabrication, ne l'oubliez pas », a-t-il ajouté.

Comment pouvais-je oublier que les doigts de cet individu étrange pouvaient à tout moment se refermer sur les Établissements Boussard père, enfants, cousins et associés... et les étrangler. Maigre, longiligne, ce type me met mal à l'aise (je préfère les êtres bien en chair, frontaux, avec le sens du réel, je suis un terrien), mais il est hélas devenu incontournable. Il a acheté, année après année, dans l'ombre, nos actions par paquets, au travers de sociétés écrans, des pans entiers de notre compagnie. Lorsque nous nous en sommes aperçus, lorsque les masques sont tombés, il était devenu irremplaçable. Pourquoi nous avait-il élus, nous, et pas un autre groupe spécialisé dans les produits lactés ? Lorsque je le lui ai demandé, un jour où nous avions devisé plus que de coutume, sa réponse a été laconique : « J'ai étudié vos pratiques, votre passé, m'avait-il confié sans autre précision, je me suis dit que vous seriez les plus à même d'accepter les molécules du futur. » Nous sommes donc tombés d'accord. Il fallait frapper un gros coup, lancer sur le marché un nouveau produit fortement addictogène. Il avait la molécule, nous produisions le solvant, le lait, un produit « vrai », comme chacun sait. Il nous a présenté un de ses plus proches collaborateurs, un bactériologiste du nom de Gustave Laser, qui avait sélectionné, par manipulation génétique, une bactérie capable de dissoudre les graisses. La bête nous est rapidement apparue comme l'alter ego idéal de l'édulcorant, une bombe capable de nous faire décrocher le pactole. Les produits laitiers avaient le vent en poupe, les ferments lactiques étaient en pleine explosion et l'obésité semblait bien devoir être l'avenir de l'homme. Nous avons signé un contrat de mise à disposition des produits Wrangler, renouvelable annuellement. Une fortune, mais ça valait le coup. Helmut et ses avocats s'étaient débrouillés pour avoir les autorisations de mise sur le marché en Suisse, ce qui a facilité l'entrée de l'Actilight en France, puis dans le reste du monde. Cette négociation s'est déroulée bien avant que Fallacci ne s'amuse à jouer les trouble-fête et que Laser ne retourne sa veste.

Helmut Wrangler s'est lié d'amitié avec Amélie, enfin, amitié n'est pas le terme exact, disons qu'elle est entrée en phase de dépendance, de subornation : il était devenu son gourou nutritionnel. Y a-t-il eu une espèce de collusion entre eux ? Possible, ma sœur a toujours été une personnalité fantasque, secrète. Petite déjà, elle peignait ses poupées jusqu'au sang, leur arrachait les membres et les yeux. Elle avait adhéré corps et âme à la théorie de Wrangler : pas de viande, pas de lait, pas de cuisson des aliments au-delà de 100 °C. Le Suisse prônait le retour à un régime ancestral. Et Amélie a toujours eu des tendances anorexiques, encore exacerbées par l'issue calamiteuse de sa liaison avec Laser.

Après notre petit entretien avec Man, nous avons dû prendre certaines décisions. Je ne pense pas qu'Amélie et Fougères aient été capables d'appréhender le danger aussi bien que moi. Le danger, ça me connaît, on peut même dire que ça m'excite. Que sait-il au juste, ce Man ? À mon avis, bien plus qu'il ne l'a laissé entendre. Est-il au courant pour Laser, pour Fallacci ? Peut-être. Nous n'avons pas eu le temps d'évoquer le lactobifilodus. S'est-il rendu compte des transformations du ferment dans les milieux riches en graisse ? Impossible, il n'est pas bactériologiste. À moins qu'il n'ait des amis, des relations qu'il a fait travailler sur le sujet. Il nous a appris qu'il avait fait bosser un laboratoire indépendant sur la composition de l'Actilight. Est-ce vrai ? Je crois qu'il bluffe : il tient ses infos de fuites ou peut-être d'une découverte favorisée par le hasard. Mais il faut vérifier. Je veux tout savoir, ses habitudes, ses amis, ses voyages, sa bio.

À qui a-t-il pu parler au sein de notre entreprise ? J'ai demandé à Fougères d'être intraitable avec Manuella Girbal. Nous avons exclu le licenciement pour faute grave, la mise à pied de trois jours, susceptibles à terme d'attirer l'attention des prud'hommes. Nous avons préféré le pourrissement, la mise au placard, lui confier des tâches subalternes, de préférence humiliantes, continuer à la fournir gratuitement en Actilight, mais avec une grande parcimonie, qu'elle dépense donc son argent à l'extérieur pour s'approvisionner. Quant à Solal, disons qu'on lui laisse le bénéfice du doute. Celui-là, nous avons besoin de lui, et c'est réciproque. C'est une sorte de génie, mais c'est aussi un électron libre, je ne lui accorde qu'une confiance limitée. Il a assisté à pas mal de réunions au moment de la gestation de l'Actilight : il était au courant pour le vécuronium et même pour le lactobifilodus. Il aurait très bien pu livrer des informations à Man, par exemple pendant qu'il opérait ces prétendues expériences à la barbe de nos caméras. Mais je n'y crois pas. À moins de jouer très bien la comédie, il est clair que les deux hommes venaient de faire connaissance, et il est peu probable que Solal ait lâché des renseignements sensibles à un inconnu. Pourtant, il y a ces mouvements de lèvres imperceptibles, ces mimiques qui ressemblent à une sorte de connivence. Il faudra tirer cette affaire au clair, visionner à nouveau les bandes. Il semble qu'il y ait eu un petit problème technique, à un moment.

Dès que nous avons eu connaissance de l'annonce de sa visite, j'ai œuvré ou plus exactement c'est Jules qui a agi pour que son frère se fasse embaucher comme agent hospitalier dans son service. J'ai bien ressenti, avec une certaine jouissance, je l'avoue, le frémissement d'inquiétude d'Hugo Man quand il s'est rendu compte des renseignements que nous détenions sur sa vie privée. Ç'a été facile à Jim de taper l'incruste, il sait y faire, le bougre, il s'est concocté un CV bidon avec des références en béton. Il a fureté avec ce don qui le caractérise, mine de rien, entre deux malades, trois infirmières et une pause-café. Nous connaissons donc des fragments de la vie de Man : il vient de débarquer dans sa nouvelle affectation, un mois de retard, ça ne se passe pas très bien, il est obsédé par cette maladie de la graisse brune, il veut en faire l'axe de développement du service, son créneau. Mais d'après ce que nous avons appris, les temps ne sont pas mûrs, la maladie n'est pas encore considérée par les professionnels comme un problème significatif, encore moins comme un phénomène de société. Voilà au moins qui arrange nos affaires pour un temps. D'après Jim, Hugo Man essaie tous les jours de convaincre son personnel que la maladie est déjà solidement installée, que de nombreux décès survenus chez les obèses lui sont déjà imputables, mais le diagnostic n'est pas fait. D'après Man, la plupart de ces morts sont étiquetées « défaillance cardio-respiratoire », une appellation fourre-tout regroupant des maux dont les gros sont coutumiers, infarctus, apnées du sommeil, embolies pulmonaires, et même accidents vasculaires cérébraux. Notre fouille-merde est une espèce de Don Quichotte qui n'aurait pas trouvé son Sancho Pança. C'est un homme seul. Précédé par sa réputation de dingo, il s'est mis à dos le service en moins d'un mois d'activité, y compris son supérieur direct, le professeur Madon. D'après Jim, il les bassine à chaque comité de service avec sa maladie fétiche. À la dernière réunion, il a même essayé de leur démontrer que la courbe de mortalité des obèses était en forte augmentation, que c'était même un phénomène commun à l'ensemble des pays développés, que c'était la preuve qu'il se passait quelque chose d'anormal, une preuve « épidémiologique », a-t-il dit (ce Jim est décidément très doué, il s'est débrouillé pour leur servir d'appariteur). Un débat a suivi, l'opinion qui s'est dégagée était qu'une fois de plus, Man était sous la coupe d'une sorte d'obsession mentale. Bien sûr, la maladie existait, mais ce n'était encore qu'un événement marginal, les courbes qui s'affolaient s'expliquaient simplement par le fait que les obèses étaient de plus en plus gros. Par conséquent, ils cumulaient les raisons de quitter cette terre sans trop s'attarder. Pourtant, toujours d'après Jim, Man n'a jamais fait aucune allusion publique à l'Actilight, au vézépame ou au lactobifilodus. Il s'est étendu en long et en large sur le vécuronium, allant même jusqu'à inviter dans le service un anesthésiste pour exposer les effets du curarisant sur l'organisme humain, sur la possibilité de « relargage dans la circulation au décours des interventions chirurgicales chez l'obèse » (Jim a pris quelques notes). De même, il a invité pour un topo un bactériologiste, un certain Fabien Chiche, pour leur parler de « ces étranges mitochondries que l'on retrouve dans la graisse brune » et qui présentaient « des points communs avec des bactéries d'origine intestinale ». Mais, à aucun moment, le lien avec un quelconque ferment lactique n'a été évoqué. Ce Man, pour maboul qu'il soit, comprend sans doute bien à quelles extrémités l'exposerait la mise en relation publique de la maladie de la graisse brune, de l'Actilight et des Établissements Boussard. S'il est si discret, c'est sans doute qu'il manque de preuves, qu'il n'a pas encore bien ficelé le dossier, et donc qu'il est encore temps d'agir.

Pour la suite des opérations, j'avais donc besoin de l'intégralité du duo. Je les ai donc fait venir, ces deux êtres qui me doivent tant. Jules et Jim sont deux frères que j'ai fait sortir de prison. Depuis, ils me vouent une sorte de reconnaissance tacite. Ils ont commis plusieurs délits, agressions, vols, violences, malversations. Mais leurs exactions les plus graves sont inconnues des services de police. Ils sont trop malins pour avoir laissé de trace dans l'exercice de leur vrai métier, qui s'apparente à celui de tueur à gages, avec un goût marqué pour l'international. Papa n'est pas au courant de leur existence – je ne peux tout de même pas tout lui raconter, laissons mon vieux se retirer progressivement des affaires –, mais, en faisant appel à eux, je ne fais que poursuivre une sorte de tradition familiale. Même au temps de la coopérative, les Boussard faisaient déjà appel à des hommes de main pour résoudre leurs différends avec les fermiers trop gourmands, les coopératives concurrentes. Hommes de main, j'avoue que le mot est bien trouvé : ce sont des êtres qui agissent quand nos mains doivent se taire, éviter de se salir, rester dans l'ombre.

La légende raconte qu'ils auraient été conçus au cinéma, pendant une projection du film qui leur a donné leur nom. Effectivement, ils correspondent à une nouvelle vague de tueurs. Ce qui me plaît chez eux, c'est ce mélange d'extrême violence dont ils peuvent être capables et d'une certaine sophistication, qui pourrait les faire passer par moments pour de véritables hommes du monde. Chacun a son petit créneau : Jim est plutôt doué dans le camouflage, les filatures, et Jules dans le maniement des armes blanches. C'est eux qui se sont chargés, déguisés en faux mécaniciens péruviens, des ultimes vérifications avant le décollage de l'avion de Ludovic. Les étourdis ! On ne laisse pas ouverte la trappe à kérosène juste avant le survol de la cordillère. Pas plus qu'on ne perce le réservoir de petits orifices. Ça, c'est carrément de la malveillance. Je crois bien que je continuerai à entendre jusque dans l'ultime fosse le bourdonnement entêtant du moteur du Cesna qui emportait Ludovic vers sa dernière demeure. Mon frère était un entêté, il s'est brisé sur une aiguille comme on fonce dans le mur. Dire qu'il voulait déposer un dossier au ministère de la Santé sur les dangers potentiels de l'Actilight ! Monsieur avait des problèmes de conscience, comme si on pouvait se permettre d'avoir une conscience quand on est un Boussard ! Lorsque j'ai vu débarquer ce Man, j'ai cru un instant que le fantôme de Ludovic était venu me visiter, me harceler, me demander de rendre compte. C'est fou ce qu'il lui ressemble, allure un peu dégingandée, squelette fin, regard rêveur, et la même mèche rebelle. Et voilà qu'il vient me tenir un discours similaire, un argumentaire d'outre-tombe, de quoi avoir des suées. À croire que les mêmes idées ne peuvent se développer que dans le même type de corps. Que la pensée influence la forme… ou vice versa. Mais si j'ai eu quelques hésitations, des états d'âme, pour mon frère de sang, alors, pour cet ersatz, je serai sans pitié. D'autant que ma petite équipe est à présent rodée.

Ainsi, pour Fallacci, ils ont œuvré autrement. Le chimiste n'avait pas de passion connue, pas de hobby particulier. En revanche, nous le savions mal à l'aise vis-à-vis de son vézépame et de son rejeton maudit proche du curare, ce vécuronium qui pose tant de problèmes à Man. Jim a donc approché le chimiste, se proposant fort amicalement de lui vidanger la conscience. Pour parvenir à ses fins, il l'a abordé dans un congrès sur les édulcorants, se faisant passer pour un chimiste employé d'un laitier concurrent, également très bien implanté dans le secteur des yaourts. C'est ce que j'apprécie tout particulièrement chez Jim, cette plasticité capable de lui faire jouer avec le même bonheur un rôle d'agent hospitalier, de physicien inspiré ou d'inspecteur des impôts. C'est un vrai « Barbapapa », il se transforme à volonté. Fallacci s'est volontiers laissé tirer les vers du nez, démontrant au passage son absolu manque de fiabilité pour notre groupe. Jim lui fit croire que son établissement tentait lui aussi de mettre au point un nouvel édulcorant, que le hasard avait favorisé leur rencontre, que c'était absolument étonnant, qu'ils travaillaient sur le même type de produit. Fallacci a tout gobé sans se laisser prier, le hasard, l'étonnement, et l'édulcorant. Preuve que, Dieu merci, on peut être tour à tour extrêmement intelligent et parfaitement stupide. Ce n'est pas la première fois que je remarque ça : les scientifiques sont le plus souvent parfaitement dépourvus d'instinct. Critiques à la virgule près pour la rédaction de leurs articles, l'analyse de leurs résultats, ils sont aisément manipulables dès qu'on les lâche dans la vraie vie. Jim a fait part à Fallacci de ses difficultés de mise au point car son édulcorant à lui, le valartame, avait la mauvaise idée de se scinder au contact de la salive en un composé inoffensif mais à la saveur amère. L'autre a répliqué en employant un ton légèrement condescendant dans le style Corbeau contre Renard : « Mais, mon bon monsieur, réjouissez-vous qu'il ne soit pas toxique. » Jim tenait dès lors sa proie. Dialogue probable dans les coulisses du congrès :

– Mais vous n'allez tout de même pas commercialiser un produit dangereux ?

– Hélas, si.

– L'AFSSA ne donnerait jamais son accord.

– Hélas si, le poison n'est quasiment pas détectable.

– À la bonne heure, répliqua Jim, bonhomme. Les consommateurs ne risquent rien.

– Ce n'est pas si simple, expliqua Fallacci, à la lisière de l'agacement. Le vézépame est fortement addictogène. On ne peut pas imaginer la consommation que les gens en feront.

– Comment est-ce possible ? s'étonna l'autre.

– Écoutez, se reprit Fallacci, je vous en ai trop dit. Pour ma part, je ne peux pas agir, la pression interne est trop forte. Peut-être que vous…

Le félon avait baissé la voix, soudain pris d'une frayeur paranoïaque. Jim s'était engouffré dans la brèche.

– Je peux peut-être vous aider, en effet… Entre chimistes… Ne restons pas là. Boussard et Lalanne sont censés être des groupes concurrents, voire ennemis. Nous sommes trop réputés au sein de cet univers ; mieux vaut ne pas faire jaser. Ce congrès est archi couru.

Bien sûr, Fallacci ne pouvait imaginer que Jim n'était connu en ces lieux que de lui-même, qu'il était un parfait étranger pour les émissaires de Lalanne. Ces derniers évoluaient d'ailleurs à quelques pas de lui dans un froissement indifférent de tissu gris anthracite.

S'est ensuivi le fameux rendez-vous, un matin de décembre, au bord de la Marne. Jim avait laissé entendre qu'il pourrait communiquer le dossier vécuronium à un de ses amis proche du ministre de la Santé. Ce dernier pourrait alors ordonner un complément d'enquête sur l'IU22, avant qu'il n'inonde le marché sous sa forme définitive. Fallacci ne serait jamais inquiété, Boussard ne saurait jamais d'où seraient venues les fuites et même qu'il y en avait eu. Après tout, l'AFSSA aurait très bien pu avoir besoin de renseignements supplémentaires sur notre dernière merveille. Il fallait un rendez-vous discret, dans un endroit peu fréquenté. Le plus incroyable, c'est que c'est Fallacci lui-même qui a suscité le rendez-vous, incité par Jim sans même s'en rendre compte. Encore la fameuse intelligence cloisonnée des scientifiques ! C'est là que la connaissance intime de nos salariés intervient. Quelque part, perdu dans le dossier d'embauche de Fallacci, nous avions consigné un détail, le détail qui tue, c'est le cas de le dire. Le chimiste avait une aversion pour l'eau, un véritable homme-chat. Conséquence logique : il n'avait jamais appris à nager.

C'est à ce moment que la mission de Jim le rabatteur s'achève et que celle de Jules le tueur commence, plus brève, certes, mais plus décisive. J'avoue me remémorer la scène non sans une certaine délectation. Fallacci était une balance, nous ne pouvions le garder avec nous, il était d'humeur dépressive, travaillait à contrecœur, refaisait sans cesse des calculs intempestifs sur les quantités de vécuronium délivrées par pot de lait fermenté. Nous lui avions progressivement taillé, dans l'enceinte même de nos établissements, un costume de personnalité présuicidaire. L'entreprise, lieu clos tournant le dos à la cité, se prête bien aux rumeurs. Le personnel en est friand, elles s'enflent pendant les pauses, se transforment au gré des cafés. Certaines sont orchestrées par l'employeur. Et les enquêtes éventuelles s'anticipent.

Une aube sale se lève sur la Marne. La scène a lieu à Nogent, sur un de ses multiples ponts enjambant l'affluent de la Seine. En ce dimanche matin, la route est déserte, les silhouettes incertaines. Fallacci, col relevé, penché au-dessus du pont, attend. Jim lui a fait croire qu'il viendrait en canot à moteur, qu'il habitait une maison donnant directement sur la digue, qu'il utilisait la Marne comme une espèce de terrain de jeu. Fallacci aurait dû se fier à son aversion, mais je crois qu'il avait encore plus confiance en Jim. Ce dernier est en retard. Le chimiste scrute l'onde avec une intensité qui l'absorbe en entier. Sur le quai, la porte de sa voiture rouge est restée ouverte ; posé sur le siège avant, à la place du mort, un dossier gris-bleu, le document à charge contre notre entreprise, l'espoir de renouer avec la croissance, les bénéfices. Jules arrive à pied, semelles silencieuses et démarche nonchalante d'un passant baladant son chien, un dimanche, à Nogent. Passant derrière le chimiste, il lui soulève les pieds, un mouvement brutal, rapide, professionnel. Jules est un artiste. Le corps de Fallacci fait plouf, à peine le temps de lâcher un cri, un juron.

La lecture du rapport fut édifiante, nous donnant raison *a posteriori*. D'une manière ou d'une autre, il aurait fallu agir. Même si l'État était parfaitement au courant que le vézépame libérait en se dégradant des quantités infimes de vécuronium, cela n'avait pas empêché le feu vert à sa commercialisation (certes, il avait fallu pour y parvenir graisser les bonnes pattes). Mais l'étude Fallacci démontrait, avec un certain brio je l'avoue, qu'une consommation de cinq pots d'Actilight par jour suffisait à une accumulation de quantités non négligeables de vécuronium dans le corps sur une année, en particulier chez le sujet obèse. Et le chimiste établissait que ce cousin du curare se comportait comme une sorte de déchet radioactif, capable d'induire des mutations de l'ADN et je ne sais quels dégâts irréversibles sur les cellules graisseuses, les adipocytes. Enfin, à la manière d'un pesticide, une fois installé dans la graisse, le vécuronium y était piégé définitivement, continuant à y exercer son pouvoir de nuisance *ad vitam aeternam.*

La police a conclu à un suicide. L'enquête, dont une partie fut menée au sein de l'entreprise, a confirmé l'hypothèse. La rumeur était à l'œuvre depuis des semaines, elle s'est déversée sur les flics avec une sorte de sauvage soulagement. Même sa propre femme a laissé entendre, entre deux sanglots, qu'il était préoccupé ces derniers temps, des problèmes au boulot, il ne lui en parlait pas.

Tout le monde aurait pu attester de la déprime de Fallacci, sauf peut-être Gustave Laser, le promoteur du lactobifilodus, l'amant de ma sœur. Très proche de Wrangler, le bactériologiste, à l'instar de Fallacci, avait souffert lui aussi d'états d'âme. Au départ, il était fasciné par son germe à géométrie variable. L'idée de l'inclure dans l'IU22 venait de lui. Nous nous serions bien contentés d'un bacille déjà sur le marché, un bon vieux ferment qui avait déjà fait ses preuves, le caractère révolutionnaire du vézépame nous suffisait. Mais Laser est, ou plutôt devrais-je dire était, un prétentieux. Envieux de la toute-puissance de Fallacci, alors à son zénith, il tenait lui aussi à faire partie des pères fondateurs de l'Actilight, il voulait absolument compléter le nouveau produit avec son innovation décapante. Laser comptait deux alliés de poids au sein du conseil d'administration, Wrangler, qui aimait bien cette idée d'un germe qui digérait les lipides, et Amélie, qui aimait bien Laser. Il y avait là comme un trio complice dont je n'étais pas sûr de percevoir toutes les ficelles, bien que j'aie ressenti durant cette période les morsures de la jalousie. Comment ne pas songer en effet, à l'occasion de l'interception d'un regard enamouré entre Gustave et ma sœur, aux parties auxquelles nous nous livrions sur le canapé de la maison de Combloux, moi déjà confortablement installé dans l'adolescence, elle y pénétrant. Une tradition familiale, à ce qu'il paraît.

Je revois encore Laser au cours d'une réunion de travail, le visage de profil, parallèle au mien, le nez dans le prolongement du front, les cheveux blonds bouclés, la lèvre supérieure trop courte, trop tendue. On aurait dit une pop star fragile et caractérielle, oscillant sans jamais choisir entre caprice et overdose. Laser faisait partie de cette catégorie d'êtres dont les traits sont comme désarticulés, le profil et la face semblant appartenir à des personnages différents. À ses côtés, on comprenait la tentation d'un Picasso de vouloir représenter les objets de manière éclatée. Pour une raison qui m'échappe, Laser s'est progressivement radicalisé, allant même jusqu'à se brouiller en public avec Wrangler. Comprenant le potentiel inavouable de la bête, il propose de limiter sa commercialisation à un lait fermenté à 0 % de matière grasse, un milieu où le lactobifilodus ne pourra pas s'exprimer. Il nous convainc, nous acceptons. Puis, alors que l'IU22 en est à la fin de sa phase expérimentale, il nous conjure de retirer son germe de la mixture ; le ferment est plus dangereux que prévu, il peut passer dans le sang, il a un tropisme pour les cellules adipeuses qu'il peut coloniser. L'idée de nous séparer d'un argument de vente – Actilight, le lait fermenté qui dissout les graisses – ne nous plaît qu'à moitié, mais enfin, le vézépame nous suffit, et nous sommes une nouvelle fois prêts à nous laisser fléchir. Sauf que, cette fois, c'est Wrangler qui monte au créneau, impose la décision : « Nous ne pouvons nous passer d'un microbe qui nettoie les graisses de l'intérieur. Sinon, je me retire du projet. » Laser menace de révéler la face cachée du lactobifilodus à la presse, Wrangler insinue qu'il exagère les risques pour des motifs personnels, que le corps humain n'est pas une éprouvette, et que globalement le nouveau bacille est l'avenir de l'homme, qu'il marque le début d'un nouveau type de collaboration entre espèce humaine et bactérie. Je compte les points, tandis qu'Amélie assiste avec une sorte de stupeur incrédule à l'affrontement entre son mentor et son amant. Ma grille de lecture à moi est plus simple : Laser est devenu dangereux pour les Établissements Boussard, et je sais que ma sœur finira par se ranger du côté de la raison d'État. Quant à Xavier, il s'est toujours aligné sur mes positions. Tout petit déjà, il héritait de mes jouets, mes fringues, sans jamais manifester de velléité d'indépendance. Seul Ludovic…

Fallait-il que cet Actilight soit si merveilleux, si miraculeux, si mirifique pour briser tant de destins ? Mon Dieu, qu'avons-nous fait ?

Mais on n'arrête pas un TGV en pleine campagne, on ne fait pas descendre les gens sur les voies. Il fallait trancher le cas Laser. Pour le coup, je n'ai pas eu à faire intervenir Jules ou Jim. Wrangler a dit : « Je m'en charge. » Et Gustave Laser a disparu de la circulation. Je ne l'ai jamais revu, j'ignore ce qu'il est devenu. Vit-il encore ? Je m'en fous, pour tout dire. Il n'a eu que ce qu'il méritait. Encore un fait tangible : Amélie a fondu, pas en larmes… Elle n'avait jamais été bien en chair, la poulette, mais là, à dater de l'évanouissement de sa lumière, elle est petit à petit devenue squelettique pour devenir l'Amélie d'aujourd'hui. Elle n'a jamais repris les « kilos Laser ». Les voilà.

– …

– Qu'attendez-vous de nous, monsieur ? demanda Jules, mains gantées de chevreau, sa seconde peau.

– Une bonne filature, dans un premier temps, dis-je. Je veux savoir qui il voit, avec qui il a des échanges, professionnels, amoureux, ou autres. Quelles sont ses petites manies.

– Pour pouvoir un jour le faire chanter ? suggéra Jim.

– Pas vraiment, répondis-je. Je désirerais pour lui un traitement plus… expéditif. Je veux juste savoir si certaines de ses idées ont fait tache d'huile.

Jules s'étira les phalanges et s'enveloppa dans son manteau de cuir. Avec sa barbe de trois jours, il aurait pu passer pour un metteur en scène caractériel… ou un gestapiste.

– Devons-nous perquisitionner ? s'enquit-il.

– Au besoin.

– Et la suite ?

– J'envisage une action radicale. S'il est isolé, ce que je crois, cela devrait être possible. Il faut agir vite. Il est capable de rencontrer certains personnages officiels, il faut l'en empêcher.

– Devons-nous opérer comme nous l'avons fait avec M. Fallacci ? intervint Jules à nouveau.

À les voir réunis là, tous les deux, me faisant ainsi face, je pris conscience de leur morphologie si contrastée, somme toute étonnante pour deux faux jumeaux. Jim, avec ses rondeurs et son teint rougeaud, son caractère affable, qui dissimulait sous ses allures bonhommes un cynisme qui dépassait parfois en intensité le mien. Jules, maigre, à la peau sombre, asthénique, était à l'inverse le genre de type à passer totalement inaperçu. Il laissait une image médiocre, voire inexistante, à l'image de ses empreintes digitales. Jim m'avait appris, un jour qu'il était en veine de confidences, que son frère aimait bien se travestir, en particulier lorsqu'il était en opération. Même moi qui faisais pourtant si souvent appel à lui, lorsque, en son absence, je cherchais à me souvenir de ses traits, je ne « voyais » pas très bien à quoi il pouvait ressembler. Une sorte de trou noir m'apparaissait alors, en lieu et place de son visage, un peu comme l'idée que l'on peut se faire de la Mort. Une capuche rabattue sur un visage absent. Idéal en tout cas lors de l'établissement d'un portrait-robot.

– C'est bien possible, lâchai-je, comme on énonce une sentence.

MINISTÈRE

Après ma vaine tentative pour les convaincre de rappeler les pots d'Actilight en circulation, je me mis à réunir toutes sortes de documents, de pertinence inégale je l'avoue, pour constituer un dossier à charge. Mon erreur stratégique fut sans doute de ne pas faire part de mes soupçons à mes collègues. Mais mes tentatives pour les intéresser vraiment à la maladie s'étaient jusqu'alors révélées peu fructueuses, à croire qu'une petite voix distillait des mauvaises ondes à mon endroit. Si j'insistais, cela passait pour de l'obsession. De plus, si la maladie de la graisse brune continuait à faire des ravages, elle avançait masquée : on ne la diagnostiquait que dans un petit nombre de cas, puisqu'elle entraînait peu de signes spécifiques. Les indices ne paraissaient évidents que si l'on se donnait la peine d'examiner les cadavres. Et les autopsies restaient rares. Si l'obésité constituait un problème de santé publique, l'obèse lui-même était victime d'une forme d'ostracisme qui le poursuivait jusque dans l'au-delà. Il n'y avait qu'à voir les budgets maigrelets qui nous étaient alloués pour comprendre le peu d'intérêt que l'État nous portait. La mort des obèses faisait figure de dommage collatéral de l'appétit des firmes agroalimentaires. Même dans notre « bon vieil hôpital pour tous », l'accessibilité aux soins était restreinte pour les obèses. Depuis les brassards pour prendre la tension, conçus pour des membres standard et qui lâchaient lors du gonflage, jusqu'au diamètre des arceaux de scanner qui raclaient le ventre des plus gros, en passant par les lits d'examen, qui s'effondraient sous le poids de certains spécimens. « Cachez ces obèses que je ne saurais voir », nous disait-on en substance. Alors, s'il y en avait moins, qui s'en plaignait ?

Tchang, l'anatomopathologiste qui avait autopsié Geoffroy Urien, était le seul médecin légiste de mon entourage à paraître intéressé par la nouvelle maladie. Ma visite aux Établissements Boussard avait eu au moins un avantage. Celui de me démontrer avec acuité mon insuffisance de preuves concernant le couple diabolique vécuronium-vézépame. Sur le fond, Gontran Fougères avait raison, même si sa mauvaise foi était manifeste : si l'on ne découvrait pas, au sein même des poches de liquéfaction de la graisse brune, la coexistence des deux molécules, le lien entre Actilight et curarisant ne pouvait être formellement établi. Au lendemain de ma visite, j'appelai donc Tchang de mon bureau à l'hôpital de Bobigny pour lui soumettre le problème.

– Vous avez découvert de grosses quantités de vécuronium dans la graisse de Geoffroy Urien. Ce curarisant serait à l'origine du décès.

– Je me souviens, en effet. J'avais même évoqué l'hypothèse d'un empoisonnement.

– Il semblerait que ce vécuronium provienne du vézépame, un édulcorant utilisé par l'industrie agroalimentaire.

Je voulais en dire le minimum. Sans doute l'ombre de la peur qui montait. À plus forte raison au téléphone. Il est de ces conversations qu'on préfère avoir face à face. Je profitai du fait que Tchang était d'un naturel discret. S'il voulait en savoir plus, il ferait lui-même ses recherches.

– Je ne peux déterrer les morts, avait-il dit. Et la graisse se dégrade vite en sous-sol.

Je ne pus m'empêcher d'imaginer le grand corps blanc de Bérénice en train de fermenter à six pieds sous terre. J'eus la vision de son cercueil soudain rapatrié à la surface, sa dépouille mortelle déjà désintégrée subissant des examens. Ce qu'ajouta Tchang me rassura, d'une certaine manière.

– Il ne reste plus qu'à attendre une prochaine victime, conclut-il, en espérant qu'elle ait consommé de l'Actilight peu de temps avant son décès... Et qu'elle me soit confiée.

– Si cela devait vous arriver, appelez-moi. Ce serait la preuve que j'attends.

Le rendez-vous que j'avais obtenu avec une des sous-secrétaires d'État à la Santé n'avait débouché sur aucun résultat tangible. Assistait aussi à l'entretien un délégué au ministère de l'Agriculture, un spécialiste de la filière du lait, un certain Bruno Baton. Accueil cordial sur la forme, circonspect sur le fond. Je leur balançai tout, description de la maladie, Actilight, vézépame, vécuronium, addiction, lactobifilodus, mutation du chromosome 11q, hibernation, résurgence d'un pseudogène surgi du passé, mitochondries délirantes, etc. Mines dubitatives. Pour moi qui baignais dans l'univers de la maladie depuis plusieurs semaines, j'avais l'impression de radoter. Mais, pour eux, c'était énorme. La révélation d'un gigantesque piège tendu aux obèses. De quoi anesthésier toute réaction, le cas de le dire.

– À combien estimez-vous le nombre de personnes concernées par la maladie de la graisse brune ?

– Difficile à évaluer précisément, il faudrait croiser les chiffres du nombre d'obèses parmi la population et celui des pots d'Actilight écoulés. Établir une consommation par personne et par an, en particulier du vézépame, puisque c'est lui qui libère le curarisant, ce qui nous permettrait d'évaluer la quantité de toxique par kilo de graisse. Définir une sorte de seuil au-delà duquel le vécuronium devient dangereux. Se servir de l'expérience des anesthésistes. Se livrer à des calculs voisins de ceux pratiqués pour la cigarette, pour laquelle on sait par exemple que le risque de cancer augmente sensiblement au-delà de vingt paquets-années.

Ils semblaient manifestement déçus… Ils avaient sans doute besoin de caricatures, d'une direction où aller. Je m'engageai donc dans cette direction.

– Pour répondre à votre question de manière empirique, d'après nos différents recoupements, la maladie concerne potentiellement plusieurs centaines de milliers d'obèses dans un pays comme la France. Or la diffusion de l'Actilight est internationale. Je vous laisse imaginer le carnage si les obèses du monde décidaient tous de maigrir d'un coup.

– Tant qu'ils ne maigrissent pas, ils ne risquent rien, si j'ai bien compris, tempéra la sous-secrétaire d'État, qui s'efforçait d'être rassurante.

– Sauf que le régime est l'avenir de l'obèse, son aspiration profonde même.

– Qui est au courant, pour l'Actilight ? demanda Bruno Baton.

Pour une raison confuse, peut-être liée à la coupe de son costume ou à ses chaussures un tantinet miteuses, ce type ne m'inspirait pas confiance. Curieusement, son visage ne m'était pas inconnu. Il faisait partie de la cohorte d'experts qui avait donné son feu vert à l'introduction des OGM dans l'alimentation du bétail, une ou deux apparitions à la télé, l'arrière-plan du ministre, son cerveau.

– Personne, mentis-je, comme par réflexe, oubliant que Fabien apparaissait dans les éléments que je leur avais communiqués.

– Et dans votre univers professionnel ? insista le laitier. Il y a bien quelqu'un ?

– Je ne vois pas en quoi cela pourrait vous concerner, rétorquai-je, ne pouvant cacher plus longtemps mon étonnement.

– Ici, professeur, répondit le fonctionnaire avec un air faussement pédagogue, nous sommes dans un ministère. Il faut qu'on sache, qu'on soit averti. S'il devait y avoir un gros mouvement d'une association de consommateurs contre l'Actilight, il vaudrait mieux que nous sachions quoi répondre, quelle politique adopter. Disons qu'il s'agit d'une forme de veille sanitaire et médiatique. Si toutefois vos… preuves sont suffisantes.

– Libre à vous de les faire expertiser.

Ce type me mettait à cran. J'avais sollicité une entrevue au ministère de la Santé, et c'était un délégué du lobby laitier qui menait l'entretien. La représentante de mon organisme de tutelle restait étonnamment muette. Était-elle complice ? Consentante ? Ou tout simplement dépassée par l'ampleur de mes révélations, par son inexpérience ou par un problème personnel ? La jeune femme avait une trentaine d'années, c'était peut-être son premier poste, mais le sang de la jeunesse avait déjà déserté son visage. Son regard restait dans le vague, rien à voir avec la motivation des deux boules noires et denses de l'émissaire agricole.

– Nous verrons pour l'expertise, repartit ce dernier en tapotant le dossier rouge que je lui avais remis avec un air de dégoût mâtiné de crainte. Bon, en tout état de cause, vous avez bien fait de ne rien dire. Les rumeurs vont bon train dans l'agroalimentaire. La presse en est friande, et le public y est extrêmement sensible.

– Enfin, me repris-je, je n'ai averti personne, sauf les Établissements Boussard eux-mêmes. Je m'y suis rendu il y a une quinzaine. Assistaient à l'entretien Bertrand et Amélie Boussard. C'est d'ailleurs la cause de ma présence ici. Ils n'ont rien voulu savoir.

– Bertrand et Amélie sont les enfants du fondateur de l'empire industriel qu'est devenu Boussard aujourd'hui, expliqua Bruno Baton à l'attention de la sous-secrétaire d'État. Antoine était un visionnaire qui a compris très tôt, dès les années cinquante, l'avenir industriel de ce futur « or blanc » que représenterait le lait.

Le délégué fit une brève pause, désigna le dossier à charge de son index. Pathétique cinoche.

– Je connais bien Bertrand Boussard, assena-t-il, je ne peux imaginer qu'il empoisonne intentionnellement ses concitoyens.

– Ce n'est pas intentionnellement qu'il l'a fait, dis-je. Je pense qu'il a été débordé par une certaine logique économique. Il n'a peut-être pas voulu ou pas pu envisager toutes les conséquences pour la santé d'une idée au demeurant géniale. Il fallait redresser sa société, qui subissait un certain fléchissement depuis la campagne gouvernementale de dénigrement des biscuits et autres confiseries manufacturées. Il connaissait pourtant les dangers de ces merveilles technologiques, dont il avait acheté les brevets à prix d'or, il en avait été informé par deux de ses proches collaborateurs, dont les noms sont cités dans mon rapport. Mais il a sciemment sous-estimé les risques.

– Vous portez là des accusations très graves, intervint la Santé.

– Boussard est un géant économique, appuya l'Agriculture, assise sur sa filière bovine. Faire retirer de la vente les laits fermentés de la marque Actilight est une décision lourde de conséquences. Il vaut mieux être sûr de son coup. À en croire vos estimations sur le succès du produit, nous risquons de mettre au chômage technique des milliers d'employés et d'augmenter nos stocks de lait au-delà du raisonnable, ce qui entraînera la chute du cours. À moins d'envoyer des dizaines de milliers de vaches à l'abattoir !

Bruno Baton continua de développer sa théorie des dominos, bouche en cœur, avec une sorte de délectation gourmande.

– De nombreux États seront touchés, continua-t-il. Cela promet des conflits sociaux en pagaille, des fermetures d'usines. Et, encore plus imprévisible, l'extension à d'autres secteurs socioprofessionnels, la tache d'huile. Je vous rappelle à toutes fins utiles que nous vivons dans un pays où le mécontentement gronde en permanence. La France est un pays dans le genre soupe au lait !

Le Baton ne manquait pas d'esprit. Je n'allais pas jouer les carottes.

– Vous oubliez la mise en état de manque de dizaines de milliers de consommateurs, confirmai-je, animé d'une sorte de joie mauvaise. Ils vont devenir fous.

– Le gouvernement ferme bien les yeux sur le trafic de drogue en banlieue pour éviter l'embrasement. Que chacun reste chez soi, et que les beaux quartiers restent intacts. Tout juste si nous ne leur acheminons pas leurs cargaisons.

Comment la secrétaire d'État pouvait-elle laisser proférer des insanités pareilles sans même réagir ? Elle affichait une sorte de sourire flottant, comme si elle s'efforçait de considérer les assertions de son collègue comme autant de manifestations humoristiques.

Le beau visage de Bérénice me visita à l'improviste. Pour moi, il s'agissait d'humour noir.

– Ce n'est pas une raison, dis-je, sous le coup de ma vision. Les obèses n'ont rien à voir avec l'acheminement de la drogue en banlieue. On ne peut acheter leur sérénité en échange de leur mort potentielle.

– Ils n'ont qu'à rester comme ils sont, répliqua-t-il, semblant avoir perdu tout sens de la mesure. Personne ne leur demande de maigrir, que diable ! Si on leur apprenait que tout régime est pour eux potentiellement mortel, on leur communiquerait au moins le mode d'emploi de leur survie.

Bruno Baton croisa les bras en signe de contentement. C'est alors que je le vis, le fléau de la balance, tatoué à la partie basse de son avant-bras, dont l'extrémité venait mourir sur le poignet. Gontran Fougères ! J'en étais sûr, le directeur portait la même marque. Faisaient-ils partie de la même confrérie ? De la même secte ? Cela avait-il un rapport avec l'Actilight ?

– Au moins reconnaissez-vous implicitement que la maladie de la graisse brune est bien liée à l'Actilight.

– Je n'y crois guère, professeur Man, c'était juste pour vous faire plaisir. On dit qu'il ne vaut mieux pas contredire certains types de personnalité.

La surprise me coupa le souffle.

– Que voulez-vous insinuer par là ? articulai-je, blême sans doute.

– Je vais vous le dire, monsieur Man, cingla la sous-secrétaire d'État. Nous avons appris que votre raison pouvait par moments être défaillante. (Ce disant, elle glissa les documents que j'avais réunis sous son bras, signifiant par son geste la fin prochaine de notre entretien.) Nous aussi, nous avons un dossier sur vous. Lorsque vous êtes sorti de l'hôpital psychiatrique à l'issue de votre grave dépression, sachez que nous avons failli geler votre nomination comme professeur agrégé à Bobigny. Mais les psychiatres ont délivré un avis favorable, c'était votre première poussée avérée, et apparemment vous aviez vos raisons. Votre ancien patron, André Scob, vous a soutenu. Or votre attitude depuis que vous vous intéressez à cette anecdotique maladie de la graisse brune est qualifiée de véhémente au sein même de votre nouveau service. À ce qu'il paraît, vous voulez tout chambouler, modifier l'ensemble de la prise en charge des obèses en mettant en place une sorte de dépistage systématique. Rassurez-vous, nous allons étudier vos éléments, nommer une commission d'enquête. Mais nous ne prendrons pas de décision précipitée. Qui peut en effet nous assurer que votre charge contre l'Actilight n'est pas le fruit d'un nouveau délire ?

Le laitier eut le mot de la fin.

– Je crois qu'il est urgent d'attendre, « professeur ».

SACCAGE

Lorsque je revins chez moi, le soir de ce pénible entretien, je trouvai la porte de mon deux pièces entrebâillée. Le métal d'un pied-de-biche en avait arraché le chambranle, qui semblait s'être tordu sous la pression. « Effraction » : le mot fit irruption dans ma pensée. Mon logement avait manifestement été visité, sans doute alors même que je dissertais vainement avec les commis de l'État.

Dans des cas similaires, l'émotion est tout d'abord absente. L'œil regarde, le cerveau ne réalise pas. Le cœur ne s'emballe pas tout de suite. Le mien commença à s'accélérer lorsqu'il perçut le danger potentiel, le risque vital. Quelqu'un était-il encore à l'intérieur ? Il était 20 heures environ, l'escalier était désert. L'immeuble résonnait des éclats du soir. Quelques bruits d'assiettes en provenance des étages, des bribes d'infos surgies des téléviseurs, une ou deux traces de voix. Mais mon logis, lui, paraissait étrangement silencieux, le silence semblait même suinter au travers de la porte entrouverte, un silence en creux, moche.

Je poussai la porte précautionneusement, pressai l'interrupteur. Le choc. L'entrée était méconnaissable. La bibliothèque avait été mise à bas, les livres déchiquetés, certaines étagères fracassées. Une grande énergie destructrice s'était abattue ici il y avait peu. L'air bruissait encore de la violence du chaos. J'avançai dans le couloir, enjambant tant bien que mal les cadavres de Paul Auster, Pirandello ou Stieg Larsson.

Le parquet avait disparu sous les reliefs de papier. Les portes des toilettes, de la cuisine, entrouvertes, laissaient échapper elles aussi un désordre prévisible, fragments d'assiette par ici, morceaux de papier hygiénique par là. Je renonçai à pénétrer dans ces dépendances, pour l'instant. Ces débris annonciateurs indiquaient une barbarie aussi absurde que gratuite. Le plaisir de briser, de mettre ma vie sens dessus dessous. Les larmes avaient mis leur voile pudique sur tout ce capharnaüm.

Je continuai ma progression vers le salon. Une tornade était passée. Ma collection de canifs avait été éparpillée : je retrouvai certains Opinel plantés sur la table de la salle à manger. Les lames des couteaux suisses avaient été déployées dans l'espace, certains posés à même le sol, d'autres sur les surfaces planes, buffet, radiateurs. Ils avaient pris leur temps, les salauds. Ils, car à mesure que je découvrais le carnage, il me paraissait évident qu'ils étaient plusieurs, qu'ils s'étaient échauffés mutuellement, leurs rires résonnaient encore. Les murs ont des oreilles, dit-on. Je tentai de reconnaître les objets, de faire le compte au travers du fatras, d'évaluer ce qui avait été dérobé.

L'informatique ! Je cherchai des yeux une structure rectangulaire qui ressemblât à mon écran. Rien ! Je me précipitai vers une des alimentations électriques, enfouie sous les décombres. Ouf ! Toutes les prises étaient restées branchées. Il suffisait de suivre les fils. Je tirai dessus : pas de résistance, rien au bout. À ce moment, je commençai à comprendre. Ce n'était pas une effraction ordinaire, pas une coïncidence. On m'avait dérobé des informations, le dossier « maladie de la graisse brune » avait disparu en même temps que le disque dur qui l'abritait. J'étais un abruti. Je ne me souvenais pas d'avoir fait de copie digne de ce nom des renseignements accumulés pas à pas, des recherches bibliographiques, des déductions, des témoignages, du travail de Fabien. Pris par le temps, je n'avais imprimé qu'en un seul exemplaire les documents que j'avais communiqués au ministère. L'imprimante ! Je savais que ces appareils étaient pourvus d'une sorte de mémoire tampon, et qu'elle pouvait avoir conservé la trace des dernières pages imprimées. Je me remis à quatre pattes, mais, là encore, le fil menait au néant. Toute mon installation informatique avait été dérobée en bloc, solidaire jusque dans le vol. Les « cambrioleurs » savaient ce qu'ils cherchaient : après avoir embarqué le *hardware*, ils avaient tout retourné pour rechercher d'éventuelles copies papier.

Ce n'était pas tout : au travers des meubles renversés, des lattes de parquet soulevées (c'était ce que je constatai en écartant les feuilles A4, les pages arrachées des livres), je sentis monter en moi une indicible peur. Je compris que, s'ils en avaient reçu l'ordre, les auteurs de cette exaction auraient très bien pu m'appliquer un traitement similaire : me désosser, me renverser, m'éventrer. Il y avait là suffisamment de violence, de détermination, pour pouvoir passer de l'inanimé à l'animé, de l'objet à l'humain. En même temps, ce cambriolage résonnait comme une démonstration de force. On voulait m'intimider, me réduire au silence, me réduire tout court. Si c'étaient simplement les informations que je détenais qui étaient visées, on se serait contenté de dérober à l'aide d'une clef USB les dossiers sensibles, je suis certain qu'ils en auraient été capables sans que je m'en rende compte.

Pour ceux qui les avaient dérobés, ou tout au moins leurs commanditaires, ces informations pouvaient s'avérer fort compromettantes pour moi et pour toutes les personnes que j'avais citées. À dater de cette intrusion, ils découvriraient ce que je savais, nous étions à égalité. Ils sauraient en particulier, chose que je leur avais dissimulée au cours de ma visite chez Boussard, que nous avions découvert le caractère démoniaque de leur lactobifilodus et de cette faculté, si étrange pour une bactérie, qu'il avait de passer dans la circulation sanguine sans fièvre ni malaise, de coloniser la graisse, de s'y métamorphoser en mitochondrie et, à partir de là, de devenir l'épine dorsale de la graisse brune, sa signature. Les commanditaires du vol m'annonçaient de plus que, dorénavant, ils savaient où me trouver. Dès lors, plus rien n'était important, les livres éventrés, le mobilier détruit, la vaisselle cassée.

Je m'assis sur une chaise branlante, la tête entre les mains, tentant de reconstituer mes agissements des dernières semaines, des derniers jours. Qui savait que je savais ? Les commis de l'État ? Improbable, je revenais juste de mon entretien. Je fermai les yeux ; une figure s'imposa, énorme. La grosse tête immonde de Bertrand Boussard fut sur moi, son souffle fétide s'exhala sur mon visage le temps d'un effluve. Je ne voyais que lui, enfin lui et sa clique, pour avoir pu pousser l'intimidation jusqu'au carnage. Puis la mémoire, une mémoire dure pour un disque de même nature, me revint : j'avais fait une copie du dossier, plus ancienne, moins complète, dans mon ordinateur portable. Je fonçai dans ma chambre. Je gardais mon PC sous une pile de chemises, bien au chaud. Il ne me servait généralement qu'à l'occasion de mes déplacements. J'appuyai sur l'interrupteur. Lumière crue sur tohu-bohu. Mon espace nocturne s'était changé en une sorte de taudis. Mes effets avaient été dispersés aux quatre coins de la chambre, véritable diaspora vestimentaire. Les pantalons étaient roulés en boule sur le sol, la plupart des chaussettes rendues orphelines, les chemises ouvertes, certains boutons arrachés. Chaque fois, on devinait la haine gratuite, l'envie de faire mal, le sadisme. Sur l'étagère sur laquelle j'avais rangé la machine, une inscription, maladroite, en majuscules d'imprimerie rouges : *AND ABOVE ALL, DON'T GO TO THE POLICE.* Pourquoi en anglais ? Je passai mon index sur l'inscription : le O de « police » bava. Du rouge à lèvres.

Je m'allongeai sur ce lit profané et me laissai envahir par une rage sombre, une envie de tuer, de venger Bérénice et tous ses frères obèses. Non, contrairement à ce qu'avait affirmé la secrétaire d'État à la Santé, la maladie de la graisse brune n'était pas une affection anecdotique. Le temps perdu charriait dans ses pots blancs autant de nouveaux cas, d'autres empoisonnements. Je laissai courir mes doigts sous le lit. J'avais ménagé au sein même du matelas une petite cachette, une sorte de niche rectangulaire. Mes doigts croisèrent une forme froide et longue, un objet auquel, pour des raisons sentimentales, je tenais particulièrement. C'était mon coupe-papier, un modèle spécial, qui avait appartenu à mon grand-père écossais. Je pensai immédiatement à celui d'Amélie Boussard et consorts, un doigt accusateur qui semblait m'avoir désigné, jugé, condamné. J'effleurai de mon index, comme pour me rassurer, les caractères elfiques en cours d'effacement que quelque druide des temps anciens avait gravés sur la lame. Un coupe-papier version stylet, capable, je le savais, de semer la mort. Peut-être allait-il encore servir, me défendre en cas de besoin. Je le sortis de son logement, le glissai dans ma besace. Il fallait agir, vite, et la place n'était plus sûre.

Je n'allais pas porter plainte. Tant mieux pour ma police d'assurance. Pas seulement le souci de « leur » obéir, mais également la crainte de répondre aux questions tordues des flics, paramétrées pour vous mettre à l'aise et surtout capables de vous entraîner sur des rivages sur lesquels vous ne vouliez pas vous échouer. « Avez-vous une idée de qui a pu vous faire ça ? Avez-vous des ennemis ? Que vous a-t-on dérobé ? »

Et quand bien même ! Reconstituer auprès du planton censé consigner les plaintes le cheminement tortueux qui reliait l'effraction de mon appartement à l'Actilight me paraissait impossible. Au fait, comment s'appelait-il déjà, ce jeune commissaire en costume blanc égaré dans une enquête qui n'était pas la sienne, qui prenait des photos partout, dans ma chambre d'hôpital ? Un nom de peintre, un de ces expressionnistes allemands honnis par Hilter pour avoir tenté de déformer la réalité jusqu'à lui donner son vrai visage. Lui était, je le sentais, le genre de type à s'intéresser à la maladie de la graisse brune. Je me souvenais qu'il avait pensé à établir un lien entre le décès de Bérénice Lenoir et de Geoffroy Urien. J'y étais, Dix, Léo Dix.

J'avais rangé les papiers relatifs à mon séjour hospitalier dans le tiroir de mon chevet. À présent, ces documents, pour la plupart administratifs, étaient disséminés sur le sol, désolidarisés entre les couches d'habits. Parmi les certificats de passage et les rapports médicaux, j'identifiai quelques cartes de visite, justement laissées par les amis, les relations, qui m'avaient rendu visite. La tricolore attira sans peine mon regard. Je décrochai le combiné ; j'avais sa ligne directe. Tonalité : au moins ne m'avait-on pas coupé la ligne. Malgré l'heure avancée, je composai le numéro. Une voix de femme.

– Non, désolé, il est en déplacement.

– Je suis un ami, Hugo Man, je voulais lui parler. Son mobile ne répond pas, mentis-je.

– Normal, répondit la voix, déliée sans doute par la nuit ; il est en déplacement, dans le Grand Nord[1]. Un message ?

– Non… ou plutôt oui. Dites-lui que j'ai été cambriolé.

– Quand ça ?

Silence radio, je ne pouvais répondre. La menace sur l'étagère clouait mes lèvres, j'avais jusque-là mésestimé son pouvoir sur moi.

– Vous avez déposé une plainte ? s'acharna la voix. Vous voulez qu'on vous envoie une équipe ?

Je raccrochai. Un avant-goût de ce que je redoutais. Trop de questions. Dans les films, les flics font intervenir des spécialistes en télécommunication pour remonter à l'origine d'un appel. Pour moi, le travail des enquêteurs serait encore plus simple : j'avais laissé mon nom. Il ne restait plus qu'à espérer que la police ait d'autres chats à martyriser que de venir dresser sur place des constats d'effraction ordinaire. Je partis à la recherche d'une autre carte, distraitement, comme on effeuille la marguerite.

J'écartai une cape noire déployée sur le sol à la manière d'une aile de chauve-souris ouverte, un déguisement, me dis-je. Les déplacements d'objets peuvent faire resurgir le passé : on devrait se faire cambrioler plus souvent ! Sauf que je ne

1. Voir *Le Mal par le mal*, *op. cit.*

me souvenais pas d'avoir jamais acheté pareil vêtement. Peut-être était-ce des années auparavant, lors d'une foire à la brocante ou à l'occasion d'un anniversaire gothique oublié. Et pourquoi pas un vêtement égaré par un des malfaiteurs, comme une sorte de signature ? Je sentis le tissu, ne reconnus pas mon odeur, mais plutôt un parfum de femme, légèrement outrancier, comme une senteur utilisée aux fins d'accentuer un caractère sexuel secondaire. Sous la cape, une nouvelle carte. Un bristol à l'en-tête d'un journal du soir, avec, griffonné comme le tracé d'un électroencéphalogramme, un numéro de mobile et un nom, Géraldine Moll. Je fermai les yeux : ni silhouette ni visage, je me souvenais juste de sa voix, légèrement nasillarde, une sorte de Bob Dylan au féminin. Je me remémorai confusément qu'elle suivait la maladie de la graisse brune à la trace, qu'elle flairait quelque chose. Mais ses arguments avaient été effacés de mes neurones par les doses de tranquillisants qu'on m'avait injectées pour faire reculer mes productions mentales intempestives. Peut-être avait-elle poursuivi ses investigations. Obtenu d'autres indices que les miens, utilisant d'autres voies, des contacts issus d'autres milieux ? Je me souvins qu'elle m'avait demandé de la rappeler, si j'avais du neuf.

Mon coup de fil aurait tout d'un appel à l'aide : la presse était l'ultime recours pour faire bouger les choses, faire trembler l'empire Boussard comme lui me faisait frissonner. Je regardai autour de moi : cet espace n'était plus le mien. Comme si, tout à coup, je n'étais plus rien. Ainsi, non contents de me piquer mes ordinateurs, les intrus avaient mis le bazar dans mes fichiers intimes. Une crainte se glissait progressivement en moi. Mon téléphone était-il sur écoute ? Avait-on laissé des mouchards ? Peut-être en avais-je d'ores et déjà trop dit en appelant la police. Soudain, je ne me sentis plus en sécurité chez moi. Ce désordre était le leur. Tant qu'il persisterait, ce serait un peu comme si je vivais chez eux, avec eux. Cette fois, je décidai de passer la communication à partir de mon mobile. Je partis m'isoler dans la salle de bains, le seul endroit en apparence inviolé. À tout hasard, je fis couler l'eau, histoire d'étouffer l'appel.

– Allô... Géraldine Moll ?

– Elle-même.

– Bonsoir, Hugo Man. Vous vous souvenez ?

– Le professeur un peu zinzin ?

Le ton était léger, je retrouvai le nasillement que j'avais gardé en mémoire, sans doute amplifié par la téléphonie sans fil. En d'autres circonstances, j'aurais pu rire de moi, mais le capharnaüm avait engendré le désarroi.

– C'est un fait, dis-je, on prétend que je suis un peu dingue. Je ne vous dérange pas ?

– Un peu, je sors de ma douche. Mais ça va aller. Vous êtes bien remis ?

– Ça va, dis-je. Enfin, ça pourrait aller mieux, précisai-je.

– Toujours intéressé par cette maladie bizarre, ces obèses qui meurent en maigrissant ?

– De plus en plus...

Cette voix inconnue, mon appartement en bataille, la menace implicite, la tension et la dépression : j'ai eu envie de faire de l'esprit.

– J'avoue que je sèche un peu.

– Très drôle, dit-elle, sans doute en se secouant la tête.

– Et vous ?

– C'est un sujet inquiétant. Il se passe quelque chose, mais la rédaction du journal est encore peu encline à s'y intéresser. Mourir pour avoir voulu maigrir, c'est antipédagogique. Avec la campagne anti-obésité qui sévit ces temps-ci, d'obédience plus ou moins gouvernementale, c'est un peu à contre-courant. Haro sur le gras, mangez cinq fruits par jour, et surtout n'oubliez pas d'avoir une activité physique régulière. Bientôt ce sera sur les notices inscrites sur les papiers des confiseries qu'on obtiendra le plus de renseignements concernant la nourriture idéale. En attendant l'arrêté ministériel qui contraindra à inscrire : « Ne mangez pas cette barre chocolatée, c'est un poison. » On oblige l'industrie agroalimentaire à être complice de son propre suicide. Après tout, on a bien « Fumer tue » sur les paquets de cigarettes.

– Sale temps pour empêcher les gens de maigrir, commentai-je, pessimiste.

– Tout n'est pas perdu. La France a souvent un train de retard, il y a beaucoup plus de papiers sur la maladie de la graisse brune dans la presse étrangère. Pourtant, ici comme ailleurs, les morts se multiplient comme des petits pains, avec toujours, lorsque les autopsies sont pratiquées, cette étrange graisse brune qu'on s'attendrait plutôt à trouver chez les mammifères hibernants.

– Vous êtes très calée, remarquai-je, ravi de trouver enfin sur ma route un être pour qui je n'étais pas un ovni.

– Je suis la responsable de la rubrique santé, tout de même ! J'ai même une licence de biologie.

– Serait-il possible de se rencontrer ?

– Vous avez du neuf ?

– Plutôt. Enfin, je veux dire, il peut être intéressant de recouper nos informations.

Je me levai, faillis trébucher sur un pull-over, jurai.

– Ça va ?

– À vrai dire, je viens d'être cambriolé… Je ne peux pas vous en dire plus. Pas ici, pas au téléphone.

Un téléphone, une voix, le désordre, la nuit.

– J'ai peur, admis-je.

– J'ai un créneau demain, à l'heure du déjeuner. Vous tiendrez jusque-là ?

Nous convînmes d'un rendez-vous, une brasserie dans le coin de la gare du Nord. Elle me donna son signalement.

– Si vous pouvez vous trouver des informations sur une certaine famille Boussard, dis-je, elles seront les bienvenues.

– Boussard, les laitiers ?

– Eux-mêmes.

Lorsque je raccrochai, j'allais un peu mieux. Hors de question de dormir, j'étais trop nerveux. Je commençai à remettre de l'ordre, redressant les meubles, sauvant les livres qui pouvaient encore l'être, reconstituant ma collection de petites armes blanches. Au jugé, il ne manquait que quelques pièces, dont un fabuleux couteau suisse numéroté, une série limitée fabriquée dans les années cinquante, acheté à un antiquaire de Lucerne, avec son petit chamois en relief. La sale impression ne me quitta pas tandis que je recollais les fragments de mon appartement. Ces objets ne retrouveraient plus jamais leur place, leur dispersion ouvrait de nouvelles coïncidences, des accointances inédites entre les choses. Je décidai de respecter ces dispositions insolites, tout en mettant progressivement un nom sur mon inquiétude. La vie de mes ordinateurs allait être épluchée. On allait reconstituer mes réseaux, éplucher mes mails, cela semblait à la portée du premier informaticien venu. Je m'assis sur un tabouret, la tête entre les mains.

Quelles étaient les personnes citées dans les documents dérobés ? Bérénice, Urien, quelques auteurs d'articles. Pas de risque pour eux. Les internes et chefs de clinique de mon précédent service, des êtres tels que Georges Cantrel, le spécialiste en bibliographie. Pas de risque non plus. S'il était évident que ce dernier s'intéressait de près à la maladie de la graisse brune, je n'avais eu aucun échange de mails concernant l'Actilight avec lui. Fallacci était décédé, Laser disparu de la circulation et Solal non nommément cité, pas plus que Manuella Girbal. Mais il était évident qu'ils suspecteraient l'existence de fuites, remonteraient la filière, mèneraient des enquêtes internes. Il y avait là un danger, certain pour Manuella, plus aléatoire pour Solal, sans doute protégé par son don particulier. Je continuai de détailler les personnes qui pouvaient être menacées. Venait ensuite naturellement le cas Julia Berenson, la virologue amie de Fabien qui avait découvert que le lactobifilodus était infecté par un virus. Je me souvins qu'elle ne tenait pas à apparaître sur le travail de Fabien. Curieux. Généralement les scientifiques aiment bien que leurs travaux soient mis en avant, d'autant que la contribution de la virologue était de taille. Mais la jeune femme m'avait paru préoccupée, pas vraiment désagréable, mais plutôt absente. À croire qu'elle avait des problèmes personnels, que ses ennuis d'éducation avec son petit garçon l'avaient vidée d'une partie de son énergie[1]. En tout état de cause, elle ne me paraissait pas le genre de personnalité à rechercher les honneurs, la gloire.

Restait Fabien, mon ami. J'en frissonnai. J'avais constitué un dossier à ses initiales sur lequel était développée sa théorie sur le lactobifilodus. Le vrai coupable, celui auquel la maladie de la graisse brune devait son nom. Sa présentation était signée, c'était un fichier PowerPoint. Immanquablement, ils tomberaient dessus. Il fallait l'avertir d'urgence.

Je pris mon téléphone mobile, sortis de mon appartement décidément trop douloureux. La serrure ne fermait plus, mais cela m'était égal, à présent. Je me contentai de réduire au maximum l'interstice entre chambranle et porte. Le désir de sortir était le plus fort. J'avais besoin de prendre l'air, de respirer d'autres odeurs que celles, étrangères, flottant encore dans l'atmosphère de mon salon. En descendant l'escalier, il me vint une idée salvatrice. J'avais envoyé il y avait peu un dossier complet via Internet à Fabien, histoire de le tenir au courant de l'avancement de mes investigations. Je l'avais, ma sauvegarde ! Mais elle était chez lui, sur son disque dur à lui. Parvenu au rez-de-chaussée, je croisai ma voisine de palier, une vieille fille assez au courant de ce qui se passait dans l'immeuble, une sorte de commère austère, désagréable, qui vivait avec ses chats. Mon mobile me brûlait les doigts, mais l'occasion fait le larron.

– Bonsoir, madame Miron, j'ai été cambriolé, dis-je, sobrement.

Elle redressa la tête vers moi : la lumière du soir mettait en valeur les stries verticales reliant son nez à sa lèvre supérieure, des rides de fermeture. J'aurais eu du mal à dire si son

1. Voir *Autobiographie d'un virus*, *op. cit.*

regard voilé par la cataracte exprimait la compassion ou le contentement.

– Ça fait longtemps que j'ai averti la copropriété, ce bâtiment n'est pas sûr, le même code d'entrée depuis près d'un an et demi, ça commence à bien faire. On vous a volé beaucoup de choses, des objets de valeur ?

– Je n'ai pas fini de faire l'inventaire, répondis-je, me mettant instinctivement à l'abri de sa curiosité pernicieuse.

J'avais agrippé la rampe, regrimpé sur une marche, je la surplombais.

– Vous n'avez rien vu ou entendu ? continuai-je. Vous n'avez croisé personne de suspect, dans l'escalier, des gens étrangers à l'immeuble ?

– Non. Enfin, si, il y avait bien ce couple, qui avait rendez-vous à ce qu'il paraît avec un agent immobilier pour visiter un appartement.

– Il était quelle heure ?

– Ce devait être en milieu de matinée, répondit-elle en lissant de la main son manteau d'astrakan.

– Ça pourrait coller, murmurai-je, autant pour moi-même qu'à l'attention de la vieille. Vous rappelez-vous à quoi ils ressemblaient ?

– Je ne sais pas, moi, je ne passe pas mon temps à dévisager les gens. Je n'y vois déjà bien que d'un œil. Je dois rentrer changer la litière de mes chats.

– Allons, voyons, faites un effort, madame Miron, on ne se fait pas cambrioler tous les jours.

J'avais utilisé une intonation presque enjouée. À croire qu'elle n'attendait que ça. Elle soupira, répondit avec des airs de bonne fille contrariée.

– L'homme était un peu rond, reprit-elle, la quarantaine, bien mis, un costume en tweed avec un béret. La femme était très mate de peau, mince, très maquillée. On aurait dit que le fond de teint lui mangeait le visage. Ils traînaient derrière eux une valise à roulettes. C'était la femme qui soulevait, ça m'a semblé bizarre.

Leur matériel, pensai-je, pas très avancé. Je fis bien sûr un parallèle entre le maquillage de la « femme » et l'inscription au rouge à lèvres. Un travesti ?

– Merci, madame Miron.

Je me retrouvai sur le trottoir, il pleuvait. Je relevai mon col, composai le numéro de Fabien, tombai sur la messagerie. « Écoute, Fabien, c'est moi, Hugo, rappelle-moi, c'est urgent. » Le quai Saint-Michel s'illuminait au passage d'un bateau-mouche. Je réessayai sur son fixe, re-messagerie, paniquai légèrement : « Fabien, c'est encore moi, quand tu rentreras chez toi, enferme-toi à double tour, copie bien les fichiers relatifs à la graisse brune sur une clef USB, je t'expliquerai pourquoi, rappelle-moi. »

Il devait être de garde de bactério à l'hôpital, être sorti ou dormir ailleurs. Je réessayai plusieurs fois dans la soirée. Je ne pus jamais lui parler directement.

En réintégrant mes pénates, je me retournai plusieurs fois, les nerfs en pelote. Toute tranquillité m'avait fui, j'avais la désagréable impression qu'on me suivait. J'aurais juré qu'une silhouette, épaisse comme celle d'Orson Welles, mais plus courte sur pattes, s'était subrepticement planquée dans l'encoignure du seuil d'un immeuble bourgeois, juste avant que je ne réintègre ma cage, mon escalier.

SEPTICÉMIE

Ainsi donc, je suis mort. Je ne pensais pas que ce serait aussi brutal, aussi inattendu. Ce matin, pourtant, je me suis levé normalement, j'ai petit-déjeuné d'un bol de corn-flakes, encadré de mes deux Actilight quotidiens, un pot avant même la douche, avec de vrais morceaux de fraises, l'autre parfumé à la vanille, englouti avec le blouson sur le dos. Divin ! J'ai troqué la cigarette pour le lait fermenté, une addiction chasse l'autre. Tout de même, j'ai du mal à parler de moi au passé. Enfin, j'imagine qu'il faudra bien que je m'y fasse.

Le vécuronium contre le goudron : je n'ai pas perdu au change. Les deux sont mortels. Pourtant, grâce aux lumières d'Hugo, j'avais renoncé à perdre du poids, tourné définitivement le dos à ce régime mortel. Je pensais être guéri. Les épisodes de paralysie partielle qui m'inquiétaient tant, ce bras qui ne répondait plus, cette jambe qui se dérobait sans cesse, ces stigmates de la vidange du curare dans mon sang, avaient disparu. Ma graisse et moi, on se tenait à carreau, chacun son territoire avec le minimum d'échange. Une paix armée.

Quand je suis arrivé à l'hôpital ce matin, je me sentais plutôt bien, je voyais la vie en rose, colorisée par mon yaourt adulé. Le fait d'avoir égaré mon mobile ne m'inquiétait pas plus que ça, je m'étais dit que j'avais dû l'oublier dans ma blouse. Je viens d'apprendre que non seulement on me l'a dérobé, mais qu'on m'a coupé la ligne. Tout a été si vite après le cambriolage. Une douzaine d'heures, pas plus, et mon sort était scellé.

Mon destin à moi, c'était de mourir d'un arrêt respiratoire, de crever de la maladie de la graisse brune, dans un flot de curare, comme tant d'autres obèses vivant à la surface de la planète, assis sur autant de sièges éjectables. Mais Hugo ne m'a sauvé que pour mieux me précipiter dans l'au-delà. Enfin, pas exactement, je manque d'objectivité, je constate avec surprise que j'ai conservé mes défauts d'ici-bas. On ne se refait pas ! Si je n'avais pas été si prétentieux, si je n'avais pas voulu absolument signer mon travail sur le lactobifilodus, sans doute serais-je encore en vie et n'aurais-je pas eu à écrire ce chapitre. Mes initiales ne leur auraient pas suffi à me retrouver. Mais l'aspiration à la gloire, ou tout du moins son équivalent mineur, la soif de reconnaissance, a toujours été excessive chez moi. Je n'étais pas que bouffi de graisse, j'étais aussi gorgé de suffisance et de prétention. J'ai désiré le lait et l'argent du lait. C'est ça, la mort, un espace où tout vous est révélé, une ambiance de correction des épreuves du bac. On vous donne une note, mais cela ne sert plus à rien, vous ne pouvez plus agir sur la copie. Le contraire de la vie, qui est une sorte de brouillon sur lequel on écrit directement au propre.

Le type qui m'a tué devait être déjà là lorsque je suis rentré du labo hier. Je n'ai pourtant rien entendu. Il était sans doute issu d'un croisement entre un félin et un reptile. Mon deux pièces était calme, impeccable, Khadidja avait fait le ménage dans la matinée, elle avait laissé mon linge de corps soigneusement plié sur le canapé, respectant notre accord tacite : c'est moi-même qui rangeais mes effets dans l'armoire, qu'elle avait ordre de ne jamais ouvrir, depuis le fameux jour où elle y avait découvert des accessoires peu recommandables. Peut-être était-ce là qu'il avait choisi de m'attendre, côté penderie, la porte entrouverte pour pouvoir respirer. Cela m'a un peu surpris de ne recevoir aucun coup de fil ce soir-là, mais, je me souviens, une once de tranquillité était toujours la bienvenue dans ce monde de gesticulations, et il n'était pas rare que je peste lorsque le mobile taquinait ma poche, jurant contre cette intrusion à un moment que je n'avais pas choisi.

Je ne sais pas comment il s'est débrouillé, cet être souple et frêle, pour se procurer une seringue bourrée de staphylocoques dorés, précisément le germe sur lequel je travaillais, un microbe nosocomial résistant à presque tout ce que l'être humain avait essayé au cours de sa lutte millénaire contre les microbes. Je pense qu'il avait glissé un somnifère dans ma tisane pendant qu'elle refroidissait et que je m'étais réfugié aux toilettes (mes avant-derniers besoins !). Il avait dû se procurer le germe dans la journée, peut-être en fin d'après-midi, par exemple lorsque je me suis absenté de mon labo pour informer Leroux sur la qualité médiocre de nos nouvelles géloses au sang. Après tout, il n'était pas si difficile de s'incruster dans nos services étiquetés de pointe où s'agitaient en permanence tant de nouveaux stagiaires, des visages que vous ne pouviez croiser qu'une seule fois au cours de toute votre carrière. Une blouse bien blanche, un air préoccupé, l'affaire était faite. Qui était-il ce voleur de germes ? Peut-être bien cet homme replet déambulant dans le couloir, que j'ai heurté par mégarde et qui s'est excusé sans même se retourner. En tout cas, il avait bien choisi, le bougre, c'était le bon microbe, le S112, une petite merveille moléculaire, une chimère fabriquée de toutes pièces par notre système hospitalier sous la pression de la sélection artificielle engendrée par les traitements antibiotiques à large spectre. Une bactérie qui n'aurait eu aucune chance de se développer au-dehors des murs, tant elle était tordue, fragile, souffreteuse. Mais installée dans l'enceinte hospitalière, elle faisait des ravages, jouissant d'une sorte de protection interne. Un sauf-conduit pour un sauve-qui-peut.

Au cœur de la nuit, sans doute, la porte de la penderie s'est ouverte et l'animal est sorti, muni d'une torche. Je dormais à paumes ouvertes, engoncé dans un sommeil chimique. De toutes les voies de pénétration dans l'organisme, l'intraveineuse est l'une des plus efficaces. Ce n'est pourtant pas celle que l'assassin a choisie. Il faut croire qu'il avait des connaissances en médecine, car il m'a couché sur le côté, m'a rabattu les cuisses sur l'abdomen et a introduit une aiguille en plein milieu de mon dos, une aiguille creuse. Je n'ai même pas senti le liquide céphalo-rachidien s'écouler sur ma peau, pas plus que les millions de staphylocoques qui se sont répandus au sein de mes méninges, pour s'ébrouer à la surface de mon cerveau, un nuage de sauterelles s'abattant sur les plantureuses récoltes de l'Égypte.

C'est peu de temps après mon arrivée dans le service que j'ai commencé à sentir les premiers effets du mal. J'étais justement en train de réaliser un antibiogramme sur un clostridium difficile, une saloperie sévissant au niveau des membranes de l'abdomen humain. Ce prélèvement était celui d'un écrivain qui avait eu son heure de gloire au milieu des années soixante-dix, un Goncourt oublié qui se battait avec la mort en réanimation, comme jadis sans doute avec la page blanche. Malgré l'influence euphorisante de l'Actilight qui infléchissait habituellement mes résultats dans le sens de l'optimisme, je me trouvais sans recours face à ce germe qui portait si bien son nom et n'offrait pas une once d'espoir, même face au plus sophistiqué des antibiotiques.

C'est alors que je fus pris de violents maux de tête, la calebasse qui explose, avec cette impression atroce que votre cerveau est dévoré de l'intérieur. Le crâne entre les mains comme si je n'aspirais qu'à le détacher du reste de mon corps, je me suis mis à tournoyer dans le labo, renversant réactifs, tubes à essais et échantillons biologiques. J'ai dû vomir en jet sur les échantillons d'urine, de sang, de sperme et autres humeurs éjectées par l'organisme humain malade qui font le quotidien du bactériologiste. Mes collègues, alarmés par un tel vacarme, se sont précipités, puis soudain écartés : j'étais allongé sur le sol, animé de mouvements convulsifs, le cortex cérébral sous le feu d'un orage électrique, se défendant comme il pouvait. Ma peau était brûlante, distendue par de la liqueur d'œdème, elle me cuisait atrocement, j'avais la sensation d'être dévoré par des flammes allumées de l'intérieur. Mon visage était hérissé de pustules, mon corps était dans un état identique. Mes collègues se tenaient à distance, je revois leurs mines à la fois horrifiées et méfiantes, miroir de mon apparence. Quelques-uns s'étaient même affublés de masques verts.

La dernière image que j'emporte de ma vie ici-bas est le visage de celui-là même qui m'avait heurté dans le couloir quelques instants plus tôt. Mine plutôt réjouie. Je sais maintenant que c'était l'un des deux tueurs. Personne dans le service ne pouvait soupçonner que mon décès était lié à une malveillance. Tout le monde le mettrait en relation avec une erreur de manipulation, une effraction accidentelle de ma peau par le staphylocoque dont j'étais le spécialiste, le parrain. C'était déjà arrivé dans le passé, des erreurs pareilles, cela faisait partie des risques du métier. Je me souviens d'un jeune stagiaire hongrois, contaminé par le virus de l'hépatite C par une aiguille souillée. Je sais aussi quel était leur mobile, j'étais tel un stigmate qu'Hugo avait « oublié » sur sa route. Je pouvais constituer à terme une sorte de témoin à charge contre les Établissements Boussard. Erreur d'appréciation de leur part : j'étais addict, et je n'aurais sans doute jamais osé prendre le moindre risque, pour le salut des obèses, de me voir privé définitivement d'Actilight. D'autant qu'Hugo m'avait fait cadeau de la martingale pour survivre, malgré toute cette pollution dans ma graisse brune : ne pas maigrir.

Puis ce fut le choc, des nappes de sang fuyant par mes vaisseaux aux parois percées. On m'a transporté à toute berzingue en unité de soins intensifs. Ironie de ma triste fin. Ils ont tenté sur moi une injection massive de cet antibiotique dont j'avais bidouillé la sensibilité, alors que j'étais sous l'influence du vézépame. Bien sûr, il n'eut aucun effet, bien au contraire : mon état s'aggravait. À croire que le S112 mécontent d'être chatouillé de la sorte, libérait encore plus de fiel.

Je m'engageai dès lors en titubant dans le royaume du coma, un monde à part, constitué comme chacun sait par des paysages déchiquetés par les souvenirs, autant d'arbres faméliques torsadés comme des troncs d'oliviers. S'en détachaient au moindre coup d'épaule les images des scènes marquantes que j'avais vécues au cours de ma brève vie. Le visage bienveillant de ma mère penché sur mon lit de petit garçon, le départ de mon père du domicile conjugal, la découverte, le jour de mes 13 ans, que je n'étais pas tout à fait comme les autres, la brûlure du contact sur ma peau de mon premier petit ami. Et puis Hugo Man, avec son regard sombre et sa tache de naissance sur le poignet gauche, une tavelure que j'ai eu un jour l'occasion d'approcher de près. Le souvenir surgit alors qu'ils étaient en train de m'intuber. Nous préparions le concours de première année, nous souffrions d'un manque de sommeil chronique, je crois bien que mon ami avait pris des amphétamines. Un jour, logiquement, il a fait une sorte de malaise. Il est tombé de son strapontin pendant qu'il révisait la biochimie. Les cycles carbonés inscrits à l'encre noire sur une de ses fiches cartonnées surgirent d'une de mes familles neuronales en train d'expirer, alors même qu'on tentait de m'installer un cathéter dans la veine cave. Je m'étais dévoué pour lui prendre le pouls. Je me souviens de ce contact avec sa plaque : elle m'avait paru presque en relief, comme s'il y avait des trucs gravés dessous.

Hugo, mon vieux, tu es le prochain sur la liste. Hugo, sauve-toi !

SAUVEGARDE

Le lendemain de mon cambriolage, je réussis à mettre la main sur le premier serrurier venu, lequel m'installa un verrou de fortune, moyennant un montant conséquent (urgence, horaire bancal, pas réveillé, etc.), réglé en liquide (la maison n'accepte pas les chèques, d'autant plus que là, à 7 plombes du mat', elle est itinérante). Pour acquitter la dette, je raclai les fonds de tiroirs. Il allait falloir passer au distributeur avant de quitter le périmètre. Cette nouvelle ponction sur mon compte allait creuser encore un peu plus mon découvert bancaire, qui flirtait décidément depuis trop longtemps avec le maximum autorisé. J'ai toujours eu du mal à me retenir devant une occasion, un menu plaisir. Vivre peut parfois coûter cher ; dépenser, c'est respirer (en tout cas en milieu urbain), et quand on claque, mieux vaut que ce soit à pleins poumons. Hélas, la vie est mal faite, et mes envies ont toujours été excessives, sans rapport avec mes moyens. Et j'avoue que ma collection de canifs, dont certaines pièces, telle cette petite merveille en céramique d'origine hongroise achetée à prix d'or sur eBay, était pour moi une danseuse aussi excentrique que vorace. J'aurais sans doute dû faire une sorte de régime sans fric, moi qui exhortais mes patients à brûler leurs calories.

Cette fascination pour les couteaux avait débuté assez tôt dans ma vie, à l'âge où certains cessent de collectionner les timbres, à peu près au moment de ma puberté. Marion Huertas, une des premières filles qui avait compté pour moi, avait développé à leur sujet toute une interprétation : phallus rétractable, sexualité non pleinement assumée, agressivité rentrée (c'est le cas de le dire), métaphore du refoulé. La vie est bien faite, elle est devenue psychanalyste ! Les canifs et autres Opinel sont tout simplement pour moi des objets inquiétants qui gardaient en eux-mêmes, le plus clair de leur temps, l'essentiel de leurs capacités. Sur mes étagères, nulle trace de lame, « l'essentiel est invisible pour les yeux ». Curieusement, selon un inventaire sommaire que je m'étais ingénié à faire jusqu'à l'aube, la plupart des pièces avaient été épargnées par les casseurs, en dehors bien sûr du suisse au chamois incrusté. Fallait-il pour autant suspecter des amateurs éclairés ?

Au distributeur, ce que je redoutais depuis longtemps arriva. Ma carte de crédit ne passait pas. « Opération refusée. » Ça me pendait au nez ! Curieux, je n'avais pourtant demandé que 20 euros. Il devait y avoir une erreur. Si mon autorisation de découvert avait été annulée, j'aurais dû recevoir une lettre ou un coup de fil de mon agence. Je renouvelai l'opération ; refus maintenu. Peut-être une erreur informatique, une puce illisible. J'étais à la bourre, il fallait aller à l'hôpital. J'appellerais la banque de là-bas. Au moins la communication ne serait-elle pas décomptée de mon forfait. Avec mes 5 euros en poche, je me sentais tel un poisson hors de l'eau, un misérable qui ne pesait guère plus lourd que ces malheureux qui arpentaient les rames de métro en débitant leur discours, s'inventant parfois des extraits de bio à vous tirer des larmes d'argent. Je rêvais souvent que je devenais comme eux, un songe récurrent : « Bonjour, messieurs dames, excusez-moi de vous importuner au cours de votre voyage, je suis médecin nutritionniste, mais je n'ai plus rien à manger. Si vous aviez un ticket-restaurant, un titre de transport ou même une petite pièce, cela me permettrait de continuer à travailler et à rester digne et propre. »

Descendant les marches qui me conduisaient sous terre, je me retournai comme pour dire au revoir à la surface. Et c'est là que je le vis, un petit homme replet dont le visage me disait quelque chose, une bouille perdue au milieu de celles des autres voyageurs. Il regardait au loin, mimant l'état d'indifférence routinière du robot au service de la société. Cette impassibilité me sembla un peu fabriquée, et l'apparition entra immédiatement en résonance avec ce ventre proéminent qui faisait saillie dans l'encoignure de l'immeuble adjacent au mien, la veille au soir. J'étais suivi. J'accélérai le pas en direction des tourniquets. Actilight était à mes trousses, Boussard avait sorti ses griffes. Je cherchai à le repérer à nouveau dans mon wagon, ne le vis plus. Planqué dans une autre voiture ? Semé ? À moins qu'il n'eût abandonné, rassuré, ayant déduit pour m'avoir observé que je me rendais à mon hôpital.

À mon arrivée dans le service, la pression ne retomba pas pour autant. Mon bureau avait lui aussi été visité. Oh, rien de comparable avec la tornade qui avait dévasté mon appartement. On avait fait en sorte que je ne me rende compte de rien. Non, pas exactement. C'était plus subtil. Quelques dossiers avaient changé de place, des numéros de revues avaient été inversés, l'historique de mon navigateur sur le Net avait été effacé. Je ne comprenais que trop leur manège : il fallait que je m'aperçoive du dérangement, mais que rien d'objectif ne puisse être constaté par un regard extérieur. Rien que je puisse prouver. Ici, nous étions dans le domaine public. Il s'agissait simplement d'accentuer la pression, d'augmenter la sensation d'oppression qui commençait à me gagner. Un harcèlement mental s'était mis en route. Ils avaient sans doute leurs entrées dans l'enceinte même du département. Peut-être y circulaient-ils librement. De qui pouvait-il s'agir ? Un membre du personnel ? De la sécurité ? Un faux malade ? Un espion parmi mes collègues ?

Tous les soirs, avant de quitter le service, je fermais la porte de mon bureau à double tour. Puis, j'accrochais les clefs dans une petite armoire en métal, dans le vestiaire du personnel médical. Cette logette restait toujours ouverte (les médecins ne sont pas d'un naturel méfiant, en général), mais à chaque clef était arrimé un onglet en plastique sur lequel était inscrit un numéro différent de celui de la porte. Le tableau de correspondance était affiché dans le local à ménage : le chapardeur était donc au courant des habitudes du service, à moins qu'il n'ait bénéficié d'une complicité interne. Soudain, mon lieu de travail, auquel j'avais tant de mal à me faire, me parut hostile, suspect jusqu'à la moelle. À qui donc pouvais-je me fier ? Je n'étais qu'un agrégé parachuté dont le parachute avait été perforé, et peut-être bientôt criblé.

Je sortis de mon bureau, brutalement, comme si j'avais espéré surprendre la taupe en flagrant délit de maraudage. Mais non, rien : le couloir était presque paisible, une activité normale pour un jour de semaine. Au-delà de la porte battante, dans l'aile B, la visite matinale était en cours, un amas de blouses blanches dont émergeaient, cramponnés au chariot, les doigts d'un externe plein d'avenir et d'illusions. La visite dans mon département commencerait d'ici une demi-heure, il fallait que je me calme. Peut-être étaient-ils plusieurs, véloces, brutaux, capables de surgir à l'improviste, à la manière des *raptor* de *Jurassic Park*.

Inspiration soudaine. C'était simple, mais peut-être n'y avaient-ils pas pensé. Je pénétrai à nouveau dans mon antre, retournai m'asseoir à ma table de travail, activai mon PC, tout en composant derechef le numéro de Fabien, avec l'idée qu'il pourrait m'envoyer par retour les mails que je lui avais envoyés. Toujours ce satané répondeur. Je me connectai au site de mon fournisseur d'accès, tapai mon code confidentiel, accédai à ma boîte d'envoi. Un sourire m'échappa, premier point marqué contre leur consortium de la terreur : tout y était, la mémoire de mes envois. C'est ainsi que je récupérai mes mails, qui contenaient la plupart des preuves accumulées contre l'Actilight, les articles, les notes, mon travail, celui de Fabien et de Julia Berenson. Restait la fameuse preuve manquante, la découverte de la coexistence au sein d'une plage de graisse liquéfiée du vézépame, l'édulcorant, et du vécuronium, le tueur. J'ignorais encore que cette preuve allait bientôt m'être apportée sur un plateau, plus exactement un plateau de dissection. Je n'avais pas de clef USB sous la main, mais j'avais mieux, mon iPod, et puis un petit bijou d'astuce que j'avais planqué dans le tiroir de l'armoire, sous un fatras de dossiers. Un couteau suisse dernier cri, qui comportait, camouflée dans le manche, une clef USB : 512 Mo de mémoire, bien plus qu'il n'en fallait pour stocker mes documents. Je copiai mes fichiers à la hâte. Repensai à cette filature dans le métro. Et soudain, mon existence me parut incertaine. Surveillée par d'autres, elle ne m'appartenait plus tout à fait, je devrais désormais apprendre à me regarder vivre.

Il fallait que j'appelle Géraldine Moll, la journaliste, pour déplacer notre rendez-vous. La visite allait bientôt commencer, les infirmières et l'interne commençaient à se regrouper dans le couloir. Je ne pouvais plus passer mon coup de fil de mon bureau : plus assez sûr. La chambre 32 était inoccupée, je m'y rendis, passai devant l'office, poussai la porte avec un geste ample que je m'efforçai de rendre naturel. Un peu plus ou un peu moins dingo, je n'étais plus à ça près.

– Allô, mademoiselle Moll ?

– Elle-même.

– Excusez-moi de vous déranger, nous avons toujours rendez-vous à 13 heures ?

– Affirmatif.

Je pris le risque de paraître plus flippé que je ne croyais l'être.

– Changement de programme. Nous ne pouvons nous rencontrer à cette brasserie dont je vous ai parlé. Trop dangereux. Je ne voudrais pas qu'ils sachent que nous avons été en contact. Cela pourrait vous causer des problèmes. Je suis surveillé.

– En êtes-vous bien sûr ?

– Pas de doute là-dessus.

– Alors, effectivement, c'est un problème.

Sa voix marqua un temps d'arrêt. Elle était embêtée, manifestement.

Inspiration soudaine.

– J'ai ma consultation privée cet après-midi. Vous allez vous faire passer pour une patiente. Ils ne s'y attendent sûrement pas. Si vous êtes d'accord, vous allez appeler ma secrétaire, vous direz que vous êtes recommandée par le docteur Nabet. (Je lui communiquai le numéro de la ligne directe.) C'est un de mes gros correspondants, Nadine fera le maximum pour vous dégotter une place.

Il n'est pas meilleur endroit que la gueule du loup pour planquer un morceau de chèvre.

– J'espère que cela vaut le coup.

– Je pense que vous ne serez pas déçue.

– Vous non plus. J'ai un peu travaillé sur le sujet.

– Bon, alors, à tout à l'heure.

Je raccrochai, prenant la mesure de ma fragilité, de mon isolement : je m'accrochais à ce rendez-vous comme à une bouée de sauvetage. J'étouffais dans ce satané service. Mes collègues de l'Hôtel-Dieu me manquaient, les conversations conceptuelles sur la graisse, « les parties de Scob ». Dans cet univers cerné de barres en béton, je me sentais en exil. La visite serait un calvaire, je le savais. Je suspectais deux patients hospitalisés de présenter les signes avant-coureurs de la maladie de la graisse brune ou plus exactement de son issue fatale. « Y penser toujours, la découvrir quelquefois, la méconnaître si on ne la recherche pas » : tel aurait pu être mon credo. À la faveur d'un interrogatoire mené de manière un peu fourbe, j'en conviens, j'avais appris que mes obèses étaient tous deux des consommateurs avérés d'Actilight, même s'ils cherchaient à le dissimuler. Je commençais à avoir l'habitude, à présent. Ce n'était pas seulement dû à l'action du vézépame sur les centres nerveux. Cette attitude s'inscrivait dans un cadre plus large : l'être humain n'aime pas avouer ses faiblesses, et encore moins ses addictions, qu'il considère comme des sortes de maladies honteuses, une vérole de la pensée. Comme je n'étais pas encore parvenu à faire intégrer le principe du dépistage systématique de la maladie, je gardais ces informations pour moi, évitant de les consigner par écrit. Je me contentais, pour sauver les vies de ces malades ignorants, limiter la casse, de stopper les régimes trop hypocaloriques et de dégotter des contre-indications à la pose d'anneaux gastriques dont je savais qu'ils leur seraient immanquablement fatals. Cette attitude passait pour un mélange d'obstruction à la raison d'être du service, de reliquat délirant produit par un cerveau dérangé et d'obsession mentale. Mais ça m'était bien égal, je prenais mon mal, ou plus exactement leur mal, en patience, j'attendais mon heure : je savais qu'un jour, la communauté scientifique s'apercevrait du fléau, qu'il deviendrait un problème de santé publique. De nombreux articles étaient déjà publiés à l'étranger et même en France, c'était une question de temps. Si d'autres que moi avaient découvert la parenté du fléau avec la commercialisation d'un lait fermenté, ma situation aurait été plus favorable. Hélas, je n'avais encore rien lu à ce sujet. Apparemment, j'étais le seul, avec Fabien Chiche et Julia Berenson, cette virologue plus préoccupée par ses problèmes familiaux que par son virus du yaourt. Raison de plus pour que les Établissements Boussard se débarrassent de moi ou cherchent à m'intimider pour me réduire au silence.

Je sortis de la chambre 32, retournai m'asseoir dans mon bureau. J'avais encore un autre coup de fil à passer avant la visite.

– Allô, bonjour, je voudrais parler à Mme Rochas.

– De la part de qui ?

– Hugo Man.

Musique d'attente, de la flûte, Mozart.

– Désolé, monsieur Man, elle est en ligne.

Ludivine Rochas était ma chargée de compte depuis environ deux ans. Elle succédait à Alfred Gardot, qui lui-même avait pris la place de Claire Darnal, et d'autres encore, qui se donnaient la main en une farandole imaginaire de chiffres négatifs qui se perdaient dans le passé. J'avais oublié le visage de ces gestionnaires impalpables dont les noms étaient pourtant inscrits en haut de chaque relevé comme autant de symboles de proximité. Bienvenue au Débit du Nord. Je les fuyais comme un enfant coupable dissimulant son livret scolaire à ses parents. Pourtant, avec Ludivine Rochas, j'avais au moins eu l'illusion de nouer un lien. Je lui avais même prodigué quelques conseils pour sa ligne, elle m'en était reconnaissante.

– Insistez, je vous en prie, dites-lui que j'ai eu un problème avec ma carte bleue.

Re-Mozart, perdu dans sa fosse commune.

– Bonjour, monsieur Man.

Ludivine, enfin.

– Bonjour, madame Rochas. Je vous appelle un peu en urgence, merci de me prendre. Ce matin, en allant au distributeur, je me suis rendu compte que je ne pouvais plus retirer d'argent avec ma carte bleue. Sans doute un problème informatique. Vous pouvez peut-être faire quelque chose.

– Je suis au courant, docteur Man. Hélas, je n'ai pas de bonnes nouvelles à vous annoncer. Votre découvert n'a que trop duré. Vous êtes à deux doigts de l'interdit bancaire. Notre patience a des limites.

Ludivine Rochas ne m'avait jamais parlé sur un ton si dur et si discourtois. Je me raidis, tentai de me montrer convaincant.

– Mais enfin, j'ai de bons revenus, une situation enviable, je suis un gros contribuable.

– C'est peut-être bien le problème. J'ai dû annuler votre autorisation. Votre compte est bloqué. Un prélèvement du Trésor public a été rejeté.

« Bien fait ! », pestai-je *in petto* dans un mouvement d'humeur fort peu citoyen, je le confesse.

– Mais vous auriez pu m'appeler. Nous avons de bonnes relations.

– Ça s'est passé très vite, je n'ai pas eu le temps. J'ai même essayé de vous défendre, de leur démontrer que vos rentrées étaient régulières, qu'il n'y avait pas de problème sur le fond.

Ce « leur », qui ne m'inspirait rien qui vaille, réactiva ma paranoïa.

– Vous voulez dire que la décision vient d'en haut ?

– À cause de vous, docteur Man, je me suis fait remonter les bretelles. On m'a dit que j'étais trop laxiste.

– Vous n'avez pas exactement répondu à ma question. J'ai le droit de savoir. C'est de mon compte qu'il s'agit tout de même, de mon argent !

On toqua à la porte de mon bureau, la visite allait commencer. Je restai assis, la tête reposant sur mon avant-bras comme pour soulager une migraine intense.

– Pour tout vous dire, monsieur Man, et parce que je vous aime bien, votre cas devrait pouvoir s'arranger, je ne suis pas très inquiète pour vous...

Je respirai un peu, mon sentiment d'oppression se dissipa légèrement.

– Le gel de vos comptes me semble étrange, tout ne s'est pas fait de manière orthodoxe. Vous auriez dû recevoir effectivement un avertissement par courrier recommandé, une invitation à un entretien préalable, etc. Il y a peut-être une erreur, une homonymie ou quelque chose du genre, c'est déjà arrivé.

– Alors rétablissez le fonctionnement normal en attendant que votre enquête porte ses fruits.

– Je ne peux pas, je vous le dis, pas pour l'instant.

Je raccrochai.

Se pouvait-il... ? Oui, il suffisait d'intercepter mon courrier pour connaître le nom de ma banque. Je tremblai sur ma chaise. Et si les Boussard m'avaient coupé les vivres ? Un coup de fil au directeur régional ou peut-être même encore plus haut, et le mal était fait. On ne refuse rien à un bon ami, surtout s'il est l'un de vos plus gros clients. Peut-être en avaient-ils parlé au cours d'un parcours de golf, d'une soirée bien arrosée ou d'une partie de chasse. Sans argent, j'étais un homme mort. Il fallait que j'appelle mes parents, à Miami. Mais s'ils me faisaient un virement, je ne pourrais retirer l'argent. Demander une avance sur salaire buterait sur le même écueil, sauf si on me réglait en numéraire. Délicat. Cela renforcerait les cancans. Peut-être pourrais-je taper quelques copains. C'était embarrassant, on me cuisinerait, je devrais donner des explications. Et je ne voulais pas que les masques tombent : « Non, écoute, Hugo, on est très gênés là, on ne peut pas. – Juste 100 euros, vous me sauveriez la vie. – S'il te plaît, n'insiste pas. » Je ne me sentais pas le courage d'essuyer un refus. D'autant qu'il était hors de question de leur dire la vérité, de les impliquer. Les serres de Boussard pouvaient se refermer également sur eux. Mieux valait encore un étranger. Il me restait une solution : me rendre chez un revendeur spécialisé, me séparer d'un de mes chers canifs, d'une pièce rare.

À cet instant, je fus traversé par l'envie d'appeler les Boussard, de les informer que j'arrêtais mes gesticulations et d'aller me coucher. Mais il y a une part de Don Quichotte en moi. Je sortis de mon bureau, la visite venait de commencer. Il fallait que je prenne sur moi, que j'assure, que je donne le change… Décidément, même les mots se teintaient de consonances financières. Et se mettaient à être cruels.

GÉRALDINE

Géraldine Moll s'était dégotté un rendez-vous à 16 h 30, elle avait bénéficié d'un désistement. Il y a toujours un désistement. Pour prendre de court les éventuels espions qui rôdaient dans le service ainsi que leurs hypothétiques micros, j'avais interverti au dernier moment mon numéro de box avec celui de ma collègue, prétextant une tendinite à l'épaule (le lit d'examen y était effectivement plus haut). C'est fou ce que j'apprenais vite à me comporter en bête traquée. L'instinct de conservation ? les ancêtres ?

Je repérai assez vite la journaliste en salle d'attente, car elle dénotait visiblement parmi les autres patients : c'était la seule dont les fesses ne débordaient pas de son siège. Tout au plus aurait-elle pu passer pour anorexique, et encore, à un stade initial de la maladie. Je ne me souvenais absolument pas d'elle. La jeune femme était arrivée très en avance, pensant sans doute que je la ferais passer avant les autres, ce que je ne fis pas. Ce n'était pas l'envie qui m'en manquait, mais je ne devais pas attirer l'attention. Chaque fois que j'ouvrais la porte de mon bureau pour appeler le patient suivant, je chipais une partie supplémentaire de son apparence. Géraldine n'était pas femme à être appréciée de manière globale. L'œil était d'abord attiré par des détails, la vision d'ensemble ne venait que dans un second temps. La première chose que je remarquai : ses oreilles. Elles étaient indéniablement pointues à leur sommet et lui conféraient une sorte de cousinage elfique. À la deuxième ouverture de porte, je remarquai son nez, un joli appendice retroussé perforé d'un brillant. L'ensemble prenait assez naturellement une dimension gothique, d'autant qu'elle s'était affublée de mitaines. Au troisième passage, ce fut son front que je détaillai, développé, mais au relief atténué par une frange aux limites nettes. À aucun moment, je ne croisai son regard. À la quatrième ouverture, ce fut son tour.

– Bonjour, Géraldine Moll, *Le Globe*.

Elle me tendit sa carte, inscrivant d'emblée notre entretien dans un cadre professionnel. Je saisis le bristol avec une sorte de gratitude, à la manière d'un condamné à perpétuité qui reçoit la visite de son avocat après de nombreux jours passés dans un trou obscur. Je m'en serais presque frotté les yeux.

– Je suis désolé d'avoir maquillé notre rencontre en rendez-vous médical, c'est la moins mauvaise idée que j'ai eue pour ne pas éveiller les soupçons. En moins de vingt-quatre heures, mon appartement a été cambriolé, mon bureau à l'hôpital visité, mon compte bancaire bloqué, et j'ai la nette sensation de faire l'objet d'une filature.

C'était drôle, je lui parlais comme à un psy. Inversion des rôles. Mais j'avais réellement ouvert un dossier à son nom, à une fausse adresse. Et tout en lui parlant, j'étais en train de le remplir. Peut-être en faisais-je trop, mais ils m'avaient ouvert la voie.

– Si je vous ai fait venir, continuai-je, c'est que j'ai des révélations à vous faire sur cette maladie de la graisse brune qui semble vous passionner. Mais voilà : vous confier mes secrets est susceptible de vous mettre en danger. J'ignore jusqu'à quel point.

Géraldine Moll se leva, regarda par la fenêtre, embrassant la banlieue grise d'un regard panoramique. Elle me parut grande, ainsi déployée, elle avait gardé son manteau mauve, comme si elle avait froid ou comme si elle hésitait avant de s'embarquer plus loin dans l'aventure.

– Mais pourquoi cette maladie de la graisse brune vous intéresse-t-elle tant ? demanda-t-elle plongeant pour la première fois ses yeux dans les miens. Des yeux bleu foncé comme un loch.

– La graisse est mon métier, répondis-je, parodiant sciemment le titre d'un livre.

Ce n'était manifestement pas assez. Elle demandait du solide. Il fallait m'impliquer.

– J'ai perdu un être cher, mort de la maladie de la graisse brune.

– La fameuse Bérénice Lenoir ?

– Comment savez-vous ?

– Je suis venue vous visiter à l'hôpital, je vous rappelle, à l'issue de votre épisode psychiatrique. L'existence de cette femme n'était pas très difficile à découvrir. Je suis une journaliste !

– J'ai oublié pas mal de choses concernant cette période, dis-je, gêné par son franc-parler.

– Je n'ai pas de mérite. Lorsque vous étiez hospitalisé, j'ai fait ma petite enquête. Médecin brillant, décès de la personne aimée, chagrin d'amour. Culpabilité. Pétage de plombs.

Elle parut encore hésiter, debout, drapée dans son long manteau à présent déboutonné. On eût dit qu'elle pesait le pour et le contre. Il fallait redoubler d'efforts.

– La divulgation de ce que j'ai appris pourrait booster votre carrière, si vous aviez le courage… ou la possibilité de le divulguer. Un super scoop… encore faut-il pouvoir le maîtriser.

– Ma carrière est déjà boostée, je vous remercie. Et je maîtrise.

Maladresse. Elle avait perçu que je l'avais prise pour une débutante. Il est vrai qu'elle paraissait bien jeune. Quel âge pouvait-elle avoir ? Je regardai son visage à la dérobée, de bas en haut. Pas de ride, pas de cassure dans son collagène, en tout cas rien de détectable. Des pores resserrés. 25 ans tout au plus. Et en même temps une certaine tension dans les traits. La maîtrise, donc.

– Excusez-moi, vous paraissez si jeune.

– Pas de problème, j'ai l'habitude. Je vais pourtant sur mes 35 ans.

– Vous faites cinq de moins, mentis-je.

– Alors c'est un mauvais jour, sourit-elle. Généralement, on est plus large avec moi.

– J'aurais effectivement pu descendre. De bons gènes, sans doute ?

– Je ne sais pas. Peut-être parce que je vis les événements moins intensément que d'autres. Peu de mauvaises pensées, une limitation de la médisance, une certaine bienveillance envers mon prochain. Du coup, je suis moins marquée par la vie, je ne fais que l'effleurer. Mais, à l'intérieur, je suis une vieille.

– Je vous offre une occasion de vieillir d'un coup. Que décidez-vous ?

Je n'avais pas le droit de disposer ainsi de l'existence de cette inconnue, certes, mais je ne savais pas encore exactement à quoi je l'exposais. Et il y avait tous ces obèses assassinés. Autant de meurtres en série, ou plus exactement des séries de meurtres. Illimitées. J'avais des circonstances atténuantes, en quelque sorte.

– OK, je vous suis, répondit-elle, cette fois sans hésitation.

– Mettez-vous à l'aise, dis-je, une première consultation peut durer jusqu'à une demi-heure sans attirer l'attention, parfois plus, mais ça devient alors plus délicat.

Elle retira son manteau, l'étendit sur le lit d'examen, comme un substitut d'elle-même. Comment ne pas penser à ma chère Bérénice ?

– Racontez-moi.

Ce fut un moment extraordinaire, j'avais le sentiment d'avoir enfin trouvé une alliée, une personne qui avait les mêmes intérêts que moi, quoique pour des motifs différents. L'ambition de son côté, le sauvetage de l'humanité des plus de deux cents livres du mien, aiguillonné par un désir de vengeance personnelle. Je me trompais, bien sûr.

– Avant que vous ne commenciez votre histoire, avertit-elle, je voudrais que vous sachiez une chose : le travail n'est pas le seul motif de ma venue. Ma mère est une grande obèse. J'ai vécu dans la hantise de lui ressembler. À présent, elle souffre d'un diabète majeur, et on risque de l'amputer ces jours-ci d'un ou deux orteils. Vous voyez, nous avons tous les deux un mobile personnel dans cette lutte contre cette maladie de la graisse brune.

Et j'entamai mon récit, alternant les éléments dont elle avait déjà connaissance et des indications totalement nouvelles pour elle. Elle m'écoutait, attentive, prenant des notes en grignotant le haut de son stylo, me demandant de ralentir lorsque j'allais trop vite, de répéter lorsque je devenais inintelligible. À m'entendre raconter cet enchaînement d'événements, je clarifiai mes idées et me rendis compte à quel point les mailles de cette histoire s'intriquaient avec celles de ma propre vie.

– Depuis que j'ai eu le malheur de me montrer à visage découvert chez Boussard, conclus-je, ma destinée a basculé dans une sorte d'horreur. Je ne pensais pas que les coups portés seraient si rudes, leur capacité de réaction si rapide.

– C'était une erreur stratégique, dit-elle, ce sont des tueurs, et pas qu'au sens figuré… Ils n'ont pas hésité à mettre sur le marché des produits qu'ils savaient potentiellement dangereux. Même s'ils ont sous-estimé les risques, avec ce mélange de bonne et de mauvaise foi caractéristique de certains industriels feignant la mauvaise compréhension des informations dont ils disposent, ils y sont allés. Ils l'ont fait. Dès qu'on a mis le doigt dans l'engrenage de la compromission, on se sent obligé d'avancer. Et si d'aventure se dresse sur votre route une sorte de « moucheron savant », excusez la formule, la tentation est forte de l'écraser. Vous ne pouviez pas savoir. Et ils vous ont sans doute pris pour une sorte d'enquêteur artisanal, un sniper de yaourt.

– Merci pour tous vos noms d'oiseaux. Mais je ne regrette rien, enfin, pas encore, c'était à moi de mener l'enquête. Il fallait que je me rende compte par moi-même. En ce sens, ma visite a été très instructive. J'ai découvert par exemple des personnages secondaires capitaux comme Fallacci, le chimiste à l'origine du vézépame, poussé à bout, suicidé, et Gustave Laser, le père du lactobifilodus. J'avoue, j'ai peut-être péché par excès d'orgueil. Je ne me rendais pas compte des stratégies industrielles sous-jacentes, du bassin d'emploi.

– Ils ont sans doute cru que, s'ils vous intimidaient, vous cesseriez la lutte. Ils ont sous-estimé votre engagement personnel.

– J'aimerais partager votre optimisme. Mais là, je crois bien que le stade de l'intimidation a été dépassé, ils me considèrent plutôt comme un homme à abattre.

– En attendant, ils vous ont dérobé vos preuves.

– J'ai récupéré la plupart des fichiers. J'ai pu accéder à ma boîte d'envoi à partir d'un des ordinateurs du service.

– À qui avez-vous envoyé vos infos ?

– À Fabien Chiche, vous savez, celui qui a découvert les curieuses propriétés du lactobifilodus. Nous avons travaillé ensemble.

– À partir du moment où ils détiennent votre informatique, ils ont aussi la liste de vos contacts, de vos relations, de vos amis. Ce Fabien court sans doute les mêmes dangers que vous.

– Il ne répond pas, dis-je, en frissonnant pour la première fois à son sujet, contaminé par l'inquiétude de Géraldine.

– Vous ne pourrez pas gagner contre eux, en tout cas pas sur le terrain scientifique des édulcorants ou des gentilles bactéries qui se transforment en méchantes mitochondries. Ils ont trop d'appuis. Il y aura des enquêtes, des contre-enquêtes, des rumeurs, des fausses alertes. Des experts plus ou moins véreux seront prêts à prouver que les quantités de toxiques libérées dans le sang sont vraiment minimes. Ils ont même suffisamment de moyens financiers pour soudoyer des scientifiques de haut vol, de ceux qui font autorité. Et, au plan hiérarchique, il faut savoir que le ministère de la Santé est beaucoup moins puissant que les mastodontes de l'Agriculture ou de l'Industrie. On a mis des années avant de faire admettre aux autorités que le tabagisme passif était à l'origine de milliers de morts par an. L'amiante a bénéficié de compromissions au plus haut niveau. Les associations de consommateurs et de familles des cancéreux ont dû se battre pied à pied pour démontrer ce qui était évident aux yeux de tous. Insuffisance de preuves, soi-disant. Des combats planétaires, eux aussi. Beaucoup de points communs avec celui à mener contre l'Actilight, d'ailleurs.

Le silence s'installa, lourd de notre impuissance. Les sonneries téléphoniques, les pas précipités des internes, les timbres rauques des patients pénétrèrent un instant dans le bureau, s'insinuant sous la porte.

– Au fait, reprit-elle sur un ton qui n'était plus léger qu'en apparence, il faudrait que j'examine le frigo de ma mère. D'après ce que vous m'avez appris, elle pourrait bien dissimuler la vérité. Si j'ai bien saisi, votre Actilight est une sorte d'antidépresseur lacté, il permet de voir la vie en rose. L'opium du peuple.

Il était déjà 17 heures, le jour commençait à tomber. À travers la baie vitrée, les lumières fortes de la Plaine-Saint-Denis s'allumaient selon un plan établi par quelque urbaniste dogmatique. Les barres se transformaient les unes après les autres en miradors. La voix de mon interlocutrice paraissait sortir de l'ombre qui était assise devant moi. Je distinguais moins précisément les contours de son visage. Sa robe de laine bleue se confondait avec ses collants, plus clairs. Il allait falloir conclure, nous n'avions pas avancé, je n'avais rien obtenu, et j'étais sans le sou. La promesse de la nuit prochaine accrut mes angoisses. Comment allais-je rentrer chez moi ? La filature allait-elle reprendre au sortir de l'hôpital ? Je pourrais peut-être dormir dans la chambre de garde, en cachette. Mais j'écartai cette possibilité. J'imaginais les ragots dans l'établissement. « L'agrégé de nutrition a dormi dans la chambre de garde. Un SDF de luxe ! Pas étonnant, il est si bizarre ! » Je me levai pour allumer la lumière. Ses pupilles se contractèrent, sa carnation prit subitement les couleurs du soir : elle me souriait.

– Ne vous inquiétez pas, docteur Man, votre combat est le mien. Ça fait maintenant plus de deux ans que je suis en charge de la rubrique santé de mon journal. Le monde développé s'enveloppe, malgré toutes les recommandations gouvernementales et les hypocrisies des industriels. Maintenant, il faut empêcher les obèses de fondre pour les sauver de la mort, vous rendez-vous compte ? Si quelqu'un avait voulu piéger la société pour qu'elle abandonne l'idée même de maigrir, il ne s'y serait pas pris autrement. Pour combattre l'Actilight, il y a bien la piste des associations et des magazines de consommateurs. Ce sont les seuls à pouvoir commissionner des scientifiques indépendants. Mais cela prendra des mois, peut-être même des années. Moins de temps que vous n'en avez ou que n'en ont les victimes de ce yaourt magique, d'après ce que je crois comprendre. Il faut arrêter le massacre, le plus vite possible.

Géraldine Moll se leva, comme si la consultation était finie. Il était 17 h 15. Sauf qu'elle se rapprocha de moi, faisant le tour du bureau. Je me mis debout, moi aussi. Je me rendis compte qu'elle avait gardé ses mitaines, d'où dépassaient des doigts aux ongles rongés.

– Voyez-vous, continua-t-elle, murmurant presque, si j'ai répondu à votre appel à l'aide, c'est parce que je crois que nous avons une chance d'y arriver. Nous pouvons parvenir à la suspension définitive de la production sans passer par la case « dépôt de dossier ». Mais il va falloir jouer serré. Vous me suivrez ?

– Je crois bien que je n'ai pas le choix.

Géraldine baissa la voix.

– Nous allons utiliser une arme universelle, peu reluisante, mais efficace.

– La peur ?

– Mieux, le chantage.

VIP

Géraldine Moll se rassit et avoua.

– Avant de travailler au *Globe*, j'étais pigiste pour *VIP*.

– Le magazine *trash* aux quarante mille procès ?

– Il pourrait y en avoir beaucoup plus, nous avions des dossiers sur tout ce que la planète compte de célébrités.

– Et vous qui faisiez état d'une limitation des médisances pour éviter de vieillir !

– Un métier est rarement à l'image de ce que l'on croit de l'extérieur. C'était très drôle en fait, comme un jeu. Vous savez, la plupart des « épinglés » sont consentants. Les stars, les politiques, les mondains, demi-mondains et quarts de mondain ont besoin qu'on parle d'eux, qu'on les photographie. Certains nous auraient presque rétribués pour le faire. Le scandale est le plus souvent préférable à l'oubli. À l'époque, j'étais, enfin, nous étions d'utilité... publique.

On frappa soudain à la porte, je me souvins d'un coup du stratagème de la consultation, saisis mon stylo, inscrivis quelques mots sur un des feuillets de son dossier imaginaire « recours aux anorexigènes ». Marie-Pierre, la secrétaire de consultation au regard traînant, passa une tête dans l'embrasure et brailla, à peine aimable :

– Mme Le Tannoux, votre rendez-vous de 17 heures, s'impatiente.

– Ça fait déjà trois fois que je la vois en un mois. Elle peut bien attendre un peu. Madame (je désignai Géraldine) est une « première fois ».

Marie-Pierre referma la porte.

– Cette Le Tannoux est une plaie, commentai-je avec humeur, elle vous suce votre énergie, se nourrit de vous, rien ne pourra jamais la contenter. Je crois bien que je vais lui dire que j'arrête de m'occuper d'elle.

Géraldine ne réagit pas.

– Lorsque je travaillais à *VIP*, j'ai eu l'occasion de me pencher sur cette étonnante famille Boussard. Vous m'avez demandé hier au soir de réunir des infos sur ses différents membres. Donc, j'ai appelé une amie qui est restée au journal pour actualiser mes connaissances. Nous avons toujours tu l'essentiel de ce que nous avions réuni sur eux, nous nous sommes contentés d'égratigner les éléments les plus en vue de la dynastie. Ces gens-là craignent plus que tout l'opprobre. Et nous savions déjà à l'époque qu'ils pouvaient être très méchants. Un de nos paparazzis s'est même fait démolir par Bertrand Boussard en personne au sortir de la piscine de l'hôtel El Rey, à Ibiza. C'est une brute épaisse, et il est assez lié avec les membres des Noirs Manteaux, un groupuscule d'extrême droite.

– On est très loin de l'univers innocent du lait, dis-je, me souvenant du souffle fétide du buffle sur ma nuque. Le vent des caries.

– En effet, les Boussard se sont toujours servis de phalanges brutales pour asseoir leur pouvoir sur les laiteries concurrentes, grignotant ainsi leurs premières parts de marché. Très tôt dans la genèse de leur développement, leur culture de groupe a pris appui sur la violence.

Géraldine fit une pause, comme pour reprendre sa respiration.

– Lorsque ce paparazzi s'est fait dégommer pour une simple photo qui montrait les bourrelets du responsable de la branche outre-Atlantique du groupe, ça a rendu dingue le rédac chef. De nombreux *people* subissaient quotidiennement des mitraillages au téléobjectif, les dérapages physiques étaient somme toute assez rares. Il faut dire que le photographe était un de ses petits copains. Il a demandé qu'on se penche de manière plus approfondie sur le fameux Bertrand, dans l'idée de lui faire la peau, même si on devait risquer le procès. J'étais une des préposées à cette étude, en compagnie de cette amie dont je vous ai parlé.

J'entendais des patients piétiner derrière la porte, sans doute cette Le Tannoux et ses hémorroïdes, plus une ou deux de ses copines qu'elle avait montées contre l'hôpital, le service, moi. Une seule mécontente particulièrement motivée peut vous métamorphoser une paisible salle d'attente en chaudron bouillonnant. Peu importait, Géraldine Moll ne pouvait aller plus vite. Et nous ne pouvions prendre rendez-vous à l'extérieur. Ici, au moins, nous étions en sécurité.

– Je me suis penchée sur l'organigramme de leur empire, continua-t-elle. Une pyramide qui se confond grossièrement avec leur arbre généalogique. Comme un modèle patriarcal romain emblématique. Ils se mettent en avant dans les galas, les réceptions, les œuvres de charité : ça, c'est pour la façade. En fouillant dans leur passé, je me suis rendu compte qu'il y avait beaucoup trop de morts violentes et de décès prématurés qui émaillaient l'histoire de la famille. Il y avait bien sûr Ludovic, le très médiatique fils aîné, sorte de dandy contemporain, invité régulièrement sur les plateaux de télévision, sur lesquels il développait, cerné par une ou deux top models à la poitrine plantureuse – sans doute un argument de vente –, sa vision personnelle des produits laitiers, un modèle de pureté, selon lui. À l'entendre, le lait était un aliment donné à l'homme pour le rapprocher de la source même de la vie. Un philosophe de la mamelle, en quelque sorte.

– Sa disparition a bien arrangé les affaires du groupe, dis-je. C'était le seul membre de la famille à s'opposer frontalement à la commercialisation de l'Actilight. Pourtant, je ne peux pas imaginer que sa mort ait été autre qu'accidentelle.

On ne tue pas son frère ou son fils. C'est tout de même une famille en vue, ils ne doivent pas être totalement dépourvus de valeurs morales.

– J'aimerais bien partager votre optimisme ou votre naïveté, c'est selon. Mais pour moi, et je n'étais pas la seule à la rédaction à penser ainsi, la mort de Ludovic est suspecte. C'était un aviateur chevronné. Et l'analyse de la boîte noire a révélé une fuite anormale de kérosène. Bien évidemment, cela relevait de la compétence des tribunaux chiliens, qui ont maintenu de manière assez inexplicable la thèse de l'accident. Beaucoup de rédactions étaient au courant des incohérences du dossier, mais personne n'a publié l'info. C'est que le groupe Boussard a aussi pris le contrôle du capital de nombre de quotidiens régionaux. Et il y a eu une sorte d'autocensure de la part de la presse nationale. Et puis, je ne sais pas si cela aurait fait vendre tant de papier que ça.

Géraldine regarda sa montre.

– Je crois que votre patiente, Mme Le Tannoux, va casser la porte, si nous continuons. Mais elle attendra, je ne vous ai pas confié l'essentiel : Antoine Boussard a été inculpé, au début des années soixante, pour le meurtre de son frère Marcel, retrouvé défenestré au pied de leur maison familiale, une gentilhommière XVIIIe. Les deux frères étaient en compétition pour le leadership de l'entreprise, un animal alors jeune et vorace. Ce jour-là, Antoine et Marcel étaient seuls, l'un et l'autre installés dans leur troisième décennie pleine de promesses. Antoine a affirmé tout au long du procès que Marcel était tombé tout seul, en essayant de réparer une tringle de rideau, que c'était un malheureux accident. « Il est monté sur une chaise, a perdu l'équilibre. » L'instruction s'est toutefois étonnée de l'état de dislocation du corps pour une chute somme toute limitée, puisque l'accident avait eu lieu au second étage. Le médecin légiste appelé à la barre a déclaré que de telles lésions ne pouvaient avoir été engendrées que par la chute d'un corps poussé par surprise. Antoine a persévéré jusqu'au bout dans sa thèse, soutenu par certains membres de la famille, dénoncé par d'autres. Un beau déballage, digne des meilleurs numéros de *VIP*. Nous aurions pu déterrer la hache de guerre, ressortir l'affaire au moment de l'histoire du paparazzi, sauf que nous n'avions pas d'angle, ça sentait le réchauffé : c'était polémique certes, mais pas assez vendeur. Nous avons encore eu une occasion quand Ludovic s'est écrasé, mais enfin, c'est du passé, nous ne l'avons pas fait.

Géraldine semblait hésiter avant de continuer.

– Mieux qu'un *VIP*, un bloody mary, osai-je.

Elle sourit, démasquant de petites dents pointues, manifestement à l'étroit sur leurs arcades.

– Jusqu'à présent, dit-elle, j'ai fait état d'informations que je possédais du temps où je travaillais au journal. Ce que je vais vous apprendre maintenant est le fruit des investigations de mon amie Maud Germain restée en poste. C'est elle que j'ai appelée hier soir suite à votre demande. Elle m'a livré les infos par mail, tout est sur ma clef USB (elle tapota sa poche comme un chevalier aurait pu tâter sa bourse). C'est du tout frais. Sauf que « nauséabond » serait sans doute plus correct. Suite à l'affaire du paparazzi esquinté, le boss a voulu fouiller plus loin, jusque dans les arcanes de la famille Boussard. Peut-être avait-il une intuition ou un tuyau. Bertrand était devenu, au dire de Maud, sa bête noire. Il faut dire que faire refaire le nez et réimplanter les incisives de son ami l'avait délesté de quelques milliers d'euros. J'ignore s'il compte se servir un jour des infos accumulées. Je me demande parfois s'il ne s'est pas offert une enquête comme ça, pour rien, le fait du prince. Deux axes d'investigation s'offraient aux enquêteurs de *VIP* : le professionnel et le privé. Au journal, Maud était surnommée la fouine, et sa sensibilité la poussait naturellement vers le secteur privé. Elle a retrouvé une des anciennes domestiques de la gentilhommière, qui s'était fait renvoyer pour une soupière cassée, une nappe damassée brûlée ou quelque chose du genre. Maud a découvert ainsi que Ludovic était le fruit défendu d'une liaison entre Charlotte Boussard, la femme d'Antoine, et Marcel Boussard, son frère.

– Le défenestré ?

– Lui-même. On comprend mieux l'éventuel mobile d'Antoine, dévoré par la jalousie, l'adoption au berceau du petit Ludovic, ils n'allaient tout de même pas le placer à l'Assistance publique. Pas eux, pas la dynastie Boussard, catholiques acharnés, militants anti-avortement de la première heure. Ludovic, fils de son oncle, fut naturellement le préféré de sa mère.

– Ce qui explique que les enfants naturels d'Antoine aient été si prompts à se débarrasser de l'encombrant demi-frère. C'est presque de la mythologie. Une logique en trompe l'œil, un crime économique masquant un meurtre de sang.

Pause. Il était 17 h 50, la salle d'attente continuait de s'agiter, galvanisée par les coups de gueule de Le Tannoux la meneuse.

– C'est tout de même incroyable que la domestique se soit lâchée à ce point, complétai-je, indifférent au vacarme.

– Maud pourrait faire parler une pierre, embraya la journaliste. Et elle en avait gros sur le cœur, cette femme, à ce qu'il paraît : droit de cuissage, mépris de classe ; Xavier, l'autre fils, le directeur de la branche Asie, était même à ce qu'il paraît un peu sadique sur les bords. Je pourrais m'étendre sur la personnalité de chacun, nous avons de la doc en pagaille sur le sujet. Une autre fois, peut-être. Mais là, je suis obligée d'aller à l'essentiel. C'est précisément sur ce point que pourrait s'exercer notre chantage. Ce que je vais vous livrer maintenant a été obtenu de haute lutte. De la grande cuisine.

Géraldine s'arrêta, me fit un signe de l'index comme pour me dire d'approcher. Ce que je fis, attiré par l'odeur du soufre.

– Bertrand Boussard avait des relations incestueuses avec sa sœur Amélie, continua-t-elle en baissant la voix. La gouvernante se doutait de quelque chose : attouchements curieux entre frère et sœur, complicité malsaine. Elle les a un jour observés par un trou de serrure. Amélie devait avoir dans les 18 ans, Bertrand la vingtaine. Ce qui devait arriver finit par advenir, Amélie est tombée « malade » : nausées, vomissements, envie de dormir, vous comprenez. Pour Antoine, le patriarche, il s'agissait d'un second camouflet, peut-être encore plus pénible que la liaison entre son épouse et son frère. Amélie, en désespoir de cause, a chargé un petit ami rencontré au cours d'un rallye, la famille a fait mine d'y croire. Mais il était hors de question d'avorter, les Boussard sont des militants anti-IVG notoires, je vous rappelle. Amélie a été envoyée en Suisse, dans une clinique spécialisée. Officiellement, elle était en grave dépression ; cet épisode fâcheux lui a coûté sa première année de prépa HEC. Mais, quand on est une Boussard, on affronte, on se plie. La femme n'était pas totalement dépourvue de caractère. Pourtant, un soir, des années après, du temps où elle entretenait une liaison avec un certain Gustave Laser…

– Le père du lactobifilodus, rappelai-je. Éconduit de la boîte, disparu on ne sait où.

– Un personnage clef, sans doute.

– Un survivant.

– Où en étais-je déjà ?

– À un fameux soir.

– Ah oui. Ce soir-là, Amélie, qui avait quitté depuis déjà longtemps la demeure parentale a retrouvé, sans doute à l'occasion d'une invitation à dîner, les lieux de son enfance. Les souvenirs ont afflué, des plaies mal cicatrisées se sont rouvertes, et elle, la femme de tête, qui avait puni son corps jusqu'à le priver de nourriture, s'est épanchée auprès de sa bonne vieille gouvernante, celle qui l'avait aidée à faire ses premiers pas dans la vie. C'était une erreur : le personnel reste le personnel. La scène se passe quelques mois avant le renvoi de la domestique. Cette dernière apprend alors, éberluée, que le petit, rejeton des amours coupables entre le frère et la sœur, vit toujours, reclus dans un foyer de handicapés en Suisse romande, atteint d'une grave malformation de la colonne vertébrale et des os du crâne qui lui confère un air difforme, peu propice à une existence à l'air libre.

– Abominable, dis-je, tout ce qui peut se cacher derrière un pot de lait fermenté frelaté. Et c'est là notre moyen de chantage ?

– Tout juste. Le plus fort, c'est que *VIP* a retrouvé le petit, qui est maintenant devenu un jeune adulte.

– Vous êtes tout de même de sacrés fouille-merde.

– Peut-être, mais on ne crache pas dans la soupe qu'on va déguster, mon cher Hugo. Heinrich Gratie est enregistré sous le nom de jeune fille de la femme d'Antoine. Si un jour la production de ce satané yaourt s'arrête…

Le téléphone sonna. J'allais répondre avec humeur que ma consultation était sur le point de s'achever. Mais j'avais l'hôpital Necker en ligne, une voix grave.

– Professeur Hugo Man ?

– Oui, lui-même.

– Professeur Serge Raskine, chef du service de réanimation. Vous êtes bien un ami de Fabien Chiche ?

– Oui, que se passe-t-il ?

– Nous avons retrouvé le numéro de votre service dans ses affaires. Votre portable ne répond pas. Il avait demandé de vous appeler s'il lui arrivait malheur, une demande griffonnée à la main.

– Que lui est-il arrivé ? demandai-je, de plus en plus tendu, envisageant le pire, forcément.

– Votre ami est décédé. Nous n'avons rien pu faire.

Je partis en torche, explosai en sanglots.

– Fabien, mon pote, parvins-je à expulser entre deux spasmes. Ils l'ont tué.

– Mon cher confrère, calmez-vous, répondit l'autre, à l'évidence interloqué. Personne n'a été tué. Fabien est mort d'une méningo-encéphalite à staphylocoque doré, compliquée d'un choc septique. Une bestiole sur laquelle il travaillait, un germe à peu près résistant à tout. Il a dû se piquer avec une aiguille contaminée.

Je sentis le réel se dérober comme une trappe qui cède sous la pression. Je me retrouvai propulsé dans le vide, tombant dans un gouffre aux parois lisses, avec comme fond sonore des hurlements de sirènes, ces femmes poissons aux galbes diablement attirants. Géraldine se transforma en Amélie, avec ses yeux bleus légèrement écartés, et mon bureau de consultation prit les mêmes couleurs que celles de la salle de réunion dans laquelle j'avais été retenu lors de ma visite aux Établissements Boussard. La photo du professeur Hoffman, le fondateur du service, accrochée au-dessus du lit d'examen, se changea en effigie noir et blanc d'un Gontran Fougères grimaçant. Quant au stéthoscope et au marteau à réflexe qui dépassaient de la poche de ma blouse, ils devinrent le fléau mauve d'une balance inversée, identique à celle qui dépassait du poignet de Gontran et de celui du délégué au ministère de l'Agriculture Bruno Baton. Je m'agrippai à mon bureau, naufragé attrapant n'importe quel objet flottant pour ne pas sombrer. Une voix s'éveilla en moi, d'abord inaudible, puis de plus en forte : « Ne pars pas, Hugo, pas cette fois, reste avec nous, reviens ! » Je secouai la tête, me délivrant d'une eau imaginaire qui parasitait mon entendement.

– Je veux une autopsie, dis-je, m'entendis-je hurler dans le combiné. Vous m'entendez, une autopsie !

Malgré la douleur, je comprenais que je revenais dans le monde sensible. J'avais repoussé les spectres. Géraldine avait repris forme humaine, elle s'était levée, me tenait la main. La laine de ses mitaines en égratignait le dos, distorsion persistante des sens, ses doigts nus enserraient les miens.

– Il y en aura une, mon cher confrère, répondit la voix, à l'évidence effrayée, surprise.

– Appelez le docteur Tchang, aboyai-je encore, c'est un ami.

– Je connais Tchang, répondit Raskine. Mais nous avons notre médecin légiste, il est très compétent.

– Fabien est un cas singulier, insistai-je, recouvrant un étonnant sang-froid. Il était atteint d'une maladie particulière, la maladie de la graisse brune, j'ignore si vous connaissez. Tchang en est un des spécialistes.

La journaliste me lâcha, restant debout à côté de moi.

– J'en ai entendu parler, répondit le réanimateur. Une nouvelle affection, un truc exceptionnel.

– Plus souterraine qu'exceptionnelle, je crains, dis-je. Il vous faut Tchang, croyez-moi.

– OK, je le contacte. J'espère qu'il sera disponible.

Je raccrochai.

– Vous êtes sûr que ça va, vous avez eu l'air bizarre, tout à l'heure. J'ai bien cru que vous deveniez fou.

– Vous ne croyez pas si bien dire, répondis-je. Le coup est rude, dis-je en me levant, titubant presque.

Je me rendis compte que mon pantalon était trempé, ma blouse humide, je m'étais uriné dessus. Comme après une crise d'épilepsie. C'était sans doute une forme d'hommage corporel à mon copain Fabien et à son encéphalite. Mais je le pleurerais plus tard. À présent, il fallait agir.

– Il faut que je joigne Tchang, que je lui explique, repris-je, il nous faut un morceau de graisse brune, réaliser des analyses biochimiques, démontrer que le vézépame et le vécuronium coexistent bien au sein des flaques de graisse brune. Ce serait la preuve irréfutable que le yaourt et le curarisant sont inexorablement liés. Il faut que j'assiste à cette autopsie.

– C'est de l'inconscience, Hugo. À partir de cet instant, considérez-vous en danger de mort. Le seul être qui détenait le dossier scientifique complet a disparu dans des conditions plus que louches. Vous êtes le prochain sur la liste. Même s'il est probable qu'un autre scientifique finira par parvenir aux mêmes conclusions que vous, se débarrasser du professeur Man leur ferait gagner au pis de précieux mois, au mieux des années de chiffres d'affaires, avec leur cortège de nouveaux empoisonnements. Après tout, vous n'êtes peut-être pas le premier à avoir découvert le lien organique entre l'Actilight et la maladie de la graisse brune.

– Je n'ai jamais lu la moindre ébauche de rapprochement entre les deux entités, répliquai-je, vexé malgré mon épouvante.

– Vos confrères n'ont peut-être même pas eu le temps de s'exprimer. Si Boussard et ses sbires sont capables de déguiser des assassinats en septicémie, beaucoup d'autres choses sont possibles.

– J'avais comme un pressentiment, dis-je doucement, à nouveau contaminé par la douleur et la culpabilité, Fabien a tenu à inscrire son nom sur son travail. Il s'est exposé tout seul. J'aurais dû effacer la première page, je l'aurais sans doute sauvé. Ils seraient tombés sur un rapport anonyme, ç'aurait été pour eux beaucoup plus difficile de remonter la filière.

– Je suis d'accord. Il ne faut pas que ce Tchang en sache trop, vous mettriez sa vie en danger.

– Et vous ? demandai-je. Je vous connais à peine, je ne voudrais pas qu'il vous arrive malheur.

– Pour l'instant, je ne suis qu'une de vos patientes. Mais si on nous rencontrait ensemble à l'extérieur, il y aurait danger. J'ai un petit garçon de 4 ans, j'aime la vie, continua-t-elle lentement. Mais enfin, le journalisme n'est pas un métier sans risque, les grands reporters tombent comme des mouches ces temps-ci, ils sont enlevés, torturés, parfois même assassinés. Et les tueurs bénéficient à tous les coups d'une sorte d'amnistie internationale. Le père de mon enfant était envoyé spécial pour Arte au Rwanda. Il a couvert une famille tutsie dans sa fuite. L'a payé de sa vie.

La porte s'ouvrit d'un coup. Le visage bouffi de Mme Le Tannoux, la patiente éconduite, apparut dans l'embrasure.

– Docteur, c'est inadmissible. J'avais rendez-vous il y a plus d'une demi-heure.

Je fis trois pas lents dans sa direction. Je fus pris d'une furieuse envie de lui mettre mon poing sur la gueule, avec toute l'énergie transmise par la haine, la frustration et le désir de vengeance que j'avais accumulés. Je me contentai de la repousser sans ménagement vers cette salle d'attente dont elle n'aurait jamais dû sortir. Le fantasme de bon nombre de médecins face à ces patients subis. Elle perdit l'équilibre, tomba à terre, sur les fesses. Je n'esquissai pas un geste pour la relever, ni ne prononçai un mot d'excuse.

– Madame, si vous n'êtes pas contente, vous pouvez partir. D'ailleurs, je vais vous dire : allez au diable, trouvez-vous un autre médecin à persécuter.

Son visage devint cramoisi. Je craignis une syncope, une fracture de hanche. Mais la blessure était essentiellement narcissique. L'acariâtre trônait, assise au milieu de la pièce, cernée par les autres malades médusés par le spectacle. Vint alors l'agent de sécurité, un homme corpulent que j'avais déjà croisé dans les couloirs, qui aida la dame à se relever. Ce fut à cet instant que je croisai son regard. L'homme du métro ! Il comprit que je l'avais reconnu.

– Hep, vous ! m'exclamai-je, sans réfléchir plus avant.

Le faux employé fit celui qui ne comprenait pas, quitta les lieux, ou plus exactement déguerpit. La suite fut surréaliste. Un professeur agrégé de nutrition fraîchement nommé et à la réputation confirmée de dingo, le pantalon mouillé, coursant un agent de sécurité dans les couloirs de son service. Je perdis vite la trace du fuyard, plus rapide que moi malgré sa corpulence et certainement moins empêtré dans son jeu de jambes que moi. Il avait sans doute descendu quelque escalier de service, poussé une porte coupe-feu. Prenant soudain conscience du ridicule de la situation, je ralentis le pas, m'imposai une démarche plus majestueuse, dessinant une ébauche de sourire supérieur. « N'ayez crainte, je chassais juste un malotru. » Ma réputation avait encore pris un coup. Mais je m'en foutais, les enjeux avaient changé d'envergure. Désormais, la mort rôdait autour de moi, elle allait frapper, je le pressentais, je ne savais ni quand ni où. Mon sourire avait une coloration amère.

Lorsque je revins à mon box de consultation, il n'était que 18 heures, mais la salle d'attente était quasiment déserte. L'oppressante Le Tannoux avait disparu. Restaient là deux patientes, une avachie qui aurait pu m'attendre jusqu'à l'aube, et une autre, plus tonique, que j'avais déjà interrogée. C'était une consommatrice notoire d'Actilight, elle consultait en vue du resserrage de son anneau gastrique, geste qui ne manquerait pas d'entraîner chez elle un amaigrissement massif, péril mortel. Bref, le spectre de la maladie pesait sur elle. Je savais qu'en reportant ma prestation je sauvegarderais pour un temps sa vie.

– Mesdames, je suis désolé, mais des circonstances graves m'amènent à annuler vos consultations. Merci de reprendre rendez-vous auprès de ma secrétaire.

Cette dernière était là, justement. Je la pris à part.

– Marie-Pierre, s'il vous plaît, occupez-vous de ces patientes. Je ne pourrai pas assurer le restant de ma consultation. Je viens de perdre un ami d'enfance, je ne me sens pas très bien.

J'avais les larmes aux yeux, effectivement.

– Au fait, repris-je en me mouchant, qui était cet agent de sécurité qui est venu à la rescousse de Mme Le Tannoux ?

– Ce n'est pas un agent de sécurité, c'est un agent hospitalier, embauché en CDD en remplacement de Ghislaine, vous savez, la jeune femme qui a été renversée par une voiture et qui s'est fracturé le poignet. C'est un des plus sympas que nous ayons eu ces temps-ci, prévenant avec les patients, arrangeant pour les plannings. Il n'est pas loin de devenir la mascotte du service. Il s'appelle Jim Farnèse.

STRATÉGIES

Jim Farnèse. Le nom d'un personnage de Scorsese. Un infiltré, en quelque sorte.

– Eh bien, votre Jim, je ne pense pas que vous allez le revoir de sitôt dans le service. Je l'ai vu s'enfuir par l'escalier de secours, juste après avoir ramassé mon insupportable patiente.

Ayant dit ces mots, je poussai la porte de mon box. Géraldine Moll m'attendait, assise à mon bureau, elle avait pris ma place, enlevé ses mitaines. Elle travaillait. Elle m'adressa un sourire compassionnel, du genre « dernière cigarette du condamné ».

– J'ai réfléchi, attaqua-t-elle. Ils vont vous filer, vous pourchasser, et, au moment où vous vous y attendrez le moins, vous trucider. Ils sont suffisamment malins pour maquiller votre disparition en accident. Avec votre profil psychiatrique, une mise en scène de suicide me semble tout indiquée. Ils sont en position de force. Boussard agit à l'évidence par le truchement d'hommes de main, c'est une sorte de tradition familiale. Vous ne savez même pas combien ils sont. Sans doute au moins deux. Le problème, c'est que, pour le moment, ils savent où vous trouver. Ils ont visité votre appartement. Ils n'ignorent pas où vous travaillez, connaissent votre parcours quotidien, les stations où vous vous arrêtez, les couloirs de correspondance que vous empruntez.

Ma vie semblait inscrite sur du papier à musique. Vue de l'extérieur, elle se résumait à une série de déplacements, de gestes stéréotypés. J'étais pour eux tel un rat de laboratoire, un sujet d'expérience aux réactions prévisibles.

– Ne rentrez pas chez vous ce soir, ne revenez pas travailler demain, poursuivit mon coach. Vous passerez un coup de fil à la surveillante. Officiellement, vous serez malade. Ils ne devront pas être trop difficiles à convaincre, j'imagine.

– Il faut que je leur fausse compagnie, dis-je.

– Vous avez une voiture ?

– Oui, mais je la prends rarement.

– Elle est de quelle couleur ?

– Rouge.

– Bien choisi. Oubliez la voiture. Prenez plutôt les transports en commun, choisissez les heures de pointe. Il est plus facile d'y semer quelqu'un. Tant que vous êtes au milieu de la foule, vous bénéficiez d'une protection relative, même s'il y a peu de chance que quelqu'un vous vienne en aide en cas d'agression. (Elle regarda sa montre.) Ça va être le moment, je crois.

Je sentis mes intestins se contracter sous l'effet de l'angoisse. Tout cela était si brutal. Quand bien même je parviendrais à les semer, ces professionnels de la filature, où irais-je passer la nuit, avec ma carte bleue bloquée et mes quelques euros en poche. Et les nuits suivantes ?

– « Éloignez-vous de la bordure du quai, choisissez le wagon de tête et, surtout, écartez-vous de tout colis suspect », annonçai-je, bravache, prenant le ton suave et persuasif de la voix informatique de la RATP. Ils peuvent aussi s'approcher de moi, m'injecter un virus mortel. Nous savons qu'à l'occasion ils peuvent se révéler esthètes dans le maniement de la seringue. Voilà qui ne milite pas en faveur de l'heure de pointe.

– Notez que si, en revanche, ils vous attaquent à la sarbacane, la foule serait à nouveau votre alliée.

Je frissonnai, bidouillai un sourire au second degré, en hommage à cette hypothétique rencontre du troisième type. Géraldine se leva de mon siège. Mon pantalon humide me démangeait. Peut-être avait-elle perçu quelque chose au niveau de son assise. Mais non. Elle s'approcha de moi. Regard amical, contraction de certains muscles sur son visage, ceux de l'empathie.

– S'il devait vous arriver malheur et qu'ils ne remontent pas jusqu'à moi, je me battrai sans relâche pour que justice vous soit rendue.

– Charmante perspective, dis-je, je préfère encore exister de mon vivant que de continuer à vivre après ma mort. Merci.

– Simple hypothèse de travail, modéra-t-elle, conjuratoire.

– J'ai au moins appris aujourd'hui à quoi ressemblait un de mes poursuivants. C'est lui qui a ramassé la folledingue. Un certain Jim Farnèse, embauché comme agent hospitalier depuis quelques jours. Un contrat à durée déterminée.

– Le terme ne pouvait être mieux choisi. Le contrat est pour lui, la durée déterminée pour vous.

– Vous avez le sens de la litote, dis-je.

– Déformation professionnelle. À *VIP*, j'étais préposée aux titres accrocheurs. Je faisais partie de celles qui dégottaient les meilleurs paradoxes « Piège de diamants pour la compagne de Bruce Willis », « Mariage légendaire pour Will Smith », etc.

– Dommage qu'on ait si peu le temps de faire connaissance, dis-je, on a tant de choses à se dire… Et c'est peut-être la dernière fois qu'on se voit.

Ce fut plus fort que moi : malgré les circonstances, je la trouvais sacrément attirante. Peut-être aussi était-ce parce que notre temps était compté et qu'elle était l'ultime rencontre avant le saut dans le grand inconnu. Passé la porte de cet hôpital, je savais que je ne serais plus qu'un fugitif, un SDF à durée de vie limitée.

Géraldine préféra avancer sur terrain ferme.

– Ne dramatisez pas, vous pouvez vous en sortir. Votre cavale ne durera que le temps d'armer notre piège : « Vous retirez l'Actilight de la circulation, ou nous inondons la presse d'informations sur votre curieuse et non moins incestueuse famille. » Clause particulière : « Si vous touchez à un cheveu du professeur Hugo Man, nous opérerons de manière similaire. » *Exit*, avec tout le respect que je vous dois, vos démonstrations scientifiques ; elles n'interviendront que dans un second temps.

– Comment comptez-vous vous y prendre, en pratique ? Un rendez-vous à haut risque ? Un e-mail ? Sans vouloir me substituer à eux, quelle garantie allez-vous leur donner ? Votre parole d'honneur ? La destruction du fichier compromettant ? Vous en avez sans doute fait une copie. Comment pouvez-vous croire un instant que, sachant que nous sommes dépositaires de tels secrets, ils nous laissent en vie ? Tant que nous serons en vie, ils n'auront de cesse de nous pourchasser.

– Écoutez, Hugo, je peux vous appeler Hugo ?

Assentiment.

– La priorité, pour l'instant, est de sauver votre peau. Pour les faire tomber, nous verrons bien. Nous avons la balle, reste à trouver l'arme, et éviter qu'elle se retourne contre nous. Il y a des pistes. Lorsque vous serez en lieu sûr, il sera toujours temps.

– En ce qui vous concerne, c'est plus simple, dis-je, vous n'existez pas à leurs yeux.

– Il faut que ça continue. Pour me protéger, j'agirai sous la forme d'un corbeau, je n'apparaîtrai pas en nom propre. Pour leur prouver notre capacité à leur faire mordre la poussière, en guise d'acompte, je pourrais faire sortir un papier qui les égratigne seulement un peu, puis les avertir.

– Ils remonteront forcément jusqu'à vous.

– J'écrirai sous un pseudonyme.

– Une indiscrétion est vite arrivée. Vous n'avez pas que des amis, j'imagine, au journal.

– Seul le rédac chef sera au courant. J'ai confiance en lui, c'est un homme intègre.

– Sans doute, sauf qu'il est notoirement connu pour déambuler depuis des années dans les coulisses du pouvoir. Ses amitiés sont peut-être plus… éclectiques que vous ne pensez.

La nuit était à présent totalement tombée. L'hôpital était silencieux, c'était un peu avant l'arrivée de l'équipe de nuit. Je voulais prolonger ce moment de calme et rester encore avec elle.

– Bon, continuai-je, admettons que le secret de votre identité reste bien gardé. Ils feront leur enquête, reconnaîtront votre style. Dès qu'ils verront inscrit le mot Actilight sur votre mail de départ, une lumière rouge va s'allumer : ils sauront que ça vient de moi. Ils pourraient me kidnapper, me séquestrer, me faire parler. Je vous trahirais sans doute, sous la torture.

– Sauf que vous serez introuvable.

– Soyez raisonnable, dis-je, je ne peux pas rester caché toute ma vie. J'ai un métier, une existence sociale. Me voyez-vous recourir à un chirurgien, changer mes traits, quitter ce pays, repartir de zéro.

– Vous réfléchissez trop, Hugo, me dit-elle avec une mimique indulgente, quasi amusée. Mettez-vous déjà à l'abri, les solutions viendront d'elles-mêmes. Vivez au jour le jour, ne jouez pas toujours le coup d'après.

– Vous êtes marrante, vous, vous n'avez pas un bouquin à écrire.

J'ignore pourquoi j'ai dit ça, sans doute pour prendre un peu de recul face à cette situation oppressante, une envie soudaine que la fiction se décolle soudain de la réalité comme des œufs frits d'un revêtement en téflon. Mais je me trompais, la fiction et le réel ne faisaient qu'un. En tout cas, mon effet fut garanti. Géraldine rit. Un éclat cristallin, sorti d'une forêt gaélique.

– Vous racontez n'importe quoi ! Un instant, j'ai bien cru que je disparaissais, comme si vous m'aviez créée.

Sa réplique me donna le sentiment d'un dérapage incontrôlé, je ne pouvais la suivre sur ce terrain.

– Vous voyez comme ça vient vite ? dis-je.

– Vous avez raison, dit-elle en frissonnant, arrêtons.

Elle s'était rapprochée de moi insensiblement, elle était à portée de main, j'aurais presque pu la toucher, mais c'était comme qui dirait hors sujet.

– Si ce Jim Farnèse était préposé à ma filature, repris-je sur un ton presque enjoué, ça va être difficile pour lui, à présent, parce que je le reconnaîtrai. Ce n'est pas le genre d'individu qui passe inaperçu.

– Êtes-vous sûr d'avoir bien photographié ses traits ? Il peut toujours recourir à un déguisement.

– Vous voulez vraiment me dynamiter le peu de moral qui me reste.

– Au contraire, je pense que vous êtes tout à fait capable de faire front. On n'arrive pas à votre position sans talent, sans courage. Vous rendez-vous compte que vous êtes allé leur porter le feu jusque dans leur siège social. Et que vous avez continué d'enquêter au cœur même de leur dispositif.

– C'était de l'inconscience, dis-je – l'autre nom du courage. Si c'était à refaire, je n'irais pas, et Fabien serait encore en vie.

– Ne vous fustigez pas, ça n'avance à rien. Fabien était de toute façon condamné. Tôt ou tard, il aurait succombé. Faites qu'il ne soit pas mort pour rien, en contribuant à fermer ces chaînes de production qui distribuent la mort à des millions de gens. Hugo, il faut que vous viviez, que vous vous serviez un peu plus de votre tête et moins de vos tripes.

– Rien de pire que de ne pouvoir identifier son ennemi, dis-je.

– Il va bien falloir improviser. Sinon, vous y passerez. Cette intrusion jusqu'à votre lieu de travail montre bien leur savoir-faire, leur détermination. Cela prouve également qu'ils vous surveillent depuis pas mal de temps, et ce bien avant votre visite aux Établissements Boussard, qui est toute récente, d'après ce que j'ai cru comprendre.

– Ma visite date d'avant-hier, en effet, mais mon rendez-vous était fixé depuis une quinzaine de jours. Je leur en avais donné le motif : la direction d'une thèse imaginaire dont le sujet aurait été l'Actilight.

– Ce n'était pas très malin, remarqua-t-elle, ça a dû tout déclencher.

– Peut-être l'accident survenu à cette femme que Farnèse a remplacée n'était-il pas tout à fait une coïncidence.

Je me tus. Je pensais à cette pauvre employée de l'Assistance publique, avec son poignet dans le plâtre. Géraldine sortit une cigarette de son sac, l'alluma.

– Désolé, vous êtes dans un espace non-fumeurs, intervins-je, reprenant ma voix voluptueuse de RATP.

Elle tira une taffe, avala la fumée, écrasa délicatement l'extrémité de la clope entre pouce et index, juste à la limite du bourgeon incandescent, une technique que je ne connaissais pas. Un peu de cendre tomba à terre.

– J'ai eu peur pour vous tout à l'heure, reprit-elle, j'ai cru que vous sombriez à nouveau dans la folie.

– Quand ça ?

– Lorsque vous avez appris la mort de votre ami.

Je repensai à Fabien, à son corps bouffi par les pustules, à ces amas de graisse brune qui cheminaient entre ses omoplates, à Tchang que je n'avais pas encore joint.

– C'était moins une, en effet. J'ai bien senti que je basculais, mais je pense avoir appris, au cœur de la tourmente, une chose étonnante. Je me crois maintenant capable, lorsque ça m'arrive, au tout début du processus, de résister avec ce qui me reste de pensée rationnelle. Peut-être est-ce un don, après tout. Il suffirait d'apprendre à s'en servir.

– Un jeu dangereux, en tout cas. Il me paraît difficile d'inviter ses démons dans son champ de conscience, sans leur donner à manger.

– Au fait, pourquoi m'aidez-vous ainsi, demandai-je, abrupt ?

La jeune femme s'était assise sur le coin du bureau, longues jambes croisées puis dépliées, cheveux noirs parsemés de quelques filets blancs étalés en éventail sur son épaule, adoptant naturellement la disposition la plus adaptée.

– Rassurez-vous, dit-elle, je n'ai pas de carte à l'Armée du Salut. Et là, voyez-vous, je suis avec vous, apparemment indifférente au temps, mais je travaille. Le scoop du siècle, vous savez. Je dois vous sauver, Hugo Man, vous valez de l'or, vous êtes ma caution scientifique, l'homme par qui le scandale arrive. Votre truc de yaourts contaminés, c'est énorme. Et vous savez, sauver les obèses du drame des régimes drastiques, c'est tout de même motivant. Je suis responsable de la rubrique santé de mon journal, après tout. Au fait, j'ai appelé ma mère en vous attendant. Elle consomme de l'Actilight, sauf que je ne sais pas dans quelle mesure. Vous aviez raison au sujet de l'action sur le mental. Il a vraiment fallu que je lui tire les vers du nez, j'ai bien perçu qu'elle minimisait sa consommation. À tout hasard, je l'ai avertie qu'elle stoppe toutes ses procédures de régime en cours. Je ne sais pas si elle a saisi.

– En tout cas, vous, vous avez bien compris comment ça marche.

– J'ai eu un bon professeur.

Elle sourit, le brillant enchâssé dans sa narine renvoya un éclair blanc. Mon linge de corps me gênait de plus en plus, et j'avais peur que l'odeur âcre de mon urine ne se répande. Je m'écartai légèrement d'elle. Heureusement pour moi, le stress m'avait fait sauter le repas de midi, et je n'avais bu que du thé de toute la journée.

– Que dire de plus ? hésita-t-elle, comme si elle désirait que je m'aperçoive qu'elle dissimule une partie de la vérité.

Elle fit un geste évasif, un mouvement ascendant de bras, une trajectoire qui aurait pu signifier que c'était sans importance.

– Après les avoir semés, il faut que vous disparaissiez de la circulation. Que vous trouviez une planque, quelqu'un qui puisse vous héberger le temps de trouver une solution. Ne tapez surtout pas à la porte de votre famille, de vos copains. Ils n'attendent que ça. Je vous rappelle qu'ils ont embarqué votre disque dur, ce qui signifie qu'ils ont tous vos contacts. Ne retournez pas chez vous. Ils vous y attendent peut-être ou ils ont soudoyé la concierge pour qu'elle signale votre retour. Ne venez pas chez moi non plus. À partir de maintenant, nous faisons équipe. Il serait dramatique que vous les conduisiez jusqu'à moi… et à mon petit Tom.

– Génial, opinai-je, toutes ces portes qui s'ouvrent devant moi.

– Appelez-moi quand vous serez en lieu sûr, si possible d'une cabine… Au cas où ils auraient bidouillé votre mobile. Il faut que vous deveniez une espèce de paranoïaque. Encore une chose, dit-elle en farfouillant dans son sac…

Elle en sortit une liasse de billets de banque.

– Voici 500 euros, c'est le maximum que j'ai pu retirer. Je suis descendue en vitesse au distributeur pendant que vous vous donniez en spectacle dans le service.

– Merci, bredouillai-je. Pourquoi tant de sollicitude ?

– Pas de commentaires, dit-elle. Je vous considère comme mon associé. Nous allons arrêter ce carnage.

– Je ne sais pas quand je pourrai vous rembourser.

– Très bientôt, je l'espère. Pour l'instant, disons que je passe ça en frais professionnels.

Elle se dirigea vers la porte. Elle avait remis son manteau et ses mitaines, et me lança un regard calamiteux, dans lequel je pus lire une sentence dans le style : « À cent contre un, c'est la dernière fois qu'on se voit. »

– Dieu vous garde, Hugo.

Sixième partie

CHANTER

Le dernier coup de fil que je passai en tant que professeur agrégé du département de nutrition de Bobigny fut pour Tchang. Raskine l'avait déjà appelé. Je lui expliquai les enjeux sans jamais mentionner l'existence de l'Actilight. Je laissai entendre au pathologiste que la mort de Fabien n'était pas si accidentelle que ça. Ce qu'il y avait de bien avec lui, c'est qu'il comprenait en peu de mots.

Je fis encore un détour par mon bureau, saluant machinalement deux collègues croisés dans le couloir. Je n'appartenais déjà plus tout à fait à leur monde. Je retirai ma blouse. Mon pantalon commençait à peine à sécher. Je me sentais sale, sans espoir immédiat de douche. Je pris mon sac, y glissai les 500 euros de Géraldine Moll. J'y distinguai un de mes couteaux suisses, celui qui intégrait une clef USB et mon iPod, sur lesquels j'avais chargé les fichiers récupérés sur ma boîte d'envoi, un polar norvégien et le coupe-papier fétiche hérité de mon grand-père. J'éteignis la lumière, animé du pressentiment que je ne reviendrais plus jamais dans ces locaux. Mon histoire en ces murs : celle d'un enfant mort-né.

Je pris l'escalier de service, le même que celui qu'avait emprunté Jim Farnèse, regardant sans cesse en arrière pour m'assurer que je n'étais pas suivi. Il faudrait désormais que j'apprenne à me retourner en permanence. Ma vie allait devenir un perpétuel torticolis. La cage d'escalier était lugubre, avec ses parpaings gris qui absorbaient mal la lumière au néon. Je n'étais jamais descendu par là. L'hôpital abritait des volumes cachés, tels ces immeubles bourgeois à double visage construits au XIXe siècle. De mon hosto, je n'avais jamais emprunté que les espaces réservés aux propriétaires. Je fuyais à présent par les travées réservées aux domestiques. Mes pas résonnaient étrangement sur le ciment. Par moments, je m'arrêtai de descendre, brutalement, dans l'attente d'un écho. Une porte claquée peut-être, dans les étages. J'étais seul.

Parvenu au rez-de-chaussée, je m'arrêtai encore au kiosque, achetai une carte téléphonique, ainsi que me l'avait conseillé Géraldine. J'achevai ainsi ma transformation en nomade.

Sortant de l'hôpital, je me dirigeai comme tous les jours vers le métro, mais au lieu de choisir La Courneuve, je tournai sur la gauche en direction de Bobigny. C'était un choix stupide : la ligne 5 m'éloignait de chez moi, alors que la 7 était directe ; mais 1. je ne comptais pas rentrer chez moi, 2. il me faudrait dorénavant prendre le contre-pied de mes habitudes. Ça commençait là, maintenant.

Je me retrouvai sur le quai de la station Bobigny-Pablo-Picasso, à faire les cent pas. Je laissai passer une rame, puis une autre. Où aller ? J'étais tel un pestiféré. Je savais que je ferais courir à tous ceux que je contacterais un péril mortel. Un mort suffisait. La nuit porte conseil, mais à moi, elle apportait encore un peu plus d'angoisse. Je me retournai vers un plan du réseau ferré francilien, les traces de doigts des égarés avaient presque effacé Bobigny et sali Pablo. Rien ne m'allait. L'est, l'ouest, le nord, le sud se confondaient. Un instant, mon œil fut attiré par le doux nom de ma station, là-bas, boule noire enfilée sur les bords d'une Seine aux méandres schématiques. Je caressai le papier. Je fus d'un coup pris par le besoin irrépressible de rentrer chez moi, de prendre un bon bain chaud, d'oublier toute cette histoire, de retourner travailler le lendemain, comme si de rien n'était. Mais c'était la dernière erreur à faire. Je n'avais aucune envie de leur faciliter la tâche.

Il y avait du monde sur le quai, même si l'heure de pointe touchait à sa fin. Le public se dispersait, les nouveaux venus paraissaient moins mobiles, moins pressés de rentrer chez eux ou plutôt évitant de rentrer chez eux. Voilà que je me mettais à raisonner comme un flic. Le suspect, c'est celui qui stagne. Différents types de populations coexistaient là. C'était la relève de la garde. La zone émergeait, s'éveillait, des hordes de survêtements se déplaçant par trois. Soudain, je fus pris par une crainte nouvelle : la peur de me faire braquer par mes nouveaux compagnons de misère. Avec mes 500 euros, selon les lois de la rue, j'étais tel un convoyeur de fonds. Je n'eus plus qu'une envie : partir de là, quitter la banlieue nord, me perdre dans le dédale d'interconnexions de la toile, jusqu'au dernier métro, et si possible dans les quartiers chic, ou plus exactement juste en dessous, bien au chaud. Progressivement, je me glissais dans la peau d'un SDF.

C'est alors que je les vis. Deux ombres derrière un poteau, surlignées par l'éclairage digne du Stade de France, un soir de grand match. Pourtant, j'étais quasiment certain de ne pas avoir été suivi en sortant de l'hôpital. J'avais même pressé le pas pour démasquer d'éventuels poursuivants. Lorsque vous êtes filé et que vous accélérez, immanquablement, apparaissent parmi les passants une ou plusieurs personnes qui marchent plus vite que les autres. J'avais vu ça dans un film de Scorsese. Soudain je compris : ils m'attendaient à la station. Ils savaient que j'étais venu en métro et avaient présumé que je repartirais par le même moyen. Pari risqué, pari gagné. Mais comment avaient-ils pu prévoir que je choisirais cette station-là ? Peut-être étaient-ils ainsi une armée lancée à mes trousses.

Dépassait entre les deux piliers un ventre proéminent que j'avais appris à reconnaître, celui de Jim, l'infiltré. L'autre silhouette, d'après son ombre, était longiligne, moins haute pourtant. En fait, ils étaient là depuis un moment, mais ma conscience les avait refoulés, niés. Eux aussi laissaient passer les rames. Eux aussi stagnaient. Une bouffée de haine déversa son sang noir dans mes veines. À trois encablures de moi, cernés par des poteaux en faïence blanche, se tenaient mes videurs de disque dur, sans doute les tueurs de Fabien. J'ignorais s'ils avaient programmé ma mise à mort pour ce soir-là. Mais, s'ils se montraient ainsi ostensiblement, c'était plutôt mauvais signe. Ils étaient sûrs de leur supériorité de professionnels. Je ne pouvais pas leur échapper. C'était ce qu'on allait voir.

Je regardai plus attentivement dans leur direction. Du plus mince semblait dépasser une ombre plus petite, cylindrique. Un cigare ? Un flingue ? Je sentis mes intestins s'agripper aux parois de mon abdomen, parvins à prendre une inspiration profonde. C'était de l'intox, ils voulaient sans doute m'effrayer. Une victime tremblante est sans doute plus facile à abattre. Mais ils n'allaient pas me descendre là, au beau milieu de la foule. Géraldine avait raison, ils attendraient sans doute un moment sans témoins. Il me fallait rester au milieu des humains, quitte à m'en servir comme bouclier. Ils n'oseraient pas commettre une bavure. Je me rapprochai ostensiblement d'un groupe de jeunes.

Une rame arriva, stoppa, nous étions au terminus de la ligne. Les voyageurs commencèrent à se déverser dans les voitures, au compte-gouttes. Je m'éloignai de la bordure du quai, m'assis sur un siège individuel, adoptai une posture désœuvrée, mais bandai mes muscles. Le signal de départ résonna, la durée d'une ronde pointée. J'attendis le temps d'un soupir. C'était maintenant. Je me précipitai, sautai dans le wagon, les portes en plastique faillirent me scier les bras, mais elles se contentèrent d'épingler mon sac. Un voyageur zélé m'aida à récupérer la partie restée à l'extérieur. Merci. J'eus le temps de voir défiler le quai. Mes deux ombres n'étaient plus là. Entre leurs deux poteaux, l'espace était vide.

Ils avaient embarqué dans la même rame, faisant route vers le sud, l'Italie, ou tout au moins en direction de sa porte. Je m'approchai de la paroi de verre séparant mon wagon de celui d'à côté, tentant de les apercevoir. Mes poursuivants devaient se tenir deux voitures plus loin. Qu'allaient-ils faire à la station suivante ? Descendre et monter dans mon wagon ? Sans doute. Une minute quarante de réflexion. Il fallait tenir jusqu'à la prochaine correspondance, ensuite je devais absolument éviter les lignes 1 et 14 : les rames étaient récentes, sans séparation entre les voitures, reliées entre elles par l'intermédiaire de manchons en accordéon. Sur moi, mon pantalon achevait de sécher sur mon caleçon humide, répandant autour de moi une odeur flottante, une senteur sans domicile fixe.

Les portes s'ouvrirent à nouveau, cette fois à Raymond-Queneau. Je glissai un œil vers la bordure du quai. Je vis mes deux compères descendre de leur voiture, se diriger à pas rapides vers la mienne, mais sans réelle hâte : ils étaient sûrs de leur coup. Je les voyais à présent distinctement, deux silhouettes avec chacune sa sacoche de postier, l'employé modèle et son acolyte. Le nouveau venu était un être mince au teint sombre dont je croisai le regard de cendre. Que faire ? Je refluai vers le fond du wagon, le plus loin possible d'eux, bousculant une femme enceinte et un violoncelliste dont les formes constituaient un obstacle à ma progression. Je sautai sur le quai, puis grimpai dans le wagon adjacent, qui se trouvait être la voiture de queue. « Erreur ! Pourquoi n'es-tu pas resté planté là ? Tu aurais laissé partir la rame et sa cargaison. » Mauvais réflexe, donc. Je tenais tellement à parvenir à une correspondance que j'en avais presque oublié mon objectif : les semer. J'aurais pu gagner la surface, retrouver l'air libre. Mais non, j'étais rivé à mon chemin de fer. Je me rapprochai à nouveau de la paroi de verre. La peur avait reflué, diluée dans l'action. Cette fois, ils étaient tout proches, le gros et l'atone. Quels étaient leurs ordres ? S'ils voulaient me liquider rapidement, pourquoi ne l'avaient-ils pas déjà fait ? S'ils désiraient simplement me filer, pourquoi s'être laissé si facilement apercevoir ? J'entrevis une alternative : ou bien ils voulaient déguiser leur forfait en suicide, me précipiter sur les voies à la première occasion, sans témoin, si possible, ou bien ils projetaient de m'assassiner en douce.

Une minute quarante : les portes s'ouvrirent à nouveau, je commençais à avoir l'habitude. Sortirent trois survêtements, entrèrent six passagers, un couple d'ados sans signe distinctif se tenant par la main, une femme sans visage et son mari à la barbe croyante, plus mes deux gus. Là encore, j'aurais pu sauter sur le quai et m'enfuir à toute berzingue, mais la station était peu fréquentée. Je ne voulais pas leur offrir le luxe de me trouver isolé. Et je m'étais éloigné de l'ouverture. Je migrai vers le fond du wagon, les deux tueurs m'emboîtèrent le pas. Je me retrouvai dans le dernier espace de la voiture de queue, adossé à l'espace noir du tunnel : j'étais acculé, sans plan. Les tueurs approchaient, beaucoup plus respectueux vis-à-vis des autres passagers que moi. Lorsque je fus à portée, je vis nettement le mince glisser la main dans sa poche et cette dernière se tendre. Jim continuait de sourire à la ronde, affable. L'autre me fixa, comme s'il ajustait son coup. Adieu la Terre ! Eh puis non ! Je retirai brutalement mon blouson d'un geste ample, je pris la parole :

– Mesdames et messieurs, excusez-moi de vous déranger pendant votre voyage, mais je vais vous chanter une chanson de mon pays.

J'ai dit n'importe quoi, un peu à la manière de ces enfants roumains envoyés au loin par leurs parents pour apitoyer le chaland. Soudain, je me retrouvai sur scène, j'improvisai. Quelques voyageurs tournèrent la tête, un peu blasés : ils voyaient passer tous les jours une douzaine d'individus de mon acabit. Mais peu importait, j'avais inversé le rapport de force ou tout du moins créé l'effet de surprise. Mes assaillants se regardèrent, s'interrogeant sans doute sur la marche à suivre : difficile de tirer sur un homme qui chante. Je me mis à brailler à tue-tête, le premier air qui me passa par la tête, une chanson d'Yves Montand sifflotée par mon père quand j'avais 10 ans : *Dans les plaines du Far West*. Je m'égosillais, il n'était bien sûr pas question de donner dans la dentelle, d'ailleurs j'ai toujours chanté faux. Notre train s'arrêta ; une minute quarante, encore une station de gagnée. Plus que cinq avant la première correspondance. Échange de voyageurs. Je me débrouillai pour ne pas arrêter ma performance pendant l'arrêt, incommodant manifestement certains usagers. D'autres souriaient. Il était vrai que je n'avais ni le physique, ni les cordes vocales de l'emploi.

J'essayai d'accrocher un ou deux regards. Mais la population du wagon se renouvelait, et les quelques complicités nouées descendaient à la station suivante. Il fallait tenir. Les deux frères se rapprochèrent à nouveau de moi. J'entamai un pas de danse désespéré entre mes poteaux, sur l'air de *Je chante* de Trenet. Je me baissai, remontai, grimpai sur un strapontin. J'étais devenu visuellement insupportable. Mais j'avais gagné encore une ou deux stations. Arriva alors un événement qui, sur le moment, me parut un véritable miracle. D'un coup, une grosse baraque, genre pilier All Black, sortit de je ne sais où, s'approcha de moi, écartant au passage mes deux sangsues, et me posa la main sur l'épaule, une paluche pas vraiment amicale.

– Dis-moi, mec, tu serais pas un peu dingo ?

Je n'avais pas prévu une telle interruption. J'arrêtai mes gesticulations. Ce type voulait peut-être me casser la gueule, mais il venait de me sauver la vie ou tout du moins de m'offrir quelques minutes de rabe. Devant mon air interdit, il embraya.

– Tu vois pas que tu emmerdes tout le monde avec tes chansons débiles. Et tu danses comme un pied.

Son large buste m'empêchait de voir au travers. Je ne distinguai plus de mes agresseurs que leurs doigts crispés sur les mains courantes.

– Il faut bien que je gagne ma vie, dis-je. Pour trouver une chambre d'hôtel.

– Ramasse ton blé et fiche le camp d'ici.

Jaurès enfin, mort lui aussi assassiné, m'offrait une possibilité de correspondance. Sous la protection de mon amateur de chorégraphies chiadées, qui me maintenait hors d'état de nuire en m'attrapant par la nuque, je passai devant Jim et son alter ego, la main tendue, et récupérai même quelques euros de généreux donateurs goguenards. Parvenu à l'autre bout du wagon, l'homme me jeta sur le quai.

– Allez, ouste, et ne t'avise pas de remonter dans ma caisse.

7 *BIS*

Je trébuchai, mais parvins à me rétablir. Je me mis à courir aussi vite que je pus, enfilai un couloir au hasard, me retrouvai dans la direction du Pré-Saint-Gervais, ligne 7 *bis*. Mauvaise pioche, pour moi qui désirais rejoindre une de ces mégastations du centre de Paris, un nœud d'interconnexions où je pourrais me perdre, les semer. Je m'étais engouffré dans une sorte de cul-de-sac ferré, avec une ligne en boucle unique en son genre qui me ramènerait à Jaurès aussi sûrement qu'elle m'en avait tiré, par une curieuse facétie du réseau métropolitain parisien. J'avais lu une fois que la 7 *bis* était une sorte de ligne fantôme, reliquat d'une ancienne voie abandonnée ; j'y étais.

Il était près de 20 heures, et la correspondance était peu fréquentée. Je me retournai, mais était-ce nécessaire ? Je percevais derrière moi les pas précipités de mes poursuivants. Le fait de me sentir encore vivant, malgré l'air vicié des sous-sols parisiens, me délivra presque un sentiment d'allégresse. J'avais gagné la première manche. Je bousculai un couple du troisième âge, arrivai sur une plate-forme. Escalator en panne. Descente d'une série vertigineuse d'escaliers à la Escher qui se frayaient un passage vers les profondeurs de la terre, présage des Buttes-Chaumont. J'arrivai enfin sur le quai. Le métro était là, le signal de fermeture des portes sonnait mon glas. Je fis un effort impossible et parvins à me propulser dans l'univers mobile, à bout de souffle. La paroi vitrée se clôtura derrière moi. Je me retournai, parvins à distinguer sur le quai le visage écarlate de Jim, frustré, furibard.

Pendant que la respiration me revenait, je me demandai où était passé l'autre partie du couple. Personne n'était monté à ma suite. La population du wagon était clairsemée : je décidai de faire connaissance. Ici, plus la peine de chanter des ritournelles stupides ou d'inventer les pas d'une comédie musicale. Je m'avançai dans le couloir central, dévisageant les gens. Non, décidément, il n'était pas ici. Mais alors, où était-il ? À la traîne de son frère ? Ou bien était-il parvenu à tout de même grimper dans un wagon adjacent ? Je me laissai tomber sur un strapontin. J'avais les jambes coupées, flageolantes. Même pas envie d'aller visiter les autres voitures. Alors que nous nous enfoncions dans le ventre de Paris, pour la première fois de la soirée, je me mis à croire à une sorte de bonne étoile, une sacrée Charles-de-Gaulle-Bonne-Étoile. À la station suivante, ouverture des portes, ballet des montées et des descentes, des usagers ordinaires. Si le mince avait embarqué, il ne se serait sans doute pas gêné pour réapparaître. À moins qu'il ait décidé de ne se livrer à aucune manœuvre d'envergure sans la présence dans les parages immédiats de son frère. Oui, c'était ça, le fluet avait pris place quelque part dans ma rame, Jim, plus lent, avait pris le métro d'après, les frères communiquaient par SMS. Peut-être avaient-ils changé de mode opératoire, désarçonnés par ma tactique de diversion, et attendaient-ils leur heure, le moment opportun, à la fin du service, lorsque nous serions enfin seuls.

Je sentis la tension revenir, par nappes. Il ne fallait pas faire le jeu de cette ligne qui tournait en rond, se laisser reconduire à Jaurès, où il y avait une chance qu'ils me cueillent. Station suivante : Bolivar. Je n'allais pas y flâner, ni pousser la chansonnette. Les portes s'ouvrirent. Le bruit était plus sec sur cette ligne. Une femme à poussette se hissa avec difficulté, une obèse. Et dire que je risquais ma vie pour ses semblables. Personne d'autre pour le moment. La porte semblait tarder à se refermer. Le départ, vite. Le signal retentit. Je pouvais souffler, enfin presque. Une autre porte s'ouvrit, à l'autre extrémité du wagon. Je tournai la tête, prêt à bondir vers la sortie. Ouf, un retardataire. Un individu dans le genre rasta, couvre-chef jaune et rouge en tricot, tresses au vent, sac en bandoulière. La rame s'ébranla, je me redressai, me détendis. Je regardai le plan de la ligne sur le bandeau oblique. Une correspondance Place-des-Fêtes me permettrait de m'enfuir par la ligne 11 et, de là, de gagner Châtelet, sa foule et sa zone. Châtelet, et après ?

Je m'arrêtai donc dans la station festive. Suivant mon exemple, presque tout le métro se vida. Le rasta, mon obèse, plus d'autres usagers. Toujours pas de trace d'eux.

Débuta alors un moment d'errance, de liberté. Je passai la soirée dans le métro, m'abrutissant de lignes, de changements, de brusques moments d'accélération, de tentatives de semer des poursuivants devenus imaginaires. De temps en temps, sous l'influence d'accès de paranoïa, je faisais volte-face, me retrouvant soudain face à des passagers à peine surpris, habitués sans doute aux frasques des voyageurs marginaux.

Aux environs de 22 heures, je reçus un coup de fil, écho de ma vie d'avant. Tchang. Je me trouvais à la station Louvre-Rivoli, cerné par les répliques de momies et de sarcophages. Je n'avais plus peur de la ligne 1. Ils avaient procédé à l'autopsie de Fabien en urgence, compte tenu du péril infectieux.

– Votre ami avait bien une maladie de la graisse brune à un stade avancé. Il y avait même des amas de tissu anormal au niveau des aisselles. J'ai fait comme vous avez dit. J'en ai prélevé plusieurs échantillons. C'était une forme très fibreuse. Par endroits, le tissu s'était véritablement disloqué, les lésions ressemblaient à des taches de bougie, vous savez, un peu comme celles que nous avions retrouvées chez Urien. Sauf que, pour Chiche, les flaques de graisse fondue avaient été colonisées par les abcès.

– La graisse brune est un tissu très irrigué, rappelai-je à l'attention d'Anubis, dieu des embaumeurs, qui assistait à la conversation avec cet air de chacal qui a fait sa gloire.

– Le staphylocoque y avait fait son nid, à croire que la maladie de la graisse brune avait servi de turbo à l'infection.

– Et la cause de la mort ?

– C'est étrange, répondit Tchang, le germe a pénétré par les méninges. C'est là que j'ai retrouvé le maximum de lésions. Ce n'est pas une voie de contamination habituelle chez les professionnels de la santé : ils s'infectent généralement en se piquant le doigt avec une aiguille souillée ou en s'ouvrant la main avec un bistouri contaminé. Je n'ai pas pu identifier de porte d'entrée à ce niveau. La peau était boursouflée, soulevée par les micro-abcès.

Un métro s'arrêta. Je grimpai à l'intérieur, quittai l'Égypte pour les Tuileries. J'allais vers l'ouest, à présent. Le pathologiste continuait de parler.

– À la fin de l'autopsie, j'ai eu l'idée de jeter un coup d'œil sur la colonne vertébrale de votre ami. Les méninges s'étendent aussi au niveau rachidien.

– Logique, rythmai-je.

– Avec l'aide d'un agent hospitalier, j'ai retourné le corps. Sur la peau du dos, à hauteur des lombes, au centre, nous avons retrouvé une plaque violacée cernée de rouge, différente des pustules adjacentes et des ecchymoses que l'on retrouve dans la maladie de la graisse brune. J'ai réalisé une courte incision. Le tissu était infecté en profondeur à ce niveau. Le trajet s'étendait jusqu'à la méninge.

– Le chemin d'une aiguille, par exemple, ai-je dit ?

– L'axe classique d'une ponction lombaire. Je ne vois pas comment Chiche aurait pu se faire ça tout seul.

Mon ami avait été assassiné, j'en avais la confirmation. Plus inquiétant, je venais d'apprendre que c'était un expert qui avait fait le coup, un infirmier ou un médecin, en tout cas quelqu'un qui avait l'habitude d'introduire des aiguilles et des cathéters entre les vertèbres. Jim Farnèse, le faux agent hospitalier ? Soudain, je me mis à trembler, peut-être un hommage de mon système nerveux à la triste fin de Fabien. Ou plus vraisemblablement de la crainte.

– Je vous en prie, réussis-je à articuler, ne dites à personne ce que vous avez découvert. Ne le dites à personne.

Mes yeux se livrèrent à un travelling rapide. Là-bas, à l'autre bout du wagon, deux êtres se tenaient côte à côte, accrochés au même poteau, en train de deviser tranquillement, apparemment indifférents aux autres voyageurs. On aurait presque pu croire à un couple homosexuel, sauf que je ne reconnaissais que trop bien ces silhouettes. L'un portait un chapeau, était affublé d'une moustache, s'inscrivait dans la famille des ventrus. Quant à l'autre, je l'avais déjà rencontré. C'était le rasta qui était monté dans mon wagon à la station Bolivar.

NATION

Ainsi, donc, ils n'avaient jamais cessé de me suivre. Mon hypothèse de changement de tactique était donc avérée. Ils avaient décidé d'arrêter de me mettre la pression et de m'octroyer une bouffée de liberté qui m'avait permis de recharger mes accus. Je raccrochai, sans un mot d'au revoir.

Je n'avais même pas imaginé le recours possible à un déguisement. Il est vrai que j'avais repéré leur besace depuis la station Bobigny-Pablo-Picasso, chacun la sienne, mais allez imaginer ce qu'ils planquaient à l'intérieur. Un avantage, au moins, ils ignoraient que je les avais repérés. Délicatement, je me glissai dans le sillage d'un homme plus corpulent que moi, m'en servant de paravent. Nous arrivâmes aux Tuileries, comme si les stations s'étaient donné le mot pour entrer en résonance avec mes déboires. Je coulissai sur le quai, me plaçant jusqu'au bout dans l'angle mort d'un autre paravent humain. Je me mis à marcher le long du train, le plus proche possible de lui, essayant de profiter au maximum des sortilèges de la déesse parallaxe. Je me retournai. Ils étaient derrière moi, sur le quai. Je me mis à courir. Eux aussi. Grimpai les escaliers. Pas de correspondance possible à cette station. Sur la plate-forme surplombant le quai, je repiquai dans l'autre sens, en direction de Vincennes, de son château et de son lointain donjon. Le métro était à quai. Je grimpai dans un wagon. Retrouver là des gens, avec leur teint parisien, clairsemés mais encore suffisamment nombreux pour pouvoir interdire toute action violente, ça m'a fait chaud au cœur. La rame n'était qu'un seul boyau communiquant, tunnel dans le tunnel, nous étions sur la ligne 1. Je savais qu'il était hors de question que je m'aventure jusqu'au terminus, sans doute désert à cette heure avancée. Il fallait que je trouve une parade avant. Le train s'ébranla. Cette fois, les tueurs me serraient de près, ils ne me feraient plus de cadeau. D'ailleurs, ils avaient retiré leurs oripeaux, je ne savais quand, sans doute au cours de notre brève poursuite. Toute dissimulation était dorénavant vaine. Toutefois, je percevais qu'ils se méfiaient de mes réactions et se maintenaient à une distance respectable de moi.

Les stations commencèrent à défiler, comme autant de nœuds coulants qui se refermaient autour de ma gorge. Le solde de remplissage de la rame vira au négatif à partir de Bastille, s'effondra carrément à Gare-de-Lyon. Le dernier voyageur, ce serait moi. Le moment approchait où il me faudrait agir. Mes adversaires, station après station, gagnaient insensiblement des centimètres dans ma direction, avec un imperceptible sourire satisfait. Lequel des deux avait tué Fabien ?

Sur la ligne, Nation était la dernière station qui offrait un choix de correspondances. Après, ce serait le désert. Les frères le savaient tout aussi bien que moi, nous faisions sans doute les mêmes calculs. À Reuilly-Diderot, ils devinrent visiblement plus nerveux, tapotant le poteau auquel ils s'étaient cramponnés, piétinant le plancher comme des dobermans auraient pu gratter le sol avant de s'élancer. Un extrait de *Moonraker* me revint en mémoire, c'est fou ce que le cerveau peut être saugrenu, parfois, c'était une scène de carnage. Je n'avais pas la moindre idée de ce que j'allais tenter.

Nation. Je sautai du train, imité en cela par la majorité des voyageurs, et par mes zozos. Je m'engouffrai à nouveau dans un couloir de correspondance, un boyau aux parois de faïence, me retrouvai face à plusieurs orifices, autant de mauvais choix possibles. Je m'engageai bêtement vers la ligne 2, dont Nation était l'un des terminus. Le métro venait de partir, il avait nettoyé le quai de ses voyageurs. Il se faisait tard, il n'y avait plus personne, hormis un homme cerné de couffins à l'autre extrémité, la tête inclinée en arrière en un ronflement perceptible, pour qui la nuit avait manifestement commencé. Des caméras semblaient surveiller, yeux sans paupières, mais on pouvait douter de leur vigilance à cette heure avancée. À quoi sert un œil si le cerveau dort ? Mes poursuivants comprirent immédiatement l'occasion qui s'offrait à eux. L'un avait même dégainé son flingue, sans pudeur. Je me mis à zigzaguer, je n'étais plus qu'à une dizaine de mètres d'eux, mon avance se réduisait. Une balle siffla, puis une deuxième, je n'étais plus qu'une cible mobile. Il avait mis un silencieux. À aucun moment, je ne les entendis parler, pas un appel, pas même un juron, rien. Soudain, je sentis comme un accroc sur ma manche, une douleur traçante, j'étais touché.

Tandis que je continuais ma route en oscillant, mon champ visuel se réduisait, rivé à l'écriteau jaune du bout du quai qui affichait sottement sa sentence : « Ne pas franchir cette limite. Danger de mort. » Cette barrière me parut au contraire une planche de salut. Mieux valait encore finir électrocuté dans le noir que criblé de balles. Plus que quelques pas. Je poussai l'écriteau mobile qui pivota, descendis les quelques degrés. Je m'enfonçai dans le tunnel. Les deux m'emboîtèrent le pas, j'entendis derrière moi le claquement de leurs chaussures sur le métal des marches. Je me mis à courir sur le côté, gêné par les cailloux pointus. Je percevais toujours le bruit des balles, mais les tirs semblaient moins précis, le terrain était plus difficile, la cible moins visible, et je portais un blouson sombre.

Si je continuais à filer ainsi, je finirais par parvenir à la station suivante dont je percevais dans le lointain les lueurs. Ils me feraient la peau dès qu'ils y verraient plus clair. Sur ma droite, un tunnel circulaire se dégageait, une voie de garage sans doute, avec deux rames qui sommeillaient. Idéal pour se mettre à couvert : se planquer entre les roues, sous les essieux. Mais pour y accéder, il fallait traverser les voies. Ayant beaucoup observé le métro, je savais depuis tout petit que le rail électrique se situait au milieu des lignes. C'était risqué. Moins que d'aller tout droit. Soudain, un bruit sauvage, un vacarme de métal, fit résonner la voûte. Une rame arrivait dans l'autre sens. Rien à voir avec le bruit relativement policé des trains lorsqu'ils entrent en station. Ici, dans le tunnel, c'était du vrai, du brut, de l'industriel. En état de stress, le cerveau humain devient binaire. Le mien comprit qu'il s'agissait d'une chance. J'obliquai brutalement, pris la tangente, enjambai les fameux rails, prenant le risque de me faire faucher par la motrice qui se rapprochait à vive allure. J'eus soudain envie de m'arrêter au milieu de la voie, fasciné par les feux, la masse, le bruit, la puissance. J'étais tel un de ces cerfs qui mouraient, fauchés par des voitures en excès de vitesse, la nuit, immobiles sur leur autoroute, hypnotisés par les yeux blancs au xénon. Je passai. Mes poursuivants eurent moins de chance. Le carnage m'apparut, le temps d'un éclair électrique. Jim était tombé sur la voie, il avait peut-être glissé sur un cadavre de rat, allez savoir. L'autre avait eu plus de suite dans les mouvements, mais il regardait en arrière, il avait cessé de s'intéresser à moi. J'aurais dû m'enfuir, profiter de la diversion. Mais, à présent à l'abri, coincé entre mes deux rames assoupies, je ne pouvais décrocher mon regard des ombres frappées. Le train était parvenu à s'arrêter en un grand bruit de freins stérile, à une vingtaine de mètres au-delà de l'impact, le gros corps de Jim avait été poussé sur cette distance, propulsé par un des tampons gluant de graisse noire. Je crus distinguer un segment de membre sur la voie. Mais je perdais moi-même du sang.

SMS

Le frère avait l'air en état de choc : il semblait pétrifié, debout sur une traverse, veillant la jambe de l'autre. Un comportement qui ressemblait à quelque chose d'humain, enfin. Le conducteur arrivait sur la voie, deux agents de sûreté sur ses talons. Où étaient-ils ceux-là lorsque je me faisais tirer dessus, à découvert sur le quai ?

Je me secouai. Hors de question que je retourne sur la voie principale. Je tournai le dos à la scène de carnage, et m'engageai plus profondément sur mon chemin de ronde, longeant le flanc des rames endormies. La police ne tarderait plus, puis le Samu, les pompiers. Ces conducteurs de métro avaient des yeux de chouette, ils avaient certainement dû repérer le troisième homme, celui qui avait traversé juste avant la collision et qui s'en était sorti indemne. Je chassai de mon esprit l'hypothèse d'une chasse à l'homme dans ces dédales troglodytiques que je découvrais. Ne parvenant à accélérer la cadence, je marchai à présent presque calmement, le long des voies de service, m'éloignant progressivement du cauchemar, dont je percevais encore les clameurs assourdies, réfléchies par les voûtes. J'arrivai bientôt dans une sorte de grand espace, occupé manifestement par des ateliers de réparation, éclairés faiblement par des lumières de veille. Je devinai dans la pénombre les motrices éventrées qui se faisaient lifter, les portes sorties de leurs gonds, les mâchoires de frein ouvertes, et tous ces fragments de matériel jadis en activité, dont on savait bien qu'ils ne serviraient sans doute plus jamais, mais qu'on conservait avec une sorte de tendresse pour ce qui avait pu rendre un jour service. Mon bras me faisait mal, la douleur, inhibée par la nécessité de la survie, se levait enfin, à présent que l'urgence était passée. Merci, mon corps, d'avoir ainsi le sens des priorités. Je percevais le sang chaud couler le long de mon bras, mais je me sentais assez vaillant pour ne pas vouloir découvrir immédiatement l'étendue des dégâts. Pas de perte de temps. Je pensai que l'espace de restauration dans lequel je m'étais engagé était un local borgne, qu'il me faudrait rebrousser chemin, mais je me rendis compte que les rails continuaient au-delà. Je suivis ce chemin de traverse, me retrouvai sur une courbe en pente. La température avait fraîchi et un petit courant d'air me piquait le visage. Je parvins finalement à l'extérieur. La nuit était noire, par ici. Je ne reconnaissais pas vraiment les lieux. Plus de lumières de veille le long des voies, mais je sentais toujours le bois des traverses sous mes pieds, espacées comme des battements de cœur. Le métro, cet inconnu, avait tissé sa toile bien au-delà des chemins balisés des tunnels et des stations. Les réverbères d'une rue ne tardèrent plus à prendre le relais. Sur ma droite un portillon, pas très haut. Au-delà, la liberté. J'essayai de grimper, mais je m'y repris à deux fois. La douleur s'intensifiait chaque fois que je contractai mes muscles. Je me retrouvai finalement sur un trottoir et me mis à marcher. Quelques passants attardés vinrent recoloniser la rue. Je me rapprochai visiblement d'un axe plus conséquent. À un croisement, je finis par repérer des toilettes publiques. J'introduisis une pièce de monnaie dans la fente, la porte bascula.

L'homme dans le miroir me ressemblait vaguement. De moi, il avait gardé l'allure, l'expression générale du visage, l'agencement des traits, mais ces derniers étaient comme désorganisés, altérés. Le regard était aux abois, la barbe naissante faisait crasseuse, auparavant elle pouvait séduire. Les cheveux avaient perdu tout ordre, ils étaient en état de choc.

Mon pantalon, mon caleçon et même mes chaussettes étaient raides de pisse. Mon blouson de cuir était lacéré au bras gauche. Je tirai dessus, grimaçai de douleur : sous le pull-over et la chemise à rayures, la peau apparaissait au fond de l'entaille, et plus profondément la graisse avec sa couleur jaunâtre, peut-être les muscles, et au-delà, qui sait ?, l'ogive de la balle. Le sang avait imbibé tout ça. J'ôtai le haut, couche par couche. Une balafre ornait mon bras, sur le côté, mais ça ne saignait plus. Une série de caillots noirâtres avaient tant bien que mal colmaté la brèche. Je nettoyai à l'eau et au papier hygiénique, écartai les parois de la plaie, serrant les dents. Le liquide rouge jaillit à nouveau, mais la plaie semblait superficielle. La balle m'avait frôlé. Je me fis un pansement de fortune avec le papier grossier. C'est alors que mon mobile sonna.

– Allô ?

– Hugo ? C'est Géraldine. Toujours vivant ?

– Partiellement.

– Mieux que rien. Je pensais à vous.

– Je sors d'une course-poursuite dans le métro, je vous raconterai, si nous avons l'occasion de nous revoir.

– J'y compte bien.

Entendre ainsi sa voix, enfermé dans ces cinq mètres cubes de toilettes publiques fréquentées par les SDF du quartier, m'injecta une dose de bonheur dans les veines, comme un shoot d'antibiotiques pour lutter contre l'infection de ma plaie souillée par un projectile mal intentionné.

– J'ai failli y passer. Un de mes poursuivants s'est fait faucher par une rame.

– Ce sont des choses qui arrivent aux meilleurs d'entre nous.

– Pour l'instant, je crois les avoir semés, mais ce n'est sans doute que partie remise.

– Tenez bon, Hugo. Je voulais vous dire que j'ai avancé. J'ai retrouvé la trace de Gustave Laser, vous savez.

– Je ne connais que lui. Aïe !

Je venais de me cogner le bras contre une des parois de mon réduit.

– Vous êtes blessé ?

– Non, enfin, oui, mais c'est seulement une égratignure. Comment avez-vous fait ?

– Toujours grâce à *VIP*. Vous vous souvenez que Laser a eu une liaison avec Amélie Boussard ?

– Comment pourrais-je l'oublier ? dis-je, en remettant ma chemise déchirée, striée de sang.

J'avais mis mon mobile sur mode haut-parleur, et la voix de Géraldine emplissait l'espace, c'était comme si nous étions en conférence.

– À l'issue de cette liaison, Bertrand Boussard a conçu une jalousie mordante à l'égard du bactériologiste. Il avait des rapports plus qu'ambigus avec sa sœur.

– Je crois que le petit Heinrich Gratie et son squelette tordu en savent quelque chose.

– Lorsqu'il a eu connaissance de la liaison de sa sœur, Bertrand a fait le maximum pour éconduire Gustave, allant même jusqu'à le discréditer dans l'entreprise.

– D'autant que Gustave avait des doutes.

– C'est à cette époque qu'Amélie a rompu et sombré dans l'anorexie, résonna la voix de Géraldine dans mon réduit, tandis que j'enfilais mon blouson.

– Gustave a fini par démissionner. Sans doute contaminé par le stress et la dépression, il a apposé sa signature sur un lot de yaourts impropres à la consommation. Ça ne lui était jamais arrivé.

Des coups sourds ébranlèrent mon réduit. Instantanément, je fus à nouveau sur mes gardes. Je tirai la chasse, fis disparaître les traces de sang. Dehors, je m'attendais à me retrouver en face d'un rasta vengeur, d'une patrouille de police, voire d'un agent futé de la RATP. Rien de tout ça. Juste deux personnes au visage neutre qui constituaient une ébauche de queue. Je repris ma route, je savais maintenant que je n'étais pas très loin de la place de la Nation, où il y avait des pharmacies ouvertes la nuit. Dans ma main, le téléphone était encore vivant.

– Hugo ? Vous êtes toujours là ?

– Ce n'est rien, dis-je. Au fait, comment avez-vous appris tout ça au sujet de Laser, d'Amélie et des autres ? demandai-je, presque méfiant face à la profusion de ses sources.

– La famille Boussard était devenue le point de fixation du boss de *VIP*, vous vous rappelez ? Un employé haut placé dans l'organigramme de la boîte a été soudoyé. Vous avez une idée de l'endroit où vous allez passer la nuit ?

– Pas la moindre, répondis-je. Je vais peut-être trouver un hôtel, un boui-boui où je n'attirerai pas l'attention.

– Faites attention à votre argent, ne dépensez pas trop, il faut que vous teniez jusqu'à ce que nous ayons armé notre piège.

– Qu'est devenu Laser après sa disgrâce ? demandai-je, me souvenant que c'était là le point de départ de notre conversation.

Je m'engageai dans une ruelle déserte, sombre. Je voulais savoir si on me suivait. Il fallait que je le sache.

– C'est là que ma collègue restée au journal intervient, repartit Géraldine. Insensiblement, je me rendais compte que sa voix était agréable à mon oreille, elle me tenait lieu de compagnie, était un lien persistant avec mon ex-statut social. J'avais l'impression d'exister encore un peu.

– Le patron avait mis en place une filature des membres de la famille Boussard, poursuivit-elle, un jour pour le père, Antoine, un autre pour sa femme, un autre encore pour Xavier, lorsqu'il était de passage en Europe. Budget prélevé sur les fonds spéciaux du journal. Finalement, ce qui devait arriver arriva. Un jour, en fin d'après-midi, Amélie a grimpé dans son cabriolet, seule, et a pris la direction du sud. Notre espion était là, à somnoler devant son domicile. Destination : un institut psychiatrique de la grande banlieue parisienne, spécialisé dans le traitement de la maladie d'Alzheimer. Notre ami Gustave y était hospitalisé. Maud a vérifié.

– Mais quel âge a-t-il ?

– Je me suis renseigné. C'est étonnant, à peine plus de 50 ans. Il y a des formes préséniles, il paraît.

– Les plus redoutables, précisai-je.

– En tout cas, ce n'est pas vraiment une bonne nouvelle, ajouta-t-elle. Si Laser a scratché son disque dur, il ne peut pas nous être d'une grande utilité.

Je fis encore quelques pas sur le macadam.

– C'est sans doute ce qui lui a sauvé la vie, dis-je avec une pointe d'envie.

– C'était le scoop du jour, Hugo. Je n'ai pas mieux pour l'instant. J'appellerai dès demain la surveillante de cette institution. J'essaierai d'en savoir plus.

J'étais parvenu face à une pharmacie.

– Géraldine, je vais être obligé de raccrocher. Je n'ai pas pris avec moi le chargeur de mon mobile.

– Achetez-en un. C'est votre lien à la vie.

– Au revoir, Géraldine, rappelez-moi.

– Je vous sortirai de là. Nous trouverons bien une solution.

Je raccrochai. Un SMS était arrivé : « Je te turai. Tu a explosé mon fraire. Ou que tu ail, je te trouvrai, je te ferai la pau. »

Je faillis lâcher l'appareil. Mon cher mobile s'était transformé en appendice des tueurs. J'ignore ce qui me flanqua le plus la trouille : les fautes d'orthographe, le fait qu'il eût mon numéro, la force de son désir de vengeance ? Je pénétrai dans la pharmacie, achetai de quoi faire un pansement, des antibiotiques à large spectre dans une forme générique. Je montrai ma carte de médecin, j'eus droit à un regard pas très rassuré de la pharmacienne, qui nota mon numéro d'ordre sur son registre. À son attitude circonspecte, je compris que quelques heures d'égarement avaient suffi à me faire basculer dans le camp des patibulaires.

Sortant de l'officine, je compris une chose : face à une telle haine, je n'avais d'autre choix que de quitter Paris. Mettre un maximum de kilomètres entre cet animal blessé et moi. Devant moi, une affiche publicitaire vantait les mérites de la Bretagne.

C'est ainsi que je pensai à Agnès Lenoir, la sœur de Bérénice.

AGNÈS

Mon mobile me brûlait les doigts. J'étais revenu sur la place de la Nation, juste au-dessus de la fameuse boucle fatidique où Jim avait trouvé la mort. Il fallait que je quitte cet endroit. Je distinguai à l'autre bout de la place plusieurs voitures de police, gyrophares allumés, et un camion de pompier faisant le siège d'une bouche de métro. Je décidai de rejoindre la Bastille à pied, puis la Rive gauche, en rasant les murs. Il était minuit. À présent, le métro m'écœurait et le bus ne m'inspirait guère plus. Je mettrais sans doute longtemps à me réhabituer aux transports en commun.

Je m'arrêtai dans un café, commandai un sandwich, recopiai tous mes numéros de téléphone sur une feuille à part, profitant de la charge restante de l'appareil. Au moins, si mon portable venait à lâcher, je n'aurais pas tout perdu. Je repérai une cabine, composai les renseignements et demandai à l'opératrice le numéro perdu d'Agnès Lenoir. Il y avait bien un abonné qui répondait à ce nom-là dans l'île de Bréhat. Mais il était trop tard. Je passai la nuit dans un petit hôtel, derrière la gare Montparnasse. Il me restait un peu moins de 450 euros.

J'éteignis mon portable, la peur d'être harcelé par ce Caïn dont j'avais tué l'Abel. Je ne passai pas pour autant une bonne nuit, le sommeil entrecoupé de visions de trains fantômes qui me fonçaient dessus, déambulant dans des stations qui n'existaient plus, pourchassé par des morts vivants qui chantaient à tue-tête des vieux airs de Bob Marley.

Au matin, je me rasai, effaçant ce que ma barbe avait vu. Je nettoyai ma plaie, vilaine et déjà boursouflée. Quelques points de suture auraient sans doute été les bienvenus. Mais je ne me voyais pas me pointer aux urgences. Je remis mes vêtements déchirés de la veille, que j'avais tant bien que mal nettoyés de leur sang, avant de les mettre à sécher sur le radiateur mal purgé. À 8 heures précises, je me retrouvai à nouveau dans une cabine, au milieu de la gare Montparnasse.

– Allô, Agnès Lenoir ?

– Elle-même.

La voix était ensommeillée. J'aurais pu lui demander de m'excuser et rappeler plus tard, mais j'avais attendu ce moment toute la nuit, et les regards que les voyageurs me jetaient m'oppressaient. Où se trouvait à présent le frère de Jim ? Je passai outre les formules de politesse.

– Bonjour, je suis Hugo Man, vous vous souvenez de moi ?

– Oui, bien sûr. Qu'y a-t-il ? Je ne m'attendais pas à votre appel.

Mentir, encore mentir, ne partager aucun secret, n'impliquer personne.

– Eh bien voilà, dis-je, j'envisage de passer quelques jours dans les Côtes-d'Armor. Vous m'aviez dit, lorsque vous m'avez rendu visite à l'hôpital, que je serais le bienvenu.

Silence radio.

– Vous savez, poursuivis-je en improvisant et en forçant le trait, je ne parviens toujours pas à oublier Bérénice. Je pense à elle tout le temps. Si j'avais été moins amoureux, j'aurais sans doute pu la sauver.

Je réalisai en prononçant ces paroles que, depuis sa disparition, je n'avais jamais évoqué Bérénice à haute voix : j'avais gardé en moi la douleur, le poison.

– Qu'est-ce que vous voulez ? continua-t-elle, sans doute des larmes dans la voix, tout comme moi.

– J'ai souvent relu ses cahiers, appuyai-je. Je ne saurai jamais s'il y aurait eu un après. C'est ça le plus difficile. Notre histoire n'aurait peut-être pas tenu plus d'une semaine. Je suis perdu… le boulot, la pression, et cette maladie de la graisse brune qui l'a emportée et qui me cause tant de souci.

– Venez.

Ce fut son dernier mot. J'avais envie de vomir. La honte. Honte d'avoir ainsi utilisé Bérénice à titre posthume. Il faut croire que mon appétit de vivre justifiait cette attaque à la hussarde, malhonnête jusque dans son urgence. J'avais joué sur sa culpabilité, je ne lui avais pas laissé le choix. Si jamais il devait arriver malheur à Agnès Lenoir à cause de mon intrusion, je me fis le serment de me foutre en l'air. Mais la guenon ne pourrait jamais me retrouver là-bas. Non, c'était impossible.

À L'OUEST

Je vis s'éloigner Paris à grande vitesse, avec soulagement. Destination Rennes puis Saint-Brieuc. Aller simple, seconde. Le fer coûte cher, et le magot de Géraldine fondait inexorablement. À 9 heures, tandis que le train s'ébranlait, je savais que les internes, au complet dans le service, s'impatientaient. Mais l'hôpital avait déjà basculé dans un autre espace-temps. Avec mon mégot de charge de portable, je trouvai l'énergie pour joindre Franck Madon, le chef de service, et lui avouer que j'étais surmené, que je prenais quelques jours d'arrêt. Formules de politesse. Il me souhaita un bon rétablissement qui sonna comme un « bon débarras ».

Vers midi, je débarquai en gare de Saint-Brieuc. Il y avait un service de bus pour Paimpol, ligne 9. Moins cher que le train, plus rapide. La route longeait la côte. Pendant l'heure qui séparait du départ de ce bus, je dégottai un revendeur de téléphonie mobile, achetai un chargeur : 20 euros.

À Paimpol, j'achetai *Le Globe*, qui venait de paraître, ainsi qu'un sandwich et un soda, le deuxième en moins de vingt-quatre heures, transgressant par la même occasion tous mes dogmes nutritionnels. Je ratai la vedette pour l'île de Bréhat. Celle d'après ne partait qu'en fin d'après-midi. Je m'assis à une terrasse, commandai un café serré. Je cherchai au hasard des pages la trace de Géraldine Moll. Elle avait notamment signé un article sur la recrudescence du paludisme en Asie du Sud-Est. D'autres intervenants avaient participé à la page santé. Il n'y avait rien sur la maladie de la graisse brune. À la rubrique faits divers, je tombai sur une version de mes exploits : « Un homme meurt déchiqueté par une rame sur la ligne 2 du métro parisien. » Paimpol disparut instantanément derrière les caractères noirs : je me retrouvai instantanément dans le chemin de taupes. Je continuai de lire la brève, avide :

> À la lecture des enregistrements dus aux caméras de vidéosurveillance, un homme, dont le visage est inconnu des services de police, était poursuivi par deux individus grossièrement travestis. C'est un des deux poursuivants, un certain Jim Farnèse, déjà inculpé pour abus de confiance et vol avec effraction, qui a trouvé la mort, fauché par un métro qui arrivait en sens inverse. Le second poursuivant, après s'être « brièvement recueilli sur le corps de son complice », aux dires du machiniste, s'est éclipsé sans qu'on ait, à l'heure où j'écris, retrouvé sa trace. D'après le chef de station de la RATP, il se serait enfui par un des tunnels secondaires de la station Nation, terminus de deux lignes et siège des célèbres ateliers de réparation de Charonne. On soupçonne ce complice d'être son frère, Jules Farnèse. Le signalement correspondrait, et les deux hommes opéraient souvent en tandem. Quant au troisième homme, il s'est lui aussi volatilisé, ayant emprunté sans doute une voie similaire. Il serait peut-être blessé, des impacts de balles ayant été relevés sur les parois du tunnel, ainsi que des traces de sang sur le sol. La PJ a ouvert une enquête.

Planqué derrière mes feuilles, je tremblais. La douleur de ma blessure, que j'avais presque oubliée, se réveilla d'un coup : et si Jules m'avait suivi, finalement ? Et s'il avait emprunté les mêmes tunnels, pris le même TGV, le même bus ? Il avait un avantage sur moi : il savait, si le besoin s'en faisait sentir, avoir recours à des déguisements. Je risquai un regard au-dessus du *Globe*. Il y avait là quelques buveurs attablés dans ce troquet sans prétention. Je me concentrai sur les corpulences, plus difficiles à camoufler que les visages. Rien qui ressemblât à la morphologie fluide de Jules Farnèse. Un couple de jeunes femmes sortant du supermarché, un marin fumant la pipe, un sexagénaire sirotant un demi. Je me raisonnai. Si d'aventure Farnèse dernier du nom avait retrouvé ma trace, il aurait tenté de me descendre de suite. La haine, le désir de vengeance immédiat, la rage aussi de m'avoir perdu transparaissaient trop dans son SMS pour qu'il s'en prive.

Nous embarquâmes. La mer avait des reflets d'acier trempé, le jour déclinait, la côte et ses fractales avaient pris l'uniforme breton, la couleur du granit. C'est lorsque je vis s'éloigner le rivage que je compris qu'une île était comme une citadelle sans issue. Je n'y avais pas pensé auparavant. Mais là, sur ce bateau, à mesure que les côtes s'éloignaient, un avant-goût d'exil commença à s'insinuer sur mon palais. Avais-je pris une bonne décision ? Là où j'allais, il n'y aurait pas de possibilité de fuite. Malgré le roulis, je me mis à envisager la carte de Bréhat d'un point de vue défensif. Je me calai sur un banc, étudiai le terrain. L'île faisait partie d'un archipel. La terre principale était morcelée en deux fragments, deux îlots réunis par un remblai, œuvre de Vauban, ainsi que l'indiquait la notice à des fins manifestement touristiques. La sœur habitait Le Bourg, que je repérai facilement au centre de la première île, peu avant le goulot d'étranglement. La seconde île semblait nettement moins habitée, à en juger par la densité des habitations et des chemins. Le seul point d'accostage, son orifice d'entrée, en même temps que sa porte de sortie, était un lieu-dit nommé Port-Clos. Rien que le nom avait quelque chose d'étouffant. Ce refuge pourrait un jour se transformer en piège.

Mes premiers pas sur la terre ferme ne firent que confirmer mon impression. Alors que je pensais arriver dans un lieu ouvert et large, je me retrouvai, à peine franchies les limites du port, sur une sorte de chemin vicinal sinueux bordé de part et d'autre par un haut mur en pierre. Il s'enfonçait dans les profondeurs de l'île et ne semblait mener nulle part. Les réverbères régulièrement espacés, sans doute allumés par quelque lutin, dispensaient un éclairage irréel. Quant aux maisons, pour la plupart invisibles, mais que l'on devinait blotties derrière les murets, elles étaient silencieuses. L'île semblait inhabitée, et les quelques passagers qui avaient voyagé avec moi s'étaient savamment éclipsés. Seul mon pas résonnait sur le pavé qui recouvrait le chemin.

Je parvins bientôt à une place circulaire, ouverte sur des chemins en étoile dont la géométrie me parut moins structurée. C'est là que je trouvai la brocante d'Agnès Lenoir, Au temps jadis. Soudain, je repris espoir : qui donc pouvait venir me chercher dans ce trou perdu ?

Je reconnus à peine la sœur de Bérénice, mais retrouver des traits un peu familiers sur cette île inconnue fut comme une sorte de réconfort. Agnès ressemblait étrangement à sa sœur, en plus efflanquée. La retrouvant ainsi, à l'entrée de son magasin, qui était aussi l'antichambre de sa maison, je fus presque reconnaissant à la maladie de la graisse brune de ne pas avoir totalement effacé de la surface de la terre la cohorte des gènes des Lenoir. Comme s'il restait un exemplaire, imparfait, mais un exemplaire tout de même, de ce qu'avait été Bérénice. Même si elle n'en était qu'une réplique plus âgée, plus décharnée et plus dure, indéniablement. Une variation sur un même thème, mais dissonante. Ses habits de cuir lui donnaient un air de loubarde, parfaitement déplacé dans cet univers si peu urbain. Un morceau de banlieue au pays des farfadets.

Agnès semblait vivre seule. Elle m'alloua une chambre d'amis à l'étage et, remarquant mes oripeaux, elle me prêta un pantalon, un tee-shirt et un chandail, un peu poussiéreux mais presque à ma taille, peut-être les effets oubliés par un amant de passage. Nous dînâmes d'une soupe de potiron et d'un assortiment de poissons fumés. La conversation ricocha sur plusieurs thèmes dont l'intérêt d'ouvrir une boutique d'antiquités sur une île qui se dépeuplait année après année.

(« En été, vous savez, l'île peut compter jusqu'à dix mille habitants, de nombreux bobos ont leur maison ici, pour eux, c'est pratique, ils peuvent se meubler sans avoir à se préoccuper du transport. ») Le douloureux sujet de Bérénice ne fut quasiment pas abordé.

– Je vais devoir bientôt vous fausser compagnie, dit-elle au dessert. Je dois partir dès demain. Je m'en vais sur le continent. C'est ma tournée d'hiver. Un camion m'attend à Paimpol.

Elle dut lire un certain désarroi dans mon regard. À l'idée de me retrouver seul, dès le lendemain, j'entrevis d'un coup un avenir grimaçant : bloqué sur cette île, je n'avais plus qu'à attendre le bon vouloir de la famille Boussard. Sans ressources, combien de temps pouvais-je tenir ? Je n'osai avouer à Agnès que j'étais sans le sou. Je fus soudain tenté de reprendre la navette et de retourner travailler et dormir chez moi, en attendant stoïquement la mort.

– Ne vous inquiétez pas, je ne vous mets pas dehors, continua Agnès d'une voix presque douce. Je vous laisse les clefs. La maison est simple d'utilisation. C'est une bonne vieille bretonne, elle a ses côtés fantasques, mais vous vous y plairez.

Je ne voyais pas exactement ce qu'elle entendait par là, préférai embrayer sur un terrain plus solide : le bluff.

– Je vous paierai la location, bien sûr.

– Nous verrons ça à mon retour. Pour l'instant, vous êtes mon invité. Disons que je fais ça à la mémoire de Bérénice.

Je n'insistai pas.

– Vous partez pour longtemps ?

– Une quinzaine.

– Je ne serai peut-être plus là quand vous reviendrez.

– Je vous laisserai toutes les instructions pour fermer correctement la maison, quoique, ici, nous ayons plus peur du vent que des voisins.

Agnès se leva, dans un bruissement de cuir. C'est alors que ses cils m'apparurent soulignés par un trait de khôl. La rockeuse avait l'air tragique.

– Je vais me coucher, dit-elle. La journée de demain s'annonce chargée.

Elle parut hésiter.

– Vous n'êtes pas superstitieux, au moins ?

– Non… Enfin, un peu… comme tout le monde.

– Il faut que je vous dise : il y a eu une morte dans cette maison, il y a bien longtemps[1].

– Ça ne me paraît pas extraordinaire, dis-je, sur un ton moins débonnaire que je ne l'aurais souhaité. Bon nombre de personnes ont dû naître et mourir chez elles sur cette île.

– Non, ce n'est pas ça. Elle n'est pas morte de vieillesse. Il y a eu un crime. C'est pour ça que j'ai pu acheter la demeure pas trop cher. Personne n'en voulait. La femme était une cantatrice. Un soir, elle a ouvert sa porte à un inconnu, un médecin, dit-on. On raconte qu'il l'a achevée au couteau à huître. Il y avait du sang partout. On n'a jamais retrouvé l'assassin… Voilà, c'est dit… Bonne nuit.

---

1. Voir *Le Mal par le mal*, *op. cit.*

PHILIPPE

Ma pauvre fille, voilà que tu t'étais encore embarquée dans une histoire compliquée. Comme d'habitude, tu avais choisi le mauvais cheval. Il avait du charme, il était intelligent sans doute, agrégé des hôpitaux et tout et tout, mais complètement névrosé, et surtout dans une merde noire. Incurable, ma fille. Tu croyais à sa théorie sur la maladie de la graisse brune et à son énorme scandale agroalimentaire en perspective. Mais il fallait arrêter de se monter la tête. Primo, il était tellement flippé qu'il t'avait à peine remarquée. Deuzio, il avait un contrat sur la tête. Tertio, son affaire était des plus complexes, et ton idée de chantage des plus compliquées à mettre en œuvre, et pas sans risque.

Je le revoyais, assis à son bureau, avec sa marque brune au poignet, je crois que c'est la première chose que j'avais remarquée chez lui, juste avant ses mains, inquiètes, incertaines, sans cesse en mouvement mais pas vraiment agiles, et même plutôt empotées, quand j'y pensais, avec de grosses veines violentes, saillantes, du sang qui stagnait, des mains chaudes. Quand il m'avait raconté ses aventures et que j'avais pris des notes sur cette incroyable maladie secrète à base de yaourt, une partie de mon attention était également captée par son nez, ses lèvres. Où était-il à présent ? Combien lui restait-il d'euros ? Était-il même encore en vie ?

Voilà un aperçu des ruminations qui m'habitaient tandis que j'étais en route à bord de ma petite Fiat 500 bleu ciel en direction de la résidence de long séjour de Ville-Évrard, où était hospitalisé Gustave Laser depuis maintenant quelques années. Oh, je ne me faisais guère d'illusions sur le sujet, c'était juste pour voir. D'après mon informateur, l'homme qui avait mené la filature d'Amélie financée par *VIP*, il était atteint d'une forme galopante de maladie d'Alzheimer : sa destruction neuronale était, paraissait-il, tellement avancée qu'elle lui avait bouffé ses lieux de mémoire jusqu'au trognon. Effectivement, lorsqu'on avait contribué à répandre la mort à si grande échelle, il valait mieux oublier. La maladie était venue à point nommé pour soulager sa conscience… en la détruisant. Il se faisait pipi dessus, se frottait contre le personnel à des fins masturbatoires et poussait des grognements.

J'arrivai à l'établissement en milieu d'après-midi, un peu avant l'heure du thé, garai ma voiture au parking. Le site était splendide, un endroit parfait pour délirer en paix et affronter la sénescence en toute sérénité, le tout sans doute au juste prix. Des cerveaux de riches en cours d'appauvrissement ! Les bâtiments s'organisaient autour d'un jardin à la française. Des jardiniers s'affairaient autour des branches et des massifs. Tandis que je traversais l'allée, certains me gratifièrent d'un regard équivoque. Employés ou pensionnaires ?

Je me présentai à l'accueil, déclarai avec cet aplomb qui me caractérise être la petite-cousine du sieur Laser. Je savais que, de toute manière, je bénéficiais d'une certaine impunité : personne ne viendrait me contredire, et pour cause. Pour Laser, je ne serais sans doute qu'une ombre supplémentaire. Je précisai que j'étais de passage dans le coin, que dans mon enfance mon parent m'avait appris à jouer au piano, que je lui vouais une sorte de reconnaissance éternelle. On me fit d'abord patienter, puis on argua que le pauvre vieux s'était transformé en une sorte d'épave : ma visite n'aurait aucun intérêt pour lui et peu pour moi. Je mis en avant les kilomètres que j'avais effectués pour venir jusqu'ici, que je vivais en province, que ça m'aurait fait plaisir. On me rétorqua qu'il y avait peu de chance que je le croise dans le parc : il vivait dans une chambre fermée de l'intérieur, il pouvait même à l'occasion devenir dangereux. La garde-chiourme resta inflexible. Je demandai à parler à sa supérieure. On me fit à nouveau patienter.

J'attendis près d'une demi-heure, au cours de laquelle je fis les cent pas, regardai le soleil décliner, les ombres s'allonger, les tons bleuir, et surtout sentis ma détermination s'amenuiser. Qu'allais-je donc tirer de l'interview d'un dément à la mémoire ravagée ?

La surveillante de l'établissement déboula finalement.

– Vous êtes qui, vous ?

Je redébitai ma fable sentimentale.

– Écoutez, mademoiselle, pour rencontrer un individu tel que M. Laser, qui a déjà agressé un de nos employés, subi un ou deux électrochocs et est dans un état psychique particulièrement délabré, il faudrait que vous reveniez munie d'une autorisation spéciale… ou éventuellement que vous soyez médecin.

– Mais je suis médecin, je suis même neurologue !

Bien sûr, ce n'était pas vrai, mais quand je travaillais à *VIP*, je m'étais fait faire par un ami faussaire une carte de l'Ordre des médecins, bien pratique pour enquêter dans certains milieux.

– Vous auriez dû commencer par là, répondit la femme, soudain très calme, dont la lumière finissante vint souligner les traits.

Elle ne me croyait pas. Je comprenais bien qu'elle avait sauté sur ce prétexte pour se débarrasser de moi avec élégance, un refus motivé, en quelque sorte. Son visage sans sexe me fit songer à un timbre de ma collection, celui du portrait du roi de France Philippe le Long, monté sur le trône dans un climat de contestation. Je revis la place exacte du timbre dans mon album, sa prison de papier, septième ligne, troisième rang.

– Je pensais être là à titre privé, rétorquai-je.

– Puis-je voir votre carte ?

Je savais que le morceau de plastique traînait quelque part au fond de mon sac à main. Je trifouillai, le regard implacable du roi rivé sur mes doigts nerveux, savourant en silence le spectacle de cette panique qui présageait l'annonce de ma forfaiture. Je ne voulais surtout pas en arriver à l'extrémité de répandre le contenu de mon sac sur le banc. À la fin du temps réglementaire, alors que les chambres de l'établissement semblaient se murer pour moi, je sentis enfin le bord de la carte, retenant avec peine un gloussement de victoire. Mon ami avait bien travaillé : faux nom, vrai prénom, vraie photo, numéro imaginaire.

Elle m'arracha la carte des mains avec incrédulité, l'examinant sous toutes les coutures. Elle était sur le point d'ajouter, j'en étais sûre : « Nous allons vérifier. » Mais elle dut se dire qu'à l'heure qu'il était l'Ordre des médecins était fermé.

– C'est bon.

Et c'est ainsi que les portes de Ville-Évrard s'ouvrirent, puis se refermèrent derrière moi, telles celles du pénitencier de la chanson.

GUSTAVE LASER

Un guide au front bas et à la blouse immaculée m'introduisit dans le bâtiment principal, une solide construction en pierre de taille blonde aux murs épais et silencieux, mais qui n'en pensaient pas moins. Les couloirs étaient déserts. Au centre de la bâtisse, il y avait un élévateur qui tenait plus du monte-charge que de l'ascenseur. Je montai avec mon cerbère jusqu'au dernier étage, où étaient logés les cas les plus désespérés, les plus violents. Les portes des cellules étaient dépourvues de poignées, ce qui donnait l'impression de parois lisses, sans aspérités, sans rien pour attirer le regard. Pourtant, tandis que je m'avançais dans la coursive, je remarquai que certaines cloisons étaient vitrées, ouvrant toutes sur des espaces identiques. Je me trouvais dans une espèce de couvent pour les fous. Je glissai un regard fasciné vers l'intérieur des cellules, à l'affût d'un visage, d'un mouvement, d'un échange. La plupart des chambres semblaient vides. Ici ou là, la télévision ronronnait. Je distinguai par ici un avant-bras poilu et décharné agrippé à l'accoudoir d'un fauteuil, par là l'ombre d'un malade immobile.

Un courant d'air frais souleva ma jupe, et je perçus nettement le regard du gardien s'engouffrer à la suite du vent. Je frissonnai, m'écartai de l'arrivée d'air ; le tissu retomba. Nous passâmes devant un office. Temps d'arrêt : une infirmière prit le relais de la visite. J'approchais du but : elle se munit d'un gros trousseau de clefs, un amas de ferraille à l'ancienne.

– M. Laser est dans la chambre 8, celle de Camille Claudel, me révéla la jeune femme. Normalement, on ne craint rien : il est attaché et on lui a administré une bonne dose de sédatif. Voyez-vous, il n'aime pas trop les fins d'après-midi. Il nous faut tout autant nous protéger de lui que le préserver de lui-même…

J'adressai à la jeune femme un sourire que j'espérais complice. Mais je sentais monter la pression, les crampes de la trouille.

– Rassurez-vous, nous laisserons la porte ouverte. Armand restera dans le couloir, il fait sa ronde de fin d'après-midi.

Mon éclaireur s'appelait donc Armand, le prénom d'un de mes petits amis.

– Vous êtes qui par rapport au patient ? demanda l'infirmière tandis que nous marchions lentement vers la chambre.

– Je suis la fille de sa cousine germaine, si vous préférez. Gustave était très proche de ma mère ; ils ont été quasiment élevés ensemble. Il m'a fait sauter sur ses genoux quand j'étais petite. Il me ramenait toujours un cadeau de ses voyages.

– Je croyais qu'il était biologiste ou quelque chose comme ça, fit observer l'infirmière, plus perspicace qu'il n'y paraissait.

Je ne m'étais pas rendu compte que j'avais dérivé. Mon oncle à moi, le vrai, était marié à une méchante femme et avait renoncé à faire partie de la famille. Quant à mes cousins, je n'étais même pas sûre de les reconnaître dans la rue.

– C'était un bactériologiste très réputé, rectifiai-je, soudain sur mes gardes. Il était brillant (raidissement de ma voix pour donner le sentiment de fierté), il allait en congrès dans le monde entier.

Si je versais tant dans la confidence feinte, c'est que je balisais : nous nous rapprochions inéluctablement de la chambre 8. Et je me rendais compte que ma visite ne servirait très probablement à rien. Surtout, je n'avais nulle envie de retrouver tonton.

La jeune femme dégaina son trousseau d'époque et introduisit la clef numéro 8 dans la serrure. Trois tours furent nécessaires à l'ouverture.

– Ils savaient enfermer, au temps jadis, remarqua-t-elle avec un sourire dont l'intention partait sans doute d'un bon sentiment, à l'évidence humoristique, mais qui eut sur mes nerfs pile l'effet inverse.

Elle ajouta, juste avant d'ouvrir :

– Ça fait combien de temps que vous ne l'avez pas vu votre oncle ?

– Ça fait bien cinq ans.

– Alors accrochez-vous, ça va vous faire un choc.

J'étais donc avertie. Je pénétrai dans la chambre. Mes narines furent assaillies par l'odeur d'urine : ce fut ma première impression. L'odeur imprégnait même les murs, les vitres, le carrelage. Dans le fond de la pièce, assis devant la fenêtre, un homme, de dos, regardait le parc. Ma fille, dans quel nid de guêpes es-tu encore allée te fourrer ?

– Tonton Gustave, m'écriai-je, affligée, comédienne, mais choquée, tout de même.

– Monsieur Laser, hurla l'infirmière (j'ignore pourquoi le personnel s'adresse systématiquement aux déments comme s'ils étaient sourds), votre petite-cousine… Vous vous appelez comment, déjà ? me demanda-t-elle avec cette fois la quantité requise de décibels.

– Géraldine, répondis-je bien évidemment, sachant que je n'avais aucune chance qu'il m'identifie comme une éventuelle petite-cousine.

– Géraldine, reprit-elle en hurlant, est là.

Elle attrapa sans ménagement les poignées du fauteuil dont je me rendis compte qu'il était monté sur roulettes, orienta le siège vers moi. Je me retrouvai face à Laser, surprise par la brutalité et la dextérité des gestes mécaniques de la soignante.

– Je vous laisse, dit-elle en hésitant, accompagnant son geste d'une mimique guillerette.

Je restai seule avec Laser, une sorte de pauvre hère dont les bras étaient effectivement entravés au fauteuil.

– Bonjour tonton, dis-je, bonne fille, me forçant à embrasser la barbe clairsemée. Tu te souviens de moi ?

« Mon oncle » tenait son visage penché vers les genoux, tel un acteur de théâtre se concentrant juste avant d'entamer une scène importante. J'avais déjà eu l'occasion de côtoyer des individus atteints de la maladie d'Alzheimer. J'avais déjà remarqué chez eux ces postures tragiques, ces physionomies dramatiques caractéristiques, intenses, d'inspiration peu ou prou expressionniste. Hélas, il n'y avait habituellement rien derrière ces corps désincarnés. Les doigts de Laser tapotaient le bois des accoudoirs sur un rythme résiduel, vide de mélodie, manifestation terminale d'un système nerveux fonctionnant en autarcie. Il releva doucement la tête. L'infirmière, pressentant dans cette gestuelle une forme de transition, en profita pour nous fausser compagnie.

– Bon, je vous laisse, faites-nous savoir quand vous aurez terminé. Mais ne restez pas trop longtemps. En cas de stimulation excessive, M. Laser peut avoir des réactions incontrôlées.

Le visage de Gustave Laser était dans le genre carré, un beau cadre, une peau que l'on devinait épaisse et chaude, des lèvres extraverties. Le regard était intense, concentré. Au coin de la bouche flottait un sourire ironique, reliquat du temps où il était un chercheur de talent, l'amant d'Amélie. Laser était âgé de 54 ans : il en faisait au bas mot dix de plus. Ses traits semblaient figés dans la cire, il avait comme un petit air d'hôte du musée Grévin. Ce pouvait être l'effet des neuroleptiques dont on l'avait bourré. Nous restâmes ainsi quelques minutes à nous scruter. J'étais fascinée par le spectacle de ce spectre vivant que je pouvais contempler impunément, à volonté. J'allais me lever, finissant par comprendre que je ne tirerais rien du dément qui me faisait face, lorsque son visage s'anima. Ses lèvres s'entrouvrirent. Je me dis que peut-être il allait se mettre à parler. Je ne me trompais pas.

– Qui êtes-vous ?

GÉRALDINE

J'étais interdite. Laser, quant à lui, semblait revivre : ses traits s'étaient soudain teintés d'une tonalité juvénile. Venait-il de lâcher là une de ces paroles automatiques, traversé par un de ces éclairs de lucidité que peuvent parfois présenter les déments ? Ou bien simulait-il ? Le bactériologiste enfonça le clou dans ma chair.

– Je n'ai jamais eu de petite-cousine nommée Géraldine.

La voix était ensuquée, chaque mot détaché de son voisin. Le propos paraissait cependant étonnamment structuré.

– Je ne suis ni votre nièce ni votre petite-cousine, dis-je. Si je me suis déplacée jusqu'à vous, c'est pour vous parler de la maladie de la graisse brune.

Pas de réaction.

– La maladie de la graisse brune, ça vous dit quelque chose ? insistai-je.

– Jamais entendu parler.

Je ne pouvais me faire à l'idée qu'il avait enduré cet internement, ces mauvais traitements, ce renoncement à la liberté pendant toutes ces années alors qu'il était parfaitement sain d'esprit. Cet homme s'était volontairement coupé du monde. Pas de télé, pas de journaux, pas d'Internet depuis plus de trois ans. Comment avait-il fait pour renoncer ne serait-ce qu'à sa curiosité d'homme de science ? Il devait y avoir une bonne raison. Et je n'en voyais qu'une : la peur.

– Et un yaourt nommé Actilight, ça vous parle ?

Il confirma mon hypothèse.

– Moins fort, malheureuse !

À croire que j'avais blasphémé.

– Vous êtes peut-être épiée. Ils surveillent tout. Vérifiez le couloir.

J'orientai légèrement ma chaise vers le corridor. Armand patrouillait, oreille traînante, tympan en érection. J'en profitai pour m'inventer une famille.

– Maman va bien, m'écriai-je, et aussi Lucile et Caroline. Tu leur manques.

Cela sembla suffire au vigile, qui passa son chemin.

– Médecin ? demanda Gustave.

– Journaliste.

– C'est pire... Enfin, en un sens, c'est mieux.

Les mots de l'hôte de la chambre 8 continuaient d'être rares, comme s'il redécouvrait progressivement l'usage de la parole après des lustres de mutisme. Un naufragé sur une île déserte.

– Ça fait des années que j'attends ce moment, enfin, je veux dire une visite dans le genre de la vôtre. Que voulez-vous, au juste ?

– Un moyen de faire stopper immédiatement la production et la distribution de l'Actilight. Vous avez contribué à sa mise au point.

– Ils l'ont donc commercialisé, finalement, dit-il, méditatif. Ils l'ont fait.

À l'entendre ainsi, avec sa voix embusquée et sa barbe rare, je compris que pour ce bonhomme, réfugié dans sa démence comme un fugitif dans une planque, l'histoire s'était arrêtée, brisée net il y avait plusieurs années de ça.

– Je le savais, reprit-il. Le germe avait des drôles de propriétés. Il se faufilait à travers la paroi de l'intestin, passait massivement dans le sang, leurrant les mécanismes de défense sans se faire repérer.

– Une espèce de septicémie sans fièvre, dis-je.

– Exactement. Et de là, il colonisait la graisse en se comportant comme une mitochondrie, ce germe ancestral associé il y a des milliards d'années aux premières cellules pour leur apporter la maîtrise de l'oxygène. Tout cela, je le savais, je l'avais subodoré, les premiers tests sur le lactobifilodus l'avaient montré. Je n'ai rien oublié, vous voyez, conclut le vieil amnésique.

Il rejeta légèrement la tête en arrière, le visage animé d'une sorte de sourire à la fois nostalgique et narquois. Regret de sa position sociale passée ? Œil espiègle du garnement qui avait fait un mauvais coup ? Il reprit :

– Vous voulez faire arrêter la vente ? Rien que ça ! Savez-vous que c'est pour ça que je me suis retrouvé là. Et encore, j'ai sauvé ma peau en simulant la démence. Lorsque j'ai compris que ma position réticente face au produit pourrait mettre ma vie en danger, j'ai cherché une échappatoire.

– Il y avait eu des précédents. Votre copain Fallacci.

– Il n'a pas eu mon esprit d'à-propos. À présent, je l'envie. Il s'est épargné ce calvaire. Un jour, j'ai protesté. J'ai voulu les prendre de vitesse. J'ai pété les plombs en plein conseil d'administration, je me suis mis à hurler, je suis monté sur la table, me suis mouché sur le crâne de Xavier, moment jouissif. Ils ont appelé le Samu, ça valait mieux que les sbires de Bertrand. Mais, pour l'Actilight, l'amnésie ne suffisait pas pour avoir la vie sauve. Il fallait autre chose…

– Amélie ?

– C'est un des facteurs, en effet.

J'aurais pu contre-attaquer, demander : « Quoi d'autre ? » Mais son sourire presque tendre me fit perdre le contrôle de la conversion. Il reprit :

– L'Actilight est un succès, au moins ?

– Un carton.

Ses muscles se contractèrent, indéniablement. Laser se redressa sur son siège percé. Il persistait chez cette vieille carne un sentiment de fierté d'avoir participé à l'aventure, malgré ses réserves. Réveil de l'ego.

– Alors, rentrez chez vous, et priez pour votre vie, lâcha-t-il comme on émet une sentence. Vous n'êtes pas de taille, croyez-moi. Vous finirez broyée. Il y a des milliards d'euros en jeu, ils ont tissé des réseaux que vous ne pouvez même pas imaginer. Déjà, à l'époque…

Gustave semblait avoir retrouvé d'un coup la mécanique du verbe. Je ne parvenais décidément pas à imaginer qu'il avait zappé trois ans d'histoire, les élections présidentielles, l'épidémie de grippe aviaire, la guerre avec l'Iran. La maladie de la graisse brune.

– La presse peut faire tomber bien des têtes, répliquai-je.

– Ils trancheront d'abord la vôtre.

– J'ai des armes, et certaines sont secrètes, répondis-je, ébranlée tout de même. Aidez-nous. Vengez-vous.

Gustave ne répondit pas, pas tout de suite. Il se réfugia à nouveau dans le silence. Ses yeux semblaient devenus opaques, comme s'il regardait des années en arrière.

– Pourquoi voulez-vous que je vous aide à interdire ce yaourt ? Il y a trois ans, notre intervention s'était soldée par un échec.

– Ce yaourt, que vous avez contribué à réaliser, rappelai-je à toutes fins utiles, est un produit extrêmement dangereux. Nous avons de fortes chances de penser, enfin je veux dire moi et un ami médecin, que ce fabuleux produit laitier est à l'origine du nouveau fléau dont je vous parlais tout à l'heure, la maladie de la graisse brune, une affection qui décime les obèses dès lors qu'ils se mettent à vouloir maigrir.

– Vous voulez dire que des obèses meurent… par ma faute ?

– Pas directement. Il y a aussi votre collègue Fallacci, paix à son âme, impliqué de manière plus frontale. Vous vous êtes contenté de fabriquer un nouveau type d'être humain, un organisme génétiquement modifié, une espèce de marmotte ou de taupe biologique.

Il se serait probablement tapé le front avec le plat de la main si ses bras n'avaient pas été entravés.

– Ils y sont donc arrivés, murmura-t-il, à la manière d'un personnage de science-fiction débarqué dans le futur qui, ayant assisté dans son ancien monde aux prémices de la révolution technologique, en observait à présent les conséquences. C'est atroce. Beaucoup de morts ?

La question avait été posée sur un ton fardé de gourmandise. Il aurait tout aussi bien pu demander, autour d'un thé informel, un après-midi à la campagne : « Vous reprendrez bien un peu sucre ? » À croire que sa vie éteinte pouvait à nouveau rougeoyer à l'énoncé du nombre de ses victimes. L'allusion à sa puissance sociale et intellectuelle passée était la plus forte, plus forte en tout cas que l'énoncé des conséquences de sa trouvaille sur la santé publique de ses contemporains. Maintenant qu'il avait recouvré ses esprits, je me rendais compte que quelque chose chez ce type me dérangeait. Malgré le pyjama délavé, la barbe au poil pitoyable, le teint anémique, il ressortait du personnage un petit côté content de lui qui m'insupportait, vu le contexte. Je préférai glisser.

– Probablement beaucoup plus qu'on ne le croit. Les obèses ont une espérance de vie réduite, comme vous le savez. À partir d'un certain âge, leur décès appartient à l'univers des possibles. D'autant que si l'on n'y prend pas garde, la mort par la graisse brune ressemble à s'y méprendre à celle causée par un infarctus, une embolie pulmonaire, ou un accident vasculaire cérébral.

– D'après ce que vous dites, si j'ai bien compris, tant qu'on n'y pense pas, elle est difficile à détecter.

– Sauf peut-être chez les personnes jeunes…, nuançai-je, et à moins de réaliser une autopsie. La maladie est une affection méconnue. Seule une approche statistique permettrait d'en apprécier la réelle ampleur… Et le pire reste sans doute à venir. On peut dire que votre yaourt a fait un tabac.

– De quoi meurent-ils ?

Son interrogatoire me semblait comme une série de vérifications de points subodorés, pressentis. Ce type-là se « rinçait la mémoire », comme Armand l'œil. Il y avait dans ses questions comme une curiosité malsaine. Et nous perdions du temps : l'hôpital allait bientôt fermer. Je n'avais toujours rien appris. Je ne pourrais plus revenir. Le coup de la petite-cousine, médecin par-dessus le marché, était un subterfuge à usage unique. Nous conversation risquait d'être stoppée à tout moment par l'infirmière.

– Paralysie respiratoire. La consommation assidue d'Actilight les rend addicts, l'édulcorant utilisé libère en se dégradant de petites doses de curare, enfin, un de ses dérivés.

– Le vécuronium.

Le mot claqua comme si Laser faisait craquer ses jointures au sortir d'un coma.

– Exact. Et comme le toxique a une affinité pour les graisses, il s'y fixe en grande quantité.

– Fallacci avait prévu ça. Personne n'a voulu le croire. Il a eu moins de chance que moi. Pour lui, au tout début, l'addiction engendrée par l'IU22 était une sorte de curiosité scientifique. « Tout est addiction, disait-il. C'est une tendance lourde du cerveau humain. Le travail, la télé, la prière, la masturbation, la cigarette, le sport, toute activité répétitive puise son énergie dans sa répétition même… »

Je n'étais pas venue jusqu'ici pour entendre un vieil apparatchik repenti déblatérer des considérations philosophiques. Laser tournait autour du pot, il ne voulait pas me révéler ce qui aurait pu me faire avancer. Ce type avait besoin d'un électrochoc… au sens allusif, bien sûr. C'est alors que le vent, le même que celui qui m'avait troussé la jupe, vint m'offrir un petit coup de pouce. La porte de la chambre claqua, je me retrouvai enfermée avec lui, sans possibilité de sortie. C'était le moment.

– Tout cela, nous le savons, coupais-je, frissonnante. Nous savons que Fallacci a été assassiné, que l'accident d'avion de Ludovic, le fils aîné d'Antoine Boussard, était lui aussi un meurtre déguisé. Enfin, lorsque je dis « fils », c'est une vue de l'esprit, car peu de monde se doute que ledit Ludovic est le fruit des amours adultérines entre la femme d'Antoine et le propre frère de ce dernier. Nous connaissons les méthodes de la maison Boussard, leur recours à des hommes de main à la gâchette facile.

Je me levai, tournai autour de sa chaise, profitant sans doute du fait qu'il était attaché pour me lâcher. Le pauvre type tentait de me suivre des yeux. Notre posture tenait tout à la fois de la relation sadomasochiste et de l'interrogatoire de police. J'avais décidé de briser ses résistances par des révélations tonitruantes.

– Nous savons que vous étiez l'amant d'Amélie Boussard, la responsable de la branche Europe, que c'est sans doute à ça que vous devez d'être encore en vie. Nous sommes également au courant des rapports étranges qu'entretenait Bertrand avec votre chérie, de leur fils croupissant quelque part en Suisse.

Laser encaissait les coups, le corps dans les cordes, sans mot dire. Je sentais bien que chacune de mes paroles s'enfonçait dans sa chair. C'est alors que la porte de la chambre s'ouvrit : Armand. Et merde !

– Tout va bien, mademoiselle ? J'ai entendu la porte claquer. J'étais à l'autre bout du couloir, je suis venu le plus vite possible.

– Pas de problème, laissez-nous, je vous prie.

– C'est que nous fermons bientôt, répliqua l'agent, l'air doucereux, sans doute inquiet pour sa trente-cinquième heure.

– Cinq minutes, demandai-je, mon oncle allait se mettre à parler. Vous l'avez interrompu.

– Ça, ça m'étonnerait, répliqua Armand, la bouche en cul-de-poule, avec un regard de mépris pour le fauteuil et son occupant. Ça fait trois ans qu'il se tait, il ne va pas se mettre à parler comme ça, à son arrière-cousine, alors qu'il est sans un mot pour sa maîtresse, son épouse, ses gosses.

L'hôte tourna doucement sa tête vers le garçon d'étage, redressant son buste à la manière d'un naja s'apprêtant à s'abattre sur un derviche, ouvrit la bouche et, au prix d'un théâtral effort surhumain, expulsa un :

– Géraldine.

Armand s'éclipsa, l'air médusé, son visage bas déformé par une expression finaude dans laquelle on pouvait aisément déchiffrer un : « Ça va se savoir. »

– Et surtout, ne nous dérangez plus ! aboyai-je de l'air le plus bravache que je pus dénicher en moi-même.

C'était comme une fuite en avant. Car il était clair que Gustave venait de se suicider.

BALANCE

J'avais sans doute l'air affligé.

– Ne vous inquiétez pas, dit-il. De toute façon, cette vie n'a plus de sens pour moi. Il faut bien que la mascarade cesse. Je ne peux pas continuer à simuler le mutisme, la démence. Il est temps que je paie pour mes erreurs passées, que mon existence soit utile à quelque chose. À présent, nous avons tout notre temps. Je les connais par cœur. Ils vont nous laisser tranquilles un moment, le temps qu'ils digèrent la nouvelle. Trois ans de silence, pensez donc ! Ils vont alerter le chef de service. Ça va leur prendre un moment. Viendront ensuite la famille, puis la clique Boussard et ses hommes de main. Même Amélie n'est pas au courant que je simule. Elle vient pourtant souvent me voir.

– Elle s'opposerait sans doute à votre exécution, m'acharnai-je.

– Vous n'avez rien compris, dit-il, avec un zeste d'agacement. Je dois reconnaître, à votre décharge, que je ne vous ai d'ailleurs guère aidée.

Laser fit une pause. La nuit était carrément tombée sur Ville-Évard. La lumière du plafonnier inondait le moindre recoin de la chambre, sans pitié pour les ombres. Malgré le manque d'intimité, je sentis que la conversation était parvenue à un point névralgique : un iceberg était en train de se détacher de la banquise, un gros morceau.

– Je ne vous ai pas avoué toute la vérité, reprit-il. Puis-je vous demander un service ?

– Allez-y.

– Mes avant-bras sont entravés, vous l'avez constaté. Retroussez-moi la manche gauche, s'il vous plaît.

Je découvris donc le poignet de Gustave Laser. Un tatouage apparut : un dessin sur lequel je reconnus une balance stylisée dont le fléau, orienté vers le bas en direction des doigts, était représenté par une hampe de flèche.

– Vous avez devant vous l'emblème de la Nourriture des Ancêtres.

– La secte ?

J'en avais vaguement entendu parler. Le nouveau mouvement nutritionnel prônait le retour à une alimentation de type néolithique, faisant la part belle aux produits crus ou peu cuits, la cuisson excessive étant censée corrompre. Elle comptait dans ses rangs un certain nombre d'activistes de l'agroalimentaire et avait été impliquée de façon notoire dans l'incendie de cultures d'OGM, dans la mise à sac de rayons biscuits d'hypermarchés et autres actions autour du même thème. Je ne me rappelais en revanche pas le nom de leur gourou.

– Je suis membre, avoua Laser, ou plutôt je l'étais, un adepte défroqué, si vous préférez.

– Pourquoi la balance ? demandai-je à la volée.

– La justice. La Nourriture a pour vocation de rétablir une certaine forme de bien sur la Terre ou tout du moins de régulation, d'annulation des excès. Mais pas de justice sans pouvoir de punir.

– Quel rapport avec l'Actilight ? demandais-je, aussi éberluée que si je m'étais retrouvée face à un passage oublié au cours de la visite d'un château.

– La famille Boussard n'est rien, expliqua le tatoué. Une galerie de pantins. Cela fait belle lurette que ni Antoine, ni Bertrand, ni tout autre descendant de la lignée, régulière, naturelle ou même incestueuse, ne tire plus aucune ficelle de l'entreprise. La Nourriture des Ancêtres les a laissés en place pour la façade. Il y a une dizaine d'années, notre grand trésorier, le richissime Helmut Wrangler, dont la famille s'est enrichie pendant la Seconde Guerre mondiale d'une manière que je vous laisse imaginer, s'est mis dans l'idée de s'approprier une multinationale dont les activités seraient tournées vers l'agroalimentaire. L'idée était de mettre en pratique à grande échelle la vision du monde de la secte, via un levier inédit : la production de denrées. Phase A : travail préparatoire, l'achat de brevets dans le domaine de l'alimentation.

– Comme le vézépame ou le lactobifilodus ?

– Exact, mais pas seulement. Les achats de Wrangler portaient sur des molécules originales, le plus souvent controversées ou en cours d'évaluation, si possible avec un petit versant toxique. Phase B : il fallait à Wrangler un moyen d'expression, des lieux de production. Le choix s'est rapidement porté sur la maison Boussard, dont le cours fluctuant était sans doute le symptôme d'une mauvaise gestion chronique. La politique du magnat s'est alors orientée selon un axe triple. Tout d'abord, l'injection de capitaux frais avec achat d'actions par des prête-noms pour ne pas trop se faire remarquer par le conseil d'administration, doté comme vous le savez d'une forte coloration familiale. Puis le noyautage des actifs, par l'intermédiaire de fonds de pension à la solde de la secte.

– Boussard n'avait pas de système pare-feu ? Aucun clignotant rouge ne s'est allumé ? Étonnant pour un groupe aussi parano.

– À aucun moment les procédures de contrôle n'ont fait le poids face au génie des *traders* de la Nourriture. Et la Demeure – c'est comme cela que nous nommions la secte entre nous – arrivait à se dégotter les meilleurs spécialistes.

– Mais comment y parvenait-elle ?

– Nous pourrions passer deux heures sur le mode de recrutement, mais nous n'avons pas le temps. Pas ici. Disons que la secte se présentait comme un groupe de réflexion sur l'alimentation contemporaine : elle avait un discours assez élitiste, très tendance, retour au bio, prévention de l'obésité, des cancers, lutte contre la malbouffe, etc. Elle recrutait de manière assez fourbe, cueillait les futurs adeptes dans des lieux non professionnels où ils étaient détendus.

– Comme ?

– Sur les lieux de vacances branchés, si possible un peu jet-set, dans les clubs d'investissement, les universités. C'est ainsi que j'ai été recruté, lors d'une partie de pêche au gros, au large de Bali. Par Helmut Wrangler en personne. La Demeure avait besoin d'un bactériologiste. Le discours était séduisant, le type savait y faire, amical mais réservé.

Laser fit une pause. La vidange d'un cerveau bridé depuis trois ans pouvait prendre plus de temps que prévu. À l'étage, le couloir était étrangement silencieux. Manifestement, on nous laissait tranquilles. Le calme avant la tempête.

– Comment vous êtes-vous laissé embrigader, m'étonnai-je, vous, un homme intelligent, non dénué me semble-t-il d'un certain esprit critique ?

– Chacun de nous a son point faible. Lentement, continua-t-il, j'ai commencé à participer à leurs réunions : leur doctrine me plaisait, le niveau de réflexion sur notre société était remarquable. La Nourriture des Ancêtres n'était pas exactement d'obédience écologique, même si elle s'opposait à toute forme d'assujettissement de la nature à des fins agricoles. Elle prônait le retour au cru ou tout au moins au peu cuit, qui seuls préservaient soi-disant la vraie nature des aliments, se méfiait du blé et de ses dérivés panifiés, et surtout exécrait le lait de vache.

– Étonnant pour un mouvement qui s'apprêtait à faire main basse sur un des plus gros groupes alimentaires européens, précisément spécialisé dans les produits laitiers.

– Pas tant que ça, en tout cas pas dans le cerveau tordu d'Helmut Wrangler. Le type est un mégalomane, et malgré la structure archi organisée de sa pensée, il a quelque part dans la tête un vrai grain, comme un trou noir qui attire à lui tout ce que le reste a pu construire. La haine du lait lui a fait ardemment désirer une entreprise qui en avait fait sa marque de fabrique, avec le dessein de la faire imploser de l'intérieur. Pour un individu tel que lui, posséder rime avec détruire. Mais vous me faites perdre le fil. Revenons au début de l'histoire. Pour obtenir le noyautage en règle des Établissements Boussard, la Demeure a engagé un vaste programme de recrutement de membres de la secte à des postes clefs, tels que chefs de fabrication, bactériologistes, chimistes, experts en flaveur, spécialistes en marketing, etc., en commençant par les charges tant convoitées de directeurs de ressources humaines. Des cellules de recrutement ont été montées dans le monde entier, en tous lieux où Boussard avait édifié des unités de production. Wrangler était lui-même un sacré polyglotte.

– Plus qu'une secte, une vraie pieuvre, remarquai-je.

– Et beaucoup plus efficace que les sectes du Temple solaire, Moon ou toute autre structure suicidaire à gourou charismatique. Wrangler ne se mettait en avant que lorsque c'était absolument nécessaire. Le plus souvent, il préférait rester en retrait, laissant à ses nombreux bras droits le soin de délivrer la parole du maître. Quant à ces DRH d'un genre particulier, éclaireurs avancés de la secte, ils devaient fonctionner comme de véritables têtes de pont lancées à l'assaut des Établissements Boussard, en verrouillant en quelque sorte les entrées. Les infiltrés étaient perçus par Wrangler comme le bras armé de la Nourriture des Ancêtres.

Nouvelle pause.

– Servez-moi un peu d'eau, s'il vous plaît.

J'emplis son verre et l'approchai de ses lèvres. Malgré la confiance qui peu à peu s'installait entre nous, j'étais réticente à l'idée de désentraver ses mains. Je ressentis la vibration de ses dents sur les parois du verre tandis qu'il déglutissait. Il continua, la voix humide.

– Lorsque la famille Boussard s'est rendu compte de ce qui s'apparentait à une mise sous tutelle, il était déjà trop tard, les usines fonctionnaient avec des gens à nous, la secte était propriétaire de plus d'un tiers des actions, soit la minorité de blocage selon les statuts du groupe. La Demeure a poussé le groupe à s'orienter vers le marché émergent des alicaments. Antoine n'était pas particulièrement pour, il croyait au redémarrage de la branche biscuit, qui selon lui ne traversait qu'un petit passage à vide. Il croyait au lait, celui des laiteries de son enfance, aux yaourts nature et aromatisés, aux fromages sous emballage plastique, aux farines animales. Bref, il s'adonnait aux bidouillages chimiques ordinaires, était fasciné par le pouvoir des engrais à base d'hydrocarbure en matière de rendement agricole. Son cerveau avait été formaté dans les années soixante-dix. Mais il n'avait plus le choix. Il était déjà hors jeu, sans même s'en douter. Il n'a compris ce qui lui arrivait que par hasard, au cours d'une soirée de gala offerte par le groupe, il y a de ça trois ou quatre ans.

Laser semblait se réjouir de la mise en coupe réglée de l'empire Boussard. Ses doigts couraient sur le bois du fauteuil, animés d'une impatience malsaine. Ils fredonnaient une sorte de ritournelle digitale dont le refrain aurait pu être : « Bien fait pour eux ! »

– Le patriarche, continua-t-il, avait invité ce soir-là les principaux directeurs d'usine, les responsables des budgets publicitaires et quelques gros actionnaires. Ce devait être une de ces belles réceptions, au cours desquelles on se congratule dans un flot de champagne à propos de la qualité des produits, de la remontée des cours de la Bourse et de l'acquisition d'un concurrent coriace. Les bulles du cépage champenois devaient ce soir-là s'avérer tout à fait spéculatives pour la maison Boussard. J'avais été embauché peu de temps auparavant par un des sergents recruteurs mis en place par la Demeure et j'ai eu la chance d'assister à l'échange. Mon invitation n'était pas naturelle, bien sûr, elle avait été favorisée par une sorte de lobbying souterrain opéré par la secte. Nous étions en nombre au cours de ces Grammy Awards du lait. Wrangler avait manifestement préparé l'esclandre, veillant à ce qu'il eût lieu devant témoin. À un moment de la soirée, Antoine, entouré d'un parterre de personnalités représentatives de sa puissance, leva un toast en l'honneur d'un nouveau produit laitier un jus de fruit mélangé à du lait. Ostensiblement, Wrangler refusa de lever sa coupe, imité en cela par tous les autres membres de la secte qui avaient fait insensiblement mouvement autour de lui. Je ne connaissais pas tout le monde, étant un des derniers arrivés mais, en observant les manches, je pouvais voir dépasser sur certains poignets l'emblématique pointe de flèche mauve. Wrangler déclara que le Fructilait, nom provisoire du produit avant commercialisation, faisait partie de ces aliments du passé qui avaient fait perdre des parts de marché à la marque, que les temps du grand changement étaient venus. C'était une insulte pour le vieux Boussard, qui devint rouge à la manière d'une pivoine, à deux doigts de faire sauter les boutons de son smoking devenu soudain trop étroit. Wrangler poursuivit, calme, sidéral, que si Boussard continuait de s'entêter à promouvoir de tels produits surannés, il se retirerait du groupe, vendrait ses 33 % d'un coup, un pourcentage qui m'apparut quasi christique, vu le contexte. Le très discret accent germanique venait renforcer de sa raideur les termes d'un chantage implicite. Toutes les pièces du jeu de go patiemment avancées dans l'ombre par Wrangler depuis plusieurs années s'abaissèrent d'un coup. Boussard Imperator comprit instantanément qu'il venait de perdre sa boîte et que sa dynastie n'hériterait que de l'emballage. Dorénavant, ou bien la multinationale ferait comme la secte voulait, promouvait ses produits, ou bien Wrangler se retirait du capital, avec pour conséquence au pire une faillite, au mieux une OPA hostile. De cet événement date la mise en préretraite d'Antoine Boussard. À l'issue de la déclaration de Wrangler, le vieux s'est écroulé au sol. Ranimé par les pompiers, il apparut vite qu'il avait été terrassé par un infarctus massif. J'appris par la suite que l'accident lui avait détruit le tiers du myocarde, soit environ 33 % de son capital cardiaque, ça ne s'invente pas. Bertrand Boussard s'est retrouvé à la tête d'un cheval entravé, troyen, qui plus est. Vous voyez, il n'y a pas que moi qui ai les mains prises. Plus vicieux encore, le grand groupe, pour couvrir une partie de ses pertes survenues lors de son passage à vide, avait vendu une partie de ses actifs immobiliers, des murs d'usines, des entrepôts. Wrangler avait fait tout racheter par l'intermédiaire de sociétés écrans. C'est ainsi que Bertrand Boussard a appris, peu après son intronisation que sa société se retrouvait, chaque fois que ç'avait été possible, locataire de la Nourriture des Ancêtres.

– Et de là, comment en arrive-t-on à la saga Actilight ?

– Wrangler était pour une nourriture saine. Il détestait le lait, pour des raisons nutritionnelles, voire psychanalytiques. Je ne l'ai jamais vu en compagnie d'une femme. Il vivait dans un univers masculin, quasi militaire. Son aversion pour le liquide blanc n'est peut-être pas étrangère à cette préférence élective. Mais il souffrait d'une haine encore plus implacable, idéologique celle-là, contre les obèses. Il les considérait comme un surplus de la société, un symptôme de son mal-être, des personnalités déviantes, hors du coup. Pourtant, le pire pour lui, ce n'était pas tant qu'il y en eût, mais que ces derniers puissent jouer à une sorte de va-et-vient avec la population de poids normal. Il était pour une société de ghettos, de castes. Pour lui, on naissait gros, l'obésité était une tare ontologique, il fallait choisir son camp.

Laser baissa la voix : je sentis qu'il allait dire quelque chose d'énorme. Je m'approchai instinctivement.

– Je ne sais pas quand ça s'est produit dans son abominable esprit, sans doute de nombreuses années avant l'éclosion de la maladie de la graisse brune, mais il est clair qu'un jour Wrangler s'est levé, habillé, brossé les dents, et a décidé de fomenter une conspiration… Un complot contre les obèses.

COMPLOT

Jamais depuis le début des révélations qu'on m'avait assenées concernant la maladie de la graisse brune, je n'avais imaginé que la mise au point de l'Actilight, avec toutes les horreurs qu'il contenait, avait été déclenchée par une volonté délibérée de nuire. Même au cours de mes appréciations les plus pessimistes, j'avais toujours considéré que les transformations subies dans l'organisme humain par le couple infernal vézépame-lactobifilodus, la version chimique du tandem Fallacci-Laser, n'étaient qu'un dommage collatéral. Le décès des obèses « contaminés » était un homicide involontaire, avec circonstances aggravantes certes, mais involontaire sur le fond : c'était également la vision d'Hugo Man. Le clan Boussard avait joué aux apprentis sorciers, minimisant sciemment les risques de l'IU22, alléché par cette promesse d'addiction, sésame absolu pour réaliser des profits exponentiels. Mais à entendre les assertions de Gustave Laser, je comprenais que c'était Wrangler qui tirait les fils des marionnettes, les enfants Boussard.

Le dément reprit, après un temps manifestement destiné à me faire digérer la nouvelle.

– Les Boussard étaient à mille lieues de s'imaginer que la secte avait détourné tous leurs moyens de production pour faire fabriquer dans leurs usines le monstre qu'elle avait mis au point. L'IU22 était destiné depuis le début à décimer les obèses, en tout cas ceux qui désiraient rejoindre le camp des individus de poids normal. Le décrochage de la courbe de poids était mortel, et parfaitement prémédité.

J'avais dû ouvrir grands mes yeux, tendre mes traits, ou peut-être ressembler à cette femme sidérée sur un quai du tableau *Le Cri* d'Edvard Munch.

– Pouvez-vous me détacher, s'il vous plaît ? a-t-il demandé.

J'hésitai, je n'arrivais pas à me faire à l'idée que le bonhomme était peut-être dangereux, après tout. Que se sachant perdu, il voudrait s'échapper, se suicider, m'agresser physiquement. Mais l'homme dégageait un certain magnétisme, et j'ai toujours été de nature curieuse. J'attrapai dans mon sac à main un coupe-ongles, tranchai ses liens.

– Merci, dit-il en retrouvant l'usage de ses avant-bras. Mon fauteuil et moi avions fini par ne faire qu'un. Nous sommes ensemble depuis que j'ai agressé cette infirmière débile venue me prendre ma température, qui s'adressait à moi comme à un bébé.

Ses pieds étaient libres, je ne l'avais pas remarqué. Laser se leva et, lentement, se déploya comme un grand singe. Il paraissait lui-même étonné que sa carcasse fonctionne encore. J'attendais presque de lui qu'il s'épouille devant moi. Mais il se rassit immédiatement, sans doute assailli par un vertige passager. Peut-être l'effet des drogues dont il avait été imbibé.

– Vous voyez, constata-t-il, pas facile de se séparer d'un ami.

– Revenons à vos confessions, proposai-je, rassurée, somme toute, par cet immobilisme chimique. Vous en étiez au détournement des moyens de fabrication des Établissements Boussard.

– Ah, oui. La Demeure se comportait comme une sorte de virus géant. Elle s'était infiltrée dans les rouages de la multinationale, fabriquait ses particules par millions, et dans le même temps sabotait l'outil de production qui servait à les enfanter. Moi-même, j'ai été manipulé, je me suis insurgé.

– Votre ami Fallacci faisait partie lui aussi de la secte ?

– Non, mais il aurait pu en être, dans l'esprit. Sa molécule le fascinait, l'idée de manipuler les cerveaux des gens sans que ces derniers en aient conscience était un thème typiquement wranglérien. Ce n'est que lorsqu'il réalisa, peu après les premiers essais dans les cantines du personnel, que le vézépame modifiait aussi les comportements en entraînant une sorte de distorsion dans la perception de la réalité, qu'il voulut faire pression sur ses commanditaires. Pour lui, il y avait là « comme un défaut ». Mais Fallacci ne faisait pas le poids face à la Demeure, dont il n'avait même pas idée de l'existence. Sans le savoir, il avait rempli sa fonction, celle d'avoir adapté le vézépame à l'IU22, il était devenu un élément facultatif dans le processus d'élaboration du produit. Déjà, son successeur était nommé, un certain Ali Fatik, un homme à nous.

J'en frissonnai.

– Fallacci n'avait pas la chance d'être l'amant d'un des membres de la famille Boussard, précisai-je.

– Wrangler m'avait demandé de séduire Amélie. Il s'agissait d'une de mes missions. Tenir la boîte par l'argent, l'esprit, les manœuvres ne lui suffisaient pas ; il lui fallait aussi l'asservir par le cœur. Les pressions exercées sur l'oreiller sont souvent les plus efficaces. Il faut dire que cette éventualité ne m'était pas désagréable. Je trouvais la sœur Boussard désirable, mais pas très à l'aise dans le cadre rigide de sa famille ; elle avait quelque chose de touchant, derrière ses galons de prêtresse de la branche Europe de la multinationale. On ne peut bien simuler que si l'on est soi-même un peu convaincu. Au temps de ma splendeur, expliqua Laser en se passant les doigts dans la barbe d'un geste qui avait dû être glamour, je ne manquais pas d'attrait. J'avais remarqué les regards qu'Amélie avait pour moi, lors des réunions du conseil d'administration, ses œillades appuyées, discordant au sein d'un visage qui, lui, restait professionnel. Chaque fois qu'elle était de visite au siège, elle venait traîner dans mon labo, s'enquérir de mes progrès sur le lactobifilodus. Wrangler fut très amusé par les comptes rendus que je lui faisais de ces rencontres pseudo-fortuites. Il faut comprendre ma position, j'étais un peu son obligé, c'était grâce à lui que j'avais déniché ce job, je lui devais une sorte d'allégeance.

– C'est plutôt lui qui avait besoin de vous, lui fis-je remarquer.

– Peut-être, mais de ça je n'avais pas conscience, il avait inversé le rapport de force. Il ne me demandait pourtant jamais rien de précis, mais je le percevais attentif à mes rapports, et je ressentais comme un devoir de devancer ce que je croyais être ses désirs. Et puis j'étais en quelque sorte un des émissaires de la Nourriture dans l'usine. Donc je lui délivrais des infos sur l'ambiance interne dans l'établissement, les états d'âme d'Amélie, les potins de l'établissement, les projets de la marque, l'avancement des travaux concernant l'IU22. Tout semblait l'intéresser. Avec lui, on se sentait toujours obligé de se livrer, d'en dire toujours un peu plus, ses silences étaient de type aspiratif. On livrait des infos, on se livrait sans jamais l'avoir voulu, il faisait lâcher mystérieusement vos résistances intimes. Un jour, j'ai offert à Amélie un flacon de parfum, celui qu'elle portait. Elle m'invita à boire un verre en ville, « en dehors du contexte formel du travail », avait-elle dit. Elle était un peu guindée, c'était ce qui me plaisait chez elle. Je me demandais ce qu'il y avait derrière ces résistances, la face cachée d'Amélie. J'allais être servi. Ce fut le début d'une relation intense, charnelle, secrète, top secrète. La cadette de Bertrand me fit pénétrer dans les arcanes de la maison Boussard, me laissa entendre sans trop s'étendre sur le sujet l'existence d'histoires de mœurs dans les rangs de la famille. Je compris que l'inceste et l'endogamie y rôdaient, sans que je puisse jamais identifier précisément de qui il s'agissait. C'est Wrangler, en homme de réseau, qui a complété mes informations. J'étais dégoûté, mais notre gourou me suggéra de continuer à jouer le jeu, allant même jusqu'à prendre la défense de l'héritière. J'ai encore à l'oreille ses paroles : « Dans cette affaire, vous savez, Gustave, elle n'est qu'une victime. » Je poursuivis donc ma mission de garde auprès de son corps.

– À aucun moment elle ne vous a questionné sur votre tatouage ? demandais-je, sous le coup d'une association d'idées bien légitime.

– Si, bien sûr. Mais je répondais qu'il s'agissait d'un souvenir de jeunesse, un vieux loup de mer m'avait dessiné ça dans un passé lointain et aventurier, du temps où je faisais le tour du monde en cargo.

– C'était risqué. Dans la mesure où la secte avait infiltré la boîte, elle pouvait à tout moment tomber sur une marque similaire sur l'avant-bras d'un de ses collaborateurs.

– Nous ne portions pas tous la marque au même endroit. La plupart des infiltrés étaient tatoués en bas du dos. Mais un jour de présentation de nos installations à un représentant d'une chaîne d'hypermarchés, elle a remarqué par accident sur le directeur de fabrication de l'usine de Villacoublay, un type sinistre répondant au doux nom de Gontran Fougères, une marque similaire à la mienne. Nous étions entrés dans la secte sensiblement en même temps, et le même margoulin avait œuvré sur nous deux à quelques jours d'intervalle. Même style, même taille, même hauteur. Amélie, qui ne mélangeait pourtant pas travail et sentiments, eut à mon égard un bref regard de désarroi, passant de Gontran à moi avec une sorte d'incrédulité facile à décrypter : « Mais quel rapport peut-il bien y avoir entre mon amant et mon directeur ? » Elle inventa une parade pour avoir une explication privée et urgente avec moi, mimant un coup de fil concernant l'apparition d'un virus sur une chaîne de production de bactéries au niveau 5. Notez au passage que son prétexte était le cœur de la vérité. Étant le bactériologiste, elle me demanda de la suivre. S'ensuivit une explication mémorable. J'aurais pu craquer, perdre la face, trahir la secte, mais l'enjeu était plus fort que moi, et tout en maudissant intérieurement ce tatoueur écervelé qui aurait pu faire basculer mes liaison et mission dans l'horreur, je trouvais la force de balancer avec tout l'aplomb dont Wrangler m'avait rendu capable, que Gontran et moi avions voyagé dans le même cargo, connu le même

« vieux loup des mers », que nous étions restés en contact, et au final que c'était grâce à lui si j'avais fait acte de candidature chez Boussard. C'était lui qui m'avait averti de l'existence d'une place disponible dans le domaine des ferments.

– C'était moins deux.

– Ça a un peu ébréché notre relation pour un temps. Elle a même vérifié mes dires auprès de Gontran, mais j'avais été plus rapide qu'elle : j'avais appelé Fougères avant qu'elle ne le contacte et je m'étais entendu avec lui. Qu'importent les inimitiés, l'intérêt de la Nourriture était prioritaire. Et puis, Amélie m'aimait d'un amour sincère, et nous nous sommes réconciliés sur le rectangle en duvet que vous savez. Elle avait sans doute besoin d'une relation sans enjeu, sans chantage affectif, son corps avait été traumatisé. Elle n'a pas cherché à en savoir plus, enfin je l'espère.

Laser regardait au loin, bien au-delà de moi, avec une sorte de nostalgie dans la voix, psalmodiant presque.

– Amélie était une mine d'informations pour la Demeure, et pour mon éducation personnelle. Ses confidences ne sont pas étrangères au fond à ma sortie de la secte. Amélie m'apprit aussi les luttes de pouvoir entre les héritiers de la couronne des Boussard, la mainmise de Wrangler sur la boîte, le niveau d'investissement pour que l'Actilight soit un aliment stable, équilibré, de goût agréable au palais. Les trucages, les bidouillages chimiques, les alliances contre nature.

– Vous en saviez quelque chose, à votre niveau de compétence.

– Je n'étais qu'un rouage du dispositif, la pièce bactérienne, en quelque sorte. Mais il y avait des dizaines d'ingénieurs, de bactériologistes, de chimistes qui travaillaient sur le projet de par le monde.

– Finalement, Actilight n'est qu'un aliment complexe pas très différent de la plupart de ceux que nous consommons quotidiennement, dis-je, pour le provoquer, titiller son ego, voir ce qu'il en restait. Additifs en tout genre, stabilisateurs, exhausteurs de goût, colorants, conservateurs, la liste est longue. Dans notre monde, personne n'a réellement conscience de ce qu'il ingurgite.

– Sans doute, mais là, nous étions allés trop loin, réagit-il. Avec cette action préméditée et voulue sur le psychisme, le nouvel assemblage était une bombe qui risquait d'exploser à la figure de ses promoteurs mêmes, et de la société tout entière. Au-delà du danger mortel, nous entrions dans l'inconnu, la possibilité d'une société sous influence alimentaire. Un must, tenir le consommateur par la pensée, une sorte d'aliment politique. La télé dans l'assiette, allumée en permanence. Fallacci a peut-être été le premier à se rendre compte du caractère « novateur » de l'Actlilight.

– Vous vous êtes élevé vous aussi contre sa commercialisation. Vous saviez qu'il était dangereux. J'imagine que de nombreuses personnes chez Boussard ont perçu la finalité ce que vous aviez concocté. Il n'y a eu aucune autre réaction ?

– Pas à ma connaissance. Vous savez, il fallait bosser à la conception du yaourt, à sa racine. Dans mes souvenirs, et d'après les assertions de Wrangler et même de Bertrand Boussard, nous étions les seuls à vivre dans l'intimité du produit. C'était peut-être de la manipulation de leur part, afin de nous gorger de notre importance, mais je faisais partie de la Demeure et je pense avoir été bien informé.

– Mais sur des centaines de milliers d'employés, de commerciaux, de fournisseurs, personne ne s'est douté de quoi que ce soit ? insistai-je.

– L'affaire était bien « bordée ». Même s'il y avait eu d'autres « états d'âme » que les nôtres à déplorer, il y avait des filets de sécurité : la Nourriture avait pris le soin d'infiltrer également différents ministères, dont ceux de l'Agriculture et de l'Industrie, toujours des postes stratégiques, ceux des décideurs de l'ombre…

Laser laissa se déployer ses mots dans l'espace. Il reprit quand leur effet fut épuisé :

– Et puis, vous savez, même votre ami n'est tombé sur la maladie que par hasard, d'après ce que j'ai cru comprendre.

Et les fils ténus qui le relient au yaourt ont été fort difficiles à remonter. Or toute cette histoire se passe bien en amont de la commercialisation. À cette époque, certains d'entre nous ont peut-être eu des doutes quant à l'innocuité du produit, mais de là à imaginer l'apparition des années après d'une maladie spécifique, de décès.

Gustave avait sans doute raison. Dangereux ne veut pas forcément dire mortel, et « suspect » n'est pas « coupable ».

– Et puis les gens tiennent à leur boulot, continua-t-il. Boussard payait bien, 15 % au-dessus du prix du marché. Relookée par la Demeure, la maison Boussard était devenue une vraie machine de guerre, fabriquant des pots de yaourt comme les États-Unis des obus au cours de l'année 1943. Avec la caractéristique de vous compromettre contre votre gré. Ils vous rendaient complice des produits que vous élaboriez. À tous les échelons de la boîte, quelle que soit la position que vous occupez dans son organigramme, vous créez le système, vous êtes le système.

– Un peu comme la maison en pain d'épice de la sorcière de Hansel et Gretel.

– C'est une belle métaphore. Même si vous ne faisiez pas partie de la secte, vous en adoptiez sans le savoir les règles et la curieuse éthique. Wrangler avait d'ailleurs une vision quasi messianique de son rôle dans l'aventure humaine. Certaines réunions de la secte pouvaient même prendre une dimension mystico-biblique. Il ne faut pas minimiser cet élément pour comprendre le fait que la Nourriture se soit octroyé un jour le droit de punir les obèses.

– Le jugement de Dieu, le thème de la balance.

– Vous êtes dans le vrai. Wrangler s'imaginait être le porteur d'une sorte de lettre de mission d'origine divine. Les pires dictateurs justifient toujours les morts et les destructions qu'ils occasionnent en affirmant agir pour le compte de quelque intérêt supérieur. Rares sont les gens sur cette terre qui commettent le mal sans penser au salut de leur âme, sans se dégotter une autojustification. Je me souviens encore de cette réunion, ce devait être en décembre, il faisait très froid, une couche de neige épaisse recouvrait la forêt de Fontainebleau. Le climat est souvent partie prenante dans les souvenirs. La Nourriture avait réservé un manoir isolé, au fond d'une clairière, motif officiel : soirée privée. L'ordre du jour était carrément biblique.

Laser avait fermé ses paupières. Rideau. Libre de ses mouvements, on aurait dit qu'il avait repris sa place de membre, assis parmi les fidèles d'Helmut. L'asile avait disparu, remplacé par une maison close au fond des bois. Le couloir bruissait d'un calme suspect.

– Le maître de céans, reprit-il, le visage masqué d'un loup rigide, avait revêtu une cape noire doublée de satin rouge. Il rappela en préambule que l'interdit originel, le premier commandement divin négatif mentionné dans la Bible, était de nature alimentaire. « De tous les arbres du jardin tu pourras te nourrir, mais de l'arbre de la connaissance du bien et du mal, tu n'en mangeras point. » Wrangler traduisait connaissance par confusion, car, disait-il, connaître en même temps deux concepts *a priori* opposés revenait à les confondre. Ainsi, l'homme, à peine créé, devait redouter ce qui franchissait la barrière de ses lèvres. Dans la mesure où l'orifice buccal est à la fois le siège de la mastication et de la parole, donc de l'esprit, un lien organique était établi, selon lui, entre ce qui était mangé et ce qui était pensé. L'alimentation était donc réputée capable d'agir sur la production intellectuelle, le comportement. Le Suisse décelait en filigrane dans ce principe toute la problématique du vézépame.

– Le commandement divin ne s'arrête pas là, remarquai-je.

– Exact. Le texte poursuit par une menace fort habile, car elle est également une promesse de puissance implicite : « Car le jour où tu en mangeras, tu devras mourir. » On connaît la suite, le serpent, la transgression, la punition, le bannissement. Dans l'esprit reptilien de Wrangler, la misère du monde découlait de la violation d'un interdit alimentaire. Or pour lui, à l'image du premier couple, les obèses avaient failli. À un moment de leur vie, ils s'étaient empiffrés, goinfrés, avaient perdu le contrôle de leur bouche, donc de leur pensée. Ils avaient donc eux aussi, à leur manière, transgressé un interdit alimentaire. Le châtiment était tout trouvé, il était même mentionné dans la Bible. Le fait que l'addictif vézépame libère à chaque bouchée un poison mortel était pour lui dans la droite lignée de la correction divine.

– Mais comment avez-vous pu tous cautionner des prises de position si abominables ? demandai-je, prise soudain d'un dégoût brutal pour ce bonhomme, décidément de plus en plus compromis.

– Personne n'était au courant de ses véritables desseins. Seuls Fallacci et moi, qui travaillions au cœur de la problématique d'Actilight, pouvions nous faire une idée de l'endroit maléfique où nous conduisait le développement du programme. Pour la plupart des membres, les assertions de Wrangler, perdues au sein du discours *new age* de la secte, étaient à prendre au sens figuré, de pures considérations philosophiques. Quant aux infiltrés, leur mission était simplement de prendre le contrôle de la boîte, et de lui faire fabriquer le yaourt du futur, un produit pauvre en graisse, susceptible de faire le bonheur des consommateurs en le détournant d'une réalité trop pénible. Bref, commercialiser le lait sous une forme acceptable, rédemptrice, proche des aspirations de la Demeure.

J'avais déjà eu l'occasion de rédiger une ou deux piges sur des gourous de secte, pasteurs évangéliques ou autres charlatans, du temps où je travaillais pour *VIP*. Il s'agissait souvent de personnalités en vue. Un de mes articles sur le nombre de maîtresses pharaoniques qu'entretenait un de ces führers miniatures avait même conduit le journal à une assignation auprès des tribunaux pour violation de vie privée, calomnie et autres chefs d'accusation bien sentis. *VIP* était coutumier du fait. J'étais chaque fois impressionnée par le processus d'adhésion sectaire, similaire au mécanisme qui se produisait avec les grands dictateurs. Comment un mentor, souvent intellectuellement limité mais intuitif et paranoïaque, pouvait-il prendre entièrement le contrôle de la pensée d'individus habituellement intelligents, qui lui confiaient sans aucune garantie et avec un abandon d'esprit qui flirtait avec la bêtise, les clefs d'eux-mêmes ? Où étaient le plaisir, la gratification, le bénéfice secondaire à cette lobotomie ? Comment entrait-on en dépendance ? Et si tout n'était qu'addiction, comme disait Fallacci. Wrangler s'adressait au cerveau reptilien de ses ouailles, sans doute la même zone qui s'activait lorsque l'on s'adonnait aux délices d'Actilight.

– Votre gourou se méfiait donc même des membres de sa propre secte ? rebondis-je.

– Il nous utilisait, nous laissait croire ce que nous avions envie de croire. Lorsque j'ai découvert que le germe passait dans le sang, qu'il colonisait la graisse et s'y intégrait sous la forme de mitochondries, j'ai pris peur. Wrangler m'avait mis entre les pattes son brevet acheté à un obscur bactériologiste suisse, un génie du bidouillage génomique, sans rien me dire. Je savais juste que le lactobifilodus constituait une alternative intéressante aux autres ferments déjà sur le marché, car il avait une action élective sur les graisses : il était capable, sous certaines conditions, de les digérer, de les dissoudre. Subjugué par la superbe de Wrangler, j'ai acclimaté cette bactérie étonnante à un yaourt titrant 0 % de matière grasse. Lorsque je me suis rendu compte de la potentialité néfaste de mon monstre, j'ai redouté d'aller trouver Wrangler, de lui faire part de mes doutes et de ma consternation. Mon premier réflexe fut d'aller consulter Amélie pour l'avertir que je me désolidarisais du projet, comme l'avaient fait avant moi Fallacci et même Ludovic, son propre frère. Je lui ai fait part de mes réserves alors que nous venions de faire l'amour. J'ai senti ses muscles se durcir sous sa peau. Elle m'a fait comprendre qu'il était dans mon intérêt que je me calme, que le lactobifilodus et le vézépame étaient la chasse gardée de Wrangler et que les Établissements Boussard ne pouvaient se permettre d'annuler le projet. Derrière notre liaison se profilait la raison d'État. En désespoir de cause, je suis allé trouver Bertrand Boussard. Je savais bien que ce type ne m'aimait pas, j'étais l'amant de sa sœur, il me vouait une hostilité aux relents douteux. J'ai vite compris que les considérations bactériologiques le dépassaient. Seul le volet commercial de l'Actilight l'intéressait. Ma réserve était pour lui un motif d'inquiétude, des millions d'euros risquaient de s'envoler si je parlais. Il a dû avertir Wrangler.

Laser se servit un verre d'eau : son émotion était palpable, sa honte aussi. Il poursuivit, la tête inclinée vers le bas. Il avait une énorme escarre sur le haut du crâne, un cratère croûteux qui n'avait pas encore fini de vomir sa lave.

– Ce dernier m'a convoqué, à son domicile, au petit matin. Wrangler habitait une espèce de manoir dans l'Essonne, une maison de maître lovée au fond d'un parc, cernée d'une haute clôture. Avant de quitter mon domicile endormi, j'ai embrassé ma femme et mes enfants, touché par un retour de flamme suite au désaveu d'Amélie.

« Venez-en au fait », faillis-je faire remarquer, lassée par ses frasques sentimentales sur fond de duplicité.

– J'ai pris ma voiture, enchaîna-t-il. Il faisait froid, la bise me giflait le visage, j'étais dans un état d'esprit voisin de celui de quelqu'un qui se rend à un duel. J'avais l'impression d'avoir trahi la secte. C'était Wrangler qui avait abusé de moi, qui m'avait forcé à adapter son poison. Pourtant, c'était moi qui me sentais coupable. Cette secte qui m'avait tant apporté, je l'avais foulée au pied, menaçant de divulguer ses secrets à la presse, de balancer mes infos sur le Net. Wrangler ne m'avait jamais inquiété, il n'avait jamais été agressif avec moi. À présent, je comprenais que, depuis le début de mon intégration, la menace était implicite.

Laser se leva, à nouveau. Cette fois, il tint bon et fit même quelques pas dans sa cellule, tournoyant autour de moi, comme si j'étais soudain devenue le centre de ses pensées. Je n'étais pas très rassurée.

– Je vous épargne le degré de tension qui a entouré notre entretien, continua-t-il. Toute courtoisie avait disparu de nos rapports. Mon inquiétude était entretenue par les deux magnifiques dobermans brun noir et clair allongés sur le parquet, de part et d'autre du bureau. Entre deux assertions de Wrangler, je croisais leur regard. Le maître me fit comprendre que si j'allais plus loin dans mon déballage de bons sentiments concernant l'IU22, la secte s'en prendrait à ma famille, à mes enfants. Elle pourrait même dénoncer à mon épouse ma liaison avec Amélie. Il n'était bien sûr pas question de s'en prendre à ma vie, car la Demeure répugnait à se débarrasser de l'un de ses locataires.

– Vous valiez plus cher que Fallacci…

Ce fut la dernière phrase que je lui adressai. Plus qu'une phrase, une sentence, et prophétique en plus. La porte s'ouvrit d'un coup. Entra un aréopage de blouses blanches. Le chef de service, son adjoint, l'infirmière qui m'avait introduite, Armand, la surveillante, tous rameutés, venus contempler le prodige. Gustave, que j'avais libéré de ses liens, prit son élan. Il se précipita vers la fenêtre avec une telle énergie qu'il en fracassa le chambranle. Le bruit de son corps heurtant le gazon s'entendit à peine. Gustave Laser avait rejoint dans l'autre monde Fallacci, Ludovic, la copine d'Hugo, ainsi que tous les obèses victimes de leurs malversations. Guerre à son âme !

CONTACT

Gustave était mort sur le coup. Il m'avait bien eue. Son acte était clairement prémédité. Dès lors qu'il avait jeté mon nom à la face de l'escogriffe hantant les couloirs de Ville-Évrard, il savait qu'il était grillé : il ne pouvait pas simuler une nouvelle bascule dans la démence, il n'en avait plus la force. Il avait gardé trop longtemps le silence. Entendre à nouveau sa propre voix, après toutes ces années, avait dû provoquer une sorte d'électrochoc. Il avait vidé sa mémoire dans la mienne, sa mission était accomplie. Il avait payé sa dette. Il m'attendait, j'étais venue, il m'avait passé le témoin. C'était donnant donnant. Les informations qu'il détenait en échange de sa vie. En l'écoutant, j'avais implicitement accepté le *deal*.

Nous nous sommes tous précipités en bas, descendant l'escalier quatre à quatre dans un état de panique difficile à décrire. Les cœurs battaient à l'unisson, mais pour des raisons différentes. Certains parce qu'ils se sentaient coupables, d'autres parce qu'ils avaient commis une faute professionnelle en relâchant la surveillance d'un malade à haut risque, d'autres parce qu'ils savaient qu'ils devraient rendre des comptes.

Armand avait allumé sa torche, la nuit venait de tomber ; notre petite troupe était silencieuse, les yeux roulant partout. Le faisceau de lumière balayait la pelouse. Gustave avait été propulsé un peu plus loin. Je fus la première à l'apercevoir : le corps était vautré sur un parterre de fleurs. J'eus une brève vision du fils incestueux d'Amélie et de Bertrand, croupissant dans son institution suisse, lui aussi de guingois. Le pinceau lumineux caressa le cou, qui avait dû se briser au cours de la chute. Suivant les méandres des perturbations anatomiques, nous découvrîmes les membres désarticulés, comme si Laser avait subi le supplice de la roue. Je me sentais responsable, mais surtout je devais continuer à simuler la peine de la petite-cousine éplorée. J'étais en quelque sorte obligée de jouer une comédie réelle : « Serre les dents, ma fille. » Les yeux ouverts de Laser regardaient les étoiles. J'éclatai en sanglots. Un des deux médecins, je crois que c'était le chef de service lui-même, constata le décès, les doigts en crochet sur la carotide. Deux agents hospitaliers sortis on ne sait d'où transportèrent le corps ailleurs.

– Vous n'attendez pas le Samu ? les pompiers ? la police ? demandai-je entre deux hoquets.

Je n'étais pas experte, mais j'avais le sentiment qu'on bâclait quelque peu la procédure. Tout ce petit monde me semblait pressé de faire disparaître le corps, uni par quelque omerta psychiatrique.

Lorsque le parterre fut dégagé et que notre petit groupe commença à se disperser, la surveillante me mit la main sur l'épaule, y imprimant une pression en apparence consolatrice, mais plutôt pour m'indiquer une marche à suivre, une direction, celle de son bureau.

– Écoutez, me dit-elle, docteur, je ne sais pas qui vous êtes exactement, ni quel était l'objet de votre visite auprès de notre patient Gustave Laser. Peut-être êtes-vous bien sa petite-nièce ou son arrière-cousine, mais j'en doute. Vous n'êtes pas la première visite rendue à notre pensionnaire, mais c'est l'unique fois depuis trois ans qu'il prononce une parole. Alors, je vais vous dire, moi, ce que j'en pense (sa mine anguleuse rappelait Philippe le Long plus que jamais) : dans mon for intérieur, ma-de-moi-selle (étirement des syllabes), je pense que vous êtes venue jusqu'ici pour lui soutirer des informations. Vous avez déclenché en lui quelque chose comme une lame de fond, un truc énorme, peut-être même l'avez-vous fait chanter.

La mort de Gustave Laser était pour moi encore trop irréelle. Une demi-heure plus tôt, il était là, devant moi, retrouvant l'usage de ses membres, de sa voix, et maintenant il était couché en vrac dans un sac en plastique noir, quelque part dans les sous-sols de Ville-Évrard. Dans quelques minutes, l'hôpital avertirait la famille, Wrangler et sa secte, Amélie et la maison Boussard. Peu importait l'ordre. J'aurais pu calmer le jeu, mais une sorte de sixième sens me fit choisir la surenchère. Laser avait bon nombre d'aspects repoussants. La surveillante ne me semblait pas si à l'aise que ça dans son rôle de grande inquisitrice : le mort n'était pas un dément comme les autres. Peut-être avait-elle quelque chose à m'apprendre.

– Et quel genre d'informations ? rétorquai-je, m'entêtant dans mon rôle de descendante. C'est plutôt moi qui lui en apportais, des nouvelles de la famille. Mon oncle simulait la démence, et votre institution s'est montrée incapable de le remarquer. Je l'ai détaché, c'est vrai, mais je ne peux être tenue responsable. Ses avant-bras étaient bleuis par la trace des liens que vous lui aviez imposés. Il était aussi blessé à la tête. Étiez-vous vraiment obligé de le traiter comme une bête ? Mon oncle était parfaitement sain d'esprit. Vous l'avez poussé au désespoir, au suicide. À sa place, j'aurais fait pareil. Nous porterons plainte.

Point faible : la peur du scandale. Moment de flottement chez Philippe le Long, qui sembla me jauger du regard. Était-ce du lard ou du cochon ? Étais-je un imposteur au féminin ou une nièce révoltée dans le genre pasionaria ? Continue comme ça, ma Géraldine, tu es en train de sauver ta tête. C'était gonflé de ma part, mais j'étais emportée par mon rôle. Adolescente, j'avais fait partie d'une petite troupe de théâtre amateur.

– Votre oncle était surveillé de près, croyez-moi. C'était un VIP. L'hypothèse d'une simulation a toujours fait partie des éventualités, surtout pendant la première année d'hospitalisation. Nous avons essayé de le piéger à plusieurs reprises, mais avec le temps, il nous avait convaincus. Au cours de ces derniers mois, il est vrai, nous avions relâché la surveillance. Ce fut une erreur de vous laisser seule trop longtemps avec lui. Ça n'est jamais arrivé, un dysfonctionnement pareil ! Il y aura des mesures disciplinaires.

– Mais qu'avait-il donc de si « précieux », mon oncle Gustave ? rebondis-je, choisissant d'ignorer la discipline.

La surveillante tira de son sac de bonne femme noir posé sur la table une cigarette et l'alluma. Les époques se télescopaient. Curieusement, elle se laissa aller à la confidence.

– Beaucoup de gens tournaient autour de votre parent, commença-t-elle, des personnages étranges, vêtus de costumes noirs stricts, qui lui rendaient visite à intervalles réguliers. Votre oncle devait être pour eux quelqu'un d'important. Un jour, deux hommes sont venus, un ventripotent et un fluet, dans le genre basané, très poilu. Le gros, plutôt bonimenteur, a même tenté de me soudoyer pour surveiller Gustave d'encore plus près. L'autre, plus avare de ses paroles, m'a simplement signalé que, s'il se mettait à parler, je devais l'avertir. Croyez-en mon expérience de vieille tôlière de service de psy, ce type-là, c'était de la graine de psychopathe. Dans le temps, j'ai travaillé à Fresnes. Des types comme ceux-là, on les laisse rarement en liberté.

La cigarette rougeoya. C'était le soir. La surveillante s'assit sur le bureau. Mon regard glissa le long d'un de ses bas filés. Elle prit des allures de La Goulue, un soupçon canaille dans un océan d'austérité.

– Je ne sais pas pourquoi je vous raconte tout ça. J'ignore toujours qui vous êtes vraiment. Médecin ? Journaliste ? Détective privé ? Nièce ? Je m'en fiche. Ce sont mes derniers tours de piste en ces lieux. Ville-Évrard se meurt. Bientôt, le dernier pensionnaire aura quitté les lieux. La fin d'un monde. Je partirai avec eux, le cor de la retraite sonne pour moi.

La vieille avait quelque chose de pathétique. Cette défenestration était à l'évidence un coup dur pour elle. Plutôt mal choisi pour terminer une carrière en beauté.

– Toute une faune d'individus s'intéressait à ce Laser. Il les a bien eus, il les a laissés jusqu'au bout dans le doute. J'ignore ce qu'il vous a raconté, mais j'imagine que ça vaut de l'or. D'une certaine manière, je vous admire, j'ignore comment vous êtes parvenue à lui faire cracher le morceau. Faites attention à vous, ma petite.

Je pris conscience qu'elle avait raison : à partir de maintenant, ma vie était peut-être en danger. Il fallait que je partage mon secret avec le maximum de gens, et vite, si possible par voie de presse. Mais comment faire ? Par où commencer ? Signer l'article avec un pseudo ? Tout balancer sur le Net ? Travestir mon style pour le rendre méconnaissable ? Et par-dessus tout, protéger mon fils, qui se trouvait chez son père, garde alternée oblige. Il fallait convaincre le rédacteur en chef de la pertinence du dossier, étayer mes arguments. Ça allait prendre quelques jours de travail. J'avais besoin de conseil. Je ressentis soudain un désir violent de contacter Hugo, d'entendre sa voix : il fallait que je lui raconte tout ça, que je lui révèle les dessous de l'affaire, la mainmise de la secte sur la maison Boussard, l'aliment délibérément concocté pour tuer. Mais je ne savais même pas où le trouver. Avec mes 500 euros, en poche, il n'avait pas pu aller bien loin. Il était sans doute planqué quelque part en France, peut-être même à Paris.

La surveillante écrasa sa clope à moitié consumée dans une sous-tasse à café. Indéniablement, l'atmosphère se tendit d'un cran : les choses devenaient sérieuses.

– J'ai un marché à vous proposer, mademoiselle. Personne, ni les « amis » de M. Laser, ni son ancien employeur, pas plus que sa famille, la presse ou même la police, ne doit connaître les circonstances exactes de sa mort. Vous me suivez ?

J'acquiesçai.

– Si on venait vous interroger et que vous racontiez que vous avez libéré notre dément, vous passeriez un sale quart d'heure… Les nouvelles vont vite.

Double acquiescement.

– Laser avait toute sa tête, continua-t-elle. Vous ne l'avez pas poussé, c'est entendu, mais vous auriez pu lui faire comprendre que la mort était une issue préférable pour lui. Du point de vue de l'administration, que je représente, Laser était sous notre garde, nous savions qu'il était capable de réactions incontrôlées. Nous n'avions pas à vous faire confiance. Nous l'avons laissé sans surveillance. Alors, voilà les termes de mon offre. Vous ne dites rien à votre famille ou à vos commanditaires, peu importe. Vous n'êtes jamais venue rendre visite à votre parent : vous avez appris sa mort comme les autres membres de la famille. Il n'y aura pas d'autopsie. De notre côté, nous oublions votre visite. Si on nous questionne, nous nierons avoir eu connaissance de vos agissements. Officiellement, il aura fait une crise cardiaque, une embolie pulmonaire ou un accident vasculaire cérébral.

J'aurais pu faire ma mauvaise tête, mais je compris que j'avais intérêt à me taire.

Tandis que je rentrais chez moi, le calme revint peu à peu dans mon esprit. Dans quel imbroglio étais-je encore allée me fourrer ? Une énorme machination. Une multinationale, une secte, une maladie fatale. Un défenestré, dont je devenais presque l'exécuteur testamentaire. Il fallait arrêter le massacre. Une seule personne pouvait comprendre mon état, et pourtant il ne se manifestait pas. Plus de trois jours sans donner de nouvelles. Où était-il, à présent ? Avait-il quitté le territoire français ? Était-il encore en vie ? S'était-il fait descendre ?

Pour tuer le temps sur le chemin du retour, dans la nuit hivernale et banlieusarde, je repassai en revue ce que j'avais appris, l'arc logique esquissé par Laser : Helmut Wrangler, un milliardaire suisse issu d'une famille riche au passé trouble, anime un groupe de réflexion qui met en avant les avantages de la nourriture néolithique sur la santé. Une idéologie néo-païenne ou plus exactement écolo-païenne. Progressivement, le groupe se métamorphose en secte de type *new age*, qui fait l'apologie du cru et du peu cuit, de l'influence de certains aliments sur la pensée. Admettons. Là où ça commence à se corser, c'est que le type est un peu dingue. Il déteste le lait, mais ce n'est pas un simple dégoût ou une méfiance instinctive. Non, sa haine est un dogme, un principe religieux. J'avais déjà lu des articles sur la toxicité réelle ou présumée du lait : 75 % des habitants de la planète ne le digéraient pas. Certains diététiciens affirmaient qu'il abaissait le niveau de vitamine D dans le sang, favorisait le diabète en détruisant les cellules du pancréas, intervenait dans la genèse du cancer de la prostate. Mais Wrangler semblait mêler à cette controverse une thématique plus personnelle : peur ou méfiance vis-à-vis de la gent féminine, première productrice, au plan symbolique s'entend, du fameux liquide blanc ? Homosexualité refoulée ou assumée, mère absente ou castratrice ? Laser ne s'était pas étendu sur la question. En tout cas, le type vivait entouré d'hommes. Affligé par le laisser-aller alimentaire de notre société, Wrangler en était venu tout naturellement à mépriser les obèses, considérés comme une sorte de sous-produit dérivé de la société statique et surabondante dans laquelle nous vivions. Ce qu'il reprochait aux gros, ce n'était pas d'être ce qu'ils étaient, mais de vouloir récupérer un poids normal, de se fondre dans la masse, en quelque sorte.

À ce point de ma réflexion, je ressentis comme une faille logique. Je me laissai dépasser par un poids lourd, ma petite Fiat chahutée par le déplacement de la masse d'air. Pourquoi vouloir tuer les obèses ? Il devait y avoir autre chose. L'élimination de toute une catégorie de la population rappelait un passé européen nauséabond qui semblait correspondre à ce que je devinais des racines familiales de Wrangler, point à peine ébauché par Laser. Il désirait parquer les obèses dans un ghetto et, si cela avait été possible, leur faire porter une « étoile grasse ». Vu sous cet angle, la machine Wrangler fonctionnait mieux. Là-dessus, le dingue élaborait un plan diabolique pour se débarrasser de ses ennemis et d'un gros producteur de lait. Mais pourquoi Boussard ? Pourquoi cette entreprise en particulier ? Parce que c'était une vraie « laiterie », au sens historique, bien sûr. Elle faisait double emploi, en quelque sorte. Mais il existait d'autres établissements concurrents du même type à qui Wrangler aurait pu faire la peau. Prendre le contrôle financier d'une multinationale, l'infiltrer, la redresser en lui faisant fabriquer un produit révolutionnaire dont la révélation du caractère mortel serait susceptible de la conduire à la faillite me sembla soudain être un objectif délirant : l'œuvre d'un cerveau dont le mobile allait bien au-delà du simple fait de vouloir tuer de l'obèse et combattre le lait. Cela ressemblait à une vengeance. Laser m'avait appris que Wrangler voulait casser Boussard. L'altercation entre les deux hommes, lors du cocktail d'anniversaire, paraissait révéler une sorte d'inimitié personnelle. Wrangler-Boussard, Boussard-Wrangler, y avait-il un lien ? Le gourou connaissait-il la famille Boussard par un autre canal que sa prise de contrôle boursière ? Y avait-il entre les êtres d'autres rapports que professionnels ?

Il se mit à pleuvoir, quelques gouttes, et les essuie-glaces se mirent en route, titillés par l'impact de l'eau. Je connaissais une documentaliste au journal. Peut-être était-elle encore là.

– Allô ?

– Salut, c'est Géraldine. Je ne te dérange pas ?

– J'allais partir, tu as de la chance.

– Écoute, j'aurais besoin d'une ou deux infos, c'est pour un article. J'aimerais que tu me dégottes de la doc sur une secte appelée la Nourriture des Ancêtres. Date de constitution, profession de foi, budget, mode de fonctionnement. J'aimerais surtout que tu te renseignes sur son gourou, un certain Helmut Wrangler. Il vit en Suisse apparemment : fortune, famille, descendance, passé, enfin, tout ce que tu pourras trouver.

– Tu cherches quoi au juste ?

Je me mordis la lèvre. Je gardais bien à l'esprit que toute connaissance excessive dans cette affaire pouvait conduire au tombeau.

– Je ne sais pas trop. Je voudrais savoir si la secte ou son gourou entretiennent un lien avec l'industrie agroalimentaire, en particulier avec le secteur des produits laitiers.

Félicie avait une réputation de fouineuse. J'avais un double appel.

– Ne quitte pas, dis-je.

– Allô ?

La voix d'Hugo. Doucement, je sentis mon cœur s'accélérer, juste quatre ou cinq battements de plus par minute, mais c'était perceptible.

– Toujours en vie ?

– Je suis hors réseau, j'ai des problèmes de mobile, mais à part ça, ça va. Je vous appelle d'une cabine téléphonique, au centre d'un village, au milieu de nulle part.

– Il faut absolument qu'on se voie, dis-je. (Mes lèvres formaient des mots que je n'avais pas prémédités.) J'ai progressé, j'ai des nouvelles incroyables à vous apprendre.

– De bonnes ?

– On peut voir ça comme ça. Vous êtes où ?

– Sur une île au large de la Bretagne, à Bréhat, je ne sais pas si vous connaissez.

– Bien sûr que je connais. J'y suis allée une fois en vacances quand j'étais petite. Je me souviens d'une place circulaire au bout d'un chemin cerné d'un muret.

– Ce n'est pas un chemin, c'est une ruelle. Mais pour le reste, c'est exact. Je suis sur cette place, on peut même dire que j'y habite.

– Comment vous êtes-vous retrouvé là-bas ? Pour une planque, c'est idéal.

– J'ai cherché qui pourrait me rendre service et ne figurait pas sur mon carnet d'adresses. Et j'ai trouvé : Agnès Lenoir, vous savez, la sœur de Bérénice.

– Je vois, répondis-je, sur un ton moins enthousiaste que je ne l'aurais voulu.

J'aurais dû m'exclamer « Génial ! », je suppose. C'était une excellente idée, mais elle démontrait son attachement persistant pour cette fille obèse par qui tout le mécanisme de l'enquête s'était enclenché.

Mon fils était gardé jusqu'à la fin de la semaine. J'étais donc libre. Côté journal, une connexion Internet suffisait pour leur envoyer le papier sur les pesticides que j'avais rédigé pour l'édition du lendemain. Je calculai mentalement la durée du trajet. Le temps de repasser à la maison, de réunir quelques affaires, et je pourrais être à Bréhat dès le lendemain matin, en attrapant la première navette au départ du continent. J'avais besoin d'une bonne réunion de travail avec Hugo Man, même si je sentais, sans vraiment me l'avouer, que j'étais aussi à l'affût d'une occasion pour le revoir. Nous raccrochâmes. Lorsque je repris la double ligne, Félicie m'avait quittée.

IMAGINE

Géraldine arriva sur mon île le lendemain de notre conversation. La surprise me coupa le souffle. J'étais en train de prendre mon petit déjeuner dans la cuisine d'Agnès, revenant de mon jogging sur les plages mal définies de l'île Nord, la plus sauvage. Je l'aperçus depuis la fenêtre de la cuisine, qui donnait sur la place. Une silhouette fluide, drapée dans un imperméable bleu pétrole, hésitante, interrogeant du regard chaque maison pour savoir dans laquelle j'avais trouvé refuge.

Cela faisait déjà quelques jours que j'habitais là, et j'avais commencé à prendre mes quartiers d'exil. Sport de bonne heure, café-journal à 10 heures sur la place, courses à la supérette, repas minimaliste pour économiser l'argent qui fondait inéluctablement, interminable sieste en compagnie d'un livre de poche, le plus souvent une édition des années soixante dénichée dans le vaisselier bibliothèque d'Agnès. Puis, balade dans l'île à la tombée du jour. Seul. J'avais appelé plusieurs fois l'hôpital depuis la cabine du village, parlé à mon directeur de département, donné quelques instructions aux chefs de clinique. Officiellement j'étais fatigué, un surmenage passager, mon arrêt durerait une dizaine de jours. Ils voulaient tous savoir où je me trouvais et s'ils pouvaient me rendre visite. J'étais resté évasif. Côté île, je m'étais fait passer pour une des liaisons d'Agnès Lenoir, amant de passage oublié dans ses cartons, un zonard. En réalité, je déprimais sec.

J'avais passé ma première journée à explorer la maison, une bonne demeure bretonne au charme enfoui, dont les fondations s'enfonçaient profondément dans le granit armoricain. Il faut dire qu'il y avait à faire : je commençai par la cave, le mouvement de descente étant sans doute plus compatible avec mon état d'esprit qu'une visite immédiate du grenier. Le sous-sol de la bâtisse était mal éclairé, juste quelques ampoules de quarante watts parsemant le plafond comme autant de cloques sur le visage d'un lépreux. On devinait la forme de bahuts et d'armoires ayant dépassé la date de péremption : Agnès n'était manifestement pas du genre soigneux, elle laissait l'eau salée attaquer le bois épargné par les ans. Des reliefs aux allures de naufrage. Ces meubles ne sortiraient plus jamais d'ici vivants : la proximité de l'océan, l'humidité, l'odeur des moisissures conféraient à l'endroit des allures de cimetière marin.

Le rez-de-chaussée était une sorte de bric-à-brac sympathique, d'où émergeaient, pour le coup, de belles pièces, meubles régionaux pour la plupart, bureaux Louis-Philippe reposant l'un sur le plateau de l'autre, vitrines Art déco accolées, tables basses rangées verticalement. Les objets qui faisaient le quotidien de la vie d'Agnès se mêlaient à tous ces meubles destinés à la vente, qu'on imaginait déployés devant le patio de la maison, sur la place, aux beaux jours. Le salon était ma pièce préférée, même s'il fallait se frayer un passage entre les murs de bois pour rejoindre le vieux rocking-chair sur lequel je m'installais en fin d'après-midi. Il y avait aussi un piano quart-de-queue désaccordé, dont certaines touches noires s'entêtaient à rester muettes. Face à l'instrument, un impressionnant tableau dans les tons ocre sombre représentant en pied une famille bourgeoise du début du XIXe siècle, avec en son centre le patriarche qui vous regardait durement par-delà les siècles, jaugeant votre jeu sans complaisance. Difficile de s'entendre avec un tel acariâtre.

On accédait à l'étage par un escalier étonnant, qu'on aurait plus facilement imaginé fiché sur le pont d'un bateau de pirates qu'embarqué au niveau de l'entrée d'une maison fin XVIIIe. Le premier palier était plus sec, poussiéreux par manque de fréquentation. Curieusement, il y avait là, je veux dire dans l'ordonnancement des pièces, plus d'ordre, comme si les choses qu'on trouvait là faisaient référence à une Agnès plus ancienne, celle des premiers temps où elle s'était installée à Bréhat, avec des illusions sur la vie, la volonté de prendre un nouveau départ : elle avait ménagé à ce premier niveau des espaces thématiques, cartes postales, tableaux, estampes, lithographies, vieilles photos, etc. L'esprit de ce classement initial avait perduré, même si des erreurs s'étaient glissées au sein de ses bonnes intentions. À l'extrémité du couloir s'ouvrait la chambre d'amis, c'était là que je dormais. De mon lit à barreaux de cuivre d'une place et demie, j'avais un aperçu sur le clocher, le toit des maisons adjacentes, le soleil de l'aube. Plus haut, il y avait encore un niveau, puis un grenier, de moins en moins structurés à mesure que l'on montait, que l'on s'éloignait de l'escalier, des espaces laissés en friche, jamais vraiment investis par la propriétaire.

À tout cela, il fallait ajouter un élément capital, la touche animalière, deux chats de gouttière faméliques, qui hantaient le rez-de-chaussée, couchaient sur le piano, et se foutaient bien de moi. Agnès m'avait chargé de changer leur litière et de les approvisionner en lait. Pour la viande, les deux matous semblaient autonomes ; je n'ai pas croisé une seule souris tout au long de mon séjour.

Je fus extrêmement troublé par la visite de Géraldine. Après tout, je la connaissais à peine et tant d'intérêt pour ma personne me semblait exagéré, flatteur et en même temps très émouvant. Même si je gardais à l'esprit que son déplacement était de nature professionnelle ! Je tentai de l'appeler depuis la fenêtre ouverte, mais mes cordes vocales ne répondaient pas. Restaient mes bras, qui décrivaient des moulinets ridicules. Elle finit par tourner la tête vers moi, alertée par un miaulement. J'allai lui ouvrir. La voix me revint, mais, à présent, c'était mon cerveau qui refusait de les contraindre.

– Je… Géraldine… Mademoiselle Moll.

Je devais avoir rougi. Nous étions face à face, elle avec sa petite valise, moi avec ma tartine. Ses yeux pétillaient, explicites, elle aussi avait les pommettes plus colorées que nature.

– Bonjour, Hugo.

Je ne sais pas exactement ce qu'il s'est passé entre nous, et pourtant, je m'en souviens très bien. J'en déduis qu'on ne sait jamais précisément ce qu'on a réellement dans le ventre. Et le corps masculin a ses raisons que la raison ignore. Pour le corps féminin, je ne sais pas.

Nous nous sommes embrassés, elle avait la peau fraîche, délicatement odorante, la pomme verte ou le chèvrefeuille, je ne sais pas précisément, un parfum du matin, je crois, des senteurs simples. J'ai traîné sur sa joue, elle n'avait pas l'air décidée à vouloir faire cesser l'attouchement. C'était la première personne qui me manifestait un peu d'attachement depuis Bérénice. J'ai lâché le pain et le beurre, la tartine a dû tomber sur le bon côté, ce qui ne lui arrive jamais, c'est bien connu, et j'ai éprouvé la nécessité de la serrer dans mes bras. J'ai glissé ma main libre derrière sa nuque, j'avais envie de caresser sa chevelure, de presser sa tête contre la mienne. Je n'avais rien prémédité du tout, j'ignorais même que je ressentais quelque chose pour elle, tout au plus, pour être honnête, l'envisageais-je comme une éventualité. Elle se laissa caresser, m'embrassa elle aussi, à nouveau les joues, puis les lèvres, puis l'intérieur de la bouche. Je m'abandonnai à cette étreinte, je ne savais pas trop ce que j'allais pouvoir lui dire lorsque tout ça s'arrêterait, car on pense, même dans l'amour.

Nous étions restés debout sur le seuil, offerts aux regards des éventuels passants. Elle claqua la porte derrière moi, d'un coup de talon. Et nous fûmes seuls dans la semi-pénombre du matin. Je lui pris la main d'un geste qui pouvait passer pour une marque de tendresse, mais c'était de la fièvre, mon corps la demandait. Pourtant nous avons cessé, par une sorte d'accord tacite, de nous embrasser. Je gardai mon désir pour moi.

– J'ai plein de choses à vous apprendre, Hugo, dit-elle en retirant son trench. Il fallait que je vous voie vite. J'ai roulé toute la nuit. Je suis un peu bouleversée par tout ce qui m'est arrivé en votre absence. Vous aviez raison, c'est une horrible machination, encore plus incroyable encore que ce que vous aviez découvert.

Le vouvoiement après l'étreinte me fit drôle, comme si nous avions mis la charrue avant les bœufs et qu'elle me le faisait comprendre. Du coup, pour maintenir une espèce de tension, de frustration entre nous, je m'interdis de lui demander de suite des nouvelles du front, malgré mon impatience. Je ne voulais pas tout de suite laisser pénétrer dans la demeure qu'Agnès m'avait prêtée la brassée de soucis supplémentaires que Géraldine immanquablement m'apportait. Pas encore.

– Je vous sers un café, un thé ? dis-je. Vous voulez manger quelque chose ?

– Merci, je suis affamée.

Je lui fis griller des toasts et lui préparai du thé à la bergamote, j'étais heureux de m'occuper de quelqu'un.

– Vous êtes seul ici ? demanda-t-elle.

– Oui, enfin, pas exactement. Il y a les chats. Je ne sais pas trop où ils sont, mais ils ne vont pas tarder. Agnès est partie sur le continent acheter des meubles. Elle reviendra d'ici à une dizaine de jours.

– Vous me faites visiter ?

Je l'ai prise par la main, puis je l'ai conduite au travers de cette caverne d'Ali Baba qu'était la maison d'Agnès. Au fil de notre périple, elle me révéla qu'elle avait passé ses dix premières années dans les Cévennes, que son père était mort dans un accident de tracteur le jour de ses dix ans, que son premier mari était grand reporter pour un hebdomadaire. Difficile de retracer sa bio avec les bribes dont je disposais, mais s'esquissait à mes côtés une jeune femme qui avait fréquemment affronté l'adversité, qui savait ce qu'elle voulait et se fiait surtout à son instinct. Je retardais le moment de la mener à la chambre d'amis, mais, enfin, il fallait bien s'y résoudre ; c'était pour ainsi dire une pièce stratégique, ouverte sur l'extrémité du couloir, près d'un petit escalier.

– C'est là que vous dormez ?

– Quand je parviens à fermer l'œil, confirmai-je.

Un soleil d'hiver frappait le lit défait, les barreaux en laiton doré, le parquet en chêne blond. La pièce était somme toute avenante, disponible malgré sa négligence manifeste. Géraldine y pénétra, s'assit sur le matelas, le trouva sans doute à sa convenance, s'y allongea.

– Je suis épuisée, justifia-t-elle.

– Vous voulez que je vous laisse ? dis-je, refrénant une forte envie de l'embrasser encore.

– Viens…

Elle prit ma main, la posa sur son visage, puis caressa mon poignet, à l'endroit même où la nature s'était oubliée, et posa les lèvres sur ma tâche de naissance.

– Je suis heureux que tu sois venue, lui murmurai-je à l'oreille, je ne sais pas jusqu'à quand je vais rester sur cette île. Je ne peux pas me cacher toute ma vie.

Mon désarroi s'immisçait entre nous. L'excitation sexuelle que j'avais éprouvée tout à l'heure, dans la cuisine, s'était soudain évaporée.

– Je suis venue pour te proposer une issue, je crois que j'ai un plan. Détends-toi.

Je glissai les doigts sous son pull, presque sans y penser. Le contact de la dentelle de son soutien-gorge réveilla mes sens. Et c'est ainsi que je déballai mon cadeau, doucement, ruban après ruban, avant de déchirer le papier, enfant impatient.

CONFÉRENCE

Plus tard, Géraldine se mit au piano, pour jouer *Imagine* de John Lennon. Dans ma mémoire, cette chanson reste à jamais attachée à cette journée. En milieu d'après-midi, nous dénichâmes deux vélos dans les épaves qu'Agnès collectionnait et partîmes pour un tour de l'île. Nous nous assîmes face à la marée montante et au phare du Pont, semblable à l'unique pièce survivante d'un jeu d'échecs aujourd'hui disparu. C'est à cet endroit où l'océan se fracasse inlassablement sur le grès que Géraldine compléta mes connaissances : non, la maladie de la graisse brune n'était pas le résultat d'une erreur de manipulation ou d'un dérapage mal contrôlé pour cause de profit. Elle traduisait une stratégie délibérée, un plan élaboré par une secte qui avait pris le contrôle de la maison Boussard. J'écoutais pendant plus d'une heure Géraldine me raconter comment la bombe avait été concoctée, depuis l'achat des brevets jusqu'à leur incorporation à l'IU22 par Laser et Fallacci, le complot contre les obèses en passant par les dernières révélations du pensionnaire de Ville-Évrard et le récit de sa mort précipitée. Il faisait froid, nous étions serrés l'un contre l'autre, les rafales de vent ramenaient par moments les cheveux de ma nouvelle amie vers l'arrière, dévoilant son front et ses oreilles elfiques. Elle en vint tout naturellement à me parler du gourou de la Nourriture, Helmut Wrangler. J'étais déjà sonné par ses révélations, mais il y avait encore plus fort, le fruit dans le fruit.

– J'ai fini par me demander, dit-elle, si le destin des obèses et son aversion pour le lait importent tant que ça à Wrangler, s'il n'a pas berné tout le monde, y compris les membres de sa propre secte, Laser et les autres infiltrés.

– Comment ça ? La maladie de la graisse brune ne serait pas son objectif ?

J'avoue que cette avalanche d'informations et d'hypothèses m'obligeait à réviser ce que je croyais savoir jusqu'alors. Géraldine avait fait du bon boulot, mais j'avais du mal à concevoir que tout ce bazar avait germé dans le cerveau d'un seul homme. Mettre délibérément en danger la vie de millions d'obèses : cela me semblait impossible. Cela s'apparentait à une sorte de génocide, ou plus exactement de lipocide.

– Excuse-moi, dis-je à Géraldine en me levant, j'ai besoin d'être seul, je vais aller marcher un peu.

– Je comprends, me répondit-elle.

Je m'avançai vers les pitons rocheux dressés dans la mer, derniers soubresauts terrestres de l'île Nord. Ici aussi, la lutte pour l'existence, version minérale. Comment un individu avait-il pu faire passer son intérêt avant celui de millions de gens et se servir d'eux comme d'instruments pour accomplir je ne sais quel dessein fumeux ?

Alors que mon esprit continuait à dériver, je revins près de Géraldine. Elle glissa les doigts dans mes cheveux, comme quand on console un enfant, qu'on le prépare à entendre la suite.

– Tu penses à une vengeance, n'est-ce pas ? lui demandai-je.

– La haine contre le lait, les obèses ou notre type d'alimentation ne suffit pas. Il n'aurait pas mis tant d'énergie à infiltrer une seule entreprise. À moindres frais, il aurait pu influencer, par l'intermédiaire de lobbies, les industriels de la filière pour qu'ils achètent ses brevets chimiques toxiques et ses fumets bactériens malodorants. J'ai donc demandé à la documentaliste du journal, avant de venir te rejoindre dans ton refuge, de rechercher des éléments sur un éventuel lien entre Helmut

Wrangler et la famille Boussard, je ne sais pas quoi au juste, en tout cas quelque chose de plus intime qu'un simple dégoût du lait.

– Et alors ?

– Alors on va l'appeler, et pas plus tard que maintenant.

– Il n'y a pas de réseau dans cette partie de l'île.

– Alors, il faut que vous changiez d'opérateur, cher ami, dit-elle en désignant les cinq boules de détection sur son écran numérique.

Le soleil déclinait déjà sur l'horizon, on aurait dit une pub orange.

– Mon abonnement a dû sauter, répondis-je.

Géraldine composa le numéro, posa l'appareil entre nous et le mit en mode conférence.

– Allô, Félicie ?

– Oui, c'est moi, Géraldine. J'allais t'appeler, je ne t'ai pas oubliée. Mais je n'ai pas grand-chose à t'apprendre. J'ai trouvé la trace de ton Wrangler. Il est bien l'animateur d'un groupe de réflexion sur l'alimentation contemporaine. Ce n'est pas à proprement parler une secte, mais enfin, ça y ressemble. Il se distingue à l'occasion par des actions violentes, plus ou moins légales : incendie de champs d'OGM sur le plateau de Langres, sit-in devant une biscuiterie de Lausanne avec distribution de tracts aux passants sur les dangers des acides gras trans produits par les cuissons excessives et les dénaturations. Un truc curieux : pas de femmes autour du bonhomme, sans pour autant d'homosexualité avérée. Une espèce de mec asexué.

– Sans doute un problème avec les contacts physiques, ponctuai-je, la voix couverte par la mer.

Félicie n'était pas censée savoir qu'une autre oreille écoutait.

– Et côté agroalimentaire ? interrogea Géraldine. Pas trace de Wrangler comme actionnaire d'un ou de plusieurs groupes ?

– Je n'ai rien trouvé qui aille dans ce sens. Il fait partie d'une vieille famille allemande issue de la région de Düsseldorf qui a fait fortune sous Bismarck. Une branche a émigré en Suisse peu après la Seconde Guerre mondiale. Les actifs des Wrangler, d'après ce que j'ai pu grappiller, sont assis sur un patrimoine immobilier pléthorique, des œuvres d'art, des champs de pétrole, et même une compagnie d'aviation. Pas trace d'une quelconque activité dans le secteur économique qui te préoccupe. Sa marotte ne semble s'exprimer qu'au sein de sa secte.

À entendre Félicie, il était évident que Wrangler ne tenait absolument pas à ce que son appartenance au capital de la maison Boussard se sache. Et Boussard n'avait pas intérêt à divulguer l'info. Géraldine chercha mon regard. Le mobile grésilla à nouveau.

– J'ai trouvé un truc sur la famille Wrangler, mais ça m'a semblé hors sujet.

– Dis toujours.

– Ça remonte justement à la période de l'Occupation. Le grand-père d'Helmut, un certain Karl, officier dans la Wehrmacht, a servi en France, en Normandie, plus précisément à Falaise.

Falaise, les marches de la Suisse normande, ça ne s'invente pas. Je me souvins que les Boussard étaient originaires de Normandie. C'était là qu'ils avaient implanté leurs premières laiteries.

– Comment as-tu fait pour trouver ça ? s'étonna Géraldine.

– La famille semble très fière de ses origines qui remontent à l'époque de l'ordre Teutonique, troisième croisade, 1190, Saint-Jean-d'Acre, je te passe les détails. Elle a un site Internet dans lequel s'étale son tentaculaire arbre généalogique. Or votre Helmut en question est le descendant en droite ligne du fameux Karl. Ce dernier s'est fait descendre en France, en 1944, un peu avant la libération de la fameuse poche de Falaise et juste un peu après la naissance de Gustav, le père d'Helmut.

– Une action de la résistance ?

– Non, c'est peut-être ça le plus curieux. Un acte isolé perpétré par un certain Jean Boussard, un gros fermier de la région.

– Boussard ?! nous exclamâmes-nous à l'unisson.

– Géraldine, tu n'es pas seule ?

– Je suis avec un copain nutritionniste, tu peux parler tranquille. Il s'intéresse aux sectes dont l'alimentation est le credo. Je t'ai mise sur haut-parleur.

– Bonjour, dis-je, me gardant bien de décliner mon identité, les réflexes de clandestin commençaient à venir.

– Tu peux continuer, Félicie, la rassura tant bien que mal Géraldine.

– C'est pour ça que cette affaire m'a titillée : je me suis dit qu'il y avait peut-être là un lien entre le groupe agro-alimentaire du même nom et Wrangler.

Ce que Félicie avait à nous apprendre valait vraiment le coup.

– L'histoire de son assassinat est relatée sur le site, poursuivit-elle. Et la version est très différente de celle que j'ai retrouvée dans la feuille de chou sortie au lendemain de la Libération. Selon la version officielle, Jean Boussard a fait feu sur Karl Wrangler, alors que ce dernier, l'arme au poing, pourchassé par des éléments avancés du 13e corps d'armée américain, avait trouvé réfuge dans la cour de sa ferme et pris en otage le petit Antoine Boussard, un garçonnet alors âgé d'une dizaine d'années. Suite à une diversion rocambolesque, racontée avec force détails dans l'article, le père a réussi à écarter l'enfant et a achevé le Boche au fusil de chasse. Le site de la famille ne raconte absolument pas la même histoire. Un jeune appelé assistait à la scène, terrorisé, un des 250 000 Allemands faits prisonniers au cours de la bataille de Normandie. D'après les dires de ce type, Jean Boussard était un collabo notoire ; il fournissait les troupes d'occupation en lait, œufs, poules et cochons, et il entretenait des rapports privilégiés, pour ne pas dire très proches avec le fameux Karl.

C'est alors, par une des facéties bien connues des téléphones portables, que la communication s'arrêta net. Plus de batterie.

Géraldine jura. Nous enfourchâmes nos vélos. Mais nous en savions assez pour poursuivre nous-mêmes l'enquête sur le couple improbable formé par Karl et Jean. Agnès avait un ordinateur dans sa chambre, qui lui tenait aussi lieu de bureau, et il était connecté à Internet. Mais c'était la seule pièce de la maison fermée à clef. Pendant que je roulais, Géraldine dans ma roue, je pensai que la vie de millions d'obèses risquait de s'arrêter à tout moment parce qu'un salaud avait tué un autre salaud plusieurs décennies auparavant, et que le descendant de l'un des deux, un fou, avait décidé de se venger du descendant de l'autre.

Pendant que se déroulait sous nos pieds le ruban noir de la piste qui filait vers Le Bourg, un troisième vélo nous prit en chasse, un homme velu pédalant dans le lointain, seul dans le couchant, avec lui aussi le désir de vengeance chevillé au corps. Il était arrivé dans l'île en même temps que Géraldine, l'avait suivie depuis Ville-Évrard, averti en urgence par la surveillante. Cette dernière était d'une certaine façon l'espionne d'André Boussard ou plutôt sa vigie : elle avait retenu Géraldine le plus longtemps possible pour permettre à Jules de rappliquer, car notre homme, c'était bien Jules. Mais tout cela, bien sûr, je l'ignorais encore. Si je l'avais su, j'en aurais déduit, tout naturellement, que mon traqueur ne s'était pas encore manifesté non pas parce qu'il voulait nous laisser encore profiter l'un de l'autre, mais simplement parce qu'il attendait le moment favorable, son heure, c'est-à-dire la dernière pour nous.

GÉNÉALOGIE

Dès notre arrivée chez Agnès, nous grimpâmes à l'étage. Les chats qui rôdaient dans l'escalier dressèrent leurs poils, surpris par la brutalité de nos gestes. La chambre était bien fermée à double tour. Nous aurions pu aller au café du coin, où l'on pouvait se connecter (j'y avais vu quelques habitués consulter la météo marine), mais nous aurions été moins tranquilles. Il fallait franchir cette porte, je l'expliquerais plus tard à Agnès.

La chambre donnait côté jardin. J'avais noté que la fenêtre avait été laissée entrouverte, sans doute pour éviter à l'odeur de renfermé de trop s'insinuer. Nous allâmes chercher une grande échelle que j'avais repérée dans la cave lors de ma visite préliminaire. Malgré un ou deux barreaux vermoulus et le crépuscule qui gênait quelque peu notre ascension, nous parvînmes à nous hisser à l'intérieur. L'endroit était anormalement ordonné au regard des autres pièces. Les murs étaient tapissés de photos : des souvenirs de vacances, des connaissances, des amants sans doute. Sur plusieurs d'entre elles, je reconnus, à des âges et des poids différents, Bérénice.

– C'est elle ? me demanda Géraldine, instinctivement à distance.

– Je crois bien que oui, ai-je dit.

– Tu l'aimais ?

– Sans doute, dis-je, évasivement.

Elle passa les bras autour de mon cou, m'embrassa sur la joue, comme on console un copain.

– Ne t'inquiète pas, on va s'en sortir. Avec ce que nous savons maintenant.

– Oui, mais si nous réussissons à éjecter l'Actilight du marché et à arrêter le massacre, nous faisons le jeu de la secte. Du point de vue de la Demeure, notre petite équipe est le duo rêvé pour couler les Boussard. Or le vrai responsable, c'est Wrangler.

– Mais si nous échouons, nous faisons le jeu des Boussard, qui vont continuer à s'enrichir en se voilant la face.

– En tout cas, repris-je, je choisis les malades.

– Donc, tu exécutes le plan de la secte.

– A-t-on le choix ?

– Non, répondit-elle en allumant l'ordinateur. L'urgence, c'est de stopper le massacre. Pour la secte, nous verrons après.

Nous nous retrouvâmes rapidement sur le site de la famille Wrangler. Un vrai travail de pro : chaque personnage de l'arbre généalogique avait eu droit à sa petite biographie, et quand c'était possible à une ou plusieurs photos. Les concepteurs avaient bien fait les choses, le site était en édition bilingue, en allemand bien sûr, et en anglais. Karl s'inscrivait au sein d'une chaîne de personnages : Düsseldorf 1914-Falaise 1944. Un résumé de l'histoire du XXe siècle en deux dates. Je cliquai sur son nom. Apparurent son visage, squelettique, martial, maxillaires saillants, et le déroulement de son histoire : études de lettres à Berlin dans les années trente, incorporation dans la Wehrmacht en 1935, mariage à Düsseldorf à Maria Magdalena Schmidt en 1938. Nous reprîmes la bio à l'endroit où Félicie s'était arrêtée. Assez floue d'abord, elle se précisait subitement à la fin de la Seconde Guerre mondiale, à croire qu'Helmut lui-même avait veillé à ce que les généralités se transforment à ce moment en une espèce de journal intime raconté par un tiers.

D'après le témoin prisonnier de guerre, Jean Boussard et Karl Wrangler étaient très proches, en fait presque deux amis. Wrangler était un habitué de la maison : il y était reçu régulièrement, il était même le parrain du petit Marcel, né en 1942, petit frère d'Antoine, celui-là même qui devait, des années plus tard, devenir l'amant de la femme de son propre frère, Mathilde, et par voie de conséquence le père caché de Ludovic. À la fin de la guerre, alors que les obus de l'infanterie alliée pilonnaient Falaise, le lieutenant Karl Wrangler était venu chercher refuge dans la vieille bâtisse. D'après le récit du témoin, embusqué dans la paille et cherchant à se mettre à couvert, Jean attendait son « ami » dans la cour, armé d'un fusil de chasse à canon scié. Le petit Antoine se serait élancé dans les bras de son parrain, immédiatement retenu par Émilie, sa mère, mine décomposée. Boussard aurait déchargé son arme sur le poitrail offert de son ami, dont on peut imaginer la surprise. À la suite de quoi, le laitier héroïque aurait traîné, au péril de sa vie, le cadavre encore fumant de Karl dans la rue aspergée de bombes hurlant à qui voulait l'entendre qu'il s'était débarrassé d'un officier ennemi. « Un Boche en moins ! » La mascarade se devait de durer suffisamment longtemps pour être remarquée par un maximum de Falaisiens, autant de témoins utiles pour s'éviter les prévisibles pépins d'après guerre : on ne nourrit pas grassement tous les officiers de l'armée allemande en poste et de passage sans avoir quelques problèmes avec le comité d'épuration. Mais quand, parallèlement à ces hauts faits, on assure l'emploi de la moitié du village, ça aide. Le site s'intéressait même à la destinée de Jean après guerre. Le fondateur de la maison Boussard ne fut pas le moins du monde importuné à la Libération. Il eut même droit à un article élogieux dans le journal *Ouest-France*, pour service rendu à la nation, acte héroïque et téméraire, etc. Voilà qui corroborait les éléments que Félicie avait découverts. Le plus drôle, si l'on peut dire, c'est que Jean bénéficia à plein, du fait de sa bravoure, des largesses du plan Marshall, ce qui lui permit de mettre au point ses premières unités de production, de faire passer la collecte du lait à l'échelon industriel et d'essaimer aux quatre coins de France, puis rapidement dans les pays de l'Europe des Six.

La suite de la biographie de l'ancêtre était plus étonnante, laissant sourdre de manière encore plus forte l'amertume et la colère des Wrangler. Toujours d'après le témoin, qui semblait tout acquis à la « cause Wrangler », Karl ne fréquentait pas la ferme des Boussard que pour les beaux yeux de Jean et afin de maintenir une bonne entente entre les forces d'Occupation et les autochtones terrorisés. L'officier était tombé amoureux fou d'Émilie, la femme de Jean, s'était ensuivie une liaison tout aussi fougueuse que dissimulée, si bien que le petit Marcel, le prétendu filleul de Karl, était en fait son fils. Allez savoir après tout ça si l'assassinat de Karl par Jean n'était pas une façade pour un crime passionnel. Jean a-t-il jamais été au courant de l'infidélité de sa compagne ? Mais, en descendant l'officier allemand, il sauvait surtout la mise de la femme adultère, il lui évitait de subir la tonsure honteuse et autres désagréments. Était-ce pour autant une preuve d'amour ? Ou simplement une occasion de préserver les apparences ? S'était-il reconnu dans cet enfant ? Ironie du sort, le petit Marcel devait séduire, des décennies plus tard, Mathilde Boussard, la femme d'Antoine, reproduisant sans le savoir ou peut-être en le sachant (il est des secrets mal gardés) les errances de ses trois « parents ».

– Si j'ai bien saisi, intervint Géraldine en cours de lecture, le fruit de cette curieuse union a été Ludovic, le demi-frère de Bertrand, Xavier et Amélie.

De mon côté, j'avais pris des notes pour essayer d'y comprendre quelque chose. Helmut semblait au courant de toutes ces péripéties, puisque, au même niveau que Karl, l'arbre généalogique s'emballait. Nous prîmes l'ascenseur numérique pour nous déplacer entre les générations. Au premier étage, Émilie cernée par Karl et Jean, au deuxième, Mathilde au milieu de Marcel et Antoine, au troisième, Ludovic et Helmut, reliés par un pointillé, crypto-petits-cousins. Nous n'étions pas les seuls à avoir eu accès à cette adresse virtuelle. Les Boussard avaient dû s'y connecter.

– Imagine la torture, ai-je dit à Géraldine, pour le fier Bertrand et le vieux parrain Antoine, leur rage et leur exaspération, lorsqu'ils ont découvert l'érudition de Wrangler au sujet de leur famille pourrie. Antoine a peut-être même donné le feu vert pour le sacrifice de Ludovic non seulement parce qu'il s'opposait au programme Actilight, comme je l'ai cru d'abord, ou pour solder le compte d'une vieille jalousie avec son frère, comme je l'ai cru ensuite, mais aussi pour se débarrasser du dernier rejeton d'un certain officier. L'ont-ils fait pour faire souffrir Helmut ?

– La position de Ludovic, qui s'opposait au programme Actilight, d'après ce dont je me souviens, faisait de lui un élément indésirable, même pour Wrangler.

– Peut-être, mais, d'après ce que nous savons de Wrangler, la décision de le zigouiller, qui a dû être unilatérale, l'a sûrement mis dans une rage folle. Elle a peut-être précipité l'accomplissement de son plan. Ludovic disparu, l'IU22 n'avait plus qu'à passer à l'âge adulte. Ludovic était le dernier obstacle, le lien de sang.

C'est à ce moment de notre conversation que je perçus un bruit curieux, en bas, comme un son au piano, étouffé.

– Tu as entendu ?

– Ce doit être les chats, répondit-elle.

– Je vais aller voir, ajoutai-je, soudain sur le qui-vive.

– Je te rejoins, reprit Géraldine, moins flippée que moi, je voudrais vérifier encore une ou deux choses.

Longue embrassade. Et je descendis les degrés de l'échelle, dans le noir.

DOIGT

Le bruit venait bien du piano. À l'endroit même où les doigts de Géraldine avaient joué les notes d'*Imagine*, je trouvai deux cadavres allongés sur les touches noires et blanches. Les deux chats d'Agnès avaient été égorgés, disposés tels des gisants, leur sang s'insinuant dans les interstices du clavier. La maison était silencieuse. À l'étage, Géraldine, enfermée à double tour, affinait ses recherches sur la famille Wrangler. Il était évident que le responsable de ce carnage était dans les murs, caché, désireux de nous infliger le même sort qu'aux félins. Parallèlement, je compris qu'il désirait nous effrayer. Il ne pouvait s'agir que de Jules, le frère de Jim, venu venger son frère. Je reconnus sa méthode : se montrer, puis se cacher, faire peur puis attendre.

Je n'avais pas d'arme, seulement mes mains et mon esprit pour me défendre. C'était bien mince face à un tueur professionnel. Mais j'avais décidé de me battre et je me figurais une armée d'obèses debout derrière moi. Géraldine ne craignait rien, même si elle avait été suivie. Il fallait la laisser hors du coup, ne pas mettre sa vie en danger : elle serait ma survivante, pensais-je. Ma sacoche était restée accrochée à un des multiples portemanteaux disponibles. Je m'en approchai, me retournant à chaque pas, sans doute épié, m'attendant à tout moment à me faire sauter dessus et saisir à la gorge. Où était-il donc, ce dingue ? Enfermé dans le bahut XVIIIe ? Allongé dans le coffre breton ou lové entre les pieds des deux tables en chêne collées l'une à l'autre et qui me tournaient le dos ? Je parvins finalement à ma besace, y récupérai mon fameux coupe-papier fétiche. Vu les circonstances, c'était plus un gri-gri qu'une arme crédible. Mais enfin, il avait une lame, un manche, il avait des antécédents, il savait se tenir. C'est alors que j'entendis un vacarme dans l'escalier qui descendait à la cave. En haut, Géraldine s'inquiéta, derrière sa porte close.

– Tout va bien, Hugo ? cria-t-elle.

– Pas de problème, répliquai-je d'une voix mal assurée, tablant sur la distance et les éléments mobiliers. J'ai buté contre un meuble.

– Tu remontes ?

– J'arrive.

J'aurais pu fermer la porte de communication qui ouvrait sur les oubliettes de la maison, la barricader, enfermer ce putois, afin de gagner du temps, d'aller chercher Géraldine et de fuir avec elle. Mais cette cave m'attirait. Je voulais sans doute en découdre, en finir. J'attrapai la torche qu'Agnès maintenait disponible sur l'étagère d'un bibus 1930 et descendis un à un les degrés humides qui conduisaient à cet espace troglodytique. Alors que je m'enfonçais précautionneusement dans les profondeurs de Bréhat, la porte que je venais de franchir claqua. Je fis volte-face, grimpant les marches à nouveau. Je tambourinai sur le chêne, actionnai stupidement la poignée : bloquée, entravée. Prisonnier. Comment était-ce possible ? Le bruit dans la cave n'était qu'une diversion, d'accord, mais par où était passé Jules ? Je ne l'avais même pas vu remonter. Pourquoi ne m'avait-il pas tué tout de suite, tandis que je me situais dans sa ligne de mire, une balle dans le dos, et ç'aurait été fini.

La lumière s'éteignit. Ce salopard avait appuyé sur le bouton, situé à l'extérieur, un interrupteur en haut de l'escalier, côté cuisine. Je me retrouvais dans le noir. Il fallait réfléchir vite. Lumière. J'allumai ma torche. S'il ne m'avait pas supprimé, c'est qu'il désirait quelque chose. J'y étais : la vengeance n'était pas son seul mobile, il était en mission, il lui fallait nos fichiers. Géraldine, mon Dieu, Géraldine ! Il allait s'en prendre à elle. Il n'avait organisé son tintamarre en sous-sol que dans le seul but de m'éloigner d'elle. Réfléchir encore. Je ne l'avais pas croisé en descendant l'escalier. C'est donc qu'il y avait une autre issue. J'aurais mieux fait d'explorer cette cave à fond quand j'étais arrivé sur l'île. À présent, il était trop tard. Pas la peine de continuer à tambouriner sur cette porte. Je pivotai vers les profondeurs, descendis les marches précipitamment, foulai le sol en terre battue, me frayant tant bien que mal un passage au travers de la forêt de meubles en cours de déliquescence. L'odeur de moisi teintée d'un relent de fleur de sel agressait les narines. La cave prenait des allures de cale.

Le pinceau nerveux de ma torche tenta une percée, droit devant. Une sorte de corridor se dégageait entre les bois morts deux fois. Je parvins au bout, courant presque. Je me retrouvai rapidement face à un cul-de-sac, un mur de grotte qui suintait. Pas possible, il devait y avoir une issue, il y avait une issue. Je me tournai vers la droite, puis vers la gauche, j'avais perdu le nord. Le chemin se poursuivait à gauche, plus ténu, plus encombré, décrivant un léger coude. Je poursuivis. À la faveur d'un brusque retour de mon sens de l'orientation, je compris que je me dirigeais vers le mur d'enceinte de la maison. Un courant d'air humide m'indiqua que j'allais changer d'espace. Je butai sur la première marche d'un escalier. Les marches sont comme des associations d'idées, l'une amène l'autre. Je sortis de terre. Et je me retrouvai sur le flanc de la bâtisse.

Dans le silence de la soirée bretonne, je perçus nettement les éclats de voix d'une conversation inamicale qui montaient côté jardin. Se détachait la voix mal assurée de Géraldine. Qu'était-il en train de lui faire ? Je me retrouvai dehors, l'échelle que nous avions montée pour accéder à la chambre d'Agnès était couchée sur le sol, au pied de la fenêtre béante. Je renonçai à la remettre en place, nous avions déjà eu du mal à la manœuvrer à deux, et puis je voulais tenter l'effet de surprise. Dans ma précipitation, je choisis la voie la plus directe : pénétrer à nouveau dans la maison. Entrée, cuisine, salon, piano, chats morts, escalier, étage. Au fond du couloir, la porte de la chambre d'Agnès était entrouverte, il avait dû la forcer, à moins qu'il ne se fût procuré les clefs. Les éclats de voix étaient plus nets, timbres suppliants.

– S'il vous plaît, ne me faites pas de mal.

– Les fichiers, tout ce que vous avez découvert sur l'Actilight, et je fous le camp…

La voix était désagréable, nasillarde.

– Sinon, je vous envoie une balle en plein dans votre jolie gueule d'amour.

– Je ne vous crois pas, explosa Géraldine. Une fois que je vous aurais donné ce que vous voulez, vous me tuerez de toute façon.

« Tais-toi, Géraldine, tais-toi », ruminai-je. Je serrai plus fort le manche de mon coupe-papier dérisoire. Je ne pouvais pas la laisser plus longtemps ainsi risquer sa vie.

– Tu as raison, la belle, je vais te liquider tout de suite. Après ça, je massacrerai l'autre, l'assassin.

À entendre la direction des sons, je devinai qu'il devait être juste derrière la porte. J'entendis un claquement sec : il armait son pistolet. Je poussai la porte de toutes mes forces, pensant déséquilibrer le tueur. Erreur d'appréciation. Jules Farnèse se tenait suffisamment à distance pour ne pas être ébranlé par mon intrusion. Il pivota vers moi, son arme dressée comme un phallus de gorille, un flingue allongé par un silencieux, sans doute celui que j'avais aperçu dans le métro. À croire qu'il m'attendait. Géraldine était assise par terre, contre le radiateur en fonte, les pieds entravés par un fil de plastique rigide, les mains liées à la fonte. C'était une autre personne que l'enquêtrice élégante que j'avais quittée il y avait à peine un quart d'heure pour aller inspecter le piano. Tout son corps tremblait

– Va me chercher les documents, ou je la tue.

– Ne bouge pas, Hugo, aboya-t-elle, tant qu'il n'a pas ce qu'il est venu chercher, on a une petite chance de rester en vie.

Brève volte-face, en une fraction de seconde, il fut sur elle, lui dégomma un coup de crosse au visage, son nez se mit à saigner.

Sans réfléchir, je sautai sur lui, changé en bête sauvage. Son agression avait libéré la folie qui sommeillait en moi. Chute : mon nez contre son odeur de pourri. Je sortis le coupe-papier de ma poche et frappai, n'importe où sur son corps. Du liquide chaud et poisseux jaillit. Un coup partit, et je ressentis une douleur fulgurante à la cuisse, l'impression d'un os broyé. Je lâchai prise. Jules se releva, mon arme de papier plantée dans le bras. Je restai au sol, me tenant la cuisse à deux mains.

– Premier avertissement, dit-il en arrachant mon Excalibur de son biceps, comme s'il ne se fût agi que d'un vulgaire dard de guêpe. Je vais t'expliquer ce que tu vas faire. Tu vas aller me chercher les preuves. Je te jure que, si tu ne le fais pas, je lui explose la tête contre le radiateur… Ce serait dommage que son fils devienne orphelin.

Géraldine hurla à la mort, tapant des pieds sur le plancher, dodelinant de la tête de malheur. Jules eut un sourire malsain. Nous n'allions pas tarder à être fixés. Il sortit un couteau, et je reconnus le modèle suisse qui m'avait été dérobé.

– D'ailleurs, je vais te donner un petit acompte. Elle joue du piano, si je me souviens bien.

Il s'approcha d'elle, de ses mains entravées.

– Non ! hurlai-je.

Trop tard : il lui avait sectionné l'annulaire gauche. Géraldine poussa un hurlement terrifié, regardant son moignon sanguinolent, n'en croyant pas ses yeux, doutant de sa douleur.

– Tiens, me dit-il en me balançant le petit segment de membre. Si tu ne me ramènes pas ce que je veux, je lui en coupe d'autres. Magne-toi, mec, bientôt, il ne lui restera plus que les paumes.

Je me relevai tant bien que mal et migrai vers la porte à cloche-pied, le fragment de Géraldine cerné d'une petite bague celtique encore en place dans le creux de ma main. J'étais presque parvenu sur le seuil lorsque j'entendis un sifflement, puis un bruit sourd. Je me retournai. Jules était debout, le corps plaqué contre le mur, les yeux exorbités, un carreau fiché dans le gosier. Mort sur le coup, terrassé.

Dans la pièce, adossé à la fenêtre, un quatrième homme se tenait debout, équipé d'une arme de facture ancienne, une arbalète. Sous les traits de cet être providentiel, je reconnus sans peine le responsable de l'usine Boussard et la balance qu'il avait tatouée à la partie supérieure de son poignet : Gontran Fougères.

GONTRAN

– Eh bien, j'ai l'impression que je tombe à pic, entama Fougères, qui s'approcha du cadavre de Farnèse pour s'assurer que son carreau était bien en place. Joli coup ! compléta-t-il en récupérant sa flèche, sans même un regard pour le corps qui s'affaissa sur le sol comme l'aurait fait une limace.

Il semblait indifférent à nous, à Géraldine captive et à ma cuisse qui pissait le sang. Mon amie et moi nous regardâmes : je lus sur son visage l'expression qui devait aussi être la mienne, un mélange d'espoir, de douleur et de crainte. Gontran était-il venu pour nous sauver ou avions-nous hérité d'un nouveau bourreau ? Quel était son but ? Qui l'envoyait ? La secte ? Pourquoi nous aurait-elle protégés ? La souffrance, l'émotion, la vindicte m'interdisaient de pousser plus avant mes réflexions.

– Il n'y a pas un instant à perdre, dit-il finalement.

Très professionnel, il s'approcha de moi, vérifia mon pouls. On aurait dit un secouriste.

– C'est bon, dit-il, votre artère fémorale n'a pas été touchée. C'est moins urgent que prévu. Quant à votre doigt, mademoiselle, il est peut-être récupérable. Voici les termes du marché : je vous sors de là, je vous fais rapatrier d'urgence en chirurgie réparatrice quelque part en France, hélico du Samu, et tout et tout. Helmut connaît de grands mandarins. En échange, vous sortez votre papier sur le scandale Actilight : il y aura une enquête officielle et le produit sera interdit à la vente. Plus tard, il y aura à n'en pas douter un procès retentissant, les consommateurs sont tellement accros que leur brusque sevrage fera un bruit d'enfer. Les Établissements Boussard seront économiquement morts, le groupe sera racheté une bouchée de pain par un concurrent. Finis les Boussard.

C'était presque trop beau. Restait le côté pile, ou plutôt pilule.

– Et l'autre terme du marché ? articulai-je.

– Le jour où vous mentionnez l'existence de la secte ou la possibilité d'un lien entre la maladie de la graisse brune et la Nourriture des Ancêtres, vous ou votre amie, vous mourrez, tous les deux, ainsi que le fils de mademoiselle.

– La justice vous retrouvera. Vous aurez rapidement Interpol sur le dos, répliquai-je.

– Détrompez-vous. Il n'y a aucune preuve de l'intervention directe de la Demeure au cours du processus Actilight. Toute l'affaire fonctionne très bien en dehors de notre intervention. Le nom d'Helmut Wrangler n'apparaît nulle part, ses actions ont toujours été… comment dire… très volatiles. Actuellement, Boussard est redevenue une multinationale à capitaux familiaux majoritaires. Des patrons véreux, avides, incestueux, assassins à leurs heures, dont les ancêtres doivent leur prospérité aux années noires de l'Occupation. Traversant il y a trois ans une sale passe suite à de mauvais investissements, à une absence d'anticipation de la hausse des cours du lait, ils ont cherché à se refaire. L'Actilight n'est que le fruit de leur cupidité. Qui va aller chercher plus loin ?

– Un des Boussard peut vendre la mèche, perdu pour perdu, argumenta Géraldine, rageuse.

– Il n'aurait aucun intérêt à le faire. Primo, il sait qu'il devra payer un jour ou l'autre cette indélicatesse au prix du sang. Deuzio, nous tenons le clan Boussard par le chantage. Il suffit d'ajouter le nom de famille aux prénoms qui figurent sur le site Internet des Wrangler pour faire tout resurgir de leur passé. Ils préféreront la ruine, je peux vous le garantir.

Fougères fit une pause avant de reprendre.

– Vous avez le droit de ne pas être d'accord. Auquel cas, pas de problème, je disparais aussi discrètement que je suis venu, je vous laisse avec votre cuisse qui pisse le sang, votre doigt en moins, et ce cadavre encombrant. Vous vous en expliquerez comme vous pourrez auprès de la police locale : un homicide, une plaie par balle, une autre par arme blanche, un coupe-papier ensanglanté, une maison qui n'est pas la vôtre, un compte bancaire bloqué. Hugo, vous perdrez définitivement votre emploi, et vous, Géraldine, la garde de votre enfant…

Nous écoutions, sidérés et souffrants. Fougères sembla se reprendre, après s'être donné le temps de la réflexion.

– Et puis non, c'est trop risqué. Si vous refusez, je termine le travail de Jules Farnèse et nous enverrons le dossier de presse à quelqu'un d'autre. De toute manière, cette affaire n'a que trop duré. Helmut est las de tous ces morts. Si vous choisissez l'issue fatale, pas de problème : je saurai me montrer expéditif, vous ne souffrirez pas trop.

Fougères eut un regard condescendant pour la masse inerte qui masquait la plinthe avant d'ajouter :

– Je crois avoir fait la preuve de mes compétences…

– Ce n'est pas vraiment ce qu'on appelle un choix, grimaçai-je.

– Tout juste, sauf que là vous perdez du temps. Passez-moi donc le doigt, en attendant.

– Je peux ? demandai-je à Géraldine, toujours attachée à sa ferraille.

Assentiment de mon amie.

Je lui tendis le morceau de Géraldine, que je tenais toujours enfermé dans ma paume. Fougères examina les trois phalanges.

– La coupure est nette, vous avez de la chance. Je descends le mettre dans la glace, sait-on jamais. Comme ça, vous pourrez délibérer.

L'émissaire de la secte s'éclipsa. Je me traînai jusqu'à Géraldine, la délivrai de ses liens. La jeune femme se releva.

– Je suis désolé, dis-je, l'œil rivé sur son moignon sanguinolent. Tout ce qui t'arrive est ma faute.

– Ce sont les risques du métier, parvint-elle à répondre en serrant les dents. J'ai perdu quelques collègues en Irak, en Afrique, au Pakistan. Un doigt en moins, ce n'est pas le bout du monde. Et toi, ta blessure, ça va ?

– Je dois avoir le fémur en miettes. À part ça, je crois que ça ira.

Menteur, prétentieux. Je me sentais de plus en plus faible. Il aurait sans doute fallu poser un garrot.

– Ça me fait mal au cœur que ces assassins s'en sortent sans être inquiétés, tandis que Boussard et ses dizaines de milliers d'employés et de sous-traitants vont porter le chapeau, dis-je. Ce ne sont que les exécutants, ils ne sont pas directement responsables.

– Sauf que c'est à la secte que nous devons la vie. L'envoyé de Boussard a failli nous supprimer.

– Depuis quelques mois, le rapport de force s'est inversé, intervint Gontran qui était remonté, tenant une boîte remplie de glace d'une main et une trousse blanche marquée d'une croix rouge de l'autre. C'est nous qui voulons stopper la production et Boussard qui s'acharne, en toute connaissance de cause, figurez-vous. Si au commencement de l'aventure Bertrand Boussard pouvait être qualifié simplement de malhonnête, à présent il produit de l'Actilight en sachant sciemment que ses petits pots sont les vecteurs d'une maladie mortelle. Il s'en fout, il gagne du temps. Il s'engraisse. Cela fait des mois que la Demeure désinvestit progressivement.

Je devais être très pâle. Géraldine grimaçait.

– Je crois que vous avez besoin de soins, dit-il.

Il défit ma ceinture, qu'il serra à la racine de ma cuisse sanguinolente. Puis il désinfecta nos blessures, une vraie nounou. Et dire que la même personne cautionnait la condamnation à mort de millions d'obèses !

– Au fait, dit-il, j'ai fait venir les secours. Ils ne devraient plus tarder. Nous avons le temps de bavarder un peu.

Il m'installa confortablement, m'allongea sur la couette qui revêtait le lit d'Agnès, m'apporta de l'eau. Géraldine me passa un gant de toilette glacé sur le front pour me maintenir éveillé. Je me sentais sombrer dans la torpeur.

– Comment vous nous avez retrouvés ? demanda-t-elle.

Elle semblait réaliser une interview de routine, malgré son doigt en moins.

– L'hôpital de Ville-Évrard était une sorte de nid d'espions. La surveillante générale était le radar de Bertrand Boussard, mais le garçon de salle était l'œil de la secte. Moins prestigieux, mais tout aussi efficace. Dès que vous avez pénétré dans l'enceinte et que vous avez demandé à rencontrer Gustave Laser, un clignotant s'est allumé dans le système de contrôle. Malgré votre faux nom mais votre vraie plaque d'immatriculation, il était évident que la bonne femme allait chercher à vous retenir le plus longtemps possible afin de donner suffisamment de marge aux sbires de Boussard pour rappliquer. Ce suicide est très bien tombé, si je puis dire : il a allongé d'autant votre temps de séjour. Je savais qu'ils allaient mettre un de leurs tueurs sur le coup, ils ont toujours fait appel à des hommes de main. Vous alliez avoir droit à une filature en règle. Helmut Wrangler m'a contacté en fin d'après-midi. Je suis parti le plus vite possible.

Gontran fit une pause, découpa le tissu de mon pantalon en utilisant les ciseaux trouvés dans la trousse à pharmacie, nettoya ma plaie déjà boursouflée : c'était une vilaine bles-ure, mais je ne sentais presque plus la douleur.

– Ainsi, poursuivit-il, nous étions deux à vos trousses, deux à prendre le bateau avec vous. Le fileur filé.

– Mais alors, s'écria Géraldine, vous l'avez vu nous attaquer ?

– Je savais que Farnèse serait du genre à forcer la porte, itôt Hugo orienté vers le salon par les fausses notes des chats crevés balancés sur le piano. Lorsque votre ami est remonté, par l'escalier cette fois, je n'avais plus qu'à remettre l'échelle en place et à observer le spectacle.

– Mais pourquoi vous n'êtes pas intervenu ?

– Disons que je voulais que vous souffriez un peu. Pour avoir un moyen de pression. Et ça a marché.

– Il aurait pu carrément nous tuer. Vous ne valez guère mieux que lui.

– Rappelez-vous les termes de notre accord, mademoiselle, conclut Gontran.

Ce furent les dernières paroles que je l'entendis proférer. Je perçus vaguement un bruit de moteur au loin, les pales d'un hélicoptère déchiquetant l'air, puis je perdis connaissance.

EMPREINTE

On m'a tiré de là. Géraldine a recouvré l'usage de son doigt, une réimplantation par un chirurgien de génie. En ce moment même, elle joue du piano dans la pièce à côté. Le temps a passé, nous avons eu deux enfants, Edgar et Timothée.

Je tiens les informations suivantes de mon épouse : le jour où nous avons été évacués de l'île, Gontran Fougères est resté sur place pour faire disparaître le corps de notre premier poursuivant. Il l'a d'abord tiré dans la chambre voisine afin que le Samu ne le voie pas, puis il l'a sans doute enterré dans la partie la plus sauvage de l'île durant la nuit. Nous n'avons jamais entendu parler d'un cadavre exhumé sur l'île de Bréhat. Et Bertrand Boussard ne s'est pas précipité pour signaler aux autorités la disparition de son homme de main, il avait sans doute d'autres chats à fouetter. Notre évacuation de Bréhat a tout de même fait grand bruit, essentiellement au sens propre bien sûr, puisque l'hélico du Samu s'est posé en plein centre de la place sur laquelle donnait la maison d'Agnès. Au sens figuré, Gontran s'est débrouillé pour étouffer l'affaire, se faisant passer pour un promeneur du soir, un témoin qui se trouvait là par hasard, un touriste égaré. Officiellement, je m'étais fait une fracture ouverte de la jambe en trébuchant dans l'escalier.

Je me suis platement excusé auprès d'Agnès pour mon départ précipité, mais, là encore, son caractère fantasque m'a protégé de la curiosité, et ma jambe brisée m'offrait un prétexte rêvé. Lorsque j'ai enfin pu lui parler au téléphone, après son retour de virée mobilière, elle a paru affligée que sa maison si peu entretenue ait pu me causer un tel préjudice. C'était plus délicat pour les chats. Mais Gontran avait sans doute fait disparaître leur trace, astiqué le piano, tout nettoyé.

– Je ne comprends pas ce qui a pu leur arriver, s'inquiéta Agnès, à l'autre bout du fil, ils semblaient heureux chez moi.

– Ils sont peut-être morts de faim, suggérai-je. À partir du moment où je me suis envolé, il n'y avait plus personne pour s'occuper d'eux.

– Ils sont autonomes, répondit-elle. Il y a suffisamment de souris et de mulots sur l'île pour nourrir une armée de félins.

– Alors c'est un mystère, dis-je, faute de mieux, la laissant seule avec ses meubles et son chagrin.

Côté finances, mes affaires se sont arrangées comme par enchantement. Mon compte a été débloqué, preuve que ma disgrâce avait été orchestrée en haut lieu. Mon salaire a continué de m'être versé et, comme j'avais cessé toute dépense, mon découvert s'est comblé. Et puis Géraldine est meilleure gestionnaire que moi.

L'article dénonçant l'Actilight est paru dans *Le Globe* la semaine suivant notre escapade insulaire. Géraldine, sortie plus tôt que moi de l'hôpital, avait fait appel à un logiciel de dictée vocale pour sa rédaction. Le dossier à charge a fait la une. Dès le lendemain, la nouvelle s'est diffusée sur les autres médias, d'abord français, puis étrangers, relayée et amplifiée par le Net. Le site de Boussard a été assailli de questions, les internautes, obèses ou non, laissant éclater leur inquiétude. La valeur du titre s'est effondrée, sa cote ne représentant plus, trois jours après la révélation du scandale, que 10 % de sa valeur avant le krach, soit son plus bas niveau depuis... 1975 ! La société était cliniquement morte, ainsi que Wrangler le désirait. Lui et ses actionnaires « amis » s'étaient retirés du capital depuis plusieurs mois déjà, nous avait appris Gontran. La baisse des cours a d'ailleurs entraîné dans son sillage de nombreuses valeurs du secteur agroalimentaire, mais également de la santé par un phénomène de dominos bien connu des investisseurs. Antoine Boussard, le patriarche partiellement retiré de la direction du groupe depuis son infarctus, s'est suicidé, un coup de vieux fusil à canon scié tiré en pleine poitrine, dans sa résidence familiale de Falaise. Il s'agissait peut-être de la même arme que celle qui avait dégommé jadis un certain officier allemand.

Le reste de la famille Boussard, qui formait les instances dirigeantes du groupe, a été écroué. Premier chef d'inculpation : « tentative d'empoisonnement à grande échelle ». J'ai suivi avec une rage muette leur arrestation à la télévision, lunettes de soleil et cols relevés, pour couvrir leur honte. Je savais les vrais responsables hors d'atteinte, mais je ne pouvais rien dire, rien faire. Nous n'avions aucune preuve, la Demeure s'était rendue inaccessible, et j'étais plus utile à lutter contre la mort auprès de mes patients qu'à gamberger sur cette vendetta franco-allemande. Jamais en tout cas, au cours du procès qui les a condamnés à de lourdes peines de prison et à des amendes pharaoniques, ils n'ont fait mention du noyautage de leur société par une organisation exogène. Wrangler les tenait par la généalogie. Et, s'ils parlaient, eux aussi seraient menacés dans leur vie. Mieux valait la ruine, comme l'avait supposé Gontran.

L'Actilight a été retiré de la vente dès le surlendemain de la publication de l'article, officiellement pour « examen » des stocks. Le plus étonnant a peut-être été la réaction des consommateurs. Loin de se détourner des rayons maudits, ils ont dévalisé les linéaires pour acquérir une dernière dose de leur dope pendant les quelques heures séparant la publication de l'arrêté et la mise sous séquestre effective des pots au logo vert et bleu. Une belle ruée vers l'or blanc ! On a noté des états de manque mémorables, des sit-in sur le parking des hypermarchés et même des actions violentes. Le sevrage a été peut-être un peu trop brutal. Après tout, quelques semaines de plus ou de moins d'exposition à l'IU22 n'auraient pas changé grand-chose. La réaction de ces désespérés était d'autant plus pathétique qu'il ne pouvait y avoir de contrebande, s'agissant d'un produit frais. Pourtant, si cela avait été possible, je suis persuadé que certains auraient été prêts à continuer de s'empoisonner sciemment. De nombreux patients exposés ont défilé ensuite dans les cabinets de consultation des nutritionnistes et diététiciens de tous poils : l'addiction au vézépame était si forte, le nirvana mental qu'il procurait si merveilleux, avec cette distorsion si particulière de la réalité, que beaucoup étaient prêts à prendre le risque de poursuivre l'intoxication, quitte à perdre des années de vie. Pas très différent du tabac ou de l'alcool. Même une mention « Ce yaourt tue » sur les pots d'Actilight n'aurait pas découragé le noyau dur des toxicos au vézépame. De nombreuses dépressions furent à déplorer, avec leur cortège de suicides.

Côté maladie, les décès ont été nombreux, surtout durant la période qui a immédiatement suivi le scandale et *a fortiori* dans les pays en forte croissance et récemment industrialisés, où l'on maîtrisait peu les protocoles d'amaigrissement. Boussard y était souvent bien implanté. Sous nos latitudes, nous avons également eu à déplorer de nombreux morts. Mais nous avons vite appris à réduire de manière drastique la vitesse d'amaigrissement, à intervenir à temps, dès les premiers signes du mal, quitte à faire regrossir transitoirement nos patients pour empêcher que le curare ne fût largué dans le sang. Nous sommes devenus très frileux en matière de régime, ce qui est un comble pour des nutritionnistes. Certains de nos confrères se sont fait piéger par des malades qui voulaient maigrir et niaient avoir consommé de l'Actilight. Nous en avons tous déduit une théorie un peu réductrice peut-être, mais qui nous protège : on ne peut faire confiance à un individu qui a jadis consommé de l'Actilight ; le produit continue à exercer, des années après son ingestion, son effet délétère sur le psychisme. Du coup, cela a engendré une grande frustration chez de nombreux obèses qui se sont retrouvés bloqués, sans espoir, kidnappés de l'intérieur par leur graisse poubelle. Jusqu'à leur mort, les obèses qui ont été exposés à l'Actilight seront de bombes ambulantes, des Tchernobyls humains, avec une graisse contaminée à vie, comme radioactive.

Les années ont passé. Ces temps-ci, Géraldine ne joue plus *Imagine*, elle s'est plutôt rapprochée de Bach. Quant à moi, je vais bien, je présente tous les signes du bonheur. Extérieurement du moins. J'ai dépassé depuis peu le cap des quarantièmes rugissants. Je boite un peu, j'ai dû subir une greffe osseuse pour remplacer la partie de mon fémur détruite par la balle de Jules. Je finirai sans doute par opter pour la canne. J'ai obtenu depuis quelques mois la direction du service d'endocrinologie nutrition de l'Hôtel-Dieu, après la mort d'André Scob, fauché par un chauffard alors qu'il traversait la rue, au sortir de l'hôpital. Le type s'est enfui, on n'a jamais retrouvé sa trace. J'ai eu droit à un super pot de départ organisé par mes collègues de l'hôpital Avicenne. Cette promotion est venue à point : mon département allait être démembré sous peu.

Mais depuis le jour où nous avons conclu ce satané marché avec la Nourriture, Géraldine et moi, nous vivons tous les jours la crainte chevillée au corps. À aucun moment, nous n'oublions la présence de la secte, et nous avons peur que le rêve éveillé qu'ils ont organisé pour nous ne s'arrête brutalement, que la bénédiction s'inverse. Nous vivons dans la malsaine attente qu'un jour nos enfants ne reviennent pas de l'école. Nous avons fait vœu de silence. Mais j'avoue que le fait de savoir ces salauds en liberté, avec la possibilité de se réunir en toute impunité pour développer leurs théories déjantées sur l'alimentation, m'empêche parfois de dormir. L'acide se déverse dans mon estomac et en attaque la paroi. Pourtant, je me tais.

Tout cela, c'était jusqu'à ces derniers jours. Depuis avant-hier, les choses ont changé, et je me sens à présent recouvert d'une espèce de cape d'invulnérabilité. Le fils de Géraldine était invité à l'anniversaire d'une de ses copines. J'ai proposé d'aller le chercher, ma femme ayant un article à boucler. Les parents de la gamine avaient transformé le parking de leur résidence en boîte de nuit pour préados. C'était très réussi. Il y avait beaucoup d'invités. Je me suis frayé un passage entre les lolitas et les dons juans en herbe, à la recherche de mon beau-fils. C'est alors qu'un éclairage à effets stroboscopiques que l'on ne rencontre que dans les discothèques a frappé mon poignet. À l'endroit exact où je porte ma tache de naissance, j'ai alors distingué la pointe d'une flèche. Incroyable ! J'ai retroussé ma manche et est apparu, nettement dessiné malgré l'intermittence lumineuse, le signe trop connu de la balance, l'emblème de la Demeure. Comment et quand avais-je pu me faire tatouer une abomination pareille ? C'est alors que le garçon m'a aperçu, j'ai rabattu vivement ma manche, tenté de lui cacher mon trouble.

Lorsque je suis rentré à la maison, je me suis enfermé dans la salle de bains. Prétextant une brusque migraine, j'ai annoncé que j'allais prendre un bain pour me détendre. Je me suis enfoncé dans l'eau. J'ai eu beau frotter, regarder ma tache sous tous les angles, le signe n'apparaissait pas. J'avais rêvé ou bien était-il là-dessous ? Qu'est-ce que cela voulait dire ? Avais-je pu faire partie de la secte sans m'en souvenir ? Adolescent, jeune adulte, j'avais fréquenté les boîtes. Mon avant-bras avait été frappé plus d'une fois par ces lumières qui font éclater le blanc des tee-shirts et des dentiers, les nuits d'été sur les plages ou s'ébattent les gens du Nord en mal de soleil. Je n'avais jamais remarqué la marque de la secte. Je ne voyais qu'une seule solution. On m'avait tatoué ce sigle pendant une période d'inconscience, sans doute lorsque j'avais été hospitalisé, au CHU de Brest, à l'issue de ma plaie à la cuisse.

Je m'enfonçai dans l'eau chaude, sans volupté aucune plutôt pour scruter mes souvenirs. Je voyais aussi un autre moment : à la suite du décès de Bérénice, lorsque j'avais perdu pied, au cours de ce séjour prolongé en service de psychiatrie. Si mon marquage avait effectivement eu lieu pendant cette période, il prendrait alors un tout autre sens. Il signifiait que la secte m'avait élu pour accomplir ses basses œuvres.

Je devenais dingue. Je concevais une machination diabolique dont j'avais été le centre, le bras armé de la Demeure. À tous les moments de ma douloureuse progression, on m'avait aidé tout en me faisant souffrir, on m'avait exposé tout en me protégeant. Et j'avais fait le jeu de Wrangler, je l'avais aidé à se débarrasser du clan Boussard, je lui avais permis d'assouvir sa vengeance. Et, avec le concours de Géraldine, j'avais arrêté le massacre des obèses. Avais-je réellement été téléguidé, tout au long de ces aventures ? Et peut-être un jour le serais-je de nouveau. Peut-être allait-on me réactiver pour me faire jouer un autre rôle, dans une autre histoire, dont j'exécuterais avec application le scénario écrit par d'autres, en ayant l'impression de m'y opposer… de toutes mes forces.

En attendant, que pouvais-je bien faire ? Descendre retrouver Géraldine et les enfants, et dissimuler l'empreinte.

Paris, le 26 février 2008.

Remerciements

Merci à

Isabelle, infatigable et première correctrice.

Mes enfants, pour les instants que la rédaction de ce livre leur a volés.

Mes parents.

Michael, Cathy et Jean-Paul, pour leur soutien.

Martine, mon imprésario et associée.

Caroline S., pour ses conseils agroalimentaires.

Nathalie A., pour sa science des yaourts.

Philippe B., pour ses conseils avisés, malgré la neige, le bruit.

Sébastien C., pour ses idées « sectaires ».

Serge Nabet, nutritionniste et tabacologue, pour ses éclairages sur l'addiction.

Anne Judith Lévy, dans l'attente d'un nouveau hareng littéraire.

Fred Attia, pour avoir dégotté le titre, comme ça, un soir à Goschrim.

DANS LA MÊME COLLECTION

1. Éric Nataf, *Autobiographie d'un virus*
2. Éric Nataf, *Le Mal par le mal*
3. David Ignatius, *Une vie de mensonges*
4. Michel Meyer, Michel Tatu, *Le Réveil du poisson-chat*
5. Laura Sadowski, *L'Affaire Clémence Lange*
6. Éric Nataf, *Régime mortel*

Cet ouvrage a été transcodé et mis en pages
chez Nord Compo (Villeneuve d'Ascq)

Impression réalisée par

CPI
Brodard & Taupin

La Flèche (Sarthe), le 17-04-2009
N° d'impression : 52494
N° d'édition : 7381-2296-X
Dépôt légal : juin 2009

Imprimé en France